TAYLOR STEVENS

Mission Munroe
Die Spezialistin

GOLDMANN
Lesen erleben

Buch

Vanessa Michael Munroe hat sich nach Dschibuti, Afrika, zurückgezogen und arbeitet inkognito als unbedarfter junger Mann getarnt bei einer kleinen Sicherheitsfirma. Es ist ein ruhiges Leben, denn niemand ahnt, was in Wahrheit in ihr steckt. Bis sie beauftragt wird, ein Schiff Richtung Kenia zu begleiten. Mitten auf See entdeckt sie, dass sich eine illegale Waffenlieferung an Bord befindet. Nur Stunden später wird das Schiff von somalischen Piraten angegriffen, und Munroe gelingt es in letzter Sekunde, mit dem schwer verletzten Kapitän ans somalische Festland zu fliehen, ohne enttarnt zu werden. Schon bald muss sie aber herausfinden, dass die Piraten nicht auf die Ladung des Schiffes aus waren, sondern auf dessen Kapitän. Es wird Zeit, ihr ruhiges Leben hinter sich zu lassen und die Fähigkeiten zu nutzen, die sie zu einem gefährlicheren Feind machen, als ihre Widersacher jemals ahnen könnten …

Weitere Informationen zu Taylor Stevens
sowie zu lieferbaren Titeln der Autorin
finden Sie am Ende des Buches.

Taylor Stevens

Mission Munroe
Die Spezialistin

Thriller

Übersetzt
von Leo Strohm

GOLDMANN

Die Originalausgabe erschien 2014 unter dem Titel
»The Catch« bei Crown Publishers,
an imprint of the Crown Publishing Group,
a division of Random House Inc., New York

Dieses Buch ist auch als E-Book erhältlich.

MIX
Papier aus verantwortungsvollen Quellen
FSC® C014496

Verlagsgruppe Random House FSC® N001967
Das FSC®-zertifizierte Papier *Pamo House* für dieses Buch
liefert Arctic Paper Mochenwangen GmbH.

1. Auflage
Deutsche Erstveröffentlichung September 2015

Umschlaggestaltung: UNO Werbeagentur, München
Umschlagmotiv: FinePic®, München
Redaktion: Alexander Behrmann
MR · Herstellung: Str.
Satz: omnisatz GmbH, Berlin
Druck und Bindung: GGP Media GmbH, Pößneck
Printed in Germany
ISBN: 978-3-442-48292-4
www.goldmann-verlag.de

Besuchen Sie den Goldmann Verlag im Netz:

Für meine Leserinnen und Leser.
Mit Eurer Begeisterung für die ersten Bücher dieser Reihe habt ihr es möglich gemacht, dass Munroe noch einmal in den Sattel steigt.
Darum ist dieses Abenteuer Euch gewidmet.
Vielen Dank.

Kapitel 1

Dschibuti, Dschibuti

Sie saß auf dem Dach und wartete, folgte mit den Augen dem Verlauf der Straße, ein Bein über der Dachkante hängend, das andere angezogen, sodass sie das Kinn auf das Knie stützen konnte, und lauschte den leisen, stetig näher kommenden Geräuschen des Kletterers.

Hier, vier Stockwerke über der Straße, war der Gestank nach fauligem Müll etwas weniger durchdringend, war die Luft ein wenig kühler, und wenn sie aufstand und sich streckte, dann konnte sie hinter einer baumbestandenen Fläche und ein paar staubigen, flachen Häusern sogar den Hafen sehen, der sich wie ein kaum sichtbarer Farbfleck vom dahinter liegenden Ozean abhob. Das war Dschibuti. Schmutzig. Ruhig. Korrupt. Eine eigene Welt, weit weg von den Regenwäldern und der Feuchtigkeit und der Vertrautheit Äquatorialafrikas, dem Ort ihrer Geburt, und doch ganz ähnlich. Ein stecknadelkopfgroßer Fleck auf der Landkarte zwischen Somalia und Äthiopien, ein Wüstenstaat am Nadelöhr zwischen dem Roten Meer und dem Golf von Aden mit weniger als einer Million Einwohnern. Und die Hälfte davon lebte hier, in der Hauptstadt.

Von unten drang Geplapper nach oben. Ein paar Frauen in knöchellangen Gewändern, die Köpfe mit bunten Tüchern verhüllt und mit großen Bündeln bepackt, gingen vorbei. Sie nahm ein scharrendes Geräusch in ihrem Rücken wahr. Der Kletterer hatte sich über die Dachkante gezogen, war aufgestanden und hatte sich die staubigen Hände an der Hose abgeklopft. Jetzt kam er langsam, fast bedächtig, auf sie zu.

Vanessa Michael Munroe drehte sich nicht um. Machte keine Anstalten, seine Anwesenheit zur Kenntnis zu nehmen, als er neben ihr stehen blieb und auf die Straße hinunterblickte. Ignorierte ihn auch dann noch, als er sich ein, zwei Meter neben ihr auf das Dach setzte und, begleitet von einem zufriedenen Seufzer, die Beine über die Seite schwang, sich zurücklehnte und die Umgebung betrachtete.

Es waren hauptsächlich ein- bis zweistöckige Gebäude, überwiegend Wohnhäuser, die sich in beide Richtungen dicht an dicht die Straße entlangzogen, manche mit ummauerten Innenhöfen, die mit Müll übersät waren, und manche nicht.

»Schöne Aussicht«, sagte Leo. »Und die Luft ist auch besser. Es stinkt nicht so.«

Sie gab keine Antwort und ignorierte ihn weiterhin. Er hätte sich die mühsame Kletterei sparen können und ihr das zähe Geplauder nicht aufdrängen müssen, wenn er einfach nur ihre Rückkehr abgewartet hätte. Aber er war zu ihr gekommen. Indem er ihr demonstrierte, dass er ihre Gewohnheiten kannte und jederzeit in der Lage war, sie zu durchbrechen, markierte er sein Territorium. Sie unternahm nichts, um diese Illusion zu zerstören, genau wie sie ihn in dem Glauben ließ, dass er wusste, wer sie war, woher sie gekommen war und weshalb sie hier war.

Schweigend saßen sie auf dem Dach. Die Sonne ging langsam unter, und die abendliche Brise sorgte für Abkühlung, trotzdem rann ihr der Schweiß den Rücken hinab. Ihr T-Shirt war klatschnass. Die Hitze machte ihr weniger aus als ihm, darum wartete sie so lange, bis er die Situation und die ausgedehnte Stille nicht mehr länger ertrug und sagte: »Wir gehen heute Nacht um zwei Uhr an Bord.«

Sein Englisch hatte einen harten Akzent, aber dass er sie in ihrer Sprache angesprochen hatte und nicht, wie sonst üblich auf Französisch, war wieder nur eine seiner sinnlosen Provokationen.

Sie erwiderte: »Ich bin immer noch nicht interessiert.«

Er nickte, als hätte ihre Weigerung ihn nachdenklich gemacht, stellte sich dann an die Dachkante, sodass die Zehen überragten, und blickte nach unten. Wischte sich erneut die Hände an der Hose ab und trat einen Schritt zurück. »Es ist deine Entscheidung«, sagte er. »Aber wenn du nicht mitkommst, dann will ich, dass du noch heute Abend verschwindest.«

Das Kinn immer noch auf das Knie gestützt, den Blick auf die schmutzigen Gassen und die Dächer mit den Wäscheleinen und die im Wind flatternden Wäschestücke gerichtet, erwiderte sie: »Aber wieso? Ich bin doch nur im Weg, wenn ich mitkomme.«

»Mag sein«, meinte er. »Trotzdem. Entweder du kommst mit, oder du verschwindest.«

Sie hob den Kopf und sah ihn zum ersten Mal an. »Und wer wird dann dein Mittelsmann?«

Er trat noch einen Schritt zurück. »Ich bin vorher ohne dich zurechtgekommen, und ich komme auch zurecht, wenn du wieder weg bist.« Bei diesen Worten entfernte er sich bereits von ihr.

Sie richtete sich auf und sah ihm nach. »Aber um dich geht es doch gar nicht. Du bist ja nicht derjenige, der ohne mich zurechtkommen muss«, sagte sie. »Deshalb dürfte die Entscheidung auch nicht bei dir liegen.«

Leo hielt kurz inne, ohne sich jedoch umzudrehen.

Sie beobachtete ihn genau, zählte die Sekunden, machte sich bereit, schnell zu reagieren, falls er auf ihre Provokation einging und versuchte, sie vom Dach zu stoßen.

»Es wäre klüger gewesen, am Nachmittag an Bord zu gehen«, sagte sie. »Wenn die Khat-Laster kommen.«

Seine zu Fäusten geballten Hände lockerten sich wieder ein wenig. Er wandte sich zu ihr um, und sie starrte ihn an, bis er ihr in die Augen schaute. Dann wandte sie sich ab, erschrocken, ertappt.

Das gehörte zu ihrer Rolle. Hier war sie die Zögerliche, die jeder Konfrontation aus dem Weg ging. Dadurch nahmen die Männer sie nicht ernst und unterschätzten sie, beachteten sie kaum. Wobei sich nicht genau sagen ließ, wie lange das noch so bleiben würde. Genau wie die anderen hatte auch Leo mehr Lebenserfahrung, als seine knapp vierzig Lebensjahre vermuten ließen. Er war nicht dumm, aber er war oft unterwegs. Wenn er jedoch da war, ging sie ihm so gut wie möglich aus dem Weg, um seiner Neugier möglichst wenig Angriffsfläche zu bieten.

Während er ihren Rücken mit Blicken durchbohrte, sagte Munroe: »Wem willst du eigentlich aus dem Weg gehen, dadurch dass du so früh an Bord gehst? Dem Schiffsagenten?«

»Ja.«

»Der wird so oder so Wind davon bekommen. Aber wenn ihr an Bord geht, während die Khat-Laster ankommen, sind alle Leute im Hafen nur noch damit beschäftigt, sich ihren Anteil zu sichern. Dann interessiert sich kein Mensch für euch.«

»Uns.«

»Vielleicht.«

»Du kommst mit, Michael.«

Keine Bitte, keine Frage, sondern ein Befehl.

»Vielleicht«, sagte sie.

Leo wandte sich wieder ab und ging zu der Stelle, an der sie beide heraufgeklettert waren. Dort war der Dachüberhang nicht ganz so groß, und man konnte relativ gefahrlos vom Rand auf den nächsten Balkon und dann auf die angrenzende Mauer springen. Etwas lauter fügte Munroe noch hinzu:

»Ohne mich würdet ihr heute Nacht nicht einmal in den Hafen kommen.«

Leo gab keine Antwort. Er winkte nur ab und ging weiter. Dann verschwand er über den Rand. Irgendwann auf dem Weg nach unten ächzte er einmal laut. Munroe stand auf. Ein dumpfer Aufprall zeigte an, dass er von der Mauer auf das Nachbargrundstück gesprungen war. Sie drehte sich um und ging an der Kante entlang bis zur entgegengesetzten Dachecke. Von dort konnte sie die bunten Containerstapel, immer vier oder fünf übereinander, im Hafen stehen sehen.

Irgendwo dort würde demnächst der Frachter *Favorita* festmachen, wenn es nicht bereits geschehen war, und Leo wollte, dass Munroe mit an Bord ging. Er zwang sie, sich zwischen Pest und Cholera zu entscheiden: Entweder sie schloss sich ihm und seiner Mannschaft von bewaffneten Söldnern an und setzte auf offener See ihr Leben aufs Spiel, falls das Schiff, mit dessen Schutz Leo beauftragt worden war, von Piraten attackiert wurde, oder aber sie kehrte dem Team endgültig den Rücken. Der Grund dafür war nicht schwer zu erraten. Ganz egal, welche Wahl sie traf, sie musste aus seinem Haus und damit auch aus der Nähe seiner Frau verschwinden.

Munroe kam jetzt zu der Stelle, wo Leo abgestiegen war, ging in die Hocke und sprang von der Dachkante auf den schmalen Balkon. Hinter der Glastür stand ein fünfjähriges Mädchen und winkte ihr zu. Munroe winkte zurück. Das Mädchen lachte und schlug die Hände vors Gesicht. Munroe grinste.

Seit Monaten kam sie hierher, wurde bemerkt und angelächelt, hatte in unzähligen Nächten mit dem Schlaf Katz und Maus gespielt, hatte die verblassenden Sterne und die aufgehende Sonne betrachtet, ohne ein einziges Mal von den Hausbewohnern angesprochen zu werden. Mit der Zeit hatte sie ihre Tagesabläufe kennengelernt und gelegentlich ein paar Nüsse oder etwas Obst auf die Balkone gelegt, wenn nur die Kinder zu Hause waren. Ab und zu hatten sie ihr im Gegenzug etwas Selbstgemachtes hingestellt, aber heute nicht. Sehr passend zu einem Abschied. Das Mädchen spähte wieder zwischen seinen Fingern hindurch, und Munroe lächelte ihm zu. Dann kletterte sie über das Geländer und machte sich bereit zum Sprung auf den nächsten Balkon, vielleicht zum allerletzten Mal.

Sechs Monate lang hatte Dschibuti ihr das tröstliche Chaos geboten, das nur die Dritte Welt zu bieten hat. Im Lauf dieser sechs Monate war sie gezwungen gewesen, sich in einer von Vetternwirtschaft geprägten politischen Landschaft, einer Kultur der Bestechung und des Verfolgungswahns, dem Gestank und den Geräuschen und dem Gewirr einer tief in die Khat-Abhängigkeit verstrickten Gesellschaft zurechtzufinden. Nur dadurch war es ihr gelungen, die Schlangen, die in ihrem Kopf hausten, zu besänftigen.

Sie war wieder auf den afrikanischen Kontinent zurückgekehrt, dorthin, wo alles angefangen hatte. Hatte sich wieder einer Söldnertruppe angeschlossen, wie schon vor einem Jahrzehnt. Und genau wie damals war sie auch jetzt in Leos kleiner Schiffsbewachungsarmee kein vollwertiges Mitglied, sondern gab den Übersetzer und den Mittelsmann. Mit den Waffen und der ganzen Männerbündelei hatte sie nichts zu tun haben wollen. Obwohl sie durchaus die Fähigkeiten besaß, ein ganzer Kerl zu sein, hatte sie sich als Botenjunge verdingt. Das war ihre Vergangenheit, und sie hatte eine tröstliche Wirkung, vielleicht vergleichbar mit einem Zuhause, falls sie überhaupt so etwas wie ein Zuhause haben konnte. Ihre Eltern seien Englischlehrer gewesen, das hatte sie sich als Legende ausgedacht, und es hatte funktioniert. Leo und Amber Marie hatten keinen Anlass gehabt, daran zu zweifeln. Sie erledigte, was zu erledigen war, und nahm die Schürfwunden, die diese Arbeit mit sich brachte, in Kauf. In Dschibuti hatte sie eine gewisse Vertrautheit und Routine gefunden, das, was für einen Fabrikarbeiter die Stechuhr war. Hier waren die Stimmen in ihrem Inneren zur Ruhe gekommen, hier hatte sie etwas zu tun, ohne sich mit existenziellen Entscheidungen herumplagen zu müssen oder Verantwortung für das Leben anderer Menschen zu tragen. Leos Job war wichtig für sie, nicht wegen des Geldes, sondern um ihrer geistigen Gesundheit willen. Sicher, sie konnte sich wahrscheinlich auch einen anderen Auftraggeber suchen, aber das wollte sie nicht. Hier war sie tot, und genau das gefiel ihr. Sie war noch nicht wieder bereit, ins Reich der Lebenden zurückzukehren.

Munroe hangelte sich auf den zweiten Balkon hinab und weiter auf die Mauer. Von dort sprang sie in den Innenhof mit den beiden Flachbauten, die Leo als Operationsbasis dienten. Sie ging über die festgetrampelte, harte Erde unter dem großen Baum hindurch zum hinteren der beiden Häuser. Es hatte drei kleine Zimmer und ein paar Gemeinschaftsräume, die sie sich mit zwei anderen Teammitgliedern teilte.

Natan lag ausgestreckt auf dem Wohnzimmersofa. Den Fuß mit dem verbundenen Knöchel hatte er auf die hölzerne Armlehne gelegt. Anstatt sie, wie sonst, einfach zu ignorieren, beobachtete er sie. Als sie mitten im Zimmer angelangt war, sagte er: »Leo sucht dich.«

»Er hat mich gefunden«, erwiderte sie und blieb stehen. Kehrte um und stellte sich vor seinen Fuß. »Wie schlimm ist es eigentlich wirklich?«

Natan zuckte die Schultern.

»Habe ich mir gedacht«, meinte sie, und seine Miene verriet, was seine Worte verschwiegen: Er wusste genauso gut wie sie, warum Leo diesen Tausch vorgenommen hatte. Und wie sehr Natan auch bedauern mochte, dass er wegen einer kleinen Verletzung zu Hause bleiben musste, die Tatsache, dass er Leos überschäumende Eifersucht mit ansehen durfte, war vermutlich eine ausreichende Entschädigung dafür.

Munroe ging den gekachelten Flur entlang und betrat ihr Zimmer.

Sie hatte sich nie selbst als Mann ausgegeben, weder Leo noch Amber Marie noch einem anderen Teammitglied gegenüber. Obwohl sie im Lauf der Jahre, bedingt durch ihre Arbeit, ihre Umgebung oft in die Irre geführt hatte, war es dieses Mal nicht bewusst geschehen, sondern hatte sich einfach ergeben. In Ländern, wo man als allein reisende Frau Gefahr lief, in endlose Komplikationen verstrickt zu werden, kleidete sie sich generell anders. Bei ihrer Körpergröße und ihrer schlanken, androgynen Figur fiel ihr die Verwandlung nicht weiter schwer. Zumal die Rolle des jungen Mannes ihr allmählich zu einer zweiten Haut geworden war, fast selbstverständlicher als ihre eigentliche Identität.

Sie war unangemeldet in Leos Büro aufgetaucht und hatte nach Arbeit gefragt. Er hatte ihr eine zweiwöchige Probezeit angeboten. Mit ihren Fähigkeiten und ihrer Erfahrung war es nicht weiter schwierig gewesen, sich einen festen Platz in einem Unternehmen zu sichern, das zwar in puncto Waffen und Sicherheit hervorragend ausgestattet war, das aber nicht genügend Fingerspitzengefühl besaß, um die Zahnräder der Bürokratie regelmäßig, aber unauffällig zu schmieren. Dass sie als Mann zum Team gestoßen war, hatte etliche erfreuliche Nebenwirkungen gehabt: Sie musste keine sexistischen Sprüche ertragen, niemand baggerte sie an, und Leos Männer respektierten ihr Bedürfnis nach ein wenig Privatsphäre.

Nur leider hatte sie ihren Job zu gut gemacht, und die Ehefrau des Chefs hatte ihren Namen einmal zu oft erwähnt. Da Munroe zu Anfang keine Notwendigkeit gesehen hatte klarzustellen, dass sie eine Frau war, und es jetzt zu spät dafür war, sah es nach außen hin so aus, als sei sie der einzige Kerl, mit dem die Ehefrau sich während der langen Tage und Wochen, in denen die anderen unterwegs waren, die Zeit vertrieb und regelmäßig redete. Vielleicht war sie ja blind gewesen, aber dass ihr ein eifersüchtiger Ehemann Schwierigkeiten einbringen könnte, damit hatte sie nun wirklich nicht gerechnet.

Munroe blieb vor ihrer Zimmertür stehen und lauschte in die Richtung von Victors Zimmer.

Falls der Spanier da war, war nichts von ihm zu hören. Sie machte die Tür auf und stand in einem kahlen Raum: ein Bett, in dem sie nur selten schlief, ein leerer Schreibtisch, den sie neben das Bett geschoben hatte, sowie ein schmaler Schrank mit einigen wenigen Kleidungsstücken zum Wechseln. Die Möbel waren alle aus unterschiedlichen Epochen, kein Stück passte zum anderen. Keine Bilder an den Wänden. Keine persönlichen Gegenstände. Nichts, was darauf hindeutete, dass sie hierhergehörte.

Munroe setzte sich auf das Bett und zog einen Rucksack darunter hervor, der sie jetzt fast zehn Jahre lang und durch doppelt so viele Länder begleitet hatte. Sie hielt ihn fest und starrte ihn an, ohne ihn zu sehen, während ihr die Wahlmöglichkeiten, die Leo ihr gelassen hatte, durch den Kopf rasten: mit an Bord kommen oder das Team verlassen.

Wenn Leo keine Schwierigkeiten mit seiner Frau bekommen wollte, musste er es so aussehen lassen, als sei sie aus freien Stücken gegangen. Es gab zwar keine Bindungen, die ihr den Abschied irgendwie hätten schwer machen können, aber sein ungeschickter, unsensibler, tollpatschiger Versuch, sie in die Enge zu treiben, machte sie wütend. Die Versuchung war groß, selbst das eine oder andere klarzustellen. Es hatte nur einer kleinen Manipulation, einer kleinen Hinterhältigkeit bedurft, und schon war der Kampf in ihrem Inneren wieder voll entflammt.

Munroe seufzte. Vielleicht war sie doch nicht so tot, wie

sie gedacht hatte. Sie stand auf. Zog den Reißverschluss des Rucksacks auf und warf die paar Klamotten aus dem Schrank hinein. Wider besseres Wissen würde sie heute Abend dieses Schiff besteigen, somalische Piraten hin oder her. Wenn sie dann zurückkamen, wenn *sie* dazu bereit war, würde sie Leo und Dschibuti verlassen, zu ihren eigenen Bedingungen.

Vor ihrer Tür raschelte es, und dann klopfte jemand an, sodass sie aus ihren Gedanken gerissen wurde. Amber Marie, die zweite Hälfte des Unternehmens, eigentlich sogar der Kopf des Ganzen, stand im Türrahmen. Sie hatte die blonden Haare zu einem strengen Knoten gebändigt und versteckte ihre wohlproportionierten Kurven und ihr Alter – sie war mindestens zehn Jahre jünger als Leo – unter viel zu weiten Kleidern. In Wahrheit arbeitete Munroe für Amber. Für sie löste sie Probleme in einer Welt, in der jeden Tag neue entstanden.

»Leo behauptet, dass du mitfährst«, sagte Amber.

»Kann sein.«

»Viel Zeit bleibt dir nicht mehr, um dich zu entscheiden«, sagte Amber und hielt kurz inne. »Aber ich schätze, du verlässt uns heute Abend, so oder so?«

Munroe nickte. »Sieht ganz danach aus.«

Amber lächelte. War ihr klar, dass Natans Verletzung für Leo lediglich ein billiger Vorwand war, um Munroe seinen Willen aufzuzwingen? Es ließ sich nicht sagen. Jedenfalls sagte sie: »Ich schätze, wenn du erst einmal auf den Geschmack gekommen bist, nimmt Leo dich mir ganz weg. Dann hast du gar keine Lust mehr, mein Vertrauter zu sein.« Ein weiteres mühsames Lächeln. »Jedenfalls wollte ich mich von dir verabschieden und mich bedanken, für alles.«

Munroe erwiderte ihr zaghaftes Lächeln. »Es war eine schöne Zeit«, sagte sie. Amber veränderte ihre Haltung. Ihre Körpersprache signalisierte Angst. Wäre Natan nicht im

Wohnzimmer gewesen, wäre sie jetzt ins Zimmer gekommen, hätte sich aufs Bett gesetzt, und Munroe hätte ganz ruhig und vernünftig mit ihr geredet, wie schon viele Male zuvor, hätte ihr versichert, dass jede Wahrscheinlichkeit dafür sprach, dass Leo bald wieder nach Hause kam, und dass es sinnlos war, sich schon vorher verrückt zu machen. Oder sie hätten zusammengesessen und über die Unzulänglichkeit der lokalen Gegebenheiten gelacht und einander Geschichten aus ihrem Leben erzählt, in denen durchaus gewisse Parallelen zu erkennen waren. Sie waren beide in der Heimat zu Fremden geworden, waren Bewohner eines Planeten, auf den sie im Grunde genommen gar nicht gehörten, ganz egal, wohin sie gingen. Aber da die Dinge nun einmal so lagen, wie sie lagen, blieb Amber mit verschränkten Armen am Türpfosten gelehnt stehen und versuchte, tapfer zu wirken.

»Wir sehen uns also, wenn ihr wiederkommt«, sagte sie.

Munroe stopfte die letzten Kleider in den Rucksack und gab ihr dieselbe Antwort, die sie Leo gegeben hatte. *Vielleicht.*

Amber Marie nickte, tippte sich zum Zeichen des Abschieds mit dem Zeigefinger an die Schläfe und ging ins Wohnzimmer. Die wenigen Worte, die sie mit Natan wechselte, drangen als unverständliches Gemurmel bis nach hinten, dann schloss sich die Haustür, und es war still. Munroe starrte durch die leere Türöffnung.

Ambers Eltern waren keine Missionare, sondern Englischlehrer gewesen, aber die Auswirkungen waren dieselben. Genau wie Munroe fühlte auch Amber sich keinem Ort, keiner Kultur, keiner Nation in irgendeiner Weise zugehörig. Ihre wenigen Bindungen waren ausschließlich auf Menschen bezogen. Wenn man im Ausland geboren und aufgewachsen ist, immer unterwegs, aus Angst, irgendwo zu lange zu verweilen, gefangen zwischen den Kulturen, ohne jede Bindung an das Land, das für die Ausstellung des Reisepasses zuständig ist, dann ist die einfachste Antwort auf die Frage *Wo kommst du her?* eine Lüge.

Munroe schwang sich den Rucksack über die Schulter und klappte den Schrank entschlossen zu. Natan lag immer noch mit hochgelegtem Knöchel auf der Wohnzimmercouch. »Wo willst du denn hin?«, fragte er, als sie an ihm vorbeiging. Sie ignorierte ihn, genau wie sie Leo ignoriert hatte.

Kapitel 2

Die beiden verbeulten Firmenwagen standen auf dem kleinen Stück vertrockneter Erde zwischen den beiden Häusern. Das bedeutete, dass alle da waren. Wie alles andere waren auch die Autos Leos Eigentum. Munroe durfte sie für die Arbeit benutzen, vorausgesetzt, keines der anderen Teammitglieder brauchte sie. Vor dem Land Cruiser blieb sie kurz stehen. Er wäre die einfachste Möglichkeit zur Flucht gewesen. Die Schlüssel lagen unter dem Fahrersitz. Doch sie verließ das Grundstück im Licht der untergehenden Sonne durch das Fußgängertor.

Die letzten Sonnenstrahlen wiesen ihr den Weg, unterstützt von dem künstlichen Licht, das aus den Häusern nach draußen fiel. Sie ging am Straßenrand entlang, über harte, getrocknete Erde und Sand und einzelne Gräser, auf eine mehrere hundert Meter entfernte Kreuzung zu, wo sie sich ein Taxi nehmen konnte.

Immer wieder waren zwischen den länger werdenden Schatten Stimmen und Gesprächsfetzen zu hören, wurden lauter und wieder leiser. Auf Türschwellen oder in Hauseingängen sammelten sich kleine Grüppchen. Die Kühle des Abends lockte das Leben zurück auf die Straße und vertrieb allmählich die Trägheit des Tages. Ihre weiße Hautfarbe wirkte wie ein Leuchtsignal. Ständig wurde sie angesprochen, und wenn sie dann in der Sprache der Einheimischen antwortete, folgte verblüfftes Gelächter. Die Sprache, diese Fähigkeit, zu verstehen und zu kommunizieren, was ihr aufgrund ihres

Aussehens zunächst niemand zutraute, das war der schützende Mantel, der ihr all die Jahre geholfen, der sie beschützt hatte.

Munroe erreichte die Kreuzung und die stärker befahrene Durchgangsstraße, wo die Straßenlaternen die Sterne verblassen ließen. An den Straßenrändern waren zahlreiche Fußgänger unterwegs, während teils schrottreife, teils nagelneu glänzende Autos in einem durchaus geordneten Chaos um die Vorfahrt rangelten. Bereits besetzte Taxis wurden langsamer und wollten auch sie noch einsammeln – geteilte Fahrt ist billigere Fahrt –, aber sie winkte ab und wartete lieber, bis ein freies Fahrzeug anhielt. Sie stritt sich mit dem Fahrer um den Preis und stieg schließlich ein, obwohl sie sah, dass er unterwegs Khat kaute. Doch das Risiko und sein rücksichtsloser Fahrstil ließen sie kalt. Es war zwar lebensgefährlich, aber in einem Land wie diesem gleichzeitig auch vollkommen selbstverständlich.

Nach wenigen Minuten hatten sie das Zentrum von Dschibuti erreicht. Neues Geld hatte nicht nur die Hauptverkehrsstraßen des Landes möglich gemacht, sondern auch im Stadtzentrum für frischen Asphalt gesorgt. Hier gab es kaum noch Schlaglöcher, wenn überhaupt. Sie hatte einmal gehört, wie jemand Dschibuti als das französische Hongkong des Roten Meeres bezeichnet hatte. Allerdings war derjenige garantiert noch nie in den Stadtteilen gewesen, in denen sie sich normalerweise aufhielt. Dort waren die Straßen immer noch löchrig wie Schweizer Käse, wurden die Hütten aus allen möglichen, zufällig verfügbaren Materialien zusammengezimmert und bildeten Kamele und Ziegen die Kulisse für die stetig näher rückende Wüste.

Das Taxi hielt eine Querstraße von ihrem Ziel entfernt an. Munroe bezahlte und trat in die Dunkelheit hinaus. Noch drangen die Geräusche des frühen Abends nur gedämpft aus dem nahegelegenen Bar-Restaurant, das überwiegend von ausländischen Militärs, Exilanten und den wenigen Touristen besucht wurde, die diesen Laden am äußersten Ende des Stadtplans gerade noch entdeckt hatten.

Sie drückte eine schmale Tür unter einem Säulenvorbau auf und ging im trüben Licht der einzelnen Glühbirne eine ebenso schmale, wackelige Holztreppe hinauf. Oben angekommen klopfte sie an die Tür. Als niemand reagierte, klopfte sie erneut, und als sich dann immer noch nichts rührte, schloss sie selbst auf.

Das Apartment war klein und Teil einer ursprünglich größeren, jetzt aufgeteilten Wohnung. So etwas passierte mittlerweile überall in dieser Stadt, in der die Bevölkerung schneller wuchs, als gebaut wurde. Aus dem kleinen Flur drang Licht herein, und Munroe knipste noch einen Lichtschalter an, sodass der Gemeinschaftsraum voll erleuchtet war. Irgendjemand hatte geputzt und aufgeräumt, und die bunten Sitzkissen waren ordentlich arrangiert, auch wenn die beiden offenen 7-Up-Dosen und die Khat-Reste auf dem Tisch darauf hindeuteten, dass sie die Wohnungsbesitzer nur knapp verpasst hatte.

Munroe bog nach rechts in die Küche, wo es nach verbranntem Öl, Kumin und Kardamom roch. Umrundete den Gasherd mit den zwei Flammen und die Theke und gelangte zu einer Tür. Sie sah nach, ob die Fäden, die sie wie zufällig rund um den Türrahmen angebracht hatte, noch da waren, und schloss dann auf.

Das Zimmer war etwa halb so groß wie das, das sie bei Leo bewohnte, vermutlich eine ehemalige Dienstmädchenunterkunft. Es war staubig und muffig, und die heiße Luft machte ihr das Atmen schwer. Vor der längsten Wand des Zimmers stand ein roh gezimmerter Rahmen mit einer nackten Matratze und daneben eine verschlossene Truhe mit den Scharnieren nach außen. Sie zog an einer ausgefransten Schnur, und eine Glühbirne – noch trüber als die im Treppenhaus – erwachte zum Leben. Anschließend öffnete sie das Fenster, um etwas Luft hereinzulassen. Es war einen Monat her, seit sie das letzte Mal hier gewesen war.

Munroe kniete sich vor die Truhe und drehte sie um. Schloss auf und hob den Deckel. Abgesehen von der Ducati, die sie bei einem Freund in Dallas untergestellt hatte, und den wenigen Dingen, die sie bei dem Motorrad gelassen hatte, befand sich ihr gesamter Besitz hier in diesem Zimmer, wobei es sich eigentlich eher um Notwendigkeiten für den Notfall als um echten Besitz handelte.

Sie brauchte nichts und wollte auch nichts, keine Dinge, die sie irgendwie festhielten, keine Sachen, auf die sie aufpassen oder um die sie sich Sorgen machen musste, die vor Diebstahl oder Zerstörung geschützt werden mussten. Selbst das, was in der Truhe lag, empfand sie als Last, aber die Vernunft hatte ihr geraten, sie nicht wegzuwerfen, und im Augenblick kam ihr das wie eine sehr weise Entscheidung vor.

Munroe wühlte sich durch die Kleider und suchte nach dem Geldscheinbündel, das irgendwo darin versteckt sein musste. Als sie es entdeckt hatte, teilte sie es in Dollar und Euro auf und machte sich ein Dutzend kleiner Rollen, die sie auf Taschen und Schuhe und Unterwäsche verteilte. Die zweite Hälfte des Geldes ließ sie in den Rucksack fallen, holte eine Kampfweste aus der Truhe, betrachtete sie einen Augenblick und griff dann, nach einem langen Seufzer, in eine Tasche, um eines der Messer herauszuholen. Wog es in der Hand und befühlte den Griff. Wartete auf eine Reaktion, auf das Drängen, das innere Verlangen, und als es ausblieb, stieß sie langsam und stetig den Atem aus.

Sie steckte das Messer zurück in die Weste, ohne es aus der Scheide zu ziehen, wagte nicht auszuprobieren, wie weit ihre neu gefundene, innere Ruhe reichte, schob das ganze Ding in den Rucksack und ließ noch eine Schachtel mit Munition sowie eine Pistole folgen, die sie aus Europa mitgebracht hatte.

Die Messer, die sie als lautlose Verlängerungen ihres Körpers empfand, waren ihr persönlich zwar lieber, doch angesichts dessen, was ihr womöglich bevorstand – ganz egal, ob es zu einem bewaffneten Überfall kommen würde oder nicht, Leo würde jedenfalls keine Träne vergießen, wenn ihr etwas zustieße –, war die Schusswaffe ein notwendiges Übel.

Sie holte einen kleinen, feuerfesten Tresor aus der Truhe und balancierte ihn auf dem Knie, um ihn zu öffnen. Darin lagen ihre restlichen Papiere und Fotos, alle in wiederverschließbaren Plastikbeuteln. Es waren die einzigen Erinnerungsstücke, die sie sich gestattete, persönliche Dinge aus ihrem früheren Leben, die sie auf keinen Fall in Leos Haus bringen würde, nur damit irgendjemand ihre Sachen durchwühlte und Antworten auf Fragen fand, die sie ganz bewusst offenlassen wollte.

Sie fügte der wachsenden Sammlung in ihrem Rucksack also die Papiere und ein paar Kleidungsstücke hinzu und warf noch eine Rolle Paketband hinterher, unübertroffen als Waffe und als Werkzeug, das einzige, was sie wirklich niemals vergaß. Dann legte sie die Sachen, die sie zurücklassen würde, wieder in die Truhe. Bei den Fotos hielt sie inne. Zog eines aus der Schutzhülle und besah sich die Gesichter, die sie all die Monate über nicht gewagt hatte zu betrachten. Die Freundlichkeit, die sie einst gespürt, den Frieden, den sie für kurze Zeit empfunden hatte. Mit den Bildern kam auch das Gefühl des Verlustes zurück und dann der Schmerz, ein Messerstich ins Herz, den sie ausgeblendet, unterdrückt und vergraben hatte.

Sie drehte das Foto um, streichelte mit dem Daumen die Rückseite, schob es wieder zu den anderen und steckte es ebenfalls in den Rucksack. Klappte die Truhe zu und schloss sie ab. Mehr Abschied würde es nicht geben, und wenn sie nie mehr zurückkehrte, würden ihre Gastgeber irgendwann annehmen, dass sie verschwunden war, würden sich ihre Habseligkeiten aneignen und das Zimmer anderweitig vermieten. Falls sie nie wieder zurückkehrte, hatte sie jetzt alles dabei, was sie unter keinen Umständen verlieren durfte.

Munroe machte die Tür auf und wäre beinahe mit dem Teenagermädchen zusammengestoßen, das in der Küche herumwerkelte. Das Mädchen senkte den Blick und trat beiseite, um ihr Platz zu machen.

»Wo ist dein Bruder?«, wollte Munroe wissen, und das Mädchen zeigte zur Wohnungstür. Munroe legte eine kleine Rolle mit Geldscheinen auf den Tresen. »Sag ihm, dass ich da war. Sag ihm, er soll mir das Zimmer noch einen Monat lassen.«

Das Mädchen nickte, und Munroe, die nicht wollte, dass es sich noch unwohler fühlte – schließlich glaubte es, mit einem jungen Mann allein zu sein –, ging hinaus, zog die Tür hinter sich ins Schloss und blickte, während sie die Treppe hinunterging, auf ihre Armbanduhr.

Sie hatte Leo zwar geraten, erst morgen zur Khat-Stunde an Bord zu gehen, aber Leo würde nicht auf sie hören. Er würde, wie geplant, mitten in der Nacht das Schiff besteigen. Sie hatte noch Zeit. Nicht viel, aber genug, um zu Fuß zurückzugehen, und so machte sie sich mit langen Schritten auf den Weg, während ihr Gehirn ununterbrochen arbeitete und alles, was sie über diesen Auftrag wusste, von allen Seiten beleuchtete. Was hatte Leo ihr alles verschwiegen?

Sie war vierzig Minuten zu früh da und wartete auf der Straße, an einer Stelle, von wo sie das Tor im Auge hatte und sehen konnte, was dahinter vor sich ging. Sie wartete ab, bis die Autos beladen und die Männer eingestiegen waren. Leo legte, während Amber schon auf dem Beifahrersitz saß, die Hand auf das Dach des Mitsubishi und sah sich noch einmal um. Er suchte nach ihr, wartete auf sie, war so überzeugt von ihrer Bindung an Amber Marie, dass er sich nicht vorstellen konnte, dass sie sich für die zweite Alternative entschieden hatte und einfach verschwunden war. Obwohl Natan ihm gesagt haben musste, dass sie weggegangen war.

Munroe machte ein paar Schritte auf das Tor zu und trat in den Lichtkegel der Scheinwerfer. Als Leo sie sah, nickte er. »Du bist spät dran«, sagte er.

Sie blieb stehen und blickte ihm direkt in die Augen. Das hatte sie bis dahin noch nie gemacht. Ließ ein verschlagenes, kleines Grinsen sehen, um sein Bild von ihr ein wenig zu erschüttern, und steuerte den Land Cruiser an. Natan mit dem Aua-Knöchel saß am Steuer und betrachtete neugierig ihren Rucksack, der jetzt eindeutig voller war als zuvor.

Sie grinste auch ihn an, während sie ihren Rucksack zu den anderen auf die Ladefläche des Wagens warf. Dann setzte sie sich auf die Rückbank neben Victor. Er begrüßte sie mit einem Kopfnicken, das ihr deutlich machte, dass er – wie vermutlich auch alle anderen Teammitglieder – den unausgesprochenen Grund kannte, weshalb sie zum Mitkommen verdonnert worden war.

Sie erwiderte sein Nicken.

Victor war nüchterner und älter als die anderen, und vielleicht war er der Einzige, der hinter ihre Fassade der Jugend und der Unerfahrenheit blicken konnte. Für die anderen war sie ein Außenseiter, ein notwendiges Übel, das zwar nützlich war, dem man aber nicht vertrauen konnte. Gerade deshalb hatte Victor sie unter seine Fittiche genommen und war so etwas wie ihr Mentor geworden. Sie hatte es zugelassen. Sie freute sich über seine Fürsorge, trotz ihrer inneren Abgestumpftheit. Wahrscheinlich war Victor der Einzige, dessen

Verstand unter den gegebenen Umständen halbwegs normal arbeitete, weil er nicht komplett von blinder Loyalität gegenüber dem Anführer vernebelt wurde.

Munroe knallte die Tür ins Schloss, und Leo, der sie die ganze Zeit über nicht aus den Augen gelassen hatte, drehte sich um und setzte sich ans Steuer des Führungsfahrzeugs.

Kapitel 3

Sie fuhren im Konvoi los, gelangten von dunklen Gassen auf besser beleuchtete Straßen und steuerten dann den nördlichen Stadtrand an. Hier befand sich der älteste Teil des Hafens. Im Gegensatz zu den modernen Anlagen auf der anderen Seite der Bucht mit ihren riesigen Brückenkränen, die wie mächtige Fesseln über gewaltige Containerschiffe geschoben wurden, machte an diesen Anlegern eine sehr viel bescheidenere Mischung aus den Segelbooten der Einheimischen und altertümlichen Stückgutfrachtern fest, um stapelweise Kisten und Ballen zu entladen oder aufzunehmen.

Leo reichte dem Posten am Tor die Papiere, die zur Durchfahrt notwendig waren, Papiere, die Munroe unter erheblichem Aufwand beschafft hatte. Sie stellten sicher, dass niemand kontrollierte, was sie alles mit auf das Hafengelände brachten. In der Vergangenheit war sie von ihren Kunden für diese Art von Arbeit hervorragend bezahlt worden. Hier hingegen regelte sie das alles für ein winziges Entgelt und ohne auch nur annähernd dafür gewürdigt zu werden. Leo hatte keine Ahnung, welches Geschick für diese Aufgabe notwendig war. In seinen Augen war sie nichts weiter als ein Lakai, ein austauschbarer Handlanger, ganz anders als die großen Jungs mit den schweren Gewehren. Aber das machte ihr nicht das Geringste aus.

Der Wachposten winkte sie durch, und das Führungsfahrzeug fuhr durch ein Spalier aus Schiffscontainern, jeweils vier oder fünf übereinander, um schließlich zum Stückgutterminal und dem Frachter, auf dem sie angeheuert hatten, zu gelangen.

Vier Schiffe lagen am Anleger, wo ein paar Arbeiter immer noch damit beschäftigt waren, die Überreste irgendeiner Ladung wegzufegen. Ansonsten war es überwiegend ruhig. Die Schiffsagenten waren längst zu Hause, und genau deswegen hatte Leo beschlossen, um diese Uhrzeit an Bord zu gehen.

Auf einem festgemachten Schiff geschieht nichts ohne Wissen oder Zustimmung des Schiffsagenten. Er ist so etwas wie der verlängerte Arm, die Augen und die Ohren des Schiffseigners oder des Charterers, und eigentlich hätte er auch die Abfahrt überwachen müssen. Dass sie ihn mit dieser Aktion hintergingen, bedeutete, dass sie den Eigner hintergingen. Sie schmuggelten Waffen in den Hafen, ohne Genehmigung.

Dabei war, im Gegensatz zu vielen anderen Ländern, der Transport von Waffen in Dschibuti grundsätzlich erlaubt. Es gab sogar ein eigenes Transportsystem für Schiffsbegleiter, die den Transfer vom Flughafen zum Seehafen bewältigen mussten. Das war einer der Gründe, weshalb Leo Dschibuti als Operationsbasis gewählt hatte – die Gesetze hier ersparten ihm den logistischen Dauerstress und die zusätzlichen Kosten durch ein Waffenarsenal irgendwo in internationalen Gewässern. Außerdem musste er die Gespräche mit potenziellen Kunden so nicht auf irgendwelchen Schiffen führen. Sicherlich musste er trotzdem Abgaben bezahlen und Papierkram erledigen, musste Zeit und Geld opfern, aber das war bisher nicht der Rede wert gewesen. Heute Nacht jedoch unternahm Leo alles, um irgendwelche Berührungspunkte mit den Behörden zu vermeiden. Was automatisch zu der Frage führte: Wenn weder der Schiffseigner noch die für die Fracht verantwortliche Spedition diese bewaffnete Eskorte bezahlten, wer tat es dann? Und warum? Schließlich waren Leo und seine Leute zwar nicht ganz so teuer wie etliche der größeren, bekannteren Schiffsbegleitungsagenturen, aber immer noch alles andere als billig.

Das Führungsfahrzeug fuhr bis zum Ende des Anlegers und hielt ungefähr auf Höhe der Mitte des letzten Schiffes an. Natan stellte den Land Cruiser direkt daneben ab. Der Frachter war größer, als Munroe erwartet hatte. Liberianische Flagge, sechs-, vielleicht auch siebentausend Tonnen, rund hundertfünfzig Meter lang, mit drei Frachträumen und zwei Deckkränen. Er lag tief im Wasser, die Freibordmarke höchstens fünf Meter über dem Wasserspiegel, und war auf den ersten Blick entweder alt oder nicht gut instand gehalten.

Munroe stieg aus dem Wagen und schnappte sich zusammen mit den anderen das Gepäck. Der Kapitän kam die Gangway herab, beobachtet von etlichen Besatzungsmitgliedern, die an der Reling lehnten. Er war klein und stämmig und ziemlich wohlgenährt. Das gleißende Licht der Hafenscheinwerfer fiel auf sein wettergegerbtes Gesicht und die spärlichen Haare und verlieh ihm das Aussehen eines Sechzigjährigen, doch seine Körperhaltung und, mehr noch, die Art und Weise, wie er sich bewegte, ließen ihn wie Anfang fünfzig wirken. Außerdem war Munroe sich ziemlich sicher, dass er irgendwann auch eine militärische Ausbildung genossen hatte.

Leo ging auf ihn zu, und sie schüttelten einander die Hand und wechselten ein paar Worte in schlechtem Englisch. Munroe ging in die Knie, um die Riemen ihres Rucksacks fester zu zurren, weit genug entfernt, um unauffällig zu wirken, aber dicht genug, um mitzubekommen, wie der Kapitän joviale Sprüche klopfte. Sein freundschaftliches Gehabe war so überschwänglich, dass es unmöglich echt sein konnte. Und dann, ein, zwei Augenblicke später, als hätte ihn das Ganze sehr erschöpft, wies er mit einer großen Armbewegung auf die Gangway und sagte: »Wir haben es eilig. Bitte. Deine Männer sollen sich beeilen, damit wir schnell wegkommen.«

Leo drehte sich zu Victor um und wies mit einem Kopfnicken auf das Schiff. Der Spanier schnappte sich seine Sachen, setzte sich in Bewegung, und die drei anderen folgten ihm. Munroe ließ sie an sich vorbeigehen, in der Hoffnung, dass sie die letzten Worte des Gesprächs zwischen Leo und dem Kapitän noch aufschnappen konnte, aber sie sagten nichts, während die Männer an Bord gingen. Als ihr Zögern langsam auffällig wurde, erhob sie sich, ging den anderen widerwillig nach und ließ die Chefs mit ihren Chefsachen allein.

An Deck spürte sie bereits das Vibrieren der Ölpumpen. Das erklärte auch, weshalb die Besatzung geschlossen an Deck war: Sie wollten die Leinen lösen und warteten nur auf das Kommando zum Ablegen. Die Männer sahen sie an, machten aber keine Anstalten, ihr die Hand zu geben oder sie anzusprechen. Sie trugen nicht die falsche Freundlichkeit ihres Kapitäns zur Schau, wenngleich die Neugier auf ihren Gesichtern den Schluss nahelegte, dass diese Crew – wenn nicht sogar dieses Schiff – zum ersten Mal von einer bewaffneten Eskorte begleitet wurde.

Munroe blieb neben der Gangway stehen, ließ den Rucksack von der Schulter gleiten und stellte ihn neben sich ab. Victor und die anderen gingen weiter Richtung Achterdeck. Dort erhob sich ein fünfstöckiger Turm mit den Arbeits- und Mannschaftsquartieren. Das Deck war lang und breit genug, um zusätzliche Fracht aufzunehmen, falls die Ladeschächte voll waren. Im Moment war das Deck jedoch leer. Die Fracht – Reissäcke, wie Leo gesagt hatte, humanitäre Hilfe für den Südsudan, die über Mombasa, Kenia, geliefert werden sollte – passte also komplett in die Frachträume. Munroe sah sich nach den nächstgelegenen Einstiegsluken um und fragte sich, ob er wirklich so dämlich war oder nur sie für so dämlich hielt.

Der Kapitän kam an Bord, während Leo noch auf dem Anleger stand. Er hatte den Arm um Amber gelegt. Im Gegensatz zur Besatzung, die lieber für sich blieb, kam der Kapitän auf Munroe zu und streckte ihr die Hand entgegen. Sie schlug ein, und er schüttelte kräftig, um ihr deutlich zu machen, wer hier das Sagen hatte.

»Sprichst du Englisch?«, fragte er.

Sie nickte.

»Gut. Sehr gut«, meinte er und hieß sie dann mit einem weiteren Schwall übertrieben freundlicher Worte an Bord willkommen: Eine Minute Smalltalk, vielleicht auch zwei, dann hatte er seine Pflicht erfüllt. Er drehte sich zu einem seiner Männer um und rief ihm einen Befehl zu. Dann ging er durch die Tür, durch die auch der Rest des Teams verschwunden war, und Munroe wandte sich zurück zum Anleger, um zu sehen, ob dort vielleicht jemand stand, der ungewöhnliches Interesse an der Ankunft und Abfahrt der bewaffneten Schiffsbegleiter zeigte.

Doch angesichts der Lichtverhältnisse und der Entfernung war nicht allzu viel zu erkennen, und so lehnte sie sich, nachdem sie nichts Verdächtiges bemerkt hatte, über die Reling, um nach Leo zu sehen und unverhohlen seinen Abschied von Amber zu beobachten. Es war kindisch, ihn so zu piesacken, aber angesichts der besonderen Umstände machte es das lediglich noch reizvoller. Er fing ihren Blick auf, gab seiner Frau einen letzten Kuss, dann drehte Amber sich um und setzte sich ans Steuer des Mitsubishi.

Munroe konnte ihr Gesicht nicht sehen, aber da sie das Ganze mittlerweile acht Mal mitgemacht hatte, wusste sie, dass Ambers Fassade, sobald sie allein in dem Wagen saß, erste Risse bekommen würde. All ihr Schmerz, all ihre Bedürftigkeit, die sie draußen auf dem Anleger noch zurückgehalten hatte, würden nach außen brechen, und die Tränen würden fließen.

Die Autos wendeten, und als Leo das Deck erreicht hatte, war Amber schon nicht mehr zu sehen. Er blieb kurz bei Munroe stehen und grinste sie an, um ihr zu demonstrieren, dass ihr Verhalten ihn nicht gestört hatte. Sie nahm ihren Rucksack und ging ihm nach.

»Warst du schon mal auf einem Schiff?«, wollte er wissen.

»Das ist nicht meine erste Reise.«

Er runzelte die Stirn, als hätte er gehofft, dass sie bereits in der ersten Nacht seekrank werden würde, und als sei er jetzt enttäuscht, dass es vielleicht nicht so sein würde. Dann kletterte er die Leiter – Landratten hätten »Treppe« gesagt – zur Brücke hinauf, während sie durch die gleiche Tür ging wie der Rest des Teams.

Der Bootsmann schickte sie ein Stockwerk höher zu den Rudergängern und den Mechanikern. Ihre Koje befand sich ganz am Ende des Gangs – eine Unterkunft für eine Person, die aber von zweien benutzt werden würde, weil Leos Wachen immer abwechselnd zum Dienst eingeteilt waren.

Als sie die Kammer betrat, war Victor bereits da. Das war ihr recht, und sie hatte den leisen Verdacht, dass er diese kleine Wohngemeinschaft absichtlich arrangiert hatte. Munroe ließ ihre Sachen auf den Boden fallen, und Victor sagte, ohne den Blick von den vielen Ausrüstungsgegenständen zu nehmen, die er bereits auf der Koje ausgebreitet hatte: »Leo hat gesagt, dass du die erste Wache hast.«

»Er auch?«

Victor nickte. »Kennst du dich aus mit Schiffen?«

Es war dieselbe Frage, die Leo ihr auch gestellt hatte, allerdings eher von einer gewissen Anteilnahme motiviert als von dem Wunsch, sie rückwärts essen zu sehen.

»Ich bin schon ein paarmal auf einem gefahren«, meinte sie.

Victor wackelte grinsend mit dem Zeigefinger. »Du hast deine Geheimnisse«, sagte er, und als sie sah, wie sein grau melierter Vollbart zuckte, musste sie selbst lächeln. Er hatte bereits seine halbe Tasche ausgepackt und auf dem Bett ausgebreitet: tragbare UKW-Funkgeräte, Schutzkleidung und zur zusätzlichen Absicherung noch einmal Ersatz für seine Ersatzutensilien. Jetzt gerade beschäftigte er sich mit seiner AK-47. Leos gesamtes Team war mit dieser Maschinenpistole ausgerüstet, weil passende Ersatzteile und Munition in diesem Teil der Welt weit verbreitet waren und das Stakkato der Schüsse nicht vom Feuer der Feinde zu unterscheiden war.

Doch dank Leo würde sie völlig unbewaffnet Wache halten. Sie war nichts als ein willenloses Objekt, das seine Befehle zu befolgen hatte. Victor reichte ihr ein Funkgerät und einen Ohrstöpsel, dann nickte er in Richtung seines kugelsicheren Helms. »Kannst du benutzen, wenn du willst«, sagte er. »Wir tauschen, wenn wir uns ablösen.«

»Du willst also nicht, dass ich sterbe, so wie Leo?«, sagte sie.

Er kicherte, und als er sah, wie sie seine Waffe anstarrte, fragte er: »Hast du so was schon mal benutzt?«

»So etwas Ähnliches«, gab Munroe zurück. Dieses Mal brach er in lautes Gelächter aus, als hätte sie ihm einen Witz erzählt, den nur sie und er verstehen konnten. Erneut drohte er ihr mit dem Zeigefinger. Es war so etwas wie seine typische Handbewegung. »Du kennst dich mit Schiffen aus und du benutzt Waffen.« Er streichelte seine MP, dann hielt er inne und schüttelte den Kopf. »Du denkst dir Sachen aus.«

Sie zuckte lächelnd mit den Schultern. Vermutlich hatte sie schon mehr Zeit auf den Weltmeeren zugebracht als er, überwiegend auf Zigarettenschmugglerbooten und den umgebauten Fischkuttern, die die kleineren Boote auf den längeren Strecken durch die Bucht von Biafra geschleppt hatten. Das alles war Teil des Waffenschmuggler-Unternehmens gewesen, vor dem sie im Alter von siebzehn Jahren geflüchtet war. Auf

Schiffen hatte sie gelacht und geliebt und getötet, auf einem Schiff hatte sie ein Leben verlassen, um ein anderes zu beginnen. Nur um jetzt, über zehn Jahre später, wieder genau am selben Punkt angelangt zu sein.

Victor gab ihr die Waffe, zeigte ihr die beweglichen Teile, und sie hörte zu, ließ sich alles erklären, was er für erklärenswert hielt, und als er schließlich überzeugt war, dass sie alles verstanden hatte, nahm er das Gewehr an sich und wandte sich wieder seiner Arbeit zu.

Das Schiff zitterte unter ihren Füßen. Das bedeutete, dass die Leinen los waren und die Reise begann. Munroe verließ die Kabine und ging zum Hauptdeck, wo Leo sie bereits erwartete. Leo, der keine Ahnung hatte, wie viel Überredungskunst und beschwörende Worte sie gebraucht hatte, um dafür zu sorgen, dass der Schlepper und der Lotse um diese Zeit einsatzbereit waren. Ein solches Arrangement hatte er noch nie zuvor benötigt und würde er höchstwahrscheinlich nie wieder benötigen. Es war eine Aufgabe, die er niemals auf ihren Schultern hätte abladen dürfen, aber er hatte es getan. Alles nur, weil der Schiffsagent von ihrer Anwesenheit an Bord nichts wissen durfte.

Kapitel 4

Munroe stand an Deck der *Favorita*. Das Nachtsichtglas baumelte an ihrem Handgelenk, und sie starrte über das Wasser hinweg auf die stecknadelkopfgroßen Lichtpunkte, die die allumfassende Dunkelheit durchbohrten, während sich das Schiff in stetigem, sanftem Auf und Ab seinen Weg durch die Wellen des Ozeans bahnte.

Die Geschwindigkeit betrug zwölf, vielleicht auch dreizehn Knoten, in Landratten-Terminologie also etwa zweiundzwanzig bis vierundzwanzig Stundenkilometer. In Hochrisiko-Terminologie ein langsames und leicht zu treffendes Ziel. Leo hatte ihr vor einer Stunde diesen Platz zugeteilt, verbunden mit der Anweisung, Wache zu halten. Seither hatte sie nichts anderes gemacht, als exakt an dieser Stelle zu stehen. Sie wusste genau, dass er sich darüber ärgern würde. Sie trug keine Verantwortung für das Schiff und seine Besatzung, und deshalb gab es auch keinen Grund, so zu tun, als ob sie sich irgendwie verantwortlich fühlte.

Noch zwei Stunden bis zur Morgendämmerung. Wenn alles so lief, wie sie es sich vorgestellt hatte, würde seine Wut auf sie und ihre Gleichgültigkeit im Lauf der Zeit immer größer werden, bis er sie irgendwann in Ruhe ließ und sich nur noch wünschte, er hätte sie in Dschibuti zurückgelassen.

Munroe blickte nach achtern und entdeckte seine schemenhafte Gestalt beim Patrouillengang auf der Backbordseite der Brücke, gut fünfzehn Meter über dem Hauptdeck, aufgedonnert mit Kampfweste und Helm, die Automatik fest in beiden Armen. Welch ein Kontrast zu der Taschenlampe und der Trillerpfeife, die er ihr in die Hand gedrückt hatte. Sie hatte beides in die Taschen ihrer Kampfweste gesteckt, weil sie nicht die Absicht hatte, die Dinger zu benutzen.

Als er sie zum ersten Mal mit der Weste gesehen hatte, hatte er sie ausgelacht, als hätte er ein kleines Kind vor sich, das Verkleiden spielt. Hatte sie gefragt, wo sie das Ding herhatte und was alles in den Taschen war. Sie hatte die Antwort verweigert, woraufhin er wütend davongestapft war. Während sie ihm hinterhergeblickt hatte, hatte sie krampfhaft überlegt, was Amber Marie bloß an ihm finden mochte. Amber war klug und unabhängig, sah über seinen Napoleon-Komplex hinweg und fügte sich in ein Leben ein, das sie gründlich verabscheute. Alles für einen Mann, der öfter weg war als zu Hause. Was immer Leo ihr gab, was immer Munroe nicht sehen konnte, Amber liebte ihn so sehr, dass sie alles andere dafür ertrug.

Munroe wandte den Blick wieder hinaus aufs Wasser, auf die unsichtbare Gefahr, die dort auf sie lauerte. Oder auch nicht. Der Kapitän hatte nordöstlichen Kurs eingeschlagen, vermutlich um den für den internationalen Durchgangsverkehr empfohlenen Transitkorridor anzusteuern, eine zwischen Jemen und Somalia verlaufende, nicht gekennzeichnete Seestraße. Hier, entlang der meistbefahrenen Schifffahrtsroute der Welt, patrouillierten auf einer Strecke von rund tausend Kilometern Kriegsschiffe aus zwei Dutzend verschiedenen Nationen.

Für die somalischen Piraten hatte sich das Blatt in den letzten Jahren gewendet. Die Zahl der versuchten Überfälle war stark zurückgegangen und nicht mehr vergleichbar mit der Zeit, als dramatische Schiffsentführungen und Multimillionen-Dollar-Lösegelder die internationalen Schlagzeilen erobert hatten. Doch die Bedrohung war immer noch existent.

Es wurden immer noch Schiffe entführt, nur eben weniger als zuvor. Die Fahrt durch den Golf von Aden war ein kalkuliertes Risiko: Das Meer war zu riesig, als dass die Kriegsschiffe auf jeden Notruf reagieren konnten, aber bei zweiundzwanzigtausend Schiffen pro Jahr standen die Chancen durchzukommen eigentlich ziemlich gut. Und eine bewaffnete Eskorte an Bord war fast so etwas wie eine Garantie. Noch nie war ein bewaffnetes Schiff entführt worden, trotz mehrfacher Versuche.

Die Wachen, die eine bewegliche Festung zu verteidigen hatten, waren im Vorteil, weil sie sich über den Angreifern befanden. Außerdem waren sie besser ausgebildet und ausgerüstet, sodass drei oder vier Wachen effektiver waren als zwanzig Piraten auf ihren kleinen Booten. Trotzdem waren die meisten Handelsschiffe ohne Bewachung unterwegs. Bewaffnete Schutztrupps waren teuer, nicht unumstritten und – je nachdem, unter welcher Flagge das Schiff fuhr – vielfach sogar illegal.

Leo ging jetzt auf die andere Seite der Brücke und verschwand aus Munroes Blickfeld, also setzte sie sich auf das Deck, den Rücken an die Reling gelehnt. Ihr gegenüber, nur schemenhaft hinter dem Kran überhaupt zu sehen, hielt David Wache, und zwar so, wie man eigentlich Wache halten sollte. Er war mit Leo seit ihrer gemeinsamen Zeit in der französischen Fremdenlegion befreundet: zwei Männer, die bereits als Team zusammengearbeitet hatten und die sich jetzt als Schiffsbegleiter verdingten, um mit ihrer gefühlten Nutzlosigkeit irgendwie fertigzuwerden. Genau so würde es von nun an ablaufen, bis sie in Mombasa anlegten – vier Stunden Wache, vier Stunden frei. Der Dienstplan zerhackte die Tage und Nächte in Acht-Stunden-Segmente, sodass sie mehrere Schichten abwarten musste, bis ihre Freistunden so lagen, dass die meisten anderen an Bord schliefen und sie unbeobachtet und ungehindert auf Entdeckungstour gehen konnte.

Munroe stand wieder auf, und fast wie auf Kommando ertönte Leos Stimme in ihrem Ohrstöpsel. Sie fummelte absichtlich ungeschickt mit dem Mikrofon herum und redete dann viel zu laut, weswegen er sie mit Flüsterstimme anherrschte. Sie musste grinsen. Er gab ihr Anweisung, auf der Backbordseite auf und ab zu gehen und aufmerksam zu bleiben. Also setzte sie sich in Bewegung, schlenderte gemächlich vom Bug zum Heck und wieder zurück, während der Wind ihr die Gischt ins Gesicht wehte. Dabei überlegte sie gründlich, wog immer wieder Wahrscheinlichkeiten und Fakten gegeneinander ab. Denn auch wenn ihr das Schicksal des Schiffes gleichgültig war, ihr eigenes Schicksal war es nicht. Ganz egal, was Leo behauptet hatte, das hier war keine normale Fahrt, kein normaler Auftrag, und sie war wild entschlossen, irgendwann wieder an Land zu gehen, ganz egal, wie viel Mist die anderen bauen mochten.

Die Sonne ging auf, und Victor kam zusammen mit den anderen zur Ablösung nach draußen. »Alles gut?«, erkundigte er sich.

Sie zog die Taschenlampe aus ihrer Tasche und übergab sie ihm. »Deine Waffe«, sagte sie. »Nur für den Fall.« Sein Bart zuckte, und er drohte ihr wieder mit dem Zeigefinger, also gab sie ihm auch noch die Trillerpfeife.

Er lachte laut, und sie machte sich grinsend auf den Weg Richtung Kombüse, wo sie sich etwas zu essen besorgen und versuchen wollte, ihren Schiffskameraden die eine oder andere interessante Einzelheit zu entlocken. Die Hierarchien in Leos Team waren viel zu flach, als dass sie in das übliche Schema – hier die Offiziere, dort die Mannschaft – gepasst hätten. Daher hatten sie sich angewöhnt, sich auf See ihren Gastgebern anzupassen. Auf der *Favorita* bedeutete dies, dass

Leo und David in der Offiziersmesse aßen, sich bei den Offizieren aufhielten und auch auf dem Offiziersdeck schliefen, während der Rest des Teams der Schiffsbesatzung zugerechnet wurde.

Genau so war es Munroe auch am liebsten, weil dadurch genügend Abstand zwischen Leo und ihr lag. Ihr Interesse galt ohnehin in erster Linie der Crew. Sie aß schweigend und hörte zu, wie der Smutje und der Mechaniker sich in der auf den Philippinen am weitesten verbreiteten Sprache, dem Tagalog, unterhielten, ohne dass sie ein einziges Wort verstand. Aber sie konnte die Körpersprache deuten und bekam außerdem mit, dass der Kapitän mehrfach erwähnt wurde.

Nach allem, was sie bisher beobachtet und gehört und dem Smutje noch kurz vor dem Ablegen entlockt hatte, hatte das Schiff drei Offiziere und dreizehn Crewmitglieder. Der Kapitän war Russe, der Erste und Zweite Offizier sowie der Mechaniker stammten aus Polen. Die Mannschaft bestand überwiegend aus Filipinos, dazu noch drei Ägypter. Sie wusste nicht, wie lange der Kapitän schon auf der *Favorita* fuhr, jedenfalls länger als der Smutje, und der war seit vier Jahren an Bord.

Der Mechaniker verließ die Kombüse, und der Smutje widmete sich wieder seiner Arbeit, während Munroe sich in ihre Koje legte. Doch statt einzuschlafen, führte sie einen Kampf gegen die erwachenden Erinnerungen, die manchmal leichter und manchmal schwerer zu verdrängen waren. Unruhig warf sie sich von einer Seite auf die andere, aber als ihr klar wurde, dass es sowieso keinen Zweck hatte, zog sie das Päckchen aus ihrer Westentasche und strich mit den Fingern über die Rückseite des Fotos. Hielt es lange fest und dachte an Miles Bradford, ihren Geliebten, ihren Lebensretter, ihren Gefährten und Freund, stellte so die einzig mögliche Verbindung zu ihm her.

Im Verlauf der vergangenen elf Monate hatte sie ihn ein

einziges Mal kontaktiert, hatte ihm einen Zeitungsausschnitt mit dem Foto einer ausgebrannten Jacht zugeschickt, die das Ende einer Bestie in Menschengestalt bedeutet hatte. Dieser Mann hatte mit jungen Mädchen gehandelt, und um Haaresbreite hätte er sowohl ihr als auch Bradfords Leben ausgelöscht. Durch den Zeitungsausschnitt hatte sie ihm mitgeteilt, dass sie gesiegt hatte und noch am Leben war. Und sie hatte mit Hilfe von Einträgen im Blog seiner Firma aus der Distanz verfolgt, wie es ihm ging. Er legte dort immer wieder Brotkrumen für sie aus, weil ihm klar sein musste, dass sie irgendwo untergetaucht war und ihn aus dem Schatten heraus beobachtete. Allerdings waren die Brotkrumen in letzter Zeit seltener geworden, und die Versuchung zurückzukehren stärker.

Die Trennung schmerzte sie, aber das war immer noch besser als der Tod, der sie verfolgte und der unausweichlich immer diejenigen traf, die sie am meisten liebte. Vielleicht war das ja der richtige Weg, damit sie beide am Leben bleiben konnten.

Munroe erwachte vom Drehgeräusch des Türgriffs, wurde aus dem Schlaf gerissen, obwohl sie sich nicht daran erinnern konnte, eingeschlafen zu sein. Und noch bevor die Tür ganz aufgeschwungen war, war sie aufgesprungen, um sich gegen den vermeintlichen Eindringling zur Wehr zu setzen.

Victor stand wie angewurzelt in der Tür, einen Fuß auf der Schwelle, das Gewehr ungefähr in ihre Richtung gerichtet. Die Verwirrung war ihm überdeutlich ins wettergegerbte Gesicht geschrieben.

Munroe hob entschuldigend die Hände. »Hab schlecht geträumt«, sagte sie und wich bis an die Kojenkante zurück. »Ich bin eingeschlafen. Wollte ich eigentlich gar nicht. Tut mir leid, dass ich verschlafen habe.«

Victor ließ den Lauf der Waffe sinken, schob sich an ihr vorbei und zwängte sich in die Koje. Er schälte sich aus seiner Kampfmontur. Munroe bückte sich, um das Päckchen mit den Fotos vom Boden aufzuheben, griff nach ihrer Weste und ging mit gesenktem Kopf und ohne Victor anzuschauen nach draußen. Es war ihr peinlich, dass er Zeuge ihrer emotionalen Entgleisung geworden war.

Leo quittierte ihre Verspätung mit wütenden Blicken. Sie drehte ihm den Rücken zu und starrte aufs Wasser hinaus, damit die Monotonie sie von der Last befreite, die der Schlaf ihr nicht nehmen konnte. Aus Zeit wurde Eintönigkeit, sie passte sich dem gleichmäßigen Rhythmus der Wogen des Meeres an und verschmolz mit den Umdrehungen der Uhrzeiger.

Nach ihrer dritten Schicht, als sie nicht einmal mehr so tat, als würde ihre Aufgabe sie auch nur ansatzweise interessieren, gab Leo auf. Von da an verschwand sie endgültig von der Bildfläche und achtete sorgfältig darauf, nicht mehr gesehen zu werden. Sie umrundeten das Horn von Afrika und wandten sich dann nach Süden, parallel zur somalischen Küste, vermutlich mit großem Abstand zum üblichen Kurs, um das Risiko einer Piratenbegegnung möglichst gering zu halten. Bei Nacht wurden sämtliche Positionslichter gelöscht, um keine unnötige Aufmerksamkeit zu erregen.

Tagsüber schlief sie oder unterhielt sich mit der Besatzung. Sie mied ihre Koje, ihre Kabine, und versuchte, jedes Risiko einer Enttarnung, umgeben von lauter Menschen, denen sie misstraute, zu vermeiden. Wenn sie schlief, dann immer an Deck, zwischen irgendwelchen Ersatzteilen oder in verborgenen Nischen, die sie auf ihren Streifzügen entdeckt hatte. In den Nächten und den frühen Morgenstunden schlüpfte sie dann durch die Einstiegsluken in die Frachträume hinab.

Irgendetwas auf diesem Schiff machte die Besatzung nervös: Gespräche im Flüsterton, misstrauische Seitenblicke, angespannte Körperhaltung, nervöse Handzeichen. Sie suchte mit Hilfe von Leos Taschenlampe nach Ungereimtheiten in der Ladung, in der Art und Weise, wie die Reissäcke gestapelt waren, aber es dauerte über zwei Tage, bis sie bei einer ihrer Expeditionen in den Schiffsbauch die erste Transportkiste gefunden hatte. Sie lag unter zwei Schichten Reis, genau unterhalb der Ladeluke von Frachtraum eins.

Ein Holzsplitter brachte sie dann auf die Spur der nächsten Kisten. Sie suchte weiter, so lange, bis es keinen Zweifel geben konnte, dass sie auf ein umfangreiches Waffenlager gestoßen war, bestehend aus Handfeuerwaffen, russischen Sturmgewehren sowie Panzerabwehr- und Flugabwehrraketen. Gut möglich, dass noch mehr von diesem Zeug, vielleicht auch noch größere Kaliber, irgendwo tiefer unten oder in den anderen Frachträumen lagerte, aber das hier reichte völlig aus, um ihren Verdacht zu bestätigen und ihre offenen Fragen zu beantworten. Wenn diese Waffen auf legalem Weg ausgeführt und in Mombasa ausgeladen werden sollten, dann müssten sie nicht so versteckt transportiert werden. Das bedeutete, dass dieser Teil der Fracht noch vor der Ankunft in Kenia gelöscht werden sollte, und dafür gab es nur eine einzige Möglichkeit: Somalia.

Munroe deckte die Kiste wieder ab und machte sich auf den Weg zur Leiter, hangelte sich Stück für Stück nach oben Richtung Deck. Mit jeder Sprosse wuchs ihre Wut auf Leo. Er war gar nicht zum Schutz dieses Schiffes engagiert worden. Das war alt und transportierte keine wertvolle Fracht. Er war auch nicht zum Schutz der Besatzung engagiert worden. Denn anstatt einen Umweg von etlichen hundert Seemeilen zu machen, um der Gefahrenzone möglichst weiträumig auszuweichen, würden sie mitten hineinfahren. Er war engagiert worden, um für einen reibungslosen Ablauf der Waffenlieferung zu sorgen.

Am oberen Ende der Leiter angekommen, wurde sie angesichts einer solchen Unverfrorenheit richtiggehend vom Ekel geschüttelt. Die Tatsache, dass Waffen geschmuggelt wurden, ließ sie einigermaßen kalt – was das anging, brauchte sie sich bei ihrer persönlichen Geschichte nicht als Heuchlerin aufzuspielen. Aber Leo hatte mit *ihrem* Leben gespielt, hatte ihr absichtlich Informationen vorenthalten und ihr dadurch die Entscheidungsgewalt genommen. Das war vor allem deshalb so verwerflich, weil sie in seinen Augen lediglich ein unerfahrener junger Mann war. Wenn also irgendetwas schiefgehen sollte, hatte er damit ganz bewusst ihr Todesurteil unterschrieben.

Munroe kletterte ins Freie, kauerte sich zusammen, schloss die Luke, huschte geduckt in den Zwischenraum zwischen zwei Ladeschächten und wartete dann im Schatten der Lukeneinfassung, des sogenannten Lukensülls, bis Victor auf einem seiner Patrouillengänge an ihr vorbeikam. Sie entwarf in Windeseile unterschiedliche Strategien, je nach dem weiteren Verlauf, baute auf dem imaginären Schachbrett vor ihrem inneren Auge verschiedene Konstellationen auf, während kalte Berechnung die Oberhand über die glühende Wut gewann.

Selbst den Dummkopf zu spielen und bewusst zuzulassen, dass sie von anderen für deren Zwecke benutzt wurde, war eine Sache. Aber wie ein Dummkopf benutzt und behandelt zu werden, das war etwas vollkommen anderes.

Mit Sicherheit wusste auch Victor, was da zu ihren Füßen lagerte. Aber er hatte ihr den besorgten, mitfühlenden Kollegen vorgegaukelt. Dieser Verrat schmerzte sie viel mehr, als wenn alles nur von Leo ausgegangen wäre. Und Amber Marie? Was war mit ihr?

Munroe holte tief Luft und ließ die Wut dann langsam entweichen, damit die Vernunft ihren Platz einnehmen konnte. Eine gewisse Abgeklärtheit war jetzt in jedem Fall das Beste.

Dank ihrer Instinkte, geschärft in den Jahren als Jägerin und Gejagte in der Dunkelheit, spürte sie Victors Nähe, noch bevor sie ihn sah. Sie wartete, bis er an ihr vorbeigegangen war, erhob sich und schlich sich von hinten an, lautlos, unhörbar im Geräusch des Windes.

Victor zuckte zusammen, als er sie spürte. »Mein Gott«, stieß er hervor und wirbelte herum. »Bist du verrückt geworden?« Er wollte seinen Schrecken hinter einem bärtigen Grinsen verstecken und sagte: »Was hast du jetzt wieder für neue Geheimnisse?«

Sie blieb an seiner Seite, passte ihre Schritte seinen an. »Ich glaube eher, dass du es bist, der vor mir Geheimnisse hat.«

»Ich? Geheimnisse?«, erwiderte er, und in seiner Stimme lag eine grundehrliche Aufrichtigkeit, die sie traurig machte.

»Wo fährt dieses Schiff hin?«, wollte sie wissen.

»Das ist kein Geheimnis. Mombasa. Wissen wir alle.«

»Vor Mombasa.«

Er blieb stehen, drehte sich zu ihr um, und dann, im Schein des Mondlichts, änderte sich sein Gesichtsausdruck. Er hob die Augenbrauen, als hätte er angefangen zu verstehen.

»Ich habe mich in den Frachträumen umgesehen«, sagte sie. »Und habe ein paar interessante Sachen gefunden. Also, wo machen wir einen Zwischenstopp, um die Waffen auszuliefern?«

Victor ging weiter. »Du hast es nicht gewusst?«, sagte er.

»Was genau nicht gewusst?«

Er gab keine Antwort.

»Also, Leo weiß Bescheid, klar«, fuhr sie fort. »Du auch, und ich nehme an, David auch. Was ist mit Emmanuel? Und Marcus? Bin ich der Einzige, dem Leo nichts gesagt hat?«

»Er hat es mir unter vier Augen erzählt«, erwiderte Victor. »Und er hat gesagt, er sagt es auch allen anderen, aber dass wir nicht darüber sprechen dürfen.«

»Wie hoch ist dein Anteil?«, fragte Munroe.

»Wenn Leo rauskriegt …«, erwiderte Victor.

»Er ist der Letzte, dem ich irgendetwas verraten würde.«

»Ein Sechstel«, sagte er. »Zusätzlich zur Bezahlung für die Fahrt.«

Munroe blieb stehen. Wenn sie noch irgendwelche Skrupel gehabt hatte, dann fielen sie jetzt von ihr ab wie eine alte Schlangenhaut. Leo hatte tatsächlich die Frechheit besessen, sie zu einer illegalen Waffenlieferung zu zwingen, ohne sie an der Gefahrenzulage zu beteiligen.

Victor wartete auf sie, aber Munroe hatte nichts weiter zu sagen. Sie drehte sich um und ließ ihn stehen. Er zögerte kurz, dann setzte er seine Runde fort.

Munroe hielt sich im Schatten und bewegte sich nur dann, wenn die anderen außer Sichtweite waren, kletterte an der Innenseite nach oben, wo sie zwar möglicherweise entdeckt und vielleicht sogar gefangen genommen werden würde, aber, anders als auf der Außenseite, keinen Schatten werfen und so zum Ziel einer Kugel werden könnte. Sie war zwar bis jetzt noch nicht im Offiziersquartier gewesen, aber sie wusste, wo sich Leos Kabine befand und wie sie dorthin gelangen konnte. Sie hatte dem Bootsmann gelegentlich die eine oder andere unschuldige Frage gestellt, ihn in harmloses Geplänkel verwickelt, und hatte jetzt eine ziemlich klare Vorstellung davon, wie es dort aussah.

Sie erreichte das Stockwerk und ging den Gang entlang, still und leise wie der Rest des Schiffes. Dann stand sie vor der Kabine, die Leos sein musste, und stieß ruckartig die Tür auf.

Als sie eintrat, saß Leo bereits aufrecht im Bett und griff nach seiner Pistole.

»Du brauchst nicht zu schießen«, sagte sie.

Das Licht ging an, schmerzhaft hell, und Munroe schloss die Tür, lehnte sich mit dem Rücken dagegen und verschränkte die Arme vor der Brust.

Die Waffe fest in beiden Händen, die Mündung auf sie gerichtet, so schwang Leo die Beine über die Bettkante und sagte: »Was willst du denn hier?«

»Meinen Anteil«, erwiderte sie.

»Bist du verrückt geworden? Du kommst mitten in der Nacht in mein Zimmer und redest wirres Zeug.«

»Ich war im Frachtraum«, sagte sie. »Und ich kann einigermaßen rechnen. Du hast insgesamt sechs Leute auf dem Schiff. Ich gehöre dazu. Ich will meinen Anteil.«

»Aha.« Er grinste verschlagen, doch dann legte er die Pistole neben das Bett auf den Boden, zog die Beine nach oben und streckte sich aus, als wäre sie nichts weiter als ein unbedeutendes Ärgernis. »Deinen Anteil kriegt Natan«, sagte er.

»Aber Natan ist gar nicht hier. Ich schon.«

»Du bist vielleicht körperlich anwesend, aber du bist absolut keine Hilfe. Und außerdem würde ich dir niemals einen Anteil abgeben.«

»Natan ist nicht einmal körperlich anwesend«, erwiderte sie. »Das heißt, er ist noch nutzloser als ich.«

Leo stützte sich auf den Ellbogen, verharrte kurz und setzte sich dann wieder ganz auf. Er schwang die nackten Füße über die Kante und stellte sie auf den Boden. »Du hättest gar nicht in den Frachtraum gehen dürfen«, sagte er dann. »Du schnüffelst in Dingen herum, die dich nichts angehen.« Er machte eine dramatische Pause. »Könnte durchaus sein, dass dir etwas zustößt.«

Sie wich seinem Blick nicht aus, forderte ganz bewusst seine Autorität heraus. Wenn er in der Lage gewesen wäre, hinter das Bild, das er sich von ihr gemacht hatte, zu blicken, dann hätte ihn das stutzig machen müssen, vielleicht sogar unsicher. Aber seine Körpersprache sagte etwas anderes.

»Es geht mich sehr wohl etwas an«, sagte sie. »Du hast mir befohlen mitzukommen, hast mir dabei aber eine Menge entscheidender Details verschwiegen.«

Leo erhob sich langsam, die Schultern zurückgezogen, die Brust nach vorne gereckt, die Arme schlaff links und rechts des Körpers hängend, als würde allein diese Drohgebärde reichen, um sie, die mutmaßlich Schwächere, zu vertreiben.

Munroe folgte ihm mit Blicken, rührte sich aber nicht von der Stelle. »Natan ist nicht so schwer verletzt«, sagte sie. »Er hätte mitkommen können, wenn du wirklich gewollt hättest.«

Der Raum war so klein, dass Leo sie mit ausgestrecktem Arm hätte berühren können. Und jetzt machte er noch einen Schritt auf sie zu. Noch eine Herausforderung.

»Ich lasse mich nicht so leicht über Bord werfen, wie du vielleicht glaubst«, sagte sie.

»Du hast doch keine Ahnung.«

»Da täuschst du dich. Wie willst du die Ladung loswerden? Wir fahren bis dicht an die Küste, löschen die Kisten auf hoher See, und dann nichts wie weg? War das die Idee des Kapitäns, oder zieht da jemand anderes die Fäden?« Und weil sie sah, wie seine Beinmuskeln sich spannten, als ob er gleich noch einen Schritt machen wollte, fügte sie hinzu: »Noch näher zu kommen, wäre ein großer Fehler.«

Leo blieb bei dieser Warnung kurz stehen, dann lachte er. »Also gut«, meinte er. »Wie du willst.« Er wandte sich ab und setzte sich auf das Bett. Er hörte auf zu lachen und hob den Blick. »Verschwinde.«

»Ich will meinen Anteil haben.«

»Genug geredet«, erwiderte er. »Du verschwindest sofort, oder ich sorge eigenhändig dafür.«

Sie rührte sich nicht. Sagte nichts.

Er war kleiner als sie. Mit erhobenen Händen kam er auf sie zu, als wollte er sie am Kragen packen und auf die Koje werfen. Die Zeit verging langsamer, dehnte sich aus. Der Instinkt verdrängte die Vernunft und übernahm das Kommando. Mit einer Reaktionsschnelligkeit, die sie sich während ihres Überlebenskampfes mühsam angeeignet hatte, blockte sie seinen Angriff ab. Ihre persönliche Geschichte, die sie zu dem gemacht hatte, was sie war, verlangte kreischend den Tod ihres Gegners, doch sie hatte im Lauf der Jahre gelernt, ihre Triebe im Griff zu behalten.

Nach nicht einmal zwei Sekunden waren Angriff und Gegenschlag vorbei. Leo hielt inne. Ihre Reaktion hatte ihn verwirrt. Gebeugt stand er vor ihr, mit verschränkten Händen. Verwunderung und Wut waren ihm überdeutlich ins Gesicht geschrieben. Munroe nickte und machte die Tür auf, trat in den Gang und zog sie hinter sich ins Schloss. Wenn das Spiel, das sie spielten, Täuschung und Offenbarung hieß, dann stand es jetzt eins zu eins.

Kapitel 5

Am späten Nachmittag des nächsten Tages verließ Munroe die vergleichsweise tröstliche Umgebung des Maschinenraums und betrat das Hauptdeck. Sie blinzelte in die grelle Sonne und starrte dann hinauf zu Leo, der auf der Brücke patrouillierte. Seit ihrem Zusammenstoß war sie ihm aus dem Weg gegangen, hatte sich nur dann in die Kombüse geschlichen, wenn sie gewusst hatte, dass keiner seiner Männer in der Nähe war, und hatte geschlafen, wenn die meisten auf dem Schiff wach gewesen waren.

Sie ließ sich Zeit mit dem Aufstieg, damit er ihr Kommen auch wirklich mitbekam. Jeder einzelne Schritt brachte das Metall zum Schwingen. Schließlich stand sie direkt vor Leo, der jedoch mit keiner Regung erkennen ließ, dass er sie überhaupt bemerkt hatte. Sie legte die Unterarme auf die Reling, stellte einen Fuß auf eine der vielen Paletten, die dort lehnten, und ließ ihm sein Schweigen, während er mit langsamen Schritten seinen kleinen Rundkurs über die Brücke fortsetzte, auf dem er das Schiff in seiner ganzen Länge ebenso im Blick hatte wie Kilometer um Kilometer offenes Meer in alle Richtungen. Eine Minute verging. Zwei. Fünf. Zehn, bis Leo schließlich neben ihr stehen blieb. »Was willst du?«

»Was weißt du über den Kapitän?«, fragte sie.

Er schaute wieder aufs Meer hinaus. »Wieso?«

»Er hat uns für eine Waffenlieferung vor der Küste von Somalia engagiert – es wäre nicht schlecht zu wissen, in wessen Hände wir uns da begeben haben.«

Leo schnaubte. Tätschelte seine Waffe. »Bestimmt nicht in *seine* Hände.«

Munroe nickte in Richtung der Maschinenpistole. »Das da ist gut und schön, solange wir auf dem offenen Meer und in Bewegung sind«, sagte sie. »Aber während der Übergabe müssen wir uns treiben lassen, und dann sind wir verwundbar. Nicht nur durch die, mit denen wir das Ganze abwickeln, sondern auch durch gegnerische Clans und rivalisierende Piratenbanden.«

»Was weißt du denn schon über den Schutz eines Schiffs?«

»Mehr, als du denkst.«

Er verstummte wieder. Vielleicht waren ihm gerade ihre letzte Begegnung und die Wahrheiten, die jene wenigen Sekunden enthüllt hatten, wieder eingefallen, vielleicht überlegte er auch, ob sich eine Diskussion mit ihr überhaupt lohnte. »Ich rechne nicht mit Komplikationen«, sagte er.

»Hast du vorher schon einmal mit ihm zu tun gehabt?«

»Er ist mir von einer vertrauenswürdigen Quelle empfohlen worden.«

»Aber kennst du seine Geschichte? Wer sind seine Feinde?«

Leo beschrieb mit dem ausgestreckten Arm einen weiten Bogen über den leeren Ozean. »Ganz egal, wer seine Feinde sind, sie sind jedenfalls nicht hier.«

Achselzuckend richtete Munroe den Blick wieder aufs Wasser.

Gut möglich, dass Leo recht hatte, ja, sie hoffte sogar, dass er recht hatte, aber andererseits: Wie oft war sie selbst schon in irgendeiner entlegenen Ecke dieser Welt heimtückisch verraten worden? Wie oft hatte sie selbst schon in die Abgründe des menschlichen Wesens geblickt? Viel zu oft jedenfalls, um dem Augenschein überhaupt noch trauen zu können. Ohne zu wissen, welche Beziehungen der Kapitän hatte spielen lassen, um an diese Waffen zu kommen, und wem er dabei womöglich auf die Füße getreten war, ließ sich unmöglich vorhersagen, welche Fallgruben vor ihnen lagen. Und damit konnten sie auch keine Strategie entwickeln, wie sie zu umgehen waren. Aber wenn Leo dieses Problem nicht von sich aus gesehen hatte, wenn er nicht selbst den Kapitän auf Herz und Nieren geprüft hatte, dann hatte es auch keinen Sinn, ihm jetzt zu erklären, wieso das sinnvoll gewesen wäre.

»Wie lange dauert es noch?«, fragte sie. »Einen Tag? Zwei Tage?«

»Ungefähr dreißig Stunden.«

»Ich will meinen Anteil haben.«

Leo schüttelte den Kopf.

»Und wenn ich für dich nützlich wäre, würdest du ihn trotzdem Natan geben?«

»Ja.«

»Wieso?«

»Das hatten wir doch schon.«

»Du bist dir sicher, dass du es dir nicht noch einmal überlegen willst?«

Er starrte sie an, als hätte sie nicht mehr alle Tassen im Schrank, daher richtete sie sich auf und nickte. »Also gut«, sagte sie und wandte sich der Leiter zu.

Dieses Gespräch war der letzte Versöhnungsversuch gewesen. Durch Leos Entscheidung hatten ihre Wege sich endgültig getrennt. Hätte er ihr gegeben, was ihr zustand, hätte sie ihm mehr genützt als seine anderen vier Männer zusammen, und zwar nicht nur, weil sie die Worte, die hinter ihren Rücken geflüstert wurden, verstehen konnte. Sie konnte auf einen reichhaltigen Erfahrungsschatz aus ihrem früheren Leben zurückgreifen, in dem sie schon einmal einen Verrat erlebt – und überlebt – hatte. Damals hatten sie vor Anker gelegen und waren trotz schwer bewaffneter Kämpfer, die mindestens so gut ausgebildet gewesen waren wie Leos Männer, nicht in der Lage gewesen, das Schiff zu halten.

Als sie an der Tür zur Brücke vorbeiging, sah sie den Kapitän. Er war jetzt, genau wie Leo, ihr Feind. Er setzte das Leben seiner Crew aufs Spiel, und das war ein Vergehen, das noch schwerer wog als das, was Leo ihr angetan hatte, denn selbst wenn er ihnen für den Umweg eine Entschädigung zahlte, waren sie, im Gegensatz zu Munroe, gar nicht in der Position abzulehnen. Sie waren arme Leute, hatten Familien zu versorgen, und sollte das Schiff tatsächlich entführt werden, konnten sie, für den Fall, dass der Schiffseigner nicht zahlen wollte, auf keinerlei Reserven zurückgreifen. Aber selbst wenn sie Glück haben sollten und die *Favorita* gegen Entführungen versichert war, würde der kleine Abstecher des Kapitäns, falls er ans Licht kam – und da Versicherungsgesellschaften nun einmal waren, was sie waren, konnte es daran keinen Zweifel geben –, den Versicherungsschutz ohnehin zunichtemachen. Die Mannschaft würde, wie so viele Schiffsmannschaften vor ihnen, einfach ihrem Schicksal überlassen werden.

Das war eine schwere, schmerzhafte Last, und ihr Körper reagierte mit Kopfschmerzen und Übelkeit. Sie war bis nach Dschibuti geflüchtet, um dem Morden zu entkommen, all den Monstern, die nur zum Vergnügen mit dem Leben anderer Menschen spielten. Sie war geflüchtet, um der Last der Verantwortung für andere zu entkommen, aber jetzt hatte das Leben in all seiner Ungerechtigkeit sie doch wieder in den Schwitzkasten genommen.

Munroe gelangte auf das Hauptdeck und trat durch die offene Tür ins Innere, voller Hass auf die Menschheit, voller Hass darauf, dass sie überhaupt noch etwas spürte. Sie lief eine Etage höher und betrat den Gang mit der Kabine, in der Victor lag und schlief. Leise trat sie ein, um ihn nicht zu wecken, aber er schlug die Augen auf und sah wortlos zu, wie sie in die Knie ging und nach einer seiner Taschen griff.

»Ich muss mir dein Ersatzfunkgerät ausleihen«, sagte sie.

Victor nickte und dann – vermutlich das Beste, was er tun konnte, um verloren gegangenes Vertrauen wiederherzustellen – machte er die Augen zu und drehte sich zur Wand.

Als es dunkel geworden war und Victor wieder zur Wache musste, verließ Munroe die Vorratskammer und kehrte in ihre Kabine zurück, um ihre Sachen zu holen. Sie trug den Rucksack einmal über die gesamte Länge des Schiffs, wich allen Wachen aus und kam schließlich zum vorletzten Lukensüll. Hier waren die Schatten so tief, dass selbst das sporadische Licht des wolkenverhangenen Mondes sie nicht durchdringen konnte.

Sie machte es sich im Windschatten bequem, nahm ihren Rucksack als Kissen, die Bilder in ihrer Tasche als Begleiter und die drei Wachen, die in ihrem Ohrstöpsel geschmacklose Witze austauschten, als Unterhaltungsprogramm.

Während das Schiff sich gleichmäßig hob und senkte, betrachtete Munroe den Sternenhimmel, genau wie damals, vor ungezählten Nächten, in einem Land des Aberglaubens, als allerhand Gerüchte über ihre Zauberkraft, ihre magischen Fähigkeiten, ihr vorausgeeilt waren und sie und ihr ganzes Team vor Ärger und Schwierigkeiten bewahrt hatten. Auch hier, auf der *Favorita*, Tausende Seemeilen und über ein Jahrzehnt entfernt, hätte es ganz ähnlich laufen können, hätte sie nicht im Zuge ihrer Flucht alles daran gesetzt, nichts weiter zu sein als ein Niemand.

Munroe machte die Augen zu und ließ sich vom gleichmäßigen Stampfen der Maschinen einlullen, gab sich der besänftigenden Monotonie hin, bis das Schiff anfing zu zittern und sie aus der Ruhe gerissen wurde. Sie kam sich vor wie auf einem Spielzeugboot, durchgeschüttelt von einem spielenden Kind in der Badewanne.

Verwirrung und Chaos tobten in ihrem Ohrhörer.

Als Erstes waren Victors Flüche zu hören, als Nächstes Marcus auf der Steuerbordseite der Brücke, der sich ein heftiges Wortgefecht mit dem Ersten Offizier lieferte, er auf Französisch, was Nowak nicht verstand, während Nowak ein gebrochenes Englisch sprach, mit dem Marcus nichts anfangen konnte. Ein Tastendruck hätte genügt. Munroe hätte nicht einmal eine Minute gebraucht, um die Lage zu beruhigen, aber Leo hatte die Entscheidung, ob sie sich einmischen sollte oder nicht, bereits getroffen. Die beiden waren auf sich allein gestellt.

Munroe schnappte sich den Rucksack und kroch bäuchlings aus dem Schatten auf die Steuerbordreling zu. Weit, weit weg, sodass sie nur schemenhaft wahrzunehmen waren, liefen Victor und Emmanuel aufgeregt am Schiffsrand entlang. Sie waren viel zu sehr damit beschäftigt, aufs Wasser zu schauen, um sich in den Streit auf der Brücke einzumischen, der immer lauter wurde, ohne einer Klärung auch nur einen Schritt näher zu kommen.

Drei Schatten huschten durch die Türen des Oberdecks und machten sich mit schnellen Schritten auf den Weg Richtung Brücke. Jetzt entbrannte die Diskussion in ihrem Ohrstöpsel aufs Neue. Zuerst sagte der Kapitän etwas auf Englisch, anscheinend zu Leo. Es ging darum, dass die Schiffsschraube sich wohl in einem Fischernetz oder in irgendwelchem Müll verfangen hatte, nichts Ungewöhnliches jedenfalls. Er würde einen Mann zum Nachsehen schicken. Dann folgten ein paar russische Sätze zu Nowak, die sie verstanden hätte, wenn sie nicht von so vielen atmosphärischen Störungen überlagert gewesen wären. Die beiden unterschiedlichen Gruppen an Bord hatten auf diese Störung sehr unterschiedlich reagiert. Auf der einen Seite der Kapitän und die Offiziere der *Favorita*, für die klar war, dass die Schiffsschraube aus unterschiedlichen Gründen ausgefallen sein konnte, auf der anderen Seite Leo und sein Team, die einen Angriff für die einzig mögliche Erklärung hielten – das war schließlich der Grund für Leos Anwesenheit –, obwohl die Reaktion des Kapitäns, rein logisch betrachtet, die vernünftigere war.

Wie sollte man einen Frachter, einen schwarzen Stecknadelkopf auf dem schwarzen Meer, mitten in der Nacht, ohne Vorwarnung und ohne dem Radar aufzufallen, überhaupt überfallen? Und trotzdem gab Munroe Leo recht.

Nicht wegen der Waffen im Frachtraum oder ihrer Befürchtungen hinsichtlich der Übergabe, sondern weil sie schon von solchen Phänomenen gehört hatte, weil sie genau wusste, wie sie das Schiff zum Stillstand gebracht hätte, wenn es nötig gewesen wäre.

Die Bordscheinwerfer blieben aus, und die Erklärung des Kapitäns in ihrem Ohrstöpsel klang einleuchtend: Falls niemand da draußen auf dem Wasser war, dann wollte er auch niemanden anlocken. Leo hatte keine Einwände. Falls jemand da draußen auf dem Wasser war, dann wollte er sich nicht auch noch als leichtes Ziel präsentieren.

Munroe kroch weiter Richtung Reling, zögerlich, vorsichtig, weil sie wusste, dass Marcus in seinem Ausguck auf der Brücke sie irgendwann sehen würde und sie, so aufgeladen und schießwütig wie er war, vielleicht erst erkannte, nachdem er sie erschossen hatte.

Kein Laut in ihrem Ohrstöpsel deutete darauf hin, dass er draußen in der Dunkelheit irgendetwas entdeckt hatte.

Victor und Emmanuel ließen nichts Bedeutsames von sich hören, genauso wenig wie David, der sich mittlerweile zu Marcus auf die Brücke gesellt hatte. Alle Männer waren mit Infrarotzielfernrohren und Nachtsichtgläsern ausgestattet, aber die nützten ihnen wenig bei ihrer Jagd nach winzig kleinen Pünktchen in einer riesigen, grünlich schimmernden Leere.

Ohne Schiffsschraube wurde der Frachter allein durch den Schwung angetrieben. Munroe spürte, wie er seine Fahrt stetig verlangsamte, während die Männer immer hektischer wurden. Die Stille zog sich in die Länge, zäh wie Kaugummi, bis das Schiff regungslos im Wasser lag, voll und ganz dem Wind und der Strömung ausgeliefert.

Dass bis jetzt vor der somalischen Küste noch kein bewaffnetes Schiff gekapert worden war, hatte einen einfachen Grund: Die Schiffsbegleiter konnten die Angreifer bereits aus der Ferne bekämpfen und es den Piraten dadurch unmöglich machen, die Brücke unter Feuer zu nehmen oder eine Panzergranate in den Maschinenraum zu jagen. Sie sorgten dafür, dass das Schiff in Bewegung bleiben konnte. Doch diese Strategie war jetzt durchkreuzt worden.

Munroe ließ den Blick erneut über das Meer schweifen, sah aber nichts als Schwärze. In der unheimlichen Stille, die sich über das Schiff gelegt hatte, war nur das leise Klatschen der Wellen an den Schiffsrumpf und die geflüsterten Kommandos in ihrem Ohrstöpsel zu hören. Das Adrenalin, das durch das plötzliche Stoppen der Maschinen ausgeschüttet worden war, wurde bereits wieder abgebaut.

Je mehr Zeit ohne Anzeichen für einen Angriff verging, desto mehr ließ die Anspannung nach. Fünfzehn, vielleicht auch zwanzig Minuten vergingen. Man hatte die Maschinisten und den Mechaniker geweckt. Alle waren jetzt mit der Problemlösung beschäftigt. Und dann flüsterte Victor ein paar unverständliche Worte ins Mikrofon, als hätte er einen Gegner entdeckt, den selbst Marcus und David auf der Brücke übersehen hatten. Er gab schnell hintereinander etliche Feuerstöße ab. Eine Warnung an alle, die sich von draußen näherten. Falls sich da etwas näherte.

Dann folgte wieder Stille.

Sogar der Funkverkehr verstummte. Munroe konnte die Konzentration körperlich spüren. Jeder an Bord starrte aufs Wasser hinaus, suchte nach der Bedrohung, die ihnen bis jetzt entgangen war.

Als noch einmal fünf Minuten verstrichen waren, gab Marcus mit vor Aufregung zitternder Stimme die Koordinaten eines näher kommenden Angreiferbootes durch, obwohl kein Motorengeräusch zu hören war. Dann folgten neue Koordinaten. Und noch einmal. Und noch einmal. Die Nervosität an Bord nahm wieder zu, aber nicht hektisch, sondern vielmehr angespannt. Alle waren bemüht, die zahlreichen beweglichen Ziele zu erfassen, die noch so weit entfernt waren, dass sie selbst mit Hilfe der Nachtsichtgläser zwischen den Wellen kaum zu erkennen waren.

Munroe lag flach neben der Reling, beobachtete, wartete, analysierte, rätselte.

Zu vieles an diesem Szenario passte einfach nicht zusammen. Zu vieles kam ihr falsch vor.

Es war vorstellbar, dass Piraten ein gut beleuchtetes Schiff bei Nacht verfolgten und dann in der Morgendämmerung ihren Angriff starteten. Aber noch nie hatte sie von einem Fall gehört, wo ein Schiff mitten in der Nacht auf diese Art und Weise überfallen worden wäre.

Victor feuerte weitere drei Salven ab.

Falsch.

Selbst bei ruhigen Bedingungen klatschte das Meer mit anderthalb bis zwei Meter hohen Wellen gegen den Rumpf. Jeder, der vom Wasser aus an Bord kommen wollte, hatte eine harte, nasse, schaukelnde, ruckelnde Wand zu überwinden. Bootshaken und Seile und Leitern waren auch bei guter Sicht und ohne bewaffneten Widerstand schon schwer genug zu handhaben.

Das ergab doch keinen Sinn.

In der Dunkelheit, weit hinter dem Frachter, zuckten Lichtblitze auf. MP-Salven dröhnten über das Meer, obwohl es nicht den Anschein hatte, als würden die Angreifer näher kommen. Dann senkte sich wieder Stille über das Schiff. Lange Minuten vergingen. Die automatischen Waffen schwiegen, und die bewaffneten Wachposten, gut geschützt hinter strategisch positionierten Sandsäcken, hielten erneut Ausschau nach dem Feind. Mitten hinein in diese Ewigkeit explodierte die erste Blendgranate an Deck.

Selbst auf diese Distanz, gedämpft durch die Entfernung und den freien Himmel, spürte Munroe die Erschütterung. David brüllte, und Munroe wusste genau, welche Schmerzen er empfinden musste. Durch das Nachtsichtglas sah schon der Mond aus wie die Sonne. Um wie viel heller musste das gleißende Licht der Explosion gewesen sein.

Selbst ohne Infrarotgläser wären die Männer an Deck jetzt geblendet gewesen.

Dann folgte noch eine Explosion, noch ein Lichtblitz.

Falsch, alles falsch.

Munroe suchte krampfhaft nach Victor, konnte ihn aber nirgendwo entdecken. Ein Schatten, vielleicht auch zwei, huschten von der Brücke nach unten, ein anderer hastete hinauf, aber sie war nicht länger in der Lage zu unterscheiden, wer wer war. Das Nebelhorn des Schiffes dröhnte und gab damit dem Großteil der Besatzung das Signal, sich im Schutzraum zu versammeln. Eine weitere Explosion folgte und dann noch eine, dann setzte auf der Backbordseite der Brücke ratterndes MP-Feuer ein, das aber eher Ausdruck unbändiger Wut als ein gezielter Gegenangriff war.

Munroe machte die Augen zu, sog den Duft der bevorstehenden Schlacht tief in die Lunge. Sie erkannte die Strategie, den Grund für das Unterstützungsfeuer, wusste, dass es nicht mehr lange dauern würde, bis der Kampf eskalierte und die, die da draußen waren, näher kamen: Leos Team war in der besseren Position, war höchstwahrscheinlich besser ausgebildet und verfügte über die besseren Waffen, aber das Schiff war länger als ein Fußballfeld, sie konnten nichts mehr sehen und waren außerdem nicht auf einen Frontalangriff auf das stehende Schiff vorbereitet. Leos Team würde die *Favorita* nicht ewig halten können.

Wieder breitete sich Stille aus. Munroe kniete auf allen vieren auf dem Deck. Die Kühle des Metalls kroch in ihre Hände. Ein erster Sturm tobte durch ihre Venen und brachte die Erlösung. Sie überließ sich ihrem Schicksal, dem Instinkt des Raubtiers, fand Ruhe und Frieden in der Gewissheit, dass der Tod erneut seine Hände nach ihr ausstreckte.

Kapitel 6

Munroe kroch am Lukensüll entlang auf die Stelle zu, an der sie Victor zum letzten Mal gesehen hatte. Das Mündungsfeuer draußen auf dem Meer war erloschen, daher hatten die Waffen an Deck kein Ziel mehr und waren verstummt. Wann würden Leos Männer die Nachtsichtgeräte wieder überstreifen und erneut die Wasseroberfläche absuchen? Vermutlich gar nicht mehr – das Risiko, noch einmal geblendet zu werden, war einfach zu groß. Und dann, wie um ihre Gedanken zu bestätigen, landete die nächste Blendgranate auf dem Schiff und verbreitete ihr gleißendes Licht.

Dieser Krieg war Leos Krieg. Er und seine Männer konnten tun, wofür sie bezahlt worden waren, aber sie hatte nicht vor, länger hierzubleiben. Ganz egal, wie weit das Unterstützungsfeuer entfernt war, von irgendwo ganz in der Nähe wurden Granaten auf das Schiff geschleudert, und dort lag ihre Chance, von hier wegzukommen.

Eine Minute verging, dann zwei, während sie sich vorsichtig in Victors Richtung bewegte. Immer wieder blieb sie stehen und lauschte in die Nacht. Sie würde Victor mitnehmen, wenn es möglich war, einfach, weil er so nett zu ihr gewesen war. Dann hörte sie den dumpfen, kräftigen Schlag: ein Metallrohr, das gegen einen Hohlkörper schlug. Oder aber ein mit Gummi überzogener Bootshaken, der irgendwo an der Reling Halt gefunden hatte.

Munroe erstarrte. Hörte noch einen Schlag. War fünf Meter entfernt, als sich der erste Mann in Kampfmontur über die Reling schwang. Einen Augenblick später kam ein zweiter nach.

Der zweite Mann löste das Seil, das er sich um die Hüfte geschlungen hatte, und zog es nach oben. Am unteren Ende war eine Panzerfaust befestigt. Die gab er dem ersten Mann. Die Kalaschnikow, die auch am Seil gehangen hatte, behielt er selbst. Der Mann mit der Panzerfaust ging keinen Meter entfernt an Munroe vorbei. Er trug die Waffe mit der lässigen Selbstverständlichkeit eines Mannes, der seit seiner Kindheit mit Waffen umging, aber gleichzeitig war sein Gang plump und ungelenk und enttarnte ihn als Amateur, der sich zum Kriegspielen verkleidet hatte. Es wirkte fast so, als würde er bestimmte Bewegungen imitieren, die er in irgendwelchen Filmen gesehen hatte, ohne ihren Sinn zu begreifen.

Munroe steckte in der Zwickmühle. Das Boot, mit dem die Männer gekommen waren, war ihre Chance zur Flucht. Aber gleichzeitig befanden sie sich so weit auf dem Vorderschiff, dass Leos Team sie ohne Nachtsichtgläser niemals sehen konnte. Warnen konnte sie Leo auch nicht, ohne die Eindringlinge auf sich aufmerksam zu machen. Sie kam aus der Bauchlage in die Hocke.

Der Mann mit der Panzerfaust sagte etwas, und sie erstarrte.

Er sprach Somali. »Denk daran: Nicht auf den Kapitän schießen.«

»Aber woher soll ich wissen, wer der Kapitän ist?«, kam die Gegenfrage.

»Du hast doch das Bild gesehen.«

»Aber das sind alles Weiße.«

»Dann schieß nur auf die Beine«, sagte der mit der Panzerfaust. Der Kerl mit der Kalaschnikow gab ihm ein Zeichen und legte sich flach auf den Bauch, den Blick der Brücke zugewandt, während der mit der Panzerfaust weiterkroch, als wolle er um die Bugseite der Luke herum nach Backbord schleichen. Munroe versuchte angestrengt, der Dunkelheit am anderen Ende des Decks irgendwelche Schatten zu entlocken. Immer noch keine Spur von Victor. Sie wartete, bis die Panzerfaust die Ecke der Luke erreicht hatte, und schlich dann hinterher.

Sie überfiel ihn von hinten. Legte eine Hand an seinen Kopf, stemmte den Fuß in seine Kniekehle. Rammte ihn mit dem Gesicht voraus auf die Metallkante des Lukensülls, sodass er augenblicklich erschlaffte. Der Kampf, wenn man es denn überhaupt so nennen wollte, war schnell vorbei, zu schnell, um fair genannt zu werden. Sie hatte schon viel zu oft getötet – so oft, dass sie die Erinnerungen daran liebend gerne ausgelöscht hätte –, hatte sich an der Jagd gelabt und gleichzeitig an ihr gelitten. Das Gesetz des Dschungels drängte sie mit aller Macht, das Begonnene zu vollenden, Verrat mit Verrat zu vergelten und ihn ins Meer zu werfen, aber das hier war nicht ihre Schlacht, es war nicht persönlich genug, um die Taubheit von Dschibuti in ihr Gegenteil zu verkehren.

Die Stille an Deck hielt an.

Munroe ließ den Bewusstlosen einfach liegen.

Die Boote der Angreifer waren irgendwo dort draußen. Es konnte nicht mehr lange dauern, bis das Chaos ausbrach, und bis dahin musste sie verschwunden sein.

An der Ecke des Ladeschachts beugte sie sich zu dem Mann mit der MP, der immer noch bäuchlings auf dem Deck lag und Soldat spielte.

»Halkan kaalay«, zischte sie ihm zu.

Der Mann drehte sich zu ihr um, blieb aber liegen, darum rief sie ihn noch einmal, versuchte den Akzent nachzuahmen, den sie zuvor kurz gehört hatte. Beim zweiten Anlauf erhob sich der Kerl und huschte auf sie zu. Als er um die Ecke kam, packte sie ihn am Hals, brachte ihn aus dem Gleichgewicht und rammte ihn ebenso gegen das Süll wie den ersten. Aber er ging nicht k.o.

Stattdessen wehrte er sich, schlug um sich. Drehte sich. Versuchte, das Gewehr in Anschlag und einen Finger an den Abzug zu bekommen. Munroe traf ihn mit der Stirn mitten ins Gesicht, und seine Knie gaben nach. Sie nahm das Sturmgewehr und versetzte ihm noch einen kraftvollen Stoß. Nachdem er zusammengebrochen war, stand sie keuchend über ihm. Riss sich zusammen. Rang das Verlangen nach Blut und Gewalt nieder, das in den wenigen Sekunden, als er sich gewehrt hatte, von ihr Besitz ergriffen hatte.

Munroe kniete sich neben ihn und durchsuchte seine Taschen. Entdeckte ein kleines Funkgerät, nahm es an sich, ebenso wie das Gewehr, und kehrte wieder nach Steuerbord zurück. Im Wasser konnte sie die Umrisse eines Schlauchbootes erkennen, das mit den Enden der Bootshaken am Frachter festgemacht war. Der eine Mann darin hatte alle Hände voll zu tun, um zu verhindern, dass das kleine Boot gegen den Schiffsrumpf gedrückt wurde.

Wenn er nur vorgehabt hätte, seine Komplizen abzusetzen, wäre er schon längst wieder weggewesen. Aber er wartete. Das konnte sie zu ihrem Vorteil nutzen.

Munroe blickte sich erneut nach Victor um. Sah ihn nicht und lief daher am Lukensüll entlang in die Richtung, wo sie ihn zuletzt gesehen hatte. Drei Minuten lang würde sie ihn noch suchen, dann würde sie verschwinden, drei Minuten, die unbarmherzig in ihrem Kopf heruntertickten, während sie nichts als ein leeres Deck vor sich hatte.

Sie huschte zwischen Frachtraum eins und zwei hindurch, blickte bugwärts und nach achtern.

Entdeckte eine regungslose Gestalt etliche Meter Richtung Bug und schlich im Schatten darauf zu. Es war nicht Victor. Es war der Kapitän.

Frustriert versetzte sie dem Mann einen Tritt. Er rührte sich nicht. Aber er war nicht tot, nur bewusstlos, und blutete aus einer Kopfwunde. Es sah ganz danach aus, als sei er auf dem Weg zu dem Frachtraum mit den Waffen gewesen und dabei von einer Blendgranate gestreift worden.

Es war eine Entscheidung im Eifer des Gefechts, ein spontaner Sinneswandel mitten in der Schlacht, der ebenso sehr mit der Frustration über die vergebliche Suche nach Victor zusammenhing, wie mit ihrer Verachtung für diesen Haufen Abschaum, der für die Angreifer allem Anschein nach von Bedeutung war. Jedenfalls packte Munroe den Kapitän am Kragen und zerrte ihn mit sich. Sie hatte keine Ahnung, was die Angreifer von ihm wollten, aber wenn sie ihn vom Schiff schaffte, raubte sie ihnen einen Triumph und erhielt gleichzeitig die Chance, ein paar Antworten zu bekommen. Vielleicht konnte sie sogar etwas für Victor und Amber tun.

Erneut durchbrach eine Automatiksalve vom Wasser her die Stille, und jetzt schien das Mündungsfeuer tatsächlich näherzukommen.

Zeit. Sie hatte keine Zeit.

Munroe zog den Kapitän in den Schatten und wuchtete ihn dann langsam weiter zu dem Seil, mit dem die Eindringlinge ihre Waffen an Bord gezogen hatten.

Einer der Männer, die sie niedergeschlagen hatte, war mittlerweile zu sich gekommen und kniete in der Dunkelheit, dort, wo sie ihn zurückgelassen hatte. Er wischte sich mit der Hand das Blut aus dem Gesicht. Sie ging zu ihm, zählte jede einzelne nutzlos vergeudete Sekunde und bereute, dass sie ihn nicht längst über Bord geworfen hatte. Er machte den Mund auf, ohne einen Laut von sich zu geben, und rutschte rückwärts, wollte ihr ausweichen. Munroe rammte ihm den Gewehrkolben an die Schläfe, und er rührte sich nicht mehr.

Der Kampf auf der Brücke wurde heftiger.

Sie kehrte zum Kapitän zurück. Schlang ihm das Seil von hinten unter den Achseln durch und verknotete die beiden Enden zu einem Palstek. Das Seil war dünner, als ihr lieb war. Es würde zwar halten, würde ihm aber ins Fleisch schneiden. Das Gesicht der Reling zugewandt, alle Konzentration auf den Kapitän gerichtet, überhörte sie das Scharren in ihrem Rücken. Spürte die Bewegung, noch bevor sie sie erreicht hatte, ließ den Kapitän los und richtete sich in dem Moment auf, als die Gewehrmündung an ihre Wirbelsäule gedrückt wurde.

Adrenalin jagte durch ihre Blutbahnen, Gedanken wurden von blitzschnellen Impulsen überrollt. Sie hob eine Hand, zum Zeichen, dass sie sich ergab, während die andere sich unauffällig der Messerscheide näherte.

Während das Gewehr sich weiterhin in ihren Rücken bohrte, wurde sie von einem Schwall Somali überschüttet, der besagte, dass sie sich umdrehen sollte. Die Lautstärke und das Tempo der Sätze verrieten ihr, dass der Mann, der die Waffe in der Hand hielt, übernervös und ängstlich war. Sie ignorierte seine Anweisungen einfach. Schließlich gab es keinen vernünftigen Grund, weshalb sie ihn verstehen sollte. Und wenn dieser Kerl hier dieselben Befehle bekommen hatte wie seine Kameraden, dann konnte er sie nicht umbringen, solange er nicht wusste, ob das Gesicht des Weißen, das er auf dem Foto gesehen hatte, nicht vielleicht ihres war.

Angestrengt lauschte Munroe, versuchte, die Kampfgeräusche auf der Brücke auszublenden, versuchte zu erschließen, wie viele Männer sich da hinter ihr befanden. Wie groß war das Risiko, wenn sie sich jetzt umdrehte und den direkten Kampf suchte? Irgendwo an Deck explodierte die nächste Blendgranate. Da hatte sie ihre Antwort.

Die Druckwelle schleuderte sie zu Boden. Sie wirbelte herum. Schlug den Gewehrlauf nach oben und ließ das

Messer folgen. Packte den Lauf und bog ihn zur Seite weg. Das Gewehr ratterte los, direkt neben ihrem Ohr, während der junge Mann versuchte, die Kontrolle wiederzuerlangen. Doch ihr Messer reagierte ganz von alleine. Die Dämonen erwachten aus ihrem Tiefschlaf. Im Angesicht des Todes übernahm der Instinkt das Kommando.

Sein Körper sackte zu Boden, warmes Blut lief über ihre Hand, und Munroe kniete sich neben ihn, Raubtier und Beute, roch die Angst, suchte das Deck nach seinen Kameraden ab, verfluchte Leo.

Irgendwo in der Dunkelheit musste noch ein zweiter Mann sein, der mit der Panzerfaust. Höchstwahrscheinlich ebenfalls ein Drei-Mann-Team wie das, dem sie bereits begegnet war. Sie spähte in die Schatten, konnte ihn aber nicht entdecken. Wandte sich wieder der Reling zu.

Hielt einen Augenblick lang inne und beugte sich dann zum Wasser hinab. Hier hatte sie nichts mehr verloren. Sie würde nicht bleiben, um einen Krieg zu führen, den sie nicht begonnen hatte.

Sie rief dem Mann im Schlauchboot zu: »*Waxaan hayaa kabtankii.*«

»Wo bleibt das Signal?«, fragte er zurück.

»Ist kaputt«, erwiderte sie. Sie fasste sich absichtlich kurz. Die somalische Sprache verfügt über so viele Dialekte und Varianten, dass sie sich nicht sicher sein konnte, ob sie den richtigen traf. »Da kommt der Gefangene.«

Der Mann im Boot unternahm einen ungeschickten Versuch aufzustehen, und ihr war klar, dass er keinen Verdacht geschöpft hatte. Munroe wickelte das Seil um die oberste Stange der Reling und anschließend um ihre Hüfte, wuchtete den Kapitän erst auf die Stange und ließ ihn dann vorsichtig nach unten kippen. Er war schwer, und das Seil verbrannte ihr die Hände, während sie ihn langsam abließ. Sie hielt ihn fest, obwohl sie ihn am liebsten fallen gelassen hätte, und war froh, dass der Weg zur Wasseroberfläche nicht so weit war.

Der Mann im Boot legte den Kapitän sicher an Bord ab, und Munroe ließ das Seil los.

»*Waan soo socdaa*«, sagte sie, und der Mann im Boot hatte nichts dagegen einzuwenden. Sie holte die Neun-Millimeter, die hinten in ihrem Hosenbund steckte, heraus und steckte sie nach vorne. Setzte den Rucksack auf und ließ das Gewehr, das sie nicht auch noch tragen konnte, an Deck liegen, kletterte über die Reling, hielt sich am unteren Ende des Bootshakens fest, wickelte das Seil um das eine Bein und ließ sich ab.

In den langen Sekunden, während sie abwärtsschwebte, war sie verwundbar. Ihre weiße Haut – Hände, Hals und Gesicht – hätte sie eindeutig verraten, wenn der Mann im Boot misstrauisch gewesen wäre. Es hätte nur eines winzigen wachen Momentes bedurft, dann hätte er gesehen, was er von Anfang an hätte sehen müssen, und ihr in den Rücken geschossen. Aber sie hatte seine Sprache gesprochen und sich dadurch mit einem Schutzschirm umgeben. Warum sollte er anzweifeln, was er gehört hatte? Er hatte schon genug damit zu tun, das Schlauchboot vor einer Kollision mit dem Frachter zu bewahren.

Als sie nur noch einen Meter über dem Wasserspiegel war, nahm Munroe eine Hand vom Seil, zog die Pistole, stieß sich mit beiden Beinen vom Schiffsrumpf ab und landete mit einem Sprung mitten im Boot. Es wackelte bedenklich, und sie landete mit dem Schienbein auf dem Arm des Kapitäns. Nur der biegsame Bootsboden verhinderte, dass sie sich dabei ernsthaft wehtat.

Munroe richtete die Pistole auf den Mann im Boot, aber er war so sehr damit beschäftigt, die kleine Nussschale im Gleichgewicht zu halten, dass das gar nicht nötig gewesen wäre. Er nahm sie nicht einmal richtig wahr, bis sie ihren

Rucksack abstreifte, wobei sie die Waffe und den Blick immer auf ihn gerichtet hielt.

Erst als er registrierte, dass da jemand mit einer Pistole genau auf sein Gesicht zielte, ließ er das Ruder sinken, das gegen die Bordwand des Frachters drückte, und hob langsam die Hände.

Der Mann war älter als vermutet, hatte sicherlich zehn oder fünfzehn Jahre mehr auf dem Buckel als die jungen Männer, die auf die *Favorita* gekommen waren. Auch er trug, wie seine Kameraden, schwarze Kleidung, allerdings waren seine Sachen deutlich zerfetzter, zerlumpter als die der anderen.

Ohne den Blick oder die Waffe auch nur einen Moment lang zu senken, griff Munroe nach dem Gewehr zu seinen Füßen. Als sie die Waffe dann sicher in den Händen hielt, steckte sie die Neun-Millimeter wieder in den Hosenbund.

»Losmachen und abstoßen«, sagte sie.

Der Mann kniete sich hin, um die Leinen zu entknoten, nahm dann das Ruder und stieß das Boot mit einem kräftigen Stoß vom Rumpf ab. Das Schlauchboot reagierte prompt, und Munroe stellte sich innerlich auf den Gegenangriff des Mannes ein, rechnete fest mit einem Faustschlag, aber nichts dergleichen geschah.

Nachdem er das Boot weit genug vom Schiff weggebracht hatte, legte er das Ruder beiseite und nahm den Gasgriff des Außenborders. Mit minimaler Drehzahl drehte er den Bug zum offenen Meer, dann schaute er Munroe fragend an. Sie warf einen schnellen Blick auf den Boden des Schlauchbootes und sah sich bestätigt. Bis auf den Kapitän, der immer noch bewusstlos war, war das kleine Boot leer. Damit einfach aufs offene Meer hinauszufahren, käme dem sicheren Tod gleich. Niemals wären diese Männer nur mit dem Benzin im Tank des Außenborders bis hierher gekommen. Irgendwo ganz in der Nähe und trotzdem weit genug entfernt, dass

Leos Männer mit ihren Nachtsichtgläsern es nicht bemerkt hatten, musste das Mutterschiff liegen. Und dort gab es das, was sie wollte.

»Wo ist das Benzin?«, fragte sie.

Der Mann zeigte weg von der *Favorita*, weit weg.

»Bring uns dahin«, befahl sie. Er holte einen kleinen Kompass und eine Taschenlampe aus seiner Jackentasche und legte die Hand an die Pinne.

Das Jaulen des Motors wurde lauter, und das Schlauchboot jagte geradewegs aufs offene Meer hinaus, ließ das Mündungsfeuer und die Kampfgeräusche, die laut übers Wasser schallten, hinter sich.

Ihre Entscheidung, das Schiff zu verlassen, vor einem Kampf zu fliehen, den sie möglicherweise gewonnen hätte, nur um den sicheren Tod zu finden, falls sie auf dem offenen Meer vom Kurs abkamen, basierte auf ihrem Wissen um den menschlichen Überlebenswillen. Nicht ihres eigenen, sondern dem des Mannes im Schlauchboot. Er wollte sehr viel dringender weiterleben als sie. Sie vertraute ihrem Instinkt und seinem Drang, sich selbst zu schützen. Die *Favorita* versank nun endgültig in der Nacht, die auch sie verschluckte. Nur die Explosionen in der Ferne bohrten ab und zu ein kleines Loch in die Dunkelheit.

Drei Minuten später hatte Munroe noch keinen Anhaltspunkt zur Orientierung entdeckt. Fünf Minuten, und sie sah den ersten winzigen Lichtpunkt auftauchen, eine flackernde Kerzenflamme. Das war ihr Leuchtfeuer. Sie befahl dem Mann, den Motor zu drosseln, und bedeutete ihm, um den am Boden liegenden Kapitän herum zum Bug des Bootes zu gehen.

»Hände hinter den Kopf«, befahl sie. »Gesicht Richtung Wasser.«

Doch anstatt ihren Anweisungen zu folgen ließ sich der

Mann auf die Knie fallen und reckte ihr die wie zum Gebet gefalteten Hände entgegen. Sie konnte seinen Dialekt und die sich überschlagenden Worte, die aneinandergereihten Ausreden und Bitten nur teilweise verstehen, aber wahrscheinlich waren es sowieso Lügen, genau wie bei Leo.

Sie achtete auf die Körpersprache, auf die Wahrheit hinter den Worten, und legte ihm die Mündung des Gewehrs an die Stirn. »Wer ist dein Boss und welchen Wert hat der Kapitän des Schiffes für euch?«

Der Mann konnte ihr keine Antwort geben, sondern gab lediglich Geschichten von Fischern zum Besten, die ihren Lebensunterhalt nicht mehr bestreiten konnten. Er selbst sei nur ein armer Mann, den man beauftragt hatte, das Boot zu bewachen. Sie stieß ihm den Lauf gegen den Kopf, und er verstummte. Das waren alte Geschichten, die auf eine noch ältere Wahrheit zurückgingen, die vielleicht irgendwann einmal tatsächlich gestimmt hatte, damals, als das somalische Piratenwesen noch in den Kinderschuhen gesteckt hatte. Aber jetzt, in der Gegenwart, war es ein Multimillionen-Dollar-Geschäft für Halsabschneider.

Als hätte er ihre Gedanken erraten, ihr Misstrauen erfasst, legte der Mann die Hände hinter den Kopf und fing erneut an zu flehen. »Auf Boot«, sagte er und zeigte auf das Licht. »Er wissen mehr.«

Informationen wären ein schöner Bonus gewesen, aber was sie wirklich wollte, das war eine Möglichkeit, an Land zu kommen. »Wenn du machst, was ich sage, lasse ich dich leben«, sagte sie. »Wenn nicht …« Sie versetzte ihm erneut einen Stoß mit der Waffe. »Kapiert?«

Er nickte inbrünstig. »Alles, was du willst«, erwiderte er. Sie ließ das Gewehr sinken und winkte ihn zurück an die Pinne.

Sie fuhren weiter, und der Lichtpunkt wurde größer, bis er sich als Strahl einer Taschenlampe in der Hand eines Mannes entpuppte. Nach allem, was Munroe sehen konnte, war er die einzige Person an Bord des knapp sieben Meter langen Bootes. Es besaß einen V-förmigen Rumpf ohne Auskragung und war alles andere als die große Dhau oder das Mutterschiff, das Munroe erwartet hatte.

Als sie auf Rufnähe herangekommen waren, drosselte der Bootsführer den Motor, stand auf und winkte dem anderen zu. Dann informierte er ihn, dass er den Schiffskapitän mit an Bord hatte, und der Mann auf dem Boot winkte ihn näher.

Das Schlauchboot glitt ans Heck des größeren Bootes. Dort war ein Außenborder nach oben geklappt, und daneben befand sich eine Leiter, die bis ins Wasser reichte. Munroe packte sie, kletterte hinauf und stand bereits im Boot, bevor der Wachposten überhaupt ihr Gesicht erkennen konnte. Mit angelegtem Gewehr, die Mündung genau auf seinen Kopf gerichtet, sagte sie: »Ich will dir nichts tun.«

Er starrte sie mit offenem Mund an.

»Waffe fallen lassen«, sagte sie.

Er rührte sich nicht, aber seine Körpersprache signalisierte, dass er eher entsetzt war, als eine Bedrohung darstellte. Überraschung spielte vielleicht auch eine Rolle, angesichts des weißen Mannes in halber Kampfmontur, der auf sein Boot gekommen war und ihm ein Gewehr an den Kopf hielt … ein weißes Gesicht, das seine Sprache sprach.

Sie wollte keinen Warnschuss abgeben. Hatte keine Gelegenheit gehabt, das Magazin in dem Gewehr zu überprüfen, obwohl sie angesichts der Reaktion ihres Bootsmanns, als sie ihm das Ding an den Kopf gehalten hatte, davon ausging, dass es geladen und schussbereit war. Sie machte einen Schritt nach vorne, und der Mann zuckte zusammen. »Ich will dir nichts tun«, wiederholte sie. »Aber wenn es sein muss, werde ich nicht zögern. Waffe fallen lassen.«

Der Mann ließ seine Waffe sinken und richtete sich auf.

»Im Schlauchboot liegt ein weißer Mann«, sagte Munroe. »Hol ihn hoch.«

Er blieb stumm und regungslos stehen, verschwendete ihre Zeit, zerrte an ihren Nerven, ließ das Adrenalin steigen. Munroe zog die Neun-Millimeter aus dem Hosenbund und gab einen Schuss in die Luft ab. Der Knall war ohrenbetäubend. Wenn noch andere Boote wie dieses hier in der Nähe waren, würden sich die ersten Neugierigen gleich auf den Weg in ihre Richtung machen.

Aber der Schuss machte ihm Beine.

Er ließ die Taschenlampe fallen und huschte mit schnellen Schritten zu dem Schlauchboot.

Munroe griff nach der Lampe und schaltete sie aus. Schob das Gewehr beiseite und beobachtete dann den Mann, wie er von Bord kletterte. Sah genau hin, wie die beiden den Kapitän nach oben hievten.

Als sie es schließlich geschafft hatten und er auf dem Deck des größeren Bootes lag, verlangte sie ihren Rucksack. Sie brachten ihn ihr, dann schickte sie die beiden Männer wieder zurück ins Schlauchboot und ließ sie dort warten, während sie das größere Boot durchsuchte. Das hier war tatsächlich alles andere als das Mutterschiff. Kein Generator, kein Kompressor, kaum Verpflegung oder Wasser und keine Ersatzmunition. Aber dafür mehrere große gefüllte Benzinkanister, und genau deswegen war sie gekommen.

Sie beugte sich über den Außenborder und klappte ihn ins Wasser. Die Männer im Schlauchboot tuckerten ein Stück beiseite. Sie gab einen Warnschuss mit dem Gewehr ab und wusste nun, dass es funktionierte. Gleichzeitig wagten die beiden im Schlauchboot sich nun nicht mehr weiter weg. Sie drehte den Benzinhahn auf, suchte sich einen stabilen Standort und ließ den Motor mit einem Ruck am Starterzug zum Leben erwachen.

Die Männer starrten regungslos zu ihr hinauf.

Das Gewehr im Anschlag, mit lauter Stimme, um über das Tuckern des Motors hinweg gehört zu werden, sagte sie: »Für wen arbeitet ihr? Was habt ihr mit dem Schiffskapitän vor?«

Keine Antwort.

Sie schoss noch einmal. Die Kugel zischte dicht vor dem Schlauchboot ins Wasser. Die beiden Männer zuckten zusammen.

»Der Schiffskapitän«, wiederholte sie. »Warum?«

»Ich weiß nicht«, sagte der zweite Mann, und als sie auf seinen Kopf zielte, hoben beide Männer die Hände und heulten und flehten und beschworen ihre Unwissenheit, einer lauter als der andere. Es war reine Zeitverschwendung.

Munroe trat zurück und legte das Gewehr auf der einzigen Holzbank des Bootes ab. Dann nahm sie den kleinsten Benzinkanister, schleifte ihn ans Heck und warf ihn über Bord, sodass die Männer ihn sich holen konnten. Als sie dicht vor ihrem Boot waren, gab sie ihnen noch drei Flaschen Wasser und das kleine Funkgerät, das sie dem Kerl mit der Panzerfaust abgenommen hatte. Indem sie diesen beiden die Freiheit schenkte, hielt sie ein Versprechen, und sie wusste nicht, was schlimmer war: dass sie die beiden dem möglichen Tod auf dem offenen Meer aussetzte, oder dass sie womöglich überlebten und wieder anfingen zu plündern und zu morden.

Kapitel 7

Munroe sah das kleine Boot in der Dunkelheit verschwinden, wartete, bis nichts mehr davon zu sehen war und setzte dann die Durchsuchung ihres neuen Fluchtfahrzeugs fort. Das Boot war länger, breiter und vermutlich auch schwerer als die leichten Schnellboote, die sie damals in der Bucht von Biafra zum Waffenschmuggel benutzt hatten. Dafür war der Motor nicht so leistungsstark. Aber nach einer groben Schätzung des Verbrauchs und der Vorräte kam sie zu dem Ergebnis, dass sie vermutlich genügend Treibstoff für rund vierhundert Seemeilen an Bord hatte.

Gemäß Leos Angaben waren sie knapp zwanzig Stunden vom Treffpunkt entfernt gewesen. Bei der Geschwindigkeit der *Favorita* waren das umgerechnet etwa dreihundert Seemeilen, und weil es in diesem abgeschiedenen Teil der Welt und mit einer bewaffneten Eskorte an Bord einigermaßen sinnlos gewesen wäre, die Waffenübergabe weit draußen auf offener See stattfinden zu lassen, bedeutete das, dass sie – unter dem Vorbehalt, dass ihre Mutmaßungen wenigstens einigermaßen zutrafen – etwa dreihundert Seemeilen von der Küste entfernt waren, wahrscheinlich sogar etwas weniger, je nachdem, welchen Kurs die *Favorita* hatte einschlagen wollen.

Munroe legte den Kopf in den Nacken und betrachtete den Himmel mit der Sternenkarte, dann lenkte sie den Bug nach Westen und drehte am Gas. Das Boot schoss vorwärts, pflügte mit dumpfen Schlägen durch das Auf und Nieder der Wellen. Sie spürte die Erschütterungen am ganzen Körper und wertete sie als Versprechen, dass sie schneller am Ziel sein würde, als die *Favorita* es gewesen wäre. Ohne Nahrung, ohne Schatten und mit einer begrenzten Menge Trinkwasser an Bord würde es ein harter, weiter Weg bis zur Küste werden, aber sobald sie Land in Sicht hatte, konnte sie sich nach Süden wenden und der Küste bis nach Kenia folgen. Und wenn ihr vorher der Sprit ausging, dann war es eben so. Land war Land. Sie sprach Somali, sie würde eine Möglichkeit finden, um zu überleben, wie immer. Es wäre nicht das erste Mal, dass das Schicksal sie über ein Meer führte und an irgendeinem Ufer aussetzte, damit sie von da aus ihren eigenen Weg fand.

Das war in einem anderen Leben gewesen. Die Missionarstochter, die den Kontinent verließ, während das Blut des Sadisten, der sie gelehrt hatte zu kämpfen, zu hassen, noch feucht an ihren Händen klebte. Und genau wie ein bisschen Schmiergeld hier und da die Abfahrt der *Favorita* aus Dschibuti ermöglicht hatte, so war ihr auch die Flucht aus Kamerun, als sie in Douala an Bord der *Santo Domingo* gegangen war, nur mit Hilfe von Bestechung geglückt. In Valencia war sie dann völlig mittellos von Bord geschlichen und hatte sich zwei Monate lang als Hafenarbeiter durchgeschlagen, bis sie eine Möglichkeit gefunden hatte, von Spanien aus in die Vereinigten Staaten einzureisen. Sie schlief zwischen Containern und in verlassenen Büros, und als eines Nachts ein Mann mit einem Messer kam, wurde sie zum zweiten Mal zur Mörderin. Erst da hatte sie erfahren, wie leicht es war, ein Leben auszulöschen, erst da hatte sie zum ersten Mal einen flüchtigen Blick auf jenes Raubtier werfen können, das durch das Messer ihres Folterers aus ihr geworden war.

Munroe machte die Pinne fest und suchte, mühsam um Balance ringend, nach den Werkzeugen, die die Piraten zum

Nachtanken benutzt hatten: improvisierter Trichter, kleiner Kanister, Schöpfkelle, um das Benzin aus den großen Fässern zu holen. Danach inspizierte sie die Gewehre und die Magazine, die jeweils nur halb geladen waren. Es sah ganz so aus, als hätten die niederen Chargen jeweils nur einige wenige Patronen bekommen, damit für die Schlacht um das Frachtschiff genügend Vorrat zur Verfügung stand.

Sie sammelte alle Patronen zusammen, schob sie in ein einziges Magazin, steckte es zurück in den Schacht und legte das Gewehr beiseite. Schob sich auf die Bank und musste dabei zum dritten Mal einem großen Knäuel aus schwarzem, fünf Zentimeter dickem Polypropylen-Seil ausweichen, das mitten im Boot lag. Blieb stehen, drehte sich um und ließ den Strahl der Taschenlampe über den Gegenstand gleiten, der ihr schon in dem Moment, als sie an Bord gekommen war, hätte auffallen müssen. Ein Seil von dieser Dicke hatte hier eigentlich nichts zu suchen.

Munroe ging in die Knie und umfasste das Seil, aber ihre Finger waren zu kurz, um es ganz zu umschließen. Sie verharrte einen Augenblick, dann stand sie auf. Der Kapitän hatte beinahe recht gehabt mit seiner Vermutung, dass Fischernetze die Schraube der *Favorita* lahmgelegt hatten. Ein Seil wie das hier, vielleicht hundert, hundertfünfzig Meter lang, das quer in der Route des Frachtschiffs im Wasser schwebte, würde sich so lange im Mechanismus verheddern und um die Schraube wickeln, bis sie lahmgelegt war. Um aber so ein Seil an der richtigen Stelle zu platzieren, ohne von der Wachmannschaft auf dem Schiff gesehen zu werden, und zwar auf einem pechschwarzen Meer, ohne die Positionslichter des Frachters als Orientierungshilfe, hatten die Piraten sehr genaue Informationen in Bezug auf die Geschwindigkeit und die exakten Koordinaten des Schiffes gebraucht.

Das war keine zufällige Entführung gewesen.

Munroe nahm ihren Rucksack von der Bank und brachte ihn zum Bug ihres Bootes, zog ihre Weste aus und schob sie dem Kapitän unter den Kopf, als eine Art Kissen, um ihn vor den harten Stößen der Wellenberge und -täler zu schützen und zu verhindern, dass seine Verletzung noch schlimmer wurde.

Sie fühlte seinen Puls, seinen Atem, hob seine Augenlider an und leuchtete mit der Taschenlampe hinein. Die Pupillen waren nicht geweitet, also konnte sie eine Gehirnblutung als Ursache für seine lang anhaltende Bewusstlosigkeit wahrscheinlich ausschließen. Sie musterte die Falten in seinem Gesicht, suchte nach Hinweisen auf irgendwelche Geheimnisse, die tief in seinem Inneren schlummerten, die er vielleicht nie wieder preisgeben konnte, dann schob sie diese Gedanken beiseite.

Ganz automatisch stellte sie sich die Frage nach dem Warum. Ihre analytische Gabe, ihr natürliches Bedürfnis, zu verstehen, Probleme zu lösen, hatte ihr im Lauf der Jahre schon oft geholfen. Aber jetzt, wo es nur darauf ankam, das rettende Ufer zu erreichen, nützte sie ihr wenig. Munroe knipste die Lampe aus, und während das Boot wieder und wieder in die Wellen krachte und der Motor unentwegt heulte, umgeben von einem endlosen Meer und einem stetig heller werdenden Himmel, empfand sie nichts als die leere Erschöpfung, die zwangsweise auf den Adrenalinstoß folgte. Angelockt durch die Monotonie kamen die Erinnerungen aus ihrem Versteck gekrochen und piesackten sie, piksten sie immer wieder in die empfindlichen Stellen, wie schwielige Finger, die sich an der Kruste kaum verheilter Wunden zu schaffen machten.

Sie blickte ihre Hände an und spürte das Blut, das sich nicht abwaschen ließ, ganz egal, wohin sie ging oder wie weit sie flüchtete. Der Tod folgte ihr, umfing sie und lockte sie an. Wie ein Pawlow'scher Hund lechzte sie nach Blut, sobald ihr emotionales Glöckchen bimmelte.

Munroe holte die Weste unter dem Kopf des Kapitäns hervor, zog das Päckchen mit den Bildern aus der Tasche und betrachtete das Foto von Miles Bradford. Sie hatte zunächst unfreiwillig gemeinsam mit ihm einen Auftrag erledigt, der einige unvorhergesehene Wendungen genommen hatte. Danach hatten sie noch etliche Male zusammengearbeitet, hatten für den jeweils anderen ihr Leben riskiert, hatten getötet, um einander zu schützen. Hatten als Liebende zusammengelebt. »Du hast eine Gabe und du hast ein Herz«, hatte er einmal gesagt. »Also nutze sie.«

In der Folgezeit hatte sie wieder getötet, mehr als nur ein Mal, hatte sich schmutzig gemacht, um die Welt ein wenig sauberer zu machen, und hatte sich schließlich endgültig von ihm verabschiedet, weil das die einzige Möglichkeit zu sein schien, den Schmerz zu besiegen. Selbst jetzt, am anderen Ende der Welt, zerrte die Sehnsucht an ihr, fühlte sie sich durch unsichtbare Fäden mit ihm verbunden.

Das schmerzte, aber sie wollte diesen Schmerz nicht.

Das bisschen Frieden, das sie in Dschibuti gefunden hatte, war bereits aufgebraucht. Vielleicht war die Flucht zu Ende. Vielleicht war es an der Zeit, nach Hause zu gehen.

Nach Hause.

Munroe spürte diesen Worten nach, ließ sie auf sich wirken, dann schob sie sie beiseite. Steckte auch das Foto wieder ein, ohne sich etwas vorzumachen. Sie hatte Angst, aber nicht die Art von Angst, die Ehre, Adrenalin oder einen befreienden Tod versprach. Es war vielmehr nichts anderes als Feigheit. Sie hatte endlich Frieden gefunden, hatte das Glück gefunden, weil sie um ihrer selbst willen akzeptiert und geliebt wurde, und doch lief sie zum ersten Mal in ihrem Leben dem, was ihr Angst machte, nicht entgegen, sondern versteckte sich davor.

Nach vierzehn Stunden auf dem Wasser, mit knurrendem Magen und pochendem Schädel – eine Folge der permanent gegen den Rumpf schlagenden Wellen – kam zum ersten Mal so etwas wie Festland in Sicht. Eine Fata Morgana zunächst, die abwechselnd aufschimmerte und wieder verschwand, bis sie sich zu einer schmutzig-grauen Fläche mit grünen Einsprengseln verfestigte. Sie drehte den Bug nach Süden.

Als ihr nur noch ein Schluck Wasser und zwanzig Liter Benzin geblieben waren, wirkten die weißen Siedlungen und bunten Schneisen am Ufer so geordnet, so gut organisiert, dass klar war: Das konnte nicht mehr Somalia sein. Munroe steuerte wieder nach Westen, gelangte bis dicht ans Ufer, passierte einen Flusslauf, der ins Landesinnere führte, und kam schließlich an ein paar Häusern vorbei, die weniger afrikanisch als vielmehr polynesisch aussahen. Dafür konnte es nur eine Erklärung geben: Sie musste irgendwann in kenianische Gewässer gekommen sein und war jetzt bei einer Art Ferienresort angelangt. Sie warf das überschüssige Gewehr über Bord, stopfte das volle Magazin in ihren Rucksack und versteckte das andere Gewehr hinter den Benzinkanistern.

Mit gedrosseltem Motor glitt Munroe an unberührten Stränden vorbei, auf denen ab und zu ein hölzernes Fischerboot zu sehen war. Dann erblickte sie einen ins Wasser ragenden Steg und hielt darauf zu.

Rechts des Anlegers hatte ein Fischerboot aus Holz mit eingefallenem Segel seinen Bug in den weißen Sand gegraben. In der Nähe saßen drei Männer am Strand, barfuß und mit zerfetzten T-Shirts und abgeschnittenen Jeans bekleidet. Sie sahen ihr mit unverhohlener Neugier entgegen. Das Boot gehörte vermutlich ihnen, der Anleger wohl zum nächstgelegenen Hotel oder zu einem der Häuser am Strand. Ein kleines Stückchen weiter links wusch ein Mann sein Fahrrad im Meer, und ein paar Kinder hüpften über den Strand und spielten Fangen, begleitet von schrillem Gelächter, das bis zu ihr hinaus aufs Meer drang.

Dahinter herrschte eine Atmosphäre entspannter Gelassenheit, wie man sie in entlegenen Gegenden oft antrifft, eine bedächtige Ruhe, die deutlich machte, dass die nächste größere Stadt weit entfernt war. Es war ein Ort, an dem Kriminalität praktisch nicht existierte, ein Ort, wo schon ein bekanntes Gesicht ausreichte, um neugierige, unternehmungslustige Hände daran zu hindern, sich an Benzin und Maschinenteilen zu vergreifen.

Munroe ließ das Boot an das Ende des Anlegers gleiten, suchte sich eine Stelle, wo sie es festmachen konnte, schaltete den Motor aus, warf die Leinen nach oben und kletterte hinterher.

Nach einem weiteren Blick zu den drei Männern am Strand streckte sie sich und lockerte ein wenig den steifen Hals. Sie versuchte, die Körpersprache der drei zu lesen, ihre Mienen zu deuten. Änderte ihre Haltung, um sich der hitzebedingten Trägheit ihrer Umgebung anzupassen, und schlenderte, die Hände in die Hosentaschen gesteckt, Richtung Strand.

Die Männer, die neben dem Fischerboot entspannt im Sand hockten, unterbrachen ihr Gespräch. Sie blieb etliche Meter entfernt stehen und blickte aufs Meer hinaus, passte sich an die afrikanische Zeitrechnung an und ließ die Minuten verstreichen, bis sie sie schließlich auf Englisch begrüßte. Als Nächstes hätte sie es mit Arabisch versucht, und dann mit Somali, aber derjenige der drei, der am jüngsten aussah – er war vielleicht achtzehn, höchstens neunzehn Jahre alt – erwiderte ihren Gruß.

Sie wies mit einem Kopfnicken auf das Segelboot. »Gehört das euch?«

Der Englischsprecher deutete auf den Mann zu seiner Linken. »Boot von mein Freund«, und dann, nach einem Blick auf Munroes schwarze Cargohose und ihre Stiefel: »Du Soldat?«

»Auf Urlaub«, erwiderte sie.

Er lächelte, erhob sich und sagte: »Du wollen privat Tour? Ich weiß gute Platz für Angeln, hübsch. Oder vielleicht nett Frau, ich hab Schwester, du sie treffen.«

Munroe lächelte breit, sodass ihre Zähne zu sehen waren. »Mal sehen«, meinte sie, und da er das Smalltalk-Geplänkel übersprungen hatte und direkt zum Geschäftlichen gekommen war, nickte sie zu dem Flusslauf hinüber. »Wo führt der hin?«

»Geht einmal um ganze Insel.«

»Kennst du dich hier gut aus?«

»Lamu Island ich kenne sehr gut«, erwiderte er. »Alle Inseln ich kenne sehr gut.«

Munroe nickte, richtete den Blick wieder aufs Meer und ließ die Stille für sich sprechen. »Ich könnte einen Führer brauchen«, sagte sie schließlich. »Und einen Wächter. Braucht ihr vielleicht Arbeit?«

»Was ist Wächter?«, wollte er wissen.

»Jemand, der aufpasst. Auf das Boot.«

»Du will *Askari*?«, erkundigte er sich, und ohne auf eine Antwort zu warten, drehte er sich zu den anderen um und redete in einer Sprache mit ihnen, die Munroe zwar nicht kannte, die aber in ihrem Kopf arabische und englische und deutsche Funken schlug.

Der Englischsprecher deutete auf einen der beiden anderen, die immer noch im Sand saßen: »Mohamed arbeit fünftausend Schilling für Tag.«

»Und du?«, fragte sie. »Was willst du haben?«

Er lächelte. »Fünftausend Schilling für Tag.«

Die Männer hatten ihr gesagt, wo sie war, und das war alles, was sie gewollt hatte. Ohne die Hände aus den Taschen zu nehmen, sagte sie: »Darüber muss ich erst mal nachdenken.« Dann drehte sie sich um und ging zum Anleger.

Jetzt ging in ihrem Rücken die Diskussion los, wurde lauter, kam näher.

»Wir arbeiten dreitausend Schilling für Tag«, sagte der Erste.

Ohne zu wissen, wie Schilling und Dollar zueinander standen, deutete sie erst auf den einen und dann auf den anderen: »Zweitausend, zweitausend«, sagte sie, und der Englischsprecher streckte ihr die Hand entgegen.

»Ich bin Sami«, sagte er. Munroe schlug ein, in dem Bewusstsein, dass sie soeben beraubt worden war. Dann wandte sie sich der untergehenden Sonne zu. »Ich habe keine Schilling dabei. Gibt es auf Lamu Island eine Bank?«

»Ja, ist jetzt zu«, erwiderte Sami. »Ich habe Freund, er kaufen Dollar, machen gute Preis.«

Sie hatte noch genügend Benzin, um die Nacht zu überstehen, und in den Hotels konnte sie vermutlich mit Dollar bezahlen.

Munroe wandte sich ihrem Boot mit dem Kapitän zu. Er war immer noch bewusstlos, und durch die Hitze und den Wassermangel wurde sein Zustand zusehends schlechter. Es war mehr als zweifelhaft, ob ein Arzt ihm überhaupt noch helfen konnte. Aber wenn sie jetzt nichts unternahm, konnte sie ihm auch gleich die Kehle durchschlitzen.

Munroe ballte die Fäuste, verdrängte das unsichtbare Blut, das ihre Hände befleckte, und sagte: »Wo ist dein Freund?«

»In Lamu Town.«

»Wie kommen wir dahin? Mit dem Taxi? Dem Bus?«

»Kein Auto auf Insel, nur Esel. Wir nehmen deine Boot.«

»Zuerst brauche ich aber ein Krankenhaus. Gibt es so etwas hier?«

»Ja.«

Sie nickte in Mohameds Richtung. »Du bringst mich ins Krankenhaus, und er holt deinen Freund mit dem guten Preis.«

Sami übersetzte für Mohamed. Dann ging das Gefeilsche wieder los, und nach etlichem Hin und Her sagte Sami schließlich: »Er dir zeigen Krankenhaus. Ich holen Freund.« Munroe wies mit ausgestrecktem Arm zum Anleger, bedeutete Mohamed, zum Boot zu gehen, und sagte zu Sami: »Bring noch einen Liter Trinkwasser mit.«

Kapitel 8

Unter Mohameds Führung steuerte Munroe wieder zurück zur Mündung des Wasserlaufs und fuhr dann weiter an der Küste der Insel entlang, bis sie an einer Ansammlung kleiner Resorts und Hotels vorbeikamen. Mohamed zeigte zum Strand und sagte »Shela«. Es klang wie eine Erklärung, irgendwie wichtig, und vielleicht war es ihm tatsächlich wichtig, weil er glaubte, dass sie ein Tourist war.

Sie nickte.

In einer so abgelegenen Gegend mit so vielen Touristenherbergen musste es auch eine Landebahn geben, einen Ort, wo gehandelt und Geld getauscht wurde, wo sie sich Benzin und Verpflegung besorgen konnte. Hinter den Hotels wurde der Wald wieder dichter, und als Mohamed dann endlich den Arm ausstreckte, nickte und Munroe ans Ufer dirigierte, hatte sie immer noch nichts gesehen, was auch nur annähernd jenes Lamu Town hätte sein können, von dem Sami gesprochen hatte.

Sie ließen sich vom Schwung in das seichte Wasser treiben. Mohamed sprang hinein, watete vor und zog das Boot hinter sich her, bis es über den Grund streifte.

Munroe band die Stiefel auf und zog sie aus, legte sie sich über die Schulter, zog ihre Weste unter dem Kopf des Kapitäns hervor, griff nach ihrem Rucksack und kletterte mitsamt den Sachen über den Bug. Dann trottete sie auf ein Gebäude zu, dessen Rückseite direkt an den Sandstrand angrenzte.

Auf der Vorderseite wurde Munroe im Licht der letzten

Sonnenstrahlen des Tages mit großen Lettern im Lamu District Hospital willkommen geheißen. Es war ruhig, keine Menschenmassen vor dem Haupteingang, und so ging sie durch einen offenen, mit gemusterten Backsteinen gepflasterten Gang, vorbei an schmutzigen, ehemals weiß getünchten Wänden, wo die Meeresluft zirkulieren konnte und den Gestank nach Fäulnis, Krankheit und ungewaschenen Körpern auf ein Minimum reduzierte.

Das Krankenhaus war in vielerlei Hinsicht ein Abbild zahlreicher anderer Provinzkliniken in Afrika – der Grundriss mit dem quadratischen Innenhof, die Böden aus Beton oder festgetrampelter Erde sowie die roh gezimmerten Bänke unter den Säulenvorbauten, auf denen Frauen in knallbunten Wickelgewändern oder schwarzen *Abayas* saßen und ihre kranken Babys und Kleinkinder im Arm hielten.

Munroe entdeckte eine Schwester, die so gut Englisch sprach, dass sie verstand, was Munroe wollte, und ihr versprach, einen Arzt zu suchen. Dann setzte sie sich auf den Betonboden und zog sich Strümpfe und Schuhe wieder an. Die Krankenschwester kam mit einem Mann wieder, der wie ein freiwilliger Helfer aussah. Helle Haut, dunkle Haare und Drei-Tage-Bart, dazu ausgeblichene OP-Kleidung und die stumpfe Miene, die nicht untypisch war für Ausländer, die zu lange unter ärmlichen Bedingungen ohne vernünftige Geräte und Ausstattung gearbeitet hatten und mit ansehen mussten, wie Menschen von Krankheit und Tod geschlagen wurden, die sie unter anderen Bedingungen problemlos hätten retten können. Er begrüßte sie in ordentlichem Englisch, aber seine freundliche Geduld wirkte aufgesetzt.

Munroe erkannte seinen Akzent und antwortete, vollkommen eigennützig, auf Italienisch, setzte die Magie der Sprache ein, die ihren Zauber umso mächtiger entfaltete, je weniger das Gegenüber mit ihr rechnete. Die Miene des Arztes hellte sich auf, wurde zu einem verhaltenen Lächeln, und auch seine Haltung veränderte sich, nur um Nuancen zwar, kaum sichtbar, aber trotzdem wirkte er eindeutig entspannter, erleichtert, fast so, als hätte er bis jetzt den Atem angehalten.

Munroe zeigte demonstrativ eine ähnliche Reaktion und gab ihm die Hand. *»Ho bisogno del vostro aiuto«*, sagte sie. »In meinem Boot liegt ein bewusstloser Mann. Würden Sie ihn sich kurz anschauen?«

Sie gingen zum Ufer, und Munroe kletterte auf das Boot. Der Doktor folgte ihr. Während Mohamed am Ufer wartete, leuchtete sie mit der Taschenlampe auf den Kapitän hinunter. So, wie es aussah, war er vielleicht schon tot. Sie reichte die Taschenlampe an den Arzt weiter.

Er kniete sich neben den Kapitän und leuchtete ihm in die Augen. Dann zwickte er ihn, nahm sein Handgelenk und hörte ihn mit dem Stethoskop ab. Er drehte sich zu Munroe um. »Er lebt. Kein Schweiß. Sehr schneller Puls, vermutlich niedriger Blutdruck«, sagte er. »Wie lange ist er schon in diesem Zustand?«

»Ich habe ihn aus dem Meer gefischt«, sagte sie. »Das ist ungefähr zwanzig Stunden her.«

»Er braucht sofort Flüssigkeit«, sagte der Arzt. »Die Kopfwunde muss auch genäht werden, aber vor allem braucht er Flüssigkeit.«

»Ich bin auf dem Weg nach Mombasa«, sagte sie.

»In Mombasa gibt es besser ausgestattete Kliniken, aber in diesem Zustand können Sie ihn nicht mitnehmen.«

»Wie lange würden Sie ihn hierbehalten?«

»Mindestens vierundzwanzig Stunden, dann müsste die Dehydrierung überwunden sein. Aber auch danach kann er unmöglich eine solche Reise antreten.«

»Ich kann nicht auf Lamu bleiben«, sagte sie. »Wenn Sie wollen, lasse ich ihn hier.«

»Lieber nicht«, meinte er.

»Vierundzwanzig Stunden kann ich warten, aber länger auf gar keinen Fall. Ich bin mit dem Boot unterwegs. Wie lange braucht man mit dem Auto nach Mombasa?«

Der Arzt spitzte die Lippen und blies lange und stetig den Atem aus. »Auf diesen Straßen?« Er schüttelte den Kopf. »Kommt ganz darauf an. Zwölf Stunden? Achtzehn? Wenn irgendetwas schiefgeht, kann es auch drei Tage dauern.«

Sie spürte seine Erschöpfung, die Müdigkeit der Dritten Welt. »Irgendetwas geht immer schief«, sagte sie, und er nickte, wischte sich mit der Hand über die Stirn.

»Also gut«, fuhr sie fort. »Ich komme für alle Unkosten auf, solange ich hier bin.«

»Sie wissen, wie das hier läuft?«

»Ja«, sagte sie. Sie wusste es nur allzu gut. Es war zwar eine andere Ecke des Kontinents, aber das Konzept war dasselbe: Abgesehen von den wenigen Kliniken, die sich ausschließlich um Ausländer und Reiche kümmerten, funktionierten die Krankenhäuser in Afrika nur mit Vorkasse. Deshalb kam es immer wieder vor, dass Verletzte oder Sterbende draußen bleiben mussten, weil sie nicht genügend Geld besaßen, um eingelassen zu werden.

»Ich besorge Ihnen eine Liste«, sagte er. »Ich habe zwar schon Feierabend, aber wenn Sie die Sachen beisammenhaben, kommen Sie zum Empfang und fragen nach mir, dann holt mich jemand ab.«

»Kann ich vielleicht etwas für Sie tun?«, erkundigte sie sich. »Eine Spende vielleicht, für jemanden, der es besonders nötig hat?«

»Fragen Sie einfach nach mir, wenn Sie so weit sind«, erwiderte er. »Ich hinterlege die Liste am Empfang.« Mit diesen Worten erhob sich der Arzt und kletterte wieder an Land.

Munroe sah ihm nach, wie er den Strand hinaufging. Im

Schein der wenigen Lichter aus dem Krankenhaus war er nur schemenhaft erkennbar, bis er schließlich gar nicht mehr zu sehen war.

Sie wandte sich an Mohamed und fragte: »Wo ist Sami?« Der Mann sprach zwar, soweit sie wusste, kein Englisch, aber er begriff den Sinn ihrer Frage und deutete auf das Boot zu ihrer Linken. Das war bei ihrer Ankunft noch nicht da gewesen.

Der Geldumtausch fand hinter dem Krankenhaus statt. Gefeilscht wurde kaum, während Munroe die Wasserflasche, die Sami mitgebracht hatte, in einem Zug leerte. Anschließend bekam sie für ihre dreihundert Dollar sehr viel weniger Schilling, als sie wert gewesen wären. Genug, um dem Kapitän ein Bett im Krankenhaus und sich selbst eine Unterkunft bis zum nächsten Morgen zu beschaffen. Dann würde sie nach Lamu Town fahren und sich überlegen, wie es weitergehen sollte. Aber jetzt wollte sie nur noch die Verantwortung für den Kapitän abgeben und ein Bett, in das sie sich fallen lassen konnte. Und das würde sie schneller bekommen, wenn die jungen Burschen sie für naiv und großzügig hielten.

Zu dritt holten sie den Bewusstlosen von Bord. Sami und Mohamed trugen ihn ins Krankenhaus. Der Arzt hatte die Liste, wie versprochen, schon bereitgelegt, und Munroe bezahlte die Aufnahmegebühr. Dann folgte sie Sami und Mohamed, die den Kapitän in das zugewiesene Zimmer trugen. Die Fenster waren nichts weiter als Löcher in der Wand, Holzbretter dienten als Jalousien. Über jedem der vier niedrigen Stahlbetten mit durchgelegenen Matratzen hing ein schmutzig-graues Moskitonetz.

Im Zimmer lagen bereits vier andere Patienten – zwei von ihnen teilten sich ein Bett, und der eine der beiden hatte gerade einen Hustenanfall, der seinen ganzen schmächtigen Körper schüttelte. Das Tuch, das er sich vor den Mund hielt, war voller Blutflecken. Wenn der Kapitän die Nacht überleben wollte, ohne sich mit Tuberkulose anzustecken, musste er eine Menge Glück haben. Aber wenigstens war die Bettwäsche sauber, und zwischen den Gerüchen nach verschüttetem Essen und Körperausdünstungen war auch ein Hauch Desinfektionsmittel wahrnehmbar.

Die Apotheke befand sich unter dem Säulenvorbau, hinter einem Fenster mit schiefen Fensterläden. Darin standen lediglich ein kleiner Holzschreibtisch, ein Stuhl und an einer Wand ein ziemlich leeres Regal. Munroe reichte dem Apothekenhelfer die Liste des Arztes. Bedächtig und fast schmerzhaft pedantisch sammelte er die einzelnen Schachteln ein. Als er alles beisammenhatte, schrieb er von Hand die Rechnung, wobei er ein stark benutztes Blatt Kohlepapier zwischen die Seiten seines Notizblocks legte.

Es dauerte eine ganze Weile, bis Munroe den Kassierer aufgetrieben hatte. Sie bezahlte die Rechnung und ging zurück zur Apotheke, um ihre Bestellung in Empfang zu nehmen.

Die Frau vom Empfang ließ den Arzt holen. Dieses Mal war er schneller da als zuvor – vermutlich war er in der Nähe geblieben. Sie übergab ihm die Infusionsbeutel, Spritze, Pflaster, Mullbinden, Desinfektionsmittel und alles andere, was er bestellt hatte, und begleitete ihn dann bis zum Zimmer des Kapitäns. Als sie den Mann immer noch husten hörte, beschloss sie, lieber draußen zu warten und von der Tür aus zuzusehen, wie der Arzt die Nadel einführte, den Beutel mit Flüssigkeit anschloss und an einen uralten Infusionsständer hängte.

Wenn der Kapitän tatsächlich überlebte, wenn sie beschloss, ihn nicht hier zurückzulassen, sondern ihn mitzunehmen, dann musste sie auch seine medizinische Versorgung übernehmen. Das war etwas, womit sie bei ihrer Flucht vom Frachter nicht gerechnet hatte.

Es wäre besser gewesen, sie hätte ihn dort einfach sterben lassen.

Als Munroe wieder zu ihrem Boot kam, waren Hunger und Erschöpfung so mächtig geworden, dass es ihr schwerfiel, Freundlichkeit oder Naivität vorzutäuschen. Sie nahm Sami als Wächter für die Nacht mit und wartete ab, bis er mit Mohamed abgesprochen hatte, wann und wo sie sich wieder treffen würden.

Nachdem sie etliche Kilometer am Ufer entlanggefahren waren, schälten sich mehrere Flecken mit dicht aneinandergedrängten Lichtpunkten aus der Dunkelheit. Mit Samis Hilfe entdeckte Munroe einen Anleger, wo sie das Boot festmachen konnte. Anschließend markierte sie den Füllstand des Benzintanks. Sami sollte wissen, dass es keinen Zweck hatte, ihr von dem bisschen, das ihr geblieben war, etwas zu stehlen. Das hatte nichts mit Vorurteilen oder gar mit unterschwelligen Verdächtigungen zu tun. Sie wollte ihm lediglich zeigen, dass sie wusste, wie die Dinge auf diesem Kontinent liefen, und dass sie keineswegs so naiv war, wie er vielleicht glaubte. Dann gab sie ihm, obwohl er nicht den ganzen Tag gearbeitet hatte, zweitausend Schilling und bat ihn, Benzin zu besorgen. Sie versprach ihm noch einmal zweihundert extra, wenn er das bis zum Vormittag schaffte.

»Kein Problem«, sagte er. Also gab sie ihm einen Klaps auf die Schulter, ließ ihn an Bord zurück und machte sich auf den Weg zum nächsten Lichtfleck.

Das Hotel wirkte wie aus einem Ferienprospekt, mit versteckten, strohgedeckten Hütten an einem bei Tag weißen Sandstrand mit kristallklarem blauem Wasser: die touristische Seite Ostafrikas. Im Haupthaus, das keine Seitenwände besaß, saßen die Gäste auf überdimensionierten Rattanmöbeln unter mächtigen Deckenventilatoren und starrten sie mit offenen Mündern an wie eine Sumpfkreatur, als sie an ihnen vorbeimarschierte.

Hinter ihr erklangen die unterschiedlichsten Sprachen. Manche waren ihr fremd, manche nicht, aber eines war all diesen Äußerungen gemein: Die Leute unterhielten sich ungezwungen, weil sie glaubten, dass hier im Ausland sowieso niemand verstehen konnte, was sie sagten. Es war die reinste Kakophonie, was Munroes Erschöpfung noch verstärkte und ihr Kopfschmerzen bereitete.

Sie hinterlegte ihren Reisepass und Geld am Empfang und erhielt im Tausch einen Zimmerschlüssel. Ein Teenager brachte sie zu ihrem Bungalow, luftig und mit einem Ventilator, der die Meeresluft in eine kühle Brise verwandelte.

Auf der Kommode standen zwei Flaschen Wasser und eine Obstschale, die Munroe Stück für Stück leer aß. Und dann ließ sie mit sonnenverbrannter Haut, auf der immer noch die Salzkristalle klebten, die von der Gischt des Meerwassers stammten, das Moskitonetz herunter, legte sich auf das Bett, schloss die Augen und sank in einen tiefen Schlaf.

Wie lange sie geschlafen hatte, wusste sie nicht. Lange genug, um sich erholt zu fühlen, aber nicht lange genug, um von ihren Träumen überwältigt zu werden. Und auch die Sonne war noch nicht wieder aufgegangen. Über dem Horizont waren die ersten farbigen Streifen zu erkennen. Sie ging zum Haupthaus, das still und verlassen dalag.

Nach einem leisen »Hallo« kam eine Frau aus dem hinteren Teil geschlurft, träge und desinteressiert. Munroe hatte sie offensichtlich geweckt, und es fiel ihr schwer, so zu tun, als würde sie sich darüber freuen.

»Ich möchte ins Ausland telefonieren«, sagte Munroe.

»Dann brauche ich eine Kaution.«

Munroe legte einen Fünfzig-Dollar-Schein auf den Tresen. »Reicht das?«

Die Frau nickte und brachte sie zu einer Tür gleich hinter dem breiten Empfangstresen. Dort war ein kleines Büro eingerichtet, mit einem Computer, einem Drucker, einem Telefon und einem kleinen Schreibtisch. Nachdem die Frau gegangen war, setzte Munroe sich hin, seufzte und griff nach dem Hörer.

Von all den Menschen, die sie im Lauf dieser letzten Woche hintergangen und angelogen hatten, hatte Amber Marie sie am meisten enttäuscht. Deswegen musste sie ihr das eine oder andere sagen, bevor sie diese ganze Angelegenheit endgültig hinter sich lassen konnte. Sie wählte, wartete geduldig, während es in der Leitung rauschte und knackte, während es lange klingelte, bis Amber sich endlich mit verschlafener Stimme meldete.

Munroe sagte: »Hallo, hier spricht Michael.«

»Michael?«, wiederholte Amber, und in diesem einen Wort lagen Unsicherheit und hundert Fragen gleichzeitig. Munroe wartete noch eine Sekunde, um das Schweigen noch lauter werden zu lassen, und sagte dann: »Ja, genau, Amber. Michael. Und ganz herzlichen Dank dafür, dass du mir in den Rücken gefallen bist, verflucht noch mal!«

Kapitel 9

Munroe hörte eine Bewegung am anderen Ende der Leitung, als hätte Amber sich aufgesetzt, die Decke beiseitegeworfen und die Beine über die Bettkante geschwungen. »Warte mal, was?«, sagte Amber, und das Telefon wanderte von einer Schulter auf die nächste. »Was redest du denn da?« Und dann, nach einer weiteren, kurzen Pause: »Michael, wo bist du? Und warum rufst du mich an?«

»Ich kann dir jedenfalls sagen, wo ich nicht bin«, entgegnete Munroe. »Nämlich nicht irgendwo auf dem Meer, auf einem beschissenen Frachter voller illegaler Waffen. Da bin ich nicht. Und weißt du was? Nach allem, was ich für dich getan habe, Amber, nachdem wir so oft zusammengearbeitet haben und Freunde geworden sind, nachdem ich dich unterstützt und dir den Rücken gestärkt habe, wäre es wirklich ausgesprochen nett von dir gewesen, wenn du mir verraten hättest, dass Leo Waffen schmuggeln will, und zwar, bevor ich mich entschlossen habe mitzufahren.«

Es folgte eine kurze Pause, dann sagte Amber: »Waffen schmuggeln?«

In diesem kurzen Augenblick des Zögerns wurde ihre ganze Verwirrung hörbar, und Munroe schob ihre Wut über den Verrat beiseite. Hätte am liebsten die giftigen Spitzen zurückgenommen, hätte neu und anders formuliert. Begriff in diesem winzigen Moment des Stillstands, dass Leo nicht nur sie hintergangen hatte, sondern zuallererst seine eigene Frau. Mit diesem Anruf, mit dem sie eigentlich nur ihre Wut hatte loswerden wollen, bevor sie endgültig alle Brücken hinter sich abbrach, war sie plötzlich zur Überbringerin der schlechtesten aller denkbaren Nachrichten geworden.

Amber, die ihr immer noch etliche Gedankenschritte hinterherhinkte, klang leise und flehend. »Michael, wo bist du? Und wo ist Leo?«

Munroe erwiderte: »Wer hat euch den Auftrag auf der *Favorita* vermittelt?«

»Ich weiß nicht«, sagte Amber. »Irgendjemand, mit dem Leo während seiner Zeit beim Militär gut befreundet war. Ich glaube, sie haben alles per Telefon arrangiert.« Und dann, mit gepresster, verzweifelter Stimme: »Wieso denn, Michael?«

»Ich bringe dir das jetzt so schonend wie möglich bei«, sagte Munroe. Zwickte sich in den Nasenrücken und schloss die Augen. »Die *Favorita* hat illegale Waffen an Bord, und Leo ist nicht etwa zum Schutz des Schiffs und der Mannschaft engagiert worden, sondern um die Fracht zu bewachen und die Übergabe der Waffen durchzuführen.«

»Das ist ausgeschlossen«, erwiderte Amber. »Das würde Leo niemals machen, ohne mit mir darüber zu sprechen.«

»Bist du dir da ganz sicher?«

Amber zögerte, und das war Munroe Antwort genug.

»Aber Waffenschmuggel«, sagte Amber. »Zwischen hier und Kenia gibt es doch bloß eine einzige Möglichkeit, und das ist die somalische Küste.«

»Eben.«

»Oh Gott, Michael, nein. Das würde er niemals machen.«

»Ich habe die Waffen gesehen«, sagte Munroe. »Ich habe ihn darauf angesprochen, und er war stinksauer, dass ich sie gefunden habe. Er hatte es nämlich nicht für nötig gehalten, mich zu informieren. Wollte nicht, dass ich mich irgendwie einmische. Ich schätze mal, Natan kann dir alle Fragen beantworten, im Gegensatz zu mir.«

»Natan weiß Bescheid?«

»Das ganze Team hat Bescheid gewusst. Alle bis auf mich. Und dich, offensichtlich.«

Wieder folgte ein langes Schweigen. Amber ließ sich das Gesagte durch den Kopf gehen, versuchte, Ordnung und Sinn in Munroes Worte zu bringen, und Munroe ließ ihr die Zeit, die sie brauchte. »Wenn du mich jetzt anrufst und nicht Leo«, sagte Amber schließlich, »dann bedeutet das, dass etwas schiefgegangen ist. Wo ist er?«

»Sprich zuerst mit Natan.«

»Moment«, sagte Amber. Munroe hörte, wie im Hintergrund eine Tür knallte. Ambers Atem ging schneller, als würde sie vom Haupthaus in den Anbau hinüberlaufen. Noch eine Tür ging auf. Krachte ins Schloss. Und danach schlug sie mit der Faust gegen Natans Tür. Dann hörte man Natans Stimme, gedämpft, als ob Amber den Hörer an die Brust drückte? ein Wortwechsel, dann Geschrei, hauptsächlich von Amber, und dann noch mehr Schläge. Dieses Mal wurde der Hörer selbst wiederholt gegen irgendetwas geschlagen, während Amber im Takt dazu fluchte und Worte ausstieß, die Munroe noch nie von ihr gehört hatte.

Dann wurde wieder eine Tür zugeknallt, und Amber sagte, immer noch schwer atmend: »Ich bin stinksauer und wahnsinnig wütend, aber vor allem habe ich Angst. Michael, wo ist Leo?«

»Das Schiff ist überfallen worden«, erwiderte Munroe. »Ich bin von Bord gegangen, bevor der Kampf so richtig angefangen hat. Das ist jetzt ungefähr dreißig Stunden her. Als ich ihn das letzte Mal gesehen habe, war er noch am Leben. Da war die *Favorita* ungefähr dreihundert Seemeilen östlich von Mogadischu.«

Amber reagierte mit stummem Schweigen – keine Tränen, kein Hyperventilieren. Sie war beängstigend ruhig, wie immer in unvorhergesehenen Notsituationen, bereits auf der Suche nach Lösungsmöglichkeiten. Sobald ihr die Realität jedoch voll und ganz bewusst werden würde, würde sie zusammenbrechen.

»Wieso muss ausgerechnet Leos Schiff das erste bewachte Schiff sein, das von Piraten überfallen wird?«, sagte sie.

Es war eine rhetorische Frage, nicht ernst gemeint, emotionslos und wie betäubt. Munroe gab ihr trotzdem eine Antwort. »Ich weiß, dass es kein normaler Piratenüberfall war. Eher so etwas wie eine militärische Operation, allerdings durchgeführt von Leuten ohne militärische Ausbildung. Möglich, dass das mit der illegalen Fracht zusammenhängt.«

»Ach, Michael«, sagte Amber, aber der herablassend-mitleidige Tonfall signalisierte, dass sie eigentlich sagen wollte: *Was weiß so ein junges Bürschchen wie du schon über militärische Operationen?*

Munroe fuhr fort: »War die *Favorita* gegen Entführungen und Lösegeldforderungen versichert? Weißt du etwas über die Eigner? Den Charterer? Den Kapitän?«

»Wenn ein Schiff so eine Versicherung hat, dann wird bei Abschluss immer Geheimhaltung vereinbart«, sagte Amber. »Ich könnte natürlich versuchen, etwas rauszukriegen. Leo hat in diesem Fall alles selbst gemacht, deswegen weiß ich nicht, wie sorgfältig das Schiff oder die Auftraggeber überprüft worden sind.«

»Warst du denn damit einverstanden?«

»Wir hatten nicht viele Aufträge in letzter Zeit, Michael.«

Kaum hatte Munroe diesen Versuch einer Rechtfertigung für schlechte, schlampige Arbeit gehört, bekam sie rasende Kopfschmerzen. Noch mehr Ärger, mit dem sie eigentlich absolut nichts zu tun haben wollte. »Ich muss jetzt los«, sagte sie. Hör dich mal um, ob du etwas über das Schiff rausbekommst. Ich melde mich in ein paar Tagen wieder.«

»Warte …!«

Munroe wartete.

»Ich wollte bloß …«, setzte Amber an und verstummte dann.

Munroe wartete noch einen Augenblick, aber dann legte sie auf. Sie wollte nicht die Stellvertreterin für Ambers unsichere Verbindung zu Leo spielen.

Sie machte die Augen zu und atmete tief durch, musste mit einer tief sitzenden Frustration fertigwerden. Sie hatte Mitleid mit Amber, und ganz egal, wie sehr sie Leo hasste oder wie wenig das alles sie selbst anging, aber um des Menschen willen, zu dem sie eine Beziehung aufgebaut hatte und den sie aufrichtig respektierte – was nur äußerst selten vorkam –, konnte sie dem Ganzen jetzt nicht einfach den Rücken kehren. Sie musste lachen, als ihr die Ironie dieser Situation bewusst wurde. Da war sie bis nach Dschibuti geflüchtet, nur um nicht mehr für das Leben anderer Menschen verantwortlich zu sein, und jetzt hatte das Schicksal ihr einen Kapitän aufgebürdet, von dem sie hoffte, dass er bald starb, und eine Frau, deren Ehemann Munroe nach dem Leben trachtete. Es war wirklich ein Witz von absolut kosmischem Ausmaß.

Munroe verließ das Hotel, wollte sich die Beine vertreten und dabei ihre Gedanken sortieren, und spazierte ohne bestimmtes Ziel durch die Ortschaft. Shela war ein etwas zu groß geratenes Dorf, das trotz seiner Abgeschiedenheit und seiner erkennbaren Armut die Bedürfnisse reicher Gäste kannte und befriedigen konnte. Ein perfekter Ort, wenn sie nach einem angenehmen Rückzugsort aus der Zivilisation gesucht hätte, einem Ort, wo sie spurlos verschwinden und jahrelang hätte verschwunden bleiben können. Aber es hätte keine Woche gedauert, bis ihr Innerstes angefangen hätte zu jucken, bis ihre ewige Unruhe zum Leben erwacht wäre und nach einem neuen Spiel, einer neuen Herausforderung verlangt hätte. Munroe entdeckte Sami auf dem Anleger, wo er einem Mann mit nackter Brust und nackten Füßen Geld gab und dafür im Gegenzug Limonaden- und Wasserflaschen bekam. Als sie sich näherte, begrüßte der Fremde sie winkend und mit einem freundlichen Lächeln, dann ließ er sie alleine und watete ans Ufer zurück. Sami zeigte auf die acht Flaschen, die fein säuberlich aufgereiht neben dem Boot standen, insgesamt rund elf Liter Flüssigkeit. »Mein Freund bringen Benzin«, sagte er.

Munroe gab ihm zweihundert Schilling.

Sie musste unbedingt in Erfahrung bringen, wie die Umtauschkurse und Preise wirklich waren, um zu wissen, wie unverschämt Sami ihren Bargeldbestand schröpfte. »Wir fahren nach Lamu Town«, sagte sie.

»Zuerst Krankenhaus?«, fragte er zurück. »Dein Freund besuchen?«

»Zuerst Lamu Town.«

Sami kletterte auf das Boot, und Munroe warf ihm die Flaschen mit Benzin zu. Gemeinsam kippten sie sie in den Tank, stellten die leeren Flaschen dann beiseite und machten die Leinen los. Sami führte sie wieder an demselben Küstenabschnitt entlang wie gestern, am Krankenhaus und einem Notarztboot vorbei, das nutzlos am Strand lag, bis die spärliche Bebauung dichter und schließlich zu einer richtigen Siedlung wurde. Leuchtend weiß getünchte Häuser mit Rundbogenfenstern und Türen, Säulenvorbauten und rostbraunen Dächern zogen sich, aufgereiht wie Wachsoldaten, an einer steinernen Kaimauer entlang – eine alte, sehr alte Stadt, die durch viele Hände gegangen war und viele Kulturen miterlebt und sich doch immer eine arabische Note erhalten hatte.

Die Anzahl der Holzboote an den Anlegern wuchs, genau wie die der Menschen. Munroe konnte keine motorisierten Fahrzeuge erkennen, nur Fußgänger und, genau wie Sami gesagt hatte, Esel, die die Lasten schleppten. Es war allem Anschein nach eine Landidylle, die die Jahrhunderte völlig unverändert überdauert hatte.

Am hinteren Ende der Stadt, wo der Strand schon wieder etwas weniger belebt war, ließ Munroe Sami alleine beim Boot und ging an der Kaimauer entlang ein Stück zurück, bis sie bei der Bank war, die Sami ihr gezeigt hatte. Unterwegs wurde sie regelmäßig von Männern angesprochen, die ihr Dinge verkaufen wollten, die sie nicht brauchte.

Sprache brandete auf und umspülte sie, Woge um Woge brachen Gelächter, Gespräche, Geschrei und Geräusche über ihr zusammen: Die Kakophonie Tausender Stimmen in ihrem Kopf, um Aufmerksamkeit buhlend, schwindelerregendes Chaos, während ihr Geist krampfhaft versuchte, Ordnung herzustellen und in dem ganzen Durcheinander Struktur und Sinn zu erkennen. Eine sensorische Überfrachtung aus zu vielen Sprachen, zu vielen Dialekten, Hintergrundgeräuschen, die die meisten Menschen einfach ausblenden konnten, selbst dann, wenn sie ganz direkt damit gemeint waren. Aber sie nicht. Für sie war das eine stete Aufforderung, aber ohne erkennbares Muster, an dem sie sich hätte festhalten können. So würde der Krawall immer weiter anschwellen, bis sie irgendwann gezwungen wäre, fluchtartig die Stille zu suchen.

Zwei Männer blieben ihr auf den Fersen, boten ihr Essen, Bootsfahrten, Eselritte an und erkundigten sich immer wieder, woher sie kam und wo sie wohnte. Sie wusste, dass sie sie nur loswerden konnte, indem sie ihre Neugier permanent ins Leere laufen ließ, und vermied jeden Blickkontakt, nahm ihre Anwesenheit gar nicht zur Kenntnis, sondern ging einfach weiter. Aber im Prinzip geschah es ihr recht, so belästigt zu werden. Warum war sie auch in dieser Aufmachung in die Stadt gegangen, so eindeutig als Tourist gekennzeichnet? Sie wusste schließlich genau, dass sie damit quasi eine Einladung zur Belästigung ausgesprochen hatte. Andererseits ... als sie als Mitglied einer Sicherheitseskorte diesen Frachter bestiegen hatte, hatte sie auch nicht damit gerechnet, das Schiff fluchtartig verlassen zu müssen.

Munroe betrat die Gulf African Bank, und als sie die Schwelle überschritten und die Tür sich hinter ihr geschlossen hatte, atmete sie Stille und kühle, klimatisierte Luft, die ihrer Haut ebenso guttat wie dem Tumult in ihrem Kopf. Sie tauschte tausend Dollar in Schilling und erkundigte sich nach einem Internetcafé. Dann machte sie aus den kenianischen Geldscheinen zahlreiche kleine Päckchen und verteilte sie auf ihre verschiedenen Taschen. Sie musste grinsen, als ihr klar wurde, wie unverschämt Sami gewesen war: Sein erstes Angebot hatte bei fast hundert Dollar pro Tag gelegen – in einem Land, wo die meisten für ein, zwei Dollar arbeiteten. Das, was sie ihm schließlich bezahlt hatte, hatte ihm immer noch ein kleines Vermögen beschert.

Als Munroe die Bank verließ, war einer der beiden Männer von der Kaimauer immer noch da und hechelte erneut hinter ihr her, verfolgte sie auf ihrem Weg zwischen alten Steinhäusern hindurch und in Gassen, die gerade genug Platz für Fahrräder und Esel boten. Er gab erst auf, als sie den Vorplatz des kleinen Forts erreicht hatten und sie ihn immer noch nicht zur Kenntnis nahm. Der Vorplatz diente auch als Marktplatz, von dem etliche Seitenstraßen abzweigten. Schriftbänder auf Englisch und Arabisch waren quer über die schmalen Zwischenräume zwischen den Häusern gespannt. In einer dieser Gassen entdeckte Munroe das Internetcafé.

Sie hätte auch den Computer im Hotel benutzen können, aber alte Gewohnheiten und die Vorsicht verlangten, dass sie niemals dort ihrer Arbeit nachging, wo sie verwundbar war. Die Antworten auf die einfachen Fragen ließen nicht lange auf sich warten. Sie war auf der Hauptinsel eines Archipels gelandet, das keine siebzig Seemeilen von der somalischen Grenze und hundertachtzig Seemeilen von Mombasa entfernt lag. Mit einem Flug von Manda Island, das gegenüber von Lamu am anderen Ufer eines kanalartigen Meeresarms lag, hätte sich die Reise auch verkürzen lassen, aber sie hatte es nicht eilig und sah keinen Grund, das Boot abzustoßen. Außerdem hatte der Arzt recht gehabt mit seiner Einschätzung: Das Auto zu nehmen war ein zu großes Risiko, egal ob mit oder ohne Kapitän.

Die schwierigeren Fragen – die, die mit der *Favorita* zusammenhingen – waren nicht ganz so leicht zu beantworten. Diverse Anfragen bei diversen Suchmaschinen brachten weder über den Eigner noch über den Charterer noch über den Kapitän, dessen Namen sie nicht kannte, irgendeine Erkenntnis. Auch in den somalischen Newsgroups und den Überwachungsnetzwerken, die sich die Bekämpfung der Piraterie auf die Fahnen geschrieben hatten und die die Ankunft des Schiffes in einem der Piratenstützpunkte an der Küste als Erste gemeldet hätten, war nichts zu finden. Immer vorausgesetzt, das Schiff tauchte überhaupt irgendwo auf. Es bestand schließlich auch die Möglichkeit, dass durch das gewaltsame Stoppen der Schiffsschraube ein mechanischer Schaden entstanden war und dass die Reparaturarbeiten – wenn sie überhaupt auf offener See möglich waren – lange Zeit dauern würden. Oder aber die Piraten waren nur hinter den Waffen her gewesen und hatten kein Interesse an dem Schiff. Dann trieb die Besatzung vermutlich tot auf einem verlassenen Frachter irgendwo im Meer umher.

Die äußeren Fakten legten die Vermutung nahe, dass diejenigen, die die Waffen bestellt hatten, nichts dafür bezahlen wollten, aber die naheliegenden Vermutungen waren nicht immer die richtigen. Warum wollten die Piraten den Kapitän lebend haben? Warum hatten sie sich die Mühe gemacht, die

Favorita bei Nacht zu überfallen? Diese Fragen ließen sich nicht mit Hilfe von Datenbanksuchen oder Internetschnüffeleien beantworten. Solche Dinge fand man nur vor Ort, im Kreis der Eingeweihten. Dort musste man unauffällig eintauchen, mit ihnen musste man sich verbrüdern. Das war die Methode, die sie angewandt, mit der sie jede benötigte Information beschafft hatte. Sie war die Basis für ihre berufliche Karriere gewesen.

Aber das alles spielte jetzt keine Rolle mehr. Die *Favorita* war nicht mehr ihr Problem.

Blieb noch Amber.

Munroe seufzte. Gab die Webadresse von Capstone Security Consulting ein und klickte den Blog an. Der Gedanke, ob sie Bradford anrufen sollte, ob sie ihn wissen lassen sollte, dass sie noch am Leben war, dass sie die Fäden, die sie miteinander verbanden, nicht gekappt hatte, ging ihr durch den Kopf.

Der letzte Eintrag war eine Woche alt und bestand aus Links zu Meldungen, die für aktuelle und zukünftige Kunden von Capstone von Interesse sein konnten, sowie aus Meldungen zu den aktuellen Entwicklungen in den diversen Regionen, in denen die privaten Sicherheitsberaterteams der Firma zurzeit aktiv waren. Die Hinweise, die sie suchte, waren versteckte Kostbarkeiten zwischen typischen Pressemitteilungsdetails. Er war wieder einmal in Afghanistan, aber es ließ sich nicht sagen, wie lange es dieses Mal dauern würde.

Munroe löschte die Chronik und die Temporärdateien, bezahlte und huschte zurück auf die schmale Gasse, drängte sich zwischen anderen Passanten hindurch, wich Eselexkrementen aus und überquerte mit langen Schritten die Kanäle, in denen das Abwasser zum Meer floss.

Mohamed war beim Boot und blieb auch da, während Sami Munroe an den Stadtrand begleitete, wo die Straßen – beziehungsweise die Lehm- und Sandpisten – sehr viel breiter waren. Dort mieteten sie einen Esel samt Besitzer, holten die Plastikbehälter vom Boot und brachten sie zu einer Tankstelle. Anschließend besorgten sie noch Verpflegung, Wasser und Segeltuch. Einfache Einkäufe, die nacheinander erledigt werden mussten, Händler für Händler, und den Großteil des Tages in Anspruch nahmen.

Sie kehrten wieder ins Krankenhaus zurück, und Munroe ließ den Arzt suchen. Nachdem sie volle dreißig Minuten auf dem Betonfußboden gehockt hatte, ließ er sich endlich blicken.

»Sie sind also immer noch auf Lamu«, sagte er, und sie erhob sich, um ihm die Hand zu reichen.

Er ergriff sie mit einem müden Lächeln.

»Wie geht es dem Patienten?«, erkundigte sie sich.

»Seine Werte haben sich stark verbessert, aber ein Tag mehr zur Flüssigkeitsaufnahme könnte nicht schaden.«

»Ich fahre morgen früh los nach Mombasa. Kann ich ihn mitnehmen?«

Der Doktor zuckte mit den Schultern, und Munroe bohrte nicht weiter nach.

»Außerdem reagiert er ansatzweise auf Ansprache«, fuhr der Arzt fort.

»Ist er bei Bewusstsein?«

»In einem minimalen Bewusstseinszustand, würden wir sagen«, erwiderte er und hob und senkte dabei die Hand, um eine Welle zu simulieren. »Die Reaktionen kommen und gehen, auf und ab, ein bisschen was hier und ein bisschen was da. Aber noch redet er nicht und reagiert auch nicht auf direkte Fragen.«

»Aber er könnte wieder voll zu Bewusstsein kommen?«

»Das ist auf jeden Fall möglich.«

Im bewusstlosen Zustand war der Kapitän keine Gefahr

gewesen, aber wenn er irgendwann aufwachte und sein Gedächtnis wieder funktionierte, dann war seine letzte Erinnerung der Überfall auf die *Favorita*, und es gab keine Garantie, dass er auf seine Entführung vom Schiff positiv reagieren würde.

»Mit ein paar Beruhigungsmitteln fühlt er sich vielleicht wohler, bis ich ihn in ein anderes Krankenhaus bringen kann«, sagte sie.

Der Arzt sah sie gerade lange genug an, um ihr zu signalisieren, dass er kein Volltrottel war. Aber dann, mit einem Seufzer, der besagen sollte, dass es ihm letztendlich egal war, holte er einen Rezeptblock aus der Manteltasche und fing an zu schreiben.

Kapitel 10

Im Zimmer des Kapitäns lagen dieselben vier Patienten wie am Abend zuvor. Der Husten war noch genauso schlimm wie beim letzten Mal, aber der Gestank nach verwesenden Körperflüssigkeiten war deutlich schlimmer geworden. Der Kapitän lag in seinem Bett, wie Munroe erwartet hatte, und trug auch noch dieselben Kleider. Seine Augen waren geschlossen, das Moskitonetz war heruntergelassen, und in seinem Arm steckte eine Infusionsnadel. Der Beutel daran war vollkommen leer.

Sämtliche Utensilien, die sie gestern gekauft hatte, waren verschwunden, vermutlich in den Taschen der Angehörigen der anderen Patienten oder sogar in denen der Angestellten. Diebstahl war ein fester Bestandteil des Alltags auf diesem Kontinent. Alles, was nicht niet- und nagelfest war, war früher oder später eben weg. Deshalb waren sogar Tankdeckel und Motorhauben oft genug mit Vorhängeschlössern gesichert.

Munroe fing also wieder von vorne an und besorgte alle Artikel, die der Arzt ihr aufgeschrieben hatte, ein zweites Mal. Darüber hinaus erwarb sie noch etliche andere Dinge, unter anderem auch das Bettlaken des Kapitäns.

Sie kehrte in das Krankenzimmer zurück, um den leeren Infusionsbeutel abzunehmen und einen frischen anzuschließen. Alles andere nahm sie anschließend mit aufs Boot. Sie reichte ihre Beute zu Sami hinauf, kletterte hinterher, trocknete sich die Füße ab und zog zum x-ten Mal wieder ihre Stiefel an. Sami sagte: »Ich kommen mit nach Mombasa.«

Munroe hob den Blick. »Kennst du dich in Mombasa aus?«

»Ich gut kennen«, sagte er. »Meine Heimat Malindi.«

Munroe war bei ihren Recherchen im Lauf des heutigen Tages auf den Namen der Stadt gestoßen – ein touristischer, kleiner Ort etwa hundert Kilometer nördlich von Mombasa. Gut möglich, dass Sami sich als hilfreich erweisen konnte. Er interpretierte ihr Schweigen als zweifelndes Zögern und fügte hinzu: »Ich bewachen Boot. Mache gut Preis.«

Sie hatte ihre Stiefel fertig gebunden und hob noch einmal den Blick. Er lächelte sie an, selbstbewusst und frech. Der Junge gefiel ihr. Er hatte sich als vertrauenswürdig und zuverlässig erwiesen, hatte sie bis jetzt noch nicht bestohlen, und ein zweites Paar Hände konnte bestimmt auch nicht schaden.

»Was ist mit Mohamed?«, wollte sie wissen.

»Mohamed zwei Frauen hier, er bleiben.«

Sie erhob sich und ging zu der Holzbank auf der anderen Seite des Bootes. Wenn sie es behalten wollte, musste sie in Mombasa sowieso einen Wächter engagieren. »Aber zweitausend Schilling pro Tag bezahle ich nicht mehr.« Sie hielt für einen Moment inne und erwiderte sein freches Lächeln. »Der Preis gilt nur auf Lamu.«

Sami grinste und lachte dann. Er übersetzte für Mohamed, der ebenfalls lachte, und dann nickte er. »Fünfhundert Schilling pro Tag«, sagte er dann. »Mombasa-Preis.«

Munroe streckte die Hand aus, und Sami schlug ein. Das war eigentlich immer noch zu viel, aber sie wollte, dass er loyal blieb. Eine großzügige Entlohnung war zwar keine Garantie, dass er sie nicht doch irgendwann bestahl, aber sie verringerte die Möglichkeit zumindest ein wenig.

»Mohamed soll heute Nacht auf das Boot aufpassen«, sagte sie. »Und du holst dir alles, was du brauchst. Wir reisen vor Sonnenaufgang ab. Wenn du nicht da bist, fahre ich ohne dich los.«

»Ich sein da.«

»Bring eine Flagge mit«, sagte sie.

»Flagge?«

Munroe machte ihm mit Hilfe einiger Handzeichen klar, was sie meinte: eine kenianische Flagge, die achtern befestigt werden und somit die Wahrscheinlichkeit senken sollte, dass sie bei einer Begegnung mit irgendwelchen Offiziellen kontrolliert wurden.

Munroe rang die ganze Nacht lang vergeblich um Schlaf und entschloss sich dann, beim ersten Zeichen des anbrechenden Tages aufzustehen. Duschte sich wieder einmal den Schweiß, der aufgrund der Luftfeuchtigkeit eine Art Dauerbelag zu bilden schien, von der Haut, nahm das T-Shirt und das Hemd, die sie vor dem Zubettgehen noch schnell gewaschen hatte, von der Leine und zog beides an, knöpfte das Hemd über dem T-Shirt zu, um so ihre Haut zu schützen und ihr Geschlecht zu verbergen.

Sie warf ihre letzten Sachen in die Tasche, steckte auch ein Kissen ein, überlegte hin und her, ob sie Amber Marie anrufen sollte, und entschied sich dagegen. Ohne irgendwelche Neuigkeiten würden sie sich ohnehin nur anschweigen, und Munroe hatte weder das Bedürfnis noch die emotionale Kraft, Amber als Rettungsring zu dienen.

An der Rezeption tauschte sie Geld und Zimmerschlüssel gegen ihren Reisepass ein und brachte ihre Sachen zum Boot. Das Kissen nahm sie ebenfalls mit. Sami war bereits am Anleger, und dann fuhren sie zu dritt zum Krankenhaus, um den Kapitän abzuholen.

Sie lenkten das Boot auf den Strand und marschierten am Empfang vorbei durch den offenen, von einer sanften Brise durchwehten Flur. Als Munroe über die Schwelle trat, drehte der Kapitän, der über zwei Tage lang bewusstlos gewesen war, den Kopf und blickte sie ausdruckslos und ohne zu blinzeln an.

Sie trat auf ihn zu, schwenkte die Hand direkt vor seinen Augen hin und her, bekam aber keine Reaktion. Langsam klappten seine Augenlider wieder zu.

Munroe spritzte das Beruhigungsmittel direkt in den Infusionsschlauch, wartete eine Weile, zog die Ecken des Bettlakens heraus und zeigte den beiden jungen Männern, wie sie das Laken als Trage benutzen konnten.

Der Kapitän stank. Sie wollte ihn nicht anfassen und wollte auch nicht, dass die Jungs ihn berührten. Mühsam verfrachteten sie ihn mitsamt der Schläuche in das Boot und legten ihn unter das improvisierte Segeltuchzelt. Anschließend schob Munroe ihm das Kissen unter den Kopf und machte es mit dem Klebeband, das sie aus Dschibuti mitgebracht hatte, an seinem Oberkörper fest. Das war zumindest ein kleines bisschen besser als ihre Weste.

Sie ballte das völlig verschmierte Laken zusammen und warf es auf den Strand. Irgendjemand würde es finden. Waschen. Benutzen. Hier wurde jeder Plastikbecher, der in der westlichen Welt nach einmaligem Gebrauch im Müll landen würde, weiter benutzt. Munroe entlohnte Mohamed und schickte ihn weg. Dann machte sie die Flagge, die Sami mitgebracht hatte, am Heck fest, und sie fuhren los, glitten langsam und ohne Getöse den Kanal entlang, bis sie das offene Meer erreicht hatten und der Motor sein übliches Vollgaskreischen hören ließ. Hier ließen die Zeit und die Monotonie ihren Gedanken mehr Freiheit als bisher, sodass sie sich mit dem Rätsel des Kapitäns und der *Favorita* beschäftigen und die Dämonen und die Erinnerungen in Schach halten konnte.

So dicht am Äquator waren die Tage und Nächte das ganze Jahr über praktisch gleich lang. Dadurch ließ sich der Sonnenaufgang nur mit Hilfe der Schatten am Horizont sehr genau vorhersagen. Sobald die Sonne ihren unaufhörlichen Aufstieg am Himmel begonnen hatte, wurde sie zum Maßstab der Zeit ebenso wie der Geschwindigkeit. Und je höher sie stieg, desto größer wurde die Hitze.

Die langen Phasen des Schweigens wurden nur gelegentlich unterbrochen, wenn Sami sie auf bestimmte Stellen am Ufer aufmerksam machte und seine Schilderungen mit Erlebnissen aus seiner persönlichen Geschichte unterfütterte. Als er zum fünften oder sechsten Mal ihre Gedanken unterbrochen hatte, sagte Munroe: »Wie viele Sprachen sprichst du?«

»Fünf.«

»Perfekt?«

»Drei perfekt«, erwiderte er. »Suaheli, meine Muttersprache Kikuyu, meine Vatersprache Kalenjin, alle perfekt. Dann noch Englisch und Arabisch und ein paar Worte hier und da.«

»Gut«, erwiderte sie, rutschte ein Stückchen zur Seite und tätschelte den freien Platz neben sich, damit er sich zu ihr setzte. »Komm her und rede mit mir auf Suaheli.«

»Dann du kannst nicht verstehen.«

»Du kannst für mich übersetzen«, sagte sie. »Erzähl mir jede Geschichte zwei Mal.«

Erneut lächelte er sein freches Lächeln – er gefiel ihr immer besser. Dann setzte er sich neben sie und fing an zu erzählen, Stunde um Stunde, eine Geschichte nach der anderen, zuerst auf Suaheli und dann, mit derselben Begeisterung, denselben Ausschmückungen, auf Englisch. Die Geschichten wurden länger und ausführlicher und lebendiger, je mehr sein Publikum mitging und nachfragte. Munroe unterbrach seine Erzählungen immer nur kurz, um zu trinken, zu essen oder eine weitere Schicht Sonnencreme aufzutragen, die sie sich in einem Touristenladen auf Lamu besorgt hatte. So erfuhr sie in kurzen Ausschnitten die Geschichte seiner Familie, seiner vielen Brüder und Schwestern sowie seiner Halbgeschwister, seiner Schulbildung – beziehungsweise ihrer Nicht-Existenz – und seiner Abenteuer als Fischer auf dem Meer, die begonnen hatten, als er zehn Jahre alt gewesen war.

Als sie am frühen Nachmittag Malindi passierten, spürte Munroe, wie Satzbau und Grammatik, wie bestimmte Muster der Landessprache in ihrem Geist Spuren hinterließen, sich verfestigten. Sie konnte fühlen, wie ihre Anspannung nachließ, jetzt, wo sie den Schlüssel zur Verständigung in Händen hielt. Von nun an war es nur noch eine Frage der Zeit, bis sie anfing zu sprechen, bis sie die Sprache beherrschte, ohne dass sie etwas dazu tun musste.

Genau diese giftige Gabe, diese Fähigkeit, Wörter zu visualisieren, ihnen Form und Gestalt zu verleihen, hatte ihr gesamtes Leben geprägt und sie zu dem gemacht, was sie jetzt war. Ohne Sprache keine Waffenschiebereien, und ohne Waffenschiebereien keine Nächte im Dschungel, keine Kämpfe gegen die schlimmsten Raubtiere in Menschengestalt, und ohne die Nächte kein Instinkt, sich selbst zu schützen, kein blitzartiges Reagieren, kein Zwang zu töten, der seit jener Zeit jeden einzelnen wachen oder schlafenden Augenblick ihres Lebens geprägt hatte.

Am späten Nachmittag erreichten sie die ersten Vororte von Mombasa. Zwischen Palmen und üppigen, gepflegten Rasenflächen lagen Strandhäuser und große Hotels. Der Schiffsverkehr auf dem Meer kam ihnen nach der gemächlichen und ruhigen Idylle auf Lamu hektisch und überdreht vor.

Der flache Sandstrand reichte bis weit ins Meer hinaus, das mit zahlreichen Anlegern gepflastert war. Munroe machte das Boot einfach irgendwo fest und schickte Sami los, um zu erkunden, wem der Anleger gehörte und ob sie vielleicht einen Liegeplatz mieten konnten. Während er weg war, löste sie das

Klebeband, mit dem sie den Kapitän am Kissen festgemacht hatte. Der Gestank, der von ihm ausging, war überwältigend, und sie musste alles daransetzen, um den Brechreiz zu überwinden.

Säuerlicher Körpergeruch und unaufhörliche Verwesung waren ein fester Bestandteil des durchdringenden Duftbouquets der Landschaften südlich der Sahara, aber die ausgetretenen Körperflüssigkeiten und die Tage ohne Dusche, dazu die hohe Luftfeuchtigkeit und die vielen Stunden in der prallen Sonne hatten den Kapitän zur Quelle eines wirklich unbeschreiblichen Gestanks werden lassen. Sie hatte nur noch einen Infusionsbeutel übrig, daher musste sie ihn unbedingt bald wieder in ein Krankenhaus bringen. Aber in diesem Zustand konnte sie ihn unmöglich durch eine Stadt tragen.

Munroe leerte einen Plastikeimer, tauchte ihn ins Meer und kippte ihn über dem Kapitän aus. Als er keine Reaktion zeigte, wiederholte sie das Ganze wieder und wieder, bis er von Kopf bis Fuß durchnässt war und das Wasser wenigstens den schlimmsten Gestank abgewaschen hatte.

Sami kam zurück und brachte einen Einheimischen als Wachmann oder *Askari* mit, wie Sami ihn nannte. Munroe schätzte ihn auf Anfang fünfzig. Er trug ein abgewetztes Hemd mit Knöpfen, eine zwei Nummern zu große Hose und Schuhe aus Autoreifen. Als Zeichen seiner Autorität hatte er einen selbstgemachten Schlagstock dabei. Der *Askari* handelte mit Munroe einen Preis für die Benutzung des Anlegers aus. Das Geld würde direkt in seine Tasche – oder, noch wahrscheinlicher, in ein paar Flaschen Bier – fließen, aber solange das Boot dafür ein, zwei Nächte hier ungefährdet liegen konnte, hatte Munroe nichts dagegen. Sie bezahlte ihm die paar hundert Schilling, die er gefordert hatte, und nahm, als alles geklärt war, ihren Rucksack und ihre Weste und ließ Sami auf dem Boot zurück, zur Bewachung des Kapitäns und ihrer Vorräte.

An der Nordküste von Mombasa waren die Hotels deutlich größer und weitläufiger als in Shela. Das galt auch für die dazugehörigen Strandabschnitte. Auf der Suche nach einer Unterkunft, die ihren Bedürfnissen entsprach, musste sie daher ein, zwei Kilometer weit gehen.

Schließlich entschied sie sich für ein Hotel, das eine Mischung aus einer der monströseren, quaderförmigen Massenunterkünfte und einem der kleineren Luxushotels zu sein schien. Die Hotelgäste reagierten genau wie jene auf Lamu, als sie nach einem harten Tag auf See durch die Lobby spaziert war: Sie blieben stehen und gafften. Kaum stand sie an der Rezeption, ging in ihrem Rücken das vielsprachige Geplapper los.

Ihr Zimmer lag im Erdgeschoss eines dreistöckigen Gebäudes – eines von insgesamt fünf, aus denen der Komplex gebildet wurde – am hinteren Ende eines breiten, gekachelten Flurs. Es besaß eine Terrasse mit Blick auf den sorgsam gepflegten Garten und den Ozean. Munroe zog die Vorhänge zu, auch wenn sie nicht ganz schlossen. Stellte die Klimaanlage zuerst ein bisschen niedriger und schaltete sie letztendlich ganz aus. Die Kühlung würde es nur noch schwieriger machen, sich an das Klima zu gewöhnen.

Sie ließ ihre Sachen auf das Bett plumpsen und holte alles, was unersetzlich war, aus den Westentaschen und dem Rucksack. Der Toilettenspülkasten wurde mit Hilfe einer wiederverschließbaren Tüte und etwas Klebeband zum Waffenschrank für ihre Pistole, und die Hohlräume in den Pfosten ihres Bambusbettes nahmen das Geld und die Papiere auf, die sie nicht mit sich herumschleppen wollte. Sie duschte sich die Salzwasserrückstände von der Haut, zog frische Klamotten an und ließ sich vom Empfangspersonal ein Taxi rufen. Der Fahrer brachte sie zu dem Hotel direkt bei ihrem Anleger.

Sie bat ihn zu warten und ging quer durch das Hotel zu ihrem Boot.

Bis sie die Gegend besser kannte und sich mit den Wächtern des Strandes angefreundet hatte – den *Askaris* und den Verkäufern, die Tag für Tag ihre Waren verscherbelten und versuchten, den Touristen ihr Geld abzuluchsen, denen also, die die Hand am Puls dieses Strandabschnitts hatten –, konnte sie das Boot nicht allein lassen. Jedenfalls nicht, wenn sie es nicht irgendwann als leere Hülle wiederfinden wollte. Also wartete sie beim Boot und schickte Sami auf die Suche nach einem Jungen, der gegen eine kleine Belohnung bereit war, ihr beim Transport des Kapitäns behilflich zu sein.

Fünfzehn Minuten später war er mit zwei jungen Männern, ungefähr in seinem Alter, wieder da.

Sie hievten den immer noch nassen, stinkenden Kapitän auf den Anleger und schleppten ihn den Strand hinauf bis zu einem Feldweg, der zwischen Häusern und Hotels hindurch bis zur Küstenstraße führte, wo das Taxi wartete.

Obwohl sie noch nie in dieser Stadt gewesen war, wusste sie, dass es genau zwei realistische Möglichkeiten der medizinischen Betreuung gab. Am einfachsten und am billigsten wäre ein staatliches Krankenhaus gewesen. Ganz egal, mit welchen Errungenschaften der modernen Medizin es sich schmücken mochte, wenn sie den Kapitän sterben lassen wollte, wäre das genau der richtige Ort gewesen. Aber in einer Stadt von dieser Größe musste es auch private Kliniken geben, kleiner und kostspieliger, deren Klientel aus Auswanderern, Touristen und reichen Einheimischen bestand. Dort würden die Ärzte die Rechnung erst nach der Behandlung stellen und ihr außerdem das tägliche Gerenne zur Apotheke ersparen, um die gestohlenen Dinge zu ersetzen oder wieder etwas zu besorgen, was der Kapitän vielleicht als Nächstes brauchte. Und genau so etwas suchte sie.

Die Straße in die Stadt war ein Flickenteppich aus Asphalt, Schlaglöchern und abschüssigen Seitenstreifen. Pkws, altersschwache Lastwagen und bunt lackierte Lieferwagen rasten in beide Richtungen aneinander vorbei, lieferten sich einen heimtückischen Tanz mit überladenen Fahrrädern, Fußgängern und Tieren. Ein mit orangefarbenem Sprühlack überzogener Kleinbus jagte mitten in den Gegenverkehr hinein, schnitt Munroes Taxi und hielt am Straßenrand an, um ein paar Passagiere aussteigen zu lassen. Auf der Heckscheibe prangte in metallisch glänzenden Buchstaben der Schriftzug TOTAL INSANITY.

Der Taxifahrer stieß ein paar halblaute Worte aus, die keinesfalls freundlich gemeint sein konnten. Munroe deutete mit dem Daumen auf den Kleinbus. »Was ist das?«, wollte sie wissen.

»Matatu«, sagte der Fahrer, und seinem Tonfall nach hätte er genauso gut den Fuß heben und ihr den Hundekot an seiner Schuhsohle zeigen können. »Die sind verrückt.«

In unregelmäßigen Abständen waren noch mehr dieser Fahrzeuge zu sehen, alle hoffnungslos überladen, manchmal mit geöffneter Seitentür, damit ein, zwei Mann sich am Türrahmen festhalten konnten, manchmal am Straßenrand stehend, während Leute ein- und ausstiegen. Sie hießen hier anders und waren vielleicht auch ein bisschen großspuriger aufgemacht als dort, wo sie bisher gewesen war, aber das Prinzip war überall in Afrika dasselbe: private Sammeltaxis, die die Menschen durch die Städte transportierten, die den öffentlichen Nahverkehr ergänzten oder ganz ersetzten, die ihre Routen ohne festen Fahrplan bedienten, erst abfuhren, wenn sie voll waren, und die, wenn sie Platz hatten – manchmal auch, wenn sie keinen hatten –, jeden aufgabelten, der am Straßenrand stand und winkte. Je schneller sie fuhren, je mehr Menschen sie auf ihre Sitze quetschten, desto mehr

Geld nahmen sie ein. Bedingt durch diese einleuchtende Logik stand das Thema Sicherheit auf der Prioritätenliste natürlich an letzter Stelle.

Der Taxifahrer brachte Munroe in die Innenstadt von Mombasa. Sie fuhren an Fünf-Sterne-Hotels vorbei und passierten armselige Hütten direkt am Straßenrand, während Holzrauch und Dieselabgase zu den offenen Fenstern hereinwehten. Über die Nyali-Brücke gelangten sie auf die eigentliche Insel, gewissermaßen eine kenianische Version von Manhattan, umgingen das dichteste Gedränge der Innenstadt, fuhren durch Stadtteile, wo jede Straße anders aussah, vorbei an einstöckigen Geschäftsgebäuden, Restaurants und Bürohochhäusern, Tankstellen und Autosalons, riesigen Privatvillen hinter hohen Mauern und strohgedeckten Hütten. Bis auf die allerschäbigsten Baracken besaß jedes Grundstück, jeder Laden, jedes Gebäude einen *Askari* oder auch zwei oder drei. Manche trugen Uniform, manche nicht, aber an ihrer Aufgabe konnte kein Zweifel bestehen.

Falls es irgendwo unterwegs schon eine Privatklinik gegeben hatte, hatte ihr Fahrer sie umgangen. Jedenfalls brachte er sie zum südlichen Zentrum der Insel mit dem Aga Khan Hospital, das von der Straße her betrachtet eher wie ein überdimensionierter Betonwohnblock wirkte und nicht wie eine medizinische Einrichtung. Erst innerhalb des eingemauerten Geländes waren Ähnlichkeiten mit einer Klinik zu erkennen.

Ein Krankenpfleger und zwei Schwestern kamen Munroe zu Hilfe. Da sie einen offenkundigen Notfall mitgebracht hatte, stellten sie ihr ein paar schnelle Fragen, dann wurde der Kapitän in Windeseile weggebracht. Dank einer auf dem gesamten Kontinent praktizierten, stillschweigenden Übereinkunft hatten Munroes Hautfarbe und die Hautfarbe des Kapitäns dafür gesorgt, dass die Aufnahme erfolgt war, noch bevor über Geld gesprochen wurde.

Der Rassismus in der westlichen Welt hatte nichts mit dem Rassismus im Afrika südlich der Sahara gemein. Hier waren rassistische Vorurteile allgegenwärtig, und jeder, der auch nur eine Spur dunkler war als sein Gegenüber, bekam sie zu spüren. Im schlimmsten Fall wurde man mit hellerer Haut zur Zielscheibe und zum Opfer, aber im Alltag war sie in aller Regel ein Türöffner, eine eingebaute Garantie für Privilegien unterschiedlichster Art, und das nur aus einem einzigen Grund: dem kollektiven, unverhohlenen Vorurteil, nach dem der Wert eines Menschen aufgrund des Melaningehalts seiner Haut beurteilt wurde.

Munroe füllte diverse Formulare aus, hinterlegte eine Kaution für einen Tag und erkundigte sich, wo sie ein Handy kaufen konnte. Nachdem sie die Adresse des Geschäfts auf einen Zettel gekritzelt hatte, setzte sie sich in den Wartebereich, machte die Augen zu und döste, bis der Arzt kam und nach ihr fragte.

Sein Name lautete Patel. Er war vermutlich Anfang dreißig, also nur unwesentlich älter als sie selbst, und Munroe erläuterte ihm die Umstände, die sie hierhergeführt hatten, in Form einer Lüge, die sich so dicht wie möglich an die Wahrheit hielt. Außerdem schilderte sie die Gewalttätigkeit und Unberechenbarkeit des Kapitäns in schillernden Farben, gefolgt von dem Vorschlag, ihn, falls er zu sich kommen sollte, zu sedieren und sie telefonisch zu verständigen. Der Arzt machte sich Notizen und schien keine große Lust zu haben, ihr zu widersprechen. Ihr blieb nur zu hoffen, dass sie mit der Beschreibung seines Wahnsinns nicht zu weit gegangen war. Es ging ihr ja lediglich darum, den Kapitän unter Kontrolle zu behalten, bis sie wusste, was sie mit ihm anstellen sollte.

Kapitel 11

Es war nach acht Uhr, als Munroe wieder hinaus in die Küstenluft trat. Sie sog die Nacht mit ihrem Geruch nach verfaulendem Grün tief in ihre Lunge und genoss die Erleichterung darüber, dass sie sich jetzt zumindest ihrer Pflichten entledigt hatte.

Sami stand vor dem Anleger am Strand, zusammen mit den beiden Männern, die ihnen geholfen hatten, den Kapitän zu tragen. Als Munroe näher kam, unterbrachen die drei, obwohl sie sich auf Suaheli unterhielten, ihr Gespräch. Munroe nickte ihnen zur Begrüßung zu und bat Sami zu sich. Dann ging sie mit ihm den Anleger entlang, um allen neugierigen Blicken auszuweichen, gab ihm seinen Lohn für den Tag plus tausend Schilling extra, nur weil sie ihn mochte. Anschließend blieb sie beim Boot, damit er sich ein warmes Essen besorgen konnte.

Ungefähr eine Dreiviertelstunde später war er wieder da, zusammen mit seinen beiden Freunden. Sie waren jetzt ein bisschen lauter, ein bisschen betrunkener als zuvor, was höchstwahrscheinlich Samis plötzlichem Reichtum zu verdanken war. Munroe überließ ihnen das Boot, ging zurück zu ihrem Hotel, stellte sich unter die Dusche, legte sich ins Bett und schlief sofort ein.

Kurz nach Mitternacht – sie hatte gerade einmal drei Stunden geschlafen – wachte sie auf, weil ihre Nachbarn entweder von irgendwoher zurückkamen oder sich irgendwohin auf den Weg machten und dabei sehr viel mehr Gejohle und Gelächter für nötig hielten, als aufgrund der Uhrzeit eigentlich angebracht gewesen wäre. Der Lärm hallte von den gekachelten Wänden und den glatten, hohen Decken wider. Auch durch die gläserne Terrassentür drangen Musik und tropische Partystimmung herein, sodass an Schlaf nicht zu denken war. Munroe stand auf und ging zum Empfang, um Amber Marie anzurufen.

Es klingelte nur ein Mal, dann nahm Amber den Hörer ab. Ihre Stimme klang fahrig, atemlos, als hätte man sie aus ihrer wohlverdienten Ruhe gerissen und in einen grauenvollen Albtraum geworfen.

»Hast du etwas über die Versicherung der *Favorita* in Erfahrung gebracht?«, fragte Munroe.

»Ich habe wahnsinnig viel recherchiert, und sicher bin ich mir immer noch nicht, aber eigentlich glaube ich nicht, dass es eine Versicherung gibt.« Ambers Stimme wurde jetzt sicherer, und sie holte ein paarmal tief Luft. »Ich war mehrfach am Hafen und habe mit dem Agenten gesprochen«, sagte sie. »Ich habe ihn sogar bestochen, damit er mir sagt, wer der Charterer ist. Den habe ich dann in Deutschland ausfindig gemacht. Aber der Eigner scheint eine Briefkastenfirma zu sein, und falls es bei dem Charterer doch jemanden gibt, der weiß, wer genau dahintersteckt, dann wollen sie es nicht sagen. An diesem Punkt komme ich einfach nicht mehr weiter.«

»Hast du auch im Internet gesucht?«

»Ja«, flüsterte Amber. »Aber nichts gefunden. Ich habe auch zu ein paar anderen Schiffsbegleitungsagenturen Kontakt aufgenommen, aber bis jetzt nichts erfahren. Da bleibe ich dran. Irgendwann finde ich jemanden, der irgendetwas weiß, und dann erfahren wir zumindest, wo das Schiff gelandet ist.«

»Hast du mal ins AIS geschaut?«

»Da gibt es auch nichts. Es ist fast so, als wäre das Schiff einfach von der Bildfläche verschwunden.«

Das war seltsam. Jedes größere Schiff war mit dem Automatischen Identifikationssystem ausgestattet, das hauptsächlich aus einem Sender bestand, der jederzeit die genaue Position des Schiffes übermittelte. Dieses System diente in erster Linie der Vermeidung von Zusammenstößen, konnte aber auch dafür benutzt werden, jederzeit die Geschwindigkeit, den Kurs und die exakten Koordinaten eines x-beliebigen Schiffes zu ermitteln. Die meisten interaktiven Seekarten zeigten in Piratengewässern keine Schiffe an, um deren Sicherheit nicht zu gefährden, aber dass das Schiff nicht einmal lokalisiert werden konnte, das war äußerst eigenartig. Und es war kaum vorstellbar, dass ein Schiff von der Größe der *Favorita* keinen Sender an Bord hatte.

Obwohl Amber ihre Gefühle unterdrückte, hörte Munroe ihre Tränen, ihren Schmerz, ihre albtraumhafte Angst aus ihren Worten. Sie hatte keinen Kontakt zu ihrem Geliebten, wusste nicht, wo er war, ob er überhaupt noch lebte oder welches Schicksal ihm drohte, falls er je gefunden wurde. Vor einem Jahr hatte sie selbst genau das Gleiche durchgemacht.

Mitleid keimte in ihr auf, vermischte sich mit anderen, widerstrebenden Gefühlen.

Alle möglichen Bibelsprüche gingen ihr durch den Kopf, Worte aus der Heiligen Schrift, auswendig gelernt als Kind, um einen Vater zufriedenzustellen, der nie zufrieden gewesen war. *Wenn aber ein Bruder oder eine Schwester bloß wäre und Mangel hätte an der täglichen Nahrung und jemand unter euch spräche zu ihnen: »Gehet hin in Frieden! Wärmet euch und sättiget euch!«, ihr gäbet ihnen aber nicht, was dem Leibe not ist: Was hülfe ihnen das?*

Leos Verrat und seine Dummheit schmerzten sie immer noch, ja, je mehr Abstand sie von ihm gewann, desto mehr verhärtete sich ihre Wut. Nach allem, was er ihr angetan hatte, war auch die kleinste Hilfe eigentlich zu viel verlangt. Aber hier ging es nicht um Leo. »Ich werde sehen, ob ich von hier aus etwas erreichen kann«, sagte Munroe. »Gib mir ein, zwei Tage.«

»Danke«, erwiderte Amber, aber es klang hoffnungslos und leer. Munroe wollte das Gespräch nicht noch mehr in die Länge ziehen und legte auf. Starrte das Telefon an. Ballte die Fäuste und öffnete sie wieder, wollte Tod und Verantwortung am liebsten zerquetschen.

Wohl wahr. Was *hülfe* es?

Irgendwann, je nachdem, wie viel Zeit und Energie sie investierte, würde sie dem Rätsel der *Favorita* auf die Schliche kommen. Und dann? Amber Marie wäre niemals in der Lage, das Lösegeld für die Besatzung aufzutreiben, also was war schlimmer? Die *Favorita* ausfindig zu machen und es dann dabei zu belassen? Oder sie lieber gar nicht erst zu suchen?

Es war noch nicht zu spät, um dem Ganzen einfach den Rücken zu kehren. Den Kapitän hatte sie auch schon in andere Hände gegeben. Das Aga Khan Hospital besaß sogar einen Sozialfonds, demnach hätte sie wahrscheinlich gar keinen besseren Ort finden können, um ihn ein für alle Mal loszuwerden. Sie konnte Sami das Boot schenken und sich schon morgen in ein Flugzeug setzen und Kenia verlassen. Aber wohin? Zurück nach Dallas? Um was zu tun? Da anzuknüpfen, wo sie vor Urzeiten aufgehört hatte? Als wäre das überhaupt möglich.

Ziellosigkeit war gleichbedeutend mit Wahnsinn.

Die Fotos in ihrer Westentasche tauchten wieder vor ihrem inneren Auge auf, die Bilder von ihr und Miles Bradford, in glücklicheren Zeiten. Wäre sie jetzt an Ambers Stelle gewesen, wäre er derjenige, der auf der *Favorita* festsaß, sie würde Himmel und Hölle in Bewegung setzen, um ihn zu finden, und würde nicht eher ruhen, bis jeder, der an seiner Entführung beteiligt war, tot war.

Sie griff nach dem Telefon und wollte die nächste Nummer wählen. Ihr Finger schwebte zitternd über der Tastatur. Sie legte den Hörer zurück auf die Gabel. Holte tief Luft, um ihren Herzschlag zu beruhigen, und dann – so schnell, dass sie keine Zeit mehr hatte nachzudenken und es sich anders zu überlegen – wählte sie die Nummer von Capstone Security. Es war ein Uhr nachts in Mombasa, fünf Uhr nachmittags in Dallas. Um diese Zeit war das Telefon höchstwahrscheinlich noch besetzt.

Am anderen Ende meldete sich eine Frauenstimme. Munroe erkannte sie sofort, auch wenn sie nicht mit ihr gerechnet hatte.

»Sam?«, sagte sie. »Hier ist Michael.«

Samantha Walker war früher eine attraktive, temperamentvolle Frau und fantastische Scharfschützin gewesen, eine von Miles Bradfords engsten Verbündeten. Dann hätte sie bei einem Angriff auf das Büro von Capstone um ein Haar ihr Leben gelassen. Eine Paketbombe hatte sie die Milz, einen Teil der Leber und sechs Meter Darm gekostet und sie zu einer monatelangen Reha-Behandlung gezwungen. Bei derselben Explosion war Bradfords bester Freund getötet worden. Samantha hatte großes Glück gehabt, dass ihr nicht mehr als etliche Narben und eine Gehbehinderung davon geblieben waren. Diese Explosion hatte ein Menschenleben gekostet, hatte alles verändert … und ohne Munroe wäre es niemals dazu gekommen.

»Es ist lange her«, sagte Sam. Ihre Stimme klang freundlich, aber mit einem rasiermesserscharfen Unterton, der Munroe verriet, was die Blog-Einträge und die Brotkrumen im Internet verschwiegen hatten. »Wir wussten gar nicht, ob du überhaupt noch lebst.«

»Ich lebe noch und ich wehre mich tapfer«, sagte Munroe. »Ist Miles vielleicht zu sprechen?«

»Er ist unterwegs«, erwiderte Sam knapp. Machte keine Andeutung, wo er war, obwohl Munroe das bereits wusste, bot auch nicht an, sie mit ihm zu verbinden, obwohl Munroe wusste, dass sie das konnte.

»Würdest du ihm ausrichten, dass ich angerufen habe?«

»Na klar«, meinte Sam. »Mache ich.« Normalerweise hätte sie jetzt gefragt, ob Munroe ihm eine Nachricht hinterlassen wollte oder unter welcher Nummer sie erreichbar war, aber stattdessen folgte nur stummes Schweigen.

Munroe legte auf. Ihr wurde schlecht, und sie bekam Kopfschmerzen. Zumindest hatte Bradford mit Samantha eine verlässliche Partnerin gefunden, eine, deren Albträume nicht bewirkten, dass sie ihn im Schlaf umbringen wollte, eine, die nicht jedes Mal, wenn sie ein wenig zur Ruhe kam, das dringende Bedürfnis verspürte, in irgendwelche Entwicklungsländer zu verschwinden. Sie freute sich für ihn. Für sie beide. Und sie hatte die Antwort auf ihre Frage bekommen, auch wenn es nicht die war, die sie sich gewünscht hatte.

Was hülfe es denn?

Am besten fing sie gleich morgen mit der Suche nach der *Favorita* an, um Amber die Möglichkeit zu geben, Leo zu retten, falls er noch am Leben war, anstatt ziellos und heimatlos umherzuziehen, während das Chaos in ihrem Inneren sie zerfleischte. Indem sie ihre Gefühle wegsperrte, ausknipste, fand sie Frieden und dann, zum ersten Mal seit langer Zeit, schlief Munroe, bis die Sonne aufgegangen war.

Um die Mittagszeit kam Munroe wieder zu Sami. Er lag unter der Plane und schlief. Munroe ließ ihn in Ruhe und eilte zwischen dem Hotel und den benachbarten Häusern hindurch, auf demselben Weg, auf dem sie gestern den Kapitän zur Hauptstraße geschleppt hatten. Als sie den von Unkraut überwucherten, abgebröckelten Straßenrand erreicht hatte, sprach sie in kindlich gebrochenem Suaheli eine Frau an und erkundigte sich, wo sie das nächste *Matatu* in die Stadt nehmen konnte.

Die Frau reagierte auf Munroes unbeholfenen Kommunikationsversuch mit einem strahlenden Lächeln. Sie legte eine Hand an den überladenen Krug, den sie auf dem Kopf balancierte, und schob das Tragetuch mit dem Baby auf ihrem Rücken ein wenig zur Seite. Dann zeigte sie die Straße entlang zu einem roten Gebäude mit einem hohen, strohgedeckten Dach, allem Anschein nach ein Restaurant, und erwiderte auf Englisch: »Da warten, dann kommen.«

Es dauerte nicht lange, dann bestieg Munroe zusammen mit zwei anderen Wartenden einen lindgrünen Kleinbus mit der Aufschrift *SPHINX EYES*. Sie schob sich geduckt und seitlich durch einen schmalen Gang und quetschte sich dann auf die zweithinterste Sitzbank, gefolgt von den anderen. Es gab kaum Luft, dafür aber jede Menge Gestank.

Das *Matatu* wurde pro Fahrt bezahlt, wobei alle den Preis zu kennen schienen. Jedenfalls bekam der Fahrtbegleiter ständig Kleingeld in die Hand gedrückt, während sich in unregelmäßigen Abständen Menschen hinein- und wieder hinauszwängten.

Munroe beobachtete. Zählte. Und als das Sammeltaxi schließlich auf einem matschigen Platz voller Schlaglöcher am Stadtrand endgültig zum Stillstand kam, stieg sie zusammen mit den anderen Fahrgästen aus und reichte dem Fahrtbegleiter ebenfalls ein paar Münzen.

Eine andere Frau zeigte ihr den Weg, und sie bestieg den nächsten Kleinbus, verfolgt von einem Schwall verschiedener Wörter und Stimmen. *Mzungu* war das Wort, das am häufigsten fiel, und das hätte sie auch ohne ihr schnell wachsendes

Verständnis für die Sprache und ihre Zusammenhänge verstanden. Es war dasselbe spöttische Raunen, das sie jedes Mal verfolgte, wenn sie sich irgendwo auf diesem Kontinent unter die Einheimischen begab: *weißer Mensch*.

Irgendwo am nördlichen Ende der Moi Avenue, einer Hauptverkehrsstraße, die mitten durch das Zentrum von Mombasa führte, verließ Munroe das *Matatu*. Pkws, Lastwagen, Fahrräder, Rikschas, Omnibusse und *Matatus* drängten sich in beide Richtungen, kämpften inmitten von Dieselabgasen und Staubwolken um einen Platz auf der vielspurigen Straße und trugen damit ihren Teil zu dem lebhaften Chaos bei, das Afrikas Großstädte zu dem machte, was sie waren.

Auf den rissigen, mit Müll übersäten Bürgersteigen wuselten zahlreiche Fußgänger umher. Munroe orientierte sich mit Hilfe der groben Skizze, die sie sich auf die Handfläche gemalt hatte. Sie verlief sich zwar mehrfach, aber damit hatte sie gerechnet, denn auch das gehörte mit zu dem Prozess, die Atmosphäre einzusaugen, die Klänge, den Herzschlag einer neuen Umgebung zu verinnerlichen.

An einer Ecke blieb sie stehen, um sich zu orientieren. Ein kleines Mädchen, vielleicht drei, vier Jahre alt, streckte ihr die Hände entgegen, bettelte um Kleingeld, und sagte mit seiner piepsigen Kleinkindstimme immer wieder *jambo, jambo*. Munroe schüttelte den Kopf, aber die Kleine verfolgte sie mindestens einen Häuserblock weit und ließ nicht locker. Munroe widerstand dem Drang, sich umzudrehen und nachzusehen, welcher Erwachsene dem Kind folgte. Es hätte sie nur wütend gemacht. Straßenkinder waren nichts Ungewöhnliches in Afrika, und die wenigsten waren Waisen. Oft wurden die Jüngeren von ihren Eltern oder Verwandten zum Betteln gezwungen. Und natürlich waren die weichherzigen Touristen die leichtesten Opfer. Dabei riefen sie, indem sie der Bettelei nachgaben, ohne es zu wissen und ohne es zu wollen, nur noch mehr Unglück und Verderben hervor.

Es gab mehrere ehrenamtliche Organisationen, die sich mit aller Macht dafür einsetzten, die Kinder von der Straße zu holen, ihnen ein Dach über dem Kopf, eine Schulbildung, Kleider zu geben, aber die Straße mit ihrem leicht verdienten Geld, der Klebstoffschnüffelei und der zügellosen Freiheit war eine Sucht, von der nur schwer loszukommen war. Die meisten kehrten schnell wieder zur Bettelei zurück, und wenn sie dann älter wurden und nicht mehr so niedlich aussahen, wandten sie sich oft genug einem Leben in Kriminalität und Prostitution zu, das mit einem frühen Tod endete. Auch in diesem Punkt gab es, wie überall in Afrika, keine einfachen Antworten, keine einfachen Lösungen.

In der Digo Road entdeckte Munroe einen Safaricom-Laden. Safaricom ist einer der größten Telefonanbieter in Kenia. Sie erstand das billigste erhältliche Handy und richtete ein nicht registriertes Prepaid-Konto ein. Ihr erster Anruf ging an das Aga Khan Hospital, um sich bei Dr. Patel nach dem Kapitän zu erkundigen.

»Er zeigt erste leichte Reaktionen«, sagte der Arzt.

»Ist er wach?«

»Er hat noch nichts gesagt, aber er kann mit den Augen Bewegungen verfolgen und er reagiert auf direkte Ansprache.«

»Meinen Sie, dass er wieder voll zu Bewusstsein kommt?«

»Das ist sehr wahrscheinlich.«

Munroe ließ die Antwort auf sich wirken, überlegte, welche Möglichkeiten sich daraus eröffneten und erkannte das Dilemma, in dem sie jetzt steckte. Der Kapitän konnte ihr bestimmte Dinge sagen, er hatte auch die Antworten auf Amber Maries Fragen, aber um sie zu bekommen, musste sie mit ihm reden. Das Problem war, dass sie das nur konnte, wenn er sich nicht vorher aus dem Staub machte, und es gab nicht viele Möglichkeiten, das zu gewährleisten. Sie sagte: »Ich habe Ihnen ja schon gesagt, dass er unbedingt ruhiggestellt werden muss.«

»Im Augenblick sehe ich dafür keine Notwendigkeit«, erwiderte der Arzt. »Er zeigt zwar leichte Anzeichen der Erregung, aber das ist in seinem Zustand völlig normal. Von der Gewalttätigkeit, die Sie erwähnt haben, ist nichts zu spüren.«

»Lassen Sie es mich so ausdrücken«, sagte sie, hielt kurz inne und wählte ihre Worte sehr sorgfältig, um die größtmögliche Wirkung zu erzielen. »Solange Ihr Patient ruhiggestellt ist, bezahle ich sein Bett und seine komplette medizinische Versorgung. Sollten Sie jedoch beschließen, ihn aufwachen zu lassen, dann besteht die Möglichkeit, dass er in einem unbeobachteten Moment die Klinik verlässt. Wenn das der Fall sein sollte, bekommen Sie gar nichts. Und falls er noch nicht ganz gesund ist, tragen Sie die alleinige Verantwortung für seine Flucht aus der Klinik. Die Entscheidung liegt ganz allein bei Ihnen, aber aus meiner Sicht wäre eine Ruhigstellung wohl für alle das Beste.«

Nach langem Zögern sagte er: »Sie wollen mich erpressen?« Und in den Pausen zwischen den einzelnen Silben war seine ganze Verwirrung und seine Ernüchterung zu spüren.

»Ich äußere lediglich eine Bitte.«

»Das ist doch keine Bitte.«

»Es ist sehr wohl eine Bitte«, entgegnete sie. »Sagen Sie mir Bescheid, wenn Sie sich entschieden haben.«

Der Arzt schwieg zunächst noch einmal, dann folgte eine Diskussion im Hintergrund, ein Wortwechsel zwischen ihm und dem Empfang, der ein, zwei Minuten lang dauerte. »Also gut«, sagte er schließlich. »Der Patient bekommt in den nächsten zweiundsiebzig Stunden ein leichtes Beruhigungsmittel und bleibt ruhiggestellt, während er sich weiter erholt. Aber Sie müssen für den gesamten Zeitraum im Voraus bezahlen.«

»Ich komme heute Abend vorbei«, sagte sie und klappte das Telefon zu.

Zweiundsiebzig Stunden, um den nächsten Schritt zu planen.

Der somalische Markt befand sich in der Nehru Road, einer Straße, in der sich Schlagloch an Schlagloch reihte, alle voll mit abgestandenem, schlammigem Wasser. Hier herrschte ein lebendiges, buntes Treiben. Autos schoben sich im Schneckentempo ungeduldig voran, Fußgänger und Träger kreuzten willkürlich und ohne sich um Verkehrsregeln zu kümmern die Fahrbahn. Auf den Bürgersteigen zu beiden Seiten türmten sich Warenberge, sodass die dahinter liegenden Schaufenster und Glastüren der zahlreichen Schneider und Händler kaum zu sehen waren. In den Zwischenräumen drängten sich einfache, offene Verkaufsstände, die alle eine besondere Spezialität anpriesen: völlig überteuerte, billige Elektronik, gebrauchte und neue Kleidung in grellen Farben, stapelweise Hüte oder Handtaschen oder wertlosen Plastikschmuck, alles aus China importiert und auf improvisierten Holztischen oder unter Schirmen, auf Motorhauben oder auch auf einem Jutesack zwischen zwei parkenden Autos direkt auf der Straße ausgebreitet und zum Verkauf dargeboten.

Munroe schlenderte die Straße entlang, durchstöberte das Angebot und wich dabei Fußgängeransammlungen und Matschpfützen aus – eine Partie Straßenschach, bei der viele Züge im Voraus bedacht werden mussten, um nicht irgendwann voller schmutzig brauner Flecken zu sein. Sie suchte nach den vertrauten Hinweisen, die anzeigten, dass sie ihr Ziel erreicht hatte, aber als sie am hinteren Ende der Straße angelangt war, wo das Gedränge sich langsam auflöste, wo es weniger Geschäfte und weniger Fußgänger gab, war sie immer noch nicht fündig geworden.

Sie hatte nicht gewusst, wo dieser Markt sein würde, war sich lediglich sicher gewesen, dass es ihn irgendwo in der Stadt geben musste – vielleicht sogar mehr als einen. Jahrzehntelange Kriege und Stammesfehden hatten dafür gesorgt, dass die somalische Exilgemeinde sich über die ganze Welt verstreut hatte, aber mehr Flüchtlinge als hier, im benachbarten Kenia, gab es sonst nirgendwo. Die ärmsten unter ihnen führten ein erbärmliches Dasein, konnten nicht arbeiten und wurden in Lagern festgehalten, aber es gab auch viele andere, die Teil der kenianischen Gesellschaft geworden waren und sich trotz der weit verbreiteten Fremdenfeindlichkeit irgendwie eine Existenz aufgebaut hatten, als Unternehmer oder hart arbeitende Geschäftsleute in den unterschiedlichsten Branchen. Es musste also irgendwo einen Ort geben, wo ihre Kultur gepflegt wurde, wo all diejenigen, die jetzt fern der Heimat waren, die heimatlichen Gepflogenheiten aufleben lassen und darin Trost finden konnten. Die Inhaber des Safaricom-Ladens – ihrerseits ostindischer Herkunft – hatten ihr auf ihre Frage die Nehru Road genannt.

Sie blieb vor einem Kleiderstand stehen und strich mit den Fingern über den Saum eines mit zahlreichen Stickereien verzierten *Guntiino*. Der Verkäufer, ein Mann Ende fünfzig, gut gekleidet und mit einer *Kufiya* auf dem Kopf, stand sofort neben ihr. Seine hohen Wangenknochen und die gebogene Nase verrieten seine Herkunft, noch bevor er den Mund aufmachte. Sie kannte den Blick, mit dem er sie von Kopf bis Fuß musterte, und während er versuchte abzuschätzen, wie groß ihr Interesse an seinen Waren war, überlegte sie, ob er ihr überhaupt weiterhelfen konnte.

Er erkundigte sich auf Englisch, woher sie kam, was vor dem Start von Verhandlungen immer eine gute Frage war. Stereotypen und Klischees erwiesen sich oft als sehr hilfreich, wenn man jemandem das Geld aus der Tasche ziehen wollte.

Munroe antwortete auf Somali, und wie immer, wenn eine Sprache gänzlich unerwartet gesprochen wird, fiel die Reaktion noch herzlicher aus.

»Sie kennen mein Land?«, sagte der Mann, und sie lächelte statt einer Antwort.

Sie plauderten, locker und ungezwungen, während verschiedene Kunden kamen und gingen, hier ein Verkauf, dort ein Verkauf, so lange, bis Munroe keine Zeit mehr hatte und den Mann direkt fragte, an wen sie sich wenden musste, um ein *Hawala* abzuschließen.

»Sie möchten ein *Hawala* abschließen«, sagte der Mann und wiederholte ihre Worte, als hätte sie sich vielleicht versprochen.

»Ich habe einen Freund in Galmudug«, sagte sie, und ihr Gesprächspartner nickte höflich, als sei ihm jetzt alles klar.

»Es gibt mehrere«, sagte er und kritzelte mit einem zerbrochenen Kugelschreiber ein paar grobe Richtungsangaben auf ein Stück Papier – Ladenschilder, Gebäudefarben und Gassen. Dann blieb Munroe auf dem Bürgersteig vor einer beigefarbenen Tunika stehen. »Wie viel?«, fragte sie.

Sie hätte bereitwillig jede Summe bezahlt, die er verlangt hätte, aus reiner Dankbarkeit für die Informationen, die er ihr gegeben hatte, aber er legte den Kopf schief, faltete die Hände und nannte einen fairen Preis, vermutlich genau das, was das Stück auch wert war. Munroe bezahlte und schlüpfte hinein. Die zusätzliche Schicht Stoff machte die Hitze zwar noch schwerer zu ertragen, aber so war das Hemd nicht mehr zu sehen, und die Hose, die zwar für die Arbeit auf einem Schiff ideal war, sie hier jedoch eindeutig als Fremdling kennzeichnete, fiel nicht mehr so auf.

Es dauerte seine Zeit, bis sie die einzelnen Punkte gefunden hatte, die der Ladenbesitzer skizziert hatte, aber dann nahm sie jeden einzelnen gründlich unter die Lupe, beobachtete die

Eingänge und die kommende und gehende Kundschaft, analysierte die Standorte genau. Als sie alles gesehen hatte, was sie in der begrenzten Zeit, die ihr zur Verfügung stand, sehen konnte, ging sie durch die lärmige Straße wieder zurück bis zu einer Tür zwischen einem Handtaschenstand und einer Schneiderei.

Die Eingangstür war aus massivem Holz, aber das dazugehörige Schlackesteinhaus wirkte so roh und amateurhaft, dass man davon ausgehen konnte, dass es sehr viel später als die anderen Häuser in der Straße gebaut worden war, und zwar in einer ehemaligen Gasse zwischen zwei Häusern. Hier würde sie fündig werden.

Jede Schiffsentführung von somalischen Piraten war ein geschäftliches Unternehmen, das auf eine gewisse finanzielle Basis angewiesen war. Das waren keineswegs irgendwelche Unruhestifter, die sich aus einer Laune heraus in ein Boot setzten und mal schauten, ob ihnen vielleicht ein großer Fisch ins Netz ging. Boote und Benzin, Waffen, Munition und Nahrung, das alles musste schließlich bezahlt werden. Das Geld dafür kam gelegentlich von einzelnen Risikokapitalgebern, die sich als Investoren in ein aufstrebendes Unternehmen betrachteten, in der Regel aber wurde die Finanzierung über ein Konsortium von Investoren bestritten. Darunter waren Einheimische und Ausländer – das Geld stammte zum Teil auch aus Kenia und dem Jemen, manchmal sogar noch von weiter her – Schwarzmarkt-Kapitalisten, unsichtbare Geldgeber, die einen Anteil an geplanten Entführungen kauften, in der Hoffnung, das Geld mit einer kräftigen Dividende zurückzubekommen, wenn das Lösegeld eintraf.

Das war der Grund, weshalb es den Marinestreitkräften im Golf von Aden und, mehr noch, den bewaffneten Schiffsbegleitern im Lauf der letzten Jahre gelungen war, die Piraterie so stark einzudämmen: Es gab zwar immer noch genügend verzweifelte, arme Männer, die bereit waren, ihr Leben zu riskieren, weil sie sich einen finanziellen Gewinn davon versprachen, aber deutlich weniger Investoren, die bereit waren, ihr Geld zu riskieren, wenn die Gefahr bestand, dass ihre gesamte Investition – Boote, Benzin und Waffen – bei einer Razzia oder einem fehlgeschlagenen Überfall verloren ging.

Hawala war ein formloses System der Geldübertragung. Es basierte auf Vertrauen und Ehre und persönlichen Beziehungen und spielte sich außerhalb des offiziellen Bankverkehrs und doch parallel dazu ab. Und eines war klar: Wer immer dahintergekommen war, dass die *Favorita* eine bewaffnete Eskorte an Bord hatte, und sich dann überlegt hatte, wie man das Schiff stoppen und die Schutztruppe überwältigen konnte, es waren garantiert nicht ein paar somalische Jungspunde gewesen. Irgendwo musste es irgendjemanden geben, der für die Entführung der *Favorita* Geld bezahlt hatte. Und da Geld, das nach Somalia floss, immer auch gewisse Informationen mit sich führte, gab es, wenn es um Investitionen in Piratenaktivitäten ging, keine kompetenteren Gesprächspartner als die Männer, die den Finger am Geldhahn hatten.

Munroe öffnete die Tür und betrat eine Art Flur. Er führte zwischen den beiden Hauswänden links und rechts entlang und besaß ein Plexiglasdach. Die Feuchtigkeit vermischte sich mit der Hitze und entzog dem schmalen Durchgang sämtliche Atemluft.

Die Gasse führte etwa fünfzehn Meter weit auf eine Mauer zu, allem Anschein nach die Rückwand eines anderen Hauses. Davor stand ein Mann, vermutlich ein Leibwächter. Er war kaum größer als sie selbst mit ihren eins achtundsiebzig und besaß die Statur eines Somaliers. Er trug einen abgetragenen, braunen Western-Anzug und Turnschuhe. Mit vor der Brust verschränkten Armen musterte er sie, während sie den Straßenlärm aussperrte und auf ihn zuging, mit hängenden Armen, sodass er ihre Hände sehen konnte.

Instinktiv, aus reinem Selbstschutz, wurde sie von einer reptilienartigen Ruhe ergriffen. Wie eine Injektion in die Hauptschlagader eines Süchtigen, so wirkte der erste Adrenalinstoß, beruhigend und aufwühlend zugleich, ein Rausch, der Denken und Handeln in einem schmalen Fokus zusammenführte, wo nichts anderes mehr zählte als das Überleben und das Erreichen des Zieles, das sie sich gesetzt hatte.

Kapitel 12

Munroe setzte behutsam einen Fuß vor den anderen, wollte Zeit gewinnen, wollte die Gefahr, die ihr in diesem abgeschlossenen Flur drohte, möglichst genau einschätzen. Während sie näher kam, ließ der Mann die Arme sinken, musterte sie genauso von Kopf bis Fuß wie sie ihn. Auf seinem Gesicht spiegelte sich die müde Gleichgültigkeit eines Soldaten, der schon viel zu viele Kämpfe mitgemacht und eigentlich schon längst genug hatte: wachsame Gelassenheit, die besagte, dass er zwar durchaus in der Lage, aber keineswegs erpicht darauf war, ihr die Kehle durchzuschneiden.

Munroe kam näher. Erst jetzt entdeckte sie eine in die Wand eingelassene Tür. Im Schatten des Türrahmens saß ein zweiter Mann auf einem Hocker. Er war ähnlich gekleidet wie der erste und hatte die Beine quer vor der Türe ausgestreckt, sodass zwischen Schuhen und Hosenbeinen seine nackten Knöchel zu sehen waren. Sie blieb dicht vor der Tür stehen und blickte den stehenden Mann fragend an.

Er zögerte und ließ den Blick erst zu seinem sitzenden Kollegen und dann wieder zu ihr gleiten. Sie war davon ausgegangen, dass es nicht das erste weiße Gesicht war, dem er begegnete, aber es war ihm deutlich anzumerken, dass sie ein ungewöhnlicher Anblick war. Er sprach den Mann auf dem Hocker an, auf Somali, allerdings mit einem deutlich anderen Akzent als dem, den sie kannte. Trotzdem verstand sie, was er sagte.

»Sag dem Boss, dass ein weißer Mann hier ist.«

Der andere erhob sich und schloss die Tür auf. Er trat ein, und die Tür fiel hinter ihm mit einem Klick ins Schloss. Die Stille bis zu seiner Rückkehr dauerte etliche Minuten. In dieser Zeit sprachen weder Munroe noch der andere Mann ein Wort. Allerdings trat er zurück an die Wand und gestattete Munroe ihren persönlichen Freiraum.

Dann ging die Tür wieder auf. Der zweite Mann winkte sie in einen weiteren Flur mit einem dritten Wachmann. Auch dieser Flur war leer, nichts weiter als ein nackter Betonstreifen. Nur neben der vorderen Tür stand ein Holzstuhl, auf dem der dritte Wachmann gesessen hatte. Eine einzelne Glühbirne baumelte von der Sperrholzdecke, und in der hinteren Wand befand sich die nächste stabile Tür.

Munroe trat ein, und der dritte Mann schloss hinter ihr ab. Sie fühlte sich aber nicht bedroht. Das alles waren lediglich Vorsichtsmaßnahmen, damit Mörder und Diebe, die auf das Bargeld scharf waren, keine Chance hatten. Schließlich war die Kriminalitätsrate in Kenia hoch, und Somalier galten allgemein als Feinde und leichte Beute.

Der Wachmann begleitete sie bis ans Ende des Flurs, klopfte an und öffnete ihr die Tür zu einem klimatisierten Büro. An der einen Wand stand ein großes Regal mit fein säuberlich beschrifteten Aktenordern, an der anderen standen zwei Stühle und direkt vor Munroe befand sich ein großer, polierter Schreibtisch. Dahinter saß ein Herr mittleren Alters. Sein Anzug musste sehr viel teurer gewesen sein als das, was seine Männer draußen trugen. Er strich sich, während er sich erhob, die Krawatte glatt und reichte ihr zur Begrüßung seine manikürte Hand.

»Wie kann ich Ihnen behilflich sein?«, fragte er.

Sein Englisch war klar und deutlich, und seine Aussprache ließ darauf schließen, dass er eine englische Privatschule besucht hatte.

»Ich brauche ein *Hawala*«, erwiderte Munroe. »Und man hat mir gesagt, dass Sie mir weiterhelfen können.« Sie warf einen Blick auf die beiden Stühle, die seitlich an der Wand standen, legte die Hand auf die Lehne des einen und neigte ihn in ihre Richtung. »Darf ich?« Als ihr Gastgeber nickte, zog sie den Stuhl über die Serpentinfliesen bis vor den Schreibtisch, drehte ihn und setzte sich darauf.

Ihr Gegenüber blieb stehen, grinsend, das Kinn auf den Daumen gestützt. »Sind Sie aus Kanada?«, wollte er wissen. »Amerika? Oder was?«

»Kamerun.«

Er zog die Augenbrauen in die Höhe, und sie seufzte scheinbar verstimmt. »Ich habe mehrere Reisepässe aus unterschiedlichen Ländern, aber geboren bin ich in Kamerun.«

»Sie sind ein weißer Afrikaner?«

Sie zuckte mit den Schultern.

»Machen Sie so etwas öfter?«

»Ist das erste Mal.«

»Und wie haben Sie mich gefunden?«

»Ich habe mich umgehört.«

»Okay.« Er setzte sich in seinen übergroßen Ledersessel. Holte mit großer Geste einen Aktenordner heraus und schlug eine Seite auf, die schon zur Hälfte mit rätselhaften Kringeln und Zeichen gefüllt war. »Wie viel wollen Sie verschicken? Und an wen? Wohin?«

Sie lächelte, unterzog seine Körperhaltung, die winzigen Zuckungen in seinem Gesicht, einer blitzschnellen Analyse und entschied sich für den spielerischen Ansatz. »Tausend US-Dollar«, sagte sie. »An Abdi Hasan Awale Qeybdiid, in Galmudug.«

Er hob kurz den Blick und fing an zu lachen. Legte den Stift beiseite, ließ sich gegen die Sessellehne sinken und grinste erneut.

Dann zeigte er mit dem Finger auf sie: »Ein junger Weißer kommt zu einem somalischen *Hawaladar* und will tausend Dollar an einen Kriegsherrn schicken, der gerade zum Provinzpräsidenten ernannt worden ist.« Er schüttelte den Kopf. »Ich bin mir ziemlich sicher, dass er Ihr Geld nicht braucht und auch nicht will. Also, warum sind Sie wirklich hier?«

Aus ihren Stiefeln und ihrer Tasche zog Munroe drei der Geldscheinbündel, die sie in Dschibuti vorbereitet hatte, rollte sie langsam, fast theatralisch auseinander und legte die Scheine auf den Schreibtisch. »Es sind tatsächlich tausend Dollar«, sagte sie. »Das Geld gehört Ihnen, auch wenn Sie es nicht verschicken wollen, aber ich bin hierhergekommen, weil ich etwas in Erfahrung bringen möchte.«

»Ich verschicke Geld, keine Informationen«, sagte er. »Sind Sie von der CIA?«

»Nein, bin ich nicht, aber wenn ich es wäre, würde ich es Ihnen wohl kaum erzählen.«

»Ich habe schon etliche von der Sorte kennengelernt. Manchmal geben sie es zu, wenn es ihnen etwas nützt.«

Sie schwieg für einen Moment. Mit diesen Worten hatte er ihr mitgeteilt, dass sie nicht die Erste war, die sich bei ihm nach etwas erkundigte, und das bedeutete, dass sie an der richtigen Stelle war. »Wenn ich von der CIA wäre, würde es mir durchaus etwas nützen, wenn ich es zugeben würde«, meinte sie. »Aber das bin ich nicht.«

»Was sind Sie dann?«

»Nur ein Mensch, der etwas in Erfahrung bringen möchte.«

»Und dazu bedienen Sie sich eines *Hawala* für einen Mann, der wegen Kriegsverbrechen gesucht wird?«

»Es ist eine Herausforderung«, sagte sie. »Ein Spiel. Und ich finde, Sie sollten unbedingt mitspielen, weil Sie nämlich so oder so gewinnen.«

Er beugte sich nach vorne. »Ich finde das sehr amüsant«, sagte er. »Aber dass mein Büro leer ist, bedeutet noch lange nicht, dass ich nichts zu tun habe.«

Munroe fuhr auf Somali fort: »Ich suche ein Schiff.«

Das Lächeln des *Hawaladar* erlosch. Anspannung zeigte sich auf seiner Miene, in seiner ganzen Körperhaltung, genau wie sie erwartet hatte, und seine vergnügte Gutmütigkeit verwandelte sich in Wachsamkeit.

In dem Wissen, dass sie jetzt seine volle Aufmerksamkeit hatte, sagte Munroe: »Ein Schiff, das vor wenigen Tagen irgendwo östlich von Mogadischu überfallen und entführt worden ist. Bis jetzt gibt es keine Meldung, keine Lösegeldforderung. Ich versuche, etwas zu finden, was unsichtbar geworden ist.«

»Mit Piraten habe ich nichts zu tun«, sagte er.

»Das will ich gar nicht wissen«, sagte sie. »Sie hätten ja nichts davon, wenn Sie mir das erzählen würden.«

Seine Schultern entspannten sich sichtlich, und er nickte.

Sie beugte sich ebenfalls nach vorne, legte die gefalteten Hände auf den Tisch, spiegelte seine Körperhaltung. Wer Somalia, seine Geschichte und Kultur, seine innere Zerrissenheit, das System der sogenannten Warlords – selbsternannte Regionalfürsten, die ihre Autorität vornehmlich auf Waffengewalt gründeten – sowie das weitgehende Fehlen einer staatlichen Ordnung verstehen wollte, der musste auch die jahrhundertelange Fremdherrschaft und die Blutfehden verstehen, die Allianzen und Unterallianzen der Clans, musste über ein gemeinsames, kulturelles Wissen verfügen, das nur diejenigen, die damit aufgewachsen waren, voll und ganz erfassen konnten. Ohne die Verbündeten des *Hawaladar* zu kennen oder zu wissen, wer das Schiff überfallen hatte oder warum es überfallen worden war, waren selbst unverfängliche Fragen potenzielle Tretminen.

»Ich bin ein Außenstehender«, sagte sie. »Ich weiß, dass Sie, obwohl Sie im Ausland zur Schule gegangen sind und vermutlich mehr Zeit anderswo verbracht haben als in Somalia, trotzdem sehr stark durch Ihren Clan geprägt worden sind. Dass all das ein Teil Ihrer Identität ist.« Sie hielt inne, versuchte, seine nonverbale Reaktion zu analysieren. Als sie keine Widerstände registrierte, fuhr sie fort. »Ich kann nur schwer einschätzen, wie lächerlich mein Anliegen auf Sie wirken muss. Deswegen biete ich Ihnen ein Spiel an, bei dem Sie nicht verlieren können. Und ich verspreche Ihnen, dass ich Ihre Loyalität gegenüber Ihrem Volk niemals in Frage stellen werde.«

Er wartete noch eine Sekunde, für den Fall, dass sie noch mehr zu sagen hatte, aber als sie stumm blieb, lehnte er sich wieder zurück und musterte sie eine ganze Weile.

»Nicht von der CIA?«, sagte er schließlich.

Sie schüttelte den Kopf.

»Von welcher Organisation dann?«

»Von gar keiner. Ich bin nur ein Individuum.«

»Mit Geld. Und Sie sprechen meine Sprache.«

Sie nickte.

»Es gibt keine Möglichkeit, wie ich feststellen kann, dass Sie die Wahrheit sagen?«

»Nein«, erwiderte sie. »Aber ich verlange auch nichts, was Sie in irgendeiner Weise in Schwierigkeiten bringen könnte.«

Er rutschte wieder nach vorne, ein ganzes Stück dichter an den Tisch heran als zuvor, sodass sein Gesicht ihr so nahe war wie bisher noch nie. Er hatte eine misstrauische, vorwurfsvolle Miene aufgesetzt. »Wenn es keine Lösegeldforderung gibt und das Schiff verschwunden ist, woher stammen dann Ihre Informationen? Woher wollen Sie wissen, dass das Schiff überfallen worden ist?«

»Ich war an Bord.«

»Sie waren an Bord.«

Sie neigte zur Bestätigung leicht den Kopf, und er fing wieder an zu lachen.

»Wie?«, sagte er mit bebenden Schultern, und sie ließ ihm diesen kurzen Moment des Amüsements. Er seufzte. »Sie waren an Bord«, und dann, mit erzwungenem Ernst: »Wie sind Sie eigentlich hierhergekommen?«

»Ich habe eines der Piratenboote gestohlen und habe mich von der Sonne an die Küste leiten lassen. Ich bin nicht so unschuldig oder jung, wie ich aussehe.« Sie machte eine kurze Pause, um ihre Worte wirken zu lassen, und schob ihm den kleinen Stapel Geldscheine zu. »Falls die Entführung mit Geld aus Somalia finanziert worden ist, sagen Sie einfach nichts. Sie geben mir die Hälfte wieder, und ich verschwinde. Falls es sich um ausländische Investoren handelt, bitte ich Sie lediglich, mir zu verraten, welche Gerüchte der Wind Ihnen zugetragen hat, und das Geld gehört Ihnen.«

»Sie wollen also nur wissen, ob es einen ausländischen Investor gibt?«

»Genau. Und wenn es so sein sollte, möchte ich gerne wissen, woher der oder die Investoren stammen.«

Sein Blick wanderte zu dem Geld und dann zurück zu ihr. Er sah ihr lange in die Augen, bevor er ihr antwortete. »Was macht Sie so sicher, dass ich überhaupt etwas herausfinden kann?«

»Jeder weiß irgendetwas«, erwiderte sie. »Jeder hat Ohren. Augen. Intuition. Und weil Ihr Geschäft voll und ganz auf Vertrauen basiert – und mit Geld zu tun hat –, bekommen Sie sehr viel mehr zu hören, zu sehen, zu spüren als die meisten anderen.«

Er klopfte mit dem Zeigefinger auf die Scheine, ohne den Blickkontakt zu unterbrechen. Unter anderen Umständen hätte sie das als Drohung aufgefasst, aber hier und jetzt bedeutete es wohl eher, dass er nach Worten suchte. »Ich brauche das nicht«, sagte er dann.

»Ich weiß.«

»Warum haben Sie es mir dann angeboten?«

»Als Handgeld.«

»Wofür?«

»Zum Beweis dafür, dass ich Ihre kostbare Zeit nicht verschwende.«

»Ich bin strikt gegen Piraterie«, sagte er. »Ich bin ein gläubiger Mann, und Piraten sind *haram*. Wenn Sie meine Kultur verstehen, dann verstehen Sie sicherlich auch die Bedeutung von *haram*, nicht wahr?«

»Ja.«

»Ich spiele Ihr Spiel mit«, sagte er. »Ich höre mich um, und zwar, weil ich erfahren möchte, welche Auswirkungen all das hat, was Sie nicht gesagt haben.«

»Mehr möchte ich gar nicht«, sagte sie und erhob sich.

»Informationen brauchen ihre Zeit«, sagte er. »Es wird ein paar Tage dauern, bis ich etwas für Sie habe – vorausgesetzt, es gibt überhaupt etwas, was ich haben könnte. Haben Sie eine Telefonnummer, unter der ich Sie erreichen kann, falls sich etwas ergibt?«

»Ich würde lieber persönlich vorbeikommen«, erwiderte sie. »Es sei denn, Sie wollen mir Ihre Telefonnummer geben.«

»Haben Sie auch einen Namen?«, wollte er wissen.

»Michael.«

»Michael, und wie weiter?«

»Ich frage Sie ja auch nicht nach Ihrem Namen, also schlage ich vor, wir belassen es bei Michael.«

»Abdi«, erwiderte er. »So wie Ihr Freund, der Warlord.« Kurze Pause. »Und Sie stammen wirklich aus Kamerun?«

Sie nickte und reichte ihm die Hand. Er schlug ein, packte fest und kräftig zu und hielt sie lange genug fest, um die stumme Botschaft zu übermitteln, dass jeder Versuch, ihn zu verarschen, ein schwerer Fehler wäre. Als er ihre Hand losließ und sie sich umdrehte, griff er sich die Geldscheine und steckte sie in ein Fach des Aktenordners. »Ich gehe davon aus, dass ich Ihnen die Hälfte wiedergeben werde«, sagte er.

An der Tür blieb sie noch einmal stehen und drehte sich um. »Das bezweifle ich«, erwiderte sie. Als sie dann durch den Gang ging, war sie der festen Überzeugung, dass sie, ganz egal, wie viele Angeln sie noch auswerfen oder wem sie noch alles über den Weg laufen würde, den Mann bereits gefunden hatte, dessen Beziehungen sie dahin führen würden, wo sie hinwollte.

Kapitel 13

Munroe trat aus der Gasse des *Hawaladar* und tauchte ein in das Gewimmel auf der Nehru Road. Von Autos und Fußgängergrüppchen umspült ging sie die Straße entlang bis zum Anfang der Moi Avenue und fing wieder von vorne an. Von ihrem nächsten Ziel kannte sie sogar den Straßennamen, und da sie auf diversen Onlinestadtplänen Bilder von Gebäuden ganz in der Nähe gesehen hatte, würde es hoffentlich einfacher werden als die Suche nach dem *Hawaladar*.

Vor einer belebten Bushaltestelle blieb sie stehen und warf einen Blick auf die Skizze auf ihrer Hand. Da spürte sie ein Zerren an ihrem Hosenbein. Im Gegensatz zu ihrem natürlichen Bedürfnis nachzusehen, was da unten los war, richtete sie den Blick genau in die entgegengesetzte Richtung, suchte nach der Bedrohung, die, wenn sie denn existierte, von ganz woanders herkommen würde. Das war eines der Dinge, die sie ein Kontinent gelehrt hatte, auf dem man sich niemals in Sicherheit wiegen konnte.

Der Teenager, der sie an der Hose gepackt hatte, folgte ihr weiter, griff nach ihrem Bein, deutete auf ihren Schuh, wollte sie anscheinend auf irgendetwas an ihren Füßen hinweisen. Sie beachtete ihn nicht. Stattdessen sah sie aus dem Augenwinkel, wie sich von links hinten sein Partner näherte.

Sie drehte sich um und stieß den anderen zurück, nicht so kräftig, dass er sich hätte verletzen können, aber doch so, dass er außerhalb ihrer Reichweite war und sie sich unbedrängt durch die Menge schieben konnte.

Eine Frau versperrte ihr unfreiwillig den Weg, und als Munroe einen Bogen um sie schlug, kamen die beiden Jungen, die ihr Opfer nicht so einfach aus den Fängen lassen wollten, wieder näher. Falls sie sie weiter verfolgten wie eine Horde wilder Hunde auf der Jagd, würden sie irgendwann noch weitere Jäger anlocken. Aber Munroe wollte diesen Kampf nicht.

Nicht heute.

Urplötzlich wirbelte sie herum. Ließ die rechte Faust quer unter dem linken Arm hindurchschießen und traf ihren Verfolger unterhalb des Brustbeins. Spürte, wie er die Luft ausstieß. Drehte sich einmal um die eigene Achse, nur so lange, um dem Burschen zu ihrer Rechten einen Blick zuzuwerfen, der ihm sagte, dass sie sich wehren würde und dass sie sich lieber ein harmloseres Opfer suchen sollten. Dann ließ sie diese dreißigsekündige Auseinandersetzung hinter sich. Auch das war ein Teil der Realität der Großstädte Afrikas. Irgendwann im Verlauf des heutigen Tages würde ein anderer Tourist weniger Glück haben als sie.

In der Mombasa Road entdeckte Munroe das hellblaue, zweistöckige Gebäude, vor dem die Seitenstraße abzweigen sollte, in der sich angeblich das Büro von Kefesa befand, einer nicht staatlichen Organisation, die sich für somalische Flüchtlinge einsetzte, die in den Gefängnissen der Region Mombasa einsaßen. Nicht gerade das, wonach sie gesucht hatte, aber die Organisation hatte Verbindungen nach Somalia, und in ihrem Blog hatte Munroe Fotos und Artikel gefunden, die noch nicht einmal zwei Wochen alt waren. Daher war sie deutlich leichter zu finden gewesen als jede andere der Somalia-orientierten, nicht staatlichen Organisationen, die sie dutzendweise in irgendwelchen veralteten Datensammlungen und Listen gefunden hatte. Zumindest müsste bei Kefesa jemand in der Lage sein, ihr eine Regierungsbehörde oder eine Hilfsorganisation zu nennen, die dem, was sie suchte, eher entsprach.

Die beiden Fenster zur Straße hin waren vergittert, aber das Rollgitter vor dem Eingang war noch offen. An den Wänden im Inneren vermischten sich abpellende Farbe und Schimmel und ein wenig Kühle, die die Luftfeuchtigkeit wenigstens halbwegs erträglich machte.

Aus dem Hintergrund ertönte eine angenehm trällernde Frauenstimme: »Einen Moment bitte«, und kurz darauf kam sie um die Ecke gebogen. Munroe erkannte sie von den Fotos in dem Blog. Sie war klein und dick, hatte eine Handtasche über der Schulter, ein Schlüsselbund und ein Klemmbrett in der Hand und ein freundliches Lächeln im Gesicht.

Munroes Geschichte war nicht besonders lang: Sie handelte von journalistischem Interesse an der Fremdenfeindlichkeit der Kenianer gegenüber Somaliern. Daher wollte sie gerne ein Mitglied des Leitungsteams interviewen und bekam einen Termin für morgen Nachmittag. Jetzt hatten alle schon Feierabend gemacht.

Die Frau griff in ihre Handtasche und holte ein dickes Portemonnaie voller Papierschnipsel und klirrender Münzen hervor. Sie kramte eine eselsohrige Visitenkarte heraus und streckte sie Munroe hin. »Sie rufen Peter an, morgen«, sagte sie. »Er kann bestätigen.«

Munroe bedankte sich und verwendete einen kurzen Augenblick, um sich, nur zum Schein, die Karte anzusehen. Dank des Blogs kannte sie den Namen und das dazugehörige Gesicht und wusste auch, wo sie die aufgedruckte Nummer finden würde. Die Gerüchteküche würde ihr den Weg bereiten, noch bevor sie überhaupt angerufen hatte. Sie sagte: »Das mache ich.«

Die Straßen waren jetzt nicht mehr so überfüllt wie zuvor. Die meisten Straßenhändler hatten ihre Kartons und ihre Waren eingepackt, die meisten Büroangestellten saßen schon in den *Matatus* und Bussen auf dem Weg nach Hause. Munroe machte sich von Kefesa aus auf den Weg ins Aga Khan Hospital. Je leerer die Straßen wurden, desto schneller wurden ihre Schritte und ihre Gedanken, während sie überlegte, wie die Köder, die sie heute ausgelegt hatte, sich mit denen von morgen vertragen würden.

Es war gefährlich, zu schnell vorzugehen: Je mehr Personen anfingen, irgendwelche Fragen zu stellen, desto eher würde sich herumsprechen, dass da jemand auf der Jagd war. Was wiederum bei denjenigen, die vielleicht bereit gewesen wären, mit ihr zu sprechen, Misstrauen wecken konnte. Nach Peter Muthui bei Kefesa würde sie versuchen, sich bei jemandem in der örtlichen Nebenstelle des Außenministeriums einzuschmeicheln, und wenn sie damit fertig war, würde sie sich noch einmal unter den Händlern auf dem somalischen Markt umhören, um anschließend erst einmal abzuwarten, bevor sie etwas Neues anfing.

Es war immer das Gleiche, aber nur so konnte man das Unausgesprochene in Erfahrung bringen, konnte man Gerüchten auf die Spur kommen und aus den Nebengeräuschen die wirklich wichtigen Details herausfiltern: durch einen zeitaufwändigen Kreislauf aus Vorspiegelungen und Nachfragen, durch den Aufbau von Vertrauen und den Abbau von Abwehrmechanismen, durch Tricks und Täuschungsmanöver, die sie zu jemandem machten, mit dem ihr Gegenüber bereit war zu reden.

Munroe trat durch die Eingangstür des Aga Khan Hospital, als die Frau am Empfang gerade durch eine Akte abgelenkt war. Sie ging an ihr vorbei, quer durch das Foyer, eine Treppe hinauf und dann bis ans Ende des Flurs, wo das Zimmer des Kapitäns lag, ohne dass sie bemerkt wurde.

Sie betrat das kleine Einzelzimmer und machte die Tür hinter sich zu.

Die Unterbringung hier hatte nichts mit den Zuständen in Lamu gemeinsam: In diesem Zimmer stand nur ein Bett, und es hatte sogar ein eigenes Badezimmer, obwohl er niemals die Gelegenheit bekommen würde, es zu benutzen. Der Fußboden war gefliest, und die Wände waren weiß gestrichen. Es gab eine Klimaanlage und roch entfernt nach antiseptischem Reinigungsmittel und Medizin. Die Laken waren sauber und der Infusionsport frisch bandagiert. Seine völlig verdreckten Kleider waren nirgends zu sehen – hoffentlich vernichtet.

Die Klimaanlage ächzte, und die Vorhänge raschelten im Luftzug. Munroe setzte sich, betrachtete den Kapitän, musterte sein Gesicht, die Ruhe darauf, wartete auf eine Reaktion, darauf, dass sein Instinkt – diese verblüffende Fähigkeit des Tieres im Menschen, Blicke zu spüren, sogar im Schlaf – sich zu Wort meldete, dass er die Augen aufschlug. Aber entweder war er immer noch in seiner Bewusstlosigkeit gefangen, oder der Arzt hatte sein Versprechen gehalten und ihn sediert. Jedenfalls war die einzige wahrnehmbare Bewegung das regelmäßige Heben und Senken seines Brustkorbs.

Sie kehrte zum Empfang zurück und bezahlte für drei weitere Tage. Das Zimmer und die medizinische Betreuung waren angesichts ihrer momentanen finanziellen Verhältnisse nicht gerade billig, aber die Kosten betrugen nur einen Bruchteil dessen, was eine vergleichbare Betreuung in den USA gekostet hätte. Etwas erleichtert trat sie hinaus in die Nachtluft und machte sich auf den langen Weg zurück zu der Stelle, wo das *Matatu* sie heute Vormittag abgesetzt hatte.

Kurz vor dem Hotel stieg Munroe aus dem *Matatu* und ging den Feldweg entlang bis zum Strand. Der Weg war ihr mittlerweile fast zur Gewohnheit geworden, also war es höchste Zeit, die Gewohnheit zu durchbrechen. Noch bevor sie den Sand erreicht hatte, wusste sie, dass etwas nicht stimmte.

Die Bedrohung war fast mit Händen zu greifen, manifestierte sich im Fehlen von Gesprächen und Gelächter, obwohl die Nacht eigentlich hätte lebendig sein sollen. Diese unnatürliche Stille war das großstädtische Äquivalent zu den aufflatternden Vögeln des Dschungels im Angesicht der Gefahr. Die unmittelbare Nähe des Todes kroch ihr die Wirbelsäule entlang, ein tierischer Instinkt, den sie in ihren wilden Teenagerjahren ausgebildet hatte. Gesteigerte Aufmerksamkeit war die Folge und machte sie bereit zum Kampf, ließ alles andere als die unmittelbare Konzentration auf diesen einen Moment in den Hintergrund rücken.

Munroe verlangsamte ihre Schritte und suchte nach Hinweisen auf das, was ihr da auflauerte. Schlüpfte aus der beigefarbenen Tunika, die tagsüber auf der Nehru Road eine gute Tarnung gewesen war, aber jetzt im Mondschein wie eine Leuchtstoffröhre wirkte. Verließ den Feldweg, schlüpfte bei einer Lücke durch die Mauer, die das Hotelgelände umgab, und gelangte auf sorgfältig gepflegten Rasen. Sie ballte die Tunika zusammen und stopfte sie unter einen Busch.

Kapitel 14

Munroes Atem ging jetzt langsamer. Jeder Schritt war genau kalkuliert. Sie schlich über das Hotelgelände, auf die Laternen und die gewundenen Pflastersteinpfade zu, in Richtung des Pools mit der strohgedeckten, mit bunten Lichterketten geschmückten Hütte, wo das Hotelpersonal seine trinkenden und feiernden Gäste bediente, ohne zu ahnen, was sich außerhalb dieser vermeintlichen Oase abspielte.

Sie huschte am Rand des Pools vorbei bis zu der Mauer, die das Hotelgelände vom Strand trennte. Vom Mondlicht beschienen lag er da, aber nicht nur das. Da stand auch eine Menschenmenge, die dort eigentlich nicht hingehörte: gesichtslose Schatten, die nichts anderes zu tun hatten, als einen unförmigen Klumpen am Fuß des Anlegers anzustarren, während das leere Boot am anderen Ende sich mit den Wellen hob und senkte.

Wäre es mitten am Tag gewesen, in der größten Hitze, wenn Sami normalerweise schlief, dann hätte Munroe sich über das offensichtlich unbemannte Boot nicht weiter gewundert. Aber am Abend, wenn das Leben erwachte, hätte Sami eigentlich zu sehen sein müssen – auf dem Boot oder auf dem Anleger. So war es zumindest bis jetzt immer gewesen. Aber heute war er in der Menge nirgendwo zu entdecken.

Sie starrte angestrengt geradeaus. Hatte nur ihre zahlreichen Gewalterfahrungen und das Ziehen in ihren Eingeweiden, aber das reichte, um zu wissen, dass Sami ihr genommen worden war.

Sie ballte die Fäuste und löste sie wieder. Wandte sich ab und holte lange und tief Luft, um dem aufwallenden Verlangen nach Gewalt, dem Hass auf die unsichtbare Macht, die sich wieder einmal gegen sie gewandt hatte, zu begegnen.

Ihre Gedanken drehten sich unablässig im Kreis, während sie unter Palmen hindurch, vorbei an blühenden Büschen, zurück zu den beleuchteten Pfaden ging. Sie sah einen Hotelangestellten mit einem Arm voller Handtücher auf dem Weg zum Pool und hielt ihn an. Nickte in Richtung Strand und sagte: »Was ist denn da unten los?«

Der Mann zögerte, verspannte sich und machte damit klar, dass er nicht sagen durfte, was er wusste, weil besorgte Gäste immer schlecht fürs Geschäft waren. Munroe gab sich lässig, drückte ihm hundert Schilling in die Hand und fragte ihn mit sanfter Stimme, um ihm die Nervosität zu nehmen: »Was ist denn passiert?«

Er steckte das Geld ein und richtete den Blick zu Boden. »Ein Mann tot«, sagte er.

»Ein weißer Mann?«

Ruckartig blickte er auf. Schüttelte den Kopf und sagte, als hätte die leblose Gestalt da draußen auf dem Sand keinerlei Bedeutung: »Alles vorbei jetzt, keine Angst haben. Kein Problem für Gäste, nur für Männer am Strand, alles okay.«

Munroe hätte ihn gerne gefragt, ob es solche *Probleme* hier in der Gegend öfter gab, aber das hätte keinen Sinn gehabt. Er ging weiter, und sie lauschte den Geräuschen der Nacht. Wieder alleine auf dem Pfad, huschte sie zurück in die Dunkelheit bis zum Rand des Grundstücks. Dort, wo die Mauer auf den Sand traf, wo es nur das Licht gab, das vom Himmel fiel, konnte man den Anleger beobachten, ohne selbst gesehen zu werden.

Eigentlich hätte sie sich lieber am Strand unter die Schaulustigen gemischt. Dort hätte sie mehr erfahren, hätte vielleicht konkrete Hinweise auf die Täter erhalten, aber andererseits herrschte dort ängstliche Verunsicherung, und da es kein Geheimnis war, dass das Boot einem Ausländer gehörte, würden ihr von Anfang an Misstrauen und Wut entgegenschwappen. Menschenmengen waren leicht zu entflammen und nur schwer wieder unter Kontrolle zu bringen – der Herdentrieb verwandelte rational denkende Individuen in eine stumpfe, brutale Masse, und sie wollte auf keinen Fall zum Opfer einer solchen Lynchjustiz werden.

Jetzt entbrannte beim Anleger ein Streit zwischen mehreren Männern. Sie drängten, schubsten, brüllten einander an, in einer Sprache, die Munroe nur teilweise verstand, was ihre innere Anspannung noch zusätzlich verstärkte. Die Menge teilte sich ein wenig, und sie sah, dass unter den Streitenden auch die beiden jungen Männer waren, die ihnen beim Transport des Kapitäns geholfen hatten und mit denen Sami sich angefreundet hatte.

Die Streithähne beruhigten sich wieder, sodass nun, da die Menge immer noch geteilt war, Samis Leichnam deutlich zu sehen war, umgeben von einer schwarzen Fläche. Sie hatten ihn verblutet als deutlich sichtbares Zeichen am Strand liegen gelassen. Die verschiedensten Erklärungsversuche schwirrten ihr im Kopf umher und prallten aufeinander, Antworten auf Fragen, die ihr nicht in den Sinn gekommen waren, und Ärger darüber, dass sie sie nie gestellt hatte.

Die Kriminalitätsrate in den Ballungszentren und der geringe Wert eines Menschenlebens auf diesem Kontinent machten aus Samis Tod einen statistischen Faktor, einen Zufall, bedingt durch Pech und die Tatsache, dass er zur falschen Zeit am falschen Ort gewesen war: Er war neu in der Gegend, hatte Geld gehabt und es auch gezeigt. Aber Munroes Instinkt, ebenso wie die Verwirrung und die Angst auf den Gesichtern seiner neuen Freunde, wiesen in eine andere Richtung.

Dieser Tod hatte seinen Ausgangspunkt auf der *Favorita*, er hatte sie hier eingeholt, weil sie zu lange an einem Fleck geblieben war. Es war mehr als unwahrscheinlich, dass ihr Boot zufällig unter den Tausenden entlang der kenianischen Küste entdeckt worden war. Munroe schloss die Augen und ließ die Bilder kommen, nahm die Botschaft in sich auf und beobachtete erneut die Menge, die beiden jungen Männer.

Wenn seine Mörder das Boot gewollt hätten, dann hätten sie es sich bereits genommen und wären damit verschwunden. Aber ihr war klar, dass die beiden mit dieser ungeheuerlichen Tat nichts zu tun hatten. Dass sie, genau wie sie selbst, keine Ahnung hatten, ob Samis Killer sich jetzt gerade mitten unter die Schaulustigen gemischt hatten.

Munroe betrachtete den Strand und das Kommen und Gehen, ging im Geiste jeden ihrer Schritte seit ihrer Ankunft in Kenia noch einmal durch: die Internetrecherchen und die Hotels, in denen sie übernachtet hatte, die Händler und die Krankenhausbesuche, die wenigen Vorsichtsmaßnahmen, die sie aus reiner Gewohnheit ergriffen hatte und nicht etwa aus Sorge, dass man sie verfolgt oder gar ins Visier genommen haben könnte.

Falls sie hinter dem Kapitän her waren, hätten sie sie nur höflich zu fragen brauchen. Sie wollte ihn sowieso loswerden, hätte ihn liebend gern gegen Victor eingetauscht – oder auch gegen Leos gesamtes Team, wenn er ihnen denn so viel wert war. Aber jetzt hatte die ganze Angelegenheit eine persönliche Note bekommen, jetzt hatte sie ihr eigenes Pferd am Start. Jetzt wollte sie Blut sehen.

Die Stimmung am Strand schlug erneut um. Der Wind trug leises Flüstern an ihr Ohr, Blicke wanderten Richtung Feldweg. Mehrere Schaulustige entfernten sich, und manche gingen so dicht an Munroe vorbei, dass sie die Gesichter klar und deutlich erkennen konnte. Keines kam ihr bekannt vor. Als die beiden örtlichen Polizisten schließlich am Fuß des Anlegers angekommen waren, hatte die Menge sich komplett zerstreut. Niemand, egal ob schuldig oder nicht, wollte zu einer Befragung mitgenommen werden und gezwungen sein, sich die Freiheit zurückzukaufen.

Die Männer stellten sich neben Samis Leichnam. Einer ging in die Knie und stupste ihn an, als wollte er sich vergewissern, dass er tot war. Die beiden sprachen etliche Minuten lang miteinander, aber der Wind wehte ihre Worte weg. Schließlich ging der eine wieder zurück zum Feldweg. Der andere setzte sich auf den Anleger und zog eine Zigarettenschachtel aus der Tasche. Er interessierte sich nicht für das Boot, das am anderen Ende festgemacht war – vielleicht hatte er es nicht einmal bemerkt –, zündete ein Streichholz an und rauchte beiläufig eine Zigarette.

Es dauerte über eine Stunde, und aus einer Zigarette wurden sechs. Währenddessen machte der Mann nichts anderes, als den reglosen Leichnam zu bewachen. Wo überall sonst auf der Welt ein Tatort gewesen wäre, gab es für ihn nichts zu ermitteln. Aber selbst wenn ein qualifizierterer Beamter die Ermittlungen übernommen hätte, oder wenn ausgebildete Kriminaltechniker vor Ort gewesen wären, selbst wenn die Stadt die forensische Ausrüstung besessen hätte, um die Ermittler zu möglichen Verdächtigen zu führen ... es gab ja keine Datenbanken, mit denen eventuelle Indizien abgeglichen werden konnten, es gab weder Haar- noch Gewebeproben, weder DNA noch Fingerabdrücke, es gab nur Augenzeugen. Und diese Augenzeugen waren längst über alle Berge.

Vielleicht ließen sich ja morgen ein paar Kriminalpolizisten sehen, klopften an Türen, stellten Fragen, verhafteten sogar den einen oder anderen aufgrund der Gerüchte, die sie gehört hatten, aber sie würden nur Berichte aus zweiter Hand zu hören bekommen, und da Sami ein Fremder ohne Angehörige war, war die Wahrheit vermutlich mit ihm zusammen gestorben.

Der erste Mann kam zurück. Er hatte ein Laken oder Tuch dabei und wurde von zwei anderen, nicht uniformierten Männern begleitet. Diese wickelten den Leichnam ein und trugen ihn weg. Munroe blieb zurück, den Blick auf den leeren Strand gerichtet, allein mit ihrer Wut. Sie hatte Sami an die Nacht, an den Tod verloren: einen Mann, der zur See gefahren war und nie wieder zurückkehren würde, eine verschollene Seele, mit Angehörigen, die jetzt für immer warten, für immer auf seine Heimkehr hoffen würden. Wenn sie eine Möglichkeit gehabt hätte, Kontakt zu ihnen aufzunehmen, sie hätte sie aufgesucht, aber das musste sie sich für einen späteren Zeitpunkt, vielleicht sogar ein späteres Leben aufsparen.

Die Nacht wurde schwärzer, und Stille kehrte ein. Der Pool leerte sich. Die Poolbar schloss ihre Pforten, und die Lichter erloschen. Dann herrschte nur noch Dunkelheit. Sie war allein, beobachtete das Boot, den Anleger, die Brandung. Als die Flut ihren Höchststand erreicht hatte und die Ebbe einsetzte, machte sie sich auf den Weg.

Ihr Handy zeigte kurz nach drei Uhr morgens an. Um diese Zeit war der Schlaf all derer, die schliefen, am tiefsten. Und falls irgendjemand am Ufer auf ihre Rückkehr wartete, standen die Chancen jetzt am besten, dass er ebenfalls eingeschlafen war. Sie zog Stiefel und Strümpfe aus, stopfte die Strümpfe in die Taschen und band die Schnürsenkel der Stiefel zusammen, um sie sich über die Schulter zu legen. Erst dann verließ sie, wie eine Katze auf der Pirsch, den sicheren Schatten, huschte von einem Hotel zum nächsten, blieb immer wieder stehen und lauschte in die Stille, bis sie so weit vom Anleger entfernt war, dass sie unmöglich von dort gesehen werden konnte. Schließlich verließ sie die schützende Deckung, betrat den Strand und ging ins Meer.

Das Wasser war warm, und die Wellen schlugen sanft gegen das leicht abfallende Ufer. Das Handy zwischen den Zähnen und die Stiefel um den Hals gelegt watete sie so weit hinaus, dass sie vom Ufer aus nicht mehr gesehen werden konnte. Sie nutzte das Wasser als Deckung und legte den halben Kilometer, den sie zuvor gegangen war, nun in die andere Richtung zurück.

Bei den Pfeilern des Anlegers angekommen, wartete sie zunächst einmal ab. Womöglich war die Falle ja hier aufgebaut. Also lauschte sie auf Lebenszeichen aus dem Inneren des Bootes, hörte aber nichts. Sie klopfte gegen die Bootswand, wollte wissen, ob das Geräusch jemanden aufschreckte.

Es kam keine Reaktion, also klopfte sie noch einmal, fester und lauter, und dann, als sie, so gut es eben möglich war, Gewissheit hatte, dass sie nicht dem sicheren Tod entgegenkletterte, schwamm sie zum Heck und griff nach der Leiter.

Metall knirschte auf Metall. Sie stieg aus dem Wasser und ließ sich über die Seitenwand gleiten. Kniete sich hin und wartete. Stellte die durchnässten Stiefel auf die Bank und benutzte das Handy, indem sie das Display mit der Hand abschirmte, als behelfsmäßige Taschenlampe. Der Benzintank war halb voll, die Benzinleitungen waren intakt. Das Gewehr fehlte, aber sie wusste nicht, ob Sami es verkauft hatte oder der beziehungsweise die Mörder es mitgenommen und nur ihre anderen Vorräte dagelassen hatten.

Sie senkte die Schraube ins Wasser.

Mit lautem Kreischen zerriss der Motor die Stille der Nacht. Wenn jemand auf sie gewartet hatte, war ihm jetzt jedenfalls klar, dass sie zurückgekommen war.

Mit Hilfe der Lichter, die über das Wasser funkelten, konnte Munroe einen gleichmäßigen Abstand zum Ufer halten, folgte der gewundenen Küste nach Norden, Richtung Malindi. Begleitet von einem gleichmäßig dröhnenden Auf und Ab, das sich wieder einmal lang und immer länger dehnte, breiteten sich die Wut und die Gewalt, die im Anschluss an Samis Tod zum Leben erwacht waren, in ihrem Inneren immer weiter aus, konnten Fäden spinnen, Optionen abwägen, Pläne schmieden.

Mit dem Boot bis nach Malindi zu fahren würde Zeit kosten. Schneller wäre es, auf die Dämmerung zu warten und sich dann eine Stelle zu suchen, wo sie das Ding versenken konnte. Es wäre nicht das erste Mal gewesen, dass sie Tausende Dollar vor der afrikanischen Küste im Meer begrub. Aber dann hätten Samis Mörder keinen Anhaltspunkt mehr. Wenn sie das Boot jedoch behielt, würde sie die Täter aus Mombasa weglocken, hätte die Gelegenheit, Spuren zu verwischen und sich verschiedene Handlungsmöglichkeiten zu überlegen.

Kurz vor Einsetzen der Morgendämmerung, als der Himmel bereits die ersten violetten Farbstreifen zeigte und kleine Fischerboote als winzige Schemen auf dem Wasser erkennbar wurden, kamen auch die Orientierungspunkte in Sicht, auf die Sami sie vor wenigen Tagen hingewiesen hatte. Sie erinnerte sich an einige seiner Bemerkungen, und dann erreichte sie nach etlichen Fehlversuchen schließlich eine kleine Bucht, wo ein paar einheimische Fischer bereits angefangen hatten, den nächtlichen Fang an Haushalte und Restaurants zu verkaufen.

Der ganze Strand lag voller kleiner Holzboote, eine Miniaturarmada auf dem Sand, während die größeren Boote im tiefen Wasser ankerten. Die Sonne lugte schon über den Horizont, und zwischen den Schreien und Rufen der Händler jagten kreischende Möwen umher und stritten sich um den Fischabfall.

Munroe steuerte auf das größte Boot zu. Es besaß einen V-förmigen Fiberglasrumpf und war fast so lang wie ihres. Unter einer behelfsmäßigen Plane saßen fünf Fischer in kurzen Hosen, manche mit nacktem Oberkörper, andere mit zerrissenen T-Shirts. Sie flickten Netze und ruhten sich in dem langsam entstehenden Schatten aus. Munroe sprach sie auf Englisch an. »Hallo. Ich würde gern mit dem Besitzer des Bootes sprechen.«

Die Männer blickten ihr alle entgegen, dann stand der jüngste auf. Sein Oberkörper war ausgesprochen muskulös. Er lehnte sich seitlich über die Reling. »Wieso?«, fragte er.

»Ich habe ein Boot zu verkaufen.«

Er lächelte und machte eine Kopfbewegung. »Das da?«

Munroe erwiderte das Lächeln und schwenkte den gestreckten Arm im Bogen Richtung Bug.

»Wie viel wollen Sie haben?«

»Sind Sie der Besitzer?«

»Ich bin der Mieter«, erwiderte er. »Aber ich möchte mir ein eigenes zulegen.«

Sein Englisch war perfekt, melodiös und gebildet, ein Zeugnis der langen britischen Geschichte dieses Landes. Dieses Englisch, dem man am ehesten in den großen Städten begegnete, hatte nichts mit den gebrochenen Sätzen aus Samis Mund oder dem Kauderwelsch der Hotelangestellten zu tun. Sie stellte sich und ihre Sprache darauf ein. »Komplett mit Motor und Benzinvorrat ist es mindestens zehntausend US-Dollar wert«, sagte sie. »Fünftausend will ich dafür.«

Er pfiff durch die Zähne. »Ich gebe Ihnen fünfhundert.«

Sie lachte: »Ich würde mich lieber mit jemandem unterhalten, der Geld hat.«

»Sechshundert«, fuhr er fort.

Immer noch lächelnd schüttelte sie den Kopf und sagte: »Haben Sie ein Messer dabei?«

Er breitete die Arme aus. »Ich bin Fischer! Was für eine Frage!«

»Verkaufen Sie es mir.«

»Wie viel wollen Sie ausgeben?«

»Wie viel ist es wert?«

»Achttausend Schilling«, meinte er.

»Ich gebe Ihnen viertausend.«

»Einverstanden.« Er winkte sie zu sich, und als sie nahe genug herangeglitten war, stellte sie den Motor ab. Mit einem selbstgebastelten Bootshaken, den er mit einem Tuch umwickelt hatte, zog er sie längsseits. Sein Messer besaß eine fünfzehn Zentimeter lange Klinge. Sie war sauber und scharf, spitz und schmal und sicherlich besser zum Fische ausnehmen als für den Nahkampf geeignet. Die Lederscheide war etliche Male geflickt worden, und es war deutlich weniger wert, als Munroe ihm geboten hatte. Aber es war ein Messer, eine Waffe, die ihr so lange weiterhelfen würde, bis sie nach Mombasa zurückkehren und sich ihre eigenen Messer zurückholen konnte.

Als der Handel abgeschlossen war, bat Munroe ihn um die Nummer des Bootsbesitzers. Er bückte sich, fummelte neben seinen Füßen auf dem Boden herum und förderte einen Bleistiftstummel zutage. »Haben Sie ein Stück Papier?«

Sie holte ihr Handy hervor und erstellte im Adressbuch einen neuen Kontakt. »Das ist noch besser«, sagte sie.

Er lachte noch einmal und nannte ihr eine Nummer und einen Namen. Munroe trug seine Angaben ein. »Eine Frau?«, sagte sie.

Er zeigte auf die Boote, die draußen ankerten. »Ihr gehören fünf davon.«

»Ist sie schwierig?«

»Natürlich«, erwiderte er. »Sie ist eine gute Geschäftsfrau.«

Munroe verabschiedete sich mit einem angedeuteten Salut, und er löste den Bootshaken. Als sie kein Publikum mehr hatte, ließ sie die Maske des Lächelns sinken, und die Wut kehrte zurück.

Nachdem sie noch einen Kilometer weiter die Küste hinaufgefahren war, wurde das Ufer leerer. Munroe nahm das Handy und rief die Nummer an, die sie bekommen hatte. Die Frau war vollkommen sachlich, und aus ihren Fragen wurde klar, dass sie genau wusste, wovon sie sprach, was sie wollte und womit sie etwas anfangen konnte. Als Munroe alle Fragen zu ihrer Zufriedenheit beantwortet hatte, beschrieb die Frau ihr einen großen, betonierten Anleger. Munroe konnte ihn von ihrem momentanen Standort aus sogar sehen. Dort wollten sie sich in einer halben Stunde treffen.

Die fehlenden Papiere würden die größte Hürde werden. Im Prinzip konnte natürlich jeder, der etwas zu sagen hatte oder jemanden kannte, der etwas zu sagen hatte, solche Papiere beschaffen; dennoch würde die Käuferin das alles ausnutzen, um den Preis zu drücken. Was völlig okay war. Munroe brauchte das Geld, aber noch wichtiger war ihr, dass der Peilsender immer in Bewegung blieb.

Kapitel 15

Während sie auf die Käuferin wartete, wählte Munroe Amber Maries Nummer. Hörte zehn, fünfzehn Mal das nervtötende Piepsen, während das Telefon in Dschibuti klingelte und klingelte. Munroe wusste, dass es dort weder eine Mailbox noch eine Anruferkennung gab, dass kein digitaler Fußabdruck Amber mitteilen konnte, dass sie versucht hatte, mit ihr Kontakt aufzunehmen, also ließ sie es weiter klingeln.

Lange nach dem dreißigsten Piepsen meldete sich Amber schließlich. Sie klang energiegeladen, wach, als sei sie schwer damit beschäftigt, einen Plan in die Tat umzusetzen.

»Hast du etwas Neues erfahren?«, erkundigte sich Munroe.

»Oh ja«, lautete Ambers Antwort, und in ihrer Stimme lag ein triumphierender Unterton. »Seit gestern Nacht – oder heute früh, wie man will – liegt die *Favorita* vor Garacad vor Anker.«

Diese Information stand in einem solch krassen Gegensatz zu dem, was Munroe erwartet hatte, dass sie die Luft anhielt. »Garacad? Bist du sicher?«

»Ja«, erwiderte Amber, und ihr Lächeln war so eindeutig zu hören, dass Munroe es deutlich vor sich sah – als wäre, nachdem sie so lange gar nichts von Leo gehört hatte, jede Nachricht, und sei sie noch so furchtbar, eine freudige Nachricht, fast wie ein Versprechen, dass Leo am Leben war und nach Hause kommen würde. Ohne Munroes schweigsame Zurückhaltung wahrzunehmen, sprudelte es weiter aus Amber heraus.

»Viel gibt es im Moment noch nicht«, sagte sie. »Das Schiff liegt ungefähr zwei Kilometer vor der Küste – typisch – und die Mannschaft ist noch an Bord, zusammen mit rund zwanzig Piraten. Der Nachschub mit Vorräten und so weiter wird bis jetzt mit Ruderbooten gemacht.«

Es musste sich um einen Irrtum handeln. Das ließ sich bestimmt aufklären. Munroe fragte: »Ist die *Favorita* jetzt doch noch auf dem AIS aufgetaucht? Garacad liegt ziemlich weit nördlich von der Position, wo der Überfall stattgefunden hat. Vielleicht handelt es sich ja um ein anderes Schiff?«

»Das AIS meldet nach wie vor gar nichts, aber das Schiff ist eindeutig unseres. Das weiß ich aus einer Meldung von *Somalia Report*. Sie haben auch Fotos veröffentlicht, die ich mit unserem Material abgeglichen habe. Sie sind zwar ziemlich grobkörnig, aber trotzdem: Es ist eindeutig die *Favorita*.«

Was eigentlich ein Fortschritt sein sollte, schuf jetzt nur noch mehr Verwirrung.

Somalia Report war eine der wichtigsten Informationsquellen in Somalia, die – vergleichbar der Rolle, die der Nachrichtensender Al Jazeera im Nahen Osten für die Al-Qaida spielte – nicht nur über Piratenaktivitäten berichtete, sondern auch von Piraten genutzt wurde, um Forderungen oder andere Verlautbarungen zu verbreiten. Munroe hatte die Website im Verlauf der vergangenen Tage mehrfach besucht und wusste, dass die Meldungen dort in der Regel Hand und Fuß hatten, ganz egal, wie unwahrscheinlich sie sich anhören mochten. »Was haben sie denn zu den Waffen im Frachtraum gesagt?«

»Gar nichts.«

»Kein Wort?«

»Nein.«

Munroe ließ sich den Überfall noch einmal durch den Kopf gehen, hinterfragte kritisch ihre eigene Wahrnehmung, das, was sie selbst erlebt hatte, spielte das Ganze aus einem weniger zynischen, weniger abgebrühten Blickwinkel noch einmal durch, aber ganz egal, wie sie es auch drehte und wendete, die Waffen und Leos Reaktion auf die Tatsache, dass sie sie entdeckt hatte, hatte sie sich nicht eingebildet.

»Bist du sicher?«

»Ja, absolut«, erwiderte Amber, und ihre Stimme bekam einen harten Unterton.

Munroe hakte nicht nach. Amber hatte nie glauben wollen, dass Leo sich mit Waffenschmugglern einließ, und wollte es immer noch nicht glauben. Sie sagte: »Und wie sieht es mit dem Lösegeld aus?«

»Sie wollen drei Millionen Dollar für das Schiff und die Mannschaft.«

Die Lösegeldforderung war ein weiterer Missklang, eben weil es ein ganz normaler Vorgang war. Aber in dieser Normalität lag etwas Verstörendes. Sie passte einfach nicht ins Bild. Wenn das Schiff entführt worden war, um an die Waffen zu kommen, wäre Mogadischu – oder jede andere Hafenstadt, die von der islamistischen Al-Shabaab-Miliz kontrolliert wurde – als Anlaufhafen deutlich besser geeignet gewesen. Im Prinzip eigentlich jede Stelle an der Küste, wo die Entführer ihre Beute abladen konnten. Wenn die *Favorita* wegen der Waffen überfallen worden war, wäre sie niemals in Garacad unter den neugierigen Augen der Korrespondenten von *Somalia Report* gelandet, während die Entführer ein Lösegeld forderten, das mindestens dreimal so hoch war wie der Wert des Schiffes.

»Was ist mit dir?«, fragte Amber. »Hast du etwas gehört?«

Da Amber ihre Schilderungen der Ereignisse mit solcher Skepsis zur Kenntnis genommen hatte, hätte sie ihr zu gerne von Samis Ermordung erzählt oder ihr gesagt, dass sie etwas hatte, was die Entführer haben wollten. Aber das hätte nur ihrem Ego gutgetan, sonst niemandem. Also sagte sie: »Die Leute, mit denen ich in Kontakt stehe, wissen mehr als *Somalia Report*. Es ist nur eine Frage der Zeit, bis ich die ganze Wahrheit erfahre.«

»Na ja, immerhin wissen wir jetzt, wo das Schiff ist«, meinte Amber, »und wir wissen, was die Entführer wollen. Damit können wir arbeiten.«

»Wie geht es den Geiseln?«

»Zwei sind angeblich schon tot.«

Zumindest diese Einzelheit stimmte mit dem überein, was Munroe auf der *Favorita* erlebt hatte.

Die somalische Piraterie hatte schon lange nichts mehr mit irgendwelchen wild gewordenen Fischern zu tun, die zwar kriminell geworden waren, aber ihren Geiseln nur selten absichtlich etwas zuleide taten. Im gegenwärtigen Stadium war die Piraterie ein berechnendes, skrupelloses Geschäft. Geiseln waren das Faustpfand und wurden fast routinemäßig gefoltert oder hingerichtet. Trotzdem ... Brutalität wurde zwar oft und heftig angedroht, aber normalerweise – es sei denn, es kam zu einem von zu viel Adrenalin oder Drogen ausgelösten Zwischenfall – erst angewandt, wenn die Verhandlungen ins Stocken gerieten und die Piraten den Druck erhöhen wollten. Die beiden waren also vermutlich während des Feuergefechts ums Leben gekommen, und wenn diese Vermutung zutraf, waren es keine Besatzungsmitglieder, sondern zwei von Leos Leuten gewesen. Aber das behielt Munroe für sich.

Es konnte durchaus logische Erklärungen dafür geben, dass die Waffenladung keine öffentliche Erwähnung gefunden hatte, aber die Geschichte wies noch andere, deutlich größere Lücken auf. »Was ist mit der bewaffneten Eskorte?«, wollte Munroe wissen. »Wird die irgendwo erwähnt? Denn wenn diese Typen es tatsächlich als Erste geschafft hätten, ein bewaffnetes Schiff zu entern, dann würden sie doch beinahe platzen vor Stolz. Sie würden das überall herumerzählen und damit angeben, was für eine gewaltige Armee sie besiegt haben. Das müssten die Spatzen mittlerweile von den Dächern pfeifen.«

Am anderen Ende entstand eine lange Pause, und dann sagte Amber, ein klein wenig nachdenklicher als bisher, als seien ihre Gedanken über eine kleine Unebenheit gestolpert, als würden ihr all diese Unstimmigkeiten jetzt zum ersten Mal auffallen: »Und von unserem Team ist auch mit keinem Wort die Rede.«

Munroe suchte vergeblich nach einer Erklärung. Sie blieb stumm, und Amber fuhr fort, in einem Tonfall, als würde sie ihr ein Geheimnis verraten: »Natan und ich wollen da runterfahren und versuchen, das Team irgendwie frei zu bekommen.« Zumindest hatte sie ihr jetzt verraten, weshalb sie so lange mit ihr telefonierte.

Munroe fuhr sich mit der Hand übers Gesicht und blickte dann zum Himmel. »Hast du genügend Geld?«

»Keine drei Millionen Dollar.«

»Hast du wenigstens hunderttausend?«

»Nein«, flüsterte Amber.

»Wie weit kommt ihr, was schätzt du?«

»Mindestens durch Somaliland, vielleicht sogar bis Boosaaso.«

»Das ist ziemlich weit ab vom Schuss.«

»Aber dort finden wir am ehesten jemanden, der uns eine bewaffnete Eskorte zur Verfügung stellt.«

»Die werdet ihr brauchen.«

»Was wir vor allem gut gebrauchen könnten, wäre ein Übersetzer.«

Wäre diese Bitte nur einen Tag früher gekommen, Munroe hätte womöglich zugesagt, und sei es nur um des Adrenalinschubs und der sprachlichen und kulturellen Herausforderungen willen, die eine Fahrt quer durch Somalia mit sich brachte. Aber durch Samis Tod hatten sich ihre Prioritäten verschoben. Sie hatte jetzt ihren eigenen kleinen Krieg zu führen. Wer immer Sami umgebracht hatte, würde den Preis dafür bezahlen. Sie würde den Mörder finden und würde Rache nehmen. Und obwohl ihr Vorhaben und Ambers Vorhaben im Kern beide mit der *Favorita* zusammenhingen, war Ambers Plan nur für eines gut: in Bewegung zu bleiben, sich die Illusion zu erhalten, aktiv zu sein, etwas zu tun, eine Situation im Griff zu haben, die eigentlich nur das reinste Chaos war.

»Wie lange brauchst du, bis du alles zusammengekratzt hast?«, wollte Munroe wissen.

»Eine Woche vielleicht. Ich bezahle dir den Flug, wenn du mitkommst.«

»Das ist nicht gerade ein großzügiges Angebot, findest du nicht? Der Rückflug war ja inbegriffen, schon dadurch, dass ich auf die *Favorita* gegangen bin.«

»Was willst du denn noch, abgesehen von dem Flugticket?«

»Ich weiß nicht«, erwiderte Munroe. »Das muss ich mir erst noch überlegen.«

»Heißt das, dass du mitkommst?«

»Wahrscheinlich nicht.«

»Also gut, überleg es dir.«

»Es wäre ein großes Risiko, und die Erfolgsaussichten sind minimal«, sagte Munroe. »Vor allem, wenn du das Geld in bar mitnehmen willst.«

»Wir schließen ein *Hawala* ab.«

»Gut. Also nehmen wir mal an, ihr kommt tatsächlich bis nach Garacad. Und nehmen wir weiter an, dass tatsächlich ein Wunder geschieht und ihr es schafft, die Stammesältesten vor Ort zu überreden, ein Treffen mit einem Vermittler oder womöglich sogar mit dem Chef der Operation zu arrangieren. Nehmen wir weiter an, dass das Wunder noch größer wird und ihr die Freilassung des Teams erreicht. Aber was passiert, wenn die Entführer es sich plötzlich anders überlegen und nicht das ganze Team freilassen – und du weißt genau, dass das passieren wird. Was willst du dann machen? Leo mitnehmen und die anderen dalassen?«

Amber gab keine Antwort, also machte Munroe weiter.

»Nehmen wir an, du schaffst es, entgegen jeder Wahrscheinlichkeit. Du kommst da unten an, du verhandelst und du kannst das gesamte Team auslösen. Aber wie kommst du wieder weg? Du, als Verhandlungsführerin, bist direkt vor Ort. Du, das Geld und das Team, ihr seid völlig auf euch allein gestellt. Die Welt weiß nichts von euch. Es gibt keinerlei äußeren Druck, der die Entführer zwingen könnte, sich an ihre Zusage zu halten, keine Garantie, dass ihr nach der Geldübergabe nicht einfach an Ort und Stelle abgeknallt werdet. Oder auf dem Rückweg, von irgendeiner anderen Gangsterbande.«

»Aber was soll ich denn sonst machen?«, flüsterte Amber schließlich. »Das Schiff ist nicht versichert. Es soll ja sowieso demnächst verschrottet werden. Niemand ist bereit, dafür auch nur einen Dollar Lösegeld zu bezahlen, und du weißt so gut wie ich, dass sich bis auf die Familienangehörigen kein Mensch für die Besatzung interessiert. Ich kann doch nicht einfach nur rumsitzen und hoffen, dass er irgendwie gerettet wird. Da kann ich mir ja gleich die Kugel geben.«

Dagegen ließ sich nichts einwenden, und selbst wenn, hätte Munroe nichts gesagt. Ambers Plan war dämlich, aber es war immerhin ein Plan, und das war besser, als nur herumzusitzen und auf ein Wunder zu warten.

»Du bist also bereit, alles zu riskieren, nur um Leo zu retten?«

»Ja.«

»Selbst den Tod?«

»Ja.«

»Ist er das wert?«

»Das ist eine schreckliche Frage«, sagte Amber.

»Du solltest darüber nachdenken.«

»Bloß weil du sauer bist, dass er dich gezwungen hat mitzukommen?«

»Vielleicht kann ich ja eine Seite von ihm sehen, die du nicht siehst. Vielleicht will das Schicksal dich vor einem schlimmeren Unglück bewahren, das er dir irgendwann später zufügen würde.«

»Ich will nicht mehr darüber sprechen«, sagte Amber.

»Na gut, dann solltest du dich vielleicht mal ans Telefon setzen.«

»Was?«

»Wende dich an *Somalia Report* und probier, noch mehr Informationen zu beschaffen«, sagte Munroe. »Um rauszukriegen, ob die Entführer überhaupt zu Verhandlungen bereit sind, bevor du dich auf die Reise machst. Wenn sie glauben, dass du Geld mitbringst, können sie dir vielleicht sogar eine sichere Anreise garantieren. Dann sagst du ihnen eben erst, wenn du da bist, dass du mit einem *Hawala* arbeitest. Aber dann hast du eine Strecke schon mal geschafft. Außerdem könntest du versuchen, sie dazu zu bringen, das Team aufs Festland zu schaffen, in eine größere Stadt zum Beispiel, zur Geldübergabe. Dann steigen deine Chancen, dass du lebendig wieder rauskommst … vor allem, wenn du eine bewaffnete Eskorte dabeihast.«

Amber schwieg, und Munroe konnte beinahe hören, wie die Zahnrädchen in ihrem Gehirn rotierten. »Ruf mich an, bevor ihr losfahrt«, sagte Munroe. »Ich habe ein paar Leute gebeten, sich umzuhören, und es wird sicherlich noch eine Weile dauern, bis ich eine Rückmeldung bekomme. Aber falls du dich tatsächlich zu diesem Himmelfahrtskommando entschließen solltest, wüsstest du zumindest ein bisschen genauer, mit wem du es da zu tun bekommst. Hast du etwas zu schreiben?«

»Ja«, sagte Amber. »Wieso?«

Munroe blickte die Küstenstraße entlang. Ein blauer Land Rover Discovery hatte vor dem Anleger angehalten. Jetzt stieg eine stattliche Frau in einem leuchtend grün-schwarz gemusterten Hawaiikleid aus der Beifahrertür. Der Fahrer, der allem Anschein nach auch die Rolle des Leibwächters ausfüllte, trat neben sie, und sie gingen gemeinsam den Anleger entlang.

»Ich gebe dir meine Nummer«, sagte Munroe. Sie diktierte sie ihr und fuhr dann fort: »Ich muss jetzt los. Wenn du nichts von mir hörst, bis ihr losfahren wollt, ruf mich an.«

Kapitel 16

Munroe klappte ihr Handy zu und hob die Hand, um die beiden auf sich aufmerksam zu machen. Die Frau sah sie, ging ein wenig schwankend auf das Geländer zu und beugte sich, sobald sie in Rufweite war, über das Wasser. »Ist das das Boot, das verkauft werden soll?«

»Ja, genau«, brüllte Munroe zurück. Die Frau zeigte die Küste entlang auf ein anderes Boot, das näher kam. »Das ist mein Mann. Der wirft mal einen Blick darauf.«

Das war der Auftakt der Verhandlungen, die genauso vorhersehbar wie langwierig werden würden – eine ausgedehnte Feilscherei, wie sie fest in der hiesigen Kultur verwurzelt war. Zeit spielte dabei nur eine untergeordnete Rolle. Munroe wartete, und während das andere Boot langsam näher kam und die höher steigende Sonne allmählich anfing, die Luft zu erwärmen, ging ihr das Gespräch mit Amber und die Idee, von Dschibuti nach Garacad zu fahren, durch den Kopf.

Für die meisten Bewohner der westlichen Welt war Somalia ein einziges gesetzloses Stück Erde, ein verarmter Fleck auf der Landkarte, bestehend aus der Schlacht um Mogadischu, kriegerischen Regionalfürsten, Piraten und hungernden Kindern. Aber geopolitisch betrachtet war Somalia nicht ein Land, sondern vier oder fünf.

Für Amber und Natan würden die Probleme erst anfangen, wenn sie Somaliland hinter sich gelassen hatten, jenen nordwestlichen Teil von Somalia, der zwar als Staat nicht international anerkannt war, aber faktisch dennoch als autonome

Nation mit einer eigenen Regierung, eigener Gesetzgebung und einer eigenen Währung existierte. Hier gab es wirtschaftliches Wachstum und sogar einen gewissen Wohlstand, der nichts mit den Bildern zu tun hatte, die man normalerweise im Fernsehen zu sehen bekam. Die Probleme würden erst anfangen, nachdem sie das Niemandsland zwischen Somaliland und Puntland erreicht hatten, und dann, in Puntland, noch schwerwiegender werden, einem Gebiet im Zentrum der somalischen Landmasse, das rund ein Drittel der Staatsfläche einnahm und ebenfalls zum unabhängigen Teilstaat ausgerufen worden war, sich allerdings nicht völlig vom somalischen Staat lösen wollte, sondern nach einer Gesamtlösung strebte.

In Puntland befand sich das Zentrum der somalischen Piraterie, da die Regierung schwach war und kaum Einfluss besaß. Die größte Stadt von Puntland ist die Hafenstadt Boosaaso an der Nordküste des Horns von Afrika. Südlich davon erstreckt sich eine riesige, fast menschenleere Wüstenlandschaft bis hinunter an die Ostküste. Dort liegt auch die Stadt Garacad – stummes C –, wo die *Favorita* angeblich vor Anker lag.

Das Stammesrecht sorgte zwar für eine notdürftige Ordnung, aber wo Sturmgewehre gebräuchlicher waren als Wohnungen mit eigener Toilette, wo Ausländer in erster Linie als eine Art Währung betrachtet wurden, da war die Wahrscheinlichkeit ziemlich groß, dass zwei Fremdlinge ohne politische Beziehungen und Schutz, ohne Kenntnis der Sprache oder Verständnis für die Kultur, als Geiseln oder als Leichen endeten. Unter diesen Umständen spielte es auch keine Rolle, welche militärische Ausbildung Natan genossen hatte.

Der Mann mit dem Boot war jetzt da und schaltete den Motor aus.

Die Verhandlungen dauerten über eine Stunde. Als schließlich über den Preis Einigkeit erzielt worden war, dauerte es noch einmal eine Stunde, die der Fahrer-Schrägstrich-Leibwächter-Schrägstrich-jetzt auch noch Buchhalter brauchte, um das Geld zu holen. Schließlich kehrte er mit einem dicken Briefumschlag zurück, den der Mann mit dem Boot zu Munroe brachte. Sie zählte nach und brachte das Boot dann an Land.

Anschließend hockte sie sich unter den betonierten Anleger, um im Schutz der Pfeiler die Hälfte des Geldes auf ihre Taschen zu verteilen. Dann schlüpfte sie in ihre trockenen Socken und die immer noch feuchten Stiefel und stopfte den Rest des Geldes hinein. Anschließend schlenderte sie über den Strand bis zur Straße, die immer noch relativ ruhig und schläfrig dalag, ganz wie es einem kleinen Küstenort entsprach.

Nur wenige Autos und Fußgänger waren unterwegs. Zwischen Palmen und überwucherten Blumenstöcken standen ein- bis zweigeschossige Häuser mit Flachdächern, breiten Rundbögen und mediterranen Säulenvorbauten. Aber gestrichen waren sie in leuchtenden Tropenfarben, als könne die Stadt sich nicht so recht entscheiden, zu welchem Kontinent sie nun eigentlich gehörte.

Munroe ging an der staubigen Straße entlang. Ein *Tuk-Tuk* verlangsamte jetzt seine Fahrt und tuckerte neben ihr her. Der Fahrer bot ihr für den Gegenwert von einem US-Dollar eine Mitfahrgelegenheit an und brachte sie zum Busbahnhof am Rand der Stadt. Er war ein von tiefen Furchen und Reifenspuren durchzogenes Stück Erde, das sich, so viel war klar, bei jedem Regen in eine glitschige Schlammpfütze verwandelte.

Überall standen Busse in unterschiedlichen Größen, umgeben von Menschenknäueln. Ein blau-gelber Minibus machte sich gerade abfahrbereit, das Dach mit allerhand Gepäckbündeln genauso überladen wie das Innere. Kinder, die Schalen voller Verpflegungspäckchen auf dem Kopf balancierten, riefen den Fahrgästen etwas zu. Münzen wurden zu den Fenstern herausgereicht und Waren zurückgegeben, bis der Motor aufheulte und der Bus langsam über die tiefen Furchen hinweg auf die Straße holperte. Munroe machte ein paar Schritte zur Seite und ließ ihn vorbei.

Sie wollte die Stadt so schnell wie möglich verlassen, aber wenn sie die Aktivitäten in ihrer unmittelbaren Umgebung richtig deutete, dann war der nächste Bus ein zusammengeflicktes und verbeultes Monstrum, dem mehrere Fenster fehlten. Die Reifen hatten so gut wie kein Profil mehr. Wenn die Sitze, die praktisch nur noch aus der hölzernen Sitzfläche bestanden, nicht allein schon Grund genug gewesen wären, auf eine Mitfahrt zu verzichten, dann auf jeden Fall die Vorstellung von den zahlreichen Pannen, die unterwegs zu erwarten waren.

Von einem Fahrtbegleiter erfuhr sie, dass es auch sogenannte Luxusbusse mit Klimaanlage und Bordtoilette gab, die diese Route bedienten, allerdings fuhren sie in einem anderen Stadtteil ab, und zwar erst später am Tag. Munroe entschied sich für eine Zwischenlösung: einen Minibus, der anscheinend nach dem Monstrum abfahren wollte. Es würde wohl schätzungsweise noch eine Stunde dauern, bis er voll wurde, also bezahlte sie für einen Platz und blieb zunächst einmal draußen stehen, wo sie die anderen Busse beobachten konnte, nur für den Fall, dass sie aufs falsche Pferd gesetzt hatte.

Sie rief Peter Muthui bei Kefesa an, bedankte sich, dass er bereit gewesen war, sich mit ihr zu unterhalten, und sagte das Treffen ab.

Kapitel 17

Die Rückkehr nach Mombasa war eine vierstündige Fahrt mit unendlich vielen Unterbrechungen, die viel länger dauerte, als von der Entfernung und der Anzahl der Schlaglöcher her gerechtfertigt gewesen wäre. Es gab zahlreiche inoffizielle Stopps, weil der Fahrer seinen Verdienst etwas aufbessern wollte und immer wieder Passagiere mitnahm, die am Straßenrand standen und winkten, um sie dann an irgendwelchen einsamen Kreuzungen oder in winzigen Dörfern wieder abzusetzen, wo hinter Verkaufsständen mit Gemüse, Wildfleisch oder handgezimmerten Möbeln die Lehmflechthütten der Bewohner zu sehen waren.

Munroes Sitzbank war mit einer Person mehr besetzt als eigentlich vorgesehen, weshalb sie gegen das Fenster gedrückt wurde. Das ständige Ruckeln und die vielen Schlaglöcher schreckten sie regelmäßig aus ihrem Dämmerschlaf. Sie atmete den Dieselgeruch ein, der zum Fenster hereindrang, aber das war immer noch besser als der Essens- und Körpergeruch, der im Inneren vorherrschte. Als sie sich dann North Shore näherten, einem nördlich des Zentrums gelegenen Stadtteil von Mombasa, musterte sie aufmerksam die vielen Hotels und Restaurants, obwohl sie nicht damit rechnete, dass sie dort irgendetwas Interessantes entdecken würde. Trotzdem starrte sie nach draußen, während ihr das Telefonat mit Amber und die Fragen dieses Vormittags immer und immer wieder durch den Kopf gingen. Es war zum Verrücktwerden.

Es gab Dinge, die wichtig waren, und Dinge, die *wirklich*

wichtig waren. Sollten Amber und Natan doch ihre sinnlose Fahrt quer durch Somalia antreten, sollten sie doch versuchen, Leo zu befreien. Munroe würde sie nicht daran hindern, aber wenn sie sowieso bereit waren, ihr Leben wegzuwerfen, hätte es nützlichere Möglichkeiten gegeben als diese.

Kurz nach ein Uhr hatte der Bus Mombasa erreicht. Munroe stand wieder auf einem staubigen Busbahnhof in der sengenden Mittagssonne, inmitten von Hektik und Gerüchen und Geräuschen, die das Ein- und Aussteigen der anderen Fahrgäste begleiteten.

Sie schlenderte durch die belebten Straßen ungefähr in die Richtung, in der sie ein Internetcafé gesehen hatte, und betrat das klimatisierte Innere. Sie konnte nicht lange bleiben, nur einige wenige Minuten, um ein paar Dinge zu überprüfen, für die sie in Malindi keine Zeit gehabt hatte, ein paar Recherchen, um zu bestätigen, was Amber Marie ihr erzählt hatte. Der Schlafmangel kratzte an ihren ohnehin stark strapazierten Nerven, und es fiel ihr schwer, die verschiedenen Informationen zu analysieren. Das AIS konnte die *Favorita* immer noch nicht lokalisieren, die Waffen im Frachtraum wurden nirgendwo erwähnt, und auch auf die Tatsache, dass das Schiff in einem bewaffneten Kampf erobert worden war, gab es nicht einmal die Andeutung eines Hinweises. Alles sprach also dafür, dass es sich um nichts anderes als eine typische, somalische Piratenentführung handelte.

Klarheit verwandelte sich in Selbstzweifel, machte es schwierig, Vernunft von Fantasie zu trennen, und völlig unmöglich, die verschiedenen Teile zu einem stimmigen Bild zusammenzufügen. Sie schloss den Browser und öffnete ihn dann hastig noch einmal, um ihre E-Mails zu checken. Sie hatte mehrere neue Nachrichten, aber nur eine sprang ihr sofort ins Auge, eine, mit der sie niemals gerechnet hatte. Sofort fing ihr Herz unkontrolliert an zu hämmern – und das machte sie wütend. Der Mauszeiger schwebte einen Augenblick lang über dem Icon, dann klickte sie.

Die E-Mail war ohne Betreff, Begrüßung oder Unterschrift abgeschickt worden, aber sie kannte die Adresse und, was noch wichtiger war, sie erkannte die Worte:

> Samantha hat mir ausgerichtet, dass du im Büro angerufen hast. Ich kann dir gar nicht sagen, wie glücklich ich bin, dass du lebst, ganz egal, wo du gerade bist. Wenn du mich vorgewarnt hättest, hätte ich garantiert dafür gesorgt, dass ein Telefon in der Nähe ist, damit sie dich durchstellen kann. Du hast mir gefehlt, Michael. Du fehlst mir immer noch. Dein Zuhause wartet auf dich.

Dieser eine Abschnitt tat mehr weh als ein Messerstich in die Eingeweide. Trotzdem las sie sich den Text noch mehrere Male durch, bis sie sich ausloggte. Sie hatte sehr wohl registriert, dass Bradford sich für Sams vollen Namen entschieden hatte, aber sie schrieb nicht zurück. Konnte nicht. Was hätte sie denn sagen sollen? Dass sie ihn immer noch liebte? Dass es ihr leidtat und dass sie zurückkommen wollte? Wozu? Um ihn zu verletzen und zuzusehen, wie der Tod ihn verschlang? So wie er jeden verschlang, der ihr zu nahe kam?

Munroe bezahlte und machte sich auf den Weg zum Aga Khan Hospital. Sie wollte eine Antwort auf die Frage, die sie seit Samis Tod beschäftigte. Aus dem kurzen Gespräch zwischen den beiden Entführern auf der *Favorita* wusste sie, dass ihnen ein Bild des Kapitäns gezeigt worden war, dass er aus irgendeinem Grund wichtig für sie war. Und jetzt, nachdem Sami ermordet worden war, war dieser Mann, den sie auch einfach hätte sterben lassen können, ein wertvolles Faustpfand geworden.

Munroe betrat das Krankenhaus und ging am Empfang vorbei die Treppe hinauf. Der Kapitän lag regungslos und still in seinem Bett, genau wie bei ihrem letzten Besuch.

Sie betrat das Zimmer und machte die Tür hinter sich zu. Holte den Stuhl aus der Ecke ans Bett, setzte sich und starrte diesen Berg aus Haut und Knochen an, für den Sami gestorben war. Dieser Mann hatte einen Namen, hatte ein Schiff und eine Geschichte, die vor Geheimnissen und Lügen nur so strotzte. Er kannte das Unbekannte, und Munroe wollte alles erfahren, was er wusste.

Sie griff nach seiner Hand und fühlte seine kühle, trockene Haut. Zwickte ihn in den Daumen, ohne Reaktion. Seine Brust hob und senkte sich im gleichmäßigen Rhythmus. Sein vegetatives Nervensystem funktionierte, trotz der großen Leere in seinem Bewusstsein. Munroe beneidete ihn um den Luxus seines Bettes, um die Stille und die Einsamkeit, die Freiheit von Schmerzen und Belastungen, die die Bewusstlosigkeit mit sich brachte.

Die Minuten vergingen, und sie konzentrierte sich in der Stille voll und ganz auf sein Gesicht, rang mit den Fakten, die sie kannte, drehte sie hin und her, verband sie zu einem plausiblen, löchrigen Szenario, das den meisten Sinn ergab. Ganz wie es Wilhelm von Ockhams Forschungsprinzip, bekannt als Ockhams Rasiermesser, verlangte: die einfachste Erklärung mit den wenigsten Hypothesen. Und im Zentrum des Ganzen stand dieser Mann. Sie spielte das Szenario vor ihrem inneren Auge durch. Ordnete die Einzelteile neu. Musste erkennen, dass sie einfach nicht genug wusste, um ein vollständiges Bild zu bekommen, das ausreichte, Sami zu rächen oder Victor zu retten.

Munroe erhob sich und starrte den Kapitän an. Ihr blieben gerade noch zwei Tage, dann musste sie ihn wieder abholen. Sie war versucht, ihn sofort mitzunehmen, als vorbeugende Maßnahme, damit er ihr nicht gestohlen werden konnte. Aber solange sie nicht wusste, ob ihr Hotel oder ihre Identität womöglich bereits aufgeflogen waren, konnte sie ihn nirgendwo verstecken, konnte nicht garantieren, dass er nicht direkt denjenigen in die Hände fallen würde, die getötet hatten, um ihn zu finden. Und sie konnte unmöglich auf ihn aufpassen und gleichzeitig auf die Jagd gehen.

Munroe stellte den Stuhl wieder zurück an seinen Platz in der Ecke, ging hinaus und lief mit schnellen Schritten die Treppe hinunter. Sie würde gewinnen, sie würde das Rätsel lösen, würde diese Sache irgendwie zu Ende bringen, für sich selbst, für Sami und vielleicht auch für Amber. Sie würde einem namenlosen, gesichtslosen Gegner nicht gestatten, ihre Beute zu stehlen – nicht nach allem, was der Kapitän sie bis jetzt schon gekostet hatte, nicht, bevor sie nicht herausgefunden hatte, wer er war und was er wert war und wie gut sie ihn benutzen konnte, um das zu bekommen, was sie wollte.

Beim Empfang blieb sie noch einmal stehen und machte deutlich, dass der Kapitän auf gar keinen Fall Besuch empfangen durfte. Als die Angestellten mit beiläufiger Gleichgültigkeit reagierten, als hätten sie schon öfter Erfahrungen mit irgendwelchen Verrückten gemacht und wüssten ganz genau, wie man sie halbwegs bei Laune hielt, schilderte sie ihnen ausführlich und sehr anschaulich, welche katastrophalen Auswirkungen es haben könnte, wenn sie ihr nicht glaubten. Dann, nachdem sie alles in ihrer Macht Stehende getan hatte, um ihrer Beute noch ein, zwei Tage lang sichere Unterbringung zu gewährleisten, verließ Munroe das Krankenhaus und machte sich auf den Weg in die Nehru Road, ins Büro des *Hawaladar*.

Kapitel 18

Als Munroe die Gasse betrat, stand der gleiche Wächter vor der Mauer wie beim letzten Mal, aber dieses Mal ging sie locker und entspannt auf ihn zu wie auf einen alten Bekannten. Löste das Messer samt Scheide vom Gürtel und streckte es ihm mit dem Griff voraus entgegen. Als sie vor ihm stand, nahm er es und warf es hinter sich auf den Boden.

Der Mann im Türsturz beobachtete das Ganze mit kaum verhohlenem Lächeln. Munroe nickte ihm zu und grinste ein wenig schief. Anders als beim letzten Mal zögerte er keine Sekunde, sondern machte sofort die Tür auf und winkte sie weiter in den Flur mit der nackten Glühbirne.

Um bis zum *Hawaladar* vorzudringen, musste sie jetzt noch an dem Mann auf dem Hocker vorbei, aber anstatt sie ebenfalls nur durchzuwinken, ließ er sie warten. Munroe glitt an der Wand entlang neben ihm auf den Boden. Die Minuten vergingen. In dem mit Blech überdachten, unbelüfteten Flur war es stickig und heiß. Irgendwann nahm ihre Müdigkeit so überhand, dass sie einschlief. Ein Quietschen am anderen Ende des Flurs ließ sie aufschrecken.

Zehn Sekunden oder zehn Minuten, Munroe wusste es nicht. Sie drückte die Handflächen auf die Augen und ignorierte ihre momentane Konfusion, stand auf, um nicht erneut von der dumpfen Benommenheit, die ihren gesamten Schädel auszufüllen schien, überwältigt zu werden. Die Bürotür des *Hawaladar* ging auf, und eine Frau kam heraus. Sie war komplett in schwarzes Tuch gehüllt, bis auf die Augen war nichts von ihr zu erkennen. Als sie die halbe Strecke bis zum Ausgang zurückgelegt hatte, nickte der Mann auf dem Hocker Munroe zu.

Sie betrat das Büro, holte sich, genau wie beim ersten Mal, einen der seitlich stehenden Stühle und zog ihn vor den Schreibtisch. Dann setzte sie sich und sagte: »Sie sehen aber nicht gut aus.«

»Ich habe schlecht geschlafen in den letzten Tagen.«

Er ließ sich an die Stuhllehne sinken, verschränkte die Arme vor der Brust, musterte sie einen Augenblick lang und griff nach einem Aktenordner auf einem Regal neben dem Schreibtisch. Er klappte ihn auf und holte nicht die Hälfte, sondern die gesamten tausend Dollar, die sie ihm gegeben hatte, aus dem Fach, zählte sie wie ein Bankangestellter sorgfältig und deutlich sichtbar auf den Tisch und schob ihr dann den ganzen Packen zu.

»Ihr Geld«, sagte er.

Sie hob die Augenbrauen. »Dann ist die Entführung also mit somalischem Geld finanziert worden?«

»Sie haben gesagt, Sie würden das Geld nehmen und wieder verschwinden«, erwiderte er.

Sie nahm die Geldscheine an sich, einen nach dem anderen, langsam, theatralisch, um Zeit zu gewinnen, denn trotz seiner eindeutigen Worte signalisierten sowohl sein Tonfall als auch seine Körpersprache, dass dieses Gespräch noch lange nicht vorbei war.

»Ich kann mir kaum vorstellen, dass Sie wirklich gar nichts gehört haben.«

»Ich habe zumindest so viel erfahren, dass ich keine weiteren Fragen stellen möchte.«

Sie klopfte die Längsseiten der Geldscheine ein paarmal auf den Tisch, damit sie einen sauberen Stapel bildeten, und sagte, ohne ihn dabei anzusehen: »Sie brauchen wirklich nicht ins

Detail zu gehen, aber sagen Sie mir doch wenigstens, ob die Entführung mit ausländischem Geld finanziert worden ist.«

Der *Hawaladar* nickte nur und bestätigte damit, was Munroe seit dem Feuergefecht auf der *Favorita* vermutet hatte. Sie sagte: »Und ich nehme an, dass es sich bei den Finanziers nicht um die üblichen Spekulanten aus dem Jemen oder Kenia gehandelt hat?«

»Diese Annahme ist korrekt«, erwiderte er, und wieder rückten die Puzzleteilchen ein wenig dichter zusammen.

Munroe legte das Geld fein säuberlich gestapelt vor ihm auf den Tisch und klopfte mit dem Finger darauf.

»Ich habe einen jungen Mann engagiert, als *Askari*«, sagte sie. »Er sollte auf mein Boot aufpassen. Gestern Abend komme ich zum Anleger und finde ihn dort mit aufgeschlitzter Kehle vor. Sie haben ihn einfach am Strand liegen lassen wie einen Sack Müll. Also, bitte, nehmen Sie das Geld und sagen Sie mir, was Sie wissen.«

»Viel weiß ich nicht.«

»Aber Sie haben das eine oder andere Gerücht gehört.«

»Na ja, das stimmt, sogar eine ganze Menge davon.«

Sie schob die Scheine noch ein Stückchen weiter in seine Richtung.

»Ich brauche das Geld nicht«, sagte er.

»Es geht mir ums Prinzip.«

Er schob das Geld wieder zurück. »Mir auch. Ich sage Ihnen, was ich gehört habe. Nicht wegen Ihres *Askari* und auch nicht wegen Ihres Geldes. Ich sage es Ihnen, weil mir das, was ich gehört habe, nicht gefällt. Vielleicht können Sie ja mit diesen Informationen etwas anfangen, vielleicht auch nicht, aber sei es, wie es will, ich mache mich nicht mit den Piraten gemein. Sie bringen Schmutz und Schande über mein Land und sie sind *haram*.«

Haram. Das hatte er bereits bei ihrer ersten Begegnung gesagt: Sünde, nicht den Lehren des Islam entsprechend. »Hier geht es um mehr als nur um eine Schiffsentführung«, sagte er. »Ich glaube, hier soll wieder einmal ein Sündenbock gesucht werden, und das haben wir Somalier schon viel zu oft mitgemacht. Als wären wir die Latrine der ganzen Welt, als ob alle glauben, sie könnten auf uns scheißen und sich dann einfach wieder verziehen.«

Sie seufzte. »Wenn ich das alles also richtig verstehe, dann haben gewisse ausländische Interessengruppen dieses Mal keinen Atommüll vor Ihrer Küste ausgekippt oder eine Unmenge Fisch aus Ihren Gewässern geraubt, sondern ein Schiff gekapert, weil sie etwas haben wollten, was das Schiff an Bord hatte. Und jetzt wollen diese Ausländer ihre Spuren verwischen und sich einfach aus dem Staub machen, während die Piraten die ganze Schuld an der Entführung aufgeladen bekommen.«

Der *Hawaladar* öffnete leicht die Lippen. »Wenn Sie das schon wissen, warum sind Sie dann überhaupt zu mir gekommen?«

»Es war bisher nur eine Theorie«, erwiderte sie. Er sah sie anklagend und misstrauisch an, darum fügte sie hinzu: »Ich war auf dem Schiff, ich halte meine Augen offen und ich habe im Verlauf der letzten vierundzwanzig Stunden mit Hilfe meiner Kontakte selbst eine ganze Menge herausbekommen.«

»Aber warum sind Sie dann hier?«

»Weil ich wissen will, wer hinter der Entführung steckt. Sie sind in der Lage, Dinge in Erfahrung zu bringen, die ich von meinen Kontaktleuten niemals erfahren könnte.«

»Was würden Sie mit diesen Informationen anfangen, wenn Sie sie hätten?«

»Vermutlich würde ich ein paar Leute aufstöbern und umbringen.«

»Somalier?«

»Mich interessieren die ausländischen Investoren. Vielleicht auch ein paar Piraten, je nachdem, was sie mit der Mannschaft auf dem Schiff angestellt haben. Es ist schwer zu sagen, aber ich bin nicht naiv. Ich weiß, dass nichts auf dieser Welt schwarz-weiß ist.«

»Sie sind nicht von der CIA?«

»Nein.«

»Von irgendeiner militärischen Einheit?«

»Nein.«

»Von einer staatlichen Behörde?«

»Nein.«

»Reine Selbstjustiz?«

»Mehr als das.«

Er seufzte und kratzte sich am Nacken. »Sie wissen, was Sie da tun?«

»Dieses Wissen ist relativ.«

»Jetzt versuchen Sie, Spielchen zu spielen«, sagte er, und seine Miene wurde hart.

Munroe ließ sich langsam an die Lehne sinken, weg von den Geldscheinen, und verkroch sich in den Stuhl, machte sich so klein wie möglich, um ihn in seinen Gedanken nicht zu stören.

»Somalier sind daran beteiligt«, sagte er. »Selbstverständlich. So etwas wäre einfach nicht möglich ohne eine gewisse Kooperation auf lokaler Ebene.«

»Das ist nicht dasselbe«, erwiderte sie, und als die daran anschließende Stille unangenehm wurde, blieb sie trotzdem stumm. Seine Körperhaltung, seine vorsichtig gewählten Worte, das Unausgesprochene, alles das signalisierte ihr, dass seine Abscheu denjenigen gegenüber, die für diese Tat verantwortlich waren, größer war als sein Misstrauen ihr gegenüber.

Die Sekunden verstrichen, bis der *Hawaladar* sich endlich nach vorne beugte. »Es soll um eine Menge Geld gegangen sein«, sagte er. »Das Gerücht habe ich aus dritter Hand, vielleicht sogar aus vierter oder fünfter, aber ich habe es von zwei verschiedenen Leuten gehört. Fangen Sie damit an, was Sie wollen. Ich kann Ihnen nichts garantieren.«

Munroe nickte. »Fahren Sie fort.«

»Angeblich hat die Gruppe, die von Eyl aus operiert, vor drei oder vier Wochen über einen Mittelsmann ein Angebot für eine Entführung erhalten.« Er unterbrach sich kurz und fragte dann: »Sie wissen, wie die Piraterie heutzutage funktioniert?«

»So einigermaßen. Ich bin kein Experte, aber ich weiß, dass Schiffsentführungen grundsätzlich fremdfinanziert werden, und mir ist auch klar, dass das über Anteile geschehen kann.«

»Sie wissen vermutlich auch, dass die Piraterie heutzutage riskanter ist als früher. Viele Ruderboote sind zerstört, Vorräte vernichtet worden. Die Investoren suchen sich sicherere Anlagemöglichkeiten für ihr Geld.«

»Ja.«

»Früher ist in diese kleinen Örtchen eine Menge Geld geflossen, aber der Strom ist versiegt, die Orte trocknen aus. Das Geld ist aber wie eine Sucht, verstehen Sie? Damit kann man viele Prostituierte kaufen und viel Khat. Wenn also plötzlich jemand auftaucht und leicht verdientes Geld anbietet, dann hören die Leute zu.«

Er blickte sie mit hochgezogenen Augenbrauen an und schwieg. Sie sagte: »Ich bin ganz Ohr.«

»Die Investoren sind also angereist, vier oder fünf Personen, per Flugzeug, und sie hatten Pläne dabei, wie dieses Schiff gekapert werden könnte. Sie kannten die genaue Route und den Zeitplan und hatten auch eine Möglichkeit, es zu orten. Das Schiff sollte nicht im Golf von Aden mit seiner hohen Militärpräsenz gekapert werden, sondern in den internationalen Gewässern vor der somalischen Ostküste, um das Risiko möglichst gering zu halten. Die Investoren boten Waffen und Ausbildung an, und als es sich langsam herumgesprochen hatte, dass durch die Entführung eines wertvollen Schiffes eine Menge Geld in den Ort fließen sollte, wollten noch mehr Leute auf den Zug aufspringen und ihr Geld investieren.«

Der *Hawaladar* schob seinen Stuhl zurück und stand auf. »Die Boote, die Ausrüstung und das Benzin wurden also mit somalischem Geld bezahlt, als Gegenleistung für die Hälfte des Lösegeldes. Die Ausländer haben die Ausbildung und Spezialausrüstung, die vor Ort nicht erhältlich war, zur Verfügung gestellt.« Jetzt fing er an, langsam auf und ab zu gehen. »Bedauerlicherweise haben meine Landsleute zu spät erkannt, dass das Schiff viel weniger wert war, als man ihnen gesagt hatte. Aber da waren die Investoren bereits wieder außer Landes, zusammen mit ihrem Geld. Allem Anschein nach haben sie bekommen, was sie wollten. Aber den Somaliern bleibt, um ihre Investitionen wieder reinzuholen, keine andere Chance, als das Lösegeld für ein altes Schiff.«

»Dann waren die angeblichen Investitionen also nur heiße Luft? Und der größte Teil wurde von Somaliern finanziert?«

»Sieht ganz danach aus«, erwiderte er.

Munroe stieß einen leisen Pfiff aus. »Dann sind die Piraten also von zwei Seiten in die Irre geführt worden.«

»Ich würde nicht behaupten, dass sie es nicht verdient hätten.«

»Was wollten die Ausländer denn eigentlich genau?«

Der *Hawaladar* zuckte mit den Schultern. »Da bin ich überfragt.«

»Haben sie es bekommen?«

»Keine Ahnung.«

»Aber wenn die Piraten aus Eyl waren, was macht das Schiff dann jetzt in Garacad?«

Erneut zuckte er mit den Schultern und zeigte ihr dabei die geöffneten Handflächen. »Wer weiß? Treibstoffmangel? Ein demonstrativer Schlag gegen die Piraterie, durchgeführt von Faroles Leuten, damit der Geldstrom aus dem Westen nicht versiegt? Ich gebe nur weiter, was ich gehört habe.«

»Die Schiffseigner werden nichts bezahlen.«

»Woher wissen Sie das?«, sagte der *Hawaladar* und dann, ohne sie direkt anzublicken, als hätte er Angst, ein Geheimnis preiszugeben, klappte er den Ordner zu und stellte ihn wieder ins Regal. Aber genau mit diesem Versuch, seine Gedanken zu verbergen, verriet er, dass diese Schiffsentführung ihn interessierte, dass es ihm um mehr ging als nur seine Abneigung gegen Piraterie oder die Wut darüber, dass sein Volk wieder einmal zum Sündenbock gemacht werden sollte. Daher blieb Munroe weiter am Ball. Sie antwortete auf seine Frage und wählte ihre Worte mit Bedacht, achtete sehr genau auf seine Reaktion.

»Das Schiff ist nicht gegen Entführungen versichert«, sagte sie, »und angesichts seines Zustandes wäre es sowieso demnächst verschrottet worden. Außerdem verstecken sich die Eigner – wahrscheinlich ohnehin nur ein Haufen Inhaberaktien in vielen verschiedenen Händen – hinter dem Charterer. Ich wüsste also nicht, wieso irgendjemand versuchen sollte, das Schiff auszulösen.«

Der *Hawaladar* sah sie erneut mit diesem verschlagenen, neugierigen, versteckten Lächeln an, als sei er mit den Gedanken bereits sehr viel weiter und hätte Schlüsse gezogen, die in eine völlig andere Richtung gingen. »Aber das Schiff ist seetauglich«, sagte er.

»Ja. Es ist nur schon ziemlich alt.«

»Das ist ein interessanter Gedanke«, meinte er.

»Es wäre nicht das erste Mal, dass ein Eigner sein Schiff samt Besatzung einfach im Stich lässt.«

»Das stimmt.«

»Die meisten sind Filipinos«, sagte sie. »Ein paar Ägypter sind auch dabei. Der Kapitän ist Russe und die Offiziere Polen, glaube ich. Von den Familien ist also nicht allzu viel zu erwarten. Vielleicht vom russischen oder vom polnischen Staat, aber das wage ich zu bezweifeln.«

Er setzte sich wieder hin, die Hände über dem Bauch gefaltet und die Augen auf die Mitte der Schreibtischplatte gerichtet, um jeden Blickkontakt zu vermeiden.

»Woher stammen die Investoren?«, wollte sie jetzt wissen.

Er schob den Stapel Dollarscheine wieder in ihre Richtung, dieses Mal mit einer gewissen Endgültigkeit. »Mehr weiß ich wirklich nicht«, sagte er.

»Aber warum haben Sie mir alles verraten bis auf dieses eine entscheidende Detail?«

»Ich habe Kinder, und Gerüchte sind keine Einbahnstraße.«

Darauf ließ sich nichts erwidern, also stand sie auf. Das Geld ließ sie auf dem Tisch liegen. »Bewahren Sie das für mich auf«, sagte sie. »Ich habe verschiedene Pläne, und es kann gut sein, dass ich irgendwann doch noch ein *Hawala* benötige.«

»Was denn für Pläne?«, wollte er wissen.

»Investorenpläne.«

Er lächelte zunächst verstohlen, dann ließ er ein breites Grinsen sehen, das besagte, dass sie jederzeit wiederkommen durfte und er zumindest mit ihr reden würde. Sie wollte ihm noch einen Tag geben, damit er sich alles noch einmal durch den Kopf gehen lassen konnte, dann würde sie den Druck erhöhen. Sie wollte herausbekommen, was ihm noch wichtiger war als Geld, und dann würde sie genau das gegen die Information über die Identität der Investoren eintauschen, die er bis jetzt zurückgehalten hatte.

Munroe schlenderte auf nunmehr fast menschenleeren Bürgersteigen durch die Straßen, taxierte jeden Schatten, jeden Menschen, der sich im Schatten bewegte, nur um ihre Analyse sofort wieder anzuzweifeln. Abgesehen von dem bisschen Ruhe im Bus von Malindi nach Mombasa und den wenigen Minuten im Flur des *Hawaladar* hatte sie jetzt seit sechsunddreißig Stunden nicht mehr geschlafen. Sie fühlte sich, als hätte sie ein Glas über den Durst getrunken. Der Schlafmangel dämpfte ihre Sinne, verlangsamte ihre Reaktionen, machte sie unsicher und unkonzentriert. Sie hätte unbedingt eine Pause gebraucht, aber im Moment ging es eben nicht.

Am zentralen Haltepunkt der *Matatus* bestieg sie einen Minivan, der nach North Shore fuhr. Als sie noch einen halben Kilometer vom Hotel entfernt waren, sagte sie dem Fahrtbegleiter, dass sie aussteigen wollte. Dieser klopfte, halb aus der Seitentür hängend, mit einer Münze auf das Dach des Wagens. Das war das Signal zum Anhalten. Munroe zwängte sich an den anderen Fahrgästen vorbei hinaus in die Nacht. Aus zahlreichen Restaurants und Kneipen fiel Licht auf die Straße, und es roch nach Holzfeuern. Musik und Gelächter lagen in der Luft, und an den dunklen Straßenrändern waren fast so viele Touristen wie Einheimische unterwegs.

Sie folgte dem gepflasterten Pfad, der zur Hotelrezeption führte, vorbei an Laternenpfählen und gepflegten Büschen, wollte in ihr Zimmer, das sie nicht mehr betreten hatte, seit sie sich zum ersten Mal auf den Weg in die Stadt gemacht hatte. Der Schlaf lockte sie mit Sirenengesängen, aber der eigentliche Grund für ihre Rückkehr waren ihre Besitztümer: Fotos und Reisepässe und Geld und Waffen, alles, was sie zurückgelassen hatte, für den Fall, dass sie bei ihrem Besuch im Büro des *Hawaladar* durchsucht werden sollte. Dinge, die sie sich zurückholen wollte, solange noch die Möglichkeit bestand.

Jetzt kam sie auf den kleinen Parkplatz, immer noch fünfzig Meter von dem hell erleuchteten Empfangsbereich und den Hotelflügeln entfernt, die sich links und rechts davon erstreckten. Anders als bei Samis Tod, als Schweigen und eine seltsame Stille in der Luft gelegen und sie gewarnt hatten, war jetzt nichts Ungewöhnliches zu spüren. Auf ihrem Weg durch die Stadt war sie äußerst vorsichtig gewesen, schon allein aus Gewohnheit, aber auch um zu vermeiden, dass sie mit dem Hotel, dem Krankenhaus oder dem *Hawaladar* irgendwie in Verbindung gebracht werden konnte. Aber bis auf die knapp zwei Kilometer Küste, die das Hotel und den Anleger voneinander trennten, hatte sie keine Maßnahmen getroffen, um nicht mit dem Boot in Verbindung gebracht zu werden: Wenn die Gewalt, die Sami das Leben gekostet hatte, sie hier aufspürte, dann wusste sie jedenfalls, aus welcher Richtung sie kam.

Sie entschied sich gegen jedes Versteckspiel. Betrat den von allen Seiten einsehbaren Empfangsbereich, ging am Tresen, wo gerade eine frisch eingetroffene Familie bedient wurde, und an den wenigen Gästen vorbei, die auf den Sesseln im Foyer saßen und auf irgendwelche Geräte mit Bildschirmen starrten, und huschte wieder nach draußen auf die Gartenpfade, unauffällig, normal und dadurch unsichtbar. Sobald sie von drinnen nicht mehr zu sehen war, verließ sie den Pfad, huschte zwischen den Bäumen auf dem Rasen hindurch, von Schatten zu Schatten bis zu ihrem Zimmer, und schlich sich auf die Terrasse.

Die Glastür stand ein kleines Stück weit offen, die Vorhänge waren verrutscht, und aus dem Inneren drang sehr viel mehr Helligkeit, als das Badezimmerlicht abgeben konnte. Aber mehr hatte sie nicht angelassen. Da weder Bewegungen noch Umrisse zu erkennen waren, ging sie davon aus, dass die Besucher – wer immer es gewesen sein mochte – wieder weg waren, aber sie war so müde, dass sie ihrem eigenen Urteil nicht mehr traute. Daher verließ sie die Terrasse, schlug einen großen Bogen und ging vorsichtig wieder zurück zur Empfangshalle.

Selbst wenn ihr Zimmer komplett auseinandergenommen worden war, sie musste nachsehen, ob ihre Sachen noch da waren. Aber nicht jetzt, nicht heute Abend. Es war besser, erst einmal abzuwarten, bis sie Gelegenheit gehabt hatte zu schlafen und ihr Körper zu seinem Recht gekommen war. Und falls dann später nichts mehr zu finden sein sollte, würde sie eben wieder einmal bei einer US-amerikanischen Botschaft klingeln, um einen gestohlenen Reisepass zu melden, und anschließend Miles Bradford bitten, ihr ein bisschen Geld aus ihrem Reservefundus zu schicken.

Munroe kehrte zurück zum Empfang. Drei Minuten später hatte sie das Hotelpersonal instruiert, auf jegliche Reinigung ihres Zimmers vorerst zu verzichten. Jetzt wusste zwar jeder, der es wissen wollte, dass sie wieder da war, aber nur so konnte sie verhindern, dass jemand mit besten Absichten den Tatort verunreinigte und ihr dadurch die einzigen Hinweise, die sie möglicherweise hatte, entgingen.

Sie nahm jeden Lufthauch, jedes Flüstern überdeutlich wahr und ging zur Straße, um sich ein *Matatu* herbeizuwinken und ein Hotel zu suchen, in dem sie für die Nacht unterkommen konnte. Sie hatte den Parkplatz zur Hälfte überquert, als sie die erste Gänsehaut spürte – irgendjemand, irgendwo, beobachtete sie. Dazu kamen die Gerüche, die Geräusche, die Hitze und die Luftfeuchtigkeit, und alles das wirkte wie eine Art Auslöser, stark und unwiderstehlich. Mit einem Mal fühlte sie sich wieder wie im Äquatorialafrika ihrer Jugend. Vergangenheit wurde zu Gegenwart, wurde zum Überlebenskampf. Früher hätte sie sich jetzt in die Dunkelheit geschlagen, um sich zu verstecken und zu jagen, um nicht wieder das Opfer zu sein. Sie hielt inne und sog die Nacht tief in sich ein, atmete gegen die inneren Zwänge aus längst vergangenen Zeiten an, stellte sich der Dunkelheit und streckte die Hand nach dem Messer an ihrem improvisierten Gürtel aus.

Kapitel 19

Munroe fahndete nach der Quelle für ihre innere Unruhe, suchte jedes Fenster an den Hotelflügeln ab und entdeckte doch nichts, was ihr wachsendes Unwohlsein erklären konnte. Weiter vorne, auf der Straße, jenseits der Laternen, die das Ende des Hotelgrundstücks markierten, verschoben sich Umrisse. Sie wandte sich in diese Richtung, um die Bewegung etwas genauer unter die Lupe zu nehmen. Da traten zwei Männer hinter den Büschen hervor und kamen in ihre Richtung geschlendert.

Sie waren Anfang zwanzig, vielleicht auch ein paar Jahre jünger. Ihre zerfetzten Kleider ließen vermuten, dass sie nicht zu den jungen Männern gehörten, die den Touristen am Strand irgendwelchen überteuerten Krimskrams andrehen wollten, sondern ihr Leben Klebstoff schnüffelnd auf der Straße verbrachten. Und sie ging fest davon aus, dass diese Männer sowohl mit der Verwüstung ihres Zimmers als auch mit Samis Ermordung zu tun hatten. An jedem anderen Abend hätte sie sie auf den Feldweg jenseits der mauerartigen Hecke gelockt, in die Stille und die Leere, um wenigstens einen der beiden lebend zu bekommen und so viel wie möglich von ihm zu erfahren. Aber am heutigen Abend, so müde, wie sie war, hätte sie diesen Kampf niemals gewonnen.

Munroe überlegte, beschloss, ihre Pläne zu ändern, und ging wieder zurück ins Hotelfoyer. Als die Männer das sahen, verlangsamten sie ihre Schritte, blieben lauernd am Rand des Parkplatzes stehen, weit genug vom Hoteleingang entfernt, um nicht die Aufmerksamkeit der *Askari* auf sich zu ziehen, aber dicht genug, um klarzumachen, dass sie nicht die Absicht hatten zu verschwinden. Auf ihrem Weg ins Foyer machte Munroe die Wachleute auf die Männer aufmerksam.

Die Nacht in der Hotellobby auszusitzen oder sich ein Versteck auf dem Gelände zu suchen, kam nicht in Frage. Die Männer auf dem Parkplatz hatten sie nicht zufällig ausgesucht, genauso wenig, wie Sami Opfer eines zufälligen Überfalls geworden war, und von ein paar Schlagstöcken oder Gummiknüppeln, womöglich auch der einen oder anderen Machete, würden sie sich kaum dauerhaft abschrecken lassen. Im Foyer war sie jedenfalls kein bisschen sicherer als auf ihrem Zimmer. Wenn sie noch länger hierblieb und noch müder wurde, würde das ihre momentane Situation nur noch zusätzlich verschlechtern.

Sie wartete, bis die Wachleute sich an die Verfolgung der Männer gemacht hatten und ihre Rufe bis weit hinauf in Richtung Straße gewandert waren, dann drehte sie sich um und ging einmal mehr durch die Lobby, dieses Mal in Richtung Strand. Sie nahm nicht den Pfad, auf dem sie zuvor gekommen war, sondern ging mit langen Schritten auf den nördlichen Rand des Grundstücks zu, wo sie sich durch die Hecke zwängen und einem eventuellen Hinterhalt am Strand aus dem Weg gehen konnte.

Da bemerkte sie aus dem Augenwinkel einen zuckenden Schatten.

Munroe wurde schneller, bis nur wenige Meter vor ihr ein Mann auf den Weg trat. Er schien ein wenig älter zu sein als die beiden auf dem Parkplatz, aber auch er sah aus wie ein Obdachloser. Er trug ein zerlumptes T-Shirt und Stoffturnschuhe mit Löchern, durch die man die Zehen sehen konnte, aber dafür eine neue Jeans und an jedem Handgelenk eine teure Armbanduhr. Anscheinend trug er seine sämtlichen Besitztümer am Körper, ganz egal, wie wenig sie zusammenpassten, einfach weil sie so am sichersten waren.

Munroe blickte ihm fest in die Augen und versuchte, sich an ihm vorbeizuschieben.

Er versperrte ihr den Weg, dann spürte sie von hinten eine Bewegung. Sie drehte sich nicht um, überließ ihrem Gehör und ihrem Instinkt das Sehen, klarer und schärfer, als ihre Augen es jemals vermochten. Wusste, dass der Schatten, den sie zuerst zwischen den Blättern ausgemacht hatte, näher kam, wusste, dass sie in die Zange genommen wurde.

Sie zog das Messer aus der Scheide, und die kalte Jagdlust floss aus dem Metall in ihre Hand, mischte sich mit dem Verlangen nach Gewalt und der Erschöpfung zu einem schmerzhaften Durstgefühl.

»Lass mich durch«, sagte sie, aber der Mann machte einen Schritt auf sie zu.

Er stank nach fauligem Müll, nach ungewaschener Haut und ungewaschenen Kleidern, und seine blutunterlaufenen, glasigen Augen waren das äußere Zeichen dafür, dass seine Fähigkeit zum klaren Denken – falls er sie je besessen hatte – sich längst im Klebstoffdampf aufgelöst hatte. Sie wiederholte ihre Aufforderung auf Suaheli. Daraufhin zuckten seine Finger, während seine Mundwinkel sich ein winziges bisschen nach oben verzogen.

»Wo ist der andere *Mzungu*?«, fragte er. »Der *Mzee*, wo ist er?«

»Ich weiß nicht«, erwiderte sie.

»Du weißt es. Du hast ihn mitgenommen.«

»Ja. Aber jetzt ist er weg. Ihr habt seinen *Askari* umgebracht. Ihr habt ihm Angst eingejagt, da ist er mit dem Boot nach Malindi verschwunden.«

Schritte und Blätterrascheln, hastige Blicke und eine Haltungsänderung verrieten ihr, dass die anderen jetzt näher kamen. Je länger sie hier stehen blieb, desto mehr schrumpfte ihr Vorteil zusammen, also trat sie noch einen Schritt zur Seite. Der Mann vor ihr tat es ihr nach.

»Ich will den *Mzee*«, sagte er.

»In Malindi kannst du ihn finden.«

»Bring mich zu ihm.«

»Er ist ohne mich gegangen. Ich weiß nicht, wo er ist.«

Er starrte sie immer noch an, als hätte er sie nicht richtig verstanden, als sei sie vom Manuskript abgewichen und er wüsste nicht mehr, wie es weitergehen sollte, weil er niemanden hatte, der ihm sagte, wie er ihre Worte interpretieren sollte. Und das bedeutete, dass er nur ein Handlanger und nicht der Anführer dieser kleinen Bande war – zumindest nicht, wenn es um die entscheidenden Dinge ging.

Jetzt hörte sie, wie in ihrem Rücken Glas zersplitterte. Es wurde spürbar dunkler auf dem Pfad, auch wenn das Licht von anderen Laternen und aus dem Hotel dafür sorgte, dass die Umgebung nicht in totale Finsternis fiel. Das Messer lag warm in ihrer Hand, flehte sie an, benutzt zu werden, und sie hielt es fest, hin- und hergerissen, wollte Blut sehen, aber noch dringender wollte sie erfahren, wer diese Männer beauftragt hatte und weshalb sie sogar Sami getötet hatten, nur um den Kapitän in ihre Gewalt zu bekommen.

Gelächter und Geplauder drangen vom nahegelegenen Pool herüber, und etwas weiter entfernt war Musik zu hören, aber weit und breit waren keine *Askari*, kein Hotelpersonal, keine Touristen zu sehen. Sie hatte sich zu weit an den Rand des Geländes begeben, um ernsthaft mit Passanten rechnen zu können. Und wenn sie um Hilfe rief? Die Chancen, dass tatsächlich jemand rechtzeitig reagierte, standen sogar noch schlechter – und sie empfand allein den Gedanken als Beleidigung.

Noch einmal klirrte es, noch einmal erlosch eine Laterne, noch einmal wurde es dunkler. Sie konnte jetzt spüren, wie die anderen näher kamen, wie sie aus den Schatten krochen und sie einkreisten. Munroe sog die salzige Luft und die Dunkelheit tief in ihre Lunge. Das Hämmern in ihrer Brust wurde schneller, ein Takt, der dem Lockruf der Klinge folgte und darum flehte, endlich freigelassen zu werden. »Lass mich durch«, sagte sie. »Ich habe den Mann nicht, den ihr sucht. Und wenn es zum Kampf kommt, dann könnt ihr mich vielleicht töten, aber zuvor werden etliche von euch sterben.«

Stummes Lachen ließ seine Schultern beben – eine Antwort, die besagte, dass er keine Angst vor ihrem Messer hatte, dass er ebenfalls bewaffnet und sie in der Minderzahl war, dass er für das, was er heute Abend tat, genügend Geld bekommen würde, um sich in den nächsten Rausch zu versetzen, und dass alles andere nicht von Bedeutung war. Munroe wandte sich ab. Machte sich gar nicht erst die Mühe, ihm mehr Geld als seine Auftraggeber anzubieten. Er hätte es sofort verlangt und dann hätte er versucht, es ihr zu rauben, und sie wären wieder genau am selben Punkt gewesen wie jetzt.

Der Rest der Bande bildete jetzt einen lockeren Kreis um sie. Den Atemgeräuschen, den Gerüchen nach zu urteilen, mussten es insgesamt fünf sein, aber wahrscheinlich wurden es bald noch mehr. Sie schlüpfte durch eine der enger werdenden Lücken vom Pfad auf den Rasen, in die Dunkelheit, wo die Augen nichts mehr sehen und der Instinkt das Kommando übernehmen konnte. Glitt von einem Baum zum nächsten, jagte durch die Finsternis wie früher durch den Dschungel, während die Verfolger ihr auf den Fersen waren wie Hunde auf der Fährte des Fuchses und einander Kommandos zuriefen.

Sie waren schnell und sie waren viele, rannten ihr nach, Pfeile aus Schemen und Schatten, erst neben und dann vor ihr, und als sie schließlich den Strand erreicht hatte, war der Kreis wieder geschlossen, und sie hatte acht gezählt.

Ein anderer Mann trat ihr entgegen. Er war kleiner und kräftiger als der, der ihr auf dem Pfad den Weg versperrt hatte, und seine Augen waren klarer, wenn auch nicht viel. Er sagte auf Englisch: »Wo ist der alte Mann?«

»Keine Ahnung«, erwiderte Munroe.

»Wenn du es uns nicht sagst, töten wir dich.«

Sie war schon viele Male tot gewesen. Diese Männer konnten ihr nichts nehmen, was ihr nicht schon genommen worden war, konnten ihr keinen Schmerz zufügen, den sie nicht bereits gespürt hatte. Sie konnten ihr keine Angst machen. »Ihr bringt mich so oder so um«, erwiderte sie, »und ich kann euch nicht sagen, was ich nicht weiß.«

»Du hast das Boot. Du musst es wissen.«

»Hatte«, entgegnete sie, versuchte, Entfernungen und das Bedrohungspotenzial einzuschätzen, kalkulierte auch Waffen mit ein. »Ich hatte das Boot. Aber jetzt nicht mehr.«

Da bewegte sich etwas außerhalb ihres Gesichtsfeldes. Sie wich zur Seite aus – Geschwindigkeit war ihre stärkste Waffe – und entging dadurch einem Hieb mit einem kräftigen Stock, der an ihr vorbeisauste, aber sofort zum nächsten Schlag gehoben wurde. Hier ging es nicht um Vernunft oder Argumente, hier ging es nur um den Kampf, nur darum, zu töten oder getötet zu werden. Die Ruhe vor der bevorstehenden Schlacht, eine gespannte Erwartung brannte in ihren Venen.

»Wo ist der *Mzee*?«, wiederholte der Kleine, aber erneut gab sie keine Antwort.

Auch er schien, genau wie sein Vorgänger, nur einer von vielen zu sein, nicht der Anführer. Aber selbst wenn er der Boss gewesen wäre und ihr hätte sagen können, was sie wissen wollte, im Augenblick war sie in der schwächeren Position. So machten Verhandlungen keinen Sinn. Sie hätte sich nur noch mehr geschwächt. Wenn sie heute Abend sterben würde, dann würde sie das Geheimnis um den Aufenthaltsort des Kapitäns mit ins Grab nehmen.

Immer noch waren zu viele potenzielle Zeugen in der Nähe. Im Hotel kannte man ihren Namen, dort lag ihr Reisepass. Wenn sie die Nacht überlebte, würde man sie beschuldigen, und sie müsste fliehen, noch bevor sie den Kampf führen konnte, den sie in Wirklichkeit führen wollte. Jetzt kam noch einer auf sie zu, noch ein Stock, noch ein Ausweichen, noch ein Tänzchen. Und die Gier nach Blut, die Euphorie in Erwartung des Mordens, schwoll an, überflutete ihre Sinne, brachte sie an den Punkt, an dem es kein Zurück mehr gab.

Sie tänzelte, wich aus, rannte auf den Strand, in den dunklen Bereich zwischen zwei Hotels, wo sie ihren Instinkt zu ihrem Vorteil nutzen konnte. Sie konnte ihnen schließlich nicht ewig davonlaufen.

Sie drückte sich an eine Böschungsmauer, hatte dadurch alle Angreifer vor sich, wollte, dass sie endlich kamen. Suchte den Anführer, denjenigen, den sie als Erstes zur Strecke bringen musste, damit die anderen schwächer wurden, aber weder aus der Haltung noch aus den Positionen der Männer ließ sich auf denjenigen schließen, der die Befehle gab. Da kam noch ein Stock in der Dunkelheit auf sie zugeflogen, und der Druck in ihrem Inneren brach sich Bahn. Geschichte wurde Gegenwart, die Nächte der Vergangenheit wurden das Jetzt, und der Sturm, der in ihrer Brust tobte, erreichte ihre Fingerspitzen. Sie stach zu, mit der Schnelligkeit, die ihr immer wieder das Leben gerettet hatte, der Schnelligkeit, die in ihrer Weigerung aufzugeben oder besiegt zu werden wurzelte. Einer Schnelligkeit, die dem Mann, der ihr am nächsten stand, keine Chance ließ zu reagieren.

Die Klinge durchbohrte seine Luftröhre. Sein Schrei wurde zu einem erstickten Gurgeln. Blut floss über ihre Hände, warm und klebrig, und ihre Seele badete in der Ekstase wie im

Drogenrausch. Ein Stock traf sie an der Schulter, so fest, dass sie auf einem Knie landete. Sie spürte den Schmerz und lachte.

Schläge prasselten im Mondlicht auf sie ein, wilde Schläge, von allen Seiten. Sie wirbelte herum und stach zu, wich aus, schwang die Klinge, und bei jedem Treffer wurde der Schmerz größer. Sie stieß zu, duckte sich, sprang und parierte, aber die Schläge ließen nicht nach, hämmerten wieder und wieder auf sie ein, unbarmherzig, unerträglich, trafen ihre Brust, ihren Rücken, ihren Kopf und zwangen sie schließlich vollends in die Knie.

Sie schleuderte den Angreifern Sand in die Augen und gewann dadurch ein paar Sekunden, ein wenig Raum. Sie sprang auf, wurde erneut niedergeschlagen und wusste in diesem Augenblick, dass sie den Kampf nicht gewinnen konnte. Sie würde sterben, hier und jetzt. Trotzdem kämpfte sie weiter. Mit jedem Stich und jedem Schnitt wallte der Kummer in ihr auf, erhob sich aus jenem geheimen Ort im Innersten ihrer Seele, wo all die Gefühle, die nicht gefühlt werden durften, eingesperrt waren. Wie bei Sami, so würden auch *ihre* Liebsten es niemals erfahren. Auch sie würde als Seefahrer enden, der niemals zurückgekommen war, während die Menschen, die ihr wichtig waren, bis in alle Ewigkeit auf ihre Rückkehr warten würden.

Dunkelheit senkte sich über sie. Sie konnte nichts mehr sehen, nur das Messer in ihrer Hand, lebendig und von einer eigenen Leidenschaft angetrieben, stach zu, wieder und wieder, bis das Bewusstsein schwand und alles vorbei war.

Kapitel 20

Ersticken. Ertrinken im Sand. Ertrinken im Blut.

Munroe rang um Atem.

Bekam keine Luft. Bewegen. Musste sich bewegen. Musste die Blockade lösen.

Keine Arme. Keine Beine. Sie wollte Luft holen. Da war nur Sand. Nur Blut.

Ersticken.

Etwas bohrte sich in ihre Seite. Drückte. Drehte sie um, und ihr Gesicht war frei. Sie bekam wieder Luft.

Luft.

Sie keuchte. Sog den Sauerstoff ein.

Schmerz griff ihr in die Brust und riss ihr die Eingeweide heraus.

Ein Schrei gellte durch ihren Körper.

Hand zum Messer. Das Messer.

Da war kein Messer.

Ein Schatten, ein Gesicht, ein Körper über ihr, ein Schemen in der Nacht.

Sie suchte das Messer, aber da war kein Messer, und dann ergriff die Dunkelheit wieder von ihr Besitz, und sie versank erneut.

Worte. Vielleicht Worte. Englische Worte. Die zu ihr durchdrangen, nach ihr riefen.

Wir Freund. Wir Freund. Wir Sami Freund.

Filtern. Aufrichten. Fallen. Aufgefangen werden.

Sie wehrte die Hände ab.

Schwächliche Versuche von Armen, die keine Verbindung mehr zu ihrem Körper hatten.

Sie konnte sich nicht bewegen.

Das Messer, wo war das Messer? Konnte ihre Hände nicht finden.

Versuchen zu krabbeln. Versuchen, sich umzudrehen.

Der Nachthimmel kreischte erneut, ließ Säuretränen regnen, brannte.

Sie brannte lichterloh.

Wir Freund. Wir dir helfen.

Hände auf ihren Händen. Fesseln um ihre Handgelenke. Finger, die an ihren Fingern zerrten, und dann wusste sie, dass sie ihr das Messer entwanden, das sie umklammert hielt, ohne es zu spüren. Sie bogen ihr die Finger um, und sie konnte sich nicht bewegen, konnte nichts dagegen machen, und Stück für Stück war die Waffe nicht mehr länger ihre.

Irgendwo da draußen in der Dunkelheit roch und schmeckte sie Blut.

Ihr eigenes Blut. Das Blut der anderen.

Sie wusste es nicht. Sie konnte sich nicht mehr erinnern.

Die Hände hoben sie hoch, und sie schrie auf. Oder der Schrei war nur in ihrem Kopf zu hören, während ein unerträglicher Schmerz ihren Körper durchschüttelte. Sie wollte sehen, aber die Nacht drehte sich immer im Kreis, sodass ihr schlecht wurde, und vielleicht übergab sie sich auch, oder es war das Schaukeln des Bootes. Ja, ein Boot, ein kleines Boot, das sie von der Stätte des Todes wegbrachte – eines Todes, den niemand gesehen hatte, oder vielleicht doch, so wie auch Samis Tod gesehen worden war.

Die Polizei würde kommen. Sie würde nach ihr suchen.

Würde sie nach ihr suchen?

Luft. Noch mehr Luft. Noch mehr Schmerz. Nichts zu hören. Nichts zu sehen. Bewegung. Hände packten sie an der Schulter. Der Nachthimmel brüllte erneut. Sterne bluteten. In ihrem Kopf meldete sich das Chaos zu Wort, die Dunkelheit, die Stimmen aus der Vergangenheit, die sangen, sie zum Handeln nötigten, zum Blutvergießen drängten.

Sie wollte erneut nach dem Messer greifen, aber da war kein Messer.

Da war nichts, womit sie greifen konnte.

Nur in ihrer Vorstellung.

Wasser. Wasser war da. An ihren Füßen. Ihren Fingern.

Hände, rau und sanft, hoben sie vom Boot, und das Salzwasser brannte, als ihre Füße hineinplatschten und die Dunkelheit sich über sie legte und dann das Nichts.

Munroe schlug die Augen auf. Licht drang zwischen senkrechten Lamellen ins Zimmer. Ein stechender Schmerz sprengte ihr fast den Schädel, füllte sie so vollkommen aus, dass sie nicht wusste, wo er anfing oder aufhörte, war so intensiv, dass der Wahnsinn bedrohlich nahe rückte und ihr eine Gewissheit verschaffte? die Gewissheit, dass ihr diese Schmerzen nicht zugefügt worden waren, ohne dass jemand den Tod gefunden haben musste.

Schwarze Wolken wälzten sich heran und hüllten sie in Schwindel und Übelkeit.

Statt Erinnerung gab es nur Nebel, Dunkelheit und das Pochen, dieses unglaublich intensive Pochen in ihrem Kopf. Ihre Augen schlossen sich von selbst, und ihre Hand tastete sich an die Seite des Bettes, um zu fühlen, was sie nicht sehen konnte, weil ihr die Kraft dazu fehlte. Dort, wo der Fußboden sein musste, ertastete sie Erde und auf der Erde einen Stapel aus Lumpen oder Stoff. Daneben lag das Messer. Ihre Finger zogen es heran, und ihre Faust schloss sich um den Griff. Sie holte die Klinge zu sich und legte sie auf ihrer Brust ab. Dann fiel sie zurück in das Vergessen, wo der Schmerz nur noch leise an den Rändern ihres Bewusstseins leckte.

Sie machte die Augen wieder auf. Das Licht war jetzt nicht mehr ganz so hell, und ihre Gedanken waren ein klein wenig klarer. Das bedeutete, dass Zeit vergangen sein musste. In ihrer Brust erwachte der Drang aufzustehen, sich zu bewegen, aber ihre Muskeln reagierten nicht auf den Befehl. Sie zitterte am ganzen Körper, und jeder Atemzug weckte in ihr das dringende Bedürfnis zu schreien. Doch sie hielt die Schreie zurück, während sie in ihrem Schädel dröhnten und widerhallten. Sie hatte keine Ahnung, wie sie hierhergekommen war, nur das Gefühl, umsorgt und gepflegt zu werden, irgendwie in Sicherheit zu sein.

Sie drehte den Kopf nach rechts, wieder zu den Lamellen, und blinzelte in das helle Licht, versuchte, aus Umrissen und Schatten ein klares Bild zu formen, bis schließlich die Ränder schärfer wurden und sie erkannte, dass das Licht nicht zwischen den Lamellen einer Jalousie hindurch ins Zimmer fiel, sondern zwischen Stöcken, die ihre Zimmerwand bildeten. Die Decke bestand aus Palmenwedeln.

Ihr Blick glitt von der Decke zur Wand und wieder zurück, dann klappten ihre Augen erneut zu. Es dauerte einen Augenblick, bis sie die Bindeglieder erkennen konnte, aber sie waren da, unverkennbar, einzelne Bedeutungsstränge, die sich zusammenfügten, und dann, mit einem Mal, erkannte sie das Lehmflechtwerk, das sie bei zahlreichen Häusern und Dörfern entlang der Straße zwischen Mombasa und Malindi schon gesehen hatte.

Sie tastete nach der Matratze, alt, dünn und schief, mit einem fadenscheinigen Laken bezogen und den Geruch von Alter und Schimmel verströmend. Wieder machte sie mühsam die Augen auf und versuchte, etwas zu sehen. Erkannte an den Farben und am Geruch, dass die Kleider, die sie trug, nicht ihre eigenen waren, begriff, dass bis auf das Messer alles, was sie bei sich gehabt hatte, weg war, auch das Geld, das sie sich in die Stiefel gesteckt hatte.

Sie konnte sich keine Schmerzmittel kaufen. Kaum hatte diese Erkenntnis sich schmerzhaft in ihr Bewusstsein gebohrt, begannen Verzagtheit und Niedergeschlagenheit an ihrer Seele zu nagen. Tränen der Verzweiflung stiegen empor, doch sie drängte sie zurück. Verärgert hätte sie sich mit der Hand über die Wangen gewischt, hätte sie die Kraft dazu gefunden.

Sie würde nicht klein beigeben.

Verzweiflung war Gift für den Geist.

Und Schmerz war vergänglich.

Zwei Jahre lang hatte sie Nacht für Nacht im Dschungel um ihr Leben gekämpft, um nicht getötet zu werden, sondern zu töten, gegen die Qual und die Hoffnungslosigkeit, war schneller, gieriger geworden und hatte letztendlich gesiegt. Der Feind heute war nicht stärker oder klüger als die, die sie bereits vernichtet hatte. Sie würde wieder siegen.

Sprache kroch in ihr Bewusstsein, und sie drehte den Kopf. Sah eine halbe Wand und ein Loch, wo eigentlich die Tür gewesen wäre, hätte es in diesem Haus Türen gegeben. Von dort drangen leise Stimmen an ihr Ohr. Sie lauschte, konzentrierte sich auf die Geräusche und nahm sie in sich auf, bis sich irgendwann einzelne Silben aus dem weißen Rauschen herausschälten – Suaheli, gesprochen von zwei Männern im Zimmer nebenan.

Mit geschlossenen Augen bewegte Munroe ihre Finger, ihre Zehen. Jede noch so kleine Bewegung musste gegen kreischende Widerstände durchgesetzt werden, aber nichts war so gebrochen, dass sie zum Aufgeben gezwungen gewesen wäre.

Sie schob die Beine über den Rand der Matratze und ließ die Füße auf den Boden plumpsen.

Schaffte es gerade noch, sich abzurollen und auf die Knie zu kommen, bevor die Dunkelheit sie einholte. Sie erwachte mit dem Gesicht auf der Erde.

Sie wuchtete sich wieder auf die Knie und kroch dann langsam, immer eine schmerzende Gliedmaße vor die andere setzend, bis zu der halben Wand, stützte sich ab und schaffte es tatsächlich aufzustehen. Stand senkrecht, noch bevor zwei Schatten in der Türöffnung auftauchten.

Einer fing sie auf, bevor sie wieder ohnmächtig wurde. Es war einer der jungen Männer vom Strand, mit denen Sami sich angefreundet hatte. Er war nach dessen Ermordung auch da gewesen, hatte versucht, die Schaulustigen von Samis Leiche fernzuhalten. »Was du machen? Was du machen?«, sagte er. »Du schlafen. Du nix Geld, nix Doktor. Du schlafen. Du trinken. Du essen. Du schlafen.«

»Ich muss zurück ins Hotel«, hauchte sie. »Helft ihr mir, bitte?«

Er und der andere Mann versuchten, sie wieder ins Bett zu legen. Sie wehrte sich, und wieder wurde ihr schwarz vor Augen. Erwachte auf der Matratze, während die beiden Männer vor ihr standen.

Erneut flüsterte sie ihnen ihre Bitte zu. Musste ins Hotel zurück. Musste wissen, was in ihrem verwüsteten Zimmer zurückgeblieben war. Das war die einzige Möglichkeit, an eine Waffe, an Bargeld zu kommen – falls die Sachen noch da waren –, die einzige Möglichkeit, sich Schmerzmittel und medizinische Hilfe zu besorgen. Sie konnte nicht warten, bis neue Gäste eingezogen waren. Musste als Allererstes ins Hotel, bevor sie völlig zusammenbrach und in Dallas anrufen und den Mann um Hilfe bitten musste, mit dem sie fast ein Jahr lang kein Wort gesprochen hatte.

Die Atmosphäre zwischen den beiden Männern veränderte sich. Sie verstand zumindest einen Teil ihrer Unterredung: echte Besorgnis über ihren Zustand. Sie würde alles tun, um irgendwie in dieses Hotel zu kommen, würde sogar ihren eigenen Tod in Kauf nehmen, also war es wohl besser, sie zu begleiten.

Der, den sie nicht kannte, sagte auf Englisch: »Gabriel, hol Auto. Du warten. Du schlafen«, und sie ließ sich wieder fallen. Als sie das nächste Mal die Augen aufschlug, war es dunkel.

Geräusche aus dem Nebenzimmer holten sie wieder aus dem Schlaf. Ein Mann und eine Frau unterhielten sich, und auch wenn es ihr so vorkam, als bilde sie sich das nur ein, rumpelte irgendwo draußen ein Automotor. Samis Freund kam ins Zimmer, und sie kämpfte sich mühsam aus dem Bett. Er ergriff ihren Ellbogen und half ihr auf, wobei ihr Körper erneut rebellierte. Sie verlor abermals das Bewusstsein.

Er musste sie aufgefangen haben. Als sie zu sich kam, standen ihre Füße immer noch auf dem Boden, und sie lehnte mit dem Rücken an seiner Brust. Nur bis zum Auto. Sie konnte den Motor ja hören. Weiter brauchte sie nicht zu kommen.

Der andere Mann öffnete die hintere Tür. Samis Freund, Gabriel, stützte sie auf dem Weg von ihrem Zimmer nach draußen. Sie bückte sich, um auf die Rückbank zu klettern, und stieß unwillkürlich einen lauten Schrei aus, der die relative Stille durchschnitt. Dann lag sie auf den Polstern, die Augen an die Decke gerichtet, und atmete durch den Schmerz hindurch.

Gabriel legte den Gang ein. Der Wagen setzte sich in Bewegung. Sie waren auf der Hauptstraße. Munroe sagte nicht, wo sie hinmusste. Wusste nicht, wo sie war. Sie kannten den Weg. Woher sie das wussten, war ihr nicht klar – vielleicht aufgrund der Stelle, wo sie sie gefunden hatten, vielleicht auch von Sami. Sie hatte eine vage Ahnung, mehr nicht. Jedes Mal, wenn das Auto mit seinen ausgeleierten Stoßdämpfern durch ein Schlagloch rumste, ertönte in ihrem Kopf ein gellender Schrei.

Und dann plötzlich Stille.

Gabriel brachte sie vom Wagen ins Foyer, wo sie zumindest ein schwaches Flüstern zustande brachte. Er sprang für sie ein und erklärte dem Empfangspersonal, was mit ihr los war. Munroe nannte ihren Namen und ihre Zimmernummer, dann verließ sie die Kraft, und sie brach erneut zusammen.

Gabriel stützte sie, sehr behutsam, nur mit der Brust. Er fasste sie nicht an, als hätte er Angst, ihr wehzutun, Angst, sie würde schreien. Sie schluckte den inneren Aufruhr und die Schreie und hielt sich an ihm fest, um nicht das Gleichgewicht zu verlieren.

Der Portier gab Gabriel einen Schlüssel.

Dunkelheit senkte sich über Munroe, und sie fing an zu fallen. Gabriel war da. Und dann stand sie plötzlich vor ihrem Zimmer. Er schloss die Tür auf. Der Portier warf einen Blick hinein und sah Munroes Angaben bestätigt. Das Zimmer war völlig verwüstet, aber es sah noch genau so aus, wie sie es bei ihrem letzten Besuch durch das Fenster gesehen hatte. Das Bettzeug lag auf dem Boden, und die Lampe, die auf der Kommode gestanden hatte, war kaputt. Schäden, für die sie nicht verantwortlich war, für die sie aber möglicherweise trotzdem aufkommen musste.

Gabriel machte die Tür zu, und Munroe ließ sich auf den Boden gleiten. Mit halb geschlossenen Augenlidern betrachtete sie den Schaden. Ihr Rucksack war verschwunden, alles war weg.

Sie schleppte sich zum Fußende des Bettes und bat Gabriel um Hilfe. »Bitte«, sagte sie und klopfte an den Bettrahmen. »Hochheben.«

Er kniete sich neben sie und hob den Rahmen an, sodass sie die Finger in die hohlen Bambusfüße stecken konnte. Bekam den Plastikbeutel zu fassen, den sie in den Hohlraum geschoben hatte, und empfand Erleichterung. Ihr Reisepass war noch da, genau wie die Fotos in dem wiederverschließbaren Beutel. Nachdem sie ihn herausgezogen hatte, kroch sie zum nächsten Bettpfosten, begleitet von den brüllenden Schmerzen, die durch ihre Brust zuckten. Vielleicht auch aus ihrem Mund kamen.

Sie wusste es nicht. War wie im Wahn. Bekam keine Luft.

Sie gab Gabriel ein Zeichen, und er hob das Bett noch einmal an. Munroe holte etliche tausend Dollar hervor. Hielt das Geld mit der einen Hand fest, stemmte sich auf die Knie und von dort auf die Füße. Schaffte die wenigen Schritte bis ins Badezimmer und kämpfte, eine Hand an die Wand gestützt, gegen das allgegenwärtige Schwindelgefühl und den Brechreiz an.

Glitt neben der Toilette auf den Boden und legte den Kopf in den Nacken. Klopfte auf den Deckel des Wassertanks. Gabriel nahm ihn ab und riss die Augen auf. Die Pistole und die Munition lagen immer noch wasserdicht verpackt in der Plastiktüte. Munroe wollte aufstehen, um sie herauszuholen, und wachte mit dem Gesicht auf den Fliesen wieder auf. Gabriel kniete neben ihr. In der Hand hielt er ein nasses Hotelhandtuch. Wasser tropfte ihr ins Gesicht und in die Haare. Nachdem sie die Waffe und das Geld fest in den Händen hielt, schob sie sich dicht vor Gabriels Gesicht und flüsterte: »Danke. Ich bin hier fertig. Bitte, bring mich weg.«

Immer wieder blitzte zwischen den dunklen Abschnitten so etwas wie Klarheit auf: die Rückkehr zum Auto, in das Haus mit dem Lehmboden, auf die Matratze. In einem ihrer wenigen klaren Momente zog sie einen Fünfzig-Dollar-Schein aus dem Bündel, das sie sich in die Hose gestopft hatte, und gab ihn der Frau, die sich um sie kümmerte. Fragte nach Kapanol – Morphinsulfat. Das Präparat hatte sie im Regal der Apotheke in Lamu gesehen, und wenn es sogar dort, fernab der Zivilisation, erhältlich war, dann musste es hier leicht aufzutreiben sein, auch ohne Rezept. Ibuprofen brauchte sie auch. Hier wurde es unter dem Namen Hedex gehandelt. Auch das hatte sie gesehen.

»Alle Läden geschlossen«, sagte die Frau. »Morgen wir holen.«

Kapitel 21

Munroe wachte auf, als eine Hand sich unter ihren Kopf schob. Sie spürte Plastik an den Lippen. Ihr instinktiver Drang zuzuschlagen, erlahmte, noch bevor er richtig erwacht war. Sie versuchte, die Hände zu heben, kämpfte gegen die Reglosigkeit ihrer Glieder an. Der Drang, Gewalt anzuwenden, wurde durch die Einsicht verdrängt, und sie begriff, dass da jemand versuchte, ihr behutsam ein wenig Wasser einzuflößen.

Sie presste die Lippen zusammen und drehte den Kopf beiseite, und das Plastik wurde weggenommen. Ohne zu wissen, woher das Wasser kam, war es zu gefährlich. Dann spürte sie die Finger erneut. Sie drückten ihr eine Tablette an den Mund. Als Munroe sich auch dagegen wehrte, sagte eine Frauenstimme: »Das, was du sagen, du wollen. Für gegen Schmerzen.«

Munroe zuckte zusammen und schluckte die Tablette trocken. Öffnete unter Mühen die Augen. Das Gesicht der Frau war ein verschwommener, orange-lilafarbener Lichthof, ihre Haare steckten unter einem Tuch. Dann wurden ihre Augen und die Sorgenfalten quer über ihrer Stirn langsam klarer erkennbar, und als Munroe die Augen schließlich ganz aufschlug und die Frau direkt ansah, da nickte sie wohlwollend, setzte sich auf ihre Fersen, ganz die aufmerksame Krankenschwester, und bedachte Munroe mit einem strahlenden Lächeln.

Sie war vielleicht Ende zwanzig, mit weicher, gepflegter Haut, trug einen knielangen Rock und ein Hemd, aber keine Schuhe. In der Hand hielt sie einen schmutzigen Plastikbecher. Sie streckte Munroe den Becher noch einmal entgegen, aber diese schob ihn beiseite, so behutsam wie möglich, um nicht beleidigend zu wirken.

Die Frau stand auf und ging hinaus. Munroe hob eine Hand, betrachtete ihre Finger, bemühte sich, Gelenke und Muskeln unter Kontrolle zu bringen, streckte eine verkrampfte Gliedmaße nach der anderen, bis sie zumindest die eine oder andere kontrollierte Bewegung ausführen konnte. Irgendwann gelang es ihr dann, sich auf einen Ellbogen zu stützen. Sie konnte auch ein wenig klarer denken als in ihrer letzten Wachphase, und die Kopfschmerzen waren nicht ganz so grässlich wie zuvor. Wie lange ging das jetzt schon so?

Die Frau kehrte mit einer verschlossenen Wasserflasche zurück, streckte sie Munroe entgegen. Munroe griff danach, schrie auf, als der stechende Schmerz sie durchzuckte, und die Frau kniete sich wieder neben sie und stützte ihren Kopf, half ihr, sich aufzusetzen. Dann trank Munroe, während ihr das Wasser über das Kinn tropfte, bis die Flasche so gut wie leer war und sie sich nicht mehr länger aufrecht halten konnte.

Die Frau lächelte zufrieden, stellte die Flasche neben die Matratze und ließ sich wieder auf die Fersen sinken. Es war still im Haus. In der Ferne war Straßenlärm zu hören. Länger werdende Schatten und Licht drangen durch die Risse in den aus Holzbrettern und geflochtenen Zweigen bestehenden Wänden.

»Wie viel Uhr ist es?«, wollte Munroe wissen.

»Nachmittag«, erwiderte die Frau, als sei das das Wichtigste.

»Welcher Tag?«, hauchte Munroe und erschloss sich die Antwort aus den Worten der Frau.

Niedergeschlagen und mit einem überall schmerzenden Körper versuchte Munroe, sich aufzusetzen. Die zweiundsiebzig Stunden waren abgelaufen. Sie musste den Kapitän aus dem Krankenhaus holen, bevor er entlassen wurde und sie ihn für immer verloren hatte – immer vorausgesetzt, er war nicht, während sie überfallen worden war, verschleppt und zu Tode geprügelt worden.

»Ich muss in die Stadt«, sagte sie.

Die Frau legte die Schachteln Kapanol und Hedex und das Wechselgeld neben die Matratze. »Wie du gehen Stadt?«, sagte sie. »Du nix *Matatu*.«

»Ich kann mir ein Taxi nehmen.«

Die Frau schüttelte den Kopf. »Du bleiben«, sagte sie. Erst als Munroe sich wieder hingelegt hatte, verließ sie das Zimmer.

Allein gelassen mit der Stille und trübsinnigen Gedanken anstelle von Erinnerungen, legte Munroe die Hand auf die Lumpen neben dem Bett. Es waren ihre Kleider, zerfetzt und zerschnitten. Sie wusste nicht, wie das geschehen war, hatte keine Ahnung, was mit der Bande passiert war, die sie überfallen hatte. Draußen hörte sie die Stimme der Frau. Es klang, als würde sie jemandem eine Anweisung geben. Kurze Zeit später war sie mit einer dampfenden, leicht angeschlagenen Keramikschale wieder da. Sie kniete sich hin, drückte Munroe die Schale in die Hand und sagte: »Du musst essen.«

Die Schale enthielt Brühe mit einigen wenigen Gemüsestücken und einer Art Fleisch oder Fett. Es war gekocht, also konnte sie es wahrscheinlich unbedenklich essen. Sie blies und schlürfte, während die Frau ihr wohlwollend dabei zusah, und als Munroe knapp die Hälfte gegessen hatte, ging die Frau zufrieden wieder hinaus.

Munroe setzte die Füße auf den Lehmboden. Zum ersten Mal nahm sie die Kleider, die sie am Leib hatte, wirklich wahr. Es war eine ziemlich peinliche Mischung aus einer schlecht sitzenden Hose und einem Oberhemd. Die Sachen gehörten höchstwahrscheinlich den Männern, die sie hierhergebracht hatten. Sie waren frisch gewaschen, aber trotzdem schmutzig und voller Körpergeruch. Sie waren schon viel zu oft getragen worden – ein Nebenprodukt der Armut –, was die Tatsache, dass sie sie ihr überlassen hatten, nur noch großzügiger machte. Sie durchsuchte ihre Taschen nach dem Geld, das sie aus dem Hotel geholt hatte, und es schien alles noch da zu sein. Das zeigte, dass sie hier nicht als Arbeitgeber, sondern als Gast des Hauses betrachtet wurde. Auch die Pistole und die Munition lagen noch in der Plastiktüte neben dem Bett, zusammen mit dem Fischermesser.

Munroe schleppte sich in den Raum nebenan, eine Art Wohnzimmer, vollgestellt mit völlig unterschiedlichen Möbeln, die kaum genug Platz ließen, um zu stehen. Auf jedem ebenen Fleck stand oder lag irgendetwas: Geschirr, ausgefranste Bücher, Handtücher und Bettlaken, ein kleiner Fernseher mit Zimmerantenne, eingezwängt zwischen Holzschränken mit kaputten Türen. Es kam ihr vor, als seien sämtliche weltlichen Besitztümer der Familie hier versammelt.

Die Frau war nicht da, also machte Munroe selbst die Haustür auf. Sie war aus dickem Vollholz und viel zu massiv im Vergleich zur Bauweise des restlichen Hauses. Munroe betrat einen großen Garten und blinzelte in die Sonne. Das Licht war so grell, dass sie sofort Kopfschmerzen bekam.

Das Grundstück war von üppigen, grünen Büschen umgeben und lag, so wie es aussah, an der Straße von Mombasa nach Malindi. Hühner rannten frei herum und jagten Insekten, und an einem Stock in der Erde waren drei Ziegen festgemacht, an einer Stelle, wo noch Pflanzen wuchsen und der Boden nicht einfach nur aus trockenem, festgetretenem Lehm bestand. Das Nachbarhaus zur Rechten bestand aus Schlackesteinen und hatte ein Blechdach. Die Besitzer waren finanziell anscheinend besser gestellt als ihre Gastfamilie. Aus einem kleinen Anbau zogen Rauchwolken in die Höhe, und da er keine Tür besaß, konnte Munroe den Rücken der Frau sehen. Sie kauerte neben einem Aluminiumtopf, der über einem Lagerfeuer hing.

Die Frau stand auf und drehte sich um. Als sie Munroe bemerkte, lächelte sie wieder. Stemmte die Hände in die Hüften und sagte streng: »Du hinlegen.«

»Gleich«, erwiderte Munroe und dann, vielleicht aufgrund des Morphiums, lächelte sie zurück. »Wie heißt du?«, fragte sie.

»Mary. Und du?«

»Michael.«

»Michael Jungenname«, sagte Mary und zeigte auf Munroes abgetragene Hose, eine Geste, die irgendwie widersprüchlich wirkte. »Du nix Junge.«

»Nein, kein Junge«, gab Munroe zurück. »Aber ich heiße trotzdem Michael.«

Mit immer noch schmerzenden Augen blickte Munroe zum Himmel. Es würde schätzungsweise noch eine Stunde lang hell bleiben. Sie musste den Kapitän holen und erfahren, wie es ihm mittlerweile ging. »Ich muss nach Mombasa«, sagte sie. »Ein Freund von mir liegt im Krankenhaus. Ich muss ihn abholen.«

»Dein Freund krank?«

»Verletzt. Wie ich. Aber er kann nicht mehr länger im Krankenhaus bleiben. Ich muss ihn hierherholen. Ich kann dafür bezahlen, wie im Hotel, wenn wir ein paar Tage hierbleiben können.«

»Wie du holen?«

»Mit eurem Auto vielleicht? Ich kann euch bezahlen.«

Die Frau lächelte schon wieder und ließ ihre strahlend weißen Zähne sehen. »Vielleicht«, sagte sie und schickte Munroe mit einer Handbewegung zurück in das Holzlattenhaus. »Du schlafen, ich fragen.«

Als Mary zurückkam, war es draußen dunkel und drinnen noch dunkler. Ihre Ankunft wurde vom unregelmäßigen Tuckern eines alten Autos mit kaputtem Auspuff begleitet. Wahrscheinlich derselbe Wagen, mit dem sie sie auch schon zum Hotel gefahren hatten.

Als das Auto stotternd zum Stehen kam, stand Munroe bereits in der Tür. Mary stieg auf der Beifahrerseite aus, lachend und mit dem Fahrer scherzend. Er war jünger als sie, größer und sehr schlank, wie die meisten Männer hier in der Gegend. »Das Gabriel, mein Bruder«, sagte Mary. »Du ihn kennen. Du wissen?«

Munroe nickte.

»Er dich Mombasa bringen.«

Munroe hielt kurz inne, als ihr die Namen der beiden bewusst wurden. Gabriel und Mary. Hatten die Eltern auch nur die leiseste Ahnung gehabt, wie seltsam diese Namen klangen, wenn zwei Geschwister sie trugen? Die Welt neigte sich jetzt eigentümlich zur Seite, und Munroe beschloss, das Spiel mit den biblischen Namen auf die Medikamente zu schieben. Sie gab Gabriel die Hand, und was immer er sagte, es drang durch einen merkwürdigen Zeitlupenschleier zu ihr durch und machte sie sehr viel glücklicher, als die Situation es eigentlich rechtfertigte. Sie humpelte zurück in das Zimmer, um vorsichtshalber – nur für den unwahrscheinlichen Fall, dass sie nicht wieder zurückkommen würde – das Geld, die Waffe und die Medikamente einzupacken. Das Wechselgeld, das vom Kauf der Medikamente übrig geblieben war – etliche tausend Schilling –, ließ sie liegen. Mary war bereits wieder am anderen Ende des Gartens, wo sie die Ziegen losband und mit drei Kindern redete, die gerade nach Hause gekommen waren. Munroe ließ sich vorsichtig auf den Beifahrersitz gleiten, und Gabriel schloss ihre Tür.

Der Wagen war ein Toyota, mit einer hellblauen Sprühlackschicht überzogen und mindestens zwanzig Jahre alt. Die Reifen hatten kein Profil mehr, ein Fenster fehlte komplett, und die Türen waren etliche Male ausgebeult und ausgebessert worden. Eine war nur noch mit Draht an der Karosserie befestigt. Für eine Familie an diesem Ende der sozioökonomischen Leiter war so ein Auto ein unglaublicher und sehr kostspieliger Luxus.

Sie rollten an den Straßenrand, wo Busse, *Matatus*, überladene Lastwagen und die unterschiedlichsten Pkws, angefangen bei Luxusschlitten bis hin zu schrottreifen Wracks, vergleichbar dem, in dem sie gerade saßen, an ihnen vorbeifuhren. Gabriel musste lange, sehr lange warten, bis die Straße frei war. Er schaltete die Warnblinkanlage ein und fuhr los. Allmählich wurde der Wagen schneller. Erst als der Tachometer dreißig Stundenkilometer anzeigte, schaltete Gabriel die Warnblinkleuchten aus. Viel schneller wurde das Auto jetzt nicht mehr, aber es war immer noch besser, als zu Fuß zu gehen, und im Gegensatz zu vielen anderen Fahrzeugen auf der sogenannten Schnellstraße funktionierten bei ihnen wenigstens die Scheinwerfer. Dadurch verringerte sich das Risiko, einen einsamen Fußgänger am Straßenrand zu überfahren. Auch wenn Munroe ein eigenes Auto gehabt hätte, sie wäre niemals selbst gefahren. Nicht in ihrem Zustand, nicht auf diesen Straßen, wo Linksverkehr herrschte und alles verkehrt herum funktionierte, und wo bei einem Unfall, ganz egal unter welchen Umständen, immer die weiße Person Schuld hatte.

Gabriel warf Munroe unterwegs ständig Blicke zu und sagte schließlich, als sie ihr medikamentös bedingtes Schweigen nicht durchbrach: »Du viel Glück haben.«

Sie drehte sich um und erhaschte noch einen kurzen Seitenblick von ihm.

»Ich sehen, wenn sie kommen«, sagte er. Er hielt das Lenkrad mit beiden Händen fest und konzentrierte sich auf die Windschutzscheibe und die Heckleuchten des Lastwagens vor ihnen, der dicke, schwarze Rauchwolken ausstieß. »Sechs Männer. Sieben Männer. Acht Männer. Drei jetzt tot. Drei. Vier.«

Munroe ließ den Kopf gegen die rissige Nackenstütze sinken. »Ich kann mich an nichts erinnern«, sagte sie.

Gabriel blickte sie erneut an. »Nichts?«

»Nichts.«

Er seufzte. Nach einer bedeutungsvollen Pause breitete er die ganze Geschichte in bruchstückhaftem, stockendem Englisch vor ihr aus. Mit seinen Worten kehrten auch einige wenige Erinnerungsfetzen wieder, und mit ein wenig Fantasie entstand schließlich ein Bild in ihrem Kopf. Jetzt wusste sie, was sie niemals hätte wissen können, wenn er es ihr nicht gesagt hätte: dass sie im Kampf getötet hatte, dass sie bereit gewesen war zu sterben, aber nicht als Einzige, dass sie gekämpft hatte, bis sie schließlich doch überwältigt, verprügelt, bewusstlos geschlagen und dann zum Strand geschleppt worden war, um dort zu sterben.

»Sie dich wollen töten«, sagte er. »Und dann Licht und Schreien aus Häuser, viele *Askari* aus Häuser, vielleicht sie hören und kommen und Männer haben Angst. Laufen weg.« Er unterbrach sich kurz. »Du sehr gefährlich Frau. Ich glauben du tot. Ich und Johnny holen Boot. Wir Sami Freund, wir glauben du tot und wir dich tragen zu Boot, aber du leben und schreien im Schlaf. Bringen dich zu Haus von meine Schwester. Du schlimme Schmerzen, aber wir kein Geld für Doktor. Sorry.«

Munroe legte ihm die Hand auf die Schulter und flüsterte: »Danke für eure Hilfe.«

Er lächelte. »Sehr gerne«, sagte er. »Du bald wieder gesund?«

»In ein paar Tagen. Weißt du, wer das getan hat?«

Er schüttelte den Kopf.

»Weißt du, wer Sami umgebracht hat?«

Erneutes Kopfschütteln. »Vielleicht gleiche Leute, die dich wollen umbringen.«

»Weißt du, warum?«

»Ich nix weiß. Aber sehr schlecht für Geschäft, sehr schlecht. Niemand kommen an Strand, niemand kaufen wenn Probleme.«

»Du hast nicht gesehen, wie sie es getan haben?«

»Ich finden Sami danach.«

»Danke«, sagte sie noch einmal. Holte fünfzig Dollar aus ihrer Tasche und bot sie ihm an. Er hob überrascht den Blick.

»Nein«, sagte er.

»Für Benzin«, erwiderte sie. »Für das Auto.«

Er nickte und nahm das Geld.

Kapitel 22

Das Tor vor der Einfahrt des Krankenhauses war geschlossen, und Gabriel hupte. Da kam ein *Askari* zur Fußgängertür heraus, musterte den Wagen, erkannte Munroe auf dem Beifahrersitz und ließ sie durchfahren. Gabriel wartete im Wagen, während Munroe, schmuddelig und mit blutverklebten Haaren, vorsichtig die Füße auf den Bürgersteig setzte und barfuß durch den Haupteingang ging.

Die Arzthelferin zuckte bei ihrem Anblick deutlich sichtbar zusammen und hielt den Atem an.

»So schlimm?«, sagte Munroe, und die Frau nickte.

Sie hatte sich schon länger nicht mehr im Spiegel angeschaut. Hatte nur eine vage Vorstellung von dem Anblick, den sie bot. »Ich möchte den Weißen ohne Namen abholen«, sagte sie. »Dr. Patel hat gesagt, dass er entlassen werden soll.«

Ohne den Blick von Munroes Gesicht abzuwenden, griff die Frau nach einem Telefon und wählte die Nummer des Arztes. Ein paar Minuten später kam er zu ihnen. Auch er zuckte bei Munroes Anblick zusammen. Sie sagte: »Ich bin überfallen worden.«

»Aha«, meinte er. »Sind Sie wegen sich selbst oder wegen Ihres Freundes gekommen?«

»Ich möchte ihn abholen.«

»Sind Sie schon medizinisch versorgt worden?«

Sie schüttelte den Kopf.

»Ihr Freund schläft noch«, sagte er und betrachtete ihr Gesicht, musterte sie vom Kinn bis zum Scheitel, als sei er sich nicht ganz sicher, ob sie wirklich voll und ganz bei Sinnen war. »Ich möchte Sie zuerst untersuchen, bevor ich ihn in Ihre Hände übergebe.«

Munroe wehrte nicht ab, sondern folgte ihm in einen Flur. Der Arzt machte eine Tür auf, winkte sie hindurch, und sie setzte sich vorsichtig auf einen Untersuchungstisch, ließ sich seine drängenden Fragen gefallen. Er desinfizierte und vernähte die tiefsten Wunden an ihrem Hinterkopf, und als er fertig war, deutete er mit der Nadel in der Hand auf ihren Körper. »Haben Sie noch mehr davon?«

»Ich glaube schon.« Es kostete sie unendliche Mühe, das Hemd auszuziehen. Der Arzt starrte auf ihren Oberkörper, und es ließ sich nicht sagen, ob die vielen Narben oder die Erkenntnis, dass sie eine Frau war, ihn so sprachlos machten. »Sie geraten öfter in Schlägereien?«, sagte er.

Sie senkte den Blick. »Das sind alte Narben.«

Wortlos betäubte und desinfizierte er die Wunde, die sich von ihrem Brustkorb seitlich bis zur Hüfte hinunterzog. Es war eigentlich nur ein oberflächlicher Riss, aber er tat höllisch weh. Er zählte jeden einzelnen Stich. Bei dreiunddreißig war er fertig.

Er wollte sie röntgen, und sie war einverstanden. Während er den Befund überprüfte, schlief sie auf dem Untersuchungstisch ein. Wachte auf, als eine Tür geöffnet wurde. Verwirrt und ohne klare Vorstellung davon, wie viel Zeit vergangen war, lächelte sie und hörte sich an, was der Arzt zu sagen hatte. Es war in etwa das, womit sie gerechnet hatte: Gehirnerschütterung, zwei gebrochene Rippen und blaue Flecken am gesamten Körper. »Es hätte schlimmer kommen können«, sagte er. »Nehmen Sie eigentlich Schmerzmittel?«

Munroe nickte.

»Das habe ich mir gedacht. Was denn genau?«

»Kapanol und Hedex.«

Er schüttelte missbilligend den Kopf. »Der Entzündungshemmer ist gut, aber das Morphium ist problematisch. Ist Ihnen klar, was Sie da machen?«

Sie nickte, und er sagte nichts mehr. Ihre zahlreichen Narben und ihr seltsamer Wunsch, den Kapitän ruhigzustellen, dazu noch die aktuellen Kampfspuren und die Medikamente ... er dachte wahrscheinlich, dass es am besten war, möglichst viel Abstand zu ihr und den Problemen zu halten, in die sie womöglich verwickelt war. Er reichte ihr die Hand, um ihr aufzuhelfen.

»Atmen Sie tief ein«, sagte er dann, und nachdem sie das getan hatte, wickelte er ein elastisches Klebeband um die obere Hälfte ihres Oberkörpers. Sie zuckte zusammen. Der Schmerz war, trotz des Morphiums, kaum zu ertragen. Als er fertig war, reichte er ihr die restliche Rolle. »Behalten Sie das«, sagte er. »Sie müssen es jeden Tag für eine Weile abnehmen, damit sie eine Zeit lang tief ein- und ausatmen können. Das Klebeband drückt die Lunge zusammen, was die Gefahr einer Lungenentzündung erhöht.«

»Es ist nicht das erste Mal, dass ich mir ein paar Rippen gebrochen habe«, sagte sie. Dann lächelte sie ihn an, als Entschuldigung dafür, dass sie ihn quasi gezwungen hatte, den Kapitän ruhigzustellen. »Danke«, sagte sie.

Er erwiderte ihr Lächeln. Entschuldigung angenommen.

»Es sind Haarrisse«, sagte er dann. »Also längst nicht so schmerzhaft wie richtige Rippenbrüche. Ich stelle Ihnen noch ein Rezept für ein Antibiotikum aus.« Zeigte dann auf die lange Naht. »Damit sollten Sie kein Risiko eingehen.« Als sie erneut lächelte, bot er ihr seinen Arm als Stütze an, damit sie aufstehen konnte. »Ihr Freund kommt langsam zu sich«, sagte er. »Ich glaube, dass er sich wieder vollständig erholen wird.«

Munroe nickte. Das war gut. Sobald ihr Körper das Morphium abgebaut hatte und sie wieder richtig schön wütend war, würde sie dem Kapitän eine ganze Reihe sehr gezielter Fragen stellen.

Sie schlief in der Eingangshalle ein und wachte auf, als eine Krankenschwester den Kapitän im Rollstuhl herankarrte. Er hatte wieder seine eigenen Kleider an, allerdings gewaschen, wofür Munroe sehr dankbar war. Der Bart, der ihm mittlerweile gewachsen war, verlieh ihm das Aussehen eines älteren, wilden Irren. Er saß vornübergebeugt da, die Hände schlaff im Schoß liegend, aber als der Rollstuhl gedreht wurde und er sie aus halb geöffneten Augen ansah, da huschte so etwas wie Wiedererkennen über sein Gesicht.

Sie fuhren aus Mombasa hinaus, aber nicht auf einer geraden Route, sondern kreuz und quer, wechselten immer wieder die Richtung, so lange, bis Munroe, die die Spiegel und den Verkehr im Blick behielt, sicher war, dass sie nicht verfolgt wurden. Erst dann bat sie Gabriel, nach Hause zu fahren.

Er hatte keine Fragen gestellt, als sie ihn gebeten hatte, Umwege zu fahren, und er stellte auch jetzt, auf dem Weg zur Nyali-Brücke, keine Fragen. Er hatte Sami sterben sehen und beobachtet, wie Munroe zusammengeschlagen worden war. Er wusste genauso gut wie sie, dass es ein erhebliches Risiko war, den Kapitän zu sich ins Haus zu holen. Und dann war da natürlich noch Hollywood. Filme waren für die meisten Afrikaner die einzige Quelle, um etwas vom amerikanischen Alltagsleben zu erfahren, und das, was sie gerade erlebten, passte haargenau ins Bild.

Gabriel lenkte den Wagen jetzt an den staubigen Straßenrand und wurde langsamer, um zum Haus abzubiegen. Da bat Munroe ihn, den Motor und das Licht abzustellen und eine Weile zu warten. Trotz der starken Medikamente konnte sie noch einigermaßen klar denken. Die Wahrscheinlichkeit, dass die Killer ihnen bis hierher in ihr kleines Versteck gefolgt waren, war nicht besonders groß: Wenn sie ihrer Spur bis zum Krankenhaus gefolgt wären und den Kapitän entdeckt hätten, dann hätten sie ihn einfach entführt und nicht ihr eine Falle gestellt. Schließlich war er es, den sie haben wollten. Sie selbst hielten diese Männer ja längst für tot.

Aber die Abhängigkeit von der Freundlichkeit anderer Menschen machte ihr Schuldgefühle. Ihre Gastgeber waren einfache Leute, die einem fremden Menschen geholfen hatten, auf eigene Kosten, selbstlos und ohne auch nur ansatzweise auf eine Gegenleistung zu spekulieren. Und sie konnte ihnen nichts anderes bieten als das Risiko, Tod und Verderben über sie und ihre Angehörigen zu bringen.

Munroe blickte noch einmal in die Außenspiegel, dann flüsterte sie Gabriel zu: »Wir können.«

Er startete den Motor, ließ die Scheinwerfer aber aus. Der Wagen glitt langsam auf das Grundstück. Ungewissheit nagte an ihr. Schmerzmittel waren eine potenzielle Ursache für Fehlentscheidungen, Schmerzmittel ließen einen Dinge übersehen, die eigentlich offensichtlich waren. Erneut blickte sie in die Spiegel, jagte Phantomen hinterher. Zitternd kam der Wagen zum Stehen. Munroe blieb mit geschlossenen Augen auf dem Beifahrersitz sitzen, den Kopf in den Nacken gelegt, während Gabriel sich auf die Suche nach seinem Cousin machte. Der Kapitän war still, rührte sich nicht, und dann musste sie irgendwann wieder eingeschlafen sein, weil sie plötzlich Stimmen und Gelächter hörte und erschrak. Gabriel machte die Beifahrertür auf.

Er hatte Johnny mitgebracht, den anderen Mann, der sie am Strand aufgelesen hatte und mit ihr ins Hotel gegangen war. Er kniete sich neben sie, sodass sie auf Augenhöhe waren. »Alles gut?«, erkundigte er sich, und Munroe antwortete mit einem schwachen Lächeln.

Sie sah den beiden zu, wie sie den regungslosen Kapitän aus dem Auto zogen und auf eine Matratze legten, und folgte ihnen dann ins Haus. Als sie ihn dort abgelegt hatten, drückte Munroe Gabriel noch einmal fünfzig Dollar in die Hand und bat ihn um ein Seil. Da es schon spät war, waren die Geschäfte alle längst geschlossen, deswegen war sie auch nicht enttäuscht, als er eine Stunde später mit einem sechs Meter langen Seilstück wieder auftauchte. Es roch und fühlte sich so an, als hätte es einmal zu einem längeren Tau gehört, mit dem ein Boot am Anleger festgemacht worden war.

Munroe kniete sich neben das Bett und griff nach dem Handgelenk des Kapitäns. Er riss die Augen auf, hatte aber zu wenig Kraft, um sich zu wehren, während sie das Seil in Form einer Acht um seine Hände schlang, so fest, dass er sich, wenn überhaupt, nur unter größter Mühe daraus befreien könnte. Anschließend wand sie es um seinen Hals. Er machte die Augen wieder zu und sagte nichts. Sie wickelte das Seil um ihre Hüfte und zog es durch ihre Gürtelschnalle.

Der Doktor hatte gesagt, dass es noch einmal vierundzwanzig Stunden dauern würde, bis die Beruhigungsmittel vollständig abgebaut waren. Er war noch immer nicht bei vollem Bewusstsein und ziemlich desorientiert. Selbst wenn er irgendwann versuchte, sich zu befreien, weit würde er nicht kommen. Munroe ließ sich behutsam auf das Bett sinken. Schluckte die nächste Dosis Morphium, dazu Antibiotika und Entzündungshemmer. Mit den Schmerzmitteln im Blut legte sie sich neben den Kapitän auf die Matratze, das Messer fest in der Hand, im vollen Vertrauen darauf, dass die Klinge und ihr Instinkt sie am Leben erhalten würden, falls er auf die Idee kommen sollte, sie anzufassen.

In einem von Licht und Schatten durchzogenen Zimmer wachte sie auf. Keine dreißig Zentimeter entfernt starrte der

Kapitän sie an. Munroe ließ den Blick von seinen Augen bis zu den Wänden wandern. Dem Einfallswinkel und der Intensität der Lichtstrahlen nach musste es jetzt früher Nachmittag sein. Wenn also nur eine Nacht vergangen war, dann hatte sie an die vierzehn Stunden geschlafen, vielleicht ein bisschen mehr, vielleicht ein bisschen weniger.

Immer noch scharf beobachtet vom Kapitän, rappelte sie sich mühsam auf. Drehte ihm den Rücken zu, zog das Hemd aus und wickelte die Bandage ab. Atmete tief ein. Dabei wurde ihr ein wenig schwindelig. Sie ließ den Blick sehnsüchtig zu dem Kapanol neben dem Bett wandern. Die Tabletten lockten sie mit Sirenengesängen, waren mehr als nur eine Versuchung, und sie ließ sie nicht aus den Augen, während sie sich Stück für Stück wieder in das Hemd quälte. Die körperlichen Schmerzen mit solchen Medikamenten zu bekämpfen, war ein gefährliches Spiel, da dumpfes Vergessen früher ihre bevorzugte Methode gewesen war, die Dämonen der Vergangenheit zum Schweigen zu bringen.

Munroe schob die Tabletten beiseite. Nahm stattdessen eine große Dosis Ibuprofen. Sie würde so lange wie irgend möglich auf das Morphium verzichten, würde jede Minute bis zur Erlösung auf die Goldwaage legen. Vorsichtig stand sie auf, löste das Seil, das um ihre Hüfte lag, und band es an einem Holzbalken fest. Nicht perfekt, aber ausreichend, dass er sich nicht in den nächsten fünf Minuten befreien konnte.

Sie sackte zurück auf das Bett, begleitet von stummen Schmerzensschreien, atmete in flachen, hastigen Zügen, um die gewaltigen Nachwirkungen dieser winzigen Anstrengung zu überwinden, und humpelte dann, als sie wieder einigermaßen klar denken konnte, zur Türöffnung.

Im anderen Zimmer war niemand, aber auf dem mit einem Tuch bedeckten Tisch, der die gesamte Breite der hinteren Wand einnahm, standen ein Krug mit Wasser und ein paar angeschlagene Schalen mit Essen: gekochtes, öliges, grünes Gemüse und dazu klebriges, weißes Brot, beides noch warm. Über den Schalen lag ein Moskitonetz, das die kreisenden Fliegen fernhalten sollte, und daneben ein kleiner Notizblock, auf dem in wunderschönen, krakeligen Buchstaben *Bitte essen* stand.

Munroe stieß die Finger in das Brot, riss ein mundgroßes Stück heraus und formte es zu einer Kugel, drückte mit dem Daumen ein Loch in die Mitte und bekam so eine Art Löffel, mit dem sie das Gemüse aus der Schale löffeln konnte. Sie versuchte, es nicht schneller in sich hineinzuschaufeln, als sie kauen konnte. Es fühlte sich ein wenig anders an und schmeckte auch anders als in den Häusern ihrer Spielkameraden in Kamerun, aber das Prinzip war dasselbe: Kohlenhydrate und billiges Gemüse, ein Geschmack, an den sie gewöhnt war, und in der Tat ein luxuriöses Mahl angesichts der Tatsache, dass das einzige Essen, an das sie sich überhaupt noch erinnern konnte, die Brühe von gestern war.

Munroe stand über den Tisch gebeugt da und schluckte und kaute, bis beide Schalen leer waren. Das Essen war sicherlich für sie beide gedacht gewesen, aber sie hatte kein schlechtes Gewissen: Je hungriger der Kapitän war, desto leichter würde es sein, ihn zum Reden zu bringen, und außerdem hatte er immer noch einen üppigen Rettungsring um die Hüfte liegen. Er würde es überleben.

Gesättigt stapelte sie die Schalen aufeinander und breitete wieder das Moskitonetz darüber. Hinkte zurück ins Zimmer. Der Kapitän lag auf dem Rücken und starrte die Palmenblätter an der Decke an. Sie sah nach, ob das Seil an seinem Hals Scheuerspuren hinterlassen hatte. Sie musste sich Wasser besorgen. Musste ihm Wasser besorgen, konnte aber dem Krug, den Mary dagelassen hatte, nicht trauen. Im Gegensatz zu dem Essen war es nicht schon zu Tode gekocht worden.

Schließlich wandte der Kapitän den Blick von der Decke ab und ihr zu. »Ich heiße Michael«, sagte sie. »Ich weiß nicht, ob du dich erinnern kannst. Dein Schiff ist überfallen worden.«

Seine Miene blieb vollkommen ausdruckslos – kein Erinnern, keine Reaktion –, und er starrte wieder an die Decke. Sie ignorierte ihn ebenfalls und bückte sich, was ihr nur unter großer Anstrengung gelang. Nahm das Messer, die Pistole und die Medikamente vom Boden und trug sie ins Nebenzimmer, außer Reichweite des Kapitäns. Dann steckte sie die Pistole in einen Spalt zwischen dem Kissen und der Armlehne des altersschwachen Blümchensofas und ging nach draußen, um ein bisschen Spätnachmittagssonne zu bekommen.

Die Helligkeit erweckte die Kopfschmerzen mit voller Wucht zum Leben, und Munroe kniff die Augen zusammen. Drei der Schulkinder, die sie schon im Haus gesehen hatte, spielten im Garten, und dazu noch zwei andere, halb nackt und so jung, dass sie immer noch kleine Kugelbäuche hatten. Das älteste Kind war ein Mädchen, das Munroe tags zuvor zusammen mit Mary gesehen hatte. Sie war zehn, vielleicht auch elf Jahre alt und vermutlich Marys Tochter. Die Kinder unterbrachen ihr Spiel, als Munroe die Tür aufmachte, und dann kamen sie alle gemeinsam, wie ein Grüppchen Zoobesucher, das sich vorsichtig dem Affengehege nähert, auf sie zu, bis sie im Halbkreis um sie herumstanden und sie anstarrten.

Munroe sagte zu dem ältesten Mädchen: »Kannst du Englisch?«

Sie lächelte scheu, wandte den Blick ab und dann wieder zurück, während sie mit den nackten Zehen kleine Löcher in die Erde bohrte.

Munroe streckte ihr einen Bob entgegen, wie die Zwanzig-Schilling-Münzen hier genannt wurden. Sämtliche Augenpaare waren auf das Geld gerichtet. Munroe umschloss die Münze mit den Fingern, und als sie sie nach einer ablenkenden Handbewegung wieder öffnete, war das Geld verschwunden. Fünf Augenpaare wurden groß und dann noch größer, als die Münze hinter dem Ohr des ältesten Mädchens wieder auftauchte. Es war ein ziemlich alter, fast schon langweiliger Trick, aber hier war er neu, und die Kinder brachen in verblüfftes, quiekendes Gelächter aus.

»Weißt du, wo man hier Wasser in Flaschen kaufen kann?«, fragte Munroe.

Das Mädchen nickte. Munroe gab ihr das Geld und dann noch einmal zweihundert Schilling dazu. »Wenn du mir Wasser bringst«, sagte sie, »zeige ich euch den Trick noch einmal.«

Die Kinder rannten aufgeregt plappernd davon, und Munroe kehrte wieder auf ihre Matratze zurück. Sie lag mit geschlossenen Augen auf dem Rücken und ignorierte die unverhohlene Neugier des Kapitäns, als das Mädchen die Haustür öffnete und ins Innere gehuscht kam.

Munroe griff nach der Schachtel Kapanol und setzte sich auf. Die restlichen Kinder drängten sich in der Türöffnung und linsten nur vorsichtig herein, als sei es ein fremdes Haus und sie müssten jeden Augenblick damit rechnen, dass ihre Schwester von einem Monster vertilgt wurde. Munroe zeigte auf die Wasserflaschen, nahm sie zusammen mit dem Wechselgeld entgegen und legte alles beiseite. Hielt noch eine Münze hoch, ließ sie verschwinden und anschließend, genau wie zuvor, hinter dem Ohr des Mädchens wieder auftauchen.

Jetzt, beim zweiten Mal, war das Entzücken noch größer, das Gequieke noch lauter als beim ersten Mal, und Munroe lächelte. Sie hielt der Kleinen die Münze hin, und als diese danach griff, schloss sie ihr die winzigen Finger um das Geld. Die Kinder kreischten erneut, drängten sich dicht zusammen, um das glänzende Geldstück zu begutachten, und dann rannte die kleine Herde mitsamt ihrem wertvollen Schatz nach draußen.

Munroe schloss die Tür, damit es nicht so hell war, und trank eine halbe Flasche Wasser, während sie in dem kaputten Schrank nach einem sauberen Glas suchte. Fand schließlich eine angeschlagene Teetasse und zerkleinerte damit eine Morphiumtablette, wischte das Pulver in die Tasse, kippte ein paar Schlucke Wasser hinein und schwenkte sie ein paarmal im Kreis. Es war so wenig, dass der Kapitän, durstig wie er war, alles leer trinken würde, trotz des Medikaments.

Sie brachte das Wasser ins Zimmer und reichte ihm die Tasse. Er nahm sie und trank sie ohne Hilfe leer. Das Medikament sollte das Risiko einer Flucht minimieren, wenigstens so lange, bis ihr etwas Besseres eingefallen war. Er gab ihr die Tasse zurück, sie füllte sie noch einmal, und er trank sie wieder leer. Das wiederholten sie mehrere Male. Als sie dann ihrer Pflicht nachgekommen war und ihn ausreichend mit Flüssigkeit versorgt hatte, sank sie erneut auf das Bett und in Schlaf, während die Zeit durch den Nebelschleier vorwärtsschritt.

Kapitel 23

Die Richtung der Schatten im Zimmer sagte früher Morgen, und das hieß, dass Munroe ungefähr fünfzehn Stunden geschlafen haben musste. Die Ruhe hatte ihrem Geist gutgetan, ihr Körper würde allerdings ein bisschen länger brauchen, um zu heilen.

Sie richtete sich Zentimeter um Zentimeter auf. Ihr war nicht mehr ganz so schwindelig, und auch die Schmerzen hatten zumindest ein kleines bisschen nachgelassen. Sie konnte jetzt einigermaßen beschwerdefrei sitzen, und obwohl ihre Brust immer noch wehtat, war es eher ein dumpfer Schmerz, der nur dann akut wurde, wenn sie eine falsche Bewegung machte.

Der Kapitän lag leise schnarchend neben ihr. Munroe rollte sich auf den Boden und kam auf die Knie. Kaum hatte sie sich bewegt, schlug er die Augen auf. Er hatte immer noch kein Wort gesprochen, seitdem sie ihn mitgenommen hatte, aber er war wach, wenn sie wach war, schlief, wenn sie schlief, und beobachtete seine Umgebung wie jemand, der bereits zahlreiche Erfahrungen als Gefangener beziehungsweise Kriegsgefangener gesammelt hatte.

Sie holte Geld aus ihren Taschen, stand auf und spähte um den Türrahmen herum, wo sie Geräusche gehört hatte. Im Wohnzimmer war Mary gerade dabei, Kleider in ein Regal zu packen. Als Munroe eintrat, drehte sie sich um.

»Wie geht?«, sagte Mary. »Du schlafen?«

Munroe nickte. »Danke.«

»Du essen?«

Munroe war am Verhungern, schüttelte aber den Kopf. Sie hätte zwar dringend Nahrung gebraucht, wollte aber die Großzügigkeit dieser Familie, die selbst fast nichts hatte, nicht länger in Anspruch nehmen. »Ich muss in die Stadt«, sagte sie, »aber ich habe ein großes Problem. Mein Freund, er wird versuchen wegzulaufen, wenn ich nicht da bin.« Munroe öffnete die Hand und brachte die fünf Tausend-Schilling-Scheine zum Vorschein, die sie aus ihren Taschen geholt hatte, Geldscheine, die schmutziger waren als die Matratzen auf dem Lehmboden, aber einen Gegenwert von rund hundert US-Dollar besaßen. Mehr als ein Monatslohn für einen Arbeiter.

»Ich brauche jemanden, der mir hilft, ihn zu bewachen«, sagte Munroe. »Es ist sehr wichtig, dass er im Bett bleibt und nicht wegläuft. Wenn er wegläuft, finden ihn die Männer, die mich töten wollten, aber er will mir nicht glauben. Bitte? Kannst du dich zu ihm ins Zimmer setzen, bis ich wiederkomme? In ein paar Stunden, vielleicht auch erst am Abend?«

Wie hypnotisiert griff Mary nach dem Geld, und Munroe drückte es ihr fest in die Hand. »Es kann sein, dass er sich wehren will«, sagte Munroe. »Ich kann ihm Medizin geben, damit er schläft. Gibt es in der Nähe eine Apotheke?«

»Vielleicht ein Kilometer«, erwiderte Mary.

Munroe bat um ein Blatt Papier, und Mary fand erst einen kleinen Fetzen und dann einen abgekauten, abgebrochenen Bleistift. Munroe schrieb praktisch dieselben Medikamente auf wie der Arzt in Lamu, als sie die Vorräte für den Kapitän besorgt hatte. Sie reichte Mary den Zettel und gab ihr mehr Geld mit, als sie brauchen würde.

Anschließend gab sie dem Kapitän etwas Wasser zu trinken und setzte sich ins Wohnzimmer, bis Mary wieder da war.

Als er die Spritze sah, wurden seine Augen groß. Er setzte

sich auf und versuchte, auf die Beine zu kommen, trotz der Fesseln, die ihn würgten und sich immer fester zuzogen.

Ohne Port musste Munroe ihm die Spritze direkt setzen, und wenn er sich wehrte, würde das eine äußerst ermüdende Angelegenheit werden. »Wehr dich nicht«, sagte sie. »Du machst es nur noch schlimmer.«

Und dann, mit verzerrtem Mund, als sei er unsagbar empört darüber, dass sie ihn zwang zu sprechen, stieß er die ersten Worte seit dem Verlassen der *Favorita* hervor.

»Was machst du da?« Seine Stimme klang rau und eingerostet, und sein Akzent war stärker, als sie ihn in Erinnerung hatte.

»Ich betäube dich«, sagte sie. »Ich muss einiges erledigen und ich will nicht, dass du abhaust.«

»Wo soll ich denn hin?«

»Oh, dir würde bestimmt etwas einfallen«, entgegnete sie und klopfte die Luftbläschen an das Oberteil der Spritze. »Streck mal bitte den Arm aus, ja?«

»Ich habe Hunger«, sagte er.

Sie nickte. »Im Moment ist nichts zu essen da. Aber ich verspreche dir, dass ich etwas mitbringe, wenn du dich jetzt schön brav schlafen legst.«

Seine Miene blieb hart, als würde er seine Möglichkeiten abwägen, als würde er ihr niemals mit einer Spritze über den Weg trauen, aber das Morphium, das er mit dem letzten Glas Wasser geschluckt hatte, tat seine Wirkung. Er versuchte zwar, seine Hand wegzuziehen, als sie danach griff, aber er hatte tagelang nichts als Infusionen bekommen und war so geschwächt, dass er sich nicht lange wehrte, sondern irgendwann nachgab.

Obwohl sie nur wenig Kraft brauchte, um seinen Arm festzuhalten, war der Schmerz kaum zu ertragen. Munroe schob ihn beiseite, so wie damals in jenen vielen Nächten im Dschungel, gerade lange genug, um ihm das Knie auf den Unterarm und die Faust auf die Schulter zu stemmen und ihn festzuhalten. Lange genug, um ihm das Beruhigungsmittel zu injizieren. Der Arm würde morgen nicht besonders hübsch aussehen. Dann ließ sie los und brach auf dem Fußboden zusammen.

Als sie wieder auf die Beine kam, nahm sie die Bandage und wickelte sie um ihre Brust. War versucht, Mary zu bitten, Gabriel zu suchen, um sich von ihm in die Stadt fahren zu lassen, ließ es aber sein. Sie durfte sich nicht von ihm abhängig machen. Die Schmerzen würden sie noch eine ganze Weile begleiten, und die ganze Situation würde noch sehr viel schwieriger werden, bevor sich Besserung einstellte. Darum gab es keine andere Möglichkeit, als es auszuhalten. Solange sie ihren linken Arm nicht allzu sehr beanspruchte, nicht zu tief atmete oder sich nicht zu abrupt bewegte, hielt der Schmerz sich als dumpfe Konstante eher im Hintergrund und war etwas leichter zu ignorieren.

Die Bandage saß. Munroe zog das Hemd an und legte sich hin, um wieder ein wenig zu Atem zu kommen. Der Kapitän hatte die Augen bereits geschlossen. Seine Gesichtsmuskeln waren entspannt. Sie beneidete ihn um den Schlaf und hätte liebend gerne mit ihm getauscht, um selbst ins Land des Vergessens abzutauchen. Stattdessen kam sie mühsam wieder auf die Beine.

Mary saß auf dem Sofa. Auf ihrem Schoß lag eine alte, zerfledderte Taschenbuchbibel. Munroe sagte: »Hast du eine Machete?«

»Ja«, erwiderte Mary.

»Er sollte eigentlich schlafen, aber wenn er aufwacht, brauchst du sie vielleicht.«

Mary stand auf. »Ich gehen holen«, sagte sie, und Munroe klopfte ihr auf die Schulter, reichte ihr die versprochene Bezahlung und hoffte, dass sie ihr Wort hielt.

Unter Schmerzen hinkte und humpelte Munroe auf den Hof, fand langsam in einen Gehrhythmus und ging weiter zur Straße. Stellte sich in der Hitze in den Schatten eines Mangobaumes und winkte etliche Sammeltaxis heran, bis sie schließlich eines mit genügend Platz gefunden hatte.

Ihr erstes Ziel war der Safaricom-Laden, und ähnlich wie die Arzthelferin im Krankenhaus, so verzog auch der Verkäufer das Gesicht, als sie zur Tür hereinkam. Es war derselbe Inder, der sie schon bei ihrem ersten Besuch bedient hatte, aber sie ging nicht davon aus, dass er sie erkannte. Sie hatte seit dem Überfall nicht geduscht, und vermutlich war ihr Geruch genauso abstoßend wie ihr Aussehen. Dass sie barfuß war und Kleider trug, die eigentlich jemand anderem gehörten, wirkte sich auch nicht gerade positiv auf ihr äußeres Erscheinungsbild aus.

Munroe kaufte ein neues Handy und richtete es ein. Als sie damit fertig war, hatte sie sämtliche Kraft verbraucht und konnte nicht einmal mehr stehen. Sie ließ sich an der Wand entlang zu Boden gleiten und wählte Ambers Nummer in Dschibuti, unter den misstrauischen Blicken des Verkäufers hinter dem Tresen.

Seit dem Überfall waren jetzt fünf Tage vergangen, und sie stellte sich innerlich darauf ein, dass Amber und Natan bereits auf dem Weg nach Somalia waren. Aber dann nahm Amber schon nach dem zweiten Klingeln den Hörer ab.

»Hallo«, sagte Munroe. »Hast du zwischendurch mal angerufen oder eine Nachricht hinterlassen?«

»Ja, hast du sie bekommen? Wir machen uns in drei Tagen auf den Weg nach Somalia. Es ist alles vorbereitet. Kommst du mit?«

»Ich kann nicht«, erwiderte Munroe. »Aber es gibt da ein paar Komplikationen – Dinge, die du dir genau überlegen solltest, bevor ihr losfahrt.«

Ob Amber den warnenden Unterton in ihrer Stimme überhaupt wahrgenommen hatte, blieb offen, jedenfalls reagierte sie nicht darauf. »Na gut, was denn?«, wollte sie wissen.

»Bevor ich dir das sagen kann, musste du etwas für mich tun.«

»Komm schon, Michael. Ich habe jetzt wirklich keine Zeit für irgendwelche Spielchen.«

»Das ist alles andere als ein Spiel, Amber. Es geht darum, ob ihr lebendig wieder aus Somalia herauskommt oder nicht. Aber vorher muss ich sicher sein, dass du mich wirklich ernst nimmst, und deshalb musst du zuerst etwas durchlesen.«

»Also gut. Was denn?«

»Ich gebe dir jetzt eine Web-Adresse«, sagte Munroe. »Hast du was zu schreiben?«

»Ja, Moment noch.« Im Hintergrund war Rascheln und Scharren zu hören, während auf einem überfüllten Schreibtisch Dinge hin und her geschoben wurden.

»Okay, kann losgehen«, sagte Amber, und Munroe diktierte ihr eine URL, die zu einer Art Lebenslauf führte, einer Liste mit ihren diversen – legalen – Aufträgen. Nur für den Fall, dass irgendwelche Vorstandsheinis noch ein paar beeindruckend präsentierte Arbeitsnachweise sehen wollten, bevor sie einen Vertrag unterzeichneten, den sie ihr vorher bereits auf Knien angeboten hatten. Das Papier war seit zwei Jahren nicht mehr aktualisiert worden, weil sie keinen Grund dafür gehabt hatte, aber das würde trotzdem reichen. Amber würde klar werden, dass sie mehr war als ein kleiner Junge mit einem begrenzten Horizont.

»Okay, verstanden«, sagte Amber. »Was ist das?«

»Lies es einfach«, erwiderte Munroe. »Es erklärt sich von selbst. Und danach rufst du mich zurück. Ach, übrigens, ich habe eine neue Nummer.« Sie diktierte ihr die Nummer, und Amber wiederholte sie. Dann drückte Munroe die BE-

ENDEN-Taste, vollkommen ausgelaugt. Sie wusste nicht einmal, woher sie die Energie für das Telefonat genommen hatte.

Das Geschäft war leer, und der Verkäufer betrachtete sie mit demselben verwirrt-aufgeschreckten Blick, den sie in letzter Zeit ständig zu sehen bekam. Wahrscheinlich sah sie jetzt noch schlimmer aus als im Krankenhaus, vor allem, wenn die Prellungen so langsam einen grünlichen Stich bekamen. »Ich bleibe nicht lange«, sagte sie. »Ich bin überfallen worden und habe ziemlich große Schmerzen. Ich muss nur noch ein bisschen telefonieren, dann bin ich wieder weg.«

Er ließ sich nicht anmerken, ob diese Worte irgendetwas bewirkt hatten oder nicht, aber er sagte: »Kein Problem. Bleiben Sie ruhig so lange wie nötig.«

Munroe lächelte dankbar, machte die Augen zu und ließ den Kopf an die Wand sinken. Das Pochen hatte wieder angefangen, und sie sehnte sich verzweifelt nach den Schmerzmitteln. Konnte es noch ein bisschen länger aushalten. Würde versuchen, damit zu warten, bis sie wieder im Haus war. Musste in der Stille eingedöst sein, weil sie aufwachte, als ein Kunde den Laden betrat. Einen Augenblick später vibrierte das Handy in ihrer Hand. Amber sagte: »Ich habe die Datei gelesen, aber ich weiß nicht, was das mit dir oder uns zu tun haben soll.«

»Diese Datei, das bin ich«, sagte Munroe und wartete, bis die Erkenntnis sich eingestellt hatte, bis Ambers Gehirnwindungen die widersprüchlichen Meldungen verarbeitet hatten. »Wenn ich nicht gerade Urlaub in irgendeinem kleinen Land am Arsch der Welt, zum Beispiel in Dschibuti, mache, reise ich in Entwicklungsländer und kundschafte im Auftrag von multinationalen Großkonzernen das dortige politische und sozioökonomische Klima aus.«

Amber sagte: »Ich habe nicht einmal den Hauch einer Ahnung, was das heißen soll.«

Munroe seufzte: »Ich spioniere, gegen Bezahlung, Amber. Ich besuche Entwicklungsländer, Diktaturen, Bananenrepubliken. Ich analysiere strategische Bedrohungen, um ein Gefühl für Stimmungen, für die Atmosphäre, für das wahre Leben zu bekommen, alles das, worüber Nachrichtenagenturen nicht berichten und was Regierungen gerne vertuschen wollen. Dann finde ich heraus, wo das tatsächliche politische Machtzentrum sitzt, wen man bestechen und wem man lieber aus dem Weg gehen sollte, und wenn ich gut genug bezahlt werde, erledige ich das alles selbst, sodass der Name meines Auftraggebers nirgendwo auftaucht. Das ist gefährlich. Das ist ausgesprochen schwierig. Ich habe mir viele Feinde gemacht. Du kannst es dir vorstellen, denke ich. Und das sind nur die offiziellen Geschichten. Die Sache mit der *Favorita* ist so etwas wie die Schnittmenge aller meiner bisherigen Aufträge. Es gibt auf der Welt nur wenige Menschen, die das können, was ich kann, also bitte nimm mich ernst, wenn ich dir sage, dass es eine ganz, ganz schlechte Idee wäre, nach Somalia zu fahren.«

»Kann sein, kann aber auch nicht sein«, erwiderte Amber. »Ich habe keine Ahnung, was du mir hier für einen Schwachsinn erzählen willst, Michael, aber diese Dokumente stammen alle von einer Frau, und ich habe jetzt gerade weder die Zeit noch die Nerven, um mich von dir verarschen zu lassen.«

»Stimmt«, entgegnete Munroe. »Sie stammen von einer Frau. Willkommen in der Realität.«

»Du bist eine Frau?«

»Ja.«

»Du bist eine Frau«, sagte Amber, und dieses Mal hörte man dic aufsteigende Wut in ihrer Stimme, als sei die Tatsache, dass Munroe ihr Geschlecht verschwiegen hatte, gleichbedeutend mit Leos Lüge in Bezug auf den Waffentransport oder mit der Tatsache, dass er sie gegen ihren Willen auf das

Schiff gezwungen hatte, in der Hoffnung, dass sie dabei getötet würde, während er ihr gleichzeitig auch noch den ihr zustehenden Anteil an dem Geschäft vorenthalten hatte.

»Ich habe nie behauptet, dass ich ein Mann bin«, entgegnete Munroe. »Ihr seid alle wie selbstverständlich davon ausgegangen, und ich habe euch nicht korrigiert, aber das hat nicht das Geringste mit dem zu tun, wovon wir jetzt reden. Du hast später noch genügend Zeit, um sauer zu sein. Aber jetzt, wo du weißt, wer ich bin und was ich mache, wo du weißt, dass ich kein achtzehn Jahre altes, unerfahrenes Bürschchen bin, bist du jetzt bereit, mir zuzuhören und mich ernst zu nehmen?«

»Ich höre«, sagte Amber, »aber diese Fahrt nach Garacad ist im Moment das Einzige, was ich habe. Wenn du mir also sagen willst, dass ich nicht fahren soll, wenn du wirklich diejenige bist, die du zu sein behauptest, dann gibt es dafür mit Sicherheit einen Grund. Deswegen, ja, ich höre, aber ich will auch den Grund erfahren. Wenn nicht, dann ist das alles bloß dummes Gequatsche.«

Die letzten Worte klangen erstickt, eine Tirade, die womöglich noch länger gedauert hätte, wenn ihre Gefühle sich nicht eingeschaltet hätten. Munroe spürte, was hinter der Wut lag, spürte die unvergossenen Tränen und kannte den Schmerz, die Verzweiflung darüber, den einen geliebten Menschen verloren zu haben. Spürte darin genau dieselbe Angst, die sie selbst schon empfunden hatte. Amber war bereit für die Suche nach dem, den sie liebte, alles aufs Spiel zu setzen, während Munroe aus genau demselben Grund auf der Flucht war, aber letztendlich lagen sie – obwohl einen halben Kontinent voneinander entfernt – gar nicht so weit auseinander.

»Vor fünf Tagen ist mir mein Handy geklaut worden«, sagte Munroe. »Von fünf Schlägertypen, und zwar im Auftrag der Leute, die die *Favorita* überfallen haben. Sie wollten mich umbringen. Davor haben sie schon einen Mann getötet, der für mich gearbeitet hat. Sie sind hinter etwas Bestimmtem her, was vorher auf dem Schiff war, und sie glauben, dass ich es mitgenommen habe. Wenn du eine Nachricht auf meiner Mailbox hinterlassen hast, dann wissen sie jetzt auch, was du vorhast. Sie werden dich erwarten und wenn sie dich in die Finger bekommen, kann ich dir garantieren, dass sie dich als Geisel nehmen oder umbringen werden, um mich zu zwingen, das, was sie haben wollen, herauszugeben. Aber das kann ich nicht.«

»Was genau ist das denn, was sie so unbedingt haben wollen?«

»Etwas, von dem sie glauben, dass ich es mitgenommen habe.«

»Das hast du schon gesagt. Was ist es?«

»Das tut nichts zur Sache.«

»Und warum kannst du es ihnen nicht einfach geben?«

»So einfach ist das alles nicht.«

»Wieso denn nicht? Du hast doch ganz offensichtlich etwas, was sie haben wollen. Gib es ihnen, und dann bekommen wir Leo zurück.«

»Nein, Leo würdest du bestimmt nicht zurückbekommen. Sie würden ihn umbringen. Leo ist in Somalia, und ich bin in Kenia. Das, von dem sie glauben, dass ich es habe, ist auch in Kenia. Das ist das Problem, das müsste dir doch klar sein, oder?«

»Ja, ja«, erwiderte Amber, und wenn Munroe sich nicht verhört hatte, lauerten da im Hintergrund noch mehr Tränen, alle Teil der emotionalen Achterbahnfahrt, auf der Amber sich befand, seitdem sie die Nachricht vom Überfall auf die *Favorita* erhalten hatte.

»Hör zu«, sagte Munroe. »Ich versuche immer noch, dahinterzukommen, wer diese Leute sind und warum sie hinter dieser einen Sache so unbedingt her sind. Wenn ich das erst einmal rausgekriegt habe, haben wir plötzlich sehr viel mehr in der Hand. Dann haben wir das Heft des Handelns in der Hand, und das gibt uns ganz neue Möglichkeiten, um das Team auf der *Favorita* zu retten.«

»Aber wozu eigentlich?« Ambers Stimme klang jetzt wieder anklagend und wütend. »Du hast ja schließlich, was du haben wolltest. Warum warst du in Dschibuti, Michael? Hast du uns bloß als Tarnung für einen deiner Aufträge benutzt? Als bequeme Möglichkeit, dieses Ding zu bekommen, das auf der *Favorita* war und das du genauso haben wolltest wie die Leute, die sie überfallen haben?«

»Was? Nein!«, stieß Munroe hervor. »Bist du verrückt geworden? Das ist doch hier kein James-Bond-Film. Wie hätte ich denn sechs Monate im Voraus wissen können, dass Leo diesen Auftrag bekommt und annimmt? Wenn er nicht gedroht hätte, mich rauszuschmeißen, wäre ich ja nicht einmal mitgekommen.«

Amber stieß lange den Atem aus und schwieg dann noch eine Weile. Es klang, als würde sie ihre gerechte Empörung erst einmal zur Seite schieben, um das große Ganze in den Blick zu nehmen. »Wie knapp war es?«, sagte sie dann.

»Was denn?«

»Dass sie dich umgebracht hätten.«

»Verdammt knapp.« Munroe beließ es dabei. Wäre sie auf den Überfall, auf ihren gegenwärtigen Zustand näher eingegangen, hätte sie dafür nur Mitleid und Bedauern geerntet, und das war etwas für Schwächlinge. »Wer immer dafür verantwortlich ist, hat genügend Geld und Grips, somalische Piraten für den Überfall auf die *Favorita* zu benutzen. Und wenn sie wissen, wer du bist, sind sie garantiert auch bald hinter dir her. Also pass gut auf.«

»Aber wir haben das, worauf sie so scharf sind, doch gar nicht.«

»Das spielt keine Rolle«, erwiderte Munroe. »Sie werden glauben, dass du weißt, wo es ist.«

»Ich kann Leo doch nicht einfach im Stich lassen.«

»Das verlange ich auch nicht von dir. Aber was hätte er davon, wenn du dich auf den Weg nach Somalia machst und unterwegs umgebracht wirst? Hast du schon mal darüber nachgedacht, dass das Einzige, woran er sich im Moment festhalten kann, die Vorstellung ist, dass du in Sicherheit bist? Dass er nur deshalb noch um sein Leben kämpft, weil er zu dir zurückkehren will? Wenn du wirklich dein Leben aufs Spiel setzen willst, nur um zu ihm zu kommen, dann lass dir wenigstens helfen. Ich kann alle möglichen Informationen beschaffen, und dann hast du eine bessere Überlebenschance.«

»Und das würdest du tun? Um Leo zu helfen?«

»Nein«, erwiderte Munroe, wobei sie eher so etwas dachte wie: *Scheiß auf Leo.* »Aber für dich.« Wobei auch das nicht die ganze Wahrheit war. Nach einer bedeutungsschwangeren Pause fuhr sie fort. »Du hast gesagt, dass du bereit bist, alles, was du hast, in die Waagschale zu werfen, um ihm zu helfen, stimmt's?«

»Ja.«

»Würdest du dich dafür auch verschulden?«

»Ja.«

»Egal, wie hoch?«

»Worauf willst du hinaus, Michael? Ich setze doch keine Belohnung für ihn aus. Ich bin bereit, alles zu tun, was nötig ist, aber diese ständigen offenen Fragen passen mir nicht.«

»Es gibt durchaus Möglichkeiten, ihn da rauszuholen, aber die gibt es nicht umsonst. Ich brauche nur noch ein bisschen mehr Zeit, um mir zu überlegen, wie wir es anstellen müssen.«

»Was bedeutet ›ein bisschen mehr Zeit‹ konkret?«

»Drei Tage.« Kaum hatte Munroe sich festgelegt, wurde ihr

klar, wie schwierig es werden würde, diesen Zeitrahmen einzuhalten, solange ihr Körper nicht annähernd in der gleichen Verfassung war wie ihr Geist. »Wenn ich dich bis dahin nicht angerufen habe, bin ich entweder tot oder zu nichts mehr zu gebrauchen«, sagte sie. »Dann musst du schauen, wie du alleine klarkommst.«

Kapitel 24

Munroe verließ den Safaricom-Laden, um sich etwas zum Anziehen zu besorgen. In ihrem Rücken wurde gekichert und getuschelt – Straßenhändler und Bauernfänger, die ihre nackten Füße und ihre Einheimischen-Aufmachung registrierten. Das fand sie amüsant, aber wegen der Taschendiebe machte sie sich ernsthaft Sorgen. Sämtliches Geld, das sie noch hatte, war auf ihre verschiedenen Taschen aufgeteilt, und hier, auf diesen geschäftigen Straßen, war das Risiko, bestohlen zu werden, am größten.

Schließlich entdeckte sie eine Querstraße weiter ein Geschäft mit Importware und fand dort eine Cargohose, die einigermaßen passte, sowie ein paar T-Shirts, die, wenn sie möglichst wenig gewaschen wurden, wenigstens ein paar Wochen halten würden. Sie zog sich direkt im Laden um, kaufte noch ein Oberhemd, um eine zusätzliche Kleiderschicht hinzuzufügen, aber ohne Dusche erzielte sie damit letztendlich die gleiche Wirkung, als hätte sie einem Schwein etwas übergezogen. Anschließend besorgte sie sich Schuhe und Strümpfe und danach ging sie in eine Apotheke, wo sie Seife und Shampoo, antibiotische Salbe und noch eine Schachtel Morphium erstand. Als sie schließlich alles beisammenhatte, was sie ohne allzu große Anstrengung tragen konnte, suchte sie sich etwas zu essen und danach ein Taxi. Sie erkundigte sich beim Fahrer nach einem kleinen, einheimischen Hotel, wo vielleicht auch gelegentlich ein, zwei versprengte Rucksacktouristen, aber garantiert keine Touristengruppen auftauchten.

Er brachte sie ins alte Stadtzentrum, in eine unbefestigte Straße, die genauso viele Schlaglöcher hatte wie die asphaltierten. Dort zeigte er auf ein vierstöckiges, quaderförmiges Gebäude mit einem handgemalten Schild, vergitterten Fenstern und einer großen, grünen Doppeltür. Das Foyer entsprach dem Äußeren des Hotels und bestand aus nicht viel mehr als einem wackeligen Schreibtisch und einem leeren Eingangsbereich. Dank der dicken Wände war es im Inneren zwar kühler als draußen, aber trotzdem noch stickig und heiß. Die Gäste waren überwiegend Einheimische aus den kleineren Orten in der Umgebung: Händler, die ihre Ware frisch vom Boot beziehen wollten oder vielleicht irgendwelche Dinge durch den Zoll bringen mussten. Sie sah Handys in Hülle und Fülle, und in jeder Ecke wurde eine andere Sprache gesprochen. Im Foyer, vor dem Haupteingang und in den kleinen Restaurants links und rechts davon hielten sich viele Gäste auf, allerdings konnte Munroe keine einzige Frau darunter entdecken.

Munroe nahm ein Zimmer mit Dusche. Ein Page in zerrissener Hose und Pantoffeln aus alten Autoreifen brachte sie über eine steile, schmale Treppe in den zweiten Stock. Danach war sie völlig erschöpft.

Es gab ein frisch bezogenes Bett, einen Ventilator, ein kleines bisschen Platz zwischen Bett und Badezimmer und ein Fenster zur Straße hin, von wo eine sanfte Brise den Lärm der Hupen und Motorräder zu ihr ins Zimmer wehte, sodass das Zimmer nicht ganz Saunatemperatur erreichte. Aber im Badezimmer gab es ein Handtuch und fließend heißes Wasser, und nur deshalb war sie überhaupt hergekommen.

Sie stellte sich unter den dürftigen Strahl, die Hände an die Wand gestützt, ließ das Wasser über ihren Nacken rieseln, ließ die Hitze allen Schmutz und Dreck wegschwemmen, bis ihr Körper sich mehr und mehr entspannte, bis sie loslassen konnte. Dabei kamen Erinnerungen und Gefühle an die Oberfläche, die sie schon viel zu lange unterdrückt hatte, weil Wut und Hass ihr Antrieb geworden waren, aus reiner Notwendigkeit, um zu überleben. Aber jetzt kochte das andere in ihr hoch, mit solcher Wucht, dass ihre gebrochenen Rippen und ihre Schürfwunden dagegen verblassten. Sie kämpfte nicht dagegen an, ließ alles fließen, die Geschichte, die Narben, die Verluste und die unerträglichen Entscheidungen, und erst als alles abgewaschen war, drehte Munroe den Wasserhahn zu und griff nach dem Handtuch.

Über dem kleinen Waschbecken hing ein zersprungener Spiegel. Er war schon ziemlich trübe, aber es reichte trotzdem, um die Wunden zu untersuchen, die sie bis jetzt noch nicht gesehen hatte. Ihr Gesicht war voller farbiger Flecken, aber nicht so schlimm, wie sie erwartet hatte. Und wahrscheinlich sah es jetzt, wo sie wieder sauber war, besser aus als zuvor. Die zahlreichen schweren Prellungen an der Schulter und am Oberkörper würden sehr langsam verheilen, und die Risswunde an der Seite war eben eine weitere Narbe in der umfangreichen Sammlung, die sich über ihren Bauch und ihren Rücken erstreckte, Andenken an eine Geschichte, in der sie gelernt hatte, was es bedeutete, ums nackte Überleben zu kämpfen.

Sie wickelte die Bandage wieder um die Brust, zog sich an und legte sich rücklings auf das Bett, wehrte sich gegen das Bedürfnis, einfach einzuschlafen. Sie hatte nichts weiter getan als in die Stadt zu fahren, das Handy zu besorgen, einzukaufen und anschließend zu duschen, und war jetzt so erschöpft, dass ihre Kopfschmerzen sich zurückmeldeten. Aber da sie all den emotionalen Ballast zunächst einmal weggeschwemmt hatte, konnte sie wieder klarer denken. Ihre Gedanken kreisten zunächst um eine mögliche Strategie, um sich anschließend die diversen Ereignisse durch den Kopf gehen zu lassen, die sie an diesen Punkt hier gebracht hatten. Sie drehte sich immer wieder im Kreis, gefangen in einem Labyrinth ohne Anfang und ohne Ende.

Schlafen. Sie musste dringend schlafen.

Nachdem sie noch mehr Ibuprofen geschluckt hatte, warf sie einen Blick auf das Handydisplay mit der Zeitanzeige. Stellte den Wecker. Ein paar Stunden konnte sie sich noch leisten. Der Ventilator brummte vor dem Hintergrund des Straßenlärms sein hypnotisierendes Schlaflied, saubere Laken auf sauberer Haut, und dann durchbrach das schrille Piepsen des Weckers die Melodie, und sie wurde zurück in die Hektik der Welt und ihre Suche nach Antworten gerissen.

Munroe fühlte sich schwach und elend, ein scheußliches Gefühl. Sie nahm ein Taxi, stieg etliche hundert Meter vor ihrem eigentlichen Ziel aus und blieb unterwegs kurz stehen, um an einem Straßenstand Bananen, Brot und Wasser zu kaufen. Kauend ging sie weiter.

Als sie das Grundstück betrat, ging gerade die Sonne unter. Mary hockte in der kleinen Anbauküche neben einem Holzkohlefeuer und kochte etwas in einem Aluminiumtopf. Sie hob den Blick, als Munroe näher kam. Lächelte ihr übliches strahlendes Lächeln, als gäbe es keinerlei Anlass zur Sorge, obwohl sie hier draußen war und nicht beim Kapitän im Zimmer, wofür Munroe sie schließlich bezahlt hatte.

»Er schlafen«, sagte Mary. Munroe nickte und rang sich ein halbherziges Lächeln ab. Dann gab sie Mary einen Laib Brot und eine Plastiktüte mit Gabriels Kleidern.

Sie rechnete fest damit, dass der Kapitän wach war und sich an seinen Fesseln zu schaffen machte. Oder er hatte bereits das Weite gesucht. Aber dann schlief er tatsächlich, genau wie Mary gesagt hatte, und schnarchte so, wie nur alte Männer schnarchen können.

Munroe legte einen Brotlaib und die Bananen neben ihn

auf den Fußboden, aber er schlug die Augen nicht auf. Sie ließ ein paar Morphiumtabletten in eine Wasserflasche fallen und stellte sie neben das Essen. Sie wusste zwar nicht, ob sie sich überhaupt auflösen würden, hatte aber nicht mehr die Kraft, sie zu zerstoßen. Sie schluckte selbst eine halbe Dosis und trank dann in großen Schlucken, um ihren Flüssigkeitshaushalt aufzufrischen, ließ sich vorsichtig auf die Matratze gleiten und sank in einen tiefen Schlaf. Wachte auf, als die Sonne schien und die Matratze wackelte: Der Kapitän saß aufrecht da und schaufelte sich das Essen in den Mund.

Von dem Brotlaib war fast nichts mehr übrig, und von den Bananen gar nichts mehr. Wahrscheinlich würde er sich demnächst ausführlich übergeben, schließlich hatte er, seitdem sie ihn vom Schiff geholt hatte, keine feste Nahrung mehr zu sich genommen. Sie lag da und beobachtete ihn, bis er es merkte und sich zu ihr umdrehte. Er ließ sie nicht aus den Augen, während er sich ununterbrochen einen Bissen Brot nach dem anderen in den Mund stopfte.

Sie streckte sich. Hatte ein kleines bisschen weniger Schmerzen als gestern und noch weniger als vorgestern. Sie rollte sich auf den Boden und kam auf die Knie, hinkte in das angrenzende Zimmer und stellte fest, dass das Haus leer war. Machte die Haustür auf und linste in den Garten. Als sie sicher war, dass sie wirklich ganz alleine waren, holte sie die Pistole aus ihrem Versteck zwischen den Sofapolstern hervor und nahm sie mit ins Schlafzimmer.

In der Türöffnung blieb sie stehen, ließ das Magazin herausschnappen und schob es wieder zurück. Zog den Schlitten durch und stellte fest, dass sie so schwach war, dass sie den Schlitten kaum festhalten konnte. Dabei sollte das Ganze eigentlich eine einzige flüssige Bewegung sein. Der Kapitän hörte auf zu kauen und beobachtete jede ihrer Bewegungen.

Sie stellte sich neben sein Bett.

Er legte das Brot beiseite und schluckte den letzten Bissen hinunter.

Sie löste das Seil, mit dem sie ihn an der Wand festgebunden hatte, und er wurde blass. »Wo gehen wir hin?«, fragte er.

»Zur Latrine.«

»Und da bringst du mich um?«

»Nur wenn du versuchst wegzulaufen.«

Sie hatte es zwar nie gesehen, aber er hatte die leere Wasserflasche benutzt, um sich zu erleichtern. Da er bis heute seit ihrer Flucht von der *Favorita* nichts gegessen hatte, war das auch ausreichend gewesen, aber jetzt musste er sich langsam umgewöhnen.

Munroe wies mit dem Kopf auf sein improvisiertes Urinal. »Die nimmst du am besten gleich mit. Ist eine gute Gelegenheit, das Zeug loszuwerden.«

Der Kapitän wischte sich Brotkrumen von der Brust und aus dem Bart. Mit nach wie vor gefesselten Händen beugte er sich nach vorne, nahm die Flasche in die Hand, drehte sich dann um und kam auf die Füße. Für einen Mann, der eine Woche lang ruhiggestellt gewesen war und am Tropf gehangen hatte, waren seine Bewegungen erstaunlich geschmeidig. Munroe registrierte es und ahnte, worauf sie sich einzustellen hatte, falls er ihr entkommen oder den Kampf mit ihr suchen sollte. Sie machte eine Handbewegung in Richtung Haustür.

Mit dem Seil in der einen und der Waffe in der anderen Hand folgte sie ihm nach draußen und brachte ihn zur Rückseite des Hauses, in die äußerste Ecke des Grundstücks. Dort stand noch eine strohgedeckte Lehmflechthütte. Die senkrechten Stäbe waren mit den waagerechten verwoben, die Zwischenräume mit Schlamm ausgefüllt worden, und die Türöffnung befand sich auf der den Häusern und der Küche abgewandten Seite. Im Inneren gab es nichts weiter als ein Loch im Lehmboden, zahlreiche, grell summende Fliegen und eindeutigen Gestank.

Munroe nickte dem Kapitän auffordernd zu und ließ ihm genügend Leine, sodass sie draußen stehen bleiben konnte. Seufzend ging er hinein. Selbst mit gefesselten Händen war er geschickt genug, die Flasche auszuleeren und seine Hose aufzumachen. Es dauerte zwar eine Weile, aber er erledigte sein Geschäft, während Munroe ihn aus dem Augenwinkel im Blick behielt. Als er fertig war, deutete sie mit einem Kopfnicken auf den Wassereimer mit der Schöpfkelle, damit er sich zuerst die Hände, dann das Gesicht und den Hals wusch. Anschließend brachte sie ihn zurück ins Haus, und als er wieder im Bett lag, sagte sie: »Es gibt Leute, die dich suchen.«

Er drückte sich noch weiter in die Matratze und knurrte.

»Sie haben einen Jungen umgebracht, der für mich gearbeitet hat, und mich auch beinahe. Und alles nur, weil sie hinter dir her sind.«

Er wälzte sich auf den Rücken, legte die gefesselten Hände hinter den Kopf und starrte an die Decke.

»Und das sind nicht die einzigen Toten in diesem Zusammenhang.«

Sie machte das Seil am Stützbalken fest, relativ straff, sodass er nicht viel Bewegungsfreiheit hatte. Obwohl, wenn er durchdrehte, konnte er das Haus vermutlich einfach abreißen.

»Ich habe dich versteckt. Ich habe dir das Leben gerettet«, sagte sie.

Der Kapitän zeigte keine Reaktion, warf ihr nicht einmal einen einzigen Blick zu.

»Die Mannschaft und die bewaffnete Schutztruppe, die du angeheuert hast, sind immer noch auf der *Favorita*«, fuhr sie fort. »Sie werden von Piraten vor der somalischen Küste festgehalten, zumindest die, die noch am Leben sind.« Sie unterbrach sich kurz, um ihm Gelegenheit zu einer Erwiderung zu geben, bekam aber keine und stellte sich dann so über ihn, dass er dem Blickkontakt nicht länger ausweichen konnte, ohne schwach zu wirken. »Das Schiff selbst ist im Prinzip wertlos«, sagte sie. »Die Entführer haben diese ganze Mühe nicht auf sich genommen, um das Schiff in die Hände zu bekommen. Und im Moment sieht es so aus, als wüsste bis auf dich und deine Crew niemand etwas von dem Waffenlager im Frachtraum. Sie müssen also hinter etwas anderem her sein, und da fällt mir beim besten Willen nichts anderes ein als du selbst.«

Er machte die Augen zu und drehte sich auf die Seite, wandte ihr den Rücken zu. Sie fuhr fort: »Sie haben dich nicht bekommen, also haben sie das Schiff den Piraten überlassen, und genau das ist mein Problem. Die Piraten fordern jetzt nämlich drei Millionen Dollar im Tausch gegen die Crew.«

Noch mehr Schweigen.

»Ich habe zwar keine drei Millionen Dollar übrig«, sagte sie, »aber ich habe den eigentlichen Anlass für die Entführung in meiner Gewalt. Vielleicht kann ich den ja als Verhandlungsmasse benutzen.«

Er drehte sich wieder auf den Rücken.

»Im Moment habe ich noch nichts Konkretes geplant«, meinte sie. »Aber ich gehe davon aus, dass du nicht unbedingt nach Somalia gebracht und dort gegen das Schiff und die Besatzung ausgetauscht werden willst. Wenn dir also irgendetwas einfällt, was ich stattdessen machen könnte, dann wäre jetzt der richtige Zeitpunkt, um es loszuwerden.«

»Wo bin ich?«, fragte er. »Und wer bist du?«

»Du bist in Mombasa. Aber die wirklich interessante Frage ist: Wer bist *du*?«

Wieder stieß er ein leises Knurren aus und drehte sich um. Sie ließ ihn in Ruhe. Es hatte keinen Zweck, ihn zu verhören, solange sie schwächer und erschöpfter war als er. Sie würde ihre Antworten schon noch bekommen, würde in sein Gehirn kriechen und herausfinden, wie er tickte. Dafür blieben ihr noch zwei ganze Tage Zeit. Aber fürs Erste würde sie ihn in Ruhe lassen und sich dafür um die letzten ungeklärten Fragen in der Stadt kümmern.

Kapitel 25

Am späten Vormittag kam Mary zurück. Munroe begrüßte sie mit einem freundlichen, offenen Lächeln. Nahm den angebotenen Kaffee an, setzte sich auf das fadenscheinige Sofa und ließ allerhand Smalltalk über sich ergehen. Als dann genügend Zeit verstrichen war, und sie ihrer sozialen Verpflichtung Genüge getan hatte, bot sie Mary noch einmal fünftausend Schilling für die Bewachung des Kapitäns an.

Nachdem sie dem Kapitän frisches Essen versprochen hatte, ließ er sich ihre letzte Dosis Beruhigungsmittel verpassen. Sie blieb neben ihm sitzen, bis ihm die Augen zufielen. An die Wand aus Holzstäben gelehnt saß sie da und schob die Figuren auf dem Schachbrett vor ihrem geistigen Auge immer wieder hin und her, suchte nach einer Möglichkeit, einen unsichtbaren Gegner, bestehend aus einer ganzen Armee inklusive König, matt zu setzen, und das mit gerade einmal drei Bauern: Amber, der Kapitän und der *Hawaladar*, wobei dieser angesichts seiner geschäftlichen Beziehungen genauso gut einer der Finanziers der Entführung der *Favorita* oder sogar direkt verantwortlich für Samis Tod sein konnte.

Munroe ging erneut zur Hauptverkehrsstraße, um ein *Matatu* in die Stadt zu nehmen. Es würde das letzte Mal sein. Sie bewegte sich bereits jetzt schon länger, als klug gewesen wäre, auf den immergleichen Pfaden. Mit jeder Rückkehr zu ihrer Gastfamilie stieg die Wahrscheinlichkeit, dass sie den Tod mit im Gepäck hatte. Bis zum Abend musste sie ein geeigneteres Quartier für den Kapitän gefunden haben.

Da sie das bisschen Energie, das ihr noch geblieben war, nicht sinnlos vergeuden wollte, ließ sie sich zum nächsten Internetcafé fahren. Mit dem imaginären Schachbrett vor Augen holte sie sich Satellitenbilder von Mombasa auf den Schirm. Suchte die Nehru Road und zoomte sich dann in die Bishara Street, eine kleine Nebenstraße westlich der Nehru, analysierte Dächer und Gebäudeformen, schätzte Entfernungen und Winkel ab, suchte die größtmögliche Übereinstimmung mit den Gängen, die ins Büro des *Hawaladar* geführt hatten.

Sie ließ die Kartenausschnitte ausdrucken und trat hinaus auf den Bürgersteig, auf dem das Alltagschaos tobte. Nahm sich ein Taxi bis zum Anfang der Bishara Street und betrat die schmale Gasse, tauchte ein in ein Gemisch aus Gerüchen und Hitze, in eine dichtgedrängte Menschenmenge. Sie berechnete, schätzte, verglich das, was sie am Computer recherchiert hatte, mit den realen Gegebenheiten, bis sie schließlich auf eine Übereinstimmung stieß. Vor einem weißen, vierstöckigen Kolonialbau, der sich von der Straße aus gesehen so weit nach hinten erstreckte, dass er bis an die Häuser in der Nehru Road reichen musste, blieb sie stehen.

Außer Atem und von Schmerzen geplagt lehnte Munroe sich im Schatten an eine Wand und würgte noch eine trockene Ibuprofen hinunter. Als sie endlich wieder genügend Kraft gesammelt hatte, um weiterzumachen, warf sie noch einen letzten Blick auf ihre Ausdrucke, faltete sie zusammen und steckte sie ein. Sie war kurz vor dem Ziel. Wenn das hier nicht das richtige Haus war, dann musste es eines der Nachbarhäuser sein.

Munroe stieß die Haustür auf und betrat einen langen, dunklen Flur. Ein leichter Acrylgeruch hing in der Luft, als sei hier erst kürzlich frisch gestrichen worden. Er überlagerte den Moder und den Mief des Alters, der das ganze Haus durchzog. Zwar zeigten diverse frische Schleifspuren und

Schmutzflecken, dass auch dieser Verschönerungsversuch nicht von Dauer sein würde, aber die hohe Decke und die Oberlichter sorgten wenigstens dafür, dass die Luft zirkulieren konnte.

Ein mit einem Schlagstock ausgestatteter *Askari* saß auf einem Klappstuhl direkt hinter der Tür. Er warf ihr einen gelangweilten Blick zu und ließ sich wieder gegen die Lehne sinken, stellte keine Fragen, als sie weiterging und vor jeder Tür kurz stehen blieb, um nachzusehen, wer dahinter sein Büro hatte. Das stand entweder auf einem Schild an der Wand oder war auf die Türen selbst geschrieben worden, die in den meisten Fällen mit einer Glasscheibe versehen waren. Es erinnerte ein wenig an die Detektivbüros in alten Filmen.

Beim vorletzten Büro wurde sie fündig: Eine stabile Tür, neben der zwei Schilder hingen – auf der einen Seite das einer Import/Export-Firma und auf der anderen ein Schild für eine Rechtsanwaltskanzlei mit mehreren, nach unten immer kleiner werdenden Namen. Der des *Hawaladar* stand auf beiden Schildern: Abdi Geedi Bahdoon.

Sie trat ein.

Die Empfangsdame erhob sich. Als Munroe an ihr vorbeiging und den Flur entlangblickte, machte sie zunächst ein paar Schritte nach vorn, geriet dann jedoch ins Zögern, als wüsste sie nicht genau, was sie jetzt tun sollte. Halb hinter ihrem Schreibtisch und halb im Flur sagte sie: »Kann ich Ihnen behilflich sein?«

Munroe erwiderte: »Tut mir leid, ich glaube, ich habe mich verlaufen.«

»Zu wem wollen Sie denn?«

»Zu Imperial Tea.«

»Das ist die nächste Tür rechts«, sagte die Frau.

Nach ein paar kleinen Korrekturen an ihrem geistigen Stadtplan begab sich Munroe einmal mehr hinaus in die

Hitze. Sie musste die Bishara Street wieder ganz zurückgehen, bevor sie ein Taxi anhalten konnte, eine Anstrengung, die sie eine Menge Energie kostete, die sie nicht hatte. Dieses ständige Gefühl der Schwäche war eine frustrierende und auch verwirrende Erfahrung, wie ein Niederschlag durch einen Gegner, gegen den sie bisher noch nie verloren hatte.

In der Abdel Nasser Road nahm sie das nächste Taxi, um wieder einmal ein Internetcafé aufzusuchen und eine weitere Rechercherunde zu starten. Die direkte Begegnung, das Fühlen, Berühren, Atmen, war durch nichts zu ersetzen, darum war das, was sie jetzt machte, eine Art Abkürzung, ein Versuch, wenigstens den einen oder anderen Hinweis zu ergattern. Letztendlich verbrachte sie eine ganze Stunde damit, das bisschen zusammenzutragen, was es über den Mann zu erfahren gab, von dem sie ihre Informationen über die *Favorita* bekommen hatte.

Sie kannte seinen Namen und wusste durch ihre persönliche Begegnung bereits, wo er seine Schulbildung bekommen hatte, aber Namen hatten in Somalia eine andere Bedeutung als in vielen anderen Kulturen. Nachnamen gab es im Prinzip gar nicht. Vielmehr dienten die Namen des Vaters und Großvaters zur näheren Identifizierung, zusammen mit Spitznamen, die durchaus viele Generationen überdauern konnten.

Zuerst entdeckte sie ihn in Schülerakten, verfolgte diese Hinweise, fügte hinzu, was sie schon wusste, bis sie schließlich an den Punkt gelangte, wo jede weitere Anfrage nur noch Wiederholungen hervorbrachte – das sogenannte Gesetz des abnehmenden Ertrags. Sie löschte die Chronik, schloss den Browser und machte sich auf den Weg in die Nehru Road. Jetzt hatte sie zumindest ausreichend Material, um ein bisschen improvisieren und bluffen zu können und so vielleicht noch ein wenig mehr zu erfahren.

Als der Leibwächter sie sah, richtete er sich zu voller Größe auf. Sie gab ihm ihr Messer, wie schon einige Tage zuvor, und ließ dieselbe nervtötende Prozedur über sich ergehen wie beim letzten Mal. Ohne Wartezeit wurde sie ins Büro des *Hawaladar* vorgelassen. Nach dem Eintreten verpasste sie der Tür einen Tritt, sodass sie ins Schloss fiel. Der Tritt fiel etwas kräftiger aus als notwendig, und der Knall hallte laut und lang anhaltend durch den Raum.

Anders als bei ihren beiden vorangegangenen Besuchen ließ sie den Stuhl dieses Mal in der Ecke stehen, ging direkt zu seinem Schreibtisch, setzte sich – ohne auf die brüllenden Schmerzen zu achten, die die unnatürliche Bewegung verursachte – auf die Kante und beugte sich zu ihm hinunter. Er wich zurück und musterte sie abschätzend von oben bis unten.

»Irgendjemand hat mir eine Schlägerbande auf den Hals gehetzt, die mich umbringen sollte«, sagte sie.

»Das war ich nicht.«

»Das habe ich auch nicht behauptet.«

»Trotzdem.«

»Wer war das?«, fuhr sie ihn an.

»Woher soll ich das wissen?«, entgegnete er.

»Ich bin kein Mensch, der so etwas einfach hinnimmt«, sagte sie. »Bis jetzt sind, soviel ich weiß, vier der Männer, die mir nach dem Leben getrachtet haben, tot. Ich will auch die anderen finden. Ich will alles erfahren, was Sie über die ausländischen Investoren wissen, und sollten Sie sich weigern, betrachte ich Sie als Komplizen der Täter. Ich werde Sie in diesem Fall nicht heute töten, obwohl ich dazu in der Lage wäre, und auch nicht morgen oder übermorgen, aber ich garantiere Ihnen, dass Sie sich nirgendwo auf der Welt mehr sicher fühlen könnten. Sie müssen sich fragen, ob es das wirklich wert ist.«

Der *Hawaladar* betrachtete sie lange und schweigend, und obwohl er äußerlich keine Angst erkennen ließ, konnte sie einen Hauch davon auf seiner Haut riechen. Da wusste sie, dass ihre Botschaft angekommen war.

»Ich habe nichts mit irgendwelchen Überfällen zu schaffen«, sagte er, und sie holte sich einen Stuhl. Zog ihn bis zum Schreibtisch, setzte sich mit verschränkten Armen darauf und schwieg, vertuschte damit ihre Erschöpfung und die Schmerzen, die ihr den Atem raubten und es ihr unmöglich machten zu reden, ohne zu zittern. Als sie endlich so weit war und wieder halbwegs kontrolliert atmen konnte, sagte sie: »Ich höre.«

Er beugte sich nach vorne und legte die gefalteten Hände auf die Tischplatte. »Ich habe Ihnen die Hand gereicht. Ich habe Ihnen die wenigen Informationen, die ich hatte, bereitwillig überlassen, habe Sie nicht einmal um eine Gegenleistung gebeten, und jetzt stürmen Sie hier rein und wollen mich bedrohen? In meinen eigenen vier Wänden?« Er erhob sich, legte die Handflächen auf den Tisch, beugte sich vor und sagte mit leiser Stimme: »Ich habe von Ihnen nichts als Spielchen und Rätsel und Drohungen zu hören bekommen, nichts, was mich veranlassen könnte, Ihnen zu helfen. Sie behaupten, aus Kamerun zu sein, aber trotzdem führen Sie sich auf wie ein typischer Amerikaner, überschütten mich mit Ihrer schlechten Laune und Ihrer selbstgerechten Empörung, als würden Sie am liebsten auf der Stelle alles in die Luft jagen. Wenn Sie wirklich glauben, dass ich etwas mit dem Überfall auf Sie zu tun habe, dann bitte sehr, lassen Sie sich nicht aufhalten. Wenn Sie mich wirklich umbringen wollen, meinetwegen, versuchen Sie Ihr Glück. Aber hören Sie auf, mir meine kostbare Zeit zu stehlen.«

»Sie haben noch keinen Alarm ausgelöst«, sagte sie.

»Sie haben auch noch nicht versucht, mich umzubringen.«

»Ich will Sie gar nicht umbringen. Ich wäre dazu in der Lage, und zwar noch bevor Sie Alarm schlagen könnten, aber ich glaube, wir haben beide mehr davon, wenn Sie am Leben bleiben.«

»Ich weiß wirklich nicht, wer Sie überfallen hat«, sagte er.

»Sind Sie sicher? Immerhin gibt es Gerüchte, die besagen, dass ein *Hawala* die perfekte Methode ist, um islamische Extremisten zu finanzieren und Piratengeld zu waschen. Demnach müssten Sie eigentlich am allerbesten wissen, wer die Täter waren.«

Er lächelte schief, setzte sich wieder in seinen Ledersessel, schob ihn nach hinten an die Wand und strich sich die Krawatte glatt. »Ich habe gesagt, was ich zu sagen habe. Entweder Sie glauben mir oder Sie lassen es bleiben.«

»Ich rate Ihnen dringend, mich nicht zu verarschen. Es lohnt sich nicht.«

»Dasselbe gilt für mich.«

Sie zeigte auf ihr Gesicht, ihren Körper, warf den nächsten Köder aus: »Das alles hängt irgendwie mit der Entführung dieses Schiffes zusammen. Die Entführer wollen etwas und sie glauben, dass ich es habe.«

»Und? Haben Sie es?«

»Ist das Ihr Ernst?«

Er grinste über seinen eigenen Scherz. »Den Versuch war es wert.«

»Aber Sie haben zumindest eine Ahnung, worum es sich handeln könnte, nicht wahr, Mr Bahdoon?«

Bei der Nennung seines Namens verhärteten sich seine Gesichtszüge. »Sie haben sich informiert«, erwiderte er. »Was haben Sie gelesen? Ein Dossier von Ihren Freunden von der CIA?«

»Den Namen an der Tür Ihres Büros«, sagte sie, stand auf und ging zum hinteren Ende des Zimmers. Ließ die Finger über die Schlackesteine gleiten und zog die Hand weiter bis zu einem Bücherregal in der Nähe. »Sie würden doch niemals die Dummheit begehen, finanzielle Transaktionen in einem Raum mit nur einem Ein- und Ausgang durchzuführen. Und die *Hawala*-Vermittlung ist auch kein Geschäftsfeld, das einen Mann wie Sie voll und ganz auslasten könnte. Eigentlich müssten Sie eine kleine Armee von Buchhaltern beschäftigen, aber das ist offensichtlich nicht der Fall. Warum Sie das alles ganz alleine abwickeln, weiß ich nicht, aber ich nehme an, die Tür« – sie unterbrach sich und klopfte gegen das Regal – »befindet sich ungefähr da.« Sie drehte sich zu ihm um. »Es war nicht besonders schwierig, Sie auf der anderen Seite ausfindig zu machen. Sie sollten etwas vorsichtiger sein.«

Er war ihr mit Blicken gefolgt und jetzt, als sie wieder zu ihrem Stuhl zurückkehrte, lächelte er. »Warum kommen Sie immer wieder zu mir?«, sagte er. »Sie müssten doch mittlerweile gemerkt haben, dass ich nicht das geringste Interesse habe, mich in Ihre Angelegenheiten hineinziehen zu lassen.«

»Das stimmt nicht«, erwiderte sie. »Sie haben sogar großes Interesse daran. Jedenfalls mehr, als man bei einem x-beliebigen Menschen vermuten würde. Und bis jetzt sind Sie der Einzige, der nicht versucht hat, mich umzubringen.«

»Soweit Sie wissen«, entgegnete er.

Sie hielt inne und erwiderte sein Lächeln. »Ihre Reaktion auf den abstoßenden Amerikaner hat mir als Antwort genügt«, sagte sie. »Ich komme immer wieder zu Ihnen, weil Sie das haben, was ich will – ich *weiß*, dass es so ist. *Und* weil Sie der Einzige sind, der nicht versucht hat, mich umzubringen.«

»Sie wollen mit mir ins Geschäft kommen?«, sagte er.

»Ich will mit Ihnen ins Geschäft kommen.«

»Und Sie haben Beziehungen?«

»Wie gesagt, ich bin nicht bei der CIA.«

Er winkte ab. Das sollte wohl heißen, dass er nicht mit irgendwelchen Dementi seine Zeit vergeuden wollte. »Wenn ich einen Auftrag für Sie hätte, könnten Sie den erledigen?«

Sie nickte.

»Was wissen Sie über das internationale Bergungsrecht?«, fuhr er fort.

Mit dieser Frage hatte sie nicht gerechnet. »Wenn Taucher in einem Wrack nach Schätzen suchen?«, hakte sie nach.

»So in etwa«, meinte er. »Zum Teil. Obwohl es nicht auf alle Fälle anzuwenden ist. Sie haben mein Büro gefunden. Also wissen Sie auch, dass ich als Rechtsanwalt gearbeitet habe?«

Sie nickte.

»Kennen Sie mein Spezialgebiet?«

»Seerecht.«

»Sehr gut. Sie haben Ihre Hausaufgaben gemacht. Die kenianische Gesetzgebung basiert zum Teil auf dem britischen bürgerlichen Recht. Ich praktiziere hier zwar nicht, aber es hilft, wenn man weiß, wie das System funktioniert. Sie haben zwar mein Büro gefunden, aber da arbeite ich selbst eigentlich gar nicht. Ich habe kenianische Anwälte eingestellt. Das ist einfacher. Als Somalier schlägt mir hier immer wieder großes Misstrauen entgegen, fast schon Hass.«

Sie nickte höflich, aber ihr war nicht klar, worauf er hinauswollte.

»Was glauben Sie, wie hoch ist der Schrottwert der *Favorita*?«, sagte er.

»Keine Ahnung.«

»Wie viele Jahre hält sie noch durch?«

»Ich bin keine Expertin auf dem Gebiet, aber das kann ich rausfinden.«

»Wollen Sie wissen, warum mich das überhaupt interessiert?«

Munroe musste lächeln, so überflüssig erschien ihr diese Frage: »Liebend gerne.«

»Das internationale Bergungsrecht besagt, dass jedem, der ein Schiff aus einer Notlage rettet, eine Gegenleistung für den Aufwand und das Risiko zusteht, und zwar in Höhe von fünfundzwanzig Prozent des Werts des Schiffes.«

»Aber fünfundzwanzig Prozent vom Wert der *Favorita* sind zu wenig, um dafür das eigene Leben zu riskieren.«

»Das mag sein, aber wenn die Eigner diese Entschädigung nicht bezahlen wollen, kann man das Schiff versteigern«, sagte er, und Munroe wurde schlagartig klar, was er sich überlegt hatte. Die Schachfiguren in ihrem Kopf veränderten ihre Position und daraus entstand eine neue Strategie. Er bot ihr an, ihr zu geben, was sie wollte, weil er glaubte, dass sie ein persönliches Interesse an der Rettung der Besatzung hatte und ihm gleichzeitig auch das Schiff beschaffen konnte.

»Und das klappt immer?«, wollte sie wissen.

»Eine Garantie gibt es nicht. Jedes Land hat seine eigenen Gesetze, und man müsste sich das Schiff vor Gericht erstreiten. Aber in Kenia hätte ich gute Chancen.«

»Wenn die Eigner also beschließen sollten, dass ein alternder Frachter das Geld, das sie für die Auslösung auf den Tisch legen müssten, nicht wert ist, und sich gar nicht erst blicken lassen, dann gehört das Schiff Ihnen?«

»Genau. Wenn die Eigner keinen Anspruch erheben.«

»Bei einer so unsicheren Ausgangslage könnte es allerdings schwierig werden, jemanden zu finden, der Ihnen das Schiff besorgt.«

»Könnte«, erwiderte er und musterte sie mit wissendem Blick. Dann fuhr er fort: »Es sind ja nicht nur die fünfundzwanzig Prozent. Wenn die Eigner Ansprüche erheben, müssen sie sich auch mit der Mannschaft und deren Angehörigen auseinandersetzen, vielleicht noch mit den Herkunftsländern dieser Familien, mit den Behörden vor Ort, mit Inspektoren und Gutachtern.«

»Und mit der Korruption.«

»Die gelegentlich sehr praktisch sein kann.«

»Haben Sie denn keine Beziehungen innerhalb Somalias, die es Ihnen ermöglichen, an das Schiff zu kommen?«

»Leider nicht. Schließlich haben wir es mit Piraten zu tun. Nicht einmal der Präsident persönlich wäre in der Lage, sie ohne Lösegeld zur Herausgabe des Schiffes zu bewegen, und meine Beziehungen reichen nicht ganz so weit nach oben.«

»Kommen wir jetzt einmal zu den Leuten, die die Entführung finanziert haben«, sagte sie. »Wenn ich mit Ihren Auskünften zufrieden bin, können wir auch über die *Favorita* sprechen.«

»Zurzeit befindet sich eine russische Delegation in der Stadt«, sagte er. »Das ist nicht weiter ungewöhnlich, aber sie ist vor gut einer Woche hier eingetroffen, mit einem Flugzeug aus Galkayo. Wie passt das in Ihren Zeitrahmen?«

Sie holte tief Luft. Da die Waffen im Frachtraum russischen Ursprungs waren, hatte sie mit einer Verbindung nach Russland gerechnet, hatte auch in diese Richtung recherchiert, aber nichts gefunden. Wenn aber russisches Geld diese Entführung finanziert hatte, dann war es umso wichtiger, dass sie Amber und Natan davon abhielt, nach Garacad zu fahren, weil Natan sonst, kaum dass er den Mund aufgemacht hätte, tot gewesen wäre. »Der Zeitrahmen passt«, sagte sie. »Ich wünschte, Sie hätten mir das schon bei meinem letzten Besuch erzählt.«

»Da habe ich es noch nicht gewusst.«

Sie glaubte ihm nicht, behielt das aber für sich.

»Können Sie mir Namen nennen? Reiserouten? Irgendetwas?«

»Sie sind im Royal Court Hotel abgestiegen«, sagte er. »Ausschließlich Männer, und in der Gegend von Garacad gibt es zurzeit etliche Leute, die nichts Gutes über Russen zu sagen haben.« Er zuckte fast entschuldigend mit den Schultern. »Mehr weiß ich nicht.«

»Was wollten sie denn dort? Wozu dieser ganze Aufwand?«

Er legte die Handflächen zusammen und blickte sie über die Fingerspitzen hinweg an. »Ich glaube, diese Frage können Sie besser beantworten als ich.«

»Gut möglich, dass ich Ihnen helfen kann«, sagte sie.

»Wann wissen Sie das genau?«

»Morgen. Aber nicht umsonst.«

»Ach nein?«

»Es gibt ein paar Grenzen, Mr Bahdoon, die Sie unbedingt beachten müssen. Es kann sein, dass ich Ihnen dieses Schiff besorgen kann, aber das dafür nötige Team zusammenzustellen und auszurüsten übersteigt meine finanziellen Möglichkeiten.«

»Und wenn das Geld kein Problem wäre?«

»Dann wäre es zu schaffen.«

»Vielleicht haben wir ja ein gemeinsames Interesse«, meinte er. »Wir sollten uns bei Gelegenheit zusammensetzen.«

Munroe erwiderte: »Vielleicht.« Sie stand auf und ging zur Tür. »Könnten wir uns vielleicht irgendwo anders treffen? Irgendwo, wo wir uns ungestört unter vier Augen unterhalten können?«

»Ungestörter als hier kann es eigentlich gar nicht sein.«

»Wenn ich Sie in meine Karten schauen lasse, will ich das auf neutralem Gebiet tun, wo ich nicht im Nachteil bin, wo ich aufstehen und gehen kann, ohne Sie vorher umbringen zu müssen.«

»Ich weiß nicht, ob ich wirklich mit Ihnen allein sein will.«

»Das Misstrauen beruht auf Gegenseitigkeit. Bringen Sie Ihre Leibwächter mit.«

Er lächelte wieder und schüttelte tadelnd den Kopf. »Wie Sie wollen. Morgen Nachmittag?«

»Im Royal Court Hotel?«

»Sie machen sich über mich lustig.«

»Wenn ich Ihre russische Delegation aufstöbern will, kann ich es mir nicht erlauben, unnötig Zeit irgendwo in der Stadt zu verplempern.«

Das war die Wahrheit, aber ihr Vorschlag enthielt einen zusätzlichen Bonus: Falls sie von den Russen gesehen werden sollten, würde sie schnell feststellen, ob der *Hawaladar* jemanden kannte oder selbst erkannt wurde. Er zuckte mit den Schultern, als sei es ihm gleichgültig. »Royal Court Hotel«, sagte er. »Dreizehn Uhr.«

Munroe machte sich auf den Weg zurück ins Stadtzentrum. Dort, im ersten Stock eines sechsstöckigen Gebäudes, entdeckte sie ein Restaurant, das indisches Essen und zumindest relative Ruhe versprach, also beschloss sie, den Bargeldvorrat in ihren Schuhen abzuschmelzen. An einem Tisch im hinteren Teil, mit dem Rücken zur Wand, sodass sie die Tür im Blick behalten konnte, bestellte sie ein Essen für zwei. Dann wählte sie Amber Maries Nummer. Natan war am Apparat und sagte: »Sie ist draußen. Ich sage ihr Bescheid.«

Kapitel 26

Als Amber schließlich am Apparat war, sagte Munroe: »Wenn du Leo wirklich retten willst, darfst du nicht losfahren.«

»Das hast du schon einmal gesagt. Und ich habe dich ernst genommen.«

»Aber trotzdem hast du vor zu fahren.«

»Solange du keinen besseren Vorschlag hast.«

»Die Leute, die die *Favorita* entführt haben, sind von ein paar Russen verarscht worden. Sobald Natan dort auftaucht, ist er tot.« Munroe hielt inne, aber als Amber ihr Schweigen nicht unterbrach, fuhr sie fort: »Was würdest du sagen, wenn ich eine Idee hätte, mit der du nicht nur Leo, sondern die Schiffsbesatzung und vielleicht sogar das gesamte Schiff bekommen könntest? Allerdings kann die Idee nur funktionieren, wenn ihr beide, du und Natan, mitmacht. Würdet ihr unter diesen Voraussetzungen nach Mombasa kommen?«

»Bist du wirklich diese Frau auf dieser Internetseite?«, wollte Amber wissen. »Diese Analystin, die alle möglichen Informationen auskundschaftet? Und bist du wirklich schon in diesen ganzen Ländern gewesen?«

»Die Liste ist nicht aktuell und nicht vollständig, aber alles, was da steht, bin ich.«

»Hast du schon einmal eine Befreiungsaktion gemacht?«

»Nicht in diesem Maßstab, aber trotzdem, ja.«

»Und du bleibst bei uns, bis alles vorbei ist?«

»Wenn ich das Ganze vernünftig plane, wird das nicht nötig sein, aber ja, ich bleibe in der Nähe.«

»Was willst du dafür haben?«

Diese Frage gab dem Gespräch eine neue Richtung und überrumpelte Munroe.

Es ging ihr nicht um Leos Rettung und auch an Geld hatte sie bis jetzt keinen Gedanken verschwendet. Mittlerweile hatte die Angelegenheit leider eine sehr unangenehme, persönliche Wendung genommen, und jetzt ging es ihr darum, Vergeltung zu üben. Sich an denjenigen zu rächen, die ihr diese Mörderbande auf den Hals gehetzt und einen Jungen getötet hatten, der den Tod nicht verdient hatte. Vielleicht auch darum, Amber einen versöhnlichen Abschluss zu ermöglichen und so ihr eigenes Gewissen zu erleichtern.

»Das können wir später noch besprechen«, sagte sie, »wenn ihr da seid.«

»Ich wüsste aber gerne vorher, worauf ich mich einlasse.«

»Ich habe mir noch gar nicht überlegt, was ich als Gegenleistung erwarte«, erwiderte Munroe. »Aber wenn du das jetzt schon wissen willst, verschwenden wir womöglich ein paar Tage mit irgendwelchen Detailabsprachen, die völlig unwichtig sind und die Chancen auf Leos Überleben reduzieren.«

»Und wenn wir zu dir kommen, was dann?«

»Ich habe eine Liste mit Ausrüstung zusammengestellt, die du besorgen und anliefern lassen musst.«

»Was hast du vor, Michael?«

»Ich will das Schiff zurück entführen.«

Amber prustete los, ganz spontan, verdutzt und von der Absurdität dieser Bemerkung überrumpelt. Munroe nahm es ihr nicht übel. Natürlich war es schon vorgekommen, dass Schiffe durch Kommandotrupps aus Piratengewalt befreit worden waren – alles Operationen, die ohne Luftunterstützung und eine aktive Beteiligung der lokalen Behörden und schwere Artillerie gar nicht durchführbar gewesen wären und dennoch jedes Mal beinahe in der Katastrophe geendet hätten. Aber das, was sie vorhatte – Hunderte Seemeilen an der somalischen Küste entlangzufahren, unentdeckt zu bleiben und alles Benötigte mitzubringen, ohne Rückendeckung, ohne die aktuelle Lage auf dem Schiff zu kennen –, das war ein Selbstmordkommando. Da hätten sie auch gleich nach Somalia fahren und versuchen können, Leo freizukaufen. Mit dem einen Unterschied, dass sie, wenn sie es richtig anstellten, das Überraschungsmoment auf ihrer Seite und dadurch eine Chance haben würden zu entkommen.

»Ich will das mit Natan besprechen«, sagte Amber. »Ich rufe dich in einer Stunde zurück.«

Munroes Essen wurde serviert, und sie aß, bis sie nicht mehr konnte. Den Rest ließ sie einpacken, um ihren Körper später noch einmal mit Kalorien und Proteinen zu versorgen, die er benötigte, um die erlittenen Schäden zu reparieren. Noch bevor Munroe das Restaurant verließ, rief Amber zurück.

»Wir glauben, dass du verrückt bist«, sagte sie. »Aber wenn es vernünftig geplant und durchgeführt wird, könnte es funktionieren. Meinst du wirklich, dass das die beste Möglichkeit ist?«

»Solange ich nicht von irgendwoher noch zusätzliches Kapital auftreiben kann, ja, dann ist das die beste Möglichkeit.«

»Dann kommen wir. Was brauchen wir?«

»Hast du etwas zu schreiben?«

»Ja.«

Munroe ging die Liste durch, die sie im Kopf hatte, alles Dinge, die vor Ort nur schwer zu beschaffen waren, wenn überhaupt. Bei jedem Punkt hielt Amber leise, aber hörbar den Atem an. Die Liste war alles andere als kurz, und die Ausrüstungsgegenstände waren nicht billig. Die gesamte Ausrüstung würde sie für die nächsten zehn Jahre in die roten Zahlen treiben, und sollten die Sachen in die Hände des kenianischen Zolls fallen, würde es unendlich schwierig werden, sie dort wieder loszueisen. Aber damit würde Munroe sich erst beschäftigen, wenn es so weit war. Es gab immer einen Weg und ein Portemonnaie, das gefüllt werden wollte.

Amber sagte: »Ist das alles?«

»Ich werde versuchen, dass es dabei bleibt.«

»Was ist mit Waffen? Munition?«

»Dafür habe ich eine Quelle vor Ort. Jedenfalls lohnt es sich nicht, dass ihr deswegen eine Festnahme bei der Einreise riskiert.«

»Ich brauche ungefähr eine Woche«, sagte Amber. »Und ich weiß nicht, wie lange es dauert, bis alles angekommen ist. So viel wie möglich schicke ich per Kurier.«

»Das wird gehen«, meinte Munroe. »Ich schicke dir per E-Mail einen Namen und eine Adresse für die Rechnungen und die Frachtbriefe. Fliegt ihr direkt nach Mombasa?«

»Wahrscheinlich Nairobi.«

»Sieh zu, dass ihr einen Direktflug hierher erwischt. Damit erspart ihr euch eine Menge Scherereien.«

»Ich werde tun, was ich kann.«

»Am besten hältst du mich per E-Mail auf dem Laufenden«, sagte Munroe und diktierte ihre E-Mail-Adresse: »Michael@race-or-die.com. Ich sorge dafür, dass ihr abgeholt werdet. Wenn du mich anrufen willst und ich nicht rangehe, sprich bitte nicht auf die Mailbox.«

Es dauerte eine Weile, bis Amber sich alles notiert hatte, dann sagte sie: »Michael, ich kann dir bloß raten, dass du ehrlich zu mir bist. Aber falls das irgendein hinterlistiger Plan sein sollte, falls du meine Liebe zu Leo nur benutzt, um einen deiner Aufträge zu erledigen, dann, das schwöre ich dir, werde ich dir keine Ruhe lassen, bis ich dich gefunden habe. Und dann bringe ich dich um.«

Munroe musste grinsen und versuchte, es sich nicht anhören zu lassen. »Das würde ich dir nicht einmal übel nehmen«, sagte sie und legte auf. Ambers Misstrauen war nachvollziehbar und sinnvoll, aber letztendlich würden auch sie und Natan das bekommen, was sie wollten.

Dann saß Munroe lange Zeit einfach nur da und starrte ihr Handy an. Sie hätte die ganzen Sachen auch selbst kaufen und den Transport organisieren können. Angesichts des Vermögens, das sie besaß, verteilt auf diverse Konten auf drei Kontinenten, hätte sie das weitaus weniger belastet als Amber. Aber das konnte sie nicht. Wollte sie nicht. Sie war ohne Weiteres bereit, ihr Leben aufs Spiel zu setzen, aber für die Rettung des Arschlochs auch noch zu bezahlen, das sie ohne mit der Wimper zu zucken in die Schusslinie gelockt hatte, das kam nicht in Frage.

Die *Favorita* zu erobern war sicherlich nicht unmöglich, barg aber das Risiko eines hundertprozentigen Fehlschlags. Das Gefühl des Bedauerns, das sie auch während des Kampfes am Strand überkommen hatte, machte sich wieder bemerkbar. Es galt all den Dingen, die ungesagt geblieben waren, all den Menschen, die zurückbleiben würden, falls sie nicht zurückkehren sollte, die sich sorgen und warten würden und irgendwann einen Weg finden würden, sich nicht mehr zu sorgen und nicht mehr zu warten, weil die Ungewissheit schlimmer war als alles andere. Sie hatte den Tod schon öfter in Kauf genommen, als sie wissen wollte, aber dieses Mal war es anders. Dieses Mal gab es Dinge, die gesagt werden mussten und die sie schon viel zu lange vor sich hergeschoben hatte.

Ihre Füße fanden den Weg zum Internetcafé ganz von alleine.

Die Briefe an ihre Angehörigen und ihre Ersatzfamilie gingen ihr leicht von der Hand: E-Mails, gewürzt mit einer Prise Humor, die nichts über die Ereignisse der jüngsten Vergangenheit verrieten. Ausdruck tiefer, aufrichtiger Liebe und dazu – zumindest für diejenigen, die zwischen den Zeilen lesen konnten – leise Hinweise darauf, wo sie sich gerade aufhielt, und dass sie möglicherweise nie wieder zurückkehren würde.

Aber Bradford konnte sie das nicht antun. Ihre Finger lagen auf der Tastatur. Sie rang um Worte, die nicht kommen wollten, so lange, bis der körperliche Schmerz die Grenze zur Unerträglichkeit erreicht hatte. Sie hatte schon immer ein Leben im Grenzbereich geführt, in dem kein Platz für Bedauern gewesen war, hatte jede Entscheidung, ganz egal, wie grässlich sie gewesen war, im vollen Bewusstsein ihrer Verantwortung gefällt und es geschafft, die Angst im Zaum zu halten. Aber jetzt höhlten Schuldgefühle, fremd und unbekannt, ihre Seele aus. Sie konnte ihn nicht wegstoßen, wollte es auch gar nicht. Aber sie wollte nichts fühlen, wollte sich keine Sorgen machen. Was war der Sinn dieser Gefühle, wenn sie nur dazu führten, dass man diejenigen, die einem wirklich etwas bedeuteten, sterben sah? Wieder und wieder. Und wieder.

Als Antwort goss sie ihr Herzblut in Worte, verwundbar, ohne Netz und doppelten Boden.

Ich bin weggelaufen, Miles. Vor mir selbst. Vor der Welt. Aber ganz egal, wie weit ich laufe oder wo ich mich verstecke, ich werde mich einfach nicht los. Ich arbeite wieder, bin wieder in Afrika, allerdings an der Ostküste. Es hat mir gutgetan, hat aber auch Spuren hinterlassen. Wenn ich diesen Auftrag überstehe, bin ich bereit zurückzukommen, aber ich habe Angst. Vor mir selbst. Vor dem Glück. Ich weiß, dass du das verstehst. Du bist der Einzige, der mich jemals wirklich verstanden hat.

Sie drückte auf SENDEN, ohne den Text noch einmal durchzulesen; sie wollte sich nicht die Gelegenheit geben, es sich anders zu überlegen. Sie leerte den Cache, löschte die Chronik und unternahm dann noch einen halbherzigen Versuch, ihre Spuren zu verwischen. Mittlerweile waren die Schmerzen so stark geworden, dass sie nicht mehr klar denken konnte und nur noch nach Schmerzmitteln gierte. Noch eine Minute. Eine Minute konnte sie noch aushalten. Und danach vielleicht noch einmal eine. Gerade lange genug, bis sie wieder in das kleine Haus zurückgekehrt war und nachgesehen hatte, ob der Kapitän noch da war.

Das Royal Court Hotel war ein siebenstöckiges Gebäude an einer Straßenecke, nicht allzu weit von der Moi Avenue entfernt. Hier stiegen mehr Geschäftsreisende als Touristen ab, und hier sollte, nach Auskunft des *Hawaladar*, auch die russische Delegation aus Somalia abgestiegen sein.

Munroe spazierte zweimal daran vorbei, einmal, um sich die Lage des Hotels im Verhältnis zu den umliegenden Gebäuden zu vergegenwärtigen, und ein zweites Mal, um die Sicherheitsmaßnahmen einschätzen zu können, die, abgesehen von den üblichen, mit Schlagstöcken bewaffneten *Askari*, so gut wie gar nicht existierten. Stark befahrene Straßen verliefen entlang der beiden Fassadenseiten. Auf der gegenüberliegenden Straßenseite vor dem Haupteingang lungerten unter dem Dachvorsprung eines Geschäfts ein paar Männer herum. Die Schaufenster waren leer, und das massive Rollgitter war mit einem Vorhängeschloss gesichert. Zwei der Männer hatten einen Pappkarton zum Hocker umfunktioniert und spielten eine Partie *Mancala*, während die anderen auf den Betonstufen hockten, rauchten, ins Nichts starrten und auf eine Gelegenheitsarbeit warteten.

Munroe betrat das klimatisierte Foyer. Die weiß gestrichenen Wände reflektierten das Tageslicht. Helle Jugendstilgemälde hingen an den Wänden, und das Mobiliar versuchte, irgendwie modern zu sein. Eine Handvoll Gäste saß in der Lobby, allesamt Ausländer. Munroe ging an der Rezeption vorbei, ganz selbstverständlich, als wüsste sie genau, wohin sie wollte.

Die Architektur war unverkennbar kolonialafrikanisch. Egal, wie oft hier renoviert wurde, der Geruch nach Alter, nach hundert Jahren feuchter Hitze und Regenzeiten und dem daraus resultierenden Schimmel, gegen den keine Klimaanlage der Welt etwas ausrichten konnte, ließ sich niemals ganz beseitigen. Sie kam an mehreren Fluren und einer breiten Wendeltreppe vorbei, die vom Erdgeschoss bis auf die Dachterrasse führte. Ging in den ersten Stock, vorbei an einem kleinen Restaurant, und entdeckte den Fahrstuhl. Als Zugeständnis an ihre körperliche Erschöpfung und entgegen ihrer sonstigen Gewohnheit, möglichst die Treppe zu nehmen, fuhr sie mit dem Lift bis ganz nach oben.

Das Dachrestaurant war geschlossen, darum ging sie weiter bis zum Poolbereich und setzte sich dort an die Bar, bestellte eine Flasche Wasser und sah ein paar Reisenden zu, die sich im Pool vergnügten. Das Hotel war so groß und hatte so viele Zimmer, dass sie sich nicht einfach am Empfang erkundigen konnte, um zu erfahren, was sie erfahren wollte. Aber dass sie sich bei ihrer Suche auf dieses eine Hotel beschränken konnte – vorausgesetzt, die Informationen des *Hawaladar* waren korrekt, und er hatte sie nicht angelogen –, ließ ihr Vorhaben zumindest machbar erscheinen.

Sie kehrte ins Foyer zurück, nahm sich ein Zimmer und durchstreifte dann erneut die Flure des Hotels, treppauf, treppab, Küche und Personalräume, so lange, bis sie sich die Lage und den Grundriss der Räumlichkeiten genau eingeprägt hatte. Sie verließ das Gebäude durch den Personaleingang und landete in einer eklig stinkenden Gasse voller Unrat und Müll, ging durch die angrenzenden Straßen und kehrte wieder ins Hotel zurück. Das wiederholte sie so oft, bis es ihr mühelos gelang, das Hotel zu verlassen oder zu betreten, ohne vom Personal oder sonst jemandem bemerkt zu werden.

Nachdem sie ihr Tagwerk verrichtet hatte, verließ sie das Hotel. Dabei fiel ihr Blick auf einen der Männer, die auf der gegenüberliegenden Straßenseite *Mancala* spielten. Sie stutzte. Wäre beinahe mit einem überladenen Fahrrad zusammengestoßen, so angestrengt starrte sie hinüber.

Er saß in der Hocke vor dem Spielbrett, halb zur Seite gewandt, und trug ein neues, pfirsichfarbenes Oberhemd, aber noch dieselben zerfetzten Schuhe. Sein kräftiger Oberkörper und seine seltsam zusammengewürfelte Garderobe erweckten einen ganzen Schwung Erinnerungen in ihr zum Leben. Der Fahrradfahrer brüllte sie an, und der *Mancala*-Spieler blickte kurz zu ihr herüber, sah sie aber nicht oder erkannte sie zumindest nicht und wandte sich wieder dem Spiel zu.

Ob die russische Delegation nun etwas mit der *Favorita* zu tun hatte oder nicht, aber direkt vor ihrem Hotel saß einer der Männer, an deren Händen Samis Blut klebte. Wut und Schmerz jagten durch ihre Adern, und Munroe unterdrückte den zügellosen Drang nach Rache und Vergeltung, der von ihr Besitz ergreifen wollte. Sie wandte dem Mann den Rücken zu. Diesen Kampf konnte sie nicht gewinnen. Nicht jetzt. Nicht in diesem Zustand. Es gab ja noch andere Möglichkeiten, die Verhältnisse wieder geradezurücken.

Als Munroe ins Haus zurückkam, hockte Mary, den Rücken an die Wand gelehnt und die Arme um die Knie geschlungen, im Zimmer und beobachtete den schlafenden Kapitän. Sie lächelte zur Begrüßung, und Munroe legte den Finger auf die Lippen, als Zeichen, dass sie ihn nicht wecken sollte. Sie zog mehrere Scheine aus einem schmalen Bündel und gab Mary den Rest des versprochenen Geldes, dann winkte sie sie mit sich nach draußen.

»Heute Abend gehe ich weg«, sagte sie. »Kannst du Gabriel holen, zusammen mit dem Auto?«

»Ich schicken«, erwiderte Mary.

»Kannst du vielleicht mitkommen? Ich würde dich bezahlen. Fünftausend Schilling pro Tag …« Munroe stockte. Für einen Moment verschlug es ihr die Sprache. Sie hatte Mary gerade die Summe angeboten, die Sami bei ihrer ersten Begegnung verlangt hatte.

»Wie viele Tag?«, wollte Mary wissen.

»Ich weiß nicht.«

Die Frau wandte den Blick zum Haus, als würde sie etwas berechnen, als suchte sie nach einer Möglichkeit, und dann sagte sie: »Vielleicht Gabriel kann machen.« Munroe nickte. Gabriel war ohnehin die bessere Wahl.

Mary rief nach ihrer ältesten Tochter, und während die beiden miteinander sprachen und Mary dem Mädchen Anweisungen gab, kehrte Munroe zum Kapitän zurück, um die Sachen auszupacken, die sie auf dem Rückweg in der Apotheke besorgt hatte. Als sie den Kapitän am Arm packte, zuckte er zusammen und schreckte auf. Und als er die Spritze sah, rutschte er noch weiter von ihr weg.

»Was machst du da?«, fragte er.

»Ich lasse dich einschlafen.«

»Für immer?«

»So ein Blödsinn. Ich brauche dich schließlich noch, falls ich keine andere Möglichkeit habe, das Schiff und die Mannschaft auszulösen.«

»Wieso?«

»Wieso was?«

»Wieso willst du mich betäuben?«

»Damit ich dich mitnehmen kann.«

»Wohin?«

»Du stellst aber eine ganze Menge Fragen für jemanden in deiner Situation.«

»Ich soll mit dir kooperieren, und das fällt mir leichter, wenn ich weiß, was los ist.«

Munroe schnaubte. Nichts, was er bisher getan hatte, deutete auch nur annähernd auf Kooperationsbereitschaft hin, viel eher auf Beobachten und Informationen sammeln und auf eine Chance zur Flucht lauern. »Da sind ein paar Russen in der Stadt, die würden gerne einen Blick auf dich werfen«, sagte sie.

Der Kapitän riss die Augen auf und verspannte sich, klappte den Mund auf und zu, als wolle er etwas sagen, ohne dass ein Ton herauskam. Es war das erste Mal, dass er unverfälscht auf eine ihrer Äußerungen reagierte. Munroe griff erneut nach seinem Arm, um ihm das Beruhigungsmittel zu spritzen, aber er riss sich los und rutschte so weit von ihr weg, wie das Seil es zuließ.

Ihre Bemerkung war ein Köder gewesen, ein Versuch, um den Wahrheitsgehalt der Informationen des *Hawaladar* zu testen, um festzustellen, ob es tatsächlich eine Verbindung zwischen der russischen Delegation und der *Favorita* gab. Die Reaktion des Kapitäns sagte mehr als tausend Worte.

Munroe ließ ihn zappeln. »Das ist der Dank dafür, dass ich all deine Fragen beantwortet habe?«, sagte sie.

»Du darfst mich nicht zu ihnen bringen«, sagte er.

»Sie wollen dich nur ansehen.«

»Nein, das stimmt nicht.«

Sie hielt inne. Es war ein gespieltes Zögern, als sei ihr der Zusammenhang gerade erst in den Sinn gekommen. »Ob das die gleichen Leute sind, die mich umbringen wollten?«

Er musterte sie aufmerksam, wog ein Übel gegen das andere ab. »Was bekomme ich dafür?«, fragte er schließlich.

Sie griff erneut nach seiner Hand, und er zog sie weg.

»Du bekommst eine Planänderung«, sagte sie. »Und wenn du mir erzählst, wieso diese Typen hinter dir her sind, verspreche ich, dass ich dich nicht direkt zu ihnen bringe.«

»Aber indirekt?«

»Gut möglich, dass ich dich gegen die *Favorita* eintausche.«

»Aber nicht heute?«

»Du hast immer noch genügend Zeit, um deine Flucht zu planen«, sagte sie. Er starrte sie wütend an, dann streckte er ihr seinen Arm entgegen.

Kapitel 27

Den Kapitän im selben Hotel unterzubringen, in dem auch seine Verfolger Quartier bezogen hatten, das war eine sehr spezielle Art, ihnen auf der Nase herumzutanzen, gewürzt mit einer kräftigen Prise Ironie: das Huhn im Fuchsbau, der Ort, an dem die Jäger ihre Beute am allerwenigsten vermuten würden. Selbst wenn die Killer irgendwie eine Kopie ihres Reisepasses bekommen hatten, den sie an der Rezeption des Hotels in North Shore abgegeben hatte, sie hätten sie wohl kaum erkannt, selbst wenn sie mit ihr am selben Tisch gesessen hätten.

Munroe und Gabriel betraten das Hotel durch den Seiteneingang, manövrierten den Kapitän durch Lagerbereiche und Personalräume in den Flur und fuhren mit dem Fahrstuhl in den vierten Stock. Hoch genug jedenfalls, dass der Kapitän dumm gewesen wäre, wenn er versucht hätte, durchs Fenster zu entkommen – obwohl sie ihm sogar das zutraute.

Das Zimmer war sauber und funktional eingerichtet – zwei Doppelbetten, ein kleiner Schreibtisch und ein winziger Fernseher –, und es besaß sogar ein kleines Badezimmer. Wie in der westlichen Welt mittlerweile üblich – ganz im Gegensatz zu den Gepflogenheiten hier auf dem Kontinent – wurden die Zimmertüren nicht mit Schlüsseln, sondern mit einer Magnetkarte geöffnet. Das würde ihr das unauffällige Kommen und Gehen deutlich erleichtern. Sie wies dem Kapitän das Bett zu, das weiter von der Tür entfernt war, und gab Gabriel das andere. Dann machte sie das Seil am Fußende von

Gabriels Bett fest, vergewisserte sich, dass die Fesseln immer noch fest genug saßen, und ließ die beiden allein, allerdings nicht ohne Gabriel einen kräftigen Stock dazulassen, zusammen mit einem ganzen Bündel Anweisungen, sowohl für ihn selbst als auch für den Kapitän.

Dann unternahm sie eine ausgiebige Runde durch die öffentlichen Bereiche des Hotels und begutachtete die Gäste. Vielleicht war ja jemand dabei, der aussah wie ein Mitglied einer russischen Delegation. Doch als sie nirgendwo fündig wurde, setzte sie sich wieder in das Dachterrassen-Restaurant. Sie bestellte sich Drinks, die sie nicht wollte, und ein Essen, für das sie keine Zeit hatte, nur um einen Anlass zu haben, mit dem Personal ins Gespräch zu kommen, großzügige Trinkgelder zu verteilen und dem Flüstern, den heimlichen Gesprächen zu lauschen, um vielleicht irgendwo einen entscheidenden Hinweis aufzuschnappen.

Der Abend schleppte sich dahin, ohne dass etwas Nennenswertes geschah, also kehrte sie irgendwann zurück auf ihr Zimmer, überließ das Abendessen, das sie kaum angerührt hatte, Gabriel und machte sich auf den Weg nach North Shore, zu dem Hotel, das einst ihr Rückzugsort gewesen war, wo alle Gäste Touristen und entsprechend gekleidet waren, wo sie sich auskannte und wusste, wie sie ein Zimmer betreten konnte, das nicht ihres war.

Es dauerte dreißig Minuten, bis sie in insgesamt vier Zimmern Kleidung und Schminke, Schuhe und Haarpflegemittel durchwühlt und alles gefunden hatte, was sie brauchte. Es handelte sich ausschließlich um Dinge, die sie normalerweise vor Ort gekauft hätte, wenn sie Zeit dafür gehabt und gewusst hätte, wo man sie bekam. Sie verstaute ihre Beute in einer Tasche, die ebenfalls aus einem der Zimmer stammte, schlenderte durch die Lobby zurück zum Haupteingang, nahm ein Taxi in die Stadt, ging das letzte Stück bis zum Hotel zu Fuß und machte dann, nach einem viel zu vollen Tag, endlich Feierabend.

Sie streifte die Schuhe ab und legte sich neben den Kapitän, in den Klamotten, die sie seit Tagen nicht gewechselt hatte. Schluckte eine kräftige Dosis Ibuprofen, aber kein Morphium mehr. Damit war sie durch. Nicht weil ihre Schmerzen geringer geworden wären, sondern weil das Risiko zu groß geworden wäre, hätte sie das Zeug noch länger genommen.

Bald brach der Morgen an, und Munroe wachte mit der Sonne auf. Sie gab Gabriel zwei Bücher, die sie aus einem Hotelzimmer hatte mitgehen lassen, damit er sich mit etwas beschäftigen konnte, während sie weg war. Dann stellte sie sich unter die Dusche und überdeckte anschließend mit dem gestohlenen Make-up die verbliebenen Prellungen im Gesicht und am Hals. Schlüpfte in halbwegs passende Kleider und hängte die anderen Sachen in den Schrank zurück. Dann sagte sie zu Gabriel: »Ich brauche alles, was hier im Zimmer ist. Bitte nimm nichts weg. Gar nichts.«

»Ich nix anfassen«, erwiderte er. Trotzdem war sie sich nicht sicher, ob sie ihm glauben sollte. Solange sie Gast in seinem und dem Haus seiner Schwester gewesen war, war das eine Selbstverständlichkeit gewesen, aber jetzt, wo er bei ihr zu Gast war und sie ihn bezahlte, hatte sich die Ausgangslage geändert. Wenn er ganz sich selbst überlassen blieb und genügend Zeit hatte, würde er vermutlich alles mitnehmen, was sie hatte. So war es eben auf diesem Kontinent, darauf musste man sich einstellen und damit musste man klarkommen. Das hatte auch nichts mit Vorurteilen zu tun. Das war die Realität, genau wie Malaria oder schlechte Straßen oder die mangelhafte Kanalisation.

Munroe klapperte einmal mehr die diversen Restaurants, die Bar, die Dachterrasse und die anderen öffentlichen Bereiche des Hotels ab. Verteilte auch dieses Mal wieder großzügig Trinkgeld und stellte den Mitarbeitern gezielte Fragen, sodass sie schließlich etliche zusätzliche Augen und Ohren gewonnen hatte. Da es noch nicht Nachmittag war, ging sie zweimal auch zum Haupteingang hinaus auf die Straße, wo sie mit gesenktem Kopf auf die andere Straßenseite spähte, in der Hoffnung, den Schlägertypen noch einmal zu Gesicht zu bekommen, der sie beinahe umgebracht hätte. Doch auch das erwies sich als reine Zeitverschwendung.

Wenn die Delegation noch im Hotel war, wenn die Russen hier immer noch etwas zu erledigen hatten, dann würden auch die Schläger in der Nähe bleiben. Sie wünschte diesen Kerlen den Tod, aber noch mehr wollte sie den Kontaktmann in die Finger bekommen, den Einheimischen, der die Botendienste verrichtete und die Nachrichten weitergab, denn eines war klar: Die Ausländer verhandelten garantiert nicht direkt mit diesen Schlägertypen.

Am frühen Nachmittag hatte sie immer noch keinen Fortschritt zu verzeichnen und kehrte auf ihr Zimmer zurück. Fand Gabriel schlafend vor, während der Kapitän die Füße bereits befreit hatte und gerade dabei war, sich die Hände loszubinden. Er erstarrte, als sie die Tür aufmachte. Kopfschüttelnd stellte sie sich neben Gabriels Bett und griff nach dem Stock. Er wachte bei der ersten Berührung auf, und als er sah, wie weit der Kapitän während seines kleinen Nickerchens gekommen war, sprang er auf und erhob den Stock drohend über den Kopf.

»Schlag ihn«, sagte Munroe.

Gabriel blickte sie fragend an.

»Dahin«, sagte sie und deutete auf das Schienbein.

Der Kapitän zog die Beine an, also deutete Munroe auf seinen Oberarm.

Gabriel schlug zu, hart, aber nicht so hart, wie Munroe zugeschlagen hätte, wenn sie die dazu nötige Kraft und Beweglichkeit besessen hätte. Der Kapitän biss auf die Zähne und unterdrückte einen Schrei, obwohl der Schlag ziemlich wehgetan haben musste.

»Beim nächsten Mal ist es kein Stock«, sagte sie, während der Kapitän seine harte, trotzige Miene beibehielt. »Das nächste Mal sorge ich dafür, dass er dir etwas bricht.«

Gabriel stand nach wie vor mit hoch erhobenem Stock bereit, während Munroe den Kapitän aufs Neue fesselte. Dieses Mal band sie das Ende des Seils um Gabriels Hüfte, damit er sofort merkte, wenn der Kapitän versuchte zu entkommen. Sie durchwühlte ihre Sachen und fand schließlich die letzte Schachtel mit Morphiumtabletten, zerkleinerte eine davon und kippte das Pulver in eine fast leere Wasserflasche. Dann gab sie sie dem Kapitän. »Trink aus, oder ich mache dich komplett bewusstlos.«

Er nahm die Flasche und trank sie aus. Anschließend schloss er schweigend die Augen. Munroe wandte sich an Gabriel: »Ich bin dir und deiner Familie sehr dankbar für alles, was ihr bisher für mich getan habt. Aber so etwas darf auf keinen Fall noch einmal passieren. Die Männer, die hinter ihm her sind, sind die, die auch Sami umgebracht haben. Solange er hier ist, ist er in Sicherheit, bin ich in Sicherheit und ist deine Familie in Sicherheit. Hast du das verstanden?«

Gabriel nickte und senkte den Kopf. Es war eine Entschuldigung, die sie nicht wollte, eine Erniedrigung, die er nicht verdient hatte. Im Prinzip war es ihr Fehler gewesen. Sie hätte nicht so lange wegbleiben dürfen. In Zukunft wollte sie versuchen, öfter hier vorbeizuschauen, aber jetzt musste sie weg. Sie hatte eine Verabredung, die sie auf keinen Fall verpassen durfte.

Munroe entdeckte den *Hawaladar* im Dachterrassen-Restaurant. Er saß mit dem Rücken zum Fenster an einem Vier-Personen-Tisch. Am übernächsten Tisch saßen zwei seiner Leibwächter – außer Hörweite, aber doch dicht genug, um jederzeit eingreifen zu können.

Sie ließ den Blick durch das halb volle Restaurant schweifen. Aus dem Durcheinander der verschiedenen Sprachen und den zahlreichen unterschiedlichen Hautfärbungen schloss sie, dass die meisten Gäste, die hier zu Mittag aßen, Ortsfremde und Ausländer waren. Einheimische waren nur vereinzelt zu sehen, und Russen, soweit sie es beurteilen konnte, überhaupt nicht.

Der *Hawaladar* fing ihren Blick auf, erhob sich und begrüßte sie mit einem Händedruck, der sehr viel herzlicher ausfiel, als sie erwartet hatte: In einer anderen Umgebung schien er ein anderer Mensch zu sein.

Sie setzte sich neben ihn und nicht auf den Stuhl ihm gegenüber, damit sie die Wand im Rücken hatte. Er hatte bereits einen Salat bestellt und halb gegessen. Als der Kellner an ihren Tisch kam, bestellte sie das Gleiche und überließ dem *Hawaladar* die Gesprächsführung, die sich erst, nachdem sie fertig gegessen und die erste Tasse Kaffee vor sich stehen hatten, dem Geschäftlichen zuwandte.

»Hatten Sie schon Gelegenheit, meinen Vorschlag zu erörtern?«, erkundigte er sich.

Sie nickte. »Ich bin in der Lage, das, was wir besprochen haben, zu erledigen. Ich kann auch einen großen Teil der benötigten Ausrüstung beschaffen, aber von Ihnen brauche ich trotzdem mehr als nur Informationen.«

»Wenn ich Ihnen alles besorge, was Sie haben wollen, bekomme ich dann im Gegenzug das Schiff?«

»Ja.«

»Können Sie mir sagen, was Sie brauchen?«

Sie zog ein Blatt Papier aus einer Tasche und schob es ihm zu. Er nahm es in die Hand und überflog es. »Wie stehen die Chancen, dass Sie Erfolg haben?«

»Mit dem Überraschungsmoment haben wir eine realistische Chance. Ohne wäre es von vornherein sinnlos.«

Er faltete das Blatt zusammen und steckte es in seine Brusttasche. »Wenn es schiefgeht, verliere ich womöglich meine komplette Investition«, sagte er.

»Und ich mein Leben.«

Seine Mundwinkel zogen sich ein klein wenig nach oben. »Genau wie bei der Piraterie«, sagte er. »Die Ironie ist kaum zu übersehen.«

»Heißt das, wir sind uns einig?«

Er reichte ihr eine Visitenkarte. »Das ist meine Privatnummer. Die Einzelheiten können wir später noch regeln«, sagte er. »Aber jetzt habe ich einen Termin.«

Sie blieb sitzen und sah ihm nach. Trank schweigend ihren Kaffee aus. Weder in seinen Worten noch in seiner Körpersprache hatte sie irgendeinen Hinweis darauf entdeckt, dass er sie angelogen oder versucht hatte, sie hinters Licht zu führen, aber trotzdem reichte ihr Vertrauen nur so weit wie seine persönliche Motivation. Und wenn Geld die treibende Kraft war, dann war seine Loyalität nur so lange haltbar, bis ihm mehr Geld geboten wurde.

Munroe verließ das Hotel durch den Seiteneingang und ging durch mehrere schmale Gassen, bis die nicht mehr asphaltiert waren. Sie fragte sich durch, wurde immer weitergeschickt, bis sie schließlich vor einer Baustelle stand. Sie legte die Hand über die Augen und blickte etliche Stockwerke nach oben, wo Arbeiter – ohne Gurte, manche barfuß, aber alle mit Schutzhelm – ihre mit Zement gefüllten Schubkarren über Holzplanken schoben.

Neben einem Stapel mit Steinen hockte ein Junge. Er war vielleicht zwölf, dreizehn Jahre alt und wartete auf irgendwelche kleinen Aufträge, die ihm hin und wieder ein paar Bob einbrachten. Munroe zeigte auf ein Stück Baustahl. »So was will ich haben«, sagte sie. »Zwei Stück.« Dann zeigte sie ihm mit den Händen die benötigte Größe an, mehr oder weniger die Länge ihres Oberschenkels. »Kannst du mir das besorgen?«

»Dreihundert Bob«, erwiderte er, und sie nickte.

Er rannte davon, und sie setzte sich in den Schatten, wo sie nicht befürchten musste, von einem ungesicherten Gerüstteil oder einem herabfallenden Stein getroffen zu werden. Zwanzig Minuten später tauchte der Junge wieder auf. Sie gab ihm das Geld und er ihr die Baustahlstücke.

Da sie, während Gabriel auf der Toilette gewesen war und der Kapitän geschlafen hatte, die Pistole unter der Matratze versteckt hatte, trug sie das Messer immer bei sich. Aber das wäre zu offensichtlich gewesen. Sie brauchte etwas Unauffälligeres, und diese beiden Rohre waren genau das Richtige. Sie fragte den Jungen nach dem Weg und entdeckte ein paar Straßen weiter eine Art Markt, eine Gasse, wo Kunsthandwerker, Barbiere und Schweißer, Korbflechter und Schneider an improvisierten Ständen ihre Dienste feilboten. *Jua kali* wurde so etwas genannt, »heiße Sonne«, weil das Gewerbe im Freien ausgeübt wurde, wo immer Kunden zu erwarten waren, die etwas repariert oder gebaut haben wollten, ohne offizielle Ausbildung oder Gewerbeschein. Sie fand einen Schneider, der seine Fäden und Stoffe auf einem Papptisch neben sich ausgebreitet hatte und mit Sandalen an den Füßen hinter seiner pedalbetriebenen Nähmaschine saß.

Munroe zeigte ihm die Stahlrohre und beschrieb ihm, was sie haben wollte. Dann setzte sie sich mit einem Stück Tuch um die Hüfte hinter den Schneider, während sich vor ihm eine immer größer werdende Menge Schaulustiger versammelte und er auf die Seitennähte ihrer Hose schmale Taschen nähte. Als er fertig war, gab er ihr die Hose wieder.

Sie kontrollierte die Qualität der Arbeit und zog, nachdem sie zufrieden war, die Hose wieder an. Das Unterhaltungsprogramm war beendet, und die Gaffer zerstreuten sich langsam. Sie schob die Stahlrohre in ihre neuen Taschen und bezahlte den Schneider. Jetzt hatte sie ihre Waffen. Dieses Mal war sie vorbereitet.

Der Mann mit dem pfirsichfarbenen Hemd hockte vor dem Hotel und spielte *Mancala.* Kaum hatte sie ihn erblickt, stieg ihr das Blut in den Kopf, packte die kalte Wut sie mit aller Macht, und sie ging mit langen Schritten auf ihn zu, die Finger an die schmalen Taschen auf ihren Oberschenkeln gelegt. Gut möglich, dass sie durch ihr impulsives Handeln die gesamte Mission mit Amber, die Rettung Leos aufs Spiel setzte. Aber das war ihr egal.

Sie zog ein Stahlrohr aus der Hülle und näherte sich von hinten. Langsam, um möglichst wenig Aufmerksamkeit zu erregen, aber schnell genug, um genügend Schwung zu haben. Sie hatte nur einen Schlag, und der musste sitzen. Anschließend hieß es dann so schnell wie möglich verschwinden und unauffällig bleiben, damit es nicht zu einer größeren Menschenansammlung kam und sie womöglich von der aufgebrachten Menge in einem Akt von Selbstjustiz totgeprügelt wurde.

Der Mann im pfirsichfarbenen Hemd, der immer noch vor dem Spielbrett hockte, beugte sich jetzt nach vorne auf die Zehenspitzen, um einen Zug zu machen. In diesem Augenblick schlug sie zu, hart und mit der linken Hand, um ihre verletzte rechte Seite so wenig wie möglich zu belasten. Sie legte alle Kraft, die sie hatte, in diesen einen Schlag und traf seinen Brustkorb, konnte spüren, wie die Rippen brachen, und hätte beim Aufprall beinahe laut aufgeschrien, so stark war der Schmerz, der durch ihren Körper jagte. Er stieß einen klagenden Laut aus und brach zusammen, und als der zweite Spieler den Kopf hob und sie anblickte, da erkannte sie ihn ebenfalls: Der Mann, der sich ihr auf dem Pfad in den Weg gestellt hatte. Der Mann, der angeblich kein Englisch verstand.

»Erinnerst du dich?«, sagte sie und trotz der atemraubenden Schmerzen, die durch ihren Brustkorb und ihren Arm pulsierten, lächelte sie ihn an.

Er stand auf und verharrte eine halbe Sekunde lang in einer seltsamen Haltung, hin- und hergerissen, als wüsste er nicht genau, ob er weglaufen oder den Kampf aufnehmen sollte. Sie sagte: »Ohne deine Freunde bist du nicht mehr so stark, stimmt's? Da bist du bloß noch ein kleiner Junge.« Diese Worte schienen ihn immerhin so weit zu stabilisieren, dass er einen Schritt auf sie zu machte. Er hielt noch einmal inne, warf einen Blick auf Pfirsichhemd, der sich mittlerweile auf dem Stück Karton zu einer Kugel zusammengerollt hatte. Dann machte er noch einen Schritt in ihre Richtung.

Sie wich zurück. Nicht so weit, dass er denken konnte, dass er gewonnen oder sich einen Vorteil verschafft hatte, sondern nur so viel, dass sie in Sicherheit war. Und als er langsamer, zögerlicher wurde, fing sie an, ihn zu provozieren. »Brauchst du etwa immer acht Freunde, um zu kämpfen?«

Der Mann mit dem pfirsichfarbenen Hemd kam taumelnd auf die Füße, mit schwerer Schlagseite, den Arm schützend um die Brust gelegt. Sie wich noch einen Schritt zurück, bis die beiden ihre Macheten vom Boden aufhoben und ihr folgten. Dann huschte sie zwischen den fahrenden Autos hindurch auf die andere Straßenseite und provozierte die beiden Männer erneut, lockte sie immer weiter Richtung Hotel, dorthin, wo sie jede Gasse, jede Biegung kannte: die Häuser und ihre Eingänge, die Straßen und ihre Rinnsteine, die Wände und Gräben, die sie zu ihrem Vorteil nutzen konnte.

Sie folgten ihr vorsichtiger, als sie erwartet hatte, misstrauisch, jederzeit auf eine List oder eine Falle gefasst. Erst als sie hinter dem Hotel waren, auf einem übel riechenden, mit Müll übersäten Grundstück, beschleunigten sie ihre Schritte, wurden selbstbewusster und kamen schnell näher. Munroe war weder stark noch flink genug, um die beiden niederzuringen, aber sie hatte das Messer und die Stahlrohre. Mehr als einen einzigen guten Schlag brauchte sie nicht.

Kapitel 28

Munroe humpelte weiter. Bog schnell um die nächste Ecke und kletterte auf eine Metallkiste, in der irgendwelche Ausrüstungsgegenstände aufbewahrt wurden. Zog das zweite Stahlrohr aus der Tasche und nahm die beiden Rohre in eine Hand. Wartete, bis die Männer um die Ecke gebogen kamen, legte ihr ganzes Gewicht in den Schlag und ließ die Rohre mit voller Wucht auf den Schädel des zweiten *Mancala*-Spielers prallen.

Er brach auf der Stelle zusammen. Lautlos. Vielleicht war er tot.

Der Mann in Pfirsich wandte den Blick zunächst zu seinem Freund, dann zu ihr hinauf, um anschließend vorsichtig zurückzuweichen.

Sie sprang von der Kiste herab und nahm ein Rohr in jede Hand.

Jetzt war es ein ausgeglichener Kampf: beide nicht im Vollbesitz ihrer Kräfte, eins gegen eins.

Nur dass er eine Machete und sie zwei Metallrohre in der Hand hatte.

Er hob die Waffe, machte einen Ausfallschritt auf sie zu. Sie wich seitlich aus, beobachtete konzentriert seine Atmung, seine Augen, die winzigen Körperbewegungen, die sie warnen und ihr die entscheidenden Sekundenbruchteile Vorsprung verschaffen würden.

Sie stieß mit dem einen Ende eines Rohrs nach ihm.

Er schwang seine Machete. Sie drehte sich um die eigene

Achse und ließ das Rohr mit voller Wucht auf seinen Unterarm krachen, so fest, dass der Aufprall eine Schmerzwelle in ihre Hand jagte und sie ebenso laut aufschrie wie er. Trotzdem ließ er die Machete nicht fallen und schlug wild und unkontrolliert um sich. Sie erwiderte jeden einzelnen seiner Schläge.

Irgendwo weit weg am Rande ihres Bewusstseins, da war der Schmerz, wollte sich bemerkbar machen, übertönt vom Adrenalin und erstickt im Jagdfieber, während sie zuschlug, wieder und wieder und wieder. Obwohl geschwächt, war sie schneller als ihr Gegner.

Sie schlug auf ihn ein, hörte nicht auf, ließ das Stahlrohr auf ihn niederprasseln, so wie die Fäuste und Stöcke am Strand auf sie niedergeprasselt waren und ihr beinahe das Leben genommen hätten. Sie schlug so lange zu, bis er auf die Knie sank, die Arme schützend über den Kopf legte und sie anflehte aufzuhören … als hätte er in jener Nacht, als er und seine Freunde über sie hergefallen waren, aufgehört, wenn sie ihn darum gebeten hätte.

Außer Atem, mit stechender Lunge und brennenden Armen, nahm sie die Machete und warf sie in den Rinnstein.

»Für wen arbeitest du?«, wollte sie wissen, und er wimmerte auf Suaheli: »Ich weiß nicht.«

Sie versetzte ihm einen Tritt, und er brüllte: »Ich weiß nicht!«

»Wenn du das nicht weißt, bist du wertlos«, sagte sie und trat ihn erneut in den Magen, den Unterleib.

Er hielt sich die Hände schützend vor den Kopf und schrie: »Ibrahiin, Ibrahiin.« Munroe hielt inne.

Das war ein arabischer Name. »Ein Kenianer?«, hakte sie nach. »Somalier?«

»Gemischt.«

Sie holte erneut mit dem Fuß aus, und er sagte: »Ich hören Anton. Ich hören Anton. Ich hören Sergej.«

»Wer ist das?«

Jetzt schluchzte er. »Ich weiß nicht.«

»Warum sitzt du hier vor dem Hotel?«

»Warten auf Arbeit«, wimmerte er. »Warten auf Geld. Vielleicht heute. Vielleicht morgen.«

»Wer bezahlt dich?«

»Ibrahiin.«

»Was hast du als Nächstes vor?«

»Ich weiß nicht«, erwiderte er und neigte den Kopf zu ihr nach oben. Blutblasen drangen aus seiner Nase, und er verzog das Gesicht mit dem zahnlosen Mund zu einer Grimasse. »Bitte, lass mich leben«, flehte er sie an.

Drohend stellte sie sich über den Mann, der versucht hatte, sie umzubringen, der auch an Samis Ermordung beteiligt gewesen war, der ohnehin schon bald durch Klebstoff und die Straße den Tod finden würde, allerdings erst, nachdem er noch mehr Verbrechen verübt, noch mehr Unglück über die Menschheit gebracht hatte. Wenn sie diesen Kerl jetzt umbrachte, würde sie der Welt damit einen Gefallen tun, vielleicht sogar ein paar Menschenleben retten. Ein einziger Schlag auf den Kopf würde das Ende bedeuten, aber das konnte sie nicht. Nicht so. Nicht so skrupellos, während er um sein Leben greinte.

Wenn er aufgestanden wäre, wenn er noch einmal versucht hätte, sie umzubringen, um sein Leben zu kämpfen, sie anzufallen, dann hätte ihr Instinkt die Vernunft beiseiteschieben, dann hätte sie ihn endgültig erledigen können. Aber er rührte sich nicht von der Stelle. Zuckte nicht einmal. Sie wandte sich ab, aber nicht einmal jetzt reckte er sein böses Haupt, startete er einen letzten Versuch, sie zu überwältigen. Schniefend und geschlagen blieb er am Boden liegen.

Sie ließ das Stahlrohr sinken. Erst jetzt spürte sie den Schmerz, der vom Adrenalinrausch an den Rand ihres Bewusstseins gedrängt worden war. Er schlug wie eine Welle über ihr zusammen, der Boden neigte sich in einem seltsamen Winkel, und ihr wurde schwindelig. Entweder musste sie ihn auf der Stelle töten oder sie musste verschwinden, bevor die Schwäche ihr zum Verhängnis wurde.

»Wenn ich dich am Leben lasse«, sagte sie, »verschwindest du. Wenn du je noch einmal mit Ibrahiin Kontakt aufnimmst, wenn ich dich jemals wiedersehe, wenn du über das, was heute geschehen ist, mit irgendjemandem redest, dann werde ich dich finden. Und ich werde dich töten.«

Sie hatte nicht die Mittel oder die Zeit, um diese Drohung wahr zu machen, aber das konnte er ja nicht wissen. Er nickte und blubberte und ließ noch mehr Blutstropfen auf den matschigen Boden regnen. »Ich versprechen«, sagte er.

Munroe ließ ihn liegen. Bei einem letzten Blick zurück sah sie ihn mühsam in die entgegengesetzte Richtung kriechen. Hoffentlich starb er an seinen Verletzungen.

Sie fand eine Eingangstreppe und ließ sich darauffallen, konnte die Augen durch die Erschöpfung, die jedem Adrenalinschub folgte, nur mit größter Mühe offen halten, zitterte unter dem Ansturm der Schmerzen, die jetzt wieder genauso schlimm waren wie in den ersten Tagen nach der Prügelattacke.

Sie musste zurück ins Hotel. Brauchte unbedingt eine Dosis Morphium. Wuchtete sich unter Mühen auf die Beine und hinkte die Straße entlang, immer einen Fuß vor den anderen setzend, bis schließlich irgendwann der Personaleingang vor ihr lag, auch wenn sie sich nicht daran erinnern konnte, wie sie hierhergekommen war oder wie lange es gedauert hatte. Machte Schritt für Schritt, bis sie im Fahrstuhl stand und dann vor ihrem Zimmer. Schloss die Tür auf.

Torkelnd, blind vor Schmerz suchte und fand sie schließlich das Kapanol und schluckte eine Tablette. Irgendwie war jetzt auch Gabriel bei ihr und kümmerte sich um sie, mit dem gleichen Gespür, das ihn damals zu ihr an den Strand gebracht und mit dem er ihr geholfen hatte, die Sachen aus ihrem Hotelzimmer zu holen. Er brachte sie ins Bett, und sie hörte seine Stimme aus dem Nebel sagen: »Alles gut. Du schlafen.« Dann machte sie die Augen zu und stieg hinab ins Dunkel.

Regelmäßiges Rascheln holte sie Stück für Stück wieder nach oben, bis sie schließlich die Augen aufschlug. Das Zimmer war vom schwachen Licht der Spätnachmittagssonne erfüllt. Nicht weit von ihr entfernt saß der Kapitän, den Rücken an die Wand gelehnt. In seinem Schoß lag ein Buch, dessen Seiten er regelmäßig umblätterte. Als sie die Augen aufschlug, warf er ihr einen Blick zu und schnaufte. Es schien fast, als sei er enttäuscht, dass sie noch am Leben war.

Munroe drehte sich auf den Rücken. Streckte sich, um die Steifheit aus den Gliedern zu vertreiben, setzte sich mühsam auf und stellte die Füße auf den Boden. Gabriel, der auf dem anderen Bett lag, sprang auf und streckte ihr die Hand entgegen. »Du brauchen Hilfe?«, fragte er.

»Alles okay«, flüsterte sie, stützte sich auf seinen Arm und stand auf. Schlurfte zu dem Schrank mit den gestohlenen Kleidern und brachte sie ins Badezimmer. Dieses Mal würden die Schmerzen sehr viel schneller vergehen als in den ersten Tagen nach der Prügelattacke, als jede noch so kleine Bewegung teuflisch wehgetan und stillhalten alles nur noch schlimmer gemacht hatte. Das jetzt war nach vielen Fortschritten nur ein kleiner, letzten Endes erträglicher Rückschritt.

Das heiße Wasser riss die Reste des Opiatschleiers ebenso beiseite wie die Steifheit in ihren Gliedern, und als sie so lange wie nur irgend möglich unter dem heißen Strahl ausgehalten hatte, kam sie aus der Dusche und schluckte eine doppelte Ration Ibuprofen, die dort anknüpfen sollte, wo das Morphium aufgehört hatte. Sie schlüpfte in den ersten, aus einem Hotelzimmer gestohlenen Kleidersatz: eine weite Bluse, unter der ihre Verbände nicht weiter auffielen, und ein enger, knielanger Rock, der wenigstens die schlimmsten blauen Flecken auf ihrem Oberschenkel bedeckte und den überwiegend unversehrten Teil ihrer langen Beine gebührend zur Geltung kommen ließ.

Nach dem Anziehen brachte sie Feuchtigkeitscremes, Haarpflegemittel und andere erbeutete Schminkutensilien zum Einsatz. Wischte mit einem Handtuch den Wasserdampf vom Spiegel und musterte sich kritisch. Es war schon lange her, dass sie Kosmetika benötigt hatte, und es fühlte sich seltsam an, ein Gesicht zu schminken, das sie praktisch nie zu sehen bekam.

Mit mittlerweile ungeübten Fingern versuchte sie sich an einer einigermaßen femininen Frisur und bemalte ihr Gesicht entsprechend dem gängigen Schönheitsideal. Es war eine verblüffende Verwandlung, wie jedes Mal, aber die Schönheit dieser fremden Frau im Spiegel war für sie nichts weiter als ein praktisches Werkzeug, mit dessen Hilfe sich Reaktionen kanalisieren ließen: eine Möglichkeit, Widerstände abzubauen, Schleusen zu öffnen, weil die Menschen eben oberflächlich waren und auf Gift weit weniger ablehnend reagierten, wenn es ansprechend verpackt war.

Munroe legte die Haarbürste beiseite, machte die Augen zu und schlüpfte, trotz ihrer Erschöpfung, trotz der beständigen, dumpfen Schmerzen, in ihre Rolle: das Lächeln und die Koketterie, die Selbstsicherheit und die Körperhaltung, der Charme und die Verführungskunst, die einst Teil des Waffenarsenals gewesen waren, mit dessen Hilfe sie Staatsmännern den Kopf verdreht und ihnen ihre Geheimnisse entlockt hatte.

Es war schon lange her, zu lange vielleicht, wer konnte das wissen.

Als sie aus dem Badezimmer kam und zum Schrank ging, um die diversen Schmink- und Pflegeartikel zurückzulegen, hob der Kapitän den Kopf und musterte sie eingehend. Sie stellte sich ans Fußende seines Bettes und starrte auf ihn hinunter. »Ich kann dich im Kleid genauso gut umbringen wie in Hosen.«

»Bist du eine Frau?«, fragte er.

»Das spielt wirklich keine Rolle«, erwiderte sie. Dann ließ sie Gabriel zu seiner Bewachung zurück und begab sich ins Dachterrassen-Restaurant, um zu essen und zu jagen. Solange die Russen noch hier wohnten – und wenn sie den Andeutungen der Angestellten, denen sie immer wieder ein Trinkgeld zugesteckt hatte, glauben konnte, dann war das der Fall – und sie selbst zu den Essenszeiten die Restaurants aufsuchte, würde sie ihre Beute zwangsläufig irgendwann zu Gesicht bekommen. Es war nur eine Frage der Zeit und der Wahrscheinlichkeit, bis ihre Wege sich kreuzten.

Munroe blieb im Eingang des Restaurants stehen und ließ den Blick durch den Saal schweifen, wartete, bis sie an einen freien Platz gebracht wurde. Sie ließ sich Zeit mit der Bestellung und noch mehr Zeit mit dem Essen, wollte den Abend ausdehnen und die Chancen vergrößern, dass sie zur rechten Zeit am rechten Ort war. Als sie die Hälfte der Vorspeise gegessen hatte, kündigten die ersten Worte – fremd und vertraut zugleich – die Ankunft ihrer Zielpersonen an. Sie stocherte in ihrem Essen herum, während sie, ohne den Kopf zu heben, nach den Stimmen ihrer potenziellen Spielgefährten Ausschau hielt.

Es waren vier Männer. Zwei waren wohl Anfang bis Mitte zwanzig, ein dritter Ende dreißig, Anfang vierzig, und der letzte mindestens Mitte fünfzig. Der Kleidung, der Frisur und dem Viertagebart der beiden Jüngeren nach zu urteilen, handelte es sich um Zivilisten, aber ihre Körperhaltung, ihr Verhalten und die Art und Weise, wie sie miteinander kommunizierten, ließen darauf schließen, dass sie alle zumindest eine militärische Vergangenheit hatten.

Munroe nahm noch kleinere Bissen und musterte die Männer über ihr mit Wasser gefülltes Weinglas hinweg. Sie saßen fünf Tische von ihr entfernt, dazwischen noch ein Paar aus Uganda; der Abstand war also so groß, dass sie das Gespräch der Männer nur sehr angestrengt würde belauschen können, und dann würde ihre Körpersprache sie verraten, bevor sie wirklich etwas erfahren hatte.

Munroe winkte den Kellner herbei und sprach ihn auf Suaheli an. Warf einen Blick zu dem Tisch, wo ihre Zielpersonen gerade etwas zu trinken bestellten, und legte einen Fünfhundert-Schilling-Schein auf den Tisch. »Ich möchte die Zimmernummern dieser Herren erfahren«, sagte sie. »Wenn Sie mir die besorgen können, gehört das Geld Ihnen.«

»Wann brauchen Sie sie?«, erwiderte er.

»Bevor ich mit dem Essen fertig bin.«

»Ich werde sehen, was ich tun kann«, sagte der Kellner und ging wieder seiner Arbeit nach. Aber es dauerte nicht lange, bis er sich mit einem anderen Angestellten unterhielt, und dann war er nicht mehr zu sehen. Ihre Bissen wurden noch kleiner, die Pausen dazwischen noch länger, genau wie die Wasserschlucke, während die Körpersprache am Tisch ihrer Zielpersonen ihr eine Geschichte erzählte, eine Geschichte, in der sich der Anführer von den anderen abhob. So wusste sie, dass der Mann Ende dreißig der Chef war.

Als sie dann schließlich mit Verzögerung ihr Mahl beendet hatte und der Kellner sich immer noch nicht wieder hatte blicken lassen, bestellte sie zuerst ein Dessert und danach noch einen Kaffee, verlängerte so ihren Aufenthalt noch einmal und lauschte begierig den wenigen russischen Brocken, die bis zu ihr herüberdrangen. Die Männer schienen keine

Eile zu haben, bestellten Drink um Drink und wurden dabei stetig lauter.

Das Gespräch nahm einen unbeschwerten Verlauf. Die Männer waren nicht gerade in Feierlaune, verbreiteten aber eine gewisse Lockerheit, wie Geschäftsleute nach einem erfolgreichen Abschluss. Falls sie sich irgendwelche Sorgen machten, weil sie nicht wussten, wo sie den Kapitän suchen sollten, ließen sie sich das jedenfalls nicht anmerken.

Sie hatte bereits die zweite Tasse Kaffee vor sich stehen und wurde langsam ungeduldig, als der Kellner schließlich kam. Er brachte ihr die Rechnung und dazu einen kleinen Zettel mit vier aufeinanderfolgenden Zimmernummern. Hinter jeder Zimmernummer stand ein Nachname.

Munroe legte das Geld für das Essen auf die kleine Untertasse und das Fünfhundert-Schilling-Trinkgeld obendrauf. Der Kellner strahlte über beide Backen, als sie das Restaurant verließ. Sie hatte Zeit. Nicht viel. Aber vielleicht genug, um ein Zimmer zu durchsuchen, bevor das Essen oben beendet war.

Sie fuhr mit dem Fahrstuhl ins Foyer. Eine Handvoll Gäste saß dort in Sesseln oder war gerade auf dem Weg nach draußen oder zu einem Zimmer. Aber an der Rezeption stand niemand. Munroe ging auf das Empfangspersonal zu, das sich angeregt unterhielt und die Kommenden und Gehenden keines Blickes würdigte.

Im vollen Bewusstsein ihrer Aufmachung nahm sie sich den männlichen Angestellten zum Ziel, legte die Hände auf den Tresen und wartete, bis er auf sie aufmerksam wurde. Als er endlich aufstand und sie anblickte, lächelte sie ihn lange und freundlich an und sagte: »Sie haben Nachtschicht? Das ist natürlich Pech.«

Er erwiderte ihr Lächeln.

»Wann haben Sie denn Feierabend?«, fragte sie.

»Um fünf.«

»Und dann noch zwei Stunden zu Fuß bis nach Hause?«

»Sie kennen sich aus?«

Sie nickte. »Ich habe lange hier gelebt. Viele meiner Freunde machen es genauso. Ich habe meine Schlüsselkarte verloren.«

Er lächelte erneut und erkundigte sich nach ihrem Namen und ihrer Zimmernummer. Sie zitierte von dem Zettel, den der Kellner ihr gegeben hatte.

»Haben Sie Ihren Reisepass dabei?«

»Der ist in meinem Zimmer«, flüsterte sie.

Er verzog das Gesicht und zögerte. Sie ließ einen Zwanzig-Dollar-Schein über den Tresen wandern. »Nehmen Sie mal ein paar Tage lang den Bus«, sagte sie. »Ich will die Sache nicht unnötig kompliziert machen. Es ist ja bloß eine Schlüsselkarte. Keine große Sache.«

Er warf einen nervösen Blick über die Schulter, vergewisserte sich, dass seine Kollegin das kleine Geschäft nicht bemerkt hatte, und machte dann eine neue Schlüsselkarte fertig. Anschließend reichte er sie ihr lächelnd und bedankte sich bei einem Mann mit russischem Namen.

Sie ging in den ersten Stock, zu dem Zimmer, das sie sich völlig willkürlich unter den vier Möglichkeiten ausgesucht hatte. Im Flur blieb sie stehen, lauschte auf Stimmen und die lärmige Ausgelassenheit, die automatisch auf ein gutes Essen und das anschließende Glas zu viel folgte.

Doch da war nichts als Stille. Sie steckte die Schlüsselkarte in den Schlitz und huschte ins Zimmer.

Es war kleiner als ihres: nur ein Bett, auf dem seit dem letzten Zimmerservice schon jemand gelegen oder gesessen hatte. Sie durchsuchte das Zimmer und das dazugehörige Badezimmer gründlich, besah sich die vielen Toilettenartikel und den Krimskrams, der nicht in dem geöffneten Koffer auf dem

Fußboden lag, sondern überall verteilt war, als hätte der Zimmerbewohner das Bedürfnis gehabt, sich hier so richtig auszubreiten. Es sah jedenfalls nicht danach aus, als rechne er mit einer überstürzten Abreise.

Vorsichtig sah sie sich auch die Dinge an, die im Koffer lagen, und die Kleider in dem kleinen Schrank. Hielt inne, als sie dort das AK-47-Magazin bemerkte, das in ihrem Rucksack gelegen hatte. Sie nahm es in die Hand und entdeckte ein paar vertraute Kerben darauf. Dann wusste sie Bescheid. Sie war fündig geworden.

Kapitel 29

Munroe durchsuchte auch den Rest des Zimmers, fand aber sonst nichts, was ihr gehörte. Sie legte das Ohr an die Tür und lauschte hinaus in den Flur. Nichts rührte sich. Sie machte die Tür einen Spalt weit auf und huschte dann hinaus zur zweiten Runde. Rief nebenbei Amber an.

»Hier ist alles vorbereitet«, sagte sie. »Seid ihr startklar?«

»Gestern habe ich die letzten Besorgungen gemacht und die Tickets gekauft. Die Flugdaten und ein paar andere Einzelheiten habe ich dir zugemailt. Hast du die Mail nicht bekommen?«

»Hatte noch keine Zeit nachzusehen.«

»Wir sind in drei Tagen da. Hast du schon Fortschritte gemacht? Hast du irgendetwas über Leo erfahren?«

»Das eine oder andere, ja«, erwiderte Munroe. »Ich bringe dich auf den neuesten Stand, sobald du hier bist. Ich habe alles im Griff.«

»Sag's mir jetzt.«

»Von Leo gibt es nichts Neues, Amber, nichts, was dich ruhiger schlafen lassen würde. Nur strategische und taktische Überlegungen, und die können warten.«

»Also gut.« Amber seufzte und legte auf.

Munroe ging die Treppe hinauf in ihr Zimmer – nur ein kleiner Abstecher, um dem Kapitän eine weitere Dosis Gleichgewichtsstörungen zu injizieren. Als sie die Tür aufmachte, sah sie Gabriel mit dem Rücken an der Wand sitzen. Den Stock hatte er in der Hand.

Der Kapitän schlief allem Anschein nach, obwohl das auch eine List sein konnte. Munroe beugte sich über ihn und verpasste ihm eine Ohrfeige.

Er schnellte hoch und wollte nach ihr schlagen. *»Dobroe utro«*, sagte sie.

Verwirrt wandte er sich ab und blickte zum Fenster. Draußen war es noch dunkel. »Warum?«, fragte er.

»Deine russischen Freunde wollen dich sehen.« Sie zerrte ihn am Ellbogen, als wolle sie ihn aus dem Bett ziehen. In Wirklichkeit ging es ihr nur darum, ihn zu verunsichern, festzustellen, wie er reagierte, um das Ausmaß seiner Angst einschätzen zu können.

Er riss sich los. »Was wollen sie?«

»Ich habe keine Ahnung. Im Gegensatz zu dir, schätze ich.«

Sie streckte erneut die Hand nach ihm aus, und er rutschte weiter von ihr weg. Sie forderte ihn per Handzeichen auf aufzustehen, aber er stierte sie lediglich an.

»Bitte zwing mich nicht, gewalttätig zu werden«, sagte sie. »Du wirst dieses Zimmer verlassen, so oder so. Aber es wäre mir lieber, wenn ich dich einigermaßen unbeschädigt abliefern könnte.«

Er machte immer noch keine Anstalten, sich von der Stelle zu rühren, also stellte sie sich aufrecht vor ihn und seufzte. »Ich habe keine Lust mehr, mich mit deinen ständigen Fluchtversuchen herumzuschlagen. So ist es für alle das Beste.«

»Nicht für mich.«

»Du hättest dich eben nicht ständig wie ein Arschloch aufführen dürfen. Zum Beispiel hättest du ein bisschen zuvorkommender sein können, als ich dich um Hilfe gebeten habe.«

»Sie bringen mich um«, sagte er.

Sie winkte ihn erneut nach vorne. »Diese Typen haben sich doch nicht den ganzen Stress mit der Entführung der *Favorita* gemacht, nur um dich umzubringen. Wenn sie nur das gewollt hätten, hätten sie das Schiff einfach in die Luft gejagt.«

Er reagierte mit Schweigen und einem leeren Gesichtsausdruck, der besagte, dass er zwar anderer Meinung, aber auch nicht bereit war, eine Erklärung zu liefern.

»Nun komm schon«, sagte sie. Versuchte abzuschätzen, wie viel Druck sie noch ausüben musste, bevor er entweder ihren Bluff bemerkte oder aber nachgab und endlich anfing zu reden. Als er, nach einem weiteren Augenblick des Wartens, immer noch regungslos auf dem Bett hockte, wandte Munroe sich an Gabriel, der auf dem Nachbarbett saß und die ganze Szene beobachtete. »Ich brauche deine Hilfe. Wir müssen ihn mit dem Fahrstuhl zwei Stockwerke nach unten schaffen.« Sie zog die Schlüsselkarte, die sie beim Empfang bekommen hatte, aus der Tasche. Die Zimmernummer war von Hand und deutlich sichtbar auf die Karte geschrieben worden. Der Kapitän konnte gar nicht anders als sie zu lesen. »Sie haben mir eine Schlüsselkarte gegeben. Dort soll ich ihn abliefern.«

Der Kapitän zuckte erneut zusammen, und als Gabriel aufstand, um ihn vom Bett zu zerren, schlug er mit den gefesselten Fäusten nach ihm. Gabriel wich zurück.

»Mich bekommt ihr nicht«, sagte der Kapitän.

»Oh doch«, erwiderte Munroe und streckte erneut die Hände nach ihm aus. Als er versuchte, sich zu wehren, schlug sie zurück, traf ihn mit dem Ellbogen an der Schläfe, mit dem Handballen am Kinn. Er prallte mit solcher Wucht nach hinten an die Wand, dass er sich nicht mehr rührte, sondern still dalag und sie anblinzelte.

Sie fluchte leise, wandte sich um und zog sich ins Badezimmer zurück, um tief durchzuatmen und den Schmerz zu verdauen, den die hastigen, kräftigen Bewegungen ausgelöst hatten. Die Hände auf das Waschbecken gestützt, den Kopf nach vorne geneigt, so stand sie da, keuchte und hoffte verzweifelt, dass sie den Kapitän nicht wieder in das Schädeltrauma zurückversetzt hatte, aus dem er gerade erst erwacht war. Die Minuten vergingen, genau wie der Schmerz, und als sie dann schließlich in das Zimmer zurückkehrte, spuckte der Kapitän Blut, und Gabriel saß wieder auf dem zweiten Bett. Er starrte an die Decke, und sein Grinsen besagte, dass er die Dinge selbst in die Hand genommen hatte.

»Alexej Petrow«, sagte der Kapitän. »Alexander. Alexander Petrow.«

»Wie bitte?«, erwiderte Munroe.

»Eine Information. Für dich.« Der Kapitän wischte sich das Blut vom Mund. »Vielleicht solltest du das überprüfen. Vielleicht verschiebst du das Treffen mit deinen neuen Freunden noch einmal.«

Sie blickte Gabriel an. »Lass ihn nicht aus den Augen«, sagte sie und verließ das Zimmer.

Er hatte ihr also einen Namen genannt, einen, der nicht auf der Liste des Kellners stand. Hatte ihr einen Knochen hingeworfen, damit sie ihm hinterherjagte, um sich ein bisschen Zeit zu verschaffen. Seine Stimme hatte angestrengt geklungen, nervös, und daher wusste sie, dass dieser Name mehr sein musste als nur ein Ablenkungsmanöver. Es war zu spät, um noch einmal ein Internetcafé aufzusuchen, und die Gäste-PCs des Hotels erschienen ihr zu riskant. Also würde sie die Jagd nach dem Phantom erst morgen früh beginnen.

Das Dachterrassen-Restaurant war leer, und Munroe ging zur Poolbar, wo laute Musik gespielt wurde und lachende Gäste grüppchenweise zusammenstanden. Dort entdeckte sie auch einen der Russen, holte sich einen Drink, als Requisit für den Abend, und schlängelte sich bis an den Rand der Gruppe, in der er stand. Sie vermied jeden direkten Blickkontakt und näherte sich von der Seite, um ihm nie gegenüberzustehen und ihm nicht zu nahe zu kommen.

Es handelte sich um einen der beiden jungen Russen. Gerade plauderte er in gebrochenem Englisch mit einer Deutschen, die allem Anschein nach doppelt so alt war wie er und auch nicht viel besser Englisch sprach – ungeschickte Anmache und grobschlächtige Flirtversuche zwischen mehr oder weniger fehlgeschlagenen Kommunikationsbemühungen. Als der Russe frustriert ein Wort in seiner Muttersprache ausstieß, packte Munroe die Gelegenheit beim Schopf. Den Blick nach wie vor dem Pool zugewandt, fing sie an zu übersetzen, sodass sie beide es hören konnten, Russisch-Deutsch.

Erbost drehten sie sich zu ihr um. Munroe lächelte. Hob die Hand und sagte: »Sorry.« Aber während das Gespräch weiterging, streute sie immer wieder ein Wort ein, bis sie das Eis schließlich zum Schmelzen gebracht hatte. Zunächst war sie nur Teil des Gesprächs, dann begann sie es zu lenken, um schließlich selbst im Mittelpunkt zu stehen. Als der Abend sich dann dem Ende entgegenneigte, war die andere Frau längst gegangen, und der Russe konzentrierte seine aggressiven Annäherungsversuche voll und ganz auf Munroe. Sie wehrte ihn lächelnd ab, entschuldigte sich damit, dass sie morgen früh arbeiten musste, und vertröstete ihn auf einen anderen Abend. Er schnappte sich eine Serviette und schrieb seinen Namen und seine Telefonnummer darauf. Die gab er ihr, verbunden mit einer Einladung zu einer Party am morgigen Abend. Sie nahm die Einladung an.

Dann ließ sie ihn stehen, drehte sich noch einmal um, zwinkerte ihm zu und ging dann lächelnd davon. Sie hatte Sergej gefunden, jenen Sergej, dessen Namen sie aus dem blutenden Mund des Mannes in der Gasse erfahren hatte und in dessen Zimmer sie schon gewesen war. Jetzt konnte sie jederzeit dorthin zurückkehren, mit oder ohne Schlüsselkarte.

Allein in der Stille ihres Badezimmers legte Munroe alle äußeren Kennzeichen der Weiblichkeit ab, ließ das heiße Wasser lange laufen und wusch sich auch die Überreste aus den Haaren und vom Gesicht. Sie ging das Gespräch des Abends und die Begegnung mit der ersten Zielperson noch einmal in Ruhe durch, bis sie alle Einzelheiten fein säuberlich erfasst und kategorisiert hatte. Dann schlüpfte sie wieder in ihre getragenen Kleider. Sie musste sich unbedingt überlegen, wie sie die wieder sauber bekam, obwohl sie im Moment wirklich größere Sorgen hatte als gut zu riechen. Zumal sie zwischen all dem Gestank hier nicht weiter auffiel. Sie schluckte eine Dosis Ibuprofen, um den schlimmsten Schmerz auszublenden, und legte sich neben den Kapitän. Seine Bewegungen würden sie hoffentlich daran hindern, allzu tief einzuschlafen. Doch die Erschöpfung war stärker. Als sie die Augen aufschlug, stand die Sonne hoch am Himmel.

Selbst bei geschlossenem Fenster und bei laufender Klimaanlage war der Straßenlärm deutlich zu hören. Das Leben war in vollem Gang, auch ohne ihre Beteiligung. Benommen und schlaftrunken, obwohl ihr Körper sich noch energischer zur Wehr setzte als beim Hinlegen, schwang sie unter Stöhnen die Beine über die Bettkante. Im Badezimmer ließ sie sich kaltes Wasser über den Kopf laufen, und als sie dann endlich wirklich wach war, untersuchte sie ihre zahlreichen blauen Flecken und zupfte behutsam an den Fäden, die sich an ihrer Flanke entlangzogen, wollte sie ermutigen abzufallen, damit das Jucken endlich ein Ende hatte. Schon jetzt war sie viel zu spät dran, und das an einem Tag, an dem sie keine Zeit zu verlieren hatte. Sie gab Gabriel den Lohn für gestern und verließ das Hotel und trat hinaus in den schwül-heißen Vormittag. Ein paar Querstraßen weiter betrat sie ein Internetcafé, um nach dem Namen zu suchen, mit dem der Kapitän sich eine weitere Nacht in Gefangenschaft erkauft hatte.

Sie musste gründlich graben, um auf eine Spur zu stoßen. Der Name war so weit verbreitet, dass er viel mehr Treffer ergab, als sie in der Zeit, die ihr zur Verfügung stand, abarbeiten konnte. Sie hielt sich an die Meldungen der Nachrichtenagenturen und nahm lieber eine verstümmelte automatische Übersetzung in Kauf, als mühsam zu versuchen, mit ihren immer noch verstopften Gehirnwindungen kyrillische Schriftzeichen in halbwegs verständliche Laute umzuwandeln. Immer wieder entdeckte sie inmitten der Satzbrocken und Redewendungen Einzelheiten, die sich irgendwann zu Hinweisen verdichteten. Was diese Hinweise jedoch zu bedeuten hatten, das war schwer zu sagen: Alexander Petrow – immer vorausgesetzt, sie hatte den richtigen Petrow gefunden – war erst kürzlich zum Ersten Staatssekretär im russischen Verteidigungsministerium ernannt worden. Das war die erste Meldung, die zumindest ansatzweise eine Verbindung zwischen den Waffen im Frachtraum der *Favorita* und anderen Aspekten der Entführung beziehungsweise der Morde aufwies: Die Rüstungsgüter, für die Leo aller Wahrscheinlichkeit nach sein Leben gelassen hatte, waren in Russland hergestellt und aus Russland bezogen worden. Gleichzeitig waren sie auch das einzige Puzzleteil, das sämtliche Beteiligten an diesem Wahnsinn konsequent ignorierten.

Munroe verließ das Internetcafé und ging zurück zum Hotel. Unterwegs kaufte sie bei einem Straßenhändler gekochte Eier und Kochbananen. Sie brachte das fettige, in Zeitungspapier eingewickelte Zeug nach oben zu Gabriel. Während er aß, setzte Munroe sich aufs Bett und starrte den Kapitän an. Wortlos. Zunächst hielt er ihrem Blick mühelos stand, doch als das Essen immer weniger und weniger wurde, bis schließlich nur noch ein paar Bissen Kochbanane und ein Ei übrig waren, starrte er schließlich nur noch auf Gabriels Frühstück und sagte: »Ich habe auch Hunger.«

Munroe streckte die Hand in Richtung Gabriel aus, bat ihn um das bisschen, was noch übrig war, und er brachte es ihr. »Ich muss bald wieder los«, sagte sie dann. »Wenn du also duschen willst, wäre jetzt ein günstiger Zeitpunkt.«

Gabriel ging ins Badezimmer, und Munroe stellte das Essen vor sich auf das Bett. Dann sagte sie: »Erst unterhalten wir uns. Wenn es ein gutes Gespräch war, bekommst du etwas zu essen.«

Er wandte sich ab und blickte zum Fenster hinaus, ins Leere. Dann sagte er: »So hungrig bin ich nicht, dass ich meine Seele deswegen verkaufen würde.«

»Ich glaube, du hast deine Seele schon mehr als einmal verkauft.« Sie beuge sich nach vorne und flüsterte: »Hör zu. Ich halte dich nur deswegen hier fest, weil ich eine Möglichkeit suche, wie ich die Mannschaft befreien und denjenigen bestrafen kann, der für all das verantwortlich ist. Wenn du mir dabei behilflich bist, vergessen wir die Russen, und ich lasse dich laufen. Dann kannst du dein Leben einfach weiterleben wie bisher.«

Er zuckte mit den Schultern, richtete den Blick an die Decke und dann wieder zurück auf das Essen. Munroe ließ das Ei in ihrer Hand hin- und herrollen, schälte es langsam, mit bedächtigen Bewegungen, und gab es ihm. Als er danach griff, zog sie ihr Handy aus der Tasche und machte ein Foto von ihm.

»Was soll denn das?«, sagte er.

»Ein Beweis, dass du am Leben bist.«

Seine Wangen röteten sich – Wut oder Scham, sie wusste es nicht. Vermutlich eine Mischung aus beidem. Sie hatte ihn überrascht. Ein Foto, das in die falschen Hände geraten konnte, war so ungefähr das Letzte, was sich jemand in seiner Lage wünschen konnte.

»Wer sind diese Leute?«, wollte Munroe wissen. »Die Leute, die hinter dir her sind.«

Auf beiden Backen kauend sagte der Kapitän: »Das habe ich dir schon gesagt.«

»Du hast mir einen Namen genannt«, erwiderte sie. »Das bringt mich aber nicht entscheidend weiter, und dich auch nicht, wenn du verhindern willst, dass du denen ausgeliefert wirst. Ich brauche mehr Informationen. Wer sind sie? Und was wollen sie von dir?«

Statt einer Antwort seufzte er nur laut. Dabei ließ er das fettige Zeitungspapier keine Sekunde lang aus den Augen. Sie gab es ihm. Er schaufelte sich die restlichen paar Bissen in den Mund, sodass das Fett aus den Kochbananen in seinen Bart triefte. Nachdem er sich die schmierigen Tropfen mit dem Ärmel abgewischt hatte, knüllte er das Papier zusammen und sagte: »Ob du mich gehen lässt oder nicht, für mich läuft das auf dasselbe hinaus. Mein Leben wird nie wieder sein wie vorher. Vielleicht kann ich mich irgendwo verstecken, aber ich kann nie wieder ein Schiff betreten. Wenn du dieses Problem lösen kannst, sage ich dir alles, was ich weiß.«

Sie stand auf. Nahm ihm die Zeitung ab und warf sie in den Papierkorb. Wenn sie überhaupt ein Problem lösen würde, dann um ihrer selbst willen und nicht, um dem Kapitän den Arsch zu retten. Sein ungeschickter Versuch, sie zur Beseitigung *seiner* Schwierigkeiten zu bringen, wäre womöglich sogar amüsant gewesen, hätte nicht die Tatsache, dass sie ihn am Leben gehalten hatte, bereits mehrere Menschen das Leben gekostet. »Wenn ich das wirklich tun soll«, sagte sie, »dann musst du mir sagen, wer du bist und was sie von dir wollen.«

Er hob den Blick, als wolle er so feststellen, ob sie tatsächlich imstande war, ihre Zusage einzuhalten. Und in diesem Zögern lag die Andeutung einer Öffnung. Genau darauf hatte sie gewartet. Sie drehte ihm den Rücken zu und klopfte an die Badezimmertür.

Gabriel öffnete mit einem Handtuch um die Hüften.

»Fertig?«, wollte Munroe wissen.

»Beinahe.«

Munroe machte die Tür wieder zu und würdigte den Kapitän keines Blickes. Er hatte aufgehört zu existieren. Sobald Gabriel wieder im Zimmer war, ging Munroe hinaus. Durch dieses abrupte Ende des Gesprächs wollte sie dem Kapitän jede Chance nehmen, seine Lügen loszuwerden und Intrigen zu spinnen. Stattdessen wollte sie ihn schmoren lassen, ihn im Ungewissen darüber lassen, wie weit er sich vorwagen konnte oder ob ihr das alles wichtig genug war, um überhaupt zu verhandeln.

Kapitel 30

Munroe verließ das Hotel durch den Personaleingang und ging zur Vorderfront. Dort stellte sie fest, dass die*Mancala*-spielenden Ganoven nicht wiedergekommen waren. Am *Matatu*-Stand bekam sie ein leeres Sammeltaxi und handelte mit dem Fahrer einen Tagespreis aus. Sie fuhren nach Norden und überquerten wieder einmal die Nyali-Brücke. Der heiße Wind wehte Staubkörner zu den zerbrochenen Fenstern herein. Immer wieder staute sich der Verkehr vor Schlaglöchern, in die ein ganzes Auto gepasst hätte, und so kamen sie nur stoßweise voran, bis sie die Stadt endlich hinter sich gelassen hatten und auf der Straße nach Malindi waren. Sie führte an Hotels und Urlaubsresorts vorbei, bis die Abstände zwischen den Gebäuden allmählich größer und Touristen zur absoluten Ausnahme wurden. Sie hatte kein bestimmtes Ziel vor Augen, wusste lediglich ungefähr, was sie brauchte, und baute auf ihre Erinnerung an das, was sie bei ihrer ersten Ankunft in Mombasa vom Boot aus gesehen hatte.

Jetzt tauchte vor ihnen eine kleine Ansammlung notdürftig zusammengezimmerter Hütten am Straßenrand auf. Dort boten Händler ihre Waren an. Munroe ließ den Fahrer anhalten. Die Händler waren ein sicheres Zeichen dafür, dass sich in der Nähe Dörfer und Siedlungen befanden.

Im Verlauf der ausgedehnten Feilscherei erkundigte Munroe sich nach leer stehenden Häusern und Hausbesitzern, die auf der Suche nach Mietern waren. Sie erntete etliche Rückfragen und Hinweise auf Cousins oder Onkel oder Freunde, aber nichts wirklich Konkretes. Daher kehrte sie mitsamt den erworbenen Waren zum Wagen zurück. Sie fuhren weiter und hielten wieder an, klapperten Verkaufsstand um Verkaufsstand ab, während Wildfleisch und getrockneter Fisch und immer wieder Obst den Weg ins Wageninnere fanden.

Diese Prozedur setzte sich bis weit in den Nachmittag hinein fort. Da sie für den Abend eine Einladung hatte, die sie ein Stück dichter an die Männer heranführen sollte, die für Samis Tod und den Überfall auf sie selbst verantwortlich waren, musste sie langsam wieder zurück in die Stadt. Aber wenn sie jetzt nicht fand, was sie suchte, musste sie morgen noch einmal losfahren, und das würde schwierig werden, da auch Amber und Natan morgen eintrafen.

Wieder sah Munroe ein Regal mit Trockenfleisch am Straßenrand stehen und wieder bat sie den Fahrer anzuhalten. Der Verkäufer war ein grauhaariger Mann mit ledriger Haut, knubbeligen Knien und einem rot-orange-farbenen Tuch um die Hüfte. Neben ihm stand ein Junge im Alter von neun oder zehn Jahren.

Der Atem des Alten roch stark nach Alkohol, und seine Augen waren trübe, aber als sie sich nach einem Haus erkundigte, das sie mieten konnte, richtete er sich auf und stützte sich auf einen roh gezimmerten Gehstock, dessen Griff nach offensichtlich jahrzehntelangem Gebrauch glatt und glänzend geworden war.

In reinstem Englisch sagte er: »Mein Sohn hat ein Haus zu vermieten.«

Sie bezweifelte, dass das, was er mit »haben« meinte, einer juristischen Überprüfung standgehalten hätte, aber als er anbot, ihr das Haus zu zeigen, deutete sie auf den Beifahrersitz des Wagens, und sie ließen den Jungen bei dem Fleischregal zurück.

Der Fahrer folgte den Handzeichen des alten Mannes und

fuhr einen Feldweg entlang, der sich durch dichtes Gebüsch in Richtung Küste schlängelte. Nach gut einem Kilometer bogen sie auf einen noch schmaleren Pfad ab und gelangten schließlich zu einer Steinmauer, fuhren durch das offene Metallgittertor und blieben vor einem eingeschossigen Haus stehen.

Munroe stieg aus und holte tief Luft, roch den salzigen Duft des Meeres. Das Ufer musste ganz in der Nähe sein. Ein junger Mann trat aus dem Haus. Er war barfuß und trug eine abgeschnittene Hose und ein zerrissenes T-Shirt. Beim Anblick des alten Mannes lächelte er, und die beiden sprachen miteinander, in langsamen Sätzen, die Munroe nicht verstand. Dann wandte der junge Mann sich zu ihr und stellte sich als James vor.

Wenn er der Sohn des alten Mannes war, hatte dann dieser noch im hohen Alter ein Kind gezeugt? James war auf keinen Fall älter als siebzehn, maximal achtzehn Jahre. Munroe gab seine Hand wieder frei und sagte: »Dein Vater meint, du hättest ein Haus zu vermieten.«

»Ich kann dir Schlüssel geben«, erwiderte er. »Wie lang brauchst du?«

»Drei Wochen.«

»Ich kann nur zwei Wochen geben.«

Wenn er bereit war, ihr die Schlüssel zu überlassen, war sie auch bereit, über Geld zu sprechen – länger als eine Woche, maximal anderthalb, würde sie das Haus nicht benötigen. »Ich würde gerne mal einen Blick reinwerfen«, sagte sie. Er machte die Tür auf und bat sie ins Innere.

Das Haus besaß zwei Schlafzimmer, ein Badezimmer und ein fensterloses Dienstbotenzimmer, das nicht größer war als ein begehbarer Kleiderschrank. Es war nicht vollständig möbliert, aber zumindest mit dem Nötigsten ausgestattet, einschließlich Generator und Küche. Das fließende Wasser kam aus einer Zisterne auf dem Dach. Sie ging durch den Wohnbereich und öffnete die Hintertür. Gut sechs Meter dahinter begann der Sandstrand, der sanft bergab bis zum Wasser führte. Es gab zwar keinen Anleger, aber sie würden auch so zurechtkommen. Sie handelte einen Mietpreis aus, den nur jemand akzeptieren konnte, der kein persönliches Interesse an dem Haus hatte. Die Vereinbarung wurde ohne Vertrag, nur per Handschlag, besiegelt. »Ich bezahle Tag für Tag«, sagte sie. »Du gibst mir die Schlüssel, und ich bezahle für heute. Morgen komme ich dann wieder und gebe dir das Geld für morgen.«

James gab ihr einen Schlüssel, und sie schloss die Haustür zu und wieder auf, um sicherzugehen, dass es auch der richtige war. Dann brachte sie die vielen Lebensmittel, die sie gekauft hatte, in die Küche. Die Chancen, dass sie sie bei ihrer Rückkehr noch vollzählig vorfand, standen fünfzig zu fünfzig, aber sie wollte die Sachen nicht mit ins Hotel nehmen. Dann ging sie zur Hintertür und überprüfte auch dort das Türschloss. Schließlich gab sie James kenianische Schilling im Wert von zwanzig Dollar und versprach, dass sie morgen bei Sonnenuntergang wiederkommen wolle.

Als ihr Fahrer sie vor ihrem Hotel absetzte, war die Sonne bereits untergegangen. Kaum hatte sie ihr Zimmer betreten, wandte der Kapitän sich ihr zu. Sein Gesicht war geschwollen, und er hatte allem Anschein nach einen heftigen Schlag auf die Stirn bekommen. Jedenfalls war dort eine große Platzwunde zu sehen. Gabriel saß ihm gegenüber, den Stock quer auf dem Schoß. Munroe sagte: »Er wollte fliehen?«

»Ja. Und er mich schlagen.«

Munroe trat auf den Kapitän zu. Er zuckte zusammen und wich zurück, als sie eine kleine, aber dennoch blutende Wunde in Augenschein nehmen wollte. »Sehr schön«, sagte sie. »Wenn du dir jedes Mal einen Schlag auf den Kopf einhandelst, dann dauert es nicht mehr lange, bis du wieder im Koma liegst. Das würde mir das Leben erheblich erleichtern, aber dir würde es vermutlich wenig nützen.« Sie richtete sich wieder auf und wandte sich an Gabriel. »Gut gemacht«, sagte sie. »Vielen Dank.« Zog fünfhundert Schilling aus der Tasche und gab sie ihm. »Wenn du zurückkommst, gebe ich dir den Rest, der dir zusteht. Jetzt lass es dir erst einmal gut gehen. Besorg dir etwas zu essen.«

Er nickte und stand auf, nahm das Geld und ging hinaus. Als er weg war, setzte Munroe sich seufzend auf sein Bett, streifte die Schuhe ab, nahm den Stock in die Hand und ließ sich auf die Matratze sinken. Sie spürte die bohrenden Blicke des Kapitäns. Mit geschlossenen Augen, das Gesicht zur Zimmerdecke gerichtet, sagte sie: »Ich habe dir die Freiheit angeboten. Nimm sie einfach an. Das ist doch angenehmer, als ständig verprügelt zu werden.«

Er schwieg lange und sagte dann: »Wenn ich einverstanden bin und dir helfe, lässt du mich dann gehen?«

»Wenn wir die Besatzung der *Favorita* gerettet haben, *dann* lasse ich dich gehen.«

»Das ist für mich trotzdem gleichbedeutend mit der Todesstrafe.«

»Kann sein.« Sie schlug die Augen auf und wandte sich ihm zu. »Aber immer noch besser als deine russischen Freunde.«

Die Erschöpfung streckte ihre Greifarme nach ihr aus, wollte sie noch tiefer in die Matratze ziehen. Sie machte erneut die Augen zu. »Was wollen diese Leute von dir? Warum sind sie hinter dir her?«, flüsterte sie.

Der Kapitän räusperte sich und bewegte sich ruckartig, drehte ihr vielleicht den Rücken zu. Sie spürte, dass er sie nicht mehr länger ansah, also beachtete sie ihn nicht weiter und gestattete sich den Luxus eines unruhigen, immer wieder unterbrochenen Schlafs, bis Gabriel zurückkam.

Er setzte sich auf das Bett des Kapitäns, und sie gab ihm den Stock. Dann stellte sie sich unter die kalte Dusche, um vollends wach zu werden, und schlüpfte in die nächste ihrer gestohlenen Garnituren. Wie am Abend zuvor veränderte sie zuerst ihr Haar und ihr Gesicht und vollzog anschließend die mentale Veränderung, die Transformation ihres Wesens, eine Verwandlung, die sie in der Brust genauso spüren konnte wie im Kopf, mit jedem lang gezogenen Atemzug ein wenig mehr.

Die Jagd nach Informationen, ob die Zielperson nun männlich oder weiblich war, war im Grunde genommen Verführung in ihrer reinsten Form: Die Eroberung fand zuallererst im Kopf statt. Der heutige Abend hätte eigentlich ein Stück Routine sein müssen, etwas, was sie in früheren Zeiten, angestachelt durch die Herausforderung, mühelos hinter sich gebracht hätte. Stattdessen empfand sie lediglich eine müde Uneindeutigkeit, und die Worte aus der Heiligen Schrift kamen ihr wieder in den Sinn. *Was hülfe es dem Menschen, wenn er die ganze Welt gewönne und nähme doch Schaden an seiner Seele ...*

Und welchen Schaden würde sie nehmen?

Als sie eintraf, wartete Sergej bereits im Foyer. Er hatte ihr zwar gesagt, dass er mit mehreren Leuten feiern wollte, aber sie verließen das Hotel zu zweit. Mit einem Privatwagen fuhren sie aus der Stadt und nahmen die Likoni-Fähre nach Süden, zum Tummelplatz der Touristen, wo sie ein Strandrestaurant ansteuerten, das versteckt zwischen den Villen und stattlichen Häusern lag, die die Küste säumten. Es hatte keinen Namen. Hier fand nur jemand her, der sich auskannte, und das bedeutete, dass die russische Delegation entweder schon länger in Mombasa war, als der *Hawaladar* hatte zugeben wollen, oder dass sie gute Verbindungen zu Einheimischen besaß.

Der Fahrer stellte den Wagen ab und öffnete die hintere Tür.

Munroe hakte sich bei Sergej unter, und sie betraten gemeinsam das Restaurant, wo die Party, obwohl es für Urlaubsverhältnisse noch relativ früh war, offensichtlich schon einige Zeit im Gange war. Der Hauptraum war kreisförmig und wie eine überdimensionale tahitianische Hütte gestaltet. Das Dach war mindestens zehn Meter hoch, die Seiten waren offen, wenngleich mit Moskitonetzen versehen, die wiederum mit bunten Lichtern bestückt waren.

Munroe hielt sich während der ersten Stunde mit einem einzigen Drink über Wasser, während alle anderen in ihrer Umgebung sich dem Schnaps, der Musik und dem Tanz hingaben. Sergej wurde zusehends betrunkener und seine ungeschickten Flirtversuche mit anderen Frauen immer offensichtlicher. Darum ließ sie ihn stehen und schlenderte zwischen den Gästen umher, schnappte einzelne Gesprächsfetzen auf, die oft genug – in Ermangelung einer gemeinsamen Sprache – aus einigen wenigen Brocken Englisch bestanden. Die Banalität dessen, was sie zu hören bekam, ließ den Aufwand, den sie betrieben hatte, um hierherzukommen, vollkommen lächerlich erscheinen.

Zwei Stunden später trafen die drei anderen Russen ein, in Begleitung einer ganzen Entourage von einheimischen Frauen. Munroe beobachtete Sergej, und als dieser sein verzweifeltes Werben um die Aufmerksamkeit einer Brünetten aufgab, um sich zu seinen Freunden zu gesellen, brach auch sie ihr Gespräch ab und sorgte dafür, dass sie mit ihm gemeinsam bei der Gruppe eintraf. Sie ließ eine weitere Vorstellungsrunde und eine weitere Runde Drinks über sich ergehen, dann konnte sie jedem Namen auf ihrer Liste ein Gesicht zuordnen. Sie analysierte die Gruppendynamik und die Frauen, die die Männer mitgebracht hatten, und konzentrierte sich schließlich auf Alice, die jüngste. Sie gehörte zu Anton, dem Boss der Gruppe. Munroe stellte sich neben sie und suchte das freundschaftliche Gespräch.

Von Alice erfuhr Munroe, welchen Gewohnheiten die Männer der russischen Delegation folgten, welche Läden sie aufsuchten und wie viel Geld sie ausgaben, erfuhr, was sie aßen und tranken und wie sie ihre Zeit verbrachten, worüber sie lachten und, was am wichtigsten war: wen sie trafen und wen sie als ihre Gäste bewirteten. Je mehr der Anwesenden Alice erkannte und beschreiben konnte, desto klarer wurde Munroe das Beziehungsgeflecht. Das war insgesamt eine sehr energie- und kraftraubende Arbeit, durch die sie in ihre Vergangenheit zurückversetzt wurde, in ein anderes Leben und eine andere Zeit, in eine Welt voller Geheimnisse und Adrenalin und wertvoller Informationen. Erst als Sergej sie aufforderte, ihn zu begleiten, wurde ihr klar, dass bereits sechs Stunden vergangen waren. Jetzt blieb ihr nichts anderes übrig, als aufzutauchen und Luft zu holen. Aber kaum war sie aus der völligen Konzentration auf ihre Aufgabe gerissen worden, spürte sie, wie müde sie war.

Sie folgte Sergej, ohne zu protestieren. Sein Wagen war die schnellste und sicherste Möglichkeit, in die Stadt zurückzukehren. Seine betrunkenen Avancen auf dem Rücksitz wehrte sie lachend ab. Es war ein beständiger Drahtseilakt zwischen Ermutigung und Abwehr, Verführung und Aggression, der Einladung zu einem weiteren Abend und dem Drang, ihm die Kehle durchzuschneiden.

Als Munroe in ihr Zimmer zurückkehrte, saß Gabriel Wache haltend am Schreibtisch und las im Schein der kleinen Lampe eines der Bücher, die sie für ihn gestohlen hatte. Er hob den Blick und begrüßte sie mit einem Lächeln. »Hast du schöne Abend gehabt?«

»Ja«, erwiderte sie und blickte sein Bett an, das leer und einladend vor ihr stand.

»Du schlafen«, sagte er. Sie zog die Bluse aus, schlüpfte in ihr T-Shirt und legte sich aufs Bett. Mit geschlossenen Augen lauschte sie den langsamen und gleichmäßigen Atemzügen des Kapitäns, die jedoch längst nicht so langsam und gleichmäßig waren, wie sie eigentlich hätten sein müssen. Er war wach, aber er wollte nicht, dass sie es merkte.

Sie bekam noch einige wenige Stunden Schlaf, bevor die Sonne aufging, und dann noch einmal ein paar Stunden mit dem Kissen über dem Kopf, so lange, bis es keinen Zweck mehr hatte. Dann stand sie auf, duschte und schlüpfte wieder in ihre alten, schmutzigen Kleider. Sie ließ für sich und Gabriel den Zimmerservice kommen, aß, was sie wollte, und überließ den Rest dem Kapitän. Damit war sie all ihren Verpflichtungen nachgekommen. Sie verließ das Zimmer wieder und machte sich ein weiteres Mal auf den Weg zum *Matatu*-Stand.

Nachdem sie eine Viertelstunde lang Fragen gestellt und Telefonate geführt hatte, Hinweisen gefolgt und in Sackgassen gelandet war, hatte sie endlich einen zuverlässigen Van für den ganzen Tag gefunden. Als auch der Preis feststand und sie einen Fahrer verpflichtet hatte, ließ sie sich zum Flughafen von Mombasa bringen. Dort warteten sie, inmitten zahlreicher anderer parkender Autos.

Das Flugzeug sollte eigentlich am Vormittag landen, aber es dauerte bis kurz vor zwölf Uhr mittags, bis Munroe sie zum ersten Mal sah: zuerst Amber, dahinter Natan, der einen mit Koffern und Reisetaschen überladenen Gepäckwagen vor sich herschob. Amber blickte sich mit zusammengekniffenen Augen nach beiden Seiten um, legte die Hand zum Schutz vor dem grellen Sonnenlicht über die Augen und suchte die wogende Menge ab. Bauernfänger und Taxifahrer und Geldwechsler rangelten um ihre Aufmerksamkeit, bis Natan sie mit kräftigen Stößen beiseiteschob, um Platz für den Gepäckwagen zu bekommen. Das war der ganz normale Wahnsinn, der sich im Ankunftsbereich abspielte.

Kapitel 31

Munroe ließ den Van stehen und schlängelte sich durch die Menschenmenge. Amber hob den Blick, und als sie Munroe entdeckte, verzog sie halb lächelnd, halb weinend das Gesicht, stürzte auf Munroe zu und schlang ihr die Arme um den Hals, fester und ausdauernder, als sie es in Dschibuti je gewagt hätte.

Munroe zuckte zusammen. Spürte stechende Schmerzen am ganzen Körper. Sie holte tief Luft und tätschelte so teilnahmsvoll wie nur möglich Ambers Rücken, aber als die Umarmung ihr den Atem zu nehmen drohte, löste sie sich sanft daraus und schob Amber weg. Jetzt stand Natan mit dem Gepäckwagen neben ihnen, und Munroe gab ihm die Hand. Er packte zu, viel fester und länger als nötig, als stumme Botschaft. Aber Munroe hätte seine Feindseligkeit auch ohne dieses demonstrative Dominanzgehabe gespürt.

Sie wies mit einer Kopfbewegung auf seinen Knöchel, und er sagte: »Ist wieder in Ordnung.«

Amber griff erneut nach Munroes Hand, und Munroe musste sich zusammenreißen, um sie nicht wegzuziehen. Nach drei Metern fingen ihre Hände an zu schwitzen, die Klaustrophobie setzte ein, wurde immer stärker, und sie musste loslassen. Stattdessen legte sie die Hand auf Ambers Rücken und brachte sie zum Van. Natan folgte ihnen.

Der Fahrer lud das Gepäck ein, und Munroe schob die Seitentür auf. Amber setzte sich auf die mittlere Sitzbank. »Wie lange haben wir den Van?«, wollte sie wissen.

»Nur heute«, erwiderte Munroe. Natan nahm eine Reisetasche, schubste Munroe beiseite, stellte die Tasche neben Amber auf den Boden des Vans und stieg ein. Dabei stieß er Munroe erneut heftig an und tat nicht einmal so, als wolle er sich dafür entschuldigen.

Sie war körperlich nicht in der Lage, ihm etwas entgegenzusetzen, darum schob sie einfach nur die Tür zu und ließ ihn mit seiner passiven Aggressivität alleine. Wartete, bis die letzten Taschen im Kofferraum verstaut waren, und setzte sich auf den Beifahrersitz. Auf Suaheli – damit Natan sie nicht verstehen konnte und sich ausgeschlossen fühlen musste – bat sie den Fahrer, sie zum Royal Court Hotel zu bringen.

Nach fünf Minuten meldete Amber sich zu Wort: »War das Somali?«

»Suaheli.«

»Das kannst du auch?«

»So einigermaßen«, erwiderte Munroe. Der Fahrer blickte Amber im Rückspiegel an und sagte: »Er spricht sehr gut.«

Während der restlichen Fahrt wurde abwechselnd geschwiegen oder erzählt. Amber quetschte Munroe nach allen möglichen Informationen aus, während Natan, Sonnenbrille auf der Nase, mit verschränkten Armen dasaß und aus dem Fenster starrte. Beim Hotel angekommen, ließ Munroe den Fahrer bis zum Personaleingang fahren und stieg aus. »Es wird mindestens zwanzig Minuten dauern, bis ich wieder da bin, also geduldet euch bitte so lange, ja?«

»Wo willst du denn hin?«, fragte Amber, aber Munroe schloss die Beifahrertür, ohne ihr eine Antwort zu geben. Sie ging auf ihr Zimmer, wo Gabriel, den Rücken an die Wand gelehnt, auf dem Fußboden neben dem Schreibtisch hockte. Er hatte die Knie angezogen und versuchte mühsam, wach zu bleiben. An der Miene des Kapitäns war abzulesen, dass er schon wieder auf eine Gelegenheit zur Flucht spekuliert hatte, und dass sie mit ihrem Auftauchen seine Pläne durchkreuzt hatte.

Gabriel griff nach dem Stock und kam auf die Füße.

»Irgendwelche Fluchtversuche?«, wollte Munroe wissen.

Gabriel schüttelte den Kopf. »Er brav.«

Munroe holte ihre wenigen Sachen aus dem Schrank und stopfte alles in eine Plastiktüte. Dann sagte sie auf Suaheli, das sie mit der Zeit immer besser beherrschte: »Ich nehme den *Mzee* heute mit. Ich glaube, es ist besser, wenn du nicht bei uns bleibst. Die Leute, die Sami umgebracht haben, werden nach uns suchen. Und außerdem braucht Mary dich.«

Gabriel wirkte für einen kurzen Moment nachdenklich, und sie wusste, dass er Risiko und Nutzen gegeneinander abwog. Als er seine Überlegungen abgeschlossen hatte, machte er ihr kein neues Angebot. Damit war die Sache erledigt. »Komm mit, bis ich den *Mzee* in seinem neuen Quartier untergebracht habe. Anschließend bringe ich dich nach Hause und gebe dir dein Geld.«

»Wir gehen jetzt?«, sagte er.

Sie nickte. »Jetzt.«

Gabriel hielt den Stock fest in der Hand, griff nach ihren Taschen und bedeutete dem Kapitän aufzustehen. »Wo gehen wir hin?«, wollte der Kapitän wissen.

»Wir machen einen kleinen Ausflug.«

Ein Hauch von Panik huschte über sein Gesicht. »Ich gebe dir noch mehr Informationen«, sagte er. »Einen Namen.«

Sie ergriff seinen Ellbogen und zog ihn auf die Füße. Zuerst wehrte er sich, aber Gabriel stand mit erhobenem Stock drohend neben dem Bett, darum stand der ältere Mann knurrend auf. Während Munroe ihn auf Gabriel zuschob, sagte er: »Nikola Goran.«

Sie nickte. War nicht in der Stimmung für irgendwelche Ratespielchen. Kniete sich neben das Bett und fing an, das

Laken abzuziehen, langsam, vorsichtig, damit es möglichst wenig schmerzte. Dann nahm sie sich das zweite Bett vor. Knüllte das Bettzeug fest zusammen und drückte es Gabriel in die Hand. Als dieser protestieren wollte, schnitt sie ihm das Wort ab. »Sie werden mir die Schuld geben, nicht dir. Und sie werden es auf meine Rechnung setzen.«

Er wehrte sich nicht länger. Munroe legte dem Kapitän die Hand auf den Rücken und schob ihn zur Tür. Dann sagte sie zu Gabriel: »Sieh nach, ob der Flur leer ist.«

»Nikola Goran«, wiederholte der Kapitän. »Das ist mein Name.«

Gabriel sagte: »Ist leer«, und Munroe schob den Kapitän weiter.

»Nikola Goran, Nikola Goran«, sagte er immer wieder, und sie erwiderte: »Ich habe dich schon beim ersten Mal gut verstanden.« Das war der Moment, wo er zum ersten Mal einen Hilfeschrei ausstieß. Munroe reagierte mit einem kräftigen Nierenhaken und bereute es sofort, weil sie sich selbst damit so wehgetan hatte.

Der Kapitän knickte ein und wäre beinahe über seine eigenen Füße gestolpert.

»Halt sofort die Klappe«, zischte sie ihn an, »oder ich schneide dir die Ohren ab und bringe dich direkt zu den Leuten, die hinter dir her sind.«

»Wir gehen jetzt nicht dahin?«

»Nein.« Sie stieß ihn in den Flur.

Hinter ihnen öffnete sich eine Tür, und Munroe drehte sich hastig um. Es war ein anderer Hotelgast. Sie versetzte dem Kapitän noch einen Stoß, und dieses Mal setzte er sich bereitwillig in Bewegung. Natürlich ließ sich nicht ausschließen, dass sie den Russen in die Hände liefen oder von ihnen gesehen wurden, aber die Männer waren gestern Nacht lange auf der Rolle gewesen, und aus den Gesprächen wusste sie, dass sie bis heute Abend nichts weiter vorhatten. Auch sie warteten auf etwas ganz Bestimmtes.

Auf dem Weg zum Personaleingang wurden sie von etlichen Gästen und Angestellten gesehen, aber niemand wollte sie aufhalten oder zur Rede stellen. Sie kamen zu dem wartenden Van. Munroe dirigierte den Kapitän auf einen Platz in der hinteren Reihe und Gabriel zur Bewachung direkt daneben. Dann knallte sie die Tür zu, setzte sich auf den Beifahrersitz und instruierte den Fahrer auf Suaheli, die Brücke in Richtung Norden zu nehmen.

Am Stadtrand angekommen, sagte Natan: »Wer sind denn die Typen da auf der Rückbank?«

»Der Grund für die Entführung der *Favorita*«, erwiderte Munroe. Aber falls Natan oder Amber den Kapitän, den sie am Hafen in Dschibuti ja gesehen hatten, unter dem wuchernden Bartwuchs überhaupt erkannten, ließen sie es sich nicht anmerken. »Sie sprechen beide Englisch«, sagte Munroe und fügte an Natan gewandt hinzu: »Und der Alte auch Russisch.« Lächelnd drehte sie sich nach vorne, und sie fuhren schweigend weiter. Als sie die Abzweigung erreicht hatten, ließ Munroe den Fahrer Richtung Küste abbiegen.

James kam zur Begrüßung aus dem Haus – er musste also einen Zweitschlüssel haben –, und Munroe stieg aus, gab ihm das Geld und bat ihn, morgen Abend wiederzukommen. Sie sah ihm nach, während er mit trägen Schritten das Grundstück verließ. Erst als er weit genug entfernt war, machte sie die Haustür auf.

Amber und Natan kamen hinterher. Gabriel blieb mit dem Kapitän im Van sitzen.

»Ihr könnt die beiden Schlafzimmer nehmen«, sagte Munroe. »Ich wohne bei Nikola.« So wie es aussah, hätten sie sich genauso gut einen dunklen Kleiderschrank teilen können, aber sie hatte nicht vor, besonders viel Zeit dort zu verbringen. »Ich habe ein paar Laken mitgebracht. Sie müssen nur noch gewaschen werden.«

»Wir haben unsere Schlafsäcke dabei.«

Natan ließ seine Reisetasche auf die Türschwelle eines der Zimmer fallen und streifte durch das Haus, sah sich Fenster und Türen an und ging dann, ohne ein Wort zu sagen, nach draußen. Vermutlich wollte er das Gelände auskundschaften. Sie waren allein. Amber sagte: »Ich verstehe immer noch nicht, was der alte Mann hier soll.«

»Das ist der Kapitän der *Favorita*«, erwiderte Munroe. »Das Schiff ist nur seinetwegen überfallen worden. Außerdem ist er unser wertvollstes Tauschobjekt, falls wir Schwierigkeiten bekommen sollten.«

»Weiß er das?«

»Er ahnt es.«

»Das dürfte wohl auch die Erklärung für seinen Bewacher sein.«

»Genau. Ich habe dem Kapitän das Leben gerettet, und Gabriel hat meines gerettet«, erwiderte Munroe. Sie wandte den Blick zur offenen Haustür und hinaus zu dem Van. Der Fahrer lehnte rauchend an der Motorhaube, während Gabriel und der Kapitän weiterhin auf der glühend heißen Rückbank saßen. »Wie du mir, so ich dir«, sagte sie. »Ich nehme an, wir können von jetzt an selber auf den Kapitän aufpassen, darum schicke ich Gabriel nachher nach Hause. Damit nicht noch ein Unschuldiger in diesem ganzen Chaos sterben muss.«

»Wie viele sind denn schon gestorben?«

»Hier in Mombasa mindestens einer, ohne die auf der *Favorita* mitzurechnen.«

»Und dich hat es um ein Haar auch erwischt«, fügte Amber hinzu. Es klang eher wie eine Frage als wie eine Feststellung.

»Das ist eine lange Geschichte«, sagte Munroe. »Ich erzähle dir alles, sobald du dich eingerichtet hast.«

Amber nickte und ließ den Rucksack zu Boden fallen. Natan ging gerade an einem der Fenster vorbei in Richtung Strand. Eine unangenehme Stille machte sich im Zimmer breit, sodass sie sich beide umdrehten und ihm hinterhersahen.

Dann meinte Munroe: »Uns ist doch beiden klar, dass es dir bei dieser ganzen Aktion nur um Leo geht. Womit ich nicht behaupten will, dass dir die anderen auf der *Favorita* egal sind. Aber warum ist Natan eigentlich mitgekommen?«

»Wegen allen, nehme ich an«, erwiderte Amber.

»Loyalität?«

»Wahrscheinlich eher, weil er ein schlechtes Gewissen hat. Schließlich hätte er eigentlich mit auf das Schiff gehört.«

»Wir wissen nicht, ob Leo oder überhaupt noch jemand am Leben ist.«

»Ja, ich weiß.« Amber seufzte und dann sagte sie, wie um das Thema zu wechseln: »Und warum machst du das alles?«

»Für dich, vielleicht auch für die Schiffsbesatzung.«

»Nicht, weil es einfach nur das Richtige ist?«

»Das Richtige wäre eigentlich, Leo sich selbst zu überlassen.«

Amber verschränkte die Arme und sah sie mit hochgezogenen Augenbrauen an.

»Er hat sich das alles selbst zuzuschreiben«, sagte Munroe. »Alle, die mitgefahren sind, haben genau gewusst, worauf sie sich einlassen. Sie haben ganz bewusst ihr Leben aufs Spiel gesetzt, im Gegensatz zur Besatzung. Die hat von alledem nichts geahnt.«

Amber starrte sie an. Munroe zuckte mit den Schultern und blickte hinaus zu dem Van, wo der Kapitän auf dem Rücksitz langsam gereizt zu werden schien. Sie drehte sich wieder um und blickte Amber an. »Angenommen ich hätte es für Leo getan«, sagte sie. »Ist er es wert?«

»Wie meinst du das?«

»Du willst für diesen Mann alles riskieren, Amber. Aus meiner Sicht ist er ein Mistkerl allererster Güte. Wie lange wirst du nach dieser Geschichte bis zum Hals in Schulden stecken? Zehn Jahre? Fünfzehn? Wenn du nicht nächste Woche schon tot bist – und das alles nur, weil du ihn nicht im Stich lassen willst. Hat er so viel Loyalität wirklich verdient?«

»Du bist ein Arschloch, Michael.«

»Von mir aus. Aber das ist keine Antwort auf meine Frage.«

»Wie soll man messen, ob jemand etwas verdient hat oder nicht?«

»Das kannst nur du selbst sagen.«

»Na gut, also dann, ja«, sagte Amber und reckte das Kinn ein Stückchen höher. »Er hat meine Loyalität verdient.«

»Er würde das Gleiche auch für dich tun?«

»Ohne nachzudenken.«

»Da bist du dir ganz sicher?«

»So sicher, dass ich mein Leben dafür riskieren würde. Was ich ja auch tue.«

»Alles schön und gut«, meinte Munroe. »Aber wenn wir das jetzt wirklich durchziehen, und dann bekomme ich in einem Jahr oder so mit, dass er dich betrügt oder dich schlägt oder dass ihr euch wegen irgendwelchem bescheuertem Ehekram getrennt habt, dann werde ich sauer, so sauer, dass ich ihn höchstpersönlich aufspüren werde, um das zu Ende zu bringen, was wir heute niemals hätten anfangen dürfen.«

Amber verschränkte trotzig die Arme vor der Brust. »Du wirst ihn nie so sehen können wie ich.«

»Das, bei Gott, kann ich nur hoffen. Genau wie ich verdammt noch mal hoffe, dass er es wirklich wert ist.«

»Ich habe sowieso keine andere Wahl«, sagte Amber. »Ich bin nicht bereit, ihn einfach so aufzugeben, ein Leben in

Ungewissheit zu führen, mich immer nur zu fragen, ob es vielleicht anders gekommen wäre, wenn ich noch mehr gekämpft hätte. Wenn Leo tot ist, werde ich damit fertig, irgendwie …« Sie musste schlucken. »Irgendwann. Aber nur, wenn ich weiß, dass ich alles in meiner Macht Stehende getan habe, dass ich mich nicht einfach abgewandt und tot gestellt habe. Wie du gesagt hast: Nur ich kann entscheiden, ob er es wirklich wert ist.«

»Und?«

»Dafür riskiere ich mein Leben.«

»Und meines.«

»Das ist deine eigene Entscheidung. Du scheinst deine Gründe zu haben. Wegen Leo machst du es ja offensichtlich nicht.«

»Nein«, erwiderte Munroe. »Bestimmt nicht.« Dann drehte sie sich um und ging zur Haustür hinaus. Sie winkte Gabriel aus dem Van und deutete mit dem Zeigefinger auf den Kapitän: »Steig aus und geh ins Haus und geh mir ja nicht auf die Nerven, sonst breche ich dir die Beine, verflucht noch mal.«

Kapitel 32

Munroe steckte den Kapitän in die fensterlose Mägdekammer. Versorgte ihn mit Wasser und sorgte dafür, dass er noch einmal auf die Toilette ging, bevor sie ihn einschloss und die Tür zusätzlich von außen sicherte, indem sie einen Stuhl unter die Klinke klemmte.

Amber beobachtete sie dabei schweigend.

»Ich muss noch einmal in die Stadt«, sagte Munroe. »Ich muss Gabriel nach Hause bringen und noch ein paar Besorgungen machen. Wenn ich es überhaupt schaffe, noch heute Nacht zurückzukommen, wird es ziemlich spät werden. Sorg dafür, dass Natan mich in dem Fall nicht erschießt.«

Amber schüttelte den Kopf und verzog den Mund zu einem leisen Lächeln.

»Das war durchaus ernst gemeint«, sagte Munroe. »Hast du die Durchschläge der Frachtbriefe dabei?«

»Ja«, meinte Amber, holte einen schmalen Aktenordner aus ihrem Rucksack, blätterte die Seiten durch, nahm vier Blätter heraus und reichte sie Munroe.

Diese sah sich die Formulare an und steckte sie dann in eine ihrer Taschen.

»Wenn du den Kapitän auch nur zehn Minuten aus den Augen lässt, versucht er abzuhauen. Vielleicht solltet ihr euch überlegen, ob einer von euch vor der Haustür schläft.«

»Ich übernehme die Verantwortung für ihn.«

Munroe nickte. Fischte das Messer aus ihrer Plastiktüte. Überlegte, ob sie die Pistole mitnehmen sollte, aber das Risiko, damit erwischt zu werden, war zu groß. Außerdem fühlte sie sich mit einer Schusswaffe nicht einmal annähernd so wohl wie mit einem Messer. Sie machte die Messerscheide an ihrem improvisierten Gürtel fest, verließ das Haus und setzte sich wieder in den Van.

Am nördlichen Rand von Gabriels Grundstück hielten sie an. Munroe stieg mit ihm gemeinsam aus, und sie gingen ein Stück, bis der Fahrer, der im Wagen geblieben war, sie nicht mehr sehen konnte. Dann gab sie Gabriel das Geld, das ihm noch zustand. Er und Mary hatten im Lauf der Wochen wohl einen halben Jahreslohn von ihr bekommen, ein Geldsegen, der sich bestimmt genauso schnell wieder im Alkohol und im Glücksspiel auflösen würde. Sie gab Gabriel die Hand, legte ihm einen Arm um die Schulter und sagte: »Sei schlau und pass auf dich auf, ja?«

»Du auch«, erwiderte er. Sie nickte, drehte sich um und ließ ihn stehen.

Vielleicht hatte er ja durch das tägliche Feilschen mit den Touristen, die den Mut aufbrachten, am Strand entlangzugehen, etwas gelernt, vielleicht hatte er intuitiv die nötige Schläue und Zielstrebigkeit entwickelt, um der Wahrscheinlichkeit ein Schnippchen zu schlagen. Vielleicht würde er das Geld investieren und es dazu nutzen, sein Leben und das seiner Familie zu verbessern. Mary wäre eigentlich die bessere Ansprechpartnerin gewesen – das waren Frauen immer –, aber Gabriel war der gewesen, der den Großteil der Arbeit erledigt hatte.

Munroe ließ sich am Anfang der Bishara Street absetzen. So spät am Nachmittag konnte sie davon ausgehen, dass der *Hawaladar* sein Arbeitszimmer in der Seitengasse bereits verlassen hatte und in seinem Hauptbüro anzutreffen war. Sie hätte natürlich auch anrufen können, um sich zu erkundigen, aber sie wollte ihn überraschen, wollte seine Miene und seine

Körpersprache mit eigenen Augen sehen, wollte wissen, ob sie ihm wirklich vertrauen konnte.

Sie trat ein, und er streckte ihr zur Begrüßung die Hand entgegen. Kaum hatte sie eingeschlagen, sagte er: »Nanu, heute gar keine Drohungen?«

Sie grinste. »Ich habe einen Stützpunkt gefunden, wo wir den Nachschub laden können«, sagte sie. »Und Sie? Haben Sie die Dhau?«

»Wie versprochen.«

Sie gab ihm einen Zettel, auf dem sie Abzweig für Abzweig, Orientierungspunkt für Orientierungspunkt, den Weg zu dem Haus am äußersten Rand von North Shore notiert hatte, musterte ihn gründlich, während er die Einzelheiten überflog, konnte keinerlei Anzeichen für einen Verrat erkennen.

Indem sie ihm sagte, wo sie die Nacht verbrachte, wo ihre Beute untergebracht war, legte sie ihm gewissermaßen ein Messer in die Hand, gab ihm die Gelegenheit, sie hinterrücks niederzustechen. So verwundbar dieser Schritt sie auch machte, es war eine reine Vorsichtsmaßnahme gegen einen späteren Verrat. Falls er sie hintergehen wollte, dann lieber jetzt und hier als nach einer Fahrt etliche hundert Kilometer die Küste entlang, wo ihr kein Ausweg mehr geblieben wäre.

»Haben Sie immer noch ein Handy?«, fragte er.

Sie nickte.

»Kann ich meinen Männern Ihre Nummer geben?«

»Ja. Aber sie sollen keine Nachricht hinterlassen, falls ich nicht rangehe.«

»Sie treffen morgen früh dort ein. Rufen Sie mich an, falls es irgendwelche Schwierigkeiten gibt.«

»Sie müssen beim Zoll ein paar Dinge für mich abholen.«

»Wann genau?«

»Übermorgen.«

»Haben Sie die Papiere dabei?«

»Haben Sie einen Kopierer?«

Der *Hawaladar* rief nach seiner Sekretärin, und Munroe überreichte ihm Ambers Formulare. Darauf war der *Hawaladar* als Empfänger der Waren angegeben. Er schüttelte missbilligend den Kopf, und es war offensichtlich, dass er sich ärgerte. »Sie haben sich eigenmächtig Freiheiten herausgenommen«, sagte er.

»Nur eine kleine.«

Er drehte eines der Blätter um und deutete auf das Datum. »Noch bevor wir überhaupt vereinbart hatten, dass wir gemeinsam handeln.«

»Das ist richtig.«

Er hob die Augenbrauen, als erwarte er eine Erklärung.

»Ich kann die Sachen auch selber abholen, wenn es sein muss«, sagte sie. »Das hätte ich ja auch gemacht, wenn Sie sich nicht darauf eingelassen hätten. Noch ist es nicht zu spät. Noch können Sie es sich anders überlegen.«

Es war das Gleiche wie mit der Wegbeschreibung, die sie ihm gerade gegeben hatte. Wenn er sie übers Ohr hauen wollte, war das immer noch besser, als zu sterben.

»Sind die Waren in irgendeiner Weise illegal?«

»Nicht, dass ich wüsste.«

»Dann ist es in der Tat einfacher, wenn ich das erledige«, meinte er. Dann runzelte er die Stirn. »Was haben Sie eigentlich davon?«

»Ich bekomme die Besatzung zurück.«

Er zog die Mundwinkel nach oben und ließ sich ihre Worte durch den Kopf gehen. Er glaubte ihr nicht und schüttelte gedankenverloren den Kopf. »Ich kann mit mindestens fünfundzwanzig Prozent des Schiffswertes rechnen«, sagte er. »Vielleicht sogar mit hundert Prozent, wenn die Eigner sich nicht melden. Aber obwohl Sie das wissen, haben Sie nie einen Anteil an dem Erlös verlangt, sondern immer nur Informationen und die Ausrüstung, die Sie brauchen, um das Schiff zu kapern.« Er hielt inne, und sie blieb stumm. »Ich habe das Gefühl, als hätte ich nicht alles mitbekommen.«

Sie lächelte. »Würden Sie mir denn gerne einen Anteil überlassen?«

Er erwiderte ihr Lächeln und schüttelte den Kopf.

»Machen Sie sich um mich keine Sorgen«, sagte sie. »Wenn alles so läuft wie geplant, bekommen Sie Ihr Schiff, und ich kriege alles, was ich brauche.«

Er widmete sich wieder den Frachtbriefen und ließ ein anerkennendes Brummen hören. »Sie machen so etwas nicht zum ersten Mal«, sagte er, und da es keine Frage war, machte Munroe sich nicht die Mühe, ihn zu verbessern. Je mehr er davon überzeugt war, dass sie irgendwie mit dem US-Geheimdienst zusammenarbeitete, desto geringer war das Risiko, dass er sie austricksen wollte.

Munroe steckte die Frachtbrief-Originale wieder ein, verließ das Büro des *Hawaladar* und suchte eines der Internetcafés auf, das sie vor einigen Tagen schon einmal besucht hatte. Kurz vor Ladenschluss kam sie an, bot dem Inhaber den doppelten Preis, wenn er sie dafür eine halbe Stunde länger bleiben ließ, und setzte sich an einen PC. Sie suchte nach dem zweiten Namen, den der Kapitän ihr genannt hatte: Nikola Goran.

Seine Spur war deutlich leichter zu finden als die des Staatssekretärs. Auch dieses Mal fand sie die Antwort in Berichten von Nachrichtenagenturen, in Berichten über den Krieg: Bosnien auf dem Höhepunkt des jugoslawischen Zerfallsprozesses. Es waren brutale Schilderungen, in denen der Name Nikola Goran mehrfach im Zusammenhang mit Völkermord und Massengräbern auftauchte. Nach dem Krieg war der Mann, der diesen Namen trug, spurlos verschwunden, aber bis heute wurde er wegen Verbrechen gegen die Menschlichkeit gesucht.

Dazu gab es Bilder eines jüngeren Nikola. Die meisten waren ziemlich grobkörnig, aber die Ähnlichkeit war groß genug, um, wenn man von der wettergegerbten Haut, der Gesichtsbehaarung und dem Altersspeck absah, in diesem serbischen Oberst den russischen Kapitän der *Favorita* wiederzuerkennen. Was wirklich keinerlei Sinn ergab. Natürlich konnten diese beiden Männer ein und derselbe sein, keine Frage. Aber dass irgendjemand in Russland somalische Piraten als Schutzschild benutzte, um ein Vierteljahrhundert nach Kriegsende einen mutmaßlichen Kriegsverbrecher dingfest zu machen – das klang sehr weit hergeholt. Es war ja nicht so, dass es sich bei diesen Typen um moderne Simon Wiesenthals handelte, die sich der Jagd auf das Böse verschrieben hatten. Sie waren genauso kriminell wie der Kapitän auch. Die einzige wirklich erkennbare Verbindung waren die Waffen im Frachtraum der *Favorita*, und auch das war nicht mehr als eine Folgerung.

Sie druckte alles aus, was sie brauchte, und öffnete dann noch einmal ihr E-Mail-Konto. Wo eine Antwort von Bradford auf sie wartete:

> Zu Hause ist da, wo du bist, es ist das, was du daraus machst. Es ist eine grausame Vorstellung, am Glück zu schnuppern – zu BEGEHREN –, wenn man das, was man begehrt, jederzeit wieder verlieren kann. Ich weiß das, glaub mir. Es gibt keinen Grund, sich dieser Angst zu schämen, Michael. Du hast einmal gesagt, dass du bereits tot bist und dass jeder Tag nichts weiter ist als eine Schuld, die du irgendwann begleichen musst. Vielleicht ist jetzt der Zeitpunkt gekommen, den Schuldschein zu verbrennen, vielleicht ist jetzt die Zeit, um glücklich zu sein. Vielleicht ist jetzt endlich die Zeit gekommen, um zu leben.

Diese wenigen Worte drückten etwas aus, was niemand sonst verstehen konnte. Sie las seine E-Mail noch einmal und dann noch ein drittes Mal. Die Versuchung, sie auszudrucken und mitzunehmen, war groß, aber sie wollte nicht Gefahr laufen, dass ihre Verbindung zu ihm irgendjemandem bekannt wurde – weder den Leuten, die versucht hatten, sie umzubringen, noch Amber oder Natan.

Sie hatte keine Worte für das, was sie kaum begreifen konnte. Sie würde ihm schreiben, sobald die Emotionen ihr Denken nicht mehr völlig im Griff hatten. Trotzdem wollte sie ihm eine kurze Nachricht hinterlassen.

> In wenigen Tagen fahre ich nach Somalia. Falls ich zurückkomme, mache ich mich auf die Suche nach dir. Genau, wie du gesagt hast: Vielleicht ist jetzt ja die Zeit gekommen zu leben. Wenn du im Lauf der nächsten drei, vier Wochen nichts von mir hörst, ist es Zeit, mein Testament zu öffnen. Bitte sag Logan, dass ich ihn liebe und dass es mir leidtut.
>
> PS: Ich habe es nicht vergessen. Ich bin zwar für eine Weile von der Bildfläche verschwunden, aber für immer bedeutet für immer.

Munroe bezahlte. Ihre Schillinge waren jetzt fast aufgebraucht, und das bedeutete, dass sie bald eine Wechselstube aufsuchen musste. Aber um diese Zeit waren sie alle geschlossen. Außerdem hatte sie nur noch einige hundert Dollar übrig. Wenn sie sich die Möglichkeit erhalten wollte, das Land ohne fremde Hilfe zu verlassen, sobald das alles hier vorbei war, dann durfte sie nur die Hälfte davon ausgeben, und das bedeutete, dass sie praktisch pleite war. Von Europa aus konnte sie auf verschiedene Konten zugreifen, aber hier in Kenia besaß keine ihrer Banken eine Filiale. Von nun an hatte sie also ein Geldproblem. Den Luxus eines privaten

Taxis oder Chauffeurs konnte sie sich jedenfalls nicht länger leisten.

Sie entdeckte einen Lebensmittelladen, der noch geöffnet hatte, kaufte etliche eingeschweißte Lebensmittel und Wasserflaschen und schleppte das Ganze mit Hilfe eines Trägers, den sie auf der Straße ansprach, zur Bushaltestelle. Mit ihren wenigen noch verbliebenen Schillingen handelte sie den Fahrpreis für eine einfache Fahrt aus.

Es war schon dunkel, als Munroe aus dem Bus stieg. Da sie immer noch nicht in der Lage war, die Kartons mit den Lebensmitteln oder das Wasser zu tragen, ließ sie sie am Straßenrand stehen und wartete, bis der Bus außer Sichtweite war. Dann, als sie sicher sein konnte, dass niemand mehr in der Nähe war, schob sie die Sachen mit dem Fuß unter ein paar Büsche und ging zum Haus.

Schloss die Tür auf und blickte direkt in eine Gewehrmündung.

Blieb regungslos stehen, bis Natan die Waffe sinken ließ. »Es wäre wirklich nicht besonders schlau, mich umzubringen«, sagte sie und fuhr fort, nachdem er die Waffe weggesteckt hatte: »Da vorne am Straßenrand steht Essen, aber ich kann es nicht tragen.« Er zögerte kurz, als wisse er nicht, was sie mit dieser Bemerkung sagen wollte, darum fügte sie hinzu: »Du musst mir helfen.«

Mit lauter Stimme sagte Natan Amber Bescheid und folgte Munroe nach draußen. Sie hatte ihm praktisch keine andere Wahl gelassen. Schweigend gingen sie über den zerfurchten Pfad, der sich durch Bäume und dichtes Blätterwerk schlängelte. Das Knirschen der Erde unter ihren Schuhsohlen hob sich laut und deutlich vom Summen der Moskitos und Insekten sowie den anderen kaum hörbaren Umgebungsgeräuschen der nächtlichen Küste ab.

Sie hatten schon mindestens dreihundert Meter zurückgelegt, als Natan sagte: »Amber hat mir erzählt, was sie über die Entführung weiß. Und auch, was sie über dich weiß. Viel war das nicht.«

Hinter seinen eher neutralen Worten verbargen sich hörbar dieselben Vorwürfe, die bereits tagsüber jede seiner Handlungen begleitet hatten – eine unterschwellige Anklage, die bei anderen Menschen als Munroe vielleicht das Bedürfnis geweckt hätte, sich zu rechtfertigen und viel zu viel zu reden. Stattdessen waren nur ihre Schritte in der Dunkelheit zu hören.

Sie kamen zu der Stelle mit den Kartons, und Munroe zeigte darauf.

»Die sind aber klein«, sagte Natan.

»Ja.«

»Und du kannst sie nicht tragen?«

»Nein.«

Er sah sie direkt an, kam einen Schritt näher, so dicht, dass sie seine Nähe als bedrohlich empfand. Sie legte die Hand an den Messergriff.

»Du bist jeden Tag auf das Dach nebenan geklettert«, sagte er. »Und hier kannst du nicht einmal das da tragen?« Er bückte sich und hob den ersten Karton auf, der vermutlich nicht mehr als sechs, sieben Kilogramm wog. »Liegt das daran, dass du plötzlich ein Mädchen geworden bist?«

»Nein. Es liegt daran, dass ich zwei gebrochene Rippen habe.«

Er knurrte, stellte den zweiten Karton auf den ersten, hob sie beide hoch und nahm sie auf die Schulter. Dann traten sie den Rückweg an.

Irgendwann durchbrach Natan sein Schweigen: »Hast du dir die Rippen beim Überfall auf das Schiff gebrochen?«

»Nein. Danach.«

»Was mir überhaupt nicht klar ist: Wie bist du eigentlich von dem Schiff runtergekommen?« Noch so ein versteckter Seitenhieb mit einem kaum verhüllten Vorwurf.

»Ich bin über die Reling geklettert und habe mir eines der Boote der Angreifer geschnappt.«

»Sehr praktisch, dass es ausgerechnet da auf dich gewartet hat.«

»Und praktisch war auch, dass ich Somali spreche.«

»Du hättest auch mit den anderen kämpfen können. Du mit deinen angeblichen Fähigkeiten. Vielleicht wäre es dann anders ausgegangen.«

»Stimmt«, erwiderte sie. »Hätte ich auch gemacht, wenn Leo mir nicht meinen Anteil vorenthalten hätte. Wenn ich das bekommen hätte, was alle anderen auch bekommen sollten. Einschließlich dir.«

»Du hast dein Team im Stich gelassen«, spie Natan hervor, und es klang sehr viel giftiger, als nötig gewesen wäre. »Und dass du jetzt das Schiff zurückholen willst, was soll das sein? Eine Wiedergutmachung? Eine Entschuldigung?«

Munroe antwortete nicht sofort, sondern rang mit der Wut, die langsam in ihr aufstieg. Seine pauschale Verurteilung war kein Köder, keine Provokation, die nur dazu dienen sollte, ihr irgendwelche Informationen zu entlocken, sondern aufrichtige, arrogante Selbstgefälligkeit. Bei ihr löste das dieselbe Wut aus wie Leos überhebliche Ablehnung, als sie die Waffen entdeckt und ihren Anteil gefordert hatte.

»Das war nicht mein Team«, sagte sie. »Es war *dein* Team, und wenn du wirklich mit dem Finger auf jemanden zeigen willst, dann zeig gefälligst auf dich selbst. Du hast dich mit Leo zusammengetan, um einen ahnungslosen Achtzehnjährigen auf das Schiff zu holen, obwohl ihr das Risiko genau kanntet. Eigentlich hättest du mit an Bord sein müssen. Also versuch nicht, deine eigene Schuld auf mich abzuwälzen.«

Er drehte sich um und wollte ihr den Zeigefinger seiner freien Hand gegen die Brust stoßen. Da gewann ihr Instinkt die Oberhand über die Vorsicht und die Angst vor dem Schmerz. Sie schlug seine Hand beiseite und stand dann unmittelbar vor ihm. Diese Reaktion, mit der er nach allem, was er jetzt über sie wusste, eigentlich hätte rechnen müssen, überraschte ihn offensichtlich.

Etwas wackelig stand er da, eine Hand an die Kartons auf seiner Schulter gelegt, während sie sich Brust an Brust gegenüberstanden. Munroe sah in seinen Augen, dass er verschiedene Szenarien durchspielte. Sie wich keinen Zentimeter zurück, nahm ihm die Luft zum Atmen, bis er schließlich lachte, als wäre das Ganze nur ein Scherz, den Atem ausstieß und einen halben Schritt zurücktrat. »Du willst Amber und mich für irgendwas benutzen«, sagte er.

»Ich will das Schiff«, sagte sie. »Für Amber, vielleicht auch für Victor, für die Besatzung, die nichts dafür kann, dass sie da mit reingezogen worden ist.«

»Nein«, erwiderte Natan. »Das wäre ja altruistisch. Aber Altruismus gibt es nicht. Nicht einmal bei Mutter Teresa.« Erneut stach er mit dem Zeigefinger in ihre Richtung, gab aber sorgfältig darauf acht, dass er sie nicht berührte. »Das Gefühl, ein guter Mensch zu sein, Bonuspunkte bei Gott zu sammeln, ganz egal, wie die Beweggründe sein mögen, aber selbst die Heiligen bekommen eine Gegenleistung für die Opfer, die sie bringen. Und du bist keine Heilige. Du tust dir das alles hier nicht aus reiner Güte an. Du hast ein Motiv, und ganz bestimmt kein edles.«

»Du glaubst also nicht an Altruismus?«, sagte sie.

»Nein.«

»Gut. Ich nämlich auch nicht. Das heißt also, wir sind uns einig, dass ich, da Leo mich nicht für meine Arbeit bezahlen wollte, auch nicht verpflichtet bin, ihm den Arsch zu retten.«

Natan klappte den Mund auf und wieder zu und sagte schließlich: »Aber jetzt tust du doch so, als würdest du genau das machen.«

»Verwirrend, nicht wahr?« Sie lächelte ihn gekünstelt an. »Wie gesagt, ich will das Schiff.«

Kapitel 33

Munroe schloss die Haustür auf. Im Flur stand Amber, ein Gewehr im Anschlag, genau wie Natan zuvor. Anscheinend rechneten die beiden jeden Moment mit einem Überfall – eine Einstellung, die noch nützlich werden konnte, falls die Russen von ihrem Versteck Wind bekamen. »Ich habe euch doch gesagt, dass ihr keine Waffen mitbringen sollt«, sagte Munroe.

Amber ließ das Gewehr sinken. »Das war unsere Entscheidung. Wenn sie uns geschnappt hätten, wären wir alleine dran gewesen.«

»In den Kartons ist etwas zu essen«, meinte Munroe. »Ist der Kapitän noch da?«

»In seinem Zimmer.«

»Wann hast du zum letzten Mal nachgesehen?«

»Als Natan mit dir weggegangen ist. Er schläft.«

»Zumindest tut er so. Hat er etwas gesagt, während ich weg war?«

»Er hat sich ein paarmal erkundigt, wer du bist, aber das war alles.«

»Nach dir oder Natan hat er nicht gefragt?«

»Nein, bloß nach dir«, erwiderte Amber. »Ich habe ihm dieselbe Geschichte erzählt wie du damals, als du zu uns gekommen bist.« Sie hielt inne. Als ihr die Absurdität des Ganzen bewusst wurde, fing sie an zu kichern, dann zu prusten und schließlich brach sie in schallendes Gelächter aus. Es war ansteckend, und Munroe fing ebenfalls an zu lachen.

Natan schnaubte verächtlich, klemmte sich einen Karton

unter jeden Arm und schob sich an den beiden vorbei in die Küche. Ließ die Vorräte mit einem dumpfen Schlag, der bis in den Eingangsbereich zu hören war, auf den Boden fallen. Nachdem das Lachen verklungen war, sagte Amber: »Du siehst ziemlich fertig aus. Wann hast du das letzte Mal etwas gegessen?«

Ja, wann? Gestern Abend? Munroe schüttelte den Kopf.

»Geschlafen?«

»Ab und zu.«

»Mir ist schon klar, dass im Moment eine Menge Spannung in der Luft liegt«, sagte Amber und deutete mit dem Kopf in Richtung Küche. Dort wurden anscheinend gerade zahlreiche Konservenbüchsen auf die geflieste Arbeitsplatte geworfen. »Er benimmt sich wie eine hysterische Ziege. Beachte ihn einfach nicht. Und ganz egal, was er glaubt ... ich jedenfalls vertraue dir. Ich bin dir dankbar für alles, was du bisher getan hast, und dafür, dass du bei uns bleibst. Nach allem, was Leo dir angetan hat, wärst du dazu nicht verpflichtet.«

»Danke«, erwiderte Munroe, mehr nicht. Ambers Worte waren ein Zeichen des Mitgefühls, und sie freute sich darüber, besonders da Amber das ganze Ausmaß von Leos Verrat noch nicht einmal kannte. »Wenn du dich ein bisschen hinlegen möchtest, kann ich deinen Gefangenen so lange bewachen«, sagte sie jetzt.

»Ich schaff das schon«, erwiderte Munroe und machte sich auf den Weg in die Küche.

Amber wich ihr nicht von der Seite. Als Munroe sie schließlich anblickte, sagte sie: »Es tut gut, wieder mit dir zu arbeiten, Michael. Ich wünschte, die Umstände wären andere, aber du hast mir gefehlt.«

Munroe stand einen Augenblick lang schweigend da und sah sie an, dann ließ sie ein schmales Lächeln sehen und ging weiter. Die Schmerzen, die im Verlauf der letzten Stunden stark zugenommen hatten, waren während der Auseinandersetzung mit Natan noch einmal explodiert und jagten jetzt, da er aus ihrem Blickfeld verschwunden war, mit solcher Wucht durch ihre Glieder, dass sie anfing zu zittern. Sie musste sich unbedingt hinlegen. Und sie musste etwas essen.

Als sie die Küche betrat, drehte Natan sich um und verschwand. Munroe beachtete ihn nicht. Diese ganze Rettungsaktion würde weitaus geschmeidiger ablaufen, wenn sie sich nicht auch noch mit einem erwachsenen Mann auf dem emotionalen Entwicklungsstand eines Dreizehnjährigen abgeben müsste. Sie nahm sich ein paar Eier und ein Päckchen *Mandazi* – frittierte Teigstücke, im Prinzip eine Art kenianische Donuts –, die genügend Kohlenhydrate und Kalorien enthielten, um ihre Energiereserven wieder aufzufüllen. Sie machte eine Wasserflasche auf, stürzte sich die Hälfte des Inhalts in die Kehle und wischte sich den Mund mit dem Ärmel ab. Gleichzeitig redete Natan im Wohnzimmer auf Amber ein, mit hastigen, geflüsterten Worten, wobei seine Hände immer neue Löcher in die Luft schlugen.

Die Wellen schwappten ans Ufer, kamen langsam und träge den langen Weg bis zum Strand gerollt. Munroe saß dicht am Wasser und sog die Meeresluft und die letzten Reste Einsamkeit tief in sich ein. Hinter dem Haus erklang bereits ein Rumpeln, kam näher und näher und durchbrach die morgendliche Stille. Die Hitze hatte noch nicht eingesetzt, aber es würde nicht mehr lange dauern. Wieder ein Sonnenaufgang, wieder ein Tag, den sie lebend erlebte, wieder eine Schuld, die sie irgendwann begleichen musste.

Sie war schon vor der Sonne wach geworden und ans Ufer gekommen, um auf das Tageslicht zu warten – fast wie auf dem Hausdach in Dschibuti. Sie hatte beim Aufstehen den Kapitän geweckt und hatte ihm gestattet, sich zu waschen und die fadenscheinigen Bettlaken als Umhang zu benutzen, damit er die Kleider auswaschen konnte, in denen er die letzten Tage verbracht hatte. Anschließend hatte sie ihn in sein Kabuff zurückgebracht und dort gelassen, nicht ohne erneut den Stuhl vor die Tür zu klemmen.

Als sie beim Haus angelangte, hatte der Lastwagen den Motor bereits ausgestellt. Der Geruch nach Dieselabgasen hing noch in der Luft, und die drei Männer, die im Fahrerhaus über der lang gezogenen Motorhaube gesessen hatten, standen jetzt neben den geöffneten Türen. Sie lieferten sich ein stummes Blickduell mit Natan und Amber, die lässig in der Haustür lehnten.

Waffen waren zwar keine zu sehen, lagen mit Sicherheit jedoch in Reichweite bereit, im Haus ebenso wie in der Fahrerkabine. Munroe begrüßte die Neuankömmlinge auf Somali, und fünf Köpfe drehten sich zu ihr um. Sofort war die Spannung verflogen. Der Mann auf der Beifahrerseite des Lastwagens schob seine Piloten-Sonnenbrille auf die Stirn und kam auf sie zu. Er war, wie seine beiden Begleiter, leger gekleidet – kurzärmeliges Poloshirt, eine schlabberige, sichtlich abgetragene Jeans und importierte Turnschuhe. Kein Schmuck, keine Armbanduhr, aber in einer Tasche waren die Umrisse eines Handys zu sehen. Er verströmte das Selbstbewusstsein eines Mannes, der es gewohnt war, Befehle zu geben.

Munroe streckte ihm die Hand entgegen, und er ergriff sie und sagte: »Bist du Michael?«

Sie nickte. »Khalid?«

»Ja«, erwiderte er. Sein Englisch klang hart und akzentuiert mit einem leichten britischen Akzent, genau wie das des *Hawaladar*. Der hatte Khalid als seinen Cousin bezeichnet, aber in diesem Teil der Welt konnte mit *Cousin* jedes x-beliebige Familienmitglied gemeint sein, und sei es noch so entfernt verwandt. Munroe warf einen Blick zu der Ladefläche des verbeulten, rostigen Lastwagens. Sie war nicht abgedeckt, aber die Klappen waren so hoch, dass sie die Ladung nicht sehen konnte. »Darf ich?«, sagte sie, und Khalid machte ihr Platz.

Sie benutzte das Hinterrad, das nicht etwa mit Schrauben, sondern mit Holzstücken und Seilen an der Hinterachse befestigt war, als Steigbügel und zog sich mit der rechten Hand hinauf, um ihre gebrochenen Rippen möglichst zu schonen. Trotzdem fühlte es sich an wie die reinste Folter. Sie ließ den Blick über die Gegenstände auf der Ladefläche gleiten, sprang wieder herab und klopfte sich die Hände an der Hose ab.

Der *Hawaladar* hatte Wort gehalten: Benzin, Generator, Kompressor, Trinkwasser, Verpflegung und Sonnensegel. Die Waffen würden später kommen. »Wollt ihr hier abladen oder wollt ihr auf die Strandseite fahren?«, fragte sie.

»Ich will mir die Stelle erst ansehen«, entgegnete Khalid.

Munroe wandte sich an Amber und Natan, die immer noch stumm und grimmig herüberstarrten. Die Ankunft dieser Männer war keine Überraschung. Sie hatte sie im Vorfeld informiert, also wo war das Problem? Munroe winkte ihnen zu und sagte: »Alles in Ordnung. Entspannt euch.«

Natan machte auf dem Absatz kehrt und stapfte ins Haus. Höchstwahrscheinlich suchte er sich einen Platz, von dem er die Neuankömmlinge im Auge behalten konnte.

Munroe gab den beiden anderen Somaliern die Hand. Sie stellten sich als Omar und Ali vor. Ihr Englisch war genauso klar verständlich wie Khalids, und ihr Tonfall deutete auf eine Schulbildung im Ausland hin. Amber verließ jetzt ihren Posten bei der Tür, kam näher und stellte sich neben Munroe. Als Munroe Khalid ihren Namen nannte, streckte auch Amber ihm die Hand entgegen. Er aber machte nur eine ungelenke Bewegung und ließ sie stehen, genau wie Omar und Ali.

»Das hängt mit ihrer Kultur zusammen«, sagte Munroe.

Nur einer von Tausenden Gründen, weshalb sie in aller Regel in die männliche Rolle schlüpfte. »Ist nichts Persönliches.«

Amber runzelte die Stirn, war jedoch klug genug, den Mund zu halten. Gut möglich, dass die Männer irgendwann auch hinter Michaels wahres Geschlecht kamen, aber dann waren die kulturellen und religiösen Grenzen bereits so oft überschritten worden, dass sie um der gemeinsamen Aufgabe willen so tun würden, als sei nichts geschehen. Munroe führte Khalid zum Strand. Amber folgte ihnen in wenigen Schritten Entfernung.

Die Dhau – ein dreizehn Meter langes Holzboot mit hochgezogenem Bug, Doppelmotor und einem Rattandach auf Holzpfosten, das der hinteren Hälfte des Decks Schatten spendete – lief am späten Nachmittag ein. Stimmen und Rufe von draußen rissen Munroe aus einem dämmerigen Hitzeschlaf. Sie erhob sich von der roh gezimmerten Bank, die als Sofa diente, schloss die Haustür von innen ab und verließ das Haus durch die Hintertür. Stellte sich, die Hände zum Schutz vor der Nachmittagssonne über die Augen gelegt, auf die kleine Terrasse und wartete auf das langsam näher kommende Boot, bis es ein paar hundert Meter vor der Küste, gleich hinter der Brandung, Anker geworfen hatte.

Der Lastwagen war seit dem Vormittag rückwärts bis an die Wasserkante gefahren worden und hatte dabei die Aufmerksamkeit der Dorfbewohner auf sich gezogen. Im Lauf des Tages waren ständig Schaulustige am Strand gewesen, mal mehr, mal weniger. Im Augenblick saßen acht Männer und Jungen im Schatten eines Mangobaumes am Rand des Grundstücks und starrten das abgestellte Fahrzeug und die träge Regungslosigkeit an, als sei der Zirkus in die Stadt gekommen.

Amber trat neben Munroe, und sie gingen gemeinsam zum Strand, setzten sich in den Sand und sahen zu, wie die beiden

Männer auf der Dhau eine Piroge zu Wasser ließen. Dann kam einer der beiden an Land gepaddelt.

»Wo ist Natan?«, erkundigte sich Munroe.

»Vielleicht sitzt er irgendwo auf einem Baum.«

»Er traut den anderen nicht?«

»Natan traut niemandem.«

»Und du?«

»Du weißt genau, was du tust«, lautete Ambers Antwort. »Und mehr brauche ich nicht. Natan weiß es auch. Es passt ihm bloß nicht.«

Die Piroge näherte sich jetzt dem Strand. Die drei Männer aus dem Lastwagen gingen ins Wasser und halfen, das Boot an Land zu ziehen. Sie waren geschickt, und Munroe beobachtete sie genau, um abschätzen zu können, wie gut sie als Team zusammenarbeiteten. Sie waren mit dem Meer vertraut, auch das war ein Vorteil. Als alle wieder an Land waren, stand sie auf und klopfte sich den Sand von der Hose. Die Männer wussten, was sie zu tun hatten. Sie selbst würde letztendlich nur stören und für Unmut sorgen, wenn sie jetzt anfing, irgendwelche Anweisungen zu geben. Sie kehrte ins Haus zurück und ging in die Küche, um etwas zu essen und Wasser für den Kapitän zu holen.

Solange er aß, ließ sie die Tür offen, damit ein wenig frische Luft in das Kabuff strömte und den Schweiß- und Körpergeruch zumindest ein wenig erträglicher machte. Er musste den Lärm am Morgen gehört haben, aber manchmal war Schweigen genauso wirksam wie ein Verhör. Sie ließ ihm Zeit und Ruhe. Als er sein karges Mahl zur Hälfte aufgegessen hatte, sagte er: »Was ist das denn für ein Lärm da draußen?«

»Wir bereiten die nächste Phase vor«, erwiderte sie.

»Geht ihr nach Somalia?«

»Wir. Wir gehen nach Somalia. Es sei denn, du würdest lieber zu den Russen gehen.«

»Das eine ist genauso schlimm wie das andere«, meinte er und aß weiter. Sie ließ ihn in Ruhe. Nachdem einige Minuten verstrichen waren, sagte er: »Hast du den Namen gefunden, den ich dir gegeben habe?«

»Beide Namen«, erwiderte sie. »Du hast dich lange Zeit versteckt gehalten.«

Er nickte, wie zur Bestätigung, und sagte: »Glaubst du alles, was du gelesen hast?«

Sie hatte schon so oft die Unwahrheit gedruckter »Tatsachen« bewiesen, dass sie so gut wie gar nichts mehr glauben konnte, was sie las. Und dass die Leute, die hinter dem Kapitän her waren, zwanzig Jahre lang gewartet hatten, um sein Schiff zu kapern, verstärkte ihre Zweifel noch. »Ich würde gerne deine Version der Geschichte hören«, sagte sie.

Er stellte den Rest seines Essens beiseite und trank einen halben Liter Wasser. »Es kommt nichts Gutes dabei raus, wenn ich es dir erzähle«, sagte er, wischte sich den Mund ab, ließ sich zurücksinken und machte die Augen zu. »Vielleicht kommst du selbst dahinter. Dann weißt du Bescheid.«

»Vielleicht«, erwiderte sie, stand auf und trat hinaus auf den Flur.

Natan erwartete sie bereits. Er hatte sich die Waffe über die Schulter gehängt und einen Fuß an die gegenüberliegende Wand gestützt. Hatte er ihr Gespräch etwa belauscht? Jedenfalls schwitzte er aus jeder Pore Argwohn und Misstrauen aus, als ob er jede ihrer Handlungen als potenziellen Verrat betrachtete, als hätte sie gerade eben mit dem Kapitän ein heimliches Bündnis geschlossen, während die Somalier bereits ihre Entführung planten und sie an die Piraten ausliefern würden, sobald sie hier losgefahren waren.

Munroe schloss die Tür und schickte den Kapitän zurück in die Dunkelheit, blockierte die Klinke mit dem Stuhl. Als sie damit fertig war, richtete Natan sich zu voller Größe auf und trat einen Schritt vor, sodass er ihr nun den Weg versperrte. Sie wollte sich an ihm vorbeizwängen, aber er baute sich direkt vor ihr auf.

Da sie weder die Energie noch das Bedürfnis hatte, sich an diesem Machtspielchen zu beteiligen, sagte sie seufzend: »Wenn du etwas zu sagen hast, sag es. Aber wenn nicht, dann geh mir aus dem Weg.«

Er blitzte sie mehrere Sekunden lang voller Zorn an, bevor er beiseitetrat, allerdings nicht etwa fügsam oder unterwürfig, sondern eher so, als hätte er ihr soeben großzügig die Erfüllung eines Wunsches gewährt.

Amber saß mittlerweile auf der Terrasse. Munroe setzte sich neben sie, und so verharrten sie, genau wie die Schaulustigen unter dem Mangobaum, im Schatten, verscheuchten die Fliegen und sahen zu, wie zwei Somalier mit der Piroge zu der Dhau paddelten, ein Benzinfass an Tauen befestigten, damit es an Bord gehoben werden konnte, und dann den Rückweg antraten, um die nächste Ladung aufzunehmen. So ging es immer hin und her, langsam, bedächtig, so typisch für diesen Kontinent, wo es keine billigeren Rohstoffe gab als Zeit und Arbeitskraft.

Kapitel 34

Der Lastwagen rollte noch vor Tagesanbruch vom Grundstück, schob sich keuchend, ächzend, ruckelnd auf dem ausgedörrten Pfad zwischen Bäumen und wuchernden Büschen hindurch. Munroe stützte sich mit beiden Füßen gegen das abblätternde Vinyl des Armaturenbretts, um nicht kreuz und quer durch das Fahrerhaus geschleudert zu werden. Khalid war zusammen mit einem der Männer, die mit der Dhau gekommen waren, zurückgeblieben. Omar saß am Steuer. Er war vermutlich auch derjenige, der jetzt das Sagen hatte, jedenfalls hatte er Munroe den Beifahrersitz angeboten und Ali sowie den zweiten Mann vom Boot auf die Ladefläche verbannt.

Von unterwegs rief Munroe den *Hawaladar* an, bestätigte die Abfahrt und teilte ihm allerhand Einzelheiten mit, die er mit Sicherheit auch schon von Khalid erfahren hatte. Sie hatten einen langen Weg vor sich: zurück in die Stadt, quer über die Insel, dann westlich weiter Richtung Nairobi, nur um irgendwann nach Süden abzubiegen und zum Flughafen zu fahren. Dort, in einem Gebäudekomplex aus Stein und Beton und Wellblech, befand sich die Zollabfertigung für die Luftfracht.

Munroe stieg aus und betrat eine trockene, staubige Fläche, die selbst den zähesten Grashalmen angesichts der viel zu vielen Stiefeltritte keine Chance ließ. Omar deutete auf den Land Rover des *Hawaladar*, und Munroe ging darauf zu, während die anderen Männer vom Lastwagen sprangen und sich in den Schatten bei der Vorderachse flüchteten, um dort zu warten.

Noch bevor sie den Geländewagen erreicht hatte, öffnete sich die hintere Tür, und der *Hawaladar* bat sie in das klimatisierte Wageninnere. Sie sagte: »Mit Ihnen habe ich nicht gerechnet.«

»Wir haben es eilig und müssen viele Leute schmieren«, erwiderte er.

»Ich war davon ausgegangen, dass einer Ihrer Leute das regelt.«

»Wenn ich es selbst mache, geht es schneller«, sagte er, und sie wusste, was er meinte.

Die Zollabfertigung war ein an Wahnsinn grenzender Papierkrieg: Unzählige Warteschlangen, die nach dem Motto »Wer zuerst kommt, mahlt zuerst« bedient wurden und sich über kurz oder lang in wütende Massen verwandelten, wo erbittert um jeden Zentimeter gekämpft wurde. Ein scheinbar endloser Wust an Formularen, die einen Stempel nach dem anderen benötigten. Geld wechselte den Besitzer, damit Akten nicht dauerhaft am Boden des Stapels verschimmelten. Geld wechselte den Besitzer, damit Güter neu bewertet und die Zollgebühren niedriger wurden. Und irgendwann, wenn man von all dem Hin und Her gar nicht mehr wusste, wo einem der Kopf stand, wechselte noch einmal Geld den Besitzer, damit man endlich diejenigen sprechen konnte, die die Macht besaßen, der Qual ein Ende zu setzen, die Tage in Stunden verwandeln und die Zahl der benötigten Stempel drastisch reduzieren konnten.

Wenn man Kosten und Zeit sparen wollte, kam es nicht darauf an, sich mit den Vorschriften möglichst genau auszukennen. Viel entscheidender war, dass man wusste, wo die Schnittstellen saßen und wie man sie behandeln musste. Genau diese Art von Wissen hatte Munroe in Dschibuti so wertvoll gemacht, auch wenn Leo und Amber diesen Wert nie wirklich erkannt hatten.

»Was meinen Sie, wie lange wird es dauern?«, erkundigte sie sich.

»Wenn die richtigen Leute heute im Büro sind, dann vielleicht bis zum späten Nachmittag.«

Sie machte die Tür auf. »Bitten Sie Omar, mich anzurufen, bevor er sich auf den Rückweg macht. Ich möchte mitfahren.«

»Sie bleiben nicht hier?«

»Das hätte keinen Sinn«, erwiderte sie, während sie in die schwüle Hitze trat. »Sobald da drin ein weißes Gesicht auftaucht, schnellt der Preis nach oben.«

»Ich melde mich«, meinte er, und sie schloss die Tür.

Omar hatte sich im Schatten des Lastwagens auf einer Matte ausgestreckt, während Ali und der Mann vom Boot, den alle Yusuf nannten, sich auf einer anderen Matte gegenübersaßen. Sie hatten jeder eine Büchse mit Limonade neben sich stehen und waren gerade dabei, Khat-Blätter aus einer Plastiktüte zu holen. Es war das erste Mal, dass sie die Männer des *Hawaladar* beim Khat-Konsum beobachtete. Sie ärgerte sich zwar darüber, aber es hatte auch sein Gutes. Jedenfalls wusste sie jetzt schon Bescheid und nicht erst, wenn womöglich ihr Leben von den beiden abhing.

Sie setzte sich neben Omar und sagte: »Du kaust kein Khat?«

Er schüttelte den Kopf und verzog angewidert das Gesicht. Da wusste sie, dass sie einen Verbündeten gefunden hatte. »Und Khalid?«

»Auch nicht«, sagte er.

Sie machte eine Kopfbewegung Richtung Ali und Yusuf. »Wenn wir erst einmal unterwegs sind, gibt es nichts mehr. Könnte das ein Problem werden?«

»Ich glaube nicht.« Er zuckte mit den Schultern. »Vielleicht.«

Sie erhob sich. Zwei Khat-Süchtige mit Entzugserscheinungen, ausgerechnet dann, wenn höchste Konzentration gefordert war, das würde ohne jeden Zweifel zum Problem werden.

»Gib mir mal dein Telefon«, sagte sie, und Omar gehorchte. Sie tippte ihre Handynummer ein und gab es ihm zurück. »Ruf mich an, bevor du losfährst. Ich muss noch einmal in die Stadt, aber ich möchte mit euch zurückfahren.« Sie lächelte. »Lasst mich ja nicht hier sitzen.«

»Ich rufe dich an«, erwiderte er. Trotzdem, ein paar letzte Zweifel blieben.

Sie ging auf das Wachhäuschen beim Ausgang des Frachtdepots zu, vorbei an anderen Lastwagen und im Schatten liegenden Männern, passierte den Ausgang, ging dann zur nächsten Kreuzung und wartete im Schatten eines kleinen Palmenhains auf vorbeifahrende Autos. Machte sich das Dilemma dieses Kontinents, das Privileg ihrer weißen Hautfarbe, zunutze und brauchte nicht lange zu warten, bis ein Wagen anhielt, der auf dem Weg in die Stadt war.

Der Fahrer war ein untersetzter Mann mit Hemd und Krawatte. Schweißflecken zeigten die Stellen an, die der Luftstrom der Klimaanlage nicht erreichte. Er wollte in die gleiche Richtung wie sie und bot ihr den Beifahrersitz an. Während der Fahrt stellte er ihr ein paar freundliche Fragen, die sie aufrichtig beantwortete, um sich dann ihrerseits nach seiner Arbeit und seinem Leben zu erkundigen, damit er nicht aufhörte zu reden. Er verlor sich in allen möglichen Details über den kenianischen Wildlife Service, während sie mit ihren Gedanken weit weg war und nur gelegentlich eine Bemerkung einstreute, die ihm den Eindruck vermitteln sollte, dass sie zuhörte.

In Mombasa angekommen, ließ er sie in der Mitte der Moi Avenue aussteigen. Sie blieb so lange am Straßenrand stehen, bis er von der Masse der anderen Autos verschluckt wurde. Dann ging sie zum nächsten Hochhaus, setzte sich in ein kleines Bistro im Erdgeschoss, bestellte sich etwas zu essen und nutzte die Gelegenheit, um ein kleines bisschen durchzuschnaufen. Anschließend rief sie im Royal Court Hotel an und verlangte nach Sergej. Sie wurde auf sein Zimmer verbunden. Mehr wollte sie gar nicht. Jetzt wusste sie, dass die Russen immer noch im Hotel waren. Sie legte auf.

In einer Wechselstube tauschte sie ein paar hundert Dollar in Schilling um und suchte sich anschließend ein Internetcafé, schickte das Foto, das sie vom Kapitän gemacht hatte, an ihre E-Mail-Adresse und druckte es aus. Entdeckte eine neue Nachricht von Bradford.

> Keine Ahnung, ob diese Nachricht dich erreicht – wollte dich nur wissen lassen, dass ich an dich denke. Pass auf dich auf. Bleib am Leben. Mein Auftrag hier ist zu Ende. Gerade eben hat ein Bekannter angerufen. Er will mich als Babysitter engagieren. Ich glaube, das mache ich – ich kann eine Pause genauso gut gebrauchen wie du. Hast du Lust mitzukommen? Der Welt für eine kleine Weile den Rücken zu kehren?

Das war genau das, wonach sie sich sehnte: nach einem sprichwörtlichen Ritt in den Sonnenuntergang. Ein Bedürfnis, das sie im Lauf der Jahre immer wieder überkommen hatte, das sie aber zu unterdrücken versuchte, indem sie jedes Mal den schwierigsten Weg wählte, weil der Schmerz etwas Vertrautes war und die Leere keine Verlustängste auslöste, weil es nichts gab, was man verlieren konnte.

Munroe verharrte, ließ die Finger über der Tastatur schweben, holte tief Luft und gab dann, begleitet von einem tiefen Seufzer, die Worte ein, die selbst jetzt jedem Instinkt und jedem Bedürfnis nach Selbstschutz widersprachen.

Sag mir, wann und wo, und wenn ich das hier überlebe, brenne ich mit dir durch.

Sie ließ den Mauszeiger länger als nötig über der SENDEN-Taste schweben, machte die Augen zu und klickte. Schloss den Browser und löschte die Chronik, bezahlte für den Ausdruck und arbeitete sich durch das Getümmel auf den Straßen zurück bis zum Hotel.

Von dem Schlägertrupp vor dem Schaufenster des verlassenen Geschäftes war weit und breit nichts zu sehen, darum betrat sie das Hotel durch den Haupteingang, durchquerte das Foyer, registrierte einzelne Gäste und Angestellte und ging die Treppe hinauf. Zog die Schlüsselkarte, die sie immer noch in der Tasche hatte, durch den Schlitz und hörte – entgegen ihren Erwartungen – ein leises Klicken. Die Karte war tatsächlich noch aktiv.

Sie blieb im Flur stehen und wartete auf eine Reaktion von drinnen – Stimmen, Schritte, irgendetwas –, aber es rührte sich nichts. Also trat sie ein und machte die Tür zu. Das Bett war nicht gemacht, und überall lagen Sachen herum. Es war verführerisch. Nichts deutete darauf hin, dass der Bewohner dieses Zimmers in Bälde sein Quartier verlassen wollte. Sie durchsuchte den Schrank und den Koffer und sah auch unter der Matratze und an anderen Stellen nach, an denen sie selbst etwas Wertvolles versteckt hätte. Sergej hatte seinen Reisepass unter einer Schublade festgeklebt. Sie blätterte ihn durch. Es war ein russischer Diplomatenpass. Bis jetzt war nur eine Seite vollgestempelt.

Sie steckte ihn ein.

Vielleicht dauerte es ja ein paar Tage, bevor er ihn vermisste, und dann musste er so lange hierbleiben, bis er einen neuen bekommen hatte. Die nächste Botschaft befand sich in Nairobi, also konnte das dauern, und sie hätte Zeit gewonnen. Und da er so viel trank, konnte er sich nur selbst für den Verlust verantwortlich machen.

In einem Schlitz hinter der Klimaanlage entdeckte sie fünfhundert Dollar. Die steckte sie ebenfalls ein. Dann vergewisserte sie sich, dass alles wieder aussah wie zuvor, und ging zurück ins Foyer.

Anderes Personal war gleichbedeutend mit einem anderen Vorgehen. Sie stapfte mit festen Schritten zum Empfang und knallte die Schlüsselkarte auf den Tresen.

Die Köpfe der beiden Frauen schnellten ruckartig nach oben.

»Sie haben mir die falsche Schlüsselkarte gegeben«, sagte sie. »Wir haben vier Zimmer. Das kann doch wohl nicht so schwierig sein.«

»Verzeihung?«, sagte die Frau, die ihr am nächsten saß.

Munroe blickte ihr lange auf die Brust, um klarzumachen, dass sie sich den Namen auf dem Schild gründlich einprägen wollte. Dann ließ sie den Blickkontakt und das Schweigen immer ungemütlicher werden. Erst als die Frau sich abwandte, um anschließend doch wieder den Blickkontakt zu suchen, sagte Munroe: »Das ist nicht die Schlüsselkarte für mein Zimmer, Betsy. Sondern für das Nachbarzimmer.«

Betsy warf einen Blick auf die Karte unter Munroes Fingerspitzen. »Das tut mir leid«, sagte sie. »Das korrigieren wir sofort.«

Munroe erwiderte: »Gut.« Sie schob Betsy die Karte zu und nannte ihr, während sie zum Zeichen ihrer Ungeduld mit dem Finger auf den Tresen klopfte, einen anderen Namen und eine andere Zimmernummer von ihrer Liste. Dieses Mal war sie Anton, der Chef der Delegation.

Vermutlich hatten Munroes vorwurfsvolle Worte oder aber ihre offensichtliche Ungeduld Betsy verunsichert, jedenfalls wollte sie keinen Ausweis sehen. Munroe brauchte den Druck also nicht zu erhöhen. Die Empfangsdame hatte nichts weiter als drei Minuten dröhnendes Schweigen anzubieten, während Munroe ihrem offensichtlichen Ärger durch vernehmliches Schnauben und Zischen Ausdruck verlieh. Betsy hantierte etwas fahrig herum und drückte verschiedene Tasten und als sie dann endlich die neue Karte programmiert hatte, schob sie sie mit einer nochmaligen Entschuldigung über den Tresen.

Munroe ging einmal mehr die Treppe hinauf und betrat das Zimmer des Chefs der Delegation. Anton hatte, im Gegensatz zu seinem schlampigen Nachbarn, das Bett gemacht und alle seine Sachen fein säuberlich geordnet. Nicht direkt zwanghaft, aber auch nicht allzu weit davon entfernt. Im Schrank entdeckte sie ihren Rucksack, zusammen mit ihren anderen Sachen. Bis auf das Magazin für die AK-47 war alles da.

Wie im ersten Zimmer suchte sie auch hier in verschiedenen potenziellen Verstecken nach einem Reisepass, nach Unterlagen, nach Hinweisen auf die Drahtzieher dieser Schiffsentführung, darauf, was sie mit dem Kapitän anstellen wollten oder wie lange sie hierbleiben wollten. In einem unverschlossenen Aktenkoffer stieß sie auf persönliche Dokumente und Fotos. Die nahm sie heraus und betrachtete sie gründlich, suchte nach den Geheimnissen hinter den lächelnden Fassaden. Das hier waren die Menschen, die er liebte, und sie erzählten eine Geschichte, allerdings keine, mit der sie etwas anfangen konnte. Sie packte alles wieder zurück in den Koffer und legte das Foto des Kapitäns auf den Tisch.

Mit einem Stift aus dem Aktenkoffer schrieb sie an den unteren Rand: *Er ist noch hier. Willst du ihn? Dann lass uns verhandeln.* Damit war der Zweck ihres Besuches erfüllt. Sie ging noch einmal zum Schrank und holte einen Satz frische Kleider aus ihrem Rucksack. Streifte die alten ab und schlüpfte in die neuen. Wickelte die schmutzigen Sachen zu einem Bündel zusammen, fischte anschließend noch ihre Messer aus dem Rucksack und machte sich dann auf den Weg zum Personalausgang. Es war mehr Zeit vergangen, als sie gedacht hatte.

Da sie mit dem Kleiderbündel auffallen würde, ließ sie es in einem Akt verschwenderischer Extravaganz kurz nach dem Verlassen des Hotels einfach fallen und ging zum Haupteingang, um sich ein letztes Mal zu vergewissern, dass die Schlägertypen nicht wiedergekommen waren. Es war sicherlich nicht auszuschließen, dass der Kampf in der Gasse die ganze Bande so verängstigt hatte, dass sie sich entschlossen hatten, ihre Karriere an den Nagel zu hängen, aber wahrscheinlicher war es, dass die beiden, die sie in die Falle gelockt hatte, gar nicht mehr in der Lage gewesen waren, die anderen zu warnen. Wenn sie also nicht dort drüben saßen und warteten, waren sie vermutlich gerade mit irgendwelchen Gaunereien beschäftigt.

Munroe wollte in die Bishara Street und die Nehru Road, zu den Büros des *Hawaladar*, wollte die Gelegenheit nutzen und nachsehen, was dort in seiner Abwesenheit passierte. Genau wie in der Nacht von Samis Tod, spürte sie auch jetzt schon vor ihrem Eintreffen, dass irgendetwas nicht stimmte. Die Warnung lag in der Stille, in den kleinen Vibrationen, den gestörten Schwingungen, in der Art und Weise, wie die Menschen in der Nähe des Hauses den Eingang beobachteten und wie das Haus selbst den Lärm und das Durcheinander der Straße verschluckte, sodass überall Leben war, nur nicht hier.

Instinktiv begann sie, Gefahren zu wittern. Versuchte zu erspüren, ob ihr jemand auf den Fersen war. Spürte nichts und stieß die Tür auf. Der *Askari* lag bewusstlos auf dem Boden. Munroe ließ ihre Messer los, blickte suchend den Flur entlang, kniete sich hin, tastete nach dem Puls. Er lebte. Sie ging weiter, ein Messer in jeder Hand.

Hinter der nächstgelegenen Tür klapperte eine Schreibmaschine, aber dahinter war das Gebäude vollkommen still. Die anderen Türen im Flur waren geschlossen und unbeschädigt, im Gegensatz zu der, die ins Büro des *Hawaladar* führte. Sie stand sperrangelweit offen und hing nur noch an einer Angel, als hätte sie jemand eingetreten. Splitter vom Türrahmen lagen im Flur. Munroe näherte sich von der Seite her, schob vorsichtig den Kopf um die Ecke und betrat schließlich den Empfangsbereich. Das Gemälde, das an der Wand gehangen hatte, war heruntergerissen und das Sofa aufgeschlitzt worden. Die Empfangsdame lag auf dem Boden und blutete aus einer Kopfwunde. Sie hatte sich zu einer Kugel zusammengerollt, als wolle sie sich vor Schlägen schützen.

Munroe verharrte auch bei ihr, um nach einem Lebenszeichen zu suchen, spürte ihren schwachen Atem und ging weiter zum ersten Büroraum. Dort hatte irgendjemand ganze Aktenschränke umgekippt. Überall lagen verstreute Papiere herum. Es sah aus, als hätten die Täter nach Unterlagen gesucht. Sie ging weiter, Zimmer für Zimmer. Überall herrschte das gleiche Chaos, nur Opfer fand sie keine mehr. Schließlich gelangte sie in das Zimmer, in dem sich nach ihrer Schätzung der Durchgang zum Sprechzimmer des *Hawaladar* in der Seitengasse der Nehru Road befinden musste.

Es war genauso verwüstet worden wie die anderen Büroräume auch, nicht mehr und nicht weniger. Falls die Eindringlinge nach dem Durchgang gesucht hatten, hatten sie ihn nicht gefunden. Vorausgesetzt, es handelte sich bei alledem nicht um einen rein zufälligen Akt der Gewalt – was nicht besonders wahrscheinlich war –, dann kamen nur wenige als Täter in Frage.

Munroe betrat das nächste Zimmer, das ebenfalls verwüstet worden war, aber auch hier war niemand zu Schaden gekommen. Das war seltsam. Um diese Tageszeit hätten doch eigentlich deutlich mehr Angestellte bei der Arbeit sein müssen. Sie starrte die Wand an, versuchte dieses ganze Durcheinander zu verstehen, es in den größeren Zusammenhang einzuordnen, als plötzlich ein leises Schniefen, kaum hörbare Schritte aus weiter Entfernung, vielleicht sogar von außerhalb des Büros, an ihr Ohr drangen.

Der einzige Weg nach draußen führte durch den Vordereingang, also drückte Munroe sich an die Wand neben der Zimmertür. Die Schritte kamen näher, das gelegentliche Schniefen wurde lauter, und sie konnte jetzt zwei Personen unterscheiden, mindestens. Es folgte ein leises Flüstern und dann ein verstohlenes Rascheln. Die da gerade eingetreten waren, waren nicht als Freunde gekommen.

Kapitel 35

Instinktiv, ohne nachzudenken, wog Munroe ihre Messer in der Hand. Mit geschlossenen Augen stand sie da, während ihre Ohren die arglosen Schritte auf der anderen Seite der Mauer genau verfolgten.

Sie hörte geflüsterte Worte auf Suaheli: »Wie viele waren es?«

»Nur einer.«

Dann meldete sich eine dritte Stimme zu Wort: »Bist du sicher? Vielleicht ist er ja schon wieder weg.«

Die Messer waren bereit, jederzeit zuzustechen. Warm lagen sie in ihren Händen, wie Verlängerungen ihrer Arme, tröstend, beruhigend, begleitet vom Wiegenlied des Todes. In Erwartung des bevorstehenden Kampfes wurde sie von einer tiefen Ruhe erfasst. Sie öffnete die Augen. Die Welt wurde still, drehte sich langsamer. Ihr Herzschlag dehnte sich in die Länge. Klares Denken ertrank im Meer der Zeit. Quietschende Gummisohlen begleiteten einen ungeschickten Versuch, auf Zehenspitzen zu gehen. Die Männer waren jetzt so nahe, dass sie sie an ihrem Atem und dem gelegentlichen Schniefen unterscheiden konnte.

Solange sie sie nicht sehen konnte, nahm sie die anderen Sinne zu Hilfe. Als Erstes nahm sie seinen Geruch wahr. Sie spürte ihn näher kommen, noch bevor seine Machete und seine Hand in ihr Blickfeld rückten. Dann kam die zerrissene Hose. Sein Schatten füllte die Türöffnung ganz aus. Ihr Herz raste, als sie ihn wiedererkannte. Sie wartete, bis er ganz eingetreten war, unterdrückte ihre Wut, versuchte abzuschätzen, wie groß die Chancen waren, wenigstens einen Mann lebend zu erwischen, um von ihm zu erfahren, was der Kerl in der Gasse ihr nicht verraten hatte.

Er drehte sich um und sah sie. Blickte ihr in die Augen, zögerte nur eine Sekunde, schwang die Machete. Und wieder siegte der Instinkt über den Verstand. Sie machte einen Schritt zur Seite, nutzte seinen Schwung, um ihn ganz in den Raum zu ziehen, und stach gleichzeitig zu, trieb ihm die Klinge in den Hals, blockierte seine Atemwege, seinen Schrei. Der Kampf war zu Ende, bevor er wusste, dass er begonnen hatte. Es war ein Kampf, den sie schon vor zehn Jahren gewonnen hatte, als ihr Überleben einzig und allein von Geschwindigkeit und Lautlosigkeit abhängig gewesen war.

Der Adrenalinpegel in ihrem Blut stieg weiter, während sie auf den Nächsten wartete. Sie wusste, dass es nicht lange dauern würde, schließlich war sein Partner verschwunden. Spürte weit entfernte Schmerzen, die sie daran erinnerten, dass sie schwach war, doch die Gier nach Blut verdrängte die Schwäche und schärfte ihre Sinne, nahm ihre Reflexe in Besitz.

Der nächste Schatten, der nächste Mann näherte sich der Tür. Sie war voll und ganz auf die Bewegung konzentriert, wartete ab, während er unbekümmert nach seinem mittlerweile toten Kumpan rief und dadurch nicht nur seine Anwesenheit, sondern auch seine genaue Position verriet. Als er dann durch die Tür trat, erledigte sie ihn, noch bevor er die Chance hatte, seine Machete zu schwingen.

Er sackte zu Boden und landete in einer Art Umarmung auf der ersten Leiche. Munroe machte einen großen Schritt über die beiden hinweg und trat hinaus auf den Flur, wo sie die Schritte des letzten Mannes hörte. Er beugte sich gerade über die am Boden liegende Frau im Empfangsbereich. Noch bevor Munroe bei ihm war, drehte er sich um. Sein Gesicht war hinter dem Tresen nicht zu erkennen, aber sie sah die Messer. Sah das Blut.

Er drehte sich um und floh, mit einem Stapel Papieren in der Hand.

Munroe kniete sich erneut neben die Frau, fühlte noch einmal ihren Puls, aber jetzt war da nichts mehr zu spüren. Mit pochendem Herzen betrat sie den Flur, hörte die Haustür mit lautem Knall ins Schloss fallen, rannte zum Ausgang und riss die Tür auf. Blickte suchend in beide Richtungen die Straße entlang, suchte krampfhaft nach kleinen Unregelmäßigkeiten im Passantenstrom. Da war er. Er lief auf das schmalere Ende der Straße zu. Sie nahm die Verfolgung auf.

Er stieg in ein Auto.

Sie sprang vom Bürgersteig auf die Straße, um schneller voranzukommen. Wich Fahrzeugen aus, die ihr im Weg standen, aber als sie schließlich freie Bahn hatte, war das Auto bereits verschwunden.

Eine Hupe dröhnte. Munroe wirbelte herum und starrte, ohne wirklich etwas zu sehen, durch die Windschutzscheibe des Lastwagens, der sie um ein Haar überfahren hätte.

Ein Mann beugte sich zum Seitenfenster heraus und brüllte ihr ein paar Schimpfwörter entgegen, während sie auf den Bürgersteig zurückkehrte. Sie atmete schwer, und ihre Schmerzen wurden mit jeder Sekunde schlimmer. Sie blickte dem unsichtbaren Kondensstreifen nach, den der Killer mit den Papieren hinterlassen hatte. Die Straßen waren ziemlich verstopft, daher konnte der Wagen noch nicht weit gekommen sein, aber um ihn zu Fuß einzuholen, hätte es einer Munroe vor der Prügelattacke bedurft. Eines Tages würde sie wieder so weit sein, aber im Augenblick besaß sie weder Stärke noch Ausdauer, sondern eher wackelige Knie und Atemnot.

Sie wandte sich ab und kniete sich neben die Straße. Steckte die blutigen Messer in die Scheiden zurück, und als sie die Kraft hatte aufzustehen, als sie wieder einigermaßen atmen konnte, ohne dass spitze Glasscherben sich in ihre Eingeweide bohrten, humpelte sie in die entgegengesetzte Richtung davon. Sie spielte alles, was im Büro des *Hawaladar* gerade geschehen war, immer wieder durch, um sich auch die kleineren Details gründlich einzuprägen, die sonst in den Nachwirkungen des Adrenalinschubs einfach untergehen würden.

Langsam ging sie die Bishara Street entlang, winkte sich ein Taxi herbei und ließ sich auf die zerschlissene, unebene Rückbank sinken. Die vielen Leichen wurden langsam zum Problem. Früher oder später musste selbst die unfähigste Polizeibehörde anfangen, Fragen zu stellen.

Das Taxi brachte sie in die Moi Avenue zurück, bis zu der großen, herausgeputzten, modernen Diamond Trust Arcade. Dort, im Erdgeschoss, prangte das lila-orange-farbene FedEx-Logo über dem Eingang eines klimatisierten Büros, das sich redlich mühte, sein Vorbild einigermaßen originalgetreu zu imitieren – ein winziges Stück US-amerikanischer Firmenkultur, das inmitten der ostafrikanischen Umgebung ein wenig fremdartig wirkte.

Sie war die einzige Kundin und musste einen Reisepass vorlegen, um die drei Pakete, die Amber ihr geschickt hatte, in Empfang nehmen zu dürfen. Sie waren von den Zollinspekteuren bereits geöffnet worden und deutlich kleiner als die Kisten bei der Luftfracht, aber immer noch so groß und so schwer, dass sie sie nicht tragen konnte. Und dann war da noch das eine Päckchen, das sie selbst bei einem ihrer Ausflüge ins Internet bestellt hatte.

Sie bezahlte die Importgebühr, die sich nicht etwa an dem angegebenen Warenwert orientierte, sondern an dem, was der Zollbeamte festgelegt hatte. Anschließend ging sie den Inhalt der Pakete durch, Stück für Stück, um sicherzugehen, dass nichts gestohlen worden war. Als sie das erledigt hatte, bat sie den Schalterbeamten um Klebeband, verschloss Ambers Pakete so sorgfältig, dass man sie nur mit einem Messer wieder öffnen konnte, und schob alles mit dem Fuß zur Tür hinaus ins Atrium. Von dort rief sie den *Hawaladar* an.

»Sind Sie immer noch am Flughafen?«, fragte sie.

»Mitten in einer Besprechung. Was wollen Sie?«

»Gibt es unter Ihren Mitarbeitern vielleicht einen gewissen Ibrahiin?«

»Nicht, dass ich wüsste«, sagte er.

»Oder vielleicht einen, den man sowohl für einen Kenianer als auch für einen Somalier halten könnte? Jemanden mit einer doppelten Staatsbürgerschaft vielleicht?«

»Mehrere. Worauf wollen Sie hinaus?«

»Wann waren Sie das letzte Mal in Ihrem Büro?«

»Heute Morgen.« Er hielt kurz inne und fragte dann noch einmal: »Worauf wollen Sie hinaus?«

»Da liegen mehrere Tote in Ihrem Büro.«

»Was soll das denn heißen?«

»Das soll heißen, dass in Ihrem Büro mehrere tote Menschen liegen.«

Er schwieg für einen Moment und sagte schließlich: »In welchem Büro?«

»In der Rechtsanwaltskanzlei. Das andere habe ich mir nicht angesehen. Den Rest erzähle ich Ihnen persönlich. Sie müssen mich abholen.«

»Wer sind die Toten?«, wollte er wissen.

»Ihre Empfangsdame und zwei andere Typen, die gerade dabei waren, den ganzen Laden zu verwüsten. Ich bin jetzt beim Diamond Trust. Sobald Sie mich abgeholt haben, erzähle ich Ihnen alles.« Sie legte auf, ohne seine Antwort abzuwarten.

Während der halbstündigen Wartezeit machte Munroe ihr Päckchen auf und brachte ein Satellitentelefon und einen Mehrzweckstecker zum Vorschein. Las die Betriebsanleitung durch und lud den Akku auf, bis der *Hawaladar* per Telefon seine Ankunft ankündigte. Er schickte ihr, nachdem sie ihn darum gebeten hatte, seinen Fahrer, um ihr beim Schleppen der Pakete zu helfen. Der Mann ging zweimal alleine, beim dritten Mal kam sie mit zum Land Rover, der in zweiter Reihe parkte und die gesamte Fahrbahn blockierte. Der Fahrer schob das letzte Paket in den Kofferraum, und Munroe setzte sich neben den *Hawaladar*.

Er beendete abrupt sein Telefonat und wandte sich ihr zu, und obwohl ihm anzusehen war, dass er tausend Fragen hatte, sagte er nichts. Es war eine stumme Aufforderung, ihm alles zu erzählen, was sie wusste.

»Sie zuerst«, sagte sie.

»Es ist genau, wie Sie gesagt haben.«

»Wissen Sie, wer diese Leute waren oder was sie wollten?«

»Darf ich vielleicht fragen, was *Sie* dort wollten?«

»Mich absichern.«

»Mich ausspionieren?«

»Ja«, erwiderte sie, weil es das war, was er hören wollte. Indem sie ihm gab, was er wollte, konnte sie seine Aufmerksamkeit in eine andere Richtung lenken. »Die Männer, die Ihr Büro verwüstet haben, haben etwas ganz Bestimmtes gesucht. Einer ist entkommen. Er hat Papiere mitgenommen. Mir persönlich wäre es natürlich am liebsten, wenn Sie noch in alle möglichen anderen Dinge verstrickt wären und das alles nichts mit mir oder der *Favorita* zu tun hätte, aber meine Erfahrung zeigt, dass das reines Wunschdenken wäre.«

Er wandte sich ab, als hätte er kein Interesse mehr an einer Fortsetzung des Gesprächs, und griff erneut nach seinem Smartphone. Auch ohne das Display zu sehen, wusste sie, dass er sich nur wahllos durch irgendwelche Links klickte, ohne wirklich etwas wahrzunehmen, nur um seine Nervosität irgendwie abzubauen.

»Wer weiß alles Bescheid? Wer weiß, was wir vorhaben?«, fragte sie.

»Niemand.«

Sie drehte sich ein wenig zur Seite, um ihn direkt anzusehen, und beugte sich nach vorne, damit er ihr nicht länger ausweichen konnte. »Wenn Sie sich täuschen oder wenn Sie mich anlügen, dann verlieren Sie alles, was Sie investiert haben«, sagte sie. »Wir haben nur einen einzigen Vorteil, Abdi, und das ist das Überraschungsmoment. Wenn uns das verloren geht, wenn wir in irgendeiner Weise erwartet werden, sind wir alle tot – Ihre Cousins, Ihre Männer, wir alle.«

»Wie gesagt.« Seine Stimme wurde jetzt lauter, und sie beobachtete ihn genau, jedes Flackern, jedes Zucken, suchte nach Lügen, nach Unsicherheiten. »Niemand weiß Bescheid. Nicht einmal Khalid oder Omar, die Männer, die ich zu Ihnen geschickt habe. Vielleicht haben sie eine Ahnung, aber sie können es unmöglich wissen.«

Falls er die Unwahrheit sagte, hatte er seine Körpersprache sehr gut im Griff. »Ihr Büro wurde aber nicht zerstört, weil niemand Bescheid weiß«, erwiderte sie. »Und auch Ihre Unterlagen wurden nicht deshalb durchwühlt, weil niemand Bescheid weiß.«

Er gab keine Antwort, darum wandte sie den Blick wieder nach vorne.

»Sind Sie sicher, dass kein Ibrahiin für Sie arbeitet?«

»Woher haben Sie denn diesen Namen?«

»Von einem Toten.«

»Aha«, sagte er.

Sein Handy klingelte, und er hörte zu, bis er eine sehr einseitige Kommunikation auf Somali begann und das Handy anschließend beiseitewarf. »Die Kisten sind freigegeben worden«, sagte er und wandte sich an seinen Fahrer. »Zurück zum Luftfrachtdepot.«

Munroe sagte: »Seien Sie vorsichtig. Die Leute, die meinen Freund getötet haben und mich auch umbringen wollten, sind auch hinter Ihnen her.«

»Ich kann sehr gut auf mich selbst aufpassen«, erwiderte er. Dann wanderte sein Blick wieder zu dem Handy. Seine Körpersprache verriet Nervosität und Stress.

Munroe ließ den Kopf gegen die Fensterscheibe sinken. Sie war sich sicher, dass die Männer, die das Büro des *Hawaladar* überfallen hatten, nicht ihr gefolgt waren. Die einzig logische Erklärung war, dass es noch eine Verbindung nach Somalia gab, dass die russische Delegation, die angeblich die Piraten hinters Licht geführt hatte – oder jemand mit ähnlichen Motiven –, immer noch Kontakte nach Norden hatte und von dort mit Informationen gefüttert wurde. In Somalia blieb nichts geheim. Der *Hawaladar* hatte Fragen gestellt, hatte sich umgehört, und das war die Konsequenz daraus.

»Wie viele Angestellte haben heute in Ihrem Büro gearbeitet?«, wollte sie wissen.

»Nur Aasiya.«

»Ihre Empfangsdame?«

Er nickte. »Meine Nichte.«

»Mein Beileid«, sagte sie.

Er blickte wieder zum Fenster hinaus, und sie sagte: »Der Kerl, der mit den Papieren davongerannt ist, hat sich nicht wie ein Wildfremder benommen. Außerdem war er besser gekleidet als die anderen. Vielleicht sollten Sie die Leute, die für Sie arbeiten, ein wenig genauer unter die Lupe nehmen – mittlerweile ist es ja allgemein bekannt, dass Sie Erkundigungen nach der *Favorita* eingezogen haben. Und nicht nur Ihre Beziehungen funktionieren in beide Richtungen.«

»Ich kümmere mich darum«, erwiderte er. Sein Tonfall signalisierte, dass das Gespräch für ihn beendet war. Die restliche Fahrt bis zum Luftfrachtdepot legten sie schweigend zurück. Als sie auf den Lastwagen zu rollten, sahen sie mehrere Kisten vor der Ladeluke stehen: Sie gehörten Amber und hatten Geld gekostet, das sie nicht hatte. Um einen Mann zu retten, der vielleicht gar nicht mehr lebte.

Der Fahrer hielt direkt neben dem Laster an. Der *Hawaladar* und Munroe stiegen aus der klimatisierten Luft ins Freie. Munroe ging zuerst zum Kofferraum des Land Rover und brachte mit Hilfe des Fahrers die FedEx-Pakete zum Lastwagen. Dann stellte sie sich neben die großen Frachtkisten. Der *Hawaladar* stand ihr gegenüber.

Es handelte sich um zwei würfelförmige Holzkisten mit ungefähr eineinhalb Metern Kantenlänge. Wie die FedEx-Pakete waren auch sie geöffnet und von den Zollbeamten mehrfach durchwühlt worden. Omar hob den Deckel der ersten Kiste, und sie steckten die Köpfe zusammen und sahen hinein.

Auf den ersten Blick war alles in Ordnung, obwohl sie letztendlich erst dann, wenn sie alles ausgepackt und begutachtet hatten, wissen konnten, ob wirklich jedes einzelne Teil die Reise beziehungsweise die Zollabfertigung unbeschadet überstanden hatte. Mit etwas Glück besaßen sie jetzt kampftaugliche Schlauchboote, Motoren, Lafetten und das Werkzeug, um alles zusammenzubauen.

Auf ein Zeichen des *Hawaladar* nagelte Omar die Kisten wieder zu. Als er gerade mit dem zweiten Deckel beschäftigt war, schob sich ein Toyota-Pickup neben den Land Rover.

Zwei der Leibwächter, die sie bereits in der Gasse des *Hawaladar* gesehen hatte, stiegen aus. Der *Hawaladar* ließ die Kisten stehen und unterhielt sich mit ihnen. Nachdem das Gespräch beendet war, setzte er sich mit einem der Männer auf die Rückbank des Land Rover, und die beiden Fahrzeuge fuhren im Konvoi davon.

Omar stellte sich neben Munroe, blickte wie sie der Staubwolke hinterher und sagte, nachdem die Fahrzeuge nicht mehr zu sehen waren: »Wir sind so weit.«

Als sie das Wachhäuschen bei der Ausfahrt aus dem Luftfrachtdepot passierten, stand die Sonne rot über dem westlichen Horizont, und als sie durch die Stadt fuhren, war es bereits finstere Nacht. Dann wollten die Männer, die den ganzen Tag noch nichts gegessen hatten, ihren Hunger stillen, was die Rückfahrt in das Häuschen an der Küste zusätzlich verzögerte.

Kurz hinter Mtwapa hielt Omar bei einem Restaurant am Straßenrand an.

Das Gebäude bestand aus einem einzigen Raum, zusammengestückelt aus Wellblech-Seitenteilen und einem strohgedeckten Dach. Kerosinlampen flackerten hinter mit Moskitonetzen verhängten Fensteröffnungen. Yusuf blieb beim Lastwagen, während Munroe hinter Omar und Ali den überfüllten Gastraum betrat. Umgeben von Gelächter und betrunkenen Gesprächsfetzen entdeckten sie einen freien Tisch, ein wackeliges Gebilde aus Holz mit Plastikdecke, in der brennende Zigaretten zahlreiche Löcher hinterlassen hatten. Der Rauch eines Holzkohlefeuers hielt die Moskitos in Schach, und aus dem Lautsprecher eines an den Dachbalken aufgehängten Radios drangen verzerrte Worte auf Lingála.

Die Stimmung im Raum, die sich bei Munroes Eintreten kurz verändert hatte, nervöser geworden war, beruhigte sich wieder, nachdem sie genickt und Platz genommen hatte. Überall wurde lauthals und ausgelassen darüber diskutiert, was diese einzelne weiße Person hier wollte, ohne dass es irgendjemandem in den Sinn kam, dass sie das Gesagte womöglich verstehen konnte.

Serviert wurde Pilaw, ein ursprünglich orientalisches Reisgericht – ohne Fleisch, da die Männer des *Hawaladar* das islamische Reinheitsgebot befolgen wollten. Es war so heiß, dass alle Keime vermutlich abgetötet waren. Beim Besteck, den Kochgeräten oder dem Wasser, mit dem das alles abgewaschen worden war, war Munroe sich nicht so sicher. Überall floss kenianisches Bier in Strömen, doch die Männer des *Hawaladar* rührten auch keinen Alkohol an. Es war schon seltsam, dass sie aufgrund ihrer Religion nichts, was fermentiert war, zu sich nehmen wollten, aber die Khat-Sucht als normalen Bestandteil ihrer Kultur akzeptierten. Dabei hatten beide Substanzen Einfluss auf die Stimmung und das Verhalten eines Menschen. Aber für sie war das eine eben verboten und das andere nicht.

Sie ließen auch Yusuf einen Teller mit Essen nach draußen bringen, und dann nahm die Mahlzeit ihren Gang. Omar und Ali entspannten sich zusehends, und damit wurde auch das Gespräch lockerer. Munroe ließ gelegentlich die eine oder andere Bemerkung einfließen, um eine Frage zu beantworten oder die anderen zum Lachen zu bringen und eine freundschaftliche Atmosphäre zu schaffen, aber im Großen und Ganzen hielt sie den Blick auf ihr neues Telefon und auf den ausgebleichten Plastikteller gerichtet, der vor ihr stand. Für sie war nicht das Essen interessant, sondern das Tischgespräch: die Geschichten, die Witze, die ihr Gelegenheit gaben, unauffällig mehr über diese Männer zu erfahren, als Vorbereitung auf das, was noch kommen sollte.

Kapitel 36

Natan stand im Lichtkegel der Lastwagenscheinwerfer vor dem Haus, das Gewehr fest in der Hand. Omar hielt an, und Munroe sprang aus dem Fahrerhaus, um zu verhindern, dass ein schießwütiger Zeigefinger womöglich noch ein Unglück auslöste. Sie stellte sich neben Natan und dirigierte den Lastwagen zum Strand hinunter, bis die Bremsen quietschten und der Motor ächzend zum Stillstand kam.

Natan sah zu, wie Ali und Yusuf von der Ladefläche kletterten, und sagte: »Ist alles da?«

»Sieht so aus«, erwiderte sie. »Die kleineren Pakete gehören ins Haus – die großen Kisten können draußen bleiben.« Als er regungslos stehen blieb und sie lediglich anstarrte, deutete sie auf ihre Rippen und sagte: »Mädchen.«

Natan lächelte – ein erstes Anzeichen dafür, dass das Eis zu brechen begann. Er machte die Taschenlampe von seinem Gürtel los, stemmte sich auf einen Reifen und zog sich nach oben, um die Kisten zu betrachten. Sie ließ ihn machen und ging zu dem kleinen Lagerfeuer am Strand, wo Khalid und der andere Mann von der Dhau sich etwas zu essen gekocht hatten. Die drei anderen aus dem Lastwagen saßen bereits dort. Anscheinend hatte das Publikum unter dem Mangobaum seinen Logenplatz verlassen und war zum Schlafen nach Hause gegangen.

Khalid sah sie kommen, stand auf und lud sie ein, sich ebenfalls zu setzen. Sie lehnte ab, auch wenn er sich dadurch vielleicht beleidigt fühlte, und gab an, dass sie noch eine Menge zu erledigen hatte. »Hast du etwas von Abdi gehört?«, wollte sie wissen.

»Heute morgen, ja. Vor eurer Abfahrt nach Mombasa.«

»Gut«, meinte sie. »Wir hatten einen erfolgreichen Tag.« Dabei beließ sie es. Sie hatte eigentlich erwartet, dass der *Hawaladar* seinen Leutnant über den Überfall auf das Büro zumindest informierte, aber allem Anschein nach hatte er das nicht getan.

Sie ging zum Haus. Natan hatte im Schatten auf sie gewartet und begleitete sie jetzt schweigend bis zum Beginn der Grasfläche, um dann zum Lastwagen abzubiegen. In der Nähe der Hintertür lagen ein paar Strohmatten und Decken. Die hatte vermutlich Khalid dort bereitgelegt. Sie warf einen Blick zum Himmel. Irgendwann in der Nacht würde es vermutlich regnen. Dann würden sich die Männer wahrscheinlich unter den Lastwagen verziehen.

Auf der Terrasse kam ihr Amber entgegen und stellte dieselbe Frage wie Natan.

»Liegt alles auf dem Laster«, erwiderte Munroe. »Natan ist gerade dabei, die Sachen zu holen.«

»Und morgen?«

»Testlauf mit den Booten, ein paar letzte Besorgungen, damit wir auch wirklich alles haben. Und dann brauchen wir nur noch auf die Waffen und die Munition zu warten.«

»Und dann ...«, setzte Amber an, ohne den Satz jedoch fortzusetzen. Ihre Stimme verklang, und Munroe folgte ihrem Blick zu der einsamen Laterne an Bord der Dhau, die sich im Rhythmus der Wellen hob und senkte.

»Der Kapitän hat heute wieder einen Fluchtversuch gestartet«, sagte Amber. »Ich wollte ihm etwas zu essen bringen, da hat er mich umgerissen und ist zur Haustür rausgerannt.«

»Er tut oft so, als würde er schlafen, aber in Wirklichkeit bekommt er eine ganze Menge mit.«

»Natan hat ihm einen ziemlich heftigen Schlag verpasst.«

»Gut.«

»Wie dringend brauchen wir ihn denn?«

»Kommt darauf an, in welchem Zustand die Besatzung und das Schiff sind. Wenn wir nicht auf allzu heftigen Widerstand stoßen und der Erste Offizier noch am Leben ist, ist er nicht mehr als meine persönliche Trophäe.«

»Und wenn wir gar nicht mehr weiterkommen?«

»Dann ist er unser Faustpfand, das wir gegen die Freiheit eintauschen können«, sagte Munroe.

Sie legte sich zum Schlafen auf die Couch im Wohnzimmer, wo die Luft besser war. Schon vor Sonnenaufgang war sie wach und ging nach draußen, zum Wasser, zum Sand, in die Stille – besuchte ihre eigene, ganz persönliche Kathedrale, bis das Licht in zahlreichen Schattierungen den Horizont erfüllte und die Geräusche hinter ihr deutlich machten, dass auch die anderen langsam erwachten.

Am Nachmittag trafen der Land Rover und der Toyota mit dem *Hawaladar*, seinem Fahrer und zwei Leibwächtern ein. Sie hatten die Waffen zur Tarnung in großen Frachtkisten untergebracht, die die Leibwächter jetzt aus dem Kofferraum des Land Rover holten und auf die Piroge brachten.

Munroe blieb auf der Veranda stehen, damit die Männer sich nicht beobachtet fühlten. Als der *Hawaladar* sich zu ihr gesellte, gab sie ihm zur Begrüßung die Hand und sagte mit einem Kopfnicken in Richtung Strand: »Wie viele Leute wissen, was in diesen Kisten ist?«

»Sie. Ich. Khalid«, antwortete er und drehte sich dann zu dem größten seiner Leibwächter um, dem, der ihr jedes Mal beim Betreten der Gasse gegenübergestanden hatte. »Und Joe.«

Als sie den Namen hörte, stutzte sie. Hob eine Augenbraue.

Der *Hawaladar* lächelte fast ein wenig verschämt. »Zu viele amerikanische Filme«, sagte er.

»Also nur wir vier?«

»Ja.«

»Wenn Sie Waffen transportieren, gibt es immer irgendjemanden, der eins und eins zusammenzählt. Aber wenn wir das Überraschungsmoment verlieren, haben wir das Schiff schon verloren.«

»Niemand sonst weiß etwas.«

Sie bot ihm Tee an, und er akzeptierte. Es war eine Geste der Besänftigung, die in einer Situation, wo im Prinzip keiner keinem traute, Vertrauen und Verbindung schaffen sollte. Sie stellte sich bei der Zubereitung einigermaßen ungeschickt an, hatte mit zersprungenen Bechern und fehlerhaften Küchengeräten zu kämpfen. Er wartete geduldig ab, bis sie fertig war. Dann setzten sie sich in den Schatten und redeten über Belanglosigkeiten, bis Munroe das Gespräch langsam wieder zurück auf das Büro in der Bishara Street lenkte. »Wissen Sie mittlerweile, wer da in Ihr Büro eingebrochen ist und was die Einbrecher gesucht haben könnten?«

»Wir sind noch dabei«, sagte er, »aber ich habe meinen Leuten in Somalia mitgeteilt, dass ich kein Interesse mehr an dem Schiff habe.«

»Werden sie das glauben?«

»Ich habe ihnen auch das mit Aasiya erzählt. Sie glauben es.«

»Khalid weiß noch nicht Bescheid.«

»Das ist auch besser so«, meinte er. »Je mehr eine Armee vom Sieg überzeugt ist, desto besser funktioniert sie. Deswegen habe ich bisher auch niemandem gesagt, welches Ziel Sie ansteuern oder weshalb Sie das tun. Sie sagen einfach Khalid Bescheid, sobald Sie so weit sind. Er informiert dann die anderen.«

»Was ist mit den Papieren? Wissen Sie schon, was fehlt?«

»Wir haben bis jetzt erst einen Raum wiederhergestellt.« Er nippte noch einmal an seinem Tee. »Wir finden es schon noch raus.«

»Ich gehe eigentlich davon aus, dass sie nach irgendwelchen Unterlagen im Zusammenhang mit dem Frachter gesucht haben. Haben Sie schon Akten angelegt?«

»Das nicht. Aber ich habe mir Notizen gemacht. Akten lege ich erst an, wenn Sie wieder auf kenianischem Gebiet sind – nur um sicherzugehen. Falls uns *doch* jemand beobachtet.«

Sie lächelte anerkennend. Das nahm er zum Anlass, sich zu erheben. Er gab ihr die Hand und sagte: »Ich gehe davon aus, dass wir uns wiedersehen.« Es war ebenso eine Verabschiedung wie eine Drohung.

»Das liegt auch in meinem ureigensten Interesse«, erwiderte sie. Als sie den Händedruck lösen wollte, umschloss er ihre Hand mit seiner anderen und sagte: »Gute Reise.«

Munroe brachte ihn noch zur Haustür, wartete, bis er und seine Leute in ihre Fahrzeuge gestiegen waren, und stellte sich dann mitten auf den Pfad, um ihnen nachzusehen, bis alle drei Rücklichtpaare vom Blattwerk verschluckt worden waren. Dann legte sie innerlich den Schalter um und wandte sich an Joe, den der *Hawaladar* dagelassen hatte.

Bis jetzt hatte er noch kein einziges Wort gesagt.

»Hast du alles, was du brauchst?«, fragte sie.

Er nickte und ging dann zum Strand, wo der Rest der Männer saß. Jetzt bestand ihre kleine Jagdgesellschaft also aus neun Personen und einem Gefangenen.

Munroe sah nach dem Kapitän. Sie gestattete ihm, zu duschen und seine Sachen zu waschen, gab ihm zu essen und zu trinken und sperrte ihn danach wieder in seine Zelle. Anschließend kippte sie den Inhalt der Plastiktüte, die ihre wenigen Besitztümer enthielt, auf den Boden und nahm die leere Tüte mit zum Strand.

Die Schlauchboote lagen bereits ausgebreitet auf dem Sand. Natan und Amber standen daneben. Sie hatten Werkzeuge in der Hand und bauten die Teile aus den Kisten zusammen, während der Generator dröhnte und Khalid mit Hilfe des Kompressors den zweiten Schlauch aufblies. Die anderen Männer standen im Kreis um das Geschehen herum und sahen zu. Munroe gesellte sich zu ihnen, begutachtete die Fortschritte und streckte Khalid die leere Plastiktüte entgegen. »Ich brauche alle Handys.«

Er sah sie mit zum Schutz vor der Sonne zusammengekniffenen Augen an.

»Ihr bekommt sie wieder, sobald wir zurück sind«, sagte sie. »Falls du damit ein Problem hast, ruf Abdi an und frag ihn. Er wird dir dasselbe sagen.«

Er fischte sein Handy aus der Tasche und ließ es in die Tüte fallen. »Es ist wahrscheinlich einfacher, wenn du das machst«, meinte sie. Also nahm er die Tüte und sammelte, begleitet von Murren und kurzen Diskussionen, die Handys der einzelnen Teammitglieder ein. Joe war der Letzte. Mit schiefem Grinsen und ohne Munroe auch nur einen Moment aus den Augen zu lassen, warf er sein Telefon ebenfalls in die Tüte.

Khalid gab ihr die volle Tüte zurück, und sie begann, unter den Blicken aller Anwesenden ein Handy nach dem anderen herauszunehmen und die Akkus auszubauen. »Zu euer aller Sicherheit«, sagte sie, auch wenn es in erster Linie um ihre eigene Sicherheit und das Gelingen der Mission ging. Von jetzt an konnte nur sie in Kontakt mit der Außenwelt treten; vorausgesetzt, es hatte keiner ein zusätzliches Kommunikationsgerät eingeschmuggelt. Somit konnte auch niemand ihre Reiseroute oder ihre genaue Position an den *Hawaladar* oder

Ibrahiin – wer immer das sein mochte – und damit an die Russen oder die Piraten verraten.

Die Arbeit an den Schlauchbooten war komplett zum Erliegen gekommen. Sogar Natan und Amber starrten sie an, darum ließ Munroe sie wieder alleine. Sie brachte die Handys ins Haus und legte sie in einen Küchenschrank, bevor sie ihr eigenes Satellitentelefon nahm und das Haus durch die Vordertür verließ, um weit genug weg zu sein, damit der Kapitän ihr Gespräch nicht mithören konnte.

Sie wählte Sergejs Nummer. Er meldete sich mit einem zögerlichen Unterton in der Stimme – schließlich leuchtete auf seinem Display eine unbekannte Nummer auf –, aber das änderte sich, sobald sie etwas Honig in ihre Begrüßung fließen ließ, zusammen mit einer Erinnerung an ihre unerfüllten Versprechungen auf der Rückbank seines Wagens.

»Ich bin gerade in Kampala«, sagte sie. »Leider. Ich hänge hier fest, dank ein paar dämlichen Bürokraten. Ich kann frühestens in einer Woche wieder in Mombasa sein. Bist du dann immer noch da?«

»In einer Woche?«, erwiderte er. »Ja, da müsste ich noch hier sein.«

»Wohnst du dann noch im selben Hotel?«

»Im Sentrim Castle«, lautete seine Antwort. »Kennst du das?«

»Das finde ich.«

»Ruf mich an, wenn du wieder da bist«, sagte er.

»Ganz bestimmt.« Sie gab ihrer Stimme einen einladenden, singenden Klang. »Und dann machen wir da weiter, wo wir aufgehört haben.«

»Ich freue mich sehr darauf«, erwiderte er. Sie spürte, wie ihre Nackenhärchen sich sträubten – ein sicheres Zeichen dafür, dass sie beobachtet wurde. Atemlos und zuckersüß sagte sie: »Ich werde dafür sorgen, dass du es nicht bereust.« Sie beendete das Gespräch und sagte dann, ohne sich umzudrehen: »Was willst du hier, Natan?«

»Du hast Russisch gesprochen.« Leise Verblüffung schwang in seinen anklagenden Worten mit.

»Ja.«

»Die Typen, die hinter der Entführung der *Favorita* stecken, sind Russen.«

»Ja.«

»S kem eto ty govorila?«

Sie drehte sich um und sah ihn an. »Ich habe ein paar geschäftliche Dinge zu erledigen.«

Er kam auf sie zu. Blieb erst stehen, als er ihr fast schon zu dicht auf die Pelle gerückt war, als wolle er sie ausforschen, auf der Suche nach der Antwort auf eine ungestellte Frage. Das Misstrauen quoll ihm aus allen Poren. »Was willst du eigentlich wirklich?«, fragte er.

»Das Gleiche wie du.«

»Bestimmt nicht.«

Achselzuckend blickte sie an ihm vorbei zum Haus. Wollte sein Spielchen nicht mitspielen und sich auch nicht auf einen Machtkampf einlassen. »Entweder du glaubst mir, dass ich genau wie du hinter dem Schiff her bin, oder du glaubst es mir eben nicht. Und wenn du mir nicht glaubst, dann gibt es nichts, womit ich das ändern könnte, deshalb versuche ich es gar nicht erst.« Sie wies mit einer Kopfbewegung auf das Meer. »Wenn wir morgen an Bord der Dhau gehen, setze ich mein Leben genauso aufs Spiel wie du deines und Amber ihres. Aber wenn du mir unterwegs ununterbrochen auf die Füße trittst, bekommst du niemals, was du willst. Und wir kommen garantiert nicht heil wieder zurück nach Hause.«

»Wer bist du?«, fragte er.

»Du weißt, wer ich bin.«

»Nein. Ich weiß, wer du zu sein behauptest. Und ich weiß,

wer du damals bei deiner Ankunft in Dschibuti angeblich gewesen bist. Wenn das eine eine Lüge war, kann auch alles eine Lüge sein. Also, wer bist du?«

»Ich bin der Mensch, der vor dir steht.«

Er biss die Zähne zusammen, sein Atem ging stoßweise.

»Das sind doch Wortklaubereien«, sagte er dann. »Warum bist du hier?« Er wies mit der Hand auf das Haus, den Strand. »Warum machst du das alles?«

»Das Thema hatten wir doch schon.«

»Wir haben es aber noch nicht zu Ende diskutiert. Deine Geschichte hat zu viele Löcher, zu viele logische Brüche. Jetzt behauptest du also, dass du nicht die letzten fünf Jahre in Dschibuti gelebt hast, dass deine Eltern keine Englischlehrer sind.«

»Richtig.«

»Aber du sprichst Somali.«

»Ja. Und Afar.«

»Hast du diese Sprachen extra gelernt. Für deine Aufträge? Deine Missionen?«

Munroe seufzte. Sie wusste, worauf dieses Gespräch hinauslaufen würde. »Ich habe sie vor Ort gelernt«, sagte sie.

»Das passt aber nur zu deiner alten Geschichte, nicht zu der neuen.«

Aus dem Augenwinkel sah sie, wie seine Finger in Richtung der Waffe an seinem Gürtel zuckten. Er sagte: »Laut der neuen Version warst du ja nur einen Monat oder so im Land, bevor du zu Leo gekommen bist.«

»Das stimmt.«

»Du widersprichst dir doch andauernd selbst mit deinen Lügengeschichten.« Er grinste sie triumphierend an. »Es ist unmöglich, in so kurzer Zeit eine Sprache fließend zu beherrschen.«

»Für mich nicht«, entgegnete sie.

»Na gut, Supergirl, wenn du das sagst.« Seine Miene wurde hart, und er presste die Lippen aufeinander. »Auf eine Lüge folgt immer die nächste. Und außerdem verheimlichst du uns irgendetwas. Ich traue dir nicht.«

»Selbstverständlich nicht«, erwiderte sie. »Du und Leo, ihr habt Amber genauso an der Nase herumgeführt wie mich. Nachdem du so oft gelogen hast, *muss* es ja schwierig sein zu glauben, dass jemand anderes die Wahrheit sagen könnte. Ihr habt mich verarscht. Also sei schön vorsichtig, wenn das alles hier vorbei ist.«

»Wenn das hier vorbei ist?«, wiederholte er.

»Na ja, ich kann dich ja erst umbringen, wenn wir unsere Mission erfüllt haben.«

Natan riss die Augen weit auf, ganz so, als sei ihm diese Möglichkeit bis jetzt noch gar nicht in den Sinn gekommen.

Sie grinste ihn an. »War nur Spaß. Benimm dich doch nicht wie ein selbstgerechtes Arschloch, Natan. Wenn es hier jemanden gibt, der kein Vertrauen verdient hat – zumindest von Amber und von mir –, dann bist du das.«

Er ließ die Schultern sinken, und auch seine Hände entspannten sich wieder. Dann blickte er zu den Bäumen und schüttelte den Kopf. »Trotzdem. Das ist keine Antwort auf meine Fragen«, sagte er. »Du hast andere Motive und du spielst nicht mit offenen Karten.« Aber in seiner Stimme lag Resignation, fast so, als hätte er das nur gesagt, um es ausgesprochen zu haben, um es loszuwerden.

»Nehmen wir mal an, dass du recht hast. Das würde nur bedeuten, dass wir uns auf Augenhöhe begegnen«, sagte sie. »Du bist schließlich bei alledem auch nicht gerade der strahlende Held.« Sie hatte das Gefühl, dass die entscheidenden Punkte geklärt waren, und machte sich auf den Weg zum Strand. Natan ging neben ihr her. Sie waren noch keine sieben Meter weit gekommen, da brach er sein Schweigen.

»Die Sache mit den Sprachen«, sagte er. »Wo hast du Somali gelernt?«

»In Dschibuti.«

»Und Suaheli?«

»Hier.«

»Warum willst du mich eigentlich ständig verarschen?«, meinte er. »Sag mir doch einfach die Wahrheit.«

»Das ist die Wahrheit.«

»Aber das ist unmöglich.«

»Was denn? So schnell eine fremde Sprache zu lernen? Sie so schnell sprechen zu können? Wieso ist das unmöglich?«

»Weil das niemand kann.« Seine Antwort ärgerte sie. Nicht die Tatsache, dass er ihr nicht glauben konnte, das war einigermaßen normal, aber die Engstirnigkeit, in der diese Ungläubigkeit wurzelte.

»Man hört doch immer wieder von mathematischen Wunderkindern und musikalischen Genies. Nicht oft, sicher, aber es gibt sie. Das sind ganz normale Menschen, nur dass ihre Gehirnzellen anders verknüpft sind als bei dir. Nur weil du noch niemanden kennengelernt hast, der schneller Kopfrechnen kann als ein Taschenrechner, heißt das doch nicht, dass es das nicht gibt.«

»Ich spreche fünf Sprachen«, entgegnete er im Tonfall eines Erwachsenen, der einem kleinen Kind etwas erklären möchte, langsam und in möglichst einfachen Worten. »Und für jede einzelne habe ich Jahre gebraucht. Du bist doch keine Zeichentrickfigur, Michael, also hör auf mit diesem Schmierentheater, okay?«

Sie blieb stehen und drehte sich zu ihm um. »Du hast sicherlich eine Menge Schwächen, Natan, aber ich hätte nicht gedacht, dass du einer von denen bist, die ihre eigene Unfähigkeit, ihren eigenen begrenzten Horizont zum Maßstab dafür machen, was grundsätzlich möglich ist und was nicht.«

Er starrte sie an.

»Hast du schon mal von Daniel Tammet gehört?«

»Nein.«

»Er hat eine sogenannte Inselbegabung«, sagte sie. »In Zusammenhang mit dem Asperger-Syndrom. Man nennt das auch hochfunktionalen Autismus. Er hat innerhalb einer Woche Isländisch gelernt – die schwierigste Sprache der Welt. Für das Fernsehen, nur um zu beweisen, dass es möglich ist.«

»Du bist aber keine Autistin.«

Sie ging weiter, und Natan blieb an ihrer Seite.

»Oder Timothy Doner? Ein Teenager aus New York, der sich selbst über zwanzig Sprachen beigebracht hat, manche auch innerhalb einer Woche. Er ist kein Autist. Oder Emil Krebs. Hast du den Namen schon mal gehört?«

»Nein.«

»Ein Diplomat. Er hat am Schluss achtundsechzig Sprachen beherrscht und konnte aus ungefähr hundertzwanzig Sprachen übersetzen. John Bowring?«

»Nein.«

»Hundert Sprachen.«

»Aha.«

»Uku Masing.«

»Hör auf.«

»Fünfundsechzig Sprachen.«

»Ist ja gut.«

»Mario Pei.«

»Ich hab's kapiert.«

Sie brach ihre Aufzählung ab und blieb stehen, da sie beim Sandstrand angekommen waren.

»Es ist eine Laune der Natur«, sagte sie dann und drehte sich zu ihm um. »So etwas machen schwache Menschen, verstehst du? Persönliche Meinungen als Tatsachen zu betrachten und dann einen Streit vom Zaun zu brechen. Das unterscheidet uns, deshalb kann ich besser strategisch denken als du. Du solltest deinen Gegner niemals unterschätzen, indem du ihm deine eigenen Schwächen zuschreibst, Natan.«

»Dann gibst du es also zu: Du bist ein Gegner.«

»Es ist egal, ob es so ist oder nicht. Dein Misstrauen macht mich automatisch dazu.«

»Mein Misstrauen ist absolut berechtigt. Auch wenn du das Gegenteil behauptest, aber deine Motive sind keineswegs so harmlos, wie du sagst.«

»Spielt das eine Rolle? Wir sind hier, wir wollen uns das Schiff zurückholen, dein Team zurückholen. Ohne mich wärt ihr niemals so weit gekommen. Ich habe das alles auf die Beine gestellt, aus dem Nichts, und zwar ohne Vorbereitungszeit, in einem Land, wo niemand von uns irgendwelche Beziehungen hat. Und dabei war es vollkommen egal, ob du mir vertraust oder nicht. Das Einzige, was jetzt noch unklar ist, ist, wie es ausgeht. Wenn du die ganze Aktion also an die Wand fahren willst, dann geh mir weiterhin auf die Nerven. Aber wenn nicht, dann lass mich in Ruhe meine Arbeit machen.« Sie baute sich dicht vor ihm auf. »Ich brauche keinen Babysitter.«

»Hast du schon mal ein Schiff überfallen?«

Sie grinste spöttisch. »Nein.«

Er schnaubte. »Warst du schon mal auf einem entführten Schiff?«

»Auf der *Favorita*.«

»Und außerdem?«

»Ehrlich gesagt, ja.«

Er hob die Augenbrauen und lachte, als hätte sie ihm schon wieder eine ihrer *Geschichten* erzählt. Sie ließ ihn in dem Glauben. Er würde ohnehin nur das glauben, was er glauben wollte.

»Ich lasse dich in Ruhe«, sagte er, »obwohl du genau dasselbe machst. Auch du siehst die Welt nur durch deine eigene begrenzte Brille. Du hast mich zum Beispiel kein einziges Mal gefragt, welche Erfahrung ich mit Entführungen habe – du weißt gar nicht, was ich alles weiß.«

Mehr als diese indirekte Form der Versöhnung war von ihm vermutlich nicht zu bekommen, daher kam sie ihm entgegen. Sie hockte sich hin und klopfte auf den Sand. »Na, dann komm, setz dich«, sagte sie. »Erzähl mir, was du weißt.«

Kapitel 37

Sie liefen mit der Flut aus. Die Startvorbereitungen, noch vor Sonnenaufgang, hatten fast eine ganze Stunde in Anspruch genommen. Jetzt stand Munroe am Dollbord und blickte zu dem Haus, das dunkel und verlassen dalag. Es hatte seine Aufgabe als Operationsbasis erfüllt. Die letzten zwanzig Dollar Miete hatte sie zusammen mit den Schlüsseln an die Haustür genagelt.

Die Dhau machte jetzt schnellere Fahrt, und damit stellte sich auch der Rhythmus ein, das vom Platschen der Wellen begleitete Heben und Senken, während das Haus sich in der Dunkelheit des Ufers auflöste. Jetzt war das Boot ihr Zuhause. Sie hatten alles dabei, was sie für die zweitausend Kilometer lange Rundreise benötigten. Es gab keinen Rettungsschirm, falls sie sich verrechnet hatten, falls sie zu wenig Benzin, Nahrungsmittel oder Wasser geladen hatten, niemanden, den sie anrufen konnten und der ihnen zu Hilfe kommen würde.

Natan saß im Bug, die Nase im Wind, und Amber saß als Schatten im Mondschein neben ihm. Sie wippte ununterbrochen mit dem Kopf, während sie redete, ohne dass Munroe etwas verstehen konnte. Im Augenblick stand Yusuf am Steuer. Die anderen hatten sich alle irgendwie zwischen Benzinfässern und Vorräten Platz geschaffen und sich zum Schlafen ausgestreckt. Sie warf einen Blick unter das Verdeck, wo sie zwischen den kleineren Vorratsbehältern den Kapitän untergebracht hatte.

Sie hatte ihn erst aus dem Haus geholt, als die meisten Männer schon an Bord der Dhau gewesen waren. Dann hatte sie neben ihm am Strand gestanden und auf die Rückkehr der Piroge gewartet, zusammen mit Joe, dessen imposante Statur dafür sorgen sollte, dass der Kapitän nicht noch einen letzten, verzweifelten Fluchtversuch unternahm. Bei der Ankunft auf der Dhau bekamen die Somalier ihn zum ersten Mal zu Gesicht. Munroe hörte genau hin, als die Männer mit gedämpften Stimmen ihrer Verwunderung Ausdruck verliehen, versuchte, jede Nuance zu erfassen. Falls sie tatsächlich einen Verräter in ihren Reihen hatten, wollte sie ihn möglichst noch vor Beginn der Reise aussortieren. Aber sie stellte nichts Verdächtiges fest.

Munroe verrückte ein paar Kisten, um sich Platz zu schaffen, und legte sich so dicht neben den Kapitän, dass sie es spüren musste, wenn er versuchte aufzustehen. Er drehte ihr den Rücken zu, und sie schloss die Augen. Zum ersten Mal seit ihrer Flucht von der *Favorita* gab es keinen Grund mehr, wach zu bleiben, musste sie nirgendwo sein und nichts erledigen, und daher ließ sie sich von der Hitze und der Zeit und dem regelmäßigen Heben und Senken ins Nichts hinabziehen.

Sie wachte auf und schlief wieder ein und wachte wieder auf, bekam die Zeit nur mit, weil immer wieder Gestalten hereinkamen, um Wasser zu holen oder den mit etlichen Tüchern umlegten Eimer zu benutzen. Die Hitze nahm zu und ließ wieder nach. Als dann schließlich die Abenddämmerung einsetzte, stand sie auf, gab dem Kapitän etwas zu trinken und stellte sich an den Bug.

Sie waren jetzt weit in somalische Hoheitsgewässer vorgedrungen, waren der Piratengefahr genauso ausgesetzt, wie es die *Favorita* gewesen war. Ihr Kurs und ihre Position wurden einzig durch zwei solarbetriebene GPS-Geräte bestimmt. Die entspannte Atmosphäre, die zu Beginn der Fahrt an Bord geherrscht hatte, war mittlerweile einer unterschwelligen Anspannung gewichen. Und auch die Waffen, die in kenianischen Gewässern noch gut versteckt in ihren Kisten gelegen hatten, waren mittlerweile ausgepackt worden. Jeder der Somalier hatte sich eine Kalaschnikow und Munitionsketten umgehängt. Natan, der sich nur ungern übertrumpfen ließ, hatte das Ganze noch einen Schritt weiter getrieben und sich zusätzlich zwei Handfeuerwaffen und Kampfmesser um die Hosenbeine geschnallt.

Unter anderen Umständen hätte Munroe bei seinem Anblick die Augen verdreht, aber hier konnte sein pfauenhaftes Gehabe nicht schaden. Der *Hawaladar* hatte doppelt so viele Leute an Bord gebracht wie sie, und sie war sich nach wie vor nicht hundertprozentig sicher, ob die Anweisungen der Männer tatsächlich genau so lauteten, wie er es behauptet hatte. Ihr Vertrauen in den *Hawaladar* war in der schlichten Notwendigkeit begründet, vielleicht auch in purer Verzweiflung, aber sicherlich nicht im Glauben an sein angebliches Eigeninteresse oder seinen Hass auf die Piraten, ganz egal, wie oft er das behauptete.

Munroe schlängelte sich nach vorne bis zum Bug und blickte auf die endlose Wasserfläche, ließ ihre Gedanken im Einklang mit den Wellen kommen und gehen, bis Khalid sich neben sie stellte und ihr eine Schale mit Reis in Suppenbrühe anbot. Das waren die kalten Reste vom letzten Abendessen an Land. Sie setzte sich mit ihm auf ein Benzinfass und schob sich das Essen mit den Fingern in den Mund, genau wie er. Aus seiner Körperhaltung und der Tatsache, dass er immer wieder kurz Luft holte, schloss sie, dass er eigentlich zu ihr gekommen war, um mit ihr über etwas zu sprechen. Doch dann blieb sein Blick doch nur aufs Ufer gerichtet, auf die vereinzelten Klippen und Felsvorsprünge in der Ferne. Alles Wegweiser in Richtung Garacad.

»Du vermisst dein Zuhause«, sagte sie, und er blickte sie gerade lange genug an, um zu nicken, bevor er wieder zum Land sah.

»Stammst du aus der Gegend von Mogadischu?«

»Galkayo«, erwiderte er. »Es ist gar nicht so lange her, dass ich das letzte Mal da war.«

Eine Windbö nahm ihr die Antwort ab.

»Ich wollte nicht weggehen«, fuhr er fort. »Ich habe bei der Wasserschutzpolizei von Puntland gearbeitet.« Er sah sie an und fügte, weil er nicht sicher war, ob sie seinen Hinweis verstanden hatte, hinzu: »Habe gegen die Piraten gekämpft.«

Sie nickte.

»Als das zu Ende war, habe ich alles Mögliche ausprobiert, aber dort gibt es nur wenig Arbeit und kaum Geld. Abdi hat mir eine bessere Möglichkeit geboten. Also arbeite ich jetzt für ihn und schicke das Geld nach Hause.«

»Deine Frau lebt in Puntland?«

Er nickte wieder, den Blick weiter in die Ferne gerichtet, als ob, je näher er der Heimat kam, ein vertrauter Klang in der Luft lag, der in ihm die Sehnsucht weckte. Sie beneidete ihn um diesen Ort, zu dem er sich immer zugehörig fühlen würde, um dieses Land, das ein Teil von ihm war, um etwas, das sie niemals hatte und niemals haben würde: *Heimat*.

»Mit Ali wird es Probleme geben«, sagte sie. »Und mit Yusuf auch. Ohne Khat.«

Khalid drehte sich um und blinzelte in ihre Richtung.

Die beiden saßen mit dem Rücken an das Dollbord gelehnt da, genauso zwischen irgendwelche Vorräte gequetscht wie alle anderen an Bord der Dhau auch, und spielten ein Spiel, das Munroe nicht kannte. Aber selbst jetzt, wo sie einfach nur im Schatten hockten, strahlten sie eine gewisse Unruhe aus. Je länger die Reise dauerte, desto reizbarer würden sie werden, und da überall an Bord Waffen zur Hand waren, würde es an ein Wunder grenzen, wenn sie ohne einen oder gar mehrere Tote in Garacad ankamen.

»Ich werde tun, was ich kann«, sagte er.

Nachdem sie ihr karges Mahl beendet hatten und bis auf das Dröhnen des Motors und das Rauschen des Meeres nichts als Stille herrschte, ging sie nach hinten, um ihre Schale aufzufüllen. Auf dem Weg zum Kapitän blieb sie vor Ali und Yusuf stehen, die sie mit blutunterlaufenen Augen ansahen. Sie nickte und ging weiter.

Der Kapitän lag zwischen diversen Kisten und der hinteren Bank auf dem Rücken und beobachtete Joe, der am Steuer stand. Munroe kniete sich neben ihn und schnitt ihm die Hand- und Fußfesseln durch. Er neigte den Kopf zur Seite und musterte sie, rieb sich mit dem Daumen die wundgescheuerten Hautpartien und sagte dann, als würde er seinem Glück nicht trauen: »Warum? Was willst du?«

»Nichts«, entgegnete sie und reichte ihm die Schale Reis. Nach einem kurzen Augenblick des Zögerns nahm er sie und schaufelte sich mit den Fingern und laut schmatzend gierige Bissen in den Mund. Gelbe Körner sammelten sich in seinem Bart. Munroe wandte sich angewidert ab.

»Wir sind jetzt in somalischen Gewässern«, sagte sie. »Ungefähr drei Seemeilen vom Ufer entfernt. Meinetwegen kannst du jetzt über Bord gehen. Es ist eine lange Strecke, aber durchaus zu schaffen, obwohl ich keine Ahnung habe, was dich erwarten würde, wenn du tatsächlich bis ans Ufer kommen würdest. Du kannst natürlich auch an Bord bleiben und versuchen, gegen uns zu kämpfen, aber wir sind zu neunt, und du kannst auch niemanden als Geisel nehmen. Oder aber du lässt dir das Essen schmecken, genießt die Fahrt und hilfst uns, wenn wir versuchen, uns dein Schiff zurückzuholen. Wir dürften die *Favorita* in zwei bis drei Tagen erreicht haben.«

Er wischte sich die Finger an seinem T-Shirt ab und stellte die leere Schüssel auf den Boden. »Werdet ihr es schaffen?«

»Du bist Soldat«, sagte sie. »Du hattest selbst das Kommando. Du hast uns beobachtet, hast unsere Planungen und die Vorbereitungen mitbekommen und du weißt, was wir vorhaben. Was meinst du?«

Er räusperte sich, wie er es schon oft getan hatte, aber dieses Mal machte er nicht die Augen zu und ließ sich auf den Rücken sinken, um sie mit Missachtung zu strafen, sondern strich sich den Bart, kämmte die Essensreste heraus und sagte: »Vielleicht habt ihr tatsächlich eine Chance.«

»Wir.«

Er nickte, während er auf einen Punkt irgendwo hinter Joe starrte. »Ja. Vielleicht haben wir tatsächlich eine Chance. Aber mein Problem ist damit nicht gelöst.«

»Ich arbeite daran«, sagte sie. Ruckartig wandte er den Kopf und blickte sie an, als hätte er damit zuallerletzt gerechnet.

»Kannst du mein Problem lösen?«

»Schon möglich«, erwiderte sie. »Ich habe mich noch nicht entschieden. Das Problem dabei ist, dass es in dieser Geschichte keine Guten gibt. Dich nicht. Mich nicht. Keinen der anderen auf diesem Boot hier, und die bewaffneten Schiffsschützer auf der *Favorita* auch nicht. Die Piraten nicht und ganz bestimmt auch nicht die Russen, die hinter dir her sind. Deine Besatzung vielleicht. Die hat dieses Schicksal nicht verdient. Aber wir anderen, wir sind alle irgendwie Abschaum. In unterschiedlichen Abstufungen vielleicht, aber eben trotzdem Abschaum. Du willst dein Problem loswerden, aber vielleicht haben die Russen ja einen guten Grund, hinter dir her zu sein. Vielleicht tue ich der Welt einen Gefallen, wenn ich dich denen ausliefere, keine Ahnung. Aber solange du nicht mit mir redest, kann ich das unmöglich wissen.«

»Was ist Abschaum?«

»Svoloch.«

»Aha.« Er blickte wieder ins Leere. »Schwimmen«, sagte er dann. »Schwimmen oder gegen euch kämpfen oder mein Schiff zurückholen.« Er dachte noch einen Augenblick länger nach. »Das Schiff ist die größte Chance, am Leben zu bleiben.«

»Das glaube ich auch. Wie schwierig wird es werden, es in Gang zu bringen, wenn die halbe Mannschaft tot ist?«

»Kommt darauf an, welche Hälfte. Wenn beide Ingenieure tot sind, kann ich mich vielleicht um den Öldruck kümmern, aber dann muss jemand anders auf der Brücke stehen.«

Munroe nickte und spielte die einzelnen Szenarien durch. Wenn die Funknachrichten halbwegs glaubwürdig waren, war es sehr unwahrscheinlich, dass die ganze Besatzung umgekommen war.

»Wenn ich dir helfe und wir die *Favorita* nach Mombasa bringen, lässt du mich dann frei?«, wollte er wissen.

»Genau das habe ich dir versprochen.«

»Und was ist mit meinem Problem?«

»Ich weiß nicht«, erwiderte sie. »Wenn ich dir helfen kann, dann tue ich das. Nicht für dich … ich habe meine eigenen Gründe … aber trotzdem muss ich wissen, warum sie hinter dir her sind.«

Er seufzte, verlagerte sein Gewicht, streckte sich der Länge nach aus, faltete die Hände über dem Bauch und machte die Augen zu. Verärgert wandte sie sich zum Gehen. Da hörte sie ihn in ihrem Rücken sagen: »Du weißt, wer Alexej Petrow ist?«

Sie wirbelte herum. Setzte sich wieder. »Erster Staatssekretär im russischen Verteidigungsministerium«, antwortete sie.

»Ja, das ist er jetzt. Aber weißt du auch, was er vorher gewesen ist?«

»Erst war er ein hochrangiger Militär, dann war er in der Telekommunikationsbranche und anschließend im Ministerium.«

Der Kapitän schlug die Augen auf. »Hört sich alles sehr gut an«, sagte er. »Und Nikola Goran, weißt du auch, was er ist?«

»Ich weiß jedenfalls, was von dir behauptet wird«, meinte sie. »Ein serbischer Oberst, gesucht wegen diverser Kriegsverbrechen, wie zum Beispiel einer sogenannten ethnischen Säuberung unter bosnischen Muslimen.«

»Hört sich gar nicht gut an«, meinte er kichernd. Dabei verschluckte er sich und musste husten. »Ich habe im Krieg viele Dinge getan.« Mit diesen Worten stützte er sich auf einen Ellbogen, brachte sich in eine halb sitzende Position. »Viele Dinge, auf die ich nicht stolz bin, und viele Dinge, die schändlich waren. Aber ich habe niemals Massengräber anlegen lassen, und mit diesem Völkermord, für den ich angeblich verantwortlich bin, habe ich nicht das Geringste zu tun.«

Munroe schob die nächstgelegene Kiste etwas beiseite, wollte die Falten in seinem Gesicht sehen, seine Mimik und seine Körpersprache lesen, ohne ihm jedoch zu nahe zu kommen. Er verstummte, als sie näher rutschte, darum machte sie die Augen zu und ließ den Kopf nach hinten gegen die Kisten sinken, wartete ab, bis er den Faden wieder aufnahm, wusste genau, dass er das tun würde. Alles, was sie im Lauf der vergangenen Wochen zu ihm gesagt oder mit ihm gemacht hatte, war auf diesen Augenblick ausgerichtet gewesen.

»Hast du schon einmal etwas von Bijeljina gehört?«, fragte er.

Sie zuckte mit den Schultern und machte die Augen einen Spalt weit auf.

»Und von den Ausländern, die an den Kämpfen beteiligt waren?«

Sie nickte. Das wusste sie, weil sie auch eine gewisse Zeit

in jenem Teil der Welt zugebracht hatte. Im ehemaligen Jugoslawien hatten im Wesentlichen drei Parteien gegeneinander gekämpft. Jede hatte, entsprechend ihrer ethnischen und religiösen Orientierung, ausländische Unterstützung erfahren. In Bosnien-Herzegowina hatten die Helfer tendenziell einen muslimischen Hintergrund gehabt, in Kroatien einen katholischen und in Serbien einen orthodoxen. Dabei handelte es sich durchweg um langjährige Verbindungen und Allianzen, die bis in die Zeit vor dem Ersten Weltkrieg zurückreichten. Daher waren auch zahlreiche Ausländer in einen Krieg verstrickt worden, in dem über zweihunderttausend muslimische Zivilisten ermordet wurden und zwei Millionen zu Flüchtlingen geworden waren. So etwas passiert, wenn entlang historisch gewachsener Spannungslinien Freiwilligenarmeen und Söldnerheere zum Einsatz kommen.

Zwar stritten die Regierungen der anderen Staaten offiziell jede Beteiligung ab, aber es war kein Geheimnis, dass zahlreiche Waffen und Berater aus dem Ausland in das Kriegsgebiet strömten: Russen und Griechen unterstützten die Serben, Westeuropa und die USA die Kroaten und Muslime die Bosnier.

»Ich war zur Zeit des Massenmordes in Bijeljina«, sagte er. »In Wirklichkeit war es noch viel schlimmer als in den Berichten. Die Serben haben enge Verbindungen nach Russland, das weißt du, oder? Und Alexej Petrow, er war auch in Bijeljina.«

Er unterbrach sich, als wolle er, dass sie nachhakte oder Fragen stellte, aber sie blieb stumm. »Als Berater. Als Militärberater. Inoffiziell natürlich. Keine Uniformen, keine offiziellen Dokumente, aber er hat mit uns gekämpft wie ein Soldat, dank Mütterchen Russland.« Der Kapitän tippte sich mit dem Zeigefinger an die Stirn. »Alexej ist nicht ganz richtig im Kopf, glaube ich. Das Töten macht ihm zu viel Spaß.

Für ihn ist das Sport, nicht Krieg. Alexej war nicht der Einzige, der in Bijeljina gemordet hat, aber er hat viele Menschen getötet und er hat die Befehle gegeben. Und als die Soldaten zuerst nicht gehorchen wollten, hat er den ersten Mord begangen und dann noch viele mehr.« Er hielt erneut inne. Als sie wieder stumm blieb, sagte er: »Verstehst du?«

»Nein, beim besten Willen nicht«, entgegnete sie. »Das ist eine interessante Geschichte, aber keine Antwort auf die Frage, wieso dein Schiff entführt worden ist. Dieser Krieg ist zwanzig Jahre her, und soweit ich weiß, bist immer noch du der gesuchte Kriegsverbrecher und nicht Alexej Petrow.«

»Es gibt Fotos«, sagte er.

»Du hast Fotos von Petrow in Bijeljina?«

»Ich habe gewusst, dass sie existieren. Vor Kriegsende bin ich zurückgegangen und habe sie gefunden. War nicht so einfach, wie du vielleicht denkst.«

Munroe schwieg für einen Augenblick, verarbeitete das Gehörte, versuchte auch das zu ergänzen, was er nicht gesagt hatte, und dann begann der Überfall auf die *Favorita* auf seltsam verdrehte Weise plötzlich einen Sinn zu ergeben. »Beinahe zwei Jahrzehnte«, sagte sie. »Warum jetzt?«

»Das weißt du genau.«

»Nehmen wir an, es wäre nicht so.«

Er seufzte und machte die Augen zu. Sie ärgerte sich, weil er jetzt plötzlich wieder das scheue Reh mimte, und trat ihm gegen den Fuß. Er machte die Augen auf und grinste, als hätte er ganz genau gewusst, was er damit bei ihr auslöste, als wolle er ihr sagen, dass er kein Idiot sei, ganz egal, wie sehr sie ihm die Gleichgültige vorspielte.

Sie sagte: »Einen Mann wie Alexej Petrow würde es doch nicht kratzen, wenn er erpresst werden würde – es ist ja nicht so, dass er sich seinen jetzigen Posten *verdient* hat oder gewählt worden ist. Es interessiert doch niemanden, was er in seiner Vergangenheit alles angestellt hat, schon gar nicht in Bosnien. Schließlich hat Russland auf Seiten der Serben gestanden. Kein Mensch würde ihn entlassen oder gar ins Gefängnis stecken.«

»Vielleicht würde er doch ins Gefängnis kommen«, erwiderte der Kapitän. »Wenn ich die Bilder einem Tribunal vorlege, könnte es schon sein, dass er Probleme bekommt. Es sind viele Bilder. Sehr schlimme Bilder. Hier wäre das kein großes Problem, aber in Russland können kleine Probleme mit den richtigen Leuten schnell große Probleme mit den falschen Leuten werden.«

»Die Waffen im Frachtraum sind von ihm?«

»Meine Rente«, erwiderte er. »An den Südsudan verkaufen, mich irgendwie durch Somalia durchschlagen und dann eine Insel finden, das war mein Plan.«

»Mombasa ist eine Insel«, meinte sie. »Du hättest es also beinahe geschafft.«

Er verschluckte sich an einem gequälten Lachen und drohte ihr mit dem Zeigefinger. »Du machst dich über mich lustig.«

»Manchmal hilft das.« Nach kurzer Pause fuhr sie fort: »Alexej will also deinen Tod.«

»Vielleicht will er mich auch lebendig und tot gleichzeitig haben. Wie gesagt, Töten ist für ihn eine Art Sport.«

»Das hast du aber schon gewusst, bevor du versucht hast, ihn zu erpressen.«

»Ja.« Er seufzte. »Ich habe ihm eine E-Mail mit ein paar Fotos geschickt. Ich war nicht sicher, was ich damit erreichen kann, aber ich wusste, dass er mir diese Waffen besorgen kann. Also wollte ich es zumindest versuchen. Ich habe einen falschen Namen benutzt, eine andere E-Mail, andere Telefonnummer. Ich habe Strohmänner benutzt, damit er mich nicht findet.«

Jetzt war Munroe klar, welche Funktion die Waffen im Laderaum der *Favorita* gehabt hatten – das Trojanische Pferd, das Abschaum und Abschaum zusammengeführt hatte. Der Grund, dass die explosive Ladung bis jetzt von niemandem erwähnt worden war, war schlicht und einfach der, dass sie allen, die davon wussten, vollkommen gleichgültig war.

»Tja, du hast bekommen, was du wolltest«, sagte sie.

»Und noch viel mehr.«

»Wie haben sie dich gefunden?«

Er zuckte mit den Schultern und richtete den Blick nach unten. Zum ersten Mal seit Beginn dieses Gesprächs spürte Munroe so etwas wie Verlegenheit und Scham. In gewisser Weise war er zweimal ausgetrickst worden, zunächst von dem Mann, der für seine schon zwanzig Jahre währende Flucht verantwortlich war, und dann von ihr. Jeder Tag in ihrer Gefangenschaft hatte ihn schmerzlich an sein Versagen erinnert.

Sie bot ihm einen Ausweg an: »Vielleicht ja durch das AIS«, sagte sie. »Als die Waffen zu dir unterwegs waren, haben sie irgendwie rausgekriegt, dass du der Kapitän der *Favorita* bist. Und dann kann es nicht besonders schwierig gewesen sein, den Kurs des Schiffes zu verfolgen.«

»Ich habe das AIS eigenhändig deaktiviert, als wir um das Horn von Afrika gefahren sind«, erwiderte er. »Das wäre die einfachste Möglichkeit gewesen, uns zu verfolgen.«

Das wiederum erklärte, warum niemand das Schiff vermisst hatte.

»Hast du die Waffen, die Kisten, die Paletten auf GPS-Sender durchsucht?«

»Natürlich.« Er schnaubte, als sei es eine schwerwiegende Beleidigung, dass sie ihm einen solch einfachen Fehler überhaupt zutraute. »Aber der Frachtraum ist sowieso ein Funkloch. Die Abschirmung ist zu groß, da kann kein Signal nach draußen dringen.«

»Dann vielleicht einer deiner Schiffsoffiziere.«

Er sah aus, als hätte er Schmerzen. »Ich kenne diese Männer schon seit Jahren. Wir arbeiten seit zwei Jahren zusammen auf diesem Schiff. Sie haben alle Bescheid gewusst, haben bei der Planung geholfen, werden gut bezahlt. Aber wer weiß …?«

Munroe schloss die Augen und ließ den Kopf wieder gegen die Kisten sinken. Die Geschichte klang gut, seine Darstellung war überzeugend. Sie beantwortete viele offene Fragen, aber trotzdem war es nur eine Geschichte. Die volle Wahrheit würde sie womöglich nie erfahren – was auch keine große Rolle spielte. Was immer er ihr verschwiegen hatte – Rivalität, Hass, irgendein Ereignis, das diesen jahrzehntelangen Vergeltungsdrang speiste –, klar war, dass irgendjemand eine Delegation russischer Militärs beauftragt hatte, den Kapitän gefangen zu nehmen, dass dieser Jemand nicht nur somalisches Geld und somalische Piraten dazu benutzt hatte, um seine eigenen Spuren zu verwischen, sondern auch kenianische Schläger engagiert hatte, um diejenigen zu bedrohen und zu ermorden, die ihn mutmaßlich versteckt hielten. Das waren die Fakten, die sie kannte. Die weitergehenden Einzelheiten interessierten sie in erster Linie deshalb, weil sie wissen wollte, wie stark ihr Gegner tatsächlich war.

Sie sagte: »Wenn wir das Schiff angreifen, dann ist der Peilsender – ganz egal, wo er ist, oder wer ihn hat – immer noch da. Sobald das Schiff sich in Bewegung setzt, wissen also auch die Leute Bescheid, die für all das verantwortlich sind. Sie werden uns erwarten.«

»Das ist dein Problem«, erwiderte er.

Da hatte er recht. Aber sollten sie noch einmal überfallen werden, würde es ganz schnell auch *sein* Problem werden.

Kapitel 38

Laute Stimmen unterbrachen ihr Gespräch. Munroe streckte den Kopf hinter den Kisten vor. Khalid und Natan standen einander gestikulierend gegenüber, wobei jeder in seiner Muttersprache auf den anderen einredete. Die anderen sammelten sich langsam um die Streithähne wie Ameisen, die dem heimischen Hügel zustreben. Die Sympathien waren klar verteilt. Amber stand außerhalb des Kreises, ohne dass sie beachtet wurde, schließlich war sie eine Frau. Sie lehnte an der Reling, um den Rückstoß besser abfangen zu können, und hob das Gewehr Zentimeter für Zentimeter höher.

Munroe warf sich auf die Seite und kletterte hastig über die Vorräte, die ihr den Weg versperrten, holte Luft und erstickte fast an der Wucht der Schmerzen, die schlagartig über sie hereinbrachen … eine kaum zu ertragende Erinnerung daran, dass sie noch lange nicht gesund war. Sie zog eines ihrer Messer aus der gut versteckten Scheide, aber ihr war klar, dass sie die beiden Rivalen niemals erreichen konnte, bevor einer der beiden irgendwelchen Blödsinn machte. Daher stieß sie einen lauten Schrei aus.

Sie kam zwar kaum gegen das Dröhnen des Motors und das Zischen des Windes an, war aber immerhin so laut, dass die Somalier am Rand des Kreises sie hörten und sich zu ihr umdrehten. Sie lief weiter, zusätzlich behindert durch das Schaukeln des Bootes, und brüllte noch einmal, bis Khalid und Natan sich endlich umdrehten.

»Seid ihr verrückt geworden?«, schrie sie die beiden an.

Sagte zu Khalid: »Geh zurück«, und dann auf Englisch zu Natan: »Zurück!«

Zwar rührten sie sich nicht von der Stelle, aber sie hörten ihr zu, und die Menge teilte sich wenigstens so weit, um sie durchzulassen. Sie baute sich zwischen Khalid und Natan auf und sagte auf Somali, so laut, dass alle Männer des *Hawaladar* es hören konnten: »Bewahrt euch eure Wut für später auf. Ihr braucht sie noch, wenn ihr diese Reise überleben wollt.«

Khalid gab keine Antwort und gab auch keinen Millimeter nach, aber sein Griff um den Abzug des Gewehrs lockerte sich ein wenig, und seine Kiefermuskulatur entspannte sich. Munroe steckte die Klinge, die heiß auf ihrer Haut brannte, wieder zurück in die Scheide, atmete tief durch, versuchte, die Wut zu bezwingen, die in ihr aufkochte, weil diese Alphamännchen mit ihrem Neandertalergehabe einfach nicht nachgeben konnten und lieber in Kauf nahmen, sie alle in den sicheren Tod zu reißen. Sie wandte sich an Natan und sagte, um ihm die Gelegenheit zu geben, sich ohne Gesichtsverlust zurückzuziehen: »Wir müssen reden.« Dann drängte sie ihn langsam beiseite.

Leise, damit die anderen sie nicht hören konnten, und in möglichst neutralem Tonfall – trotz ihrer gewaltigen Wut – sagte sie: »Wenn du unbedingt wissen willst, wer von euch beiden den Längsten hat, dann setzt du damit dein Leben aufs Spiel, nicht meins. *Deins*. Und vermutlich auch Ambers. Was immer das da eben war, ich hoffe bloß, dass du einen guten Grund gehabt hast, das anzuzetteln.«

Er schüttelte den Kopf. »Das war nur dämlich.«

»Hat es mit Khalid angefangen?«

»Nein, mit dem da.« Er zeigte mit einem Kopfnicken auf Ali.

Sie warf einen schnellen Blick hinüber und sah, dass der Kreis der Schaulustigen sich langsam zerstreute. »Entzugserscheinungen«, sagte sie. »Ihm fehlt das Khat. Das wird noch schlimmer werden, okay? Du bist nicht weniger männlich, wenn du es einfach ignorierst.«

»Gottverdammte Barbaren«, sagte er. Jede Erwiderung, die Munroe einfiel, hätte das Feuer, das sie gerade eben ausgetreten hatte, von Neuem entfacht, also drehte sie sich wortlos um und ging dahin zurück, wo sie hergekommen war. Sie zwängte sich an Amber vorbei, fing einen Blick von ihr auf und sah an der stahlharten Entschlossenheit in ihren Augen, dass sie nicht geblufft hatte: Sie hätte jedem dieser Männer, vielleicht sogar Natan, eine Kugel verpasst, falls sie angefangen hätten, sich zu prügeln, und dadurch das Gelingen dieser Mission, Leos Rettung, aufs Spiel gesetzt hätten.

Munroe setzte sich vor das Sonnensegel, wo sie die gesamte Länge des Bootes im Blick hatte und sicherstellen konnte, dass der Streit nicht wieder aufflackerte. Sie jonglierte mit ihrem Messer, blieb sitzen, bis die Schatten länger wurden, spielte unterschiedliche Szenarien durch, wog Gefahren ab, bis die Sonne schließlich unterging und nur noch rote Lichtpunkte zu sehen waren. Es roch nach Zigarettenrauch. Sie rutschte unter das Sonnensegel. Joe nickte ihr zu, sagte aber nichts, stellte auch keine Fragen, obwohl er den Streit gesehen haben musste. Sie setzte sich neben den Kapitän und schloss die Augen. Sie wollte warten, bis der Abend etwas weiter fortgeschritten war, dann würde sie sich in Natans Namen bei Khalid entschuldigen und bei Natan dann am Morgen. Schadensbegrenzung durch ein paar frei erfundene Sätze – das war der Vorteil daran, dass sie die Einzige war, die alle Sprachen an Bord sprechen und verstehen konnte.

Am späten Vormittag glitt die Dhau auf Garacad zu. Yusuf stellte den Motor aus, und sie hielten so viel Abstand, dass die Laufgeräusche des Generators und des Kompressors keine ungebetenen Gäste anlocken konnten. So trieben sie im stetigen Auf und Ab der Wellen, während sich die ganze Aufregung, der Ärger und die Emotionen der vergangenen Tage in nervöse Anspannung verwandelten, so lange, bis die Schlauchboote fertig beladen, die Waffen überprüft, die Munition vorbereitet und die Angriffspläne koordiniert waren. Dann gab es nichts anderes mehr zu tun, als zu warten.

Es wurde still auf der Dhau. Sie saßen unter dem Sonnensegel, aßen und dösten in der Hitze des Nachmittags und warteten auf den Einbruch der Dunkelheit. Als die ersten kühleren Windstöße spürbar wurden und die Männer anfingen aufzustehen, schlüpfte Munroe hinter den Vorhang der improvisierten Toilette und umwickelte ihren Oberkörper mit einer elastischen Binde, immer wieder, schnürte sich ein, bis sie sich fast fühlte wie eingegipst. Sie hatte während der Fahrt bewusst auf die Schmerzmittel verzichtet, um sicherzustellen, dass ihr Körper alles abgebaut hatte und sie keine Angst haben musste, eine Überdosis zu schlucken. Aber selbst mit der maximalen Menge, die sie heute Abend nehmen konnte, war es ein Tanz auf Messers Schneide zwischen Schmerz und Bewegungsunfähigkeit, so lange, bis das Adrenalin seine Wirkung entfaltete und die Grenzen ihrer Belastbarkeit erweiterte.

Als sie fertig war, ging sie zum nächsten Trinkwasserkanister, füllte Wasser in eine leere Flasche und brachte sie Amber, die im Schatten eines Handtuchs zwischen zwei Benzinfässern lag. Munroe reichte ihr die Wasserflasche und setzte sich dann wortlos neben sie. Amber drehte den Deckel auf, nahm einen langen Schluck, verschloss die Flasche wieder und ließ den Kopf an Munroes Schulter sinken. Nach etlichen, langen Minuten sagte sie: »Die Warterei ist das Schlimmste, verstehst du? Da wird man ganz trübsinnig.«

Munroe tätschelte ihr das Bein und seufzte leise. Sie wollte jetzt keine tröstenden oder beschwichtigenden Worte sagen, obwohl es einfach gewesen wäre – nichts weiter als ein paar kleine Lügen mehr in einer Welt voller Unwahrheiten. Aber Amber hatte etwas Besseres verdient.

»Das wird bestimmt besser, wenn es endlich losgeht. Sobald wir kämpfen«, sagte Amber.

»Ich muss dich um einen Gefallen bitten«, sagte Munroe.

Ohne den Kopf von Munroes Schulter zu nehmen, sagte Amber: »Ich bleibe ganz bestimmt nicht auf der Dhau, ganz egal, wie nett du zu mir bist oder was du sonst alles veranstaltest.«

Munroe musste lächeln. Sie legte die Wange auf Ambers Haar. »Ganz so schlimm ist es nicht. Aber ich möchte, dass du erst an Bord kommst, wenn wir das Deck gesichert haben.«

»Wieso?«

»Ich brauche jemanden, der auf den Kapitän aufpasst.«

»Ich dachte, er ist jetzt mit von der Partie?«

»Angeblich, ja. Aber selbst wenn wir es schaffen sollten, das Schiff einzunehmen … seine Probleme fangen dann gerade erst an, und das ist ihm auch vollkommen klar. Wenn wir ihm die Möglichkeit lassen, sich ein Schlauchboot zu schnappen, haut er womöglich ab und kapert die Dhau, um sich nach Kenia abzusetzen und dort unterzutauchen. Das würde ich jedenfalls an seiner Stelle machen. Deswegen kann ich nicht riskieren, ihn alleinzulassen, aber ich kann ihn auch nicht gleich mit aufs Schiff nehmen, bevor wir dort keine sichere Zone haben.«

»Das kann doch auch einer der Männer übernehmen.«

»Du bist die Einzige, der ich vertraue.«

»Ich will aber unbedingt auf dieses Schiff, Michael.«

»Das weiß ich doch«, flüsterte Munroe.

»Ja«, erwiderte Amber, und dann schwiegen sie mehrere Minuten lang, bis sie fortfuhr: »Wir brauchen ihn doch nicht. Einer der Offiziere könnte das Schiff genauso gut steuern.«

»Das stimmt, vorausgesetzt, es ist noch einer am Leben. Aber ich brauche ihn nicht nur deshalb.«

»Wozu denn dann? Als Trophäe?«

»Als Trumpfkarte.«

Amber verstummte wieder. Ihr Atem ging langsam. Mit jedem tiefen Atemzug weitete sich ihr Brustkorb und berührte Munroes Haut, wärmte sie und zog sich dann wieder zurück, bis Amber schließlich sagte: »Wenn es keine andere Möglichkeit gibt.«

»Wenn es nicht so wahnsinnig wichtig wäre, hätte ich dich nicht gefragt.«

Amber nickte und nahm den Kopf von Munroes Schulter. »Ich warte zehn, fünfzehn Minuten lang ab. Dann komme ich hoch. Ich schicke ihn vor.«

Munroe tätschelte erneut Ambers Bein, als Zeichen der Kameradschaft mit dem einzigen Menschen in diesem ganzen Schlamassel, dem sie vertraute. Dann ging sie wieder zum Kapitän. Er war die Schachfigur, um die das ganze Spiel kreiste.

Im Schutz der Dunkelheit verließen die Schlauchboote die Dhau. In jedem Boot saßen vier Personen. Langsam glitten sie über das Wasser, um so leise wie möglich zu sein und das Überraschungsmoment nicht aus der Hand zu geben. Immer vorausgesetzt, sie hatten es jemals in der Hand gehabt. Munroe saß in der Mitte ihres Bootes, gegenüber dem Kapitän, während Khalid die Pinne bediente und Amber ihr geschwärztes Gesicht in den Wind hielt. Am Ufer, weit entfernt, blinkten Lichter, fast wie Sterne am Firmament, während irgendwo in der Dunkelheit vor ihnen die *Favorita* vor Anker lag, als Geisterfestung, als Totenschiff, ganz egal, was diese Nacht bringen würde.

Munroe ballte die Fäuste, um den Ansturm der blutigen Bilder auf ihr Bewusstsein abzuwehren, und richtete den

Blick wieder in die Ferne, sah den unweigerlich bevorstehenden Kampf vor sich, während die Stimmen aus der Vergangenheit sich leise flüsternd erhoben und ihren Psalm der Gewalt zum Besten gaben. Munroes Lippen sprachen die Worte automatisch mit: *Wenn ich mein blitzendes Schwert schärfe und meine Hand zur Strafe greift, so will ich mich rächen an meinen Feinden und vergelten denen, die mich hassen.*

Da kroch ein warnendes Kribbeln über ihren Nacken. Sie drehte sich um und sah, wie der Kapitän sie musterte. Sie ignorierte ihn. Miles Bradfords Einladung lockte sie, stemmte sich gegen die Gewalt, ließ die Sehnsucht in ihrer Brust größer werden. Sie wollte das nicht. Wer überleben will, muss kämpfen, ohne Furcht, ohne Zögern, darf sich auf nichts freuen, sich nach nichts sehnen, muss beim Beginn der Schlacht bereits tot sein. Wer einen Grund hatte zu leben, lud das Schicksal nur ein, sich darüber lustig zu machen. Sie stieß Bradford innerlich beiseite. Verscheuchte ihn mit einem letzten Atemstoß endgültig aus ihrem Bewusstsein und ersetzte ihn durch die Leere der Nacht. In den kommenden Stunden würde sie ihr Gewissen freigeben, um Samis Mörder zur Strecke zu bringen und Afrika anschließend für immer zu verlassen.

Der Rumpf der Dhau verblasste und verschmolz dann völlig mit der Wasserfläche. Im zweiten Schlauchboot vor ihnen saß Natan an der Pinne. Er hatte drei Somalier mit an Bord, die sich eng an die Dollborde schmiegten, um nicht als menschliche Umrisse erkennbar zu sein. Natan lenkte das Boot etwas weiter zur Seite – es war ja nicht gerade von Vorteil, aus zwei Booten ein einziges Ziel zu machen –, und so war es bald ebenfalls nicht mehr zu erkennen.

Joe und einer seiner Bootsleute waren auf der Dhau zurückgeblieben, als Garantie für den *Hawaladar*, dass er seine Investition wiederbekam – und als eine Art Rückversicherung, sollte ihr Vorhaben fürchterlich schiefgehen. Obwohl es ihr alles andere als leichtfiel, Joe zu vertrauen. Der Kerl war während der gesamten Fahrt immer für sich geblieben. Seine Körpersprache hatte stets zwischen wachsam und freundlich gewechselt. Er war ziemlich undurchschaubar geblieben, und Munroe hatte ihn noch kein einziges Wort sprechen hören.

Sie strich mit dem Finger über ihr Satellitentelefon und vergewisserte sich, dass es gut verstaut war, genau wie das Funkgerät. Beide hingen sicher an ihrem Gürtel und konnten sich auch durch ruckartige Bewegungen unmöglich losreißen. Das Funkgerät war für den Notfall zur Verständigung zwischen den Booten vorgesehen, als Rettungsleine, die in einem Radius von fünfzig Kilometern die Verbindung gewährleistete, falls alles in die Brüche ging. Anstelle akkurater Rechercheergebnisse konnten sie nur auf das, was sie über frühere Schiffsentführungen wussten, auf Nachrichtenmeldungen und ihre gesammelten Erfahrungen zurückgreifen. Daher mussten sie davon ausgehen, dass sie es mit mindestens zwanzig Piraten zu tun bekommen würden, wahrscheinlich noch mehr. Auch, dass ihr Vorhaben durch eine Nachschublieferung von Land gestört wurde, ließ sich nicht völlig ausschließen. Hoffentlich gab es auch Khat, jede Menge Khat.

Der Vorteil lag bei den Männern hoch oben: Sie waren besser bewaffnet und geschützt vom Schiffsrumpf. Dazu kamen die Geiseln, die sie als menschliche Schutzschilde benutzen konnten, und die Unterstützer am Ufer, die die Angreifer in die Zange nehmen konnten. Wäre das Schiff nicht stillgelegt gewesen, wäre dieser Angriff von vornherein zum Scheitern verurteilt gewesen. Unsichtbarkeit und der Überraschungseffekt, das waren ihre Pluspunkte, aber abgesehen davon hing das gesamte Himmelfahrtskommando der heutigen Nacht von ihrer Beharrlichkeit und der Gnade der Götter ab.

Die Lichter auf der schwimmenden Festung blinkten ihnen einen Willkommensgruß entgegen. Das Schiff war nicht voll beleuchtet, aber doch ausreichend, dass es als Orientierung dienen konnte. Khalid ließ den Motor im Leerlauf weitertuckern, sodass sie nur noch begleitet von einem fast unhörbaren Jaulen vorwärtskrochen. Mit einem Fernrohr suchte Munroe die beiden links und rechts der Brücke ausragenden Nocken nach Schatten ab, konnte aber nichts entdecken. Im Ruderhaus selbst war es dunkel, und auch hinter den Fenstern im Turm mit den Mannschaftsquartieren schien kein Licht. Mit der Dunkelheit kamen nun auch die ersten Zweifel: Alles, was der *Hawaladar* gesagt hatte, alles, was sie den diversen Meldungen entnommen hatten, deutete darauf hin, dass die Geiseln an Bord festgehalten wurden, aber die einzigen erkennbaren Lebenszeichen waren die kleinen, beweglichen Schatten an Deck – vermutlich eine Patrouille.

Sie kamen im stetigen Auf und Ab der über einen Meter hohen Wellen näher. Der Motor war mittlerweile ganz ausgeschaltet, und sie trieben das Boot nur mit den Paddeln vorwärts. Khalid steuerte eine schmale, feste Außenbordleiter an der Steuerbordseite an, die etwa den halben Rumpf herabreichte. Amber hatte das Gewehr angelegt und zielte genau auf die rund sechs Meter höher liegende Reling, während Munroe sich wegen des besseren Gleichgewichts auf die Knie sinken ließ und eine Teleskopleiter ausfuhr, an deren Ende sich ein mit Gummi ummantelter Bootshaken befand.

Das Boot hüpfte, und die Teleskopleiter schwang viel zu weit in die eine Richtung. Munroe stemmte sich gegen den Schwung und verpasste die unterste Sprosse. Ihr geschundener Körper protestierte mit wütenden Schmerzen gegen die Belastung, und sie stieß einen unterdrückten Fluch aus. Die Wellen trieben das kleine Boot immer weiter weg von der Leiter. Khalid stemmte die Paddel gegen den Schiffsrumpf, damit das Schlauchboot nicht an dem rostigen Stahl entlangscheuerte. Amber kauerte im Bug. Jetzt klemmte sie sich das

Gewehr zwischen die Knie und half Khalid, das Schlauchboot wieder in Position zu bringen.

Im Prinzip hätten sie die Hilfe des Kapitäns gut gebrauchen können, entweder um ihnen Feuerschutz zu geben, falls eine Patrouille anfing zu schießen, oder um die Leiter einzuhängen, aber sie konnten ihm, was das anging, nicht trauen. Sie waren gezwungen, ihn zu ignorieren, mussten ihm die theoretische Möglichkeit geben, sich eine Waffe zu schnappen. Munroe war voll und ganz auf ihr Gleichgewicht, auf den Bootshaken konzentriert. Sie spürte, wie ihre Kraft nachließ, stieß zwischen zusammengebissenen Zähnen einen lautlosen Schrei aus und nahm alle Kraft zusammen, um die schwankende Leiter unter Kontrolle zu bekommen. Der Kapitän machte keinerlei Anstalten, ihnen irgendwie behilflich zu sein, saß einfach nur da, als hätte er schon seinen eigenen Plan im Kopf, oder als sei es ihm ohnehin egal, wie diese Schlacht ausging. Das Schlauchboot glitt wieder in seine Position.

Kapitel 39

Mit aller verbliebenen Energie, ohne sich irgendetwas für einen weiteren Versuch aufzusparen, stieß Munroe sich ab. Kaum hatte der Bootshaken sich in der Schiffsleiter verhakt, ließ sie los, brach fast zusammen, rang um Atem, ohne sich jedoch den Luxus einer Verschnaufpause leisten zu können. Schlang die Nylonleine um die unterste Stufe der Teleskopleiter, zog sie durch die Öse auf der einen Seite des Schlauchbootes, dann durch die Öse auf der anderen Seite und hatte jetzt endlich eine stabile Verbindung zwischen Boot und Schiff geschaffen, wenigstens solange der Bootshaken hielt.

Das Messer zwischen die Zähne geklemmt, kletterte sie nach oben, setzte eine Hand vor die andere, einen Fuß vor den anderen, ein Wettrennen mit dem Schmerz, ein Kampf ums Gleichgewicht auf der schwankenden Leiter, wie ein Geschicklichkeitsspiel in irgendeinem Freizeitpark. Erreichte die Schiffsleiter und gönnte sich eine kurze Atempause. Tränen brannten ihr in den Augen, und sie keuchte. Jetzt hing sie mit dem gesamten Gewicht an der untersten Stufe der Schiffsleiter, die ächzend nachgab. Metall scharrte über Rost. Munroe verharrte und schaute angestrengt nach oben, sah aber nur einen nebligen Schimmer in all der Gischt. Sie kletterte weiter, viel schneller, als klug gewesen wäre, traute der Leiter nicht, wollte nicht riskieren, von einer Patrouille, die auf den Lärm aufmerksam geworden war, erschossen zu werden. Sie legte sich flach auf den oberen Absatz, die Augen auf Deckhöhe, und blickte sich suchend nach den Wachen um, während die Leiter einmal mehr ein lautes Ächzen von sich gab und unter Khalids zusätzlichem Gewicht bebte.

An Deck waren vier Männer zu sehen, graue Schatten, die sich langsam und gleichmäßig durch scheinbar klar abgegrenzte Bereiche bewegten. Von einer gelangweilten Gleichgültigkeit, wie sie das Khat bewirkt hätte und auf die Munroe gehofft hatte, war nichts zu spüren, aber es herrschte auch keine Alarmstimmung. Die Bewegungen, die Haltung, die Anzahl der Männer an Deck sprachen nicht dafür, dass die Piraten mit einem Angriff rechneten, und damit löste sich ein Großteil ihres Misstrauens gegenüber dem *Hawaladar* in Luft auf. Er hatte seine eigenen Leute im Unklaren gelassen und so dafür gesorgt, dass nicht irgendwelche Gerüchte noch vor ihnen das Schiff erreicht hatten.

Munroe beobachtete die Wachen, bis sie endlich die Lücke fand, die sie brauchte. Schwang sich über die Reling, flüchtete sich in den Schatten des nächstgelegenen Lukensülls und kniete sich hin, verharrte regungslos in der Stille, die Handflächen auf das Deck gelegt, um die kaum wahrnehmbaren Vibrationen des stillgelegten Schiffs in sich aufzunehmen. Der Schmerz überlagerte alles andere, und sie wartete ab, zählte wertvolle Sekunden, atmete ihn weg, genau wie in den zahllosen Nächten ihrer Teenagerzeit, als sie sich immer wieder selbst bewiesen hatte, dass sie es schaffen konnte, dass sie tatsächlich das Zeug dazu hatte zu überleben.

Jetzt tauchte draußen, im Schatten hinter der Reling, Khalids Schädelkuppe auf. Seine Augen waren nicht zu erkennen. Auch er wartete auf eine Gelegenheit, um an eine dunkle Stelle an Bord zu huschen. Irgendwo auf der anderen Seite des Schiffes mussten jetzt auch Natan und zwei Männer des *Hawaladar* an Bord gekommen sein, während der vierte zurückgeblieben war, um auf das Schlauchboot aufzupassen. Diesen Luxus eines zusätzlichen Mannes konnte Munroe sich nicht leisten. Falls wirklich alles schiefging und sie die Flucht antreten musste, waren die Luftkammern ihres Schlauchbootes höchstwahrscheinlich spröde und löcherig geworden, weil das Boot ununterbrochen an der rissigen Farbe und dem rostigen Rumpf des Frachters gescheuert hatte. Ein Schaden, der sich durchaus reparieren ließ, aber nicht so schnell, wie es nötig gewesen wäre, um das Entkommen zu sichern.

Der Wachmann, der für den vorderen Steuerbordsektor zuständig war, kam näher, wurde jetzt deutlicher erkennbar: schwarze Cargohose, schwarzes T-Shirt, zwei Munitionsketten kreuzweise über der Brust: halb Elitesoldat, halb Seeräuber. Sie verfolgte ihn mit Blicken, während er an der Reling entlangschlenderte, auf Khalid zu, auf die Stelle zu, wo weit unterhalb das schwarze Boot im schwarzen Wasser trieb. Munroe legte die Handflächen auf das Metall, machte sich startklar wie ein Sprinter, um, falls nötig, über ihn herzufallen, aber er ging weiter, ahnungslos und blind, wendete dann und gab Khalid die Gelegenheit, über die Reling zu gleiten und mit dem Gewehr in der Hand von Schatten zu Schatten zu huschen, den Geiseln und dem Ziel entgegen, bis er nicht mehr zu sehen war.

Die Sekunden vergingen. Irgendwann würde Amber den Kapitän nach oben schicken und ebenfalls an Bord kommen. Munroe schlich durch den Schatten bis zum nächsten Frachtraum. Sie bewegte sich auf vertrautem Terrain, schließlich hatte sie viele warme Nächte mit der Erkundung des Schiffes zugebracht. Sie lugte um die nächste Ecke, gerade so lange, um den Wachmann ins Auge fassen zu können, spähte dann nach achtern zu dem anderen und schlich weiter an der Längsseite entlang, dem Wachmann hinterher, bis sie an der Vorderkante der Luke angelangt war und um die Ecke biegen konnte.

Jetzt entfaltete das Adrenalin langsam seine Wirkung und

dämpfte den Schmerz. Ihre Gedanken wurden klarer, die Zeit verging langsamer. Sie wartete, bis der Wachmann das Ende seiner Route erreicht hatte und sich wieder nach achtern wandte. Zählte im Kopf seine Schritte mit, bis er in ihrem Sichtfeld auftauchte. Sprang mit einem Satz aus ihrem Versteck, zerrte ihn zurück in den Schatten und rammte ihn mit dem Kopf voraus gegen das Lukensüll, um seinen Schrei zu ersticken. Nur ein ersticktes Gurgeln drang aus seiner Kehle. Solange der Schock ihn handlungsunfähig machte, in dieser einen Sekunde des Zögerns, noch bevor er den Aufprall auf das Metall richtig verarbeitet hatte, wand sie ihm das Gewehr aus der Hand und rammte ihm den Kolben an die Schläfe.

Er ging in die Knie, und sie schlug noch einmal und noch einmal zu, beendete ihre brutale Attacke erst, als er blutüberströmt und bewusstlos am Boden lag. Zum Glück hatte sie nicht das Messer genommen, sonst wäre er schon lange tot gewesen.

Als die Luft in ihrem Rücken sich leise bewegte, wirbelte Munroe herum, das Gewehr angelegt, den Finger nur um Haaresbreite vom Abzug entfernt.

Khalid erstarrte. Zischte ihr etwas zu, damit sie nicht abdrückte.

Sie ließ das Gewehr sinken und wandte sich wieder dem leblosen Haufen zwischen den Luken zu.

»Hast du ihn getötet?«, wollte Khalid wissen.

»Nein«, entgegnete sie, kniete sich hin und tastete die Taschen ihres Gegners ab, bis sie ein Handy entdeckte. Nahm es an sich, öffnete die Abdeckung und holte den Akku heraus. Warf die Einzelteile beiseite und griff nach dem Messer, das sie hatte fallen lassen, als sie sich das Gewehr geschnappt hatte. Wenn Khalid den Piraten tot sehen wollte, musste er das selbst erledigen. Sie mordete nur, wenn der Instinkt Verstand und Moral überrollte, wenn die Wut sie zwang, sich selbst oder andere zu verteidigen, wenn sie von einem unkontrollierbaren Überlebenstrieb gesteuert wurde.

Munroe zog das zweite Messer und schlich, eine Klinge in jeder Hand, in Natans Territorium. Dort waren beide Wachmänner noch unterwegs. Keine Spur von Natan. Keine Spur von den Männern des *Hawaladar*. Sie hatte den einfacheren Weg auf das Schiff gewählt, um ihre verletzten Rippen zu schonen, hatte Natan den schwierigeren, längeren Aufstieg überlassen, wo keine Schiffsleiter die obere Hälfte des Rumpfes zu überwinden half. Aber trotzdem. Er und seine Männer mussten sich auch weder mit dem Kapitän noch mit schmerzhaften Verletzungen abplagen. Sie hätten eigentlich noch vor ihr an Bord sein müssen.

Munroe huschte auf der Backbordseite zwischen den ersten und den zweiten Frachtraum, befand sich jetzt voll und ganz auf Natans Territorium, riskierte damit, fälschlicherweise für einen Piraten gehalten und von ihren eigenen Leuten umgebracht zu werden. Musste es aber trotzdem tun. Das Fehlen des Wachmanns würde seinen Kollegen früher oder später auffallen. Munroe und ihren Leuten blieb nur ein schmales Zeitfenster, um die gesamte Wachmannschaft zu überwältigen, bevor sie misstrauisch wurde oder gleich Alarm schlug.

Munroe schob sich immer weiter vorwärts, verfolgte den nächsten Wachmann und versuchte, den Abstand so weit zu verringern, dass sie überraschend zuschlagen konnte. Obwohl er noch nicht am Ende seiner eigentlichen Route angelangt war, drehte er sich plötzlich um, fast so, als hätte er etwas gespürt.

Sie erstarrte. Jetzt konnte sie nur noch hoffen, dass die Schatten sie unsichtbar machten.

Der Mann kam genau auf sie zu.

Im Nahkampf war sie schneller als jede Hand, die eine Waffe ziehen wollte, aber hier waren Entfernung und Angriffsfläche zu groß, um sich einem Mann mit einer automatischen Waffe entgegenzustellen. Mit jedem seiner Schritte kroch sie weiter nach hinten, auf die Ecke zu, an der sie aus seinem Sichtfeld verschwinden und sich auf ihren Gegenangriff vorbereiten konnte.

Er war schneller als sie, kam immer näher, und obwohl er sie noch nicht sehen konnte, hob er das Gewehr und zielte zumindest ungefähr in ihre Richtung.

Da die rettende Ecke noch viel zu weit entfernt war, blieb sie stehen und drückte sich möglichst flach an das Lukensüll. Ihr Adrenalinpegel stieg immer weiter, während sie auf dem Drahtseil zwischen Überraschungsangriff und Entdecktwerden balancierte.

Er kam näher. Das Geräusch seiner Schritte hallte dröhnend durch ihren Schädel, während sie ihn lokalisierte, seinen Weg verfolgte. Sie spannte ihre Beinmuskulatur, war kurz davor, ein Messer aufs Deck zu werfen, um ihn aus dem Konzept zu bringen, ihn durch eine plötzliche Bewegung abzulenken und so die Zeit zu gewinnen, die sie brauchte, um ihn niederzuringen, bevor er schießen konnte.

Ein Flüstern ließ sie innehalten.

Da, hinter ihm, eine Bewegung, schwarz vor schwarzem Hintergrund, und als hätte er etwas gespürt, begann der Wachmann sich umzudrehen. Genau in diesem Augenblick erschienen zwei Hände über seinem Kopf und legten ihm ein Würgeisen um den Hals.

Der Wachmann ließ das Gewehr fallen, riss beide Hände an die Kehle, schnappte nach Luft, trat wild um sich. Dann war der Kampf zu Ende.

Natan ließ seine Waffe los, und der Leichnam sank mit zerfetzter Kehle zu Boden. Die Tat hatte nur Sekunden gedauert und war mit kalter Professionalität ausgeführt worden.

Munroe rückte beiseite. Natan war hier, um zu kämpfen,

um die Geiseln zu befreien, um Absolution zu suchen. Die Männer, die dieses Schiff entführt hatten, waren ihre Gegner, aber für Natan waren sie Feinde. Sie standen ihr im Weg, aber je weniger Blut Munroe vergießen musste, um das zu bekommen, was sie wollte, desto besser. Das hier war Natans Krieg.

Er hob das Gewehr vom Boden auf und warf einen Blick über die Schulter. Die Männer des *Hawaladar* kamen über die vorderste Reling gehuscht wie Staubflusen, kaum sichtbar in dem schwachen Licht. Indem sie das Schiff vom Bug her geentert hatten, hatten sie zwar mehr Deckung, aber einen komplizierteren Aufstieg gehabt. So erklärte sich die Verzögerung.

Munroe rückte noch ein paar Zentimeter weiter nach hinten, bis Natan die Bewegung wahrnahm. Er richtete das Gewehr auf sie.

Sie stieß ein Zischen aus. Mit eben diesem Signal hatte sich zuvor auch Khalid zu erkennen gegeben.

Er ließ die Waffe sinken und drehte sich wortlos um, glitt weiter, bis die Schatten ihn verschluckt hatten.

Vom Licht der beiden an der Brücke befestigten Scheinwerfer geblendet, legte Munroe die Hände über die Augen, versuchte, Umrisse und Schatten zu identifizieren. Musste davon ausgehen, dass sich weiter oben ebenfalls Wachleute befanden, aber wenn, dann schliefen sie entweder oder waren sonst wie abgelenkt. Ansonsten hätten sie schon längst Alarm geschlagen.

Sie ging erneut quer über das Schiff. Kam zu dem Somalier, den sie niedergeschlagen hatte und der jetzt tot und nackt vor ihr lag. Khalid war nirgendwo zu sehen. Sie ging nach achtern, dorthin, wohin er auch gegangen sein musste, wo das Licht besser war und wo der andere Wachmann stand. Er drehte sich nach allen Seiten um und hatte eindeutig das Fehlen seines Kameraden bemerkt. Jetzt rief er etwas, einen

Namen. Seine Stimme war in der Stille weithin zu hören, ein Ruf, der von seinem Kollegen auf der anderen Schiffsseite erwidert wurde. Khalid trat ins Licht. Er hatte sich die Kleidungsstücke des Toten übergezogen.

Der Wachmann ließ zum Zeichen des Erkennens kurz seine Taschenlampe aufflackern.

Khalid ging weiter, näherte sich locker und selbstbewusst dem anderen Wachmann und drehte sich dann ein wenig zur Seite, um Richtung Bug zu deuten. Dadurch versteckte er sein Gesicht und zwang den anderen Mann gleichzeitig, näher zu kommen, wenn er seine Worte verstehen wollte. Dann schlug er zu, ohne Vorwarnung, rammte dem Mann seinen Gewehrkolben unters Kinn, das Knie in die Lenden und packte die Waffe seines Gegners. Das waren einstudierte Bewegungsabläufe, erlernt bei der Nahkampfausbildung durch die ausländische Sicherheitsagentur, die für die Ausbildung der Anti-Piraten-Streitkräfte in Puntland verantwortlich gewesen war.

Das Gewehr des Wachmanns schlitterte über das Deck, aber von der anderen Seite des Schiffes erklang kein Alarmschrei: Natan hatte den letzten Mann schnell erledigt. Munroe hielt inne und lauschte. Blieb stehen, während die anderen Angreifer zur Eingangstür des Turmes strömten. Sie stand offen, und im Inneren war keinerlei Licht zu erkennen, als hätte die Patrouille ein Geisterschiff bewacht, während die Geiseln wie von Geisterhand bereits irgendwo anders hingebracht worden waren.

Kapitel 40

Munroe folgte den Jägern nicht, sondern schwang sich auf Höhe der Bordleiter über die Reling. Amber kniete mit dem Rücken zur Ruderpinne im Schlauchboot, das Gewehr auf den Kapitän gerichtet, der mit gesenktem Kopf und im Nacken verschränkten Händen am Fuß der Teleskopleiter kauerte.

Als Amber die Bewegung über sich wahrnahm, hob sie den Blick.

»Schick ihn hoch«, sagte Munroe, und Amber verlagerte ihr Gewicht. Sie sagte etwas, was Munroe wegen des Windes nicht hören konnte, doch dann löste sich der Kapitän aus seiner Schutzhaltung, legte die Hand an die erste Sprosse und begann, gefolgt von Ambers Gewehrmündung, mit dem schwankenden Aufstieg.

Munroe nahm ihn oben in Empfang. »Ich habe doch gesagt, dass du dich nicht wehren oder weglaufen sollst«, sagte sie. Die Leiter ächzte erneut, und Munroe steckte eines der Messer in die Scheide, nahm seinen Ellbogen und zog ihn an Deck, um mit ihm Richtung Turm zu gehen.

Amber kam schnell hinterher. »Hast du Leo schon gesehen?«, fragte sie.

Munroe schüttelte den Kopf und wies auf die Stelle, wo Natan und seine Männer sich zum Stürmen bereit machten. Amber wollte sich an Munroe vorbeischieben, doch Munroe hielt sie am Arm fest. »Schick mir Khalid her«, sagte sie.

Mit gesenktem Kopf rannte Amber auf die Männer zu.

Eine halbe Minute später löste Khalid sich aus der Gruppe und ging Munroe entgegen. Acht Meter von den anderen entfernt trafen sie sich.

»Wir gehen hoch«, sagte sie. »Du machst die Nachhut und hast ein Auge auf den Alten.«

Der Blick des Kapitäns folgte Khalids bis zur Brücke, wo er vor nicht einmal vier Wochen noch gestanden und das Schiff kommandiert hatte. Munroe legte ihm die Hand auf den Rücken und schob ihn vorwärts. Er schreckte auf, als hätte sie ihn aus einem Tagtraum gerissen, setzte sich dann mit zügigen Schritten in Bewegung und stieg, ohne dass eine weitere Aufforderung nötig gewesen wäre, hinter ihr die Leiter hinauf. Khalid bildete den Abschluss.

Munroe nahm gleichmäßig eine Stufe nach der anderen. Auf der Hälfte der Strecke war sie bereits außer Atem. Auf dem vierten Treppenabsatz blieb sie stehen. Wartete. Lauschte.

Nichts deutete auf ein bewaffnetes Empfangskommando hin. Es war absolut nichts zu hören.

Sie blieb auf der Brückennock stehen und streckte die Hand nach hinten, damit auch der Kapitän nicht weiterging.

Die Brücke war dunkel. Aus dieser Höhe betrachtet, warfen die wenigen Leuchten an Bord ein sehr unregelmäßiges Muster über das Deck. Die Luken waren von dunklen Schatten umhüllt. Munroe schob sich weiter auf die abgedunkelte Nock hinaus. Die Schießscharten, die Leo angefertigt hatte, waren auseinandergenommen worden; überall lagen Holzsplitter und Sand verstreut. Irgendjemand hatte ein Feuer angezündet und die Überreste von Holzkohle und Knochen auf der Nock verteilt.

Vorsichtig einen Fuß vor den anderen setzend umkreiste Munroe das Ruderhaus. Erst als sie sicher sein konnte, dass niemand in der Nähe war, kehrte sie zum Eingang zurück.

Die Klinke gab sofort nach, und sie machte die Tür auf. Ein feuchter, übel riechender Luftschwall kam ihr entgegen. Sogar von der Schwelle aus war zu erkennen, dass der Kontrollraum als Schlafplatz und eine Wand als Urinal benutzt worden waren. Zwei Fensterscheiben waren zersprungen und saßen nur noch wackelig im Rahmen. Munroe blieb kurz stehen, vergewisserte sich, wo der Kapitän und Khalid standen, und ging dann weiter.

Da der Generator lief, musste eigentlich auch das Ruderhaus Strom und damit Licht bekommen, aber hier war es überall unnatürlich dunkel. Sie blieb erneut stehen. Schob sich Zentimeter für Zentimeter in den Raum, möglichst weit von den Fenstern entfernt, um im Schein des Umgebungslichtes kein leichtes Ziel abzugeben. Folgte dem Verlauf der Wand. Hörte ein Geräusch, wobei ... weniger ein Geräusch als vielmehr ein Flüstern, das von einer schattigen Nische zur nächsten huschte, nackte Füße, die über den Boden glitten, ein Lufthauch, der auf sie zu wehte ...

Sie ließ sich fallen, bevor die Machete genau dort, wo gerade eben noch ihr Kopf gewesen war, die Luft zerschnitt. Ließ die Beine wirbeln. Traf ein Paar Schienbeine. Trat den Angreifer aus dem Gleichgewicht. Er landete krachend auf dem Boden, und sie kämpfte mit ihrer Unbeweglichkeit, um schneller wieder auf den Beinen zu sein als er. Schaffte es nicht. Die Machete sauste durch die Luft. Noch einmal. Und noch einmal. Sie duckte sich. Kroch auf allen vieren rückwärts. Der Instinkt wurde stärker als jedes Denken, jede Vernunft, suchte eine Gelegenheit, spürte den kommenden Hieb, und sie rollte zur Seite.

Er kam noch einmal näher, und sie stürzte sich auf ihn. Ihr Messer durchtrennte Haut, spaltete Knochen, und dann, als sie die Angst geschmeckt und das Blut gerochen hatte, jagte eine Euphoriewelle durch ihre Adern, die ihre Sucht auf das Wunderbarste stillte und ihr einen Frieden bescherte, so himmlisch, dass sie, wäre der Mann von den Toten erwacht und hätte sie hier und jetzt selbst getötet, vollkommen glücklich entschwebt wäre. Schon wieder ein Mord, den sie nicht gewollt hatte, schon wieder ein Gespenst, das ihr nachts den Schlaf rauben und ihre Seele beflecken würde. Sie sah sich um, ob noch andere Angreifer im Raum waren. Fand in einer abgelegenen Ecke seine Waffe. Nahm das Magazin heraus und stellte fest, dass es leer war. Zog den Bolzen durch. Warf die Waffe weg. Genau wie der Mann auf dem Meer vor wenigen Wochen, der sie zum Benzinboot gebracht hatte, war auch der Wachmann im Turm, fernab des eigentlichen Geschehens, nur ungenügend bewaffnet gewesen.

Mangelhafte Ausrüstung? Mangelhafte Weitsicht?

Sie schob seinen Leichnam in die Ecke, in der der Uringestank am intensivsten war. Dann holte sie Khalid und den Kapitän. Sie befanden sich jetzt im kritischen Zeitfenster, kurz bevor Alarm ausgelöst wurde. Noch hatten sie die Chance, von Bord zu gehen. Falls es nicht möglich war, die *Favorita* in Gang zu setzen, mussten sie die Besatzung von Bord schaffen. *Sofort.*

Der Kapitän spürte die Hitze, roch den Gestank und blieb auf der Schwelle stehen. Khalid schob ihn zur Instrumentenkonsole. Er stand stumm davor, ohne einen Finger zu rühren, bis Munroes Ungeduld Worte gefunden hatte. »Wie sieht es aus?«, fragte sie, obwohl sie die eine Hälfte der Antwort bereits kannte.

»Ich brauche Öldruck«, erwiderte er.

Auch mit einem Kapitän auf der Brücke, auch mit einem laufenden Generator konnte die Maschine nicht ohne Öldruck starten, und das würde zwanzig bis dreißig Minuten in Anspruch nehmen, und zwar von dem Moment an, wo sie die Ölpumpen zum Laufen gebracht hatten – immer vorausgesetzt, einer der Ingenieure, die das konnten, war noch am Leben.

»Ich suche Janek«, sagte sie. »Khalid bleibt hier, damit du nicht auf die Idee kommst, von hier wegzugehen. Ich habe gerade erst zugesehen, wie er zwei Männer umgebracht hat, also sei vernünftig. Tu, was er sagt, dann schießt er dir auch nicht in die Beine.«

Der Kapitän starrte sie wütend an, aber sie hielt seinem Blick stand. Dann drehte sie sich zu Khalid um und sagte auf Somali: »Niemand kommt durch diese Tür, bis wir unterwegs sind. Falls es doch jemand versucht, erschießt du ihn. Und falls ich es bin, erschießt du mich.«

Khalid deutete einen militärischen Gruß an. Der Kapitän beugte sich nach vorne und fummelte an einem Hebel herum. Die Konsole erwachte zum Leben. Die Lichter tauchten sein Gesicht und den gesamten Raum in ein makabres Licht. Er nickte zufrieden. Wollte noch einen Schalter umlegen, aber Munroe sagte: »Lass das Licht aus.«

Er hielt inne. »Ich sorge dafür, dass du Öldruck bekommst«, fuhr sie fort. »Du brauchst nichts weiter zu tun, als das Schiff nach Mombasa zu bringen, dann kannst du verschwinden.«

Munroe war auf ihrem Weg nach unten bei der dritten Kehre angelangt, als irgendwo tief im Inneren des Turmes die ersten Gewehrschüsse krachten, unterdrückte Donnerschläge auf engem Raum. Genug jedenfalls, um zu wissen, dass das Überraschungsmoment der Vergangenheit angehörte. Sie jagte die letzten beiden Ebenen hinab und kroch durch die Luke, die Natan und seine Männer aufgebrochen hatten.

Im Inneren des Schiffs war es stockdunkel. Die Luft stank zwar nicht ganz so übel wie auf der Brücke, aber trotzdem abgestanden und verbraucht, ein Gemisch aus altem Rauch und Körpergeruch. Sie machte die Luke hinter sich zu und verriegelte sie. Lauschte, hoffte auf ein Geräusch, auf irgendeinen Hinweis darauf, dass das Schiff gesichert und die Geiseln frei waren, erntete jedoch nichts als Stille und Dunkelheit.

Die *Favorita* besaß keinen gepanzerten Schutzraum, der mit ausreichend Wasser und Verpflegung sowie Kommunikationsgeräten ausgestattet war und in den sich die Besatzung hätte zurückziehen können, um auf Hilfe zu warten. Ein solcher Raum wäre für ein schrottreifes Wrack wie dieses viel zu teuer gewesen. Stattdessen gab es eine Art übergroße Schlafkabine auf dem Ingenieursdeck. Solange die Crew sich nur zurückziehen musste, während die bewaffnete Wachmannschaft oben gegen die Piraten kämpfte, war das völlig ausreichend, aber wenn das Schiff verloren war, wurde diese Kabine schnell zur Gefängniszelle und irgendwann zum Grab.

Wenn die Geiseln dort eingesperrt worden waren, waren sie jetzt tot.

Munroe lief in die entgegengesetzte Richtung weiter, einen langen Gang entlang, sah, dass alles, was nicht festgeschweißt, genietet oder angeschraubt war, abgebaut und vermutlich von Bord gebracht worden war. Das bedeutete, dass die Geiseln vermutlich nie auf diesem Deck festgehalten worden waren. Dann hörte sie den nächsten kurzen Feuerstoß. Anschließend trommelte jemand mit den Fäusten gegen ein Schott. Sie kroch höher. Auf dem Mannschaftsdeck begegnete sie Ali, und am Ende des Gangs schlug Natan mit dem Gewehrkolben gegen eine Tür, die nicht aufgehen wollte. Sie schloss daraus, dass die beiden das Deck gesichert hatten und die restlichen Piraten sich in dieser Kabine verbarrikadiert hatten. Amber und Omar waren nirgendwo zu sehen, also ging Munroe noch eine Etage höher. Die Zeit lief ihr davon. Die eingesperrten Piraten hatten garantiert per Handy schon ihre Kommandeure an Land alarmiert.

Eine halbe Stunde, bis der Öldruck den nötigen Wert erreicht hatte. Länger als ein Boot brauchte, um vom Strand hierherzukommen. Sie musste Janek finden.

Noch ein paar kontrollierte Schüsse hallten durch die Gänge. Dann folgte die Reaktion in Gestalt deutlich weniger kontrollierter Feuerstöße. Munroe jagte durch einen anderen Gang, dicht am Boden, an die Wand gedrückt, in Richtung des ratternden Stakkatos. Das Adrenalin bescherte ihr die Ruhe und Konzentration, die sie für die Schlacht benötigte, diesen ätherischen Frieden, den sie sich immer ersehnte und den sie in den Monaten der Ruhe niemals fand. Die Wand in ihrem Rücken vibrierte von zahlreichen Schlägen. Erstickte Hilfeschreie waren zu hören.

Sie entdeckte Omar in einer kleinen Nische und zischte, um seine Aufmerksamkeit zu bekommen. Gestikulierte. Hoffte verzweifelt, dass er sie nicht gleich mit einem Gegner verwechselte, und tastete sich dann weiter an der Wand entlang. Ließ sich von den immer stärker werdenden Vibrationen leiten.

Omar kroch aus seinem Versteck, und Munroe verlor ihn aus den Augen. Mündungsfeuer prasselte aus einer Koje. Eine rasante Munitionsverschwendung und nichts anderes als eine Verhöhnung des Toten auf der Brücke mit seiner leeren Waffe.

Jetzt stand Munroe vor der Tür, hinter der das Klopfen am lautesten war. Der Riegel war mit einer hastig konstruierten Vorrichtung blockiert worden. Sie schlug ein paarmal mit dem Messergriff darauf, bis der Riegel wieder frei war. Drückte sich flach an die Wand und stieß die Tür auf. Wartete auf eine Bewegung im Inneren der Kabine, auf ein Zeichen, das ihr sagte, dass sie die falsche erwischt hatte. Weiter hinten im Gang knatterte schon wieder eine MP-Salve. Dann hörte sie Amber nach Omar rufen.

Behäbig schwang die Tür nach innen. Fast auf Bodenhöhe, so dicht, dass sie ihn hätte berühren können, schob sich ein Kopf in den Gang. Der Smutje. Er blickte zu ihr hinauf, sah sie an und zog sich mit einem spitzen Schrei wieder zurück. Sie folgte ihm mit schnellen Schritten. Versuchte, die Leiber im Inneren der abgedunkelten Kabine zu identifizieren. Konnte sie nicht einmal zählen, erkannte aber allein an der Luft und am Geruch, dass der Raum viel zu klein für so viele Menschen war.

»Janek«, sagte sie. »Wo ist Janek?«

»Nicht hier«, erwiderte eine Stimme. Victors Stimme.

Munroe ging in die Knie und krabbelte über alle möglichen Körper in seine Richtung. Sah sein Gesicht. Victor sah ihr in die Augen und machte den Mund auf, ohne dass ein Laut herauskam. Seine Züge waren eingefallen, er hatte eine Menge Gewicht verloren, und sein Bein war mit einem schmutzigen Tuch umwickelt und voller verkrustetem Blut.

Leo lag auf dem Boden, den Kopf zur Stabilisierung in eine improvisierte Stütze gelegt. Victor sagte: »Er kann die Beine nicht mehr bewegen.«

»Wo sind die Ingenieure?«

Er schüttelte den Kopf. Sie stolperte über Arme und Beine nach draußen, um dem Gestank zu entkommen, vor allem aber, um die Männer zu suchen, die als Einzige verhindern konnten, dass diese Nacht noch grauenhafter wurde, als sie ohnehin schon war.

Kapitel 41

Noch zwei Türen, noch zwei gesprengte Schlösser, und jedes Mal wieder behutsames Eintreten, Umherkriechen, unterbrochen von Gewehrsalven und Schreien, nicht wissen, wer überhaupt noch am Leben war. Nur auf das eine Ziel fokussiert arbeitete Munroe sich durch die Enge, ignorierte das Häuserkampfszenario, die Schüsse in ihrer unmittelbaren Umgebung, bis sie die Kabine mit dem Ingenieur gefunden hatte.

Sie packte Janek an den Schultern und schüttelte ihn. »Wir brauchen Öldruck«, sagte sie.

Er schien intuitiv zu wissen, was sie von ihm wollte, setzte sich in Bewegung, stolperte über die anderen in der Kabine hinweg und kam ihr hinterhergekrochen. Warf sich zu Boden, als in ihrer unmittelbaren Nähe ohrenbetäubende Schüsse dröhnten. Und hetzte weiter. Es kam ihr vor wie ein Kilometer, aber dann hatten sie das Kampfgebiet irgendwann hinter sich und rannten den spärlich beleuchteten Korridor entlang, der zum Maschinenraum führte.

Munroe schloss die Luke, und sofort herrschte nichts als Stille. Janek schien ihre Gegenwart überhaupt nicht zu bemerken. Er knipste die Notbeleuchtung an und musterte systematisch den Raum, zählte nach, verschaffte sich einen Überblick, wollte wissen, was die Plünderer übrig gelassen hatten. Er murmelte etwas vor sich hin, aber je mehr Zeit verging, desto lauter und hasserfüllter wurden seine Worte.

Sie beobachtete ihn mit wachsender Nervosität, bis sie

fast keine Luft mehr bekam. Hier unten in diesem fensterlosen Raum, weit weg vom Geschehen, war sie hilflos, konnte sie nichts weiter tun als zuzusehen, wie seine Bewegungen immer hektischer wurden. Sie wollte weglaufen. Wollte Luft. Wollte wissen, wie der Kampf stand, wollte mit eigenen Augen sehen, wie die feindlichen Boote näher kamen, wollte eine Verteidigungsstrategie erarbeiten, aber jetzt war sie Janeks persönliche Leibwache. Noch konnte sie nicht riskieren, ihn allein zu lassen, denn ganz egal, was sonst alles passieren mochte, solange der Kapitän auf der Brücke und der Ingenieur an den Ölpumpen waren, solange bestand auch die Möglichkeit, dass sie das Schiff in Gang brachten. Theoretisch zumindest.

Die Zeit verging, Minuten, Stunden, vielleicht sogar ein ganzer Tag, während Janek die Zange beiseitelegte und einen Schraubenzieher nahm, leere Schubladen durchwühlte, Teile aus kleineren Geräten ausbaute. Dann legte er, begleitet von einem tiefen Seufzer, die Werkzeuge beiseite. Wie lange waren sie in Wirklichkeit schon hier unten? Zehn Minuten? Fünfzehn? Die Ölpumpen erwachten rumpelnd zum Leben, und er lächelte. Streckte ihr die nach oben gereckten Daumen entgegen. Eine Riesenlast fiel von ihr ab wie eine ungeliebte Haut.

»Wie lange?«, wollte sie wissen, und als er nicht reagierte, probierte sie es auf Russisch.

»Vielleicht zwanzig Minuten, bis der Druck hoch genug ist«, sagte er. »Aber ich kann es nicht garantieren.«

Sie stand still da, während ihre Gedanken sich überschlugen. Sie konnte nicht hierbleiben. Musste hierbleiben. Unterdrückte das dringende Verlangen, auf und ab zu gehen. Da durchbrach ein Knacken im Funkgerät ihre fast hysterische Nervosität: Amber gab Entwarnung, gefolgt von Natan. Ein hastiger Wortwechsel, dann Funkstille. Das Schiff gehörte ihnen. Jetzt konnte sie Janek alleine machen lassen, was er am besten konnte. Sie würde ihm Rodel, den zweiten Ingenieur, zur Unterstützung schicken und sich einen Überblick über das verschaffen, was ihnen bevorstand.

Munroe machte die Luke auf, trat über die Schwelle und erstarrte, als plötzlich ein kaputter Lautsprecher anfing zu kreischen. Janek streckte die linke Hand aus und riss einen Telefonhörer aus seiner Halterung. Sie blieb stehen, um wenigstens ansatzweise mitzubekommen, worum es ging – es hatte irgendetwas mit der Treibstoffmenge zu tun, die das Schiff an Bord hatte –, hörte genug, um zu wissen, dass der Kapitän immer noch auf der Brücke war und seine Arbeit machte. Als das Gespräch sich dann wieder dem dringend benötigten Öldruck zuwandte, ging sie weiter.

An Deck war es windig und ruhig. Begleitet vom eintönigen Klatschen des Windes und der Wellen suchte Munroe mit dem Fernglas die Küste ab. Die zahlreichen Lichter ließen auf rege Aktivität schließen. Sie konnte zwar keine Boote auf dem Wasser entdecken, aber das bedeutete nicht, dass sie nicht bereits unterwegs waren. Das Meer war groß und das Wasser unruhig … gut möglich, dass sie sie einfach nicht gesehen hatte. Sie schlenderte zurück ins Innere mit seinen nur ungenügend beleuchteten Gängen. Erst jetzt, ohne die Hast und die Panik, die ihre Suche nach Janek begleitet hatte, fiel ihr auf, dass die meisten Glühbirnen gestohlen worden waren.

Sie begegnete Natan. »Wo ist Amber?«, fragte sie.

»Oben.« Er schob sich an ihr vorbei.

»Sie kommen«, sagte sie. Natan blieb stehen und drehte sich zu ihr um.

»Die Waffen liegen in Frachtraum Nummer eins«, fuhr sie fort. »Genau in der Mitte, unter der dritten Schicht mit Säcken. Wie viele Männer sind noch oben?«

»Zwei von meinen und ein paar von der Besatzung.«

»Mach die Luken auf. Ich schicke sie runter.«

»Was ist mit der Maschine?«

»Zwanzig Minuten noch, dann wissen wir, ob alles läuft. Vielleicht auch ein bisschen länger«, erwiderte sie.

Er kniff die Lippen zusammen und marschierte in Richtung Deck.

Munroe kehrte in die Kabine zurück, in der sie Victor gesehen hatte. Jetzt waren dort nur noch Leo und Amber, die neben Leo auf dem Boden saß und seine Hand in ihre genommen hatte. Mit der anderen Hand wischte er ihr gerade die Tränen aus dem Gesicht. Amber lachte, während sie im Flüsterton miteinander sprachen. Munroe konnte die Worte nicht verstehen, und das war auch gar nicht nötig. Sie spürte genug, um Leo in diesem einen kurzen Augenblick nicht zu verachten, und blieb in der Tür stehen. Leo sah sie an, dann wandte er sich ab. Amber hob den Blick.

»Wir brauchen jede Unterstützung«, sagte Munroe. »Da sind Boote vom Ufer her unterwegs.«

Amber gab Leo einen Kuss auf die Stirn und stand dann, ohne ein Wort zu sagen, auf. Draußen im Gang sagte Munroe: »Natan ist schon dabei, die Luken aufzumachen. Wo sind Omar und Ali?«

»Verhören die Piraten, sammeln Waffen und Handys ein.«

»Und die anderen?«

»Emmanuel ist tot. Und David wird vermisst – wir wissen nicht, wo er steckt.«

»Victor? Marcus?«

»Irgendwo«, erwiderte Amber. »Ich habe sie aus den Augen verloren, nachdem das Schiff gesichert war.«

»Wir müssen die Besatzung mit Waffen versorgen«, meinte Munroe. »Sie haben nur eine Wahl: kämpfen oder sterben.«

Amber meinte: »Ich übernehme die oberen Decks.« Dann

rannte sie, das Gewehr in der Hand, auf die Leiter zu. Munroe ging weiter, schaute in jede Kabine, machte Luken auf, suchte nach der Besatzung, die sich bereits über das gesamte Schiff verteilt hatte, und schickte jeden Mann an Deck, wo Natan bereits bei der Arbeit war und wo sie alle dringend gebraucht wurden. Der nächste Kampf stand unmittelbar bevor.

Im Steuermannsquartier begegnete ihr Victor. Er hatte sein Gewehr in der Hand, und in seinem Blick lagen Freude über das Wiedersehen und Dankbarkeit dafür, dass sie ihnen zu Hilfe gekommen war. Aber jetzt hatten sie keine Zeit für Gefühle. Er machte Munroe mit den Schäden und Verlusten vertraut: Der Erste Offizier war tot, und den Zweiten Offizier hatten die Piraten gefoltert, um das Versteck des Kapitäns zu erfahren. Rodel, der zweite Ingenieur, war ebenso tot wie ein weiteres Besatzungsmitglied. Aus Leos Team war nur Marcus unverletzt geblieben.

Die Handys, die Omar eingesammelt hatte, lagen auf einem Haufen im Gang. Jetzt fingen etliche an zu piepsen und zu vibrieren, Displays leuchteten wie Taschenlampen in dem düsteren Korridor, als Omen für das, was sich da vom Ufer her näherte. Da Munroe sich nicht sicher war, wem die Männer des *Hawaladar* sich wirklich verpflichtet fühlten, und keinem die Möglichkeit geben wollte, die soeben gefangen genommenen Piraten womöglich wieder frei zu lassen, schickte sie Omar an Deck und ließ Victor hier, zur Bewachung der Kabine, in der sie jetzt ihr Quartier aufgeschlagen hatten.

An Deck hatten sich bereits mehrere nur schemenhaft erkennbare Gestalten rund um die Luke von Frachtraum eins versammelt, als die letzten Besatzungsmitglieder, die wenigstens halbwegs gehen konnten, aus dem Turm kamen – widerwillig zwar, aber letztlich ließ Ambers Gewehr ihnen keine andere Wahl.

Natan hatte bereits Yusuf aus dem Schlauchboot nach oben geholt und dann mit Marcus zusammen den Deckkran aktiviert, um hundertfünfzig Kilogramm nassen Gummi einschließlich Außenbordmotor an Deck zu hieven. Wenn Munroe die Männer hätte entbehren können, hätte sie auch das zweite Schlauchboot an Deck holen lassen, aber in der momentanen Situation wäre das Risiko einfach zu groß gewesen.

Sie versuchte, Joe auf der Dhau anzufunken, und erreichte seinen Bootsmann. »Der Gegenangriff ist unterwegs«, sagte sie.

Die Antwort kam leicht verzögert, da die Nachricht erst mündlich weitergegeben werden musste.

»Wir bestätigen, dass wir genau nach Plan verfahren«, sagte der Bootsmann.

Die Dhau würde sich etwas dichter heranschieben, um für den Fall der Fälle diejenigen aufzunehmen, die über Bord springen konnten.

Jetzt waren von der Küste her die ersten Mündungsfeuer in der Dunkelheit erkennbar, Lichtblitze, gefolgt von fernen Schussgeräuschen, die weithin hörbar über das Wasser hallten.

Noch fünf Minuten, dann wären die Boote ihnen gefährlich nahe gerückt.

Die Besatzungsmitglieder, durch den Lärm zur Eile angetrieben, kletterten hastig in den Frachtraum und bildeten – unter Natans Anweisung und zur Unterstützung des Deckkrans, der diese Aufgabe nicht schnell oder präzise genug erfüllen konnte – eine Kette, um die Reissäcke, die über den Waffenkisten lagen, beiseitezuschaffen.

Munroe blieb kurz stehen, beobachtete, dachte nach, entwickelte Strategien. Aber noch während dieses Augenblicks der Ruhe kehrten die Schmerzen, die für die Dauer des Kampfes vom Adrenalin unterdrückt worden waren, zurück, wurden stärker und stärker, bis ihre Hände anfingen zu zittern. Sie wandte sich nach achtern, zog sich in den Schatten zurück. Sie hatte den Kapitän an seinen Platz gebracht. Janek auch, und jetzt waren die Ölpumpen irgendwo da unten im Schiffsbauch dabei, Druck aufzubauen.

Das Stakkato auf dem Ozean kam näher. Drei Minuten vielleicht noch.

Sie atmete lang und tief ein, um das Zittern in den Griff zu bekommen. Sie war leer, kraftlos. Taumelte auf die Leiter zu, die hinab in den Maschinenraum führte, um ihre Strategie ein letztes Mal an die Erfordernisse der Situation anzupassen.

Als sie die Luke öffnete, riss Janek den Kopf nach oben. Sein Gesicht und seine Arme waren voller Schmieröl, neben ihm auf dem Boden lagen diverse Maschinenteile.

»Was ist los?«, wollte sie wissen.

»Die Maschine«, erwiderte er. »Reparieren.« Der Stress in seiner Stimme verriet ihr alles, was sie wissen musste. Sie schloss die Augen und ließ sich an der Wand herab in eine endgültige Ruhe gleiten. Nicht Niederlage, nicht Aufgabe, lediglich die Anerkennung der Tatsache, dass sie im Augenblick nichts mehr tun konnte. In ihrem momentanen Zustand war sie auf Deck ohnehin zu nichts zu gebrauchen – war nicht mehr als ein Todesopfer im Wartestand – und ganz egal, wie erbittert die Männer da oben kämpften … wenn Janek diese Teile nicht wieder zusammenbauen und die Maschine in Gang bringen konnte, war sowieso alles vergeblich gewesen.

Der kaputte Lautsprecher blökte wieder los. Janek nahm den Hörer ab. Stieß ein paar einsilbige Antworten hervor und sagte dann, nachdem der Kapitän ihn offensichtlich auf die näher rückenden Angreifer hingewiesen hatte: »Ich mache ja so schnell ich kann. Und wenn der Öldruck so weit ist, bin ich hier auch fertig.«

Munroe holte tief Luft, konzentrierte sich auf ihre Gliedmaßen, auf das Rumpeln der Ölpumpen, auf die Geräusche von Janeks systematischen Handgriffen. Während sich die Minuten wie Kaugummi in die Länge zogen, wurde der Schmerz zu einem dumpfen Pochen. Sie hörte auf zu zittern und schlug die Augen auf. Die Hälfte der Teile, die auf dem Boden gelegen hatten, waren jetzt nicht mehr da. Janek war so sehr auf seine Aufgabe konzentriert, dass er nicht einmal merkte, wie sie aufstand und sich auf den Weg in den Krieg machte, der schon bald über ihren Köpfen losbrechen würde.

Die Deckscheinwerfer waren alle gelöscht worden. Der Himmel war bedeckt, während heisere Feuerstöße durch die Nacht zuckten und die musikalische Untermalung für die herannahende Schlacht bildeten. Damit sollten die Boote der Angreifer auf Abstand gehalten und gezwungen werden, wie Haie ihre Beute zu umkreisen und auf eine Schwäche zu lauern. Der Lärm nahm zu, wurde immer lauter, immer schneller, bis das Crescendo in das Zischen einer startenden Panzergranate mündete, und dann einer zweiten. Lächelnd ließ sich Munroe an einer Wand entlang zu Boden gleiten und machte die Augen zu, während die Sinfonie der Schlacht ihren Lauf nahm.

Die beiden ersten Granaten verfehlten ihr Ziel, aber die Explosion der dritten ließ die Nacht mit mächtigen Pauken und Beckenschlägen zum Tag werden. Aus der Ferne war panisches Geschrei zu hören. Noch ein Dröhnen der Schlaginstrumente, noch ein Lichtblitz, der sogar mit geschlossenen Augen sichtbar war. Wenn sie die Angreifer auf Abstand halten konnten, wenn sie mit ihrem Vorrat an Granaten und Munition auskamen, wenn die Angreifer es nicht schafften, Männer an Bord zu schleusen, wenn Janek die Maschine in Gang bringen konnte, dann, ja, dann würden sie es schaffen.

Das Dröhnen der Sinfonie schwoll immer weiter an. Mittlerweile waren deutlich mehr als nur die zwanzig Minuten vergangen, die Janek anfänglich angekündigt hatte. Da stellte Munroe in der Musik der Schlacht gewisse Regelmäßigkeiten fest. Zu vieles konzentrierte sich auf eine Richtung, während anderswo viel zu viel Ruhe herrschte. Sie stand auf. Machte sich auf den Schmerz gefasst und lief über das Deck zur Luke, die in den Frachtraum Nummer drei führte. Huschte im Schutz des Süll s weiter, bis sie bei den ersten Bewaffneten angelangte. Sie signalisierten ihr mit Gesten, wo die Waffen und die Munition lagen, die sie ausgegraben hatten. Munroe schnappte sich ein Gewehr mitsamt Munition, lud die Waffe und zog sich wieder in den Schatten zurück, um auf das Unvermeidliche zu warten.

Kapitel 42

Munroe hatte die gesamte Länge des Schiffs im Blick. Es dauerte drei, vier Minuten, dann lugte der erste Kopf über die Reling, auf der dem Ufer abgewandten Steuerbordseite, weit weg von Natans und Marcus' Zielübungen mit dem Granatwerfer. Es war im Grunde das gleiche Manöver wie bei dem ersten Überfall vor einigen Wochen. Auch da waren die Männer still und leise an Bord geklettert, während das Getöse und Geblitze auf der entgegengesetzten Seite des Schiffes für die nötige Ablenkung gesorgt hatte.

Munroe huschte durch die Schatten, schlich näher, um besser zielen zu können. Jeder einzelne Schritt schmerzte ein klein wenig mehr als der Schritt davor. Obwohl sie Gefahr lief, sich dadurch zu verraten, nahm sie das Funkgerät und informierte die anderen über den bevorstehenden Besuch. Amber meldete sich vom Bug, noch weiter von den Zielpersonen entfernt als Munroe. Natan meldete sich gar nicht.

Jetzt kam der erste Mann an Deck gehuscht. In seiner Hand waren die Umrisse eines Gewehrs zu sehen. Hinter ihm tauchten noch zwei Köpfe auf. Keuchend vor Schmerz und Anstrengung zwang Munroe sich weiterzurobben, näher heranzukommen. Dann kniete sie sich hin, zielte und drückte trotz ihres unkontrollierbaren Zitterns ab. Der Mann sprang sofort wieder zurück hinter die Reling. Munroe kroch weiter. Jagte noch einmal fünf Kugeln in seine Richtung. Landete zwar keinen Treffer, zwang aber alle drei zurück auf die Leiter.

Und dann kam das Beben.

Das Dröhnen. Das Vibrieren. Das Ächzen des Schiffes, als die Schraube sich in Bewegung setzte.

Erneut funkte Munroe Natan an.

Wieder keine Reaktion.

Ermutigt durch die spärliche Gegenwehr und angestachelt durch das sich in Bewegung setzende Schiff, kamen die Piraten zurück an Deck gehuscht. Um sie wie ein Scharfschütze einen nach dem anderen zu erledigen, fehlte Munroe die Präzision. Und um ihnen hinterherzuschleichen, sie zu jagen und unschädlich zu machen, bevor sie Schaden anrichten konnten, fehlte ihr die Kraft. Also legte sie an, zielte, schickte noch einmal drei Kugeln auf die Reise und traf einen Mann am Oberkörper. Er zuckte, drehte sich um die eigene Achse und fiel zu Boden. Die anderen flitzten in Richtung der Luken und tauchten in der Dunkelheit unter, wo Munroes Männer sie für ihresgleichen halten und arglos getötet werden würden.

Aber da Natan sich nicht meldete, hatte Munroe keine andere Wahl, als sie zu verfolgen. Kaum hatte sie sich in Bewegung gesetzt, zerriss eine MP-Salve die Nacht. Die Kugeln galten nicht ihr, sondern den davonlaufenden Angreifern. Sie sah, wie Arme und Beine aus dem Schatten purzelten und als wirres Durcheinander auf dem Boden landeten. Da kam auch die zweite Gestalt aus ihrem Versteck gestürmt. Weitere Schüsse folgten. Der Flüchtende schrie auf, drehte sich einmal um die eigene Achse und geriet ins Straucheln, kroch weiter, schwenkte sein Feuer spuckendes Gewehr einmal von links nach rechts in dem Versuch, einen Gegner zu treffen, bis sein Gewehr verstummte und Amber aus dem Schatten trat und auf ihn zuging, einen gezielten Schuss nach dem anderen abfeuerte, bis sie unmittelbar vor ihm stand. Ihm eine letzte Kugel in den Kopf jagte, bevor sie zu dem anderen Mann ging und dasselbe tat. Sie blieb noch für einen kurzen Moment vor den beiden Toten stehen, dann drehte sie sich um, blickte ungefähr in Munroes Richtung, deutete mit zwei Fingern einen militärischen Gruß an, wandte sich wieder ab und kehrte auf ihre Position am Bug zurück.

Das Schiff wurde langsam schneller, verfolgt von den Booten der Angreifer, die noch zwei, drei, vier Kilometer versuchten dranzubleiben, aber von den Granatwerfern auf Abstand gehalten wurden. Dann endlich, nach einem gefühlten Jahrhundert, erloschen die Mündungsfeuer, waren keine Granaten mehr zu hören, wurde die Luft still und das Wasser schwarz. Die Sinfonie war zu Ende.

Munroe stand an Deck und atmete die Nacht ein, den kollektiven Seufzer an Bord des Schiffes und die langsam aufkeimende Erkenntnis, dass sie, sobald sich die Rückeroberung der *Favorita* herumgesprochen hatte, eine echte Chance hatten, einen sicheren Hafen zu erreichen. Obwohl es natürlich denkbar war, dass sie erneut angegriffen würden. Sie wandte sich in Richtung Brücke und begann mit immer noch zitternden Armen und Beinen den Aufstieg.

Der Kapitän nickte ihr beim Betreten des Ruderhauses zu.

»Wie sieht's mit dem Treibstoff aus?«, fragte sie.

»Wenn wir langsam fahren, schaffen wir es bis Mombasa.«

»Was bedeutet langsam?«

»Sechs, sieben Knoten«, meinte er, und sie stöhnte. Bei diesem Tempo blieben sie während der gesamten Fahrt gefährdet.

»Khalid bleibt hier bei dir«, sagte sie. »Ich lasse dir etwas zu essen bringen, sobald wir die Vorräte gesichtet haben, aber du darfst die Brücke nicht verlassen.«

Er blickte ihr direkt ins Gesicht, mit einer Miene, die nicht gerade Schmerz oder Besorgnis ausdrückte, aber etwas sehr Ähnliches. Stumme Fragen, ohne Worte.

»Sie sind tot«, sagte sie.

»Beide?«

Der Zweite Offizier hatte im Lauf der Folter das Augenlicht verloren. Sie nickte nur.

»Und es sind nicht die Einzigen«, sagte sie und wandte sich ab. Blieb in der Tür stehen, wusste aber nicht, wie sie die Gehässigkeit, die ihr auf der Zunge lag, äußern sollte. Er war durch Erpressung an die Waffen gekommen und hatte vorgehabt, sie irgendwo an der somalischen Küste zu verkaufen. Durch dieses Vorhaben hatte er das Schicksal herausgefordert. Durch seine fehlgeleitete Selbstgefälligkeit waren unschuldige, wehrlose Menschen gestorben.

Die Hände auf die Steuerkonsole gestützt, den Blick auf das zerbrochene Fenster gerichtet und jeden Blickkontakt vermeidend, sagte er: »Hältst du dein Versprechen?«

»Ja«, entgegnete sie und ließ ihn allein. Kehrte an Deck zurück, wo die Besatzungsmitglieder, die Natan vom Wachdienst erlöst hatte, zurück zum Turm trotteten. Zwei von ihnen hatten einen Sack Reis dabei – vielleicht das einzig Essbare, was an Bord zurückgeblieben war. Amber stand an der Reling und schob die Leichen der beiden Männer, die sie erschossen hatte, mit den Füßen über Bord. Munroe stellte sich neben sie, und dann starrten sie gemeinsam auf das Meer, wo statt der Leiter und des Schlauchbootes nur Schwärze und ein rot gefärbter Streifen zu sehen waren. Wahrscheinlich war bei der Abfahrt des Schiffes alles, was an der Bordwand festgemacht war, abgerissen worden.

»Haben wir genug Treibstoff?«, erkundigte sich Amber.

»Vermutlich.«

»Leo ist gelähmt«, sagte sie dann. »Er hat kein Gefühl in den Beinen. Er braucht einen Arzt.«

»Willst du dich in Mombasa darum kümmern?«

»Ich weiß nicht«, erwiderte Amber, um sich dann, ohne

das Gespräch wirklich zu Ende zu bringen, in Richtung Turm zu wenden. Munroe ging ihr mit langsamen Schritten nach, sehnte sich nach einer Ruhepause, damit die Schmerzen ein wenig abklingen konnten. Stattdessen holte sie das Satellitentelefon aus der Tasche und schaltete es ein. Bekam sogar ein Signal. Wartete ab, bis sie sicher war, dass sie nicht belauscht wurde, und wählte die Nummer des Sentrim Castle, des Hotels, in das Sergej und die russische Delegation umgezogen waren, nachdem sie das Foto des Kapitäns im Zimmer ihres Anführers hinterlassen hatte.

Sie bat den Empfang, sie durchzustellen, und nachdem es etliche Male geklingelt hatte, meldete sich Anton, der Boss, müde und verärgert.

»Hallo«, sagte sie, auf Englisch, damit er über ihre wahre Identität so wenig wie möglich erfuhr. »Hat Ihnen mein Geschenk gefallen? Das Foto von Ihrem Freund, den Sie so unbedingt in Ihre Gewalt bekommen wollen?«

»Wer spricht da?«, fragte er mit schlaftrunkener Stimme.

»Nikola Goran«, erwiderte sie und ahmte dabei seinen Akzent nach.

»Bist du nicht.«

»Aber ich habe ihn«, entgegnete sie. »Wenn Sie immer noch interessiert sind.«

»Ja«, sagte er, plötzlich gar nicht mehr schläfrig, sondern hellwach und misstrauisch.

»Wie wäre es mit einem Geschäft?«

»Was willst du?«

»Fünfhunderttausend US-Dollar, per telegrafischer Überweisung. Die eine Hälfte jetzt, die andere Hälfte bei Lieferung.«

»Unmöglich«, sagte er, aber das leise Zögern verriet ihr, dass es nicht unmöglich war. Damit hatte sie gerechnet. Alles in allem hatte sie keine Riesensumme gefordert, zumal die

Russen nur mit der ersten Hälfte kalkulieren würden. Den Rest würden sie sowieso niemals bezahlen.

»Sie sollten vielleicht mit Ihrem Boss darüber reden«, erwiderte sie. »Wenn er Nein sagt, bekommt Ihr Freund einen Reisepass und nimmt den nächsten Flug ab Nairobi. Dann finden Sie ihn nie wieder.«

Es folgte eine Pause und ein paar nachdenkliche Atemzüge. »Ich brauche Zeit«, sagte er.

»Ich gebe Ihnen eine Stunde.«

»Wenn ich etwas arrangieren soll, brauche ich Beweise, dass du diesen Mann tatsächlich in deiner Gewalt hast.«

»Kein Problem«, erwiderte sie und legte auf.

Sie verbrachte die Wartezeit im Schatten des Sülls von Frachtraum drei, lag rücklings auf dem Deck, das Gesicht den Sternen zugewandt. Gelegentlich sah sie Natan und Marcus oder Omar und Ali vorbeigehen. Sie patrouillierten über das gesamte Schiff, um jeden möglichen Angriff von vornherein zu unterbinden, obwohl sie es auch dieses Mal vermutlich erst mitbekommen würden, wenn es zu spät war.

Das sanfte Schaukeln des Schiffes machte sie schläfrig, und ab und zu döste sie sogar ein wenig ein. Als die Stunde vorüber war, stand sie auf und stellte sich an die Reling. Dort, weit weg von den störenden Metallteilen des Deckkrans, war das Signal stabiler.

Anton meldete sich beim ersten Klingeln. »Wir machen es. Nikola gegen Geld«, sagte er.

»Den Beweis bekommen Sie morgen früh«, sagte sie. »Am Empfang müsste ein Fax für Sie liegen. Danach haben Sie zwölf Stunden Zeit, um mir das Geld zu schicken. Falls es nicht da ist, sehen Sie Nikola nie wieder. Haben Sie etwas zu schreiben?«

»Ja.«

Sie kannte den SWIFT-Code und die Kontonummer auswendig und sagte zum Abschluss: »Kein Geld, keine Ware.« Dann spürte sie, wie ihre Nackenhaare sich sträubten – ein sicheres Zeichen, dass sie beobachtet wurde. Der Russenboss stieß ein bestätigendes Knurren aus, und Munroe beendete das Gespräch.

Hinter ihr bewegte sich die Luft.

Sie sagte: »Und jetzt?«, und wirbelte herum, noch bevor sie die Worte zu Ende gesprochen hatte. Blockierte Natans Schlag mit dem Unterarm und spürte den Aufprall bis tief in die Brust.

»Verräter«, zischte er. »Du willst uns verkaufen.«

»Nein«, erwiderte sie und verlagerte das Gewicht auf das andere Bein, wich dem nächsten und auch noch dem übernächsten Schlag aus, aber er schlug immer weiter zu. Er war kampferprobt und drückte sie mit brutaler Gewalt gegen die Reling, während sie – kraftlos und unbewaffnet wie sie war – nichts anderes tun konnte, als auszuweichen und seine Schläge abzublocken. Aber er ließ nicht locker.

»Hör auf«, sagte sie. »Das ist doch sinnlos.«

Er schlug zu. Sie wich aus. Sein nächster Schlag landete an ihrem Kinn.

In Munroes Schädel dröhnte es laut, und sie schüttelte sich.

»Das, was jetzt kommt, hätte ich eigentlich schon längst machen müssen«, sagte er, und sein schneidender Tonfall machte ihr klar, dass er sie jetzt, nachdem sie das Schiff gesichert hatten, nicht mehr brauchte. Dass er sich fest vorgenommen hatte, Leos Plan endgültig in die Tat umzusetzen.

Ohne nachzudenken, griff sie nach dem Messer, und im Eifer des Gefechts, die Hand an der Klinge, erwachte der Dschungel und trug sie zurück an jenen Ort, wo die Schwäche sie stark gemacht hatte. Wärme kroch ihr die Arme entlang, und die Blutgier erwachte zum Leben, das unbedingte Verlangen, den Kampf zu beenden, zuzuschlagen, bevor der andere zuschlug, Blut zu vergießen, bevor ihr eigenes vergossen wurde.

Natan ließ nicht nach, schlug wieder und wieder zu, während der Schmerz, den sie so weit wie möglich in den Hintergrund ihres Bewusstseins abgeschoben hatte, immer weiter anschwoll. Sie wich aus, blockte ab und fand schließlich Natans Arm, wo ihre Klinge eine lang gezogene Schnittwunde hinterließ. Er zuckte zurück, erstarrte.

Sie spürte eine schwindelerregende Euphorie in ihrem Inneren. Die Kriegstrommel dröhnte immer lauter, immer schneller, übertönte ihre anderen Sinne, übertönte die Vernunft, machte aus ihr einen Pawlow'schen Hund, der nur noch an das eine denken konnte.

»Ich will dich nicht töten«, keuchte sie. »Aber wenn du so weitermachst, kann ich mich nicht mehr beherrschen. Bitte, hör auf.«

Er zögerte, knapp außerhalb ihrer Reichweite. Betrachtete seinen Arm und das Blut, das daran herabfloss. War vielleicht schockiert darüber, dass sie ihn verletzt hatte. Sie schnitt einen Streifen Stoff aus ihrem Hemd. Griff nach seinem Arm und wickelte den Stoff fest um die Wunde, um das Blut zu stillen. Aber noch während sie sich um seine Verletzung kümmerte, schlug er erneut zu.

Sein Faustschlag traf sie auf die Brust, und die Schmerzen waren genauso brutal wie die schlimmsten Schläge in jener Nacht, als sie um ein Haar gestorben wäre. Sie ging in die Knie. Die Welt neigte sich in einem seltsamen Winkel zur Seite und wurde grau. Sie wollte aufstehen und konnte nicht, musste untätig mit ansehen, wie seine Füße näher kamen. Die Uhr tickte im Takt ihres Herzschlags, ihre Umgebung verzerrte sich, das Rauschen des Blutes in ihren Ohren löschte alles aus bis auf den Durst nach Rache. Noch eine Sekunde, noch ein Schritt, dann war er nahe genug herangekommen.

Jetzt. Die Klinge erwachte zum Leben.

Da ertönten in ihrem Rücken Schritte. Metallisches Klirren. Victors Stimme: »Es gibt keine zweite Warnung, Natan. Lass sie in Ruhe, sofort. Sonst sorge ich dafür.«

»Die eine Hand reicht sie dir«, sagte Natan, »und mit der anderen sticht sie dir in den Rücken.« Er drehte sich ein wenig zur Seite, um Victor anzusehen. »Da steckt viel mehr dahinter, als du sehen kannst, Victor. Du solltest dich nicht in Dinge einmischen, die du nicht beurteilen kannst.«

Als Victor nichts sagte, sich nicht von der Stelle rührte, zeigte Natan anklagend auf Munroe. »Eine Verräterin«, sagte er. »Die uns benutzt, die Amber benutzt, um das Schiff in ihre Hand zu bekommen. Die uns alle benutzt, weil sie ganz andere Ziele verfolgt.«

Munroe machte die Augen zu, holte einmal tief Luft und hielt dann den Atem an, bis ihre Lunge brannte.

»Zurück«, sagte Victor. Seine Stimme war näher gekommen, und Munroe konnte seine Füße sehen. Sie atmete aus und unterdrückte das Verlangen, das Feuer, den Tod. Holte noch einmal tief Luft und stieß zusammen mit dem verbrauchten Atem auch das Gift aus ihrem Körper aus.

Victor ging um Natan herum und kam dann auf Munroe zu. »Selbst wenn du recht hast«, sagte er. »Ohne ihre Rettungsaktion wären wir da drin vergammelt.« Er ging in die Knie und bot Munroe seinen Arm an, um ihr aufzuhelfen.

Als sie das geschafft hatte, wandte sie sich an Natan.

»Er fängt die Weisen in ihrer Klugheit«, sagte sie, »und stürzt den Rat der Verkehrten.«

»Was soll das denn?«, erwiderte Natan.

»Ich habe dir doch gesagt, du sollst mich in Ruhe arbeiten lassen. Du willst besonders schlau sein, aber dadurch reitest du uns alle in die Scheiße.«

»Du lügst.«

»Glaub doch, was du willst.« Sie legte ihren Arm auf Victors und drehte Natan den Rücken zu, wehrte sich gegen die Schmerzen, die einfach nicht nachlassen wollten.

Im Korridor vor der Kabine der Somalier, wo Victor zwei Besatzungsmitglieder als Wachen postiert hatte, nahm sie sich eines der Handys, die dort auf einem Haufen lagen. Dazu musste sie in die Knie gehen und sich anschließend von Victor wieder aufhelfen lassen. Sie ließ sich in eine leere Kabine bringen und setzte sich auf das Bett. Je mehr die Wirkung des Adrenalins nachließ, desto fürchterlicher brannte ihr schmerzender Körper.

Er blieb in der Türöffnung stehen, als wüsste er nicht recht, ob er sie wirklich alleinlassen konnte.

»Kommst du klar?«, erkundigte er sich.

»Ja«, flüsterte sie. Kaum hatte er die Tür hinter sich zugemacht, schaltete Munroe mit zitternden Fingern das somalische Handy ein und wählte die Nummer des *Hawaladar*.

Kapitel 43

Die Wege der Dhau und der *Favorita* kreuzten sich und aus zwei Schiffen wurde ein Konvoi, der etliche Kilometer vor der somalischen Küste behäbig durchs Wasser stampfte. Die Bordbeleuchtung war ausgeschaltet, um keine unnötige Aufmerksamkeit zu erregen. Sie befanden sich immer noch in einer höchst gefährlichen Region. Munroe legte den Kopf auf das Kissen, machte die Augen zu und lauschte dem Gekrächze und Geschnatter aus dem Funkgerät, bis sie schließlich einschlief.

Irgendwann kam Victor zu ihr und drückte ihr, ganz ähnlich wie Mary vor gar nicht langer Zeit, eine Tablette zwischen die Lippen, gefolgt von einem Schluck Wasser. Das Opioid hüllte sie in eine warme Decke, und sie sank zurück ins Nichts, wo die Zeit nicht existierte. Dann schreckte sie auf, blinzelte in die Sonne, orientierungslos, atemlos, getrieben, denn das Tageslicht machte ihr eines unmissverständlich klar: Ganz egal, wie viel Uhr es sein mochte, sie musste den Russen ihren Beweis liefern. Eigentlich war sie jetzt schon zu spät dran.

Munroe stemmte sich hoch, ließ die Beine vom Bett fallen, überwand mit schmerzverzerrter Miene die Steifheit und die Schmerzen in ihren Gliedern und wickelte die Bandage ab, die immer noch ihren Oberkörper einschnürte. Trocknete sich mit dem T-Shirt ab – sie war schweißnass, und durch die Hitze hatte die Haut angefangen, fürchterlich zu jucken – und zog es anschließend wieder an. Dann steckte sie beide

Telefone ein und öffnete, immer noch benommen, die Tür zum Gang.

Victor saß nur wenige Meter entfernt auf dem Fußboden. Er hatte das Gewehr quer auf dem Schoß liegen und bewachte die Kabine mit den somalischen Gefangenen. Als sie herauskam, legte er den Kopf in den Nacken. Durch den buschigen Bart und die zotteligen Haare wirkte sein Lächeln eher wie eine gruselige Fratze. »Gut geschlafen?«, fragte er.

Munroe zwang sich zu einem schmalen Lächeln. Mehr hatte sie nicht zu bieten. Bei Victors Worten waren in seinem Rücken sofort alle möglichen Geräusche laut geworden: Klopfen und Rufen, gedämpft durch die Tür und die Wand. Victor schlug mit dem Gewehrkolben gegen die Tür und stieß ein paar spanische Flüche aus.

»Wie viele sind da drin?«, wollte Munroe wissen.

»Acht.«

»Haben sie etwas zu trinken bekommen?«

Victor schüttelte den Kopf. »Es gibt unterschiedliche Auffassungen darüber, was mit ihnen passieren soll, also warte ich ab.«

»Das kannst du doch auch selbst entscheiden.«

Er zuckte mit den Schultern. Das Klopfen hörte nicht auf. Victor seufzte. Stand auf und öffnete die Tür. Der Tumult wurde sofort lauter. Er winkte Munroe zu sich, damit sie einen Blick in die schmutzige Kabine werfen konnte, in der zuvor die Besatzung gefangen gehalten worden war. Jetzt hockten darin die verbliebenen, noch lebenden Piraten und streckten ihr die gefesselten Hände entgegen, flehten um Wasser und Gnade.

»Amber ist bei Leo«, sagte Victor. »Ihr sind die da egal. Marcus und Natan wollen sie hinrichten.«

»Und du?«

»Sie haben kein Mitleid mit uns gehabt.«

»Würdest du sie über Bord werfen?«

»Ja.«

»Dadurch würdest du dich auf eine Stufe mit ihnen stellen.«

»Damit habe ich kein Problem.«

Munroe machte die Tür zu, und Victor hielt den Blick starr darauf gerichtet.

»Eigentlich ist das die Entscheidung des Kapitäns«, sagte sie. »Er gibt hier an Bord die Befehle.«

Victor schnaubte.

»Gib ihnen wenigstens etwas zu trinken«, sagte Munroe.

Victors Bart zuckte erneut, und dann reichte er ihr wortlos sein Gewehr. Sie hielt Wache, bis er mit einem Eimer voll Wasser und einem einzigen Plastikbecher wiederkam. Blieb bei ihm, bis er das Wasser in die Kabine gebracht und die Tür von außen wieder verriegelt hatte. Dann ging sie auf die Brücke.

Der Kapitän saß schlafend auf einem Stuhl. Khalid nickte ihr zur Begrüßung zu und wandte den Blick dann wieder aufs Meer. Es sah so aus, als hätten die beiden Männer sich während der letzten langen Stunden, in denen der Autopilot die Navigation des Schiffes übernommen hatte, regelmäßig abgewechselt. Zahlreiche Reisschüsseln standen auf dem kleinen Schreibtisch – da musste jemand anders das Versprechen eingelöst haben, das Munroe gegeben und wieder vergessen hatte.

Sie kniete sich vor den Kapitän und fotografierte ihn mit ihrem Satellitentelefon. Als es piepste, schreckte er auf, sah sie einen Augenblick lang orientierungslos an, als müsse er seine Gedankengänge erst von ein paar Spinnweben befreien, und sagte: »Wieso?« Genau das hatte er auch gesagt, als sie ihn vor einiger Zeit im Hotelzimmer fotografiert hatte.

»Ich halte mein Versprechen«, erwiderte sie. Da er jetzt

wach war und sie keine Rücksicht mehr nehmen musste, durchwühlte sie alle möglichen Schubladen, bis sie einen Filzstift entdeckte, und sagte: »Gib mir deine Hand.«

»Wieso?«, fragte er erneut.

»Mach einfach.« Er sah sie zwar immer noch misstrauisch an, streckte ihr aber trotzdem das Handgelenk entgegen. Sie kritzelte das heutige Datum auf seinen Unterarm und sagte: »Halt das neben dein Gesicht.« Und als er so weit war, machte sie noch ein Foto.

»Wozu soll das gut sein?«

»Für deine Freiheit.«

Er ließ sie nicht aus den Augen. Auf seinem Gesicht spiegelten sich Erschöpfung und Skepsis, völlig zu Recht, aber dann sagte Munroe, um das Schweigen zu brechen: »Wie ist unsere Position? Wann kommen wir an?«

Der Kapitän erhob sich und ging zur Schaltkonsole. Warf einen Blick auf zahlreiche Instrumente und blickte dann an die Decke, als würde er etwas berechnen. »Neunzig Stunden ungefähr«, sagte er dann.

»Treibstoff?«

»In diesem Tempo, ja, das müsste reichen.«

»Und du?«, sagte sie dann. »Gibt es vielleicht Besatzungsmitglieder, die Wache halten können, damit du dich richtig ausschlafen kannst?«

Er zögerte kurz mit der Antwort, als ob er jeden Moment mit einem Trick oder einer Falle rechnete, aber als nichts dergleichen geschah, deutete er mit einem leichten Nicken auf Khalid. »Wir kommen zurecht«, meinte er nur.

Munroe richtete die gleiche Frage auf Somali auch an Khalid, der voll und ganz auf die vor ihnen liegende Meeresfläche konzentriert war. Er drehte sich nur kurz um, um sein Einverständnis zu signalisieren. Also ließ sie die beiden allein und trat hinaus auf die Brückennock, wo sie ein stabileres Signal hatte.

Die Dhau glitt in etwa siebzig Metern Entfernung backbord neben ihnen her. Joe stand mit nacktem Oberkörper neben den Benzinfässern und füllte gerade Treibstoff in einen Kanister. Munroe beobachtete ihn von der Reling aus, während sie darauf wartete, dass der Satellit das Signal ihres Telefons erkannte. Schließlich hob Joe den Blick und winkte ihr zu. Sie winkte zurück. Marcus und Yusuf patrouillierten über das unten liegende Deck, und auch wenn Munroe ihn nicht sehen konnte, ging sie fest davon aus, dass Natan in der Nähe war, auch wenn er vielleicht gerade schlief.

Das Telefon vibrierte.

Sie schickte das Foto des Kapitäns an die E-Mail-Adresse des Hotels. Es dauerte endlos, weil die Verbindung so langsam war. Schließlich war die Übertragung abgeschlossen, und sie rief im Hotel an, um sich den Empfang bestätigen zu lassen und die Dame an der Rezeption zu überreden, das Bild auszudrucken und in das Zimmer des Chefrussen bringen zu lassen. Die Verspätung hatte ihn mit Sicherheit unruhig gemacht, und das war ein Vorteil für sie.

Munroc wartete noch einmal zwanzig Minuten, dann rief sie erneut im Hotel an und ließ sich durchstellen.

Anton nahm beim ersten Klingeln ab.

»Sie haben Ihren Beweis bekommen«, sagte sie. »Ich gebe Ihnen zwölf Stunden, um die erste Hälfte des Geldes anzuweisen. Erst das Geld, dann die Ware.«

»Ich weiß, wie es läuft«, sagte er, und sie legte auf, bevor er zu Ende gesprochen hatte.

Zwölf Stunden nach diesem Telefonat war es in Somalia vier Uhr morgens, in Singapur neun Uhr, also fünf Stunden später. Ihre Bank würde jeden Moment öffnen. Kaum war es so weit, ließ sie sich telefonisch den Eingang des Geldes bestätigen. Wieder eine Schachfigur, die an die richtige Position gerückt war. Sie kehrte in ihre Kabine zurück und legte sich schlafen, bis sie um sieben Uhr vom Wecker ihres Handys aus dem Schlaf gerissen wurde. Sie rief den *Hawaladar* an.

Der letzte, kurze Kontakt mit ihm hatte gleich nach der Eroberung des Schiffes stattgefunden. Sie hatte die Übernahme der *Favorita* gemeldet, nur um sicherzustellen, dass er die Nachricht auch direkt von ihr bekam. Aber eigentlich war sie sich relativ sicher, dass Joe, der gewissermaßen als Versicherung des *Hawaladar* und Bewacher seiner Investitionen fungierte, durchaus eine Möglichkeit hatte, ihm ausführlicher Bericht zu erstatten.

Als der *Hawaladar* sich meldete, klang seine Stimme, als hätte er schon sehr lange auf ihren Anruf gewartet. Munroe nannte ihm die ungefähre Ankunftszeit, basierend auf den Angaben des Kapitäns, und er teilte ihr das Neueste von der russischen Delegation mit.

»Ich habe sie beobachten lassen«, sagte er. »Sie arbeiten mit der Hafenbehörde zusammen, und ich fürchte, sie erwarten den Frachter schon. Dadurch könnte es für mich problematisch werden, das Schiff wirklich zu bekommen.«

In seinen Worten lag ein unterschwelliger Vorwurf. Gleichzeitig waren sie die unbeabsichtigte Bestätigung, dass der Peilsender, der bereits den Angreifern ermöglicht hatte, die *Favorita* zu verfolgen, immer noch an Bord war.

»Definieren Sie problematisch«, sagte sie.

»Es kommt darauf an, was diese Leute wollen«, erwiderte er und hielt inne. Stumme Schuldzuweisungen lagen in seinem Schweigen, aber als sie keine Anstalten machte, sich zu rechtfertigen, fuhr er fort: »Für die Kenianer bin ich ein Somalier. Da spielt es auch keine Rolle, dass ich die britische Staatsbürgerschaft habe, ich bin und bleibe der Feind. Meine Beziehungen reichen nur bis zu einem bestimmten Punkt, und sie sind nicht besonders belastbar. Je nachdem, wie gut diese Russen vernetzt sind oder an welche Regierungsbehörden sie sich wenden, könnte das alles ein böses Ende nehmen. Für mich persönlich steht nur Geld auf dem Spiel, aber Sie riskieren erheblich mehr.«

Seine Andeutungen gingen ihr zusehends auf die Nerven. »Inwiefern?«, hakte sie nach.

»Angeblich sollen die Besatzung und der Kapitän sofort bei der Ankunft festgenommen werden. Und Sie gehören doch zur Besatzung, oder nicht?«

»Vorausgesetzt, die Russen erwarten das Schiff tatsächlich bereits … von mir haben sie es jedenfalls nicht erfahren«, sagte sie. »Haben Sie Ihren Antrag schon gestellt?«

»Ich warte noch ein bisschen ab.«

»Danke für die Warnung«, meinte sie dann. »Ich werde entsprechende Vorkehrungen treffen.«

»Und Sie bringen mir mein Schiff?«

»Ich habe Ihnen mein Wort gegeben.«

Der *Hawaladar* beendete das Telefonat, und Munroe machte die Augen zu, ließ sich vom salzigen Wind die Gedanken durchpusten, verließ die Brückennock und ging die Treppe hinunter. Erneut wählte sie Antons Nummer.

»Das Geld ist da«, sagte sie. »Sie haben Ihren Teil erfüllt, also erfülle ich auch meinen. Die *Favorita* erreicht im Lauf der kommenden zweiundsiebzig Stunden den Hafen von Mombasa. Nikola ist der Kapitän. Wenn Sie ihn tatsächlich in die Finger bekommen wollen, brauchen Sie Ihre Männer. *Alle* Ihre Männer.«

»Nikola ist auf dem Schiff?« In seiner Stimme lagen Wut und ungläubiges Staunen. »Unglaublich.«

»Sie wollen Nikola, und ich will den Rest des Geldes«, sagte sie. »Ich melde mich, sobald das Schiff in der Nähe ist. Und sorgen Sie dafür, dass die zweite Hälfte auf meinem Konto liegt, bevor Sie an Bord gehen.«

Sie befanden sich in kenianischen Hoheitsgewässern, ungefähr acht Kilometer vor der Küste, als die *Favorita* und die Dhau die Motoren drosselten. Unter Natans Anleitung öffnete die Besatzung der *Favorita* die Luken und holte sämtliche Waffen nach oben. Mit dem Schlauchboot wurden die wenigen Teile, die sich aufzubewahren lohnten, auf die Dhau geschafft. Den Rest warfen sie einfach über Bord, um nicht automatisch, kaum dass sie den somalischen Piraten entflohen waren, in die Mühlen der kenianischen Justiz zu geraten. Was die Russen im Schilde führten, konnte niemand vorhersagen, aber das behielt Munroe für sich.

Als sie fertig waren, schickte Munroe Yusuf und Ali auf die Dhau, damit sie sich nicht in die Frage einmischen konnten, wie mit den Piraten verfahren werden sollte. Bis jetzt war noch keine Entscheidung gefallen, daher waren sie immer noch eingesperrt. Die Wahrscheinlichkeit, dass sie in Mombasa den Behörden übergeben und nicht über Bord geworfen werden würden, war größer geworden. Nachdem das Schlauchboot wieder an Bord gehievt war und die Fahrt weiterging, machte Munroe sich auf die Suche nach Amber.

Leos Kabinentür war geschlossen. Munroe klopfte an und trat ein, ohne auf eine Reaktion zu warten. Es stank immer noch nach ungewaschenen Leibern, aber längst nicht mehr so durchdringend wie beim ersten Mal.

Ohne Leo zu beachten, kniete Munroe sich neben Amber.

»Du hast doch noch das Funkgerät«, sagte sie.

Amber nickte, und Munroe reichte ihr das Satellitentelefon. »Gut festhalten«, sagte sie. »Und sieh zu, dass du das Funkgerät immer bei dir hast.«

Amber blickte sie fragend an.

»Vertrau mir«, meinte Munroe.

Amber griff nach dem Telefon, und Munroe hielt es kurz fest, um ihr Anliegen noch einmal zu unterstreichen. Ihre Finger berührten sich, waren verbunden durch dieses Ding aus Metall und Plastik, und erst als Amber nickte, ließ Munroe los und ging wieder auf die Brücke, um die einzelnen Abschnitte ihrer Fahrt bis Mombasa noch einmal genau durchzuspielen.

Kapitel 44

Nördlich von Malindi, im frühmorgendlichen Nebel und unter den Blicken des Kapitäns, der von der Brücke aus zusah, während der Rest der Besatzung schlief, machten Munroe und Victor Natans Schlauchboot am Deckkran fest und hievten es über die Reling. Munroe ließ es an der Kette bis ins Wasser ab und sorgte anschließend mit den Paddeln dafür, dass es nicht gegen die Bordwand der *Favorita* getrieben wurde, während Marcus sich abseilte. Als er neben ihr im Schlauchboot stand, drehten sie den Bug Richtung Küste und fuhren schweigend auf die Lichter zu, bis sie die Dünung durchbrochen hatten und Marcus sie mit den Paddeln noch dichter ans Ufer brachte.

Als das Boot den sandigen Grund berührte, sprang Munroe über den Bug und watete durch das seichte Wasser. Schließlich sah sie sich um, aber da war das Boot bereits wieder in der Dunkelheit verschwunden. Nur das kaum hörbare Brummen des Außenborders bezeugte, dass sie überhaupt hier gewesen waren.

Munroe setzte sich auf das Gras und starrte hinaus in die Nacht, wo die *Favorita* unsichtbar weiterfuhr. Sie hatte das Schicksal der somalischen Gefangenen in Amber Maries Hände gelegt, um Victor zu entlasten. Ihn wiederum hatte sie gebeten, Khalid bei der Bewachung des Kapitäns zu unterstützen. Nachdem sie die Schuhe angezogen hatte, marschierte sie landeinwärts, stieß auf eine unbefestigte Straße und folgte ihr Richtung Süden, bis die Sonne ganz über den Bäumen im Osten aufgegangen war. Endlich kam auch ein Auto vorbei, und sie winkte. Der Fahrer hielt an, und sie einigten sich auf einen Fahrpreis bis Malindi. Kaum angekommen, suchte sie sich, genau wie vor wenigen Wochen auch, eine Weiterfahrt nach Mombasa. In der Stadt angekommen, betrat sie das Hotel, das ihr nach ihrer Begegnung mit dem Tod – vor vielen, vielen Nächten – zumindest vorübergehend als sicherer Hafen gedient hatte.

Sie hatte das kenianische Satellitentelefon, ein Funkgerät und eine Tasche dabei. Darin befanden sich die Kleidungsstücke und die anderen Dinge, die sie im Lauf der Wochen gestohlen oder gekauft hatte. Sämtliche Sachen hatte sie vom Hotel ins Strandhaus und schließlich mit auf die Dhau genommen, um sie dann, als sie die leichten Waffen von der *Favorita* auf die Dhau geschafft hatten, wieder an sich zu nehmen. Das heiße Wasser wusch allen Dreck und allen Gestank ab, der nach über einer Woche ohne Dusche an ihr klebte. Und dann versuchte sie, auch den Tod in Garacad abzuwaschen, ein hartnäckiger Fleck, der einfach nicht weichen wollte, bis die Seife alle und ihre Haut wundgescheuert war. Dann kam sie aus der Dusche und rief Sergej an.

Er ging ran, und sie ließ ihre Stimme zuckersüß klingen. »Ich bin wieder in der Stadt, aber nur für eine Nacht«, sagte sie. »Mein Chef will, dass ich nach Hause komme, darum fliege ich morgen nach Nairobi.«

»Das muss gefeiert werden«, sagte er. Seiner schweren Zunge nach zu urteilen, musste er schon eine ganze Weile am Feiern sein.

»Sentrim Castle«, sagte sie.

»Ich komme um acht ins Foyer«, erwiderte er und fügte dann leicht scherzhaft hinzu: »Obwohl, vielleicht auch nicht. Du wirst mich suchen müssen.«

»Die Jagd ist eröffnet«, erwiderte sie und legte auf. Bilder von Sami, tot am Strand, blubberten aus ihrem Unterbewusstsein an die Oberfläche, und erneut wurde die Wut, die sie die ganze Zeit unterdrückt hatte, um ihren Gegner kühl und berechnend schachmatt zu setzen, zur treibenden Kraft.

Munroe zog sich wieder an. Die Pistole hatte sie weggeworfen – das war letztendlich sicherer –, also befestigte sie jetzt die Messer an ihren Oberschenkeln, so, dass sie von ihrem knielangen Rock verdeckt wurden. Dann behandelte sie ihre sonnenverbrannte Haut mit Feuchtigkeitscreme und Schminke. Studierte die Verwandlung im Spiegel, starrte in graue Augen, in denen der Funke des Lebens längst erloschen war, und wandte sich dann ab. Sie wollte das Ding, das aus ihr geworden war, nicht länger sehen.

Früher als vereinbart war sie im Hotel und schlängelte sich zwischen großen Topfpflanzen und überwiegend ausländischen Hotelgästen hindurch, bis sie auf Sergej und seinen älteren Kollegen stieß. Sie saßen in Begleitung einer Blondine auf einer Veranda. Jeder Mann hatte zwei leere Gläser auf dem Tisch vor sich stehen und ein drittes in der Hand. Sergej flirtete schamlos mit der Frau, die unterdessen an einem orangefarbenen Getränk nippte.

Munroe ging weiter, kehrte zum Empfang zurück und schaffte es, dem Personal die Zimmernummer des Chefrussen zu entlocken. Anschließend nahm sie die Jagd wieder auf, trat mit einem strahlenden Lächeln an Sergejs Tisch und ließ sich auf den freien Stuhl fallen.

Sergej erwiderte ihr Lächeln. »Du hast mich gefunden«, sagte er, leerte sein Glas in einem Zug und stellte es krachend auf den Tisch.

Munroe schlug lasziv ein Bein über das andere, legte den Arm quer über ihre Rückenlehne, formte ihre Hand zu einer imaginären Pistole, zwinkerte ihm zu und gab einen imaginären Schuss ab. »Peng.«

Sergej lächelte erneut, charmant und widerlich zugleich,

dann schob er seinen Stuhl zurück. »Jetzt, wo du hier bist …«, sagte er und erhob sich, als müssten sie alle gehen. Mit einer beiläufigen Geste wies er auf die Blondine. »Das ist Olivie«, sagte er. »Sie spricht nur Französisch.«

Als ob das irgendetwas zu bedeuten hatte.

Zu viert gingen sie zu einem wartenden Wagen. Munroe kniff Sergej spielerisch in den Bizeps und fragte mit großen Augen: »Wo sind denn deine anderen Freunde?«

Er machte ihr die hintere Wagentür auf. »Die kommen später nach«, sagte er und bedeutete ihr, sich zusammen mit Olivie auf die Rückbank zu setzen. Der Fahrer brachte sie zu einem Open-Air-Club am Strand von Nyali. Während der gesamten Fahrt streichelte Sergej die Außenseite von Munroes Oberschenkeln und ihre Rippen – ein unwillkommener und ungenehmigter Körperkontakt. Sie schlug seine Hand immer wieder weg, spielte das neckische Spielchen mit, nur um nicht dem Verlangen zu erliegen, ihm die Kehle durchzuschneiden.

Der Wagen hielt an. Munroe befreite sich von Sergej und seinen zudringlichen Fingern und steuerte sofort die Bar an, unter dem Vorwand, sich einen Drink zu besorgen. Hätte sie ihren Verstand nicht so dringend benötigt, hätte sie sich schnell einen hinter die Binde gekippt. Stattdessen trank sie Wasser, bis sie die Grapschattacke einigermaßen verarbeitet hatte und das Hämmern in ihrer Brust zu einem winzigen Knoten geschrumpft war. Dann kehrte sie mit einem Glas in der Hand an Sergejs Seite zurück, stimmte sich auf ihre Aufgabe ein, changierte zwischen Schüchternheit und Flirt hin und her, bis der Rest der Delegation eintraf und die Stimmung sich änderte. Der Alkohol floss jetzt in Strömen, und der Abend wurde länger und länger.

Sie war wegen der Gespräche gekommen, um einzelne Sätze und Hinweise und die Nuancen im Unausgesprochenen aufzuschnappen. Die *Favorita* hatte einen Peilsender an Bord, und außerdem hatte sie selbst diesen Männern verraten, dass der Kapitän mit an Bord war. Sie wussten also, dass das Schiff bald eintreffen würde, und Alkohol war ein miserabler Wächter für Geheimnisse, ganz egal, wie gut sie sonst gesichert sein mochten. Der Abend war geprägt von lächelnden Gesichtern und plumper Anmache, Gleichgültigkeit und Ablenkungsmanövern. Munroe schlüpfte genau in die Rolle, die Sergej von ihr erwartete, bis Anton zwischen zwei Drinks einen Anruf bekam. Zwanzig Minuten später stieß ein weiterer Mann zu der Gruppe. Nach dem ersten Schock des Erkennens kannte sie die Antwort auf die Frage: *Wer ist Ibrahiin?*

Anton setzte sich zusammen mit dem Neuankömmling seitlich an einen Tisch. Es war ein Leibwächter des *Hawaladar*, der Mann, der bei jedem ihrer Besuche im Türrahmen gesessen hatte und der zusammen mit dem *Hawaladar* zum Luftfrachtdepot gekommen war.

Obwohl in Munroes Umgebung weiter viel gelacht und geredet wurde, nahm sie nichts mehr davon wahr. Stattdessen rasten Bilder vor ihrem inneren Auge vorbei, eröffneten neue Blickwinkel, das Schachbrett in ihrem Kopf drehte sich, die Figuren verschoben sich, und dann stand der König im Schach. Sie vermied jeden direkten Blickkontakt mit dem Leibwächter und tat so, als müsse sie sich setzen. Vielleicht gelang es ihr ja, in die Nähe des Beutels zu kommen, den der Leibwächter Anton gegeben hatte. Sergej war an ihrer Seite, darum machte sie die Augen zu, um seine Anwesenheit auszublenden, um alles auszublenden bis auf die geflüsterten Worte, die in ihrem Rücken gewechselt wurden.

In dem Beutel lagen die Papiere des *Hawaladar*, Kopien der Anträge und Formulare, mit denen er sich das Recht auf Bergung des Frachters sichern wollte. Sie hatte grundsätzlich immer damit gerechnet, dass es einen Verräter gab, und war lediglich überrascht, dass er sich erst so spät zeigte. Unbewusst strich sie mit dem Daumen immer wieder über das Gummiband unter ihrem Rock. Erst als es ihr bewusst wurde, hörte sie auf damit und legte die Hand flach auf das Bein.

Geld wechselte den Besitzer, und dann veränderte Sergej, der neben ihr saß, seine Haltung. Zum ersten Mal an diesem Abend interessierte er sich nicht für die anwesenden Frauen. Stattdessen richtete er seine gesamte Aufmerksamkeit auf den Neuankömmling. Er ließ Munroe sitzen und trat zu den beiden, baute sich hinter Ibrahiin auf. Kaum war das geschehen, wurden die Worte des Chefrussen drängender, drohender, und er verlangte von Ibrahiin zusätzliche Informationen über den Kapitän.

Munroe drehte sich ein wenig zur Seite, um die Szene zu beobachten. Falls der Leibwächter eingeschüchtert war, ließ er es sich nicht anmerken. Er lächelte und sagte zu Anton, der als Einziger in der Delegation fließend Englisch sprach: »Es dauert noch ein bisschen, aber Sie bekommen alles, was Sie wollen.«

Munroe blickte hinaus aufs Wasser. Der Leibwächter war ein guter Lügner. Er hatte den weißen Männern gesagt, was sie hören wollten, aber sie würden ihn nie wiedersehen. Natürlich gab es kleine Hinweise in seiner Körpersprache, ein verräterisches, kaum sichtbares Zucken hier und da. Wer einen Blick dafür hatte, konnte die Wahrheit deutlich sehen. Aber die Russen hatten keinen Blick dafür.

Der Leibwächter stand auf und verabschiedete sich. Sergej versuchte nicht, ihn daran zu hindern. Nach kurzem Schweigen setzten Sergej und Anton das Gespräch fort. Es ging um den Auftrag, der morgen zu Ende gebracht werden sollte, um Antons Boss, der das Ganze mit eigenen Augen sehen wollte, und dann war schlagartig die nur kurz unterbrochene Unbekümmertheit zurück. Sie lachten, und Sergej setzte sich wieder neben Munroe, strich mit der Fingerspitze über ihre Stirn, schnupperte an ihrem Nacken und setzte all ihren Berechnungen und Überlegungen ein Ende.

Der Drang, ihm einen schmerzhaften Denkzettel zu verpassen, wurde immer mächtiger. »Ich glaube, ich muss mal auf die Toilette«, sagte sie und huschte davon. Wusste genau, dass er ihr folgen würde.

Sie betrat die Damentoilette. Er kam hinter ihr her. Befahl den anderen Frauen, sich zu verziehen, und als sie alleine waren, ließ Munroe sich mit dem Rücken an die Wand sinken und lächelte ihn an. Wäre er nicht so betrunken gewesen, hätte er vielleicht gemerkt, was dieses Lächeln zu bedeuten hatte.

Er beugte sich nach vorne und wollte sie küssen, da rammte sie ihm die Stirn mitten ins Gesicht.

Das Knie in die Lenden.

Mit offenem Mund glitt er an der Wand hinab. Als sie über ihm stand, hatte sie das Messer schon in der Hand.

Um Atem ringend wollte er die Waffe ziehen, die hinten in seinem Hosenbund steckte. Sie stach zu, jagte ihm das Messer bis zum Heft in die Schulter. Seine rechte Hand zuckte und baumelte kraftlos umher. Er versuchte, sie mit der linken zu packen. Sie riss die Klinge nach oben. Durchtrennte Knorpel. Traf auf den Knochen. Versetzte ihm einen kraftvollen Tritt zwischen die Beine. Ließ das Knie gegen sein Kinn schnellen, sodass er mit dem Hinterkopf an die Wand schlug. Draußen vor der Tür ging das Stampfen der Musik und das Dröhnen der Bässe ungerührt weiter.

Sein Blick wurde glasig. Der Alkohol und die Schläge zeigten Wirkung. Sie packte ihn an den Haaren. Zog die Klinge von einem Ohr zum anderen, tief genug, um ihre Blutgier zu stillen, aber nicht tief genug, um ihn umzubringen. Hielt ihm das Messer vor die Augen, damit er die roten Flecken sehen konnte, und wischte es dann an seinem Hemd ab. Richtete sich auf, trat mit einem Schritt über ihn hinweg und verließ die Toilette und den Club, ging hinaus in die Nacht.

Kapitel 45

Munroe ging am Rand des Pfades entlang Richtung Inland, Richtung Hauptstraße, die sie nach Mombasa zurückbringen würde. Sie hielt sich im Schatten, für den Fall, dass einer der anderen Männer so dumm war, sie zu verfolgen. Nach einem Kilometer hielt sie ein Auto an. Bot den drei Insassen an, für die Fahrt zu bezahlen, aber sie lehnten ab. Beim Sentrim Castle ließ sie sich absetzen.

Vom Gäste-PC des Hotels aus loggte Munroe sich in ihr E-Mail-Konto ein und druckte das Originalfoto des Kapitäns noch einmal aus. Dann schrieb sie auf den unteren Rand: *Er kommt zu dir, genau wie versprochen, auf der* Favorita, *die morgen früh einläuft. Wenn du ihn haben willst, schick die zweite Hälfte des Geldes ab, bevor ihr an Bord geht.* Sie schob das Blatt unter Antons Zimmertür hindurch und ging dann zu ihrem eigenen Hotel.

Kaum hatte sie ihren Handywecker gestellt, war sie auch schon eingeschlafen, komplett angezogen. Vor Sonnenaufgang, noch vor dem Wecker, war sie wieder wach und rief den *Hawaladar* an.

»Haben Sie etwas von Khalid oder Joe gehört?«, fragte sie.

»Das Schiff müsste in wenigen Stunden da sein. Wo sind Sie?«

»In Mombasa.«

»Wieso denn das?«

»Ich bin auf der Suche nach Ibrahiin.«

»Haben Sie ihn gefunden?«

»Vielleicht. Haben Sie Ihre Anträge für die Überlassung des Schiffes schon eingereicht?«

»Gestern.«

»Die russische Delegation hat gestern Abend einen Satz Kopien bekommen.«

»Wie bitte?«, sagte er.

Mit bedächtigen, genau abgewogenen Worten schilderte Munroe ihm, was sie beobachtet hatte. Er wollte ihr nicht glauben, argumentierte, beharrte darauf, dass ihre Beobachtungen falsch waren. Sie seufzte und ließ sich mit geschlossenen Augen auf das Bett fallen, legte den Kopf auf das Kissen und suchte in seinen Worten, in seinem Tonfall, zwischen den Zeilen nach Klarheit. Entweder war er ein fantastischer Intrigant, ein Meister der Psychologie und der Täuschung, der seinen Untergebenen geschickt hatte, um ein doppeltes Spiel zu spielen, um sowohl mit ihrer Gefangennahme als auch mit dem Schiff Kasse zu machen, oder er war genauso sehr getäuscht worden wie sie selbst.

»Warum jetzt?«, fragte er. »Und warum so? Die hätten das Schiff doch auch bekommen können, solange es noch in Somalia war.«

»Das Schiff interessiert sie gar nicht.«

»Sie haben mein Büro verwüstet.« Seine Stimme wurde lauter, und in jedem Wort schwang eine tiefe Verbitterung mit. »Sie haben meine Nichte umgebracht, haben mir die Loyalität meines Cousins und eine Unmenge Dokumente gestohlen, die alle mit dieser Sache in Zusammenhang stehen. Also was wollen sie, wenn es nicht das Schiff ist?«

Munroe setzte sich auf, schwang die Beine über die Bettkante und stand auf. Sie befanden sich jetzt mitten im letzten Akt, auf dem Höhepunkt, auf den jeder Augenblick, jede Wendung der vergangenen Wochen zugelaufen war. »Ich habe Ihnen versprochen, dass Sie die *Favorita* bekommen«, sagte sie. »Und ich werde mein Versprechen halten. Aber, Abdi, ich brauche die Dhau.«

»Jetzt?«

»Heute Abend.«

»Wenn Sie mir garantieren, dass ich den Frachter bekomme und dass Sie mit diesen aktuellen Schwierigkeiten fertigwerden, dann können Sie sie haben.«

»Und Sie kommen dann zum Hafen, um sich Ihr Schiff abzuholen.«

»Was ist mit den Russen? Was haben die vor?«

»Diese Frage können Sie besser beantworten als ich«, sagte sie. »Mit welchen Behörden haben sie Kontakt aufgenommen?«

»Mit dem Außenministerium und der Hafenbehörde.«

»Und was sagt Ihnen das?«

»Sie wollen die *Favorita* entführen, aber dieses Mal auf legalem Weg.«

»Die wollen das Schiff nicht«, erwiderte sie. »Sie wollen es nur betreten.«

»Nur ein Dummkopf würde so viel Mühe auf etwas verwenden, was so leicht zu erreichen ist.«

»Sie wollen an Bord gehen, bevor der Einlauf des Schiffes offiziell bestätigt ist, vor der Inspektion der Hafenbehörde. Sie wollen es betreten und wieder verlassen, ohne dass jemand kontrollieren kann, was sie mitbringen oder mitnehmen.«

»Ich verstehe«, sagte er, doch in seiner Stimme schwangen Unsicherheit und eine Menge ungestellter Fragen mit.

»Kommen Sie zum Anleger in Mombasa«, sagte sie. »Bringen Sie einen zweiten Wagen und einen zweiten Fahrer mit – und ganz egal, was Sie mit Ihrem Cousin, diesem Ibrahiin, vorhaben, sehen Sie zu, dass er heute keinerlei Informationen mehr bekommt.«

»Ganz sicher«, erwiderte der *Hawaladar*, aber es klang äußerst düster und sehr nach ›todsicher‹.

Als die Sonne über den Horizont kletterte, verließ Munroe ihr Zimmer, nahm ein Taxi zum Hafen und ging zu Fuß zur Mole. Auf dem betonierten Anleger, der das Meer von den dahinter stehenden, zwei- bis dreigeschossigen Gebäuden trennte, türmten sich Frachtcontainer. Die Hitze des Morgens hatte sich bereits eingestellt, und in der Ferne, wo die Arbeit längst begonnen hatte, luden Hafenarbeiter große Stoffballen auf bereitstehende Lastwagen.

Sie hielt sich im Schatten. Bewegte sich, wie alle anderen Lebewesen auch, nur langsam durch die schweißtreibende, feuchte Hitze, machte sich mit den Hafengebäuden und den Niederlassungen der staatlichen Behörden vertraut. Als sie alles gesehen hatte, was sie sehen musste, und sich einigermaßen sicher war, in welchem Teil des Hafens die *Favorita*, ausgehend von ihrer Größe und ihrer Ladung, festmachen würde, besorgte sie sich bei einem Straßenhändler Wasser und etwas zu essen und setzte sich in den Schatten, um ein wenig zu dösen. Erst als ein Konvoi mit insgesamt sechs Autos an ihr vorbeibrauste, erwachte sie aus ihrem Hitzekoma.

Vier Männer stiegen aus den beiden letzten Wagen. Drei von ihnen gehörten zu der russischen Delegation. Ihre Gesichter waren eingefallen, ihre Körperhaltung wirkte angespannt, ganz anders als gestern Abend noch, als sie mit ihnen gemeinsam gelacht und getrunken hatte. Alle trugen Waffen am Körper, gut versteckt, aber dennoch deutlich sichtbar, Maschinenpistolen ebenso wie etliche Handfeuerwaffen.

Sergej war nicht dabei, wie sie mit einem Hauch Befriedigung feststellte. Außerdem verriet die Körpersprache der drei, dass sie gegenüber dem vierten Mann Ehrerbietung und Furcht empfanden. Dieser Mann, eine breitschultrige und imposante Erscheinung, war Munroes Zielperson, Alexej Petrow. Er sah älter, aber dafür gesünder aus als auf den Fotos, die sie kannte. Er zeigte aufs Meer hinaus und gab Anweisungen, die sie nicht hören konnte.

Die Ankunft der Delegation war das Signal, dass die *Favorita* nicht mehr weit sein konnte. Munroe nahm über das Funkgerät Kontakt mit Amber auf und wartete, bis das Satellitentelefon hochgefahren war.

Jetzt stiegen aus den vorderen Fahrzeugen acht weitere Männer aus. Die meisten trugen Anzüge und Krawatten. Munroe versuchte, anhand der Kleidung und des Auftretens Regierungsbeamte von Leibwächtern und Fahrern zu unterscheiden, und zählte genau zwei Männer mit einer gewissen Autorität. Wahrscheinlich hatte jede Behörde, die von den Russen angesprochen worden war, einen Repräsentanten entsandt. Die beiden Grüppchen vermischten sich, man schüttelte sich die Hand und redete ein bisschen, bis sich alle auf den Weg zu einem freien Liegeplatz machten. Hinter ihnen, fast unauffällig im Gegensatz zu der großen Gruppe, rollte das Auto des *Hawaladar* zum Anleger: allesamt Geier, die das sterbende Tier umkreisten, mit klar ersichtlichen Wünschen und einer definierten Hackordnung.

Außerdem trafen jetzt ein Polizeitransporter und zwei Streifenwagen ein. Zehn Uniformierte, eindeutig schlechter bewaffnet als die Russen, gesellten sich zu dem Begrüßungskomitee und unterstrichen damit die warnenden Worte des *Hawaladar*, der gesagt hatte, dass die Besatzung sofort bei Ankunft des Schiffes verhaftet werden sollte.

Nun, da alle Mitspieler versammelt und die Waffen gezählt waren, da die Strategie feststand, rief Munroe das Satellitentelefon an. »Hier steht eine komplette Abordnung auf dem Anleger. Sobald das Schiff angelegt hat, sollt ihr alle festgenommen werden«, sagte sie.

»Na, herrlich«, erwiderte Amber. »Was haben wir denn dieses Mal verbrochen?«

»Vermutlich Waffenschmuggel.«

»Das meiste haben wir schon über Bord geworfen, und wenn es sein muss, können wir den Rest auch noch entsorgen.«

In der Ferne waren bereits schemenhaft die Umrisse der *Favorita* zu erkennen, die langsam, sehr langsam größer wurden. Bis sie festgemacht hatte, würde es vielleicht noch eine halbe Stunde dauern. Von der Dhau war weit und breit nichts zu sehen, und das war ein gutes Zeichen. Das bedeutete, dass zumindest Joe sich an die Absprache gehalten hatte.

»Sie würden euch so oder so verhaften«, meinte Munroe.

»Aber wieso? Wenn sie nichts finden können?«

»Ach, irgendwas finden sie garantiert«, erwiderte Munroe. »Sie brauchen einen Grund, um euch aus dem Weg zu schaffen. Und wenn ihr erst einmal in den Fängen der kenianischen Behörden seid, lassen sie euch so schnell nicht mehr weg. Es würde eine Menge Geld und monatelange Kämpfe kosten, bis ihr eure Unschuld bewiesen habt. Ist es dir das wirklich wert?«

Amber seufzte. »Du hast doch immer eine Lösung im Ärmel, Michael. Ich weiß genau, dass du nicht nur angerufen hast, um mir eine schlechte Nachricht zu überbringen.«

»Ich schätze, das ist jetzt der Moment, wo die Gefahr besteht, dass wir gegen eine Wand laufen«, erwiderte Munroe. »Jetzt ist der Zeitpunkt gekommen, wo wir den Kapitän gegen die Freiheit eintauschen müssen.«

»Das funktioniert?«

»Diese Leute wollen nichts anderes als ihn. Allerdings handelt es sich um bewaffnete, ausländische Militärs. Das bedeutet, dass ihr direkt ins Gefängnis wandert, sobald sie ihn mitgenommen haben. Wir können sie austricksen, aber nur, wenn wirklich alle an Bord mitmachen. Und das erreichst du wahrscheinlich am schnellsten, wenn du sie einen Blick auf das Begrüßungskomitee werfen lässt.«

»Darum kümmere ich mich«, sagte Amber. »Sag mir einfach, was ich wissen muss.«

»Also gut«, meinte Munroe. »Hol Victor her und besorg dir was zu schreiben.«

Munroe hielt sich auch weiterhin im Schatten, bis das Schiff bereits auf den Liegeplatz zusteuerte und die Wartenden auf der Mole unruhig wurden. Zweimal ging der *Hawaladar* von seinem Wagen ins Büro des Hafenmeisters und wieder zurück, und jedes Mal schielte er auf dem Rückweg in Munroes Richtung, nur kurz und verstohlen, fast unwillkürlich.

Munroe wählte Antons Handynummer. Die hatte sie gestern Abend noch Sergej entlockt. In der Ferne sah sie ihn seine Taschen durchwühlen, bis er das Telefon in der Hand hatte und auf die unbekannte Nummer im Display starrte. Munroe sagte: »Nikola ist hier, wie versprochen.«

»Was willst du von mir?«, erwiderte er.

Sie überhörte seinen spöttischen Tonfall. »Ich habe meinen Teil der Verabredung eingehalten«, sagte sie. »Es wird Zeit, dass Sie bezahlen.«

Er blickte sich um, nach rechts, nach links, nach hinten. »Ich habe keine Garantie, dass Nikola wirklich auf dem Schiff ist«, sagte er. »Du bekommst dein Geld, sobald wir ihn haben.«

»Wir hatten eine Vereinbarung: die eine Hälfte im Voraus, die andere bevor Sie an Bord gehen. Wenn Sie ihn wirklich haben wollen, müssen Sie sofort bezahlen.«

»Unsere Vereinbarung hat sich geändert«, sagte er.

»Das ist ein Fehler.«

Anton streckte die Arme weit aus und drehte sich einmal um die eigene Achse, lockte sie, lud sie ein, es mit ihm aufzunehmen, und sagte dann lächelnd, fast schon lachend: »Du hast schon genügend Geld bekommen. Mehr gibt es nicht.«

»Wenn Sie nicht bezahlen, kriegen Sie ihn auch nicht«, sagte sie und legte auf, bevor er etwas erwidern konnte. Steckte das Telefon wieder ein.

Anton blickte erneut die Mole entlang, dann beugte er sich zu Petrow hinüber und sagte etwas, woraufhin beide lachten und sich der *Favorita* zuwandten. Gerade war die Besatzung dabei, die Leinen auszuwerfen, damit die Dockleute sie festmachen konnten.

Die Gangway wurde ausgefahren, und als die Metallstreben endlich auf dem Beton aufschlugen, eilte die Delegation geschlossen vorwärts, während die Besatzung an Bord sich in alle Richtungen zerstreute. Die Polizisten verteilten sich auf der gesamten Länge der Mole.

Munroe stand auf. Klopfte sich den Staub von der Hose und schlenderte in Richtung Frachter.

Als sie bei der *Favorita* eintraf, waren die vier russischen Delegationsmitglieder längst auf dem Schiff und nicht mehr zu sehen. Die Behördenvertreter und ihre Begleitung waren auf der Mole geblieben und bildeten eine kostspielige Barriere, falls irgendein niederrangiger Aktenknecht auf die Idee kommen sollte, die zahlreichen Verstöße gegen Vorschriften und Gesetze zu beanstanden. Munroe näherte sich mit immer schnelleren Schritten der Gangway. Zwei Polizisten stellten sich ihr in den Weg. »Tut mir leid, aber ich bin spät dran«, stieß sie schnaufend hervor und versuchte, sich an ihnen vorbeizuschieben.

Einer der Uniformierten legte ihr die Hand auf die Schulter und stieß sie ein Stück zurück. Munroe stolperte auf die Behördenvertreter zu und wandte sich an den Mann im Anzug. Angst und Verwirrung zeigten sich in ihrem Gesicht. Die Anweisung lautete, dass Antons Männer Zugang zum Schiff erhalten sollten und niemand von Bord gehen durfte. Aber da gab es eine Grauzone. »Anton wartet auf mich«, sagte sie. »Und er ist schon ziemlich wütend, weil ich spät dran bin.«

Die Reaktion bestand in einem allgemeinen, unsicheren Zögern, also spielte Munroe ihnen die demütige Bittstellerin vor. Sie streckte ihr Telefon einem kleinen, dicklichen Mann hin, den sie im Lauf ihrer Beobachtungen als wichtigsten Regierungsrepräsentanten identifiziert hatte, und sagte: »Bitte, Sir, rufen Sie Anton an, wenn es sein muss. Ich bin spät dran, und er ist sehr wütend. Bitte rufen Sie ihn an.«

Damit stellte sie vor versammelter Mannschaft seine Autorität in Frage. Der Mann, der sein Ego und sein Gesicht wahren wollte, hob die Hand und winkte den Polizisten mit zwei Fingern zu. Sie machten Platz, und Munroe bedankte sich unterwürfig und hastete an Bord.

Das Deck war leer. Sie betrat ein Geisterschiff ohne Besatzung. Anton und Petrow stiegen gerade die Leiter zur Brücke hinauf, immer zwei Sprossen auf einmal nehmend, und waren bereits auf der vierten Ebene angelangt. Sergejs Kollege hatte sich mit gezogener Waffe am unteren Ende der Leiter postiert. Der vierte Mann war nicht zu sehen. Wahrscheinlich bewachte er andere Ausgänge, um zu verhindern, dass sich irgendjemand ungesehen von Bord schleichen konnte.

Munroe huschte geduckt am Lukensüll von Frachtraum eins entlang und suchte die Einstiegsluke. Sie stand offen. Genau darum hatte sie Amber gebeten. Sie stieg hinab in die Dunkelheit, spürte bei jeder falschen Bewegung ein höllisches Stechen durch ihren gesamten Körper zucken, kletterte über Reissäcke an der Bordwand entlang in Richtung achtern. Grub das Gewehr und die Munition aus, die sie dort vor dem Verlassen des Schiffs versteckt hatte. Stopfte sich die Ersatzmagazine in den Hosenbund und schlang das Gewehr über die Schulter. Dann stieg sie wieder nach oben. Versteckte sich hinter einem Stützfuß des Deckkrans und zählte die Sekunden, bis Anton den nächsten Schritt machte.

Kapitel 46

Es dauerte keine Minute, bis Anton und Petrow zum Ruderhaus herausgerannt kamen und die Leiter herabstürmten. Auf jedem Absatz blieben sie stehen und versuchten, die Luken zu öffnen, und jedes Mal mussten sie unverrichteter Dinge weiterjagen. Ihre Rufe, die dem Mann am unteren Leiterende galten, hallten über das gesamte Schiff. Sie mussten unbedingt in den Turm gelangen. Der Kapitän war gewarnt worden, da führten womöglich Leinen vom Schiff an Land, er hatte einen anderen Ausweg gefunden.

Sie erreichten das Hauptdeck, brachen durch die schwächlich konstruierte Türfüllung des einzigen Zugangs, der sich öffnen ließ, und hatten nicht den geringsten Zweifel, dass das, was man ihnen auf der Brücke erzählt hatte, die Wahrheit war. Genau das hatte Munroe erreichen wollen, als sie Anton immer wieder gedrängt hatte, die zweite Hälfte des Geldes zu überweisen. Damit hatte sie ihn konditioniert. Mit schussbereiten Waffen sicherten sie den Zugang. Drangen ins Innere ein.

Munroe erhob sich aus ihrem Versteck und huschte von Süll zu Süll, immer den vierten Mann im Hinterkopf. Dann rannte sie das letzte Stück bis zum Turm. Kam zu der Tür, ohne den letzten Gegner zu sehen, und glitt ebenfalls in den Bauch des Geisterschiffes. Suchte den Weg, den auch die Russen aller Wahrscheinlichkeit nach genommen hatten, immer an der Wand entlang, hinunter auf das Unterdeck. Dort schwenkte sie in einen anderen Gang ein, damit sie sich von hinten nähern und ihnen in den Rücken fallen konnte.

Victor war dicht hinter ihr. Sie erkannte ihn daran, wie er sein verletztes Bein nachzog, an seinem Atem, seinem Geruch. Blieb kurz stehen, damit er aufholen konnte. Deutete nach oben: Einer war immer noch draußen. Er nickte und redete mit den Händen: Marcus und Khalid hatten sich an seine Fährte geheftet. Er gab ihr die Neun-Millimeter, die sie hatte liegenlassen, und sie gab ihm das Gewehr und die Ersatzmunition. Dann ging sie weiter, schneller als bisher, mit ihm als Rückendeckung. Huschte noch eine Leiter hinunter, durch einen Gang, Richtung Maschinenraum.

Blieb vor einer offenen Kabinentür stehen.

Sie hörte Stimmen und leises Klirren, Waffen, die von einer Hand in die andere genommen wurden. Es klang nervös und unsicher. Unterdrückte Stimmen und schwer verständliches Gemurmel deuteten an, dass sich dort viel zu viele Menschen auf viel zu engem Raum gegenüberstanden. Natans Stimme war lauter als die der anderen. Er sprach also in ihre Richtung, und das bedeutete, dass die Russen, wenn sie einigermaßen abgelenkt und zahlenmäßig unterlegen waren, mit dem Rücken zur Öffnung stehen mussten.

Jetzt kam auch Amber dazu, zusammen mit einem Besatzungsmitglied, und stellte sich hinter Victor. Mit Natan und seinen Männern waren sie den Russen im Verhältnis drei zu eins überlegen. Munroe warf noch einen letzten Blick nach hinten und nickte. Glitt geschmeidig und lautlos durch die Türöffnung. Drückte Anton die Mündung ihrer Pistole an die Schläfe, noch bevor er ihre Anwesenheit überhaupt registriert hatte.

Petrow warf ihr einen Blick zu. Seine Miene war ausdruckslos, undurchdringlich. »Den hier brauche ich nicht«, sagte Munroe zu ihm. »Bist du bereit, ihn zu opfern, während du dir überlegst, was du als Nächstes tun sollst?«

In winzige Sekundenbruchteile zerlegt, erzählte jede seiner

Bewegungen, jedes Blinzeln, jeder Atemzug eine Geschichte, verkündete laut und deutlich, was er vorhatte. Und als sein Abzugsfinger schließlich zuckte, richtete Munroe die Waffe auf Petrows Arm und drückte ab.

Der Schuss dröhnte ohrenbetäubend durch die enge Kabine, und Munroe jagte ihm eine weitere Kugel ins Knie. Zwei Schüsse, keine zwei Sekunden. Er brüllte, seine Beine gaben nach, und er schwang die Waffe in ihre Richtung. Munroe drückte ihm ihre Pistole an die Stirn. Die Schüsse klingelten noch in ihren Ohren, darum sprach sie laut und deutlich, damit er sie auch wirklich verstand: »So, wie es aussieht, bleibe ich am Leben. Aber wenn ich das nächste Mal abdrücke, bist du tot.«

Der ganze Raum erstarrte, alle überlegten, zögerten. Anton ließ seine Waffe sinken. Sergej zwei tat es ihm nach. Victor nahm sie ihnen ab. Petrow hob den Blick und sah sie an. Natan nutzte die Gelegenheit, um ihm mit dem Gewehrkolben ebenfalls die Waffe aus der Hand zu schlagen. »Man hat dir doch gesagt, dass du zahlen sollst, bevor du an Bord gehst«, sagte sie. »Du hättest besser zuhören sollen.«

Als die Mündung ihrer Pistole wieder auf Antons Kopf gerichtet war, nickte Munroe Natan zu. »Wir haben hier alles im Griff. Aber oben ist noch einer von denen.«

Natan zog ab, zusammen mit seinem kleinen Trupp, während Amber und Victor und die anderen Besatzungsmitglieder sich um die Russen scharten. Munroe drückte den Lauf ihrer Waffe auf Petrows Oberschenkel. »Ich brauche dich zwar lebend«, sagte sie, »aber nicht am Stück. Und ich habe noch sieben Patronen übrig. Also, wie lautet die Abmachung, sobald ihr das Schiff wieder verlassen wollt?«

Petrow starrte sie wütend an. Er zitterte am ganzen Körper und glitt an der Wand hinab. Als ihr Finger sich um den Abzug krümmte, antwortete Anton für ihn.

Exakt fünfzehn Minuten, nachdem sie an Bord gegangen war, begleitete Munroe Anton auf seinem Weg über das Hauptdeck. Sie ging ein kleines Stück hinter ihm her, damit es so aussah, als hielte sie respektvollen Abstand. In Wirklichkeit wollte sie nur die Waffe verstecken, die direkt auf sein Rückgrat gerichtet war, während sie über die Gangway zu den wartenden Offiziellen gingen.

Munroe achtete darauf, locker und möglichst ruhig zu wirken. Grinsend beugte sie sich nach vorne und flüsterte Anton ein »Entspann dich« ins Ohr. Unten angekommen streckte Anton dem untersetzten Mann die Hand entgegen. Er wirkte viel verkrampfter, als ihr lieb war, aber ihr war klar, dass sie nicht mehr erwarten konnte.

»Ich möchte mich hiermit in aller Form bei Ihnen entschuldigen«, sagte er. Seine Stimme klang übertrieben förmlich. »Unsere Informationen waren falsch. Das ist nicht das Schiff, das wir erwartet haben.«

Die Behördenvertreter schwiegen für einen Augenblick. Vielleicht waren sie enttäuscht darüber, dass sie keine Show, keine Aufregung und auch keine Schmuggelware bekommen würden, die sich auf dem Schwarzmarkt zu Geld machen ließ. Der untersetzte Mann sagte: »Keine Waffen?«

»Doch, die Waffen gibt es sehr wohl«, schaltete Munroe sich ein und versetzte Anton einen leichten Stups von hinten.

»Das ist richtig«, sagte er gekünstelt und steif. »Aber dies hier ist das falsche Schiff. Wir werden eine Untersuchung einleiten, wie es zu diesem Irrtum kommen konnte, und uns erneut mit Ihnen in Verbindung setzen, sobald wir sicherere Erkenntnisse gewonnen haben.«

»Unser Team wird sich unverzüglich zurückziehen«, warf Munroe ein und versetzte Anton erneut einen Stoß.

»Ja«, sagte er. »Und wir danken Ihnen für Ihre großzügige Unterstützung in dieser schwerwiegenden Angelegenheit.

Aber leider gibt es für Ihre Polizeibeamten hier und heute nichts zu tun. Das ist sehr bedauerlich.«

Die Frage nach der Bezahlung lag unausgesprochen in der Luft, und Munroe, die nicht riskieren wollte, dass Anton vom Drehbuch abwich, sagte: »Wir werden uns mit Ihrer Behörde in Verbindung setzen und dafür sorgen, dass unser Teil der Abmachung in vollem Umfang eingehalten wird.«

Anton nickte. Obwohl seine Miene Zweifel und seine Körperhaltung deutlich sichtbar Ärger ausdrückte, schüttelte der untersetzte Mann Anton erneut die Hand. Munroe und Anton verharrten auf der Gangway. Sie wollte so lange stehen bleiben, bis die Polizisten wieder auf dem Weg zu ihren Fahrzeugen waren. Erst dann brachte sie Anton zurück an Bord, in eine fensterlose Kabine, wo eventuelle Schüsse – falls sie gezwungen sein sollte, zu schießen – möglichst gedämpft wurden.

Seine Kumpane hatten sich bereits bis auf die Unterwäsche, Socken und Schuhe ausgezogen, und Munroe forderte Anton auf, es ihnen gleichzutun. Victor reichte ihr die Reisepässe, die er eingesammelt hatte. Sie ließen die gefesselte und geknebelte russische Delegation in der Kabine zurück und verriegelten die Tür von außen. Munroe sah sich kurz ihre Handys und Portemonnaies an, bevor sie sie beiseitelegte. Ihnen blieb nur ein schmales Zeitfenster, um ihr Vorhaben zu Ende zu bringen. Der Rest konnte warten.

Die Besatzung, die sich im Gang versammelt hatte, sah schweigend zu, wie Munroe die Reisepässe durchblätterte, die Fotos betrachtete und dann den dreien, die die größte Ähnlichkeit mit den Abgebildeten aufwiesen, einen Pass und einen Satz Kleider in die Hand drückte. Schließlich gab sie einem vierten Mann Sergejs Reisepass. Eine zusätzliche Verkleidung war nicht nötig – sie würden das Land ja mit ihren eigenen Papieren verlassen. Sollte doch einer der Offiziellen noch beim Schiff geblieben sein, wusste er ohnehin nicht mehr genau, wer wer war bei der russischen Delegation – Bestechlichkeit in ihrer reinsten Form. Das Ganze war nur Theater: Die Männer, die an Bord gegangen waren, verließen den Frachter wieder. Eine Vorsichtsmaßnahme, die dazu diente, genauere Untersuchungen zu unterbinden. Den Rest der Besatzung würde sie nach Einbruch der Dunkelheit vom Schiff schaffen.

Mit Petrows Reisepass in der Hand ging sie zu der immer noch bewachten Kabine des Kapitäns. Bei ihrem Eintreten legte er verwundert das Gesicht in Falten. Dann überreichte sie ihm den Pass. »Ich habe dir einen Vorsprung verschafft. Du hast die Möglichkeit, noch einmal unterzutauchen«, sagte sie. »Mach damit, was du willst.«

Der Kapitän blätterte den Reisepass durch, schlug die Seite mit den persönlichen Angaben auf und betrachtete ausführlich Alexej Petrows Passfoto. Langsam schlich sich ein düsteres Lächeln auf sein Gesicht, eine unverstellte, triumphierende Häme, die sein wahres Ich offenbarte.

Munroe wandte sich angewidert ab.

Dadurch, dass sie ihre Versprechen eingehalten hatte, um den unverdienten Tod eines jungen Mannes zu rächen, dadurch, dass sie Amber den Mann zurückgegeben hatte, den sie liebte, dadurch, dass sie ihr Gewissen von sämtlichen Pflichten befreit hatte, war sie mitten zwischen zwei Männer geraten, die durch eine gemeinsame persönliche, vielschichtige und ausgesprochen hässliche Geschichte miteinander verbunden waren. Und jetzt sah es so aus, als hätte sie dadurch, dass sie ihren Teil der Abmachung eingehalten hatte, dem Teufel die Freiheit geschenkt.

»Du hast seinen Pass«, sagte der Kapitän. »Das bedeutet, dass Alexej in Kenia ist.« Er lächelte erneut. In seiner Stimme lag eine leise Hoffnung. »Ist er tot?«

Munroe gab keine Antwort. Wollte ihm nicht verraten, was unter Deck vorgefallen war oder was als Nächstes passieren würde. Für den Kapitän war Petrow das entscheidende Hindernis auf seinem Weg in die Freiheit gewesen. Also, bitte, jetzt hatte er freie Bahn. Jetzt konnte er fliehen, sich verstecken und Phantome jagen, bis er sich die Ereignisse irgendwann selbst zusammenreimen konnte.

Munroe machte die Tür auf. Auf der Schwelle blieb sie stehen. Ein Kapitän, der sein Schiff und seine Besatzung im Stich ließ, war etwas durch und durch Schändliches, aber durch diese letzte Charakterlosigkeit würde sie ihn endlich loswerden. »Du hast zehn Minuten, um dich anzuziehen und fertig zu machen«, sagte sie. »Danach kann ich für deine Sicherheit nicht mehr garantieren.«

Munroe ging gemeinsam mit der neuen Delegation von Bord und geleitete sie zu ihren wartenden Autos. Die geborgten Papiere und die Hotelzimmer boten ihnen genügend Möglichkeiten, um die Nacht zu überstehen, sich nach Nairobi durchzuschlagen und ihre Botschaften zu verständigen.

Sie starrte den langsam kleiner werdenden Fahrzeugen hinterher, und als sie endlich verschwunden waren, rief sie den *Hawaladar* an. Gemeinsam suchten sie das Büro der Hafenmeisterei auf, erkauften sich etwas Zeit und eine zeitlich begrenzte Loyalität.

Das Team an Bord wartete bis Einbruch der Dunkelheit. Dann hatten ein paar Geldscheine den Besitzer gewechselt, und sie konnten den Rest der Besatzung von Bord schaffen. Marcus und Khalid legten Leo auf eine improvisierte Trage und brachten ihn zum Wagen des *Hawaladar*, während Amber den erblindeten Zweiten Offizier am Arm die Gangway hinunterführte. Munroe bat den Fahrer, ins Aga Khan Hospital zu fahren. Wenn den beiden Männern überhaupt noch geholfen werden konnte, dann dort.

Amber setzte sich auf den Beifahrersitz. Munroe stand neben ihr und streckte die Hand nach ihr aus. Amber stieg noch einmal aus und umarmte Munroe. Flüsterte: »Vielen Dank, Michael«, und umfasste Munroes Hände zu einem Abschiedsgruß, der vielleicht gar kein Abschiedsgruß war.

Munroe küsste sie auf die Stirn und trat ein Stück zur Seite, um einen Blick ins Wageninnere zu werfen. Leo sah sie an und hielt ihrem Blick ein, zwei Sekunden lang stand, dann deutete er mit den Fingerspitzen einen militärischen Gruß an – mehr Dank hatte sie von seiner Seite vermutlich nicht zu erwarten.

Sie wandte sich ab und lächelte. Dann sagte sie zu Amber: »Ich brauche das Schlauchboot. Ich bezahle dir das, was du auch dafür bezahlt hast.«

»Das würdest du tun?«

»Nicht, um dir einen Gefallen zu tun.«

»Dann gehört es dir.«

»Sieh morgen oder übermorgen mal auf deinem Geschäftskonto nach. Ich überweise dir das Geld.«

»Danke«, erwiderte Amber, aber Munroe winkte ab. Schon auf dem Weg zur Gangway sagte sie: »Wie gesagt, ich will dir keinen Gefallen tun.«

Den Gefallen tat sie ihr mit dem Betrag, der den Preis für das Boot überstieg, und den sie ihr – dank der großzügigen Unterstützung durch Anton und Alexej Petrow – gleich mit überweisen würde. Das Geld würde reichen, um die Ausgaben für die medizinische Versorgung ebenso zu decken wie die Verluste durch die verlorene Ausrüstung. Amber würde wieder schwarze Zahlen schreiben.

Vor der somalischen Küste, südlich von Garacad

Munroe lehnte an der Reling und sah zu, wie Marcus und Natan das Schlauchboot von der Dhau aus zu Wasser ließen, um anschließend die russischen Gefangenen, die immer noch lediglich Unterwäsche und Socken trugen, mit vorgehaltener Waffe zum Umsteigen in das Boot zu zwingen. Sergej, mit seinem Kratzer an der Kehle und der kaputten Schulter, hatte Glück gehabt. Er war gar nicht erst mit zum Hafen gekommen und daher auch nicht gefangen genommen worden.

Der Wind wurde stärker, und die See wurde rauer. Mit einem Blick in den Himmel stellte Munroe fest, dass die Sonne den Zenit bereits überschritten hatte. In rund vier Stunden würde sie untergehen.

Petrow, der durch seine Verletzungen relativ unbeweglich war, ging als Letzter von Bord. Er stürzte eher in das Schlauchboot, als dass er kletterte. Als er schließlich einen Platz gefunden hatte, reichte Natan ein Paar Paddel nach unten. Munroe ließ mehrere Wasserflaschen folgen, und dann stießen Natan und Marcus, trotz der immer lauter werdenden Protestschreie der Gefangenen, das Boot von der Dhau ab.

Im Tank war genügend Benzin, um sie bis ans Ufer zu bringen, und falls sie sich für die andere Richtung entscheiden sollten, sogar noch ein Stückchen weiter. Mit den Paddeln konnten sie die Strecke noch zusätzlich verlängern, falls sie tatsächlich geplant hatten, an Wassermangel, Hunger und der Hitze einzugehen.

Victor wartete, bis das Schlauchboot etliche hundert Meter entfernt war und die Dhau das offene Meer ansteuerte, dann schoss er eine Leuchtrakete in den Himmel. Irgendwo an der Küste saß – auf Vermittlung des *Hawaladar* – ein Bote und wartete auf dieses Signal. Er gehörte zu einer Gruppe von Männern, die nicht viel von Russen hielten und ausgesprochen gerne ein paar wertvolle Geiseln in ihre Obhut nahmen. Dafür vergaßen sie, dass ihnen ein altes, heruntergekommenes Schiff entwendet worden war. Im Gegensatz zur Besatzung der *Favorita* würden diese Geiseln höchstwahrscheinlich ein Lösegeld einbringen. Vielleicht auch nicht. Das musste man abwarten. Jedenfalls verschafften ihr das Schicksal der russischen Delegation und der Erfolg ihrer Strategie, die sie so viele Züge im Voraus ersonnen hatte, eine Befriedigung, die ungleich größer war, als wenn sie Samis Tod einfach nur mit einer Reihe von Morden gerächt hätte.

In der Ferne sah sie, wie die Männer im Schlauchboot sich um die Paddel zankten.

Sie flüsterte »schachmatt« und wandte sich ab.

Die Dhau hatte Kurs nach Norden genommen, ausgestattet mit den russischen Waffen, die sie in kenianischen Gewässern von der *Favorita* auf die Dhau geschafft hatten. Sie waren gerüstet für den Fall, dass ihr kleines Boot das Interesse von Piraten wecken sollte. Ihr Plan war, nach Dschibuti zurückzukehren, wo die Überlebenden aus Leos Team die Fahrzeuge und die Vorräte verkaufen, die Operation endgültig abschließen und anschließend ihrer Wege gehen konnten.

Munroe ließ Victor stehen und ging zum Bug, ließ sich die salzige Meeresluft um die Nase wehen. Er kam ihr nach und stellte sich neben sie, folgte ihrem Blick, der aufs offene Meer gerichtet war. Er legte ihr den Arm um die Schultern, und sie seufzte, ließ eine Nähe zu, die er niemals gesucht hätte, wenn er sie noch für einen Mann gehalten hätte. »Und du?«, fragte Victor. »Wo gehst du hin?«

Munroe hob den Blick, deutete auf die Sonne und beschrieb mit dem Zeigefinger einen Bogen nach Westen. »Ich reite in den sprichwörtlichen Sonnenuntergang.«

Danksagung

Das Schreiben ist eine einsame Angelegenheit, ganz im Gegensatz zu dem Prozess, der schließlich zur Veröffentlichung eines Buches führt. Ich kann mich glücklich schätzen, dass ich dabei Menschen um mich habe, die mich sehr viel klüger wirken lassen, als ich in Wirklichkeit bin. Allen Mitarbeitern von Crown Publishers – der Öffentlichkeitsarbeit, der Werbung, des Vertriebs, der Lizenzabteilung, der Herstellung, der Hörbuchproduktion, der Grafik und vielen anderen – euch allen, die ihr euch wegen mir solche Mühe gegeben habt, sage ich: Vielen Dank!

Ein besonderer Dank gebührt meiner Lektorin Christine Kopprasch. Nicht nur dafür, dass sie ihre unglaublichen Fähigkeiten, ihre gesamte, wundervolle Einzigartigkeit in meinen Dienst gestellt hat, sondern auch dafür, dass sie es klaglos hingenommen hat, als diverse Reisen und Termine eine fristgerechte Abgabe verhinderten und ich nur achtzig Prozent des Manuskriptes abliefern konnte. Also haben wir, unter enormem Zeitdruck, immer abwechselnd gearbeitet, haben Schreiben und Lektorat zu einem einzigen Prozess verwoben. Und gemeinsam haben wir es tatsächlich geschafft, fertig zu werden. Sogar *rechtzeitig*! Eins zu null für Team Christine!

Für meine Agentin Anne Hawkins empfinde ich große Zuneigung und Dankbarkeit. Ohne sie hätte ich niemals eine Karriere als Schriftstellerin begonnen, wahrscheinlich wäre mir nicht einmal meine geistige Gesundheit erhalten geblieben. Anne ist das Beste, was mir in der Buchbranche je passiert ist: Sie ist meine Fürsprecherin, meine Vertraute und Freundin geworden, und ich bin jeden Morgen aufs Neue dankbar dafür, dass sie mir den Rücken stärkt.

Außerdem möchte ich mich bei Kapitän Max Hardberger bedanken, einem Mann, der mit allen Wassern gewaschen ist, der sich vor niemandem, und ich meine wirklich *vor niemandem* fürchtet. Ohne ihn hätte es diese Geschichte niemals gegeben, oder wenn, dann wäre es eine vollkommen andere Geschichte geworden. Er ist einer der faszinierendsten Menschen, die ich je kennengelernt habe, und ich fühle mich geehrt, dass er mir seine Zeit, seine Großzügigkeit und seine Freundschaft geschenkt hat. All die vielen richtigen Details im Zusammenhang mit dem Meer, mit Schiffen, der Schifffahrtsindustrie, dem internationalen Seerecht und sogar einige Abschnitte über Somalia habe ich nur ihm zu verdanken. Die Fehler gehen ganz allein auf mein Konto. Falls ihr Interesse habt, nur einige wenige Geschichten aus dem Leben dieses unglaublichen Mannes zu hören, dann werdet ihr in folgendem Buch fündig: *Geentert, gekapert, gerettet: Der abenteuerliche Kampf eines Kapitäns, der gestohlene Schiffe zurückerobert.* Es ist fantastisches Lesefutter. Ich lege es euch dringend ans Herz.

Mein Dank gilt außerdem Abukar Abraham, Sprachwissenschaftler, Pädagoge und Sprachprüfer aus Atlanta. Er hat die somalischen Wörter und Sätze geprüft und bei Bedarf korrigiert (www.somalitranslator.com).

Und auch bei meiner Familie möchte ich mich bedanken, dafür, dass sie meine langen Schweigephasen erduldet und es nicht persönlich nimmt, wenn ich monatelang von der Bildfläche verschwinde oder ganz nervös werde, wenn ich Sätze zu hören bekomme wie: »Wir sollten mal einen Kaffee trinken, wenn du Zeit hast.« Ebenso bei meinen Kindern, die mich widerwillig tun lassen, was ich tue. Ich verspreche euch, dass es euch eines Tages sehr viel beeindruckender vorkommen wird als jetzt. Und hoffentlich habt ihr bis dahin vergessen, dass ihr mich überwiegend im Schlafanzug zu Gesicht bekommen habt.

Mein letzter Dank gilt meinen Fans – ganz besonders denen, die mich bei www.taylorstevensbooks.com/connect.php angesprochen haben. Ihr schenkt mir Tag für Tag eure Zuneigung, Unterstützung und Ermutigung. Ich danke euch allen.

Nur ihr macht es möglich, dass ich das machen kann, was ich mache.

Taylor Stevens

Ihre Kindheit war rastlos. Weil ihre Eltern Mitglieder des »Kinder Gottes«-Kults waren, wuchs Taylor Stevens an ständig wechselnden Orten auf der ganzen Welt auf – oft getrennt von ihrer Familie. Mit zwanzig gelang ihr der Ausbruch aus der Sekte. Heute lebt sie mit ihren zwei Kindern in Dallas und schreibt an der Fortsetzung ihrer international erfolgreichen Mission-Munroe-Serie.

Außerdem von Taylor Stevens bei Goldmann lieferbar:

Mission Munroe. Die Touristin. Thriller (auch als E-Book erhältlich)
Mission Munroe. Die Sekte. Thriller (auch als E-Book erhältlich)
Mission Munroe. Die Geisel. Thriller (auch als E-Book erhältlich)

GOLDMANN
Lesen erleben